ЭДУАРД
ТОПОЛЬ

НОВАЯ РОССИЯ В ПОСТЕЛИ, НА ПАНЕЛИ И В ЛЮБВИ,

или
секс при переходе от коммунизма к капитализму

Документально-художественный роман
в трех частях и двух антрактах

ИЗДАТЕЛЬСТВО
МОСКВА
1999

УДК 882-054.72-31 (Тополь)
ББК 84(2-Рус)6
Т 58

Серийное оформление Марата Закирова

Художник Ю.Д.Федичкин

Тополь Э.

Т58 Новая Россия в постели, на панели и в любви, или Секс при переходе от коммунизма к капитализму: Роман. – М.: ООО "Фирма "Издательство АСТ", 1999.— 592 с.

ISBN 5-237-00955-7

Эдуард Тополь — автор международных бестселлеров «Красная площадь», «Чужое лицо», «Журналист для Брежнева», «Красный газ». Его книги пользуются огромным успехом в США, Англии, Франции, Германии, Японии, Италии, Голландии и других странах.

Вниманию читателей предлагается новый роман известного во всем мире писателя.

ББК 84(2-Рус)6

ISBN 5-237-00955-7

ОТ АВТОРА

Двадцать лет назад, выскочив в США из-под пресса советской цензуры, я сгоряча и шутки ради написал «Россию в постели». В нее вошли всякие эротические истории, которые имели место в СССР, но даже своим американским и тем паче японским издателям я эту рукопись показывать не решался. И только когда одна голландская издательница опубликовала одиннадцать моих романов и спросила: «А что у тебя есть еще?» — я стеснительно признался ей в существовании той книги. Конечно, она ее тут же и напечатала, и небо не разверзлось над моей головой. Больше того — спустя еще пять или шесть лет эта книжка проникла в Россию и стала весьма популярной, подмочив у критиков мою репутацию. Но я не расстраивался — лучше, я полагаю, иметь пару миллионов читателей, чем десяток самых респектабельных критиков. К тому же кто сейчас слушает этих критиков? Писатели? Читатели? Нет, конечно. Поэтому критики пишут теперь для самих себя, выказывают друг другу свою образованность и элитарность, а читатели ориентируются в книжном море, исходя из собственных вкусов, финансовых возможностей и советов знакомых. При этом многие заплывают в такие болота несказанно-незнанской макулатуры, что и тонут там. Но критика и тут не спешит им на помощь, критики витают в облаках «букеров» и «антибукеров», что им российская Гекуба? Разобраться в творчестве цехов по производству литературного суррогата и ширпотреба, заполонившего книжные прилавки, — это серьезная работа, это погорбатиться нужно...

Нынешний российский читатель живет наедине с писателем, что, с одной стороны, нелегко, а с другой — неплохо. Когда после десятка лет эмиграции я оказался в Москве, некоторые дамы говорили мне при знакомстве: «Ой, а я с вами уже спала! И даже не одну ночь, а несколько — пока читала вашу «Россию в постели»!» А на одной из встреч с читателями четырнадцатилетняя журналистка и редактор школьной газеты спросила меня в упор: «Вы в своих книгах столько пишете о сексе. Скажите, это действительно так замечательно, как вы описываете? Или вы это сочиняете?»

Право, один этот вопрос стоит десятка рецензий.

Но время шло, слава моя, как знатока России в постели, стала таять, да и Россия изменилась — не только политически и экономически, но и сексуально. Новые россияне вырабатывают иные, чем прежде, правила половых отношений, и я решил повторить вслед за классиком: «Здравствуй, племя младое, незнакомое!». Эта книга состоит из рассказов представителей молодой России. В порядке эксперимента мы с приятелем организовали «Семинары в московской сауне» — группа тридцатилетних мужчин и женщин — бизнесмены, психологи, художники, адвокаты, журналисты и врачи — регулярно собиралась в сауне и обсуждала темы современного секса в России, рассказывая под магнитофон истории из своей практики. Затем на протяжении двух недель я еженощно сидел в ресторане одного из московских ночных клубов, там юные проститутки одна за другой садились за мой столик и делились со мной своим опытом, получая за это в подарок мои книги с автографом. Рассказы тридцати этих красоток составили главу «Клубные девочки». После этого я провел пять вечеров в московском публичном доме, и его хозяйка посвятила меня в тонкости своего бизнеса; эта глава так и называется «Салон „У Аннушки", или Пять вечеров в московском публичном доме». Редакторы «СПИД-инфо» и «Лю-

5

бовь-АиФ» любезно предоставили в мое распоряжение письма своих читателей и читательниц, а руководители Московского уголовного розыска познакомили с расследованиями преступлений, совершенных на сексуальной почве, — самое интересное из этих материалов тоже в книге.

А завершает ее уникальное по откровенности двухсотстраничное интервью-рассказ, который называется «Любвеобильная, или 26 лет из жизни русской женщины (опыт сексуальной биографии)».

Желаю вам приятного чтения.

«Кто из моих земляков не учился
                                любовной науке,
Тот мою книгу прочти
                и, научась, полюби...»

«Прочь от этих стихов,
                целомудренно-узкие ленты,
Прочь, расшитый подол,
                спущенный ниже колен!
О безопасной любви я пишу,
                о дозволенном блуде,
Нет за мною вины и преступления нет!»

                        Овидий. Наука любви,
                        конец I века до новой эры.

Часть первая

НА ПАНЕЛИ

Глава первая

САЛОН «У АННУШКИ», или ПЯТЬ ВЕЧЕРОВ В МОСКОВСКОМ ПУБЛИЧНОМ ДОМЕ

Вечер первый
ИЗ ПЕРЕСТРОЙКИ В АНГЛИЮ, ДАЛЕЕ — ВЕЗДЕ

Как выглядел московский публичный дом до революции, можно прочесть у таких знатоков, как Достоевский и Куприн. А вот как выглядит сегодняшний среднестатистический московский бордель, это — добро пожаловать в салон «У Аннушки»! Конечно, подлинный адрес я вам не назову, чтобы не создавать излишней толкучки в прихожей, но желающие — при некотором упорстве и сообразительности — легко найдут его по объявлению в «МК» и других московских газетах. На телефонный звонок отвечает приятный женский голос:

— Добрый вечер. Меня зовут Аннушка, а вас? У нас уютно, все девушки чистые и молодые. Вас какая интересует — блондинка, брюнетка? Ах, с большой грудью? Конечно, есть. Сто долларов за «стандарт». Пожалуйста, можете подумать...

Если, обзвонив несколько аналогичных заведений, вы вернетесь к Аннушке, она назовет вам свой адрес и код домофона. И когда с ядреного январского мороза или из-под стервозного мартовского дождя вы шагнете через порог ее заведения, вас тут же обнимет атмосфера уюта, покоя и респектабельности. Тридцатилетняя хозяйка с тонкой балетной фигурой, но в строгом и закрытом «менеджерском» платье, не допускающем и мыслей о фривольности, примет у вас пальто и шапку, предложит тапочки и проведет в гостиную. Здесь тоже ничего бордельного — просторная комната, красивые шторы на окнах, стол с белоснежной скатертью и ваза с фруктами, а у другой стены — диван, два кресла и журнальный столик. Вам предложат сесть на диван, расслабят чаем и разговором о погоде. («Обычно я уже с первой минуты вижу, что за клиент пришел, и даже знаю, какую девушку он выберет», — скажет мне потом Аннушка.)

Затем появляются девушки — трое или четверо. Юные и свежеумытые, словно только что из-под душа. Высокая блондинка, тонкая и прямая, как скандинавка, с длиннющими ногами, восходящими от пола под короткий халатик. Еще одна блондинка — попышнее, с накрученными над круглым личиком локонами, с веселой улыбкой на полных губках и ямочками на щечках. С такой семнадцатилетней красотки русский художник Крамской писал свою знаменитую «Неизвестную». Правда, у Крамского она была брюнеткой. А здешняя брюнетка совсем иная — пышная, с тяжелой и спелой грудью, буквально разрывающей шелковый укороченный халатик. Все девушки одеты по-домашнему, и когда они садятся возле вас на диван, видно, что под этими халатиками на них ничего нет — даже трусиков.

12

То, из-за чего Шарон Стоун получила мировую славу, здесь открыто и доступно каждому и всего за сто долларов — «стандарт». В «стандарт», как вы понимаете (а если не понимаете, то Аннушка объяснит), входит один половой акт с презервативом и только «стрэйт». А остальные «прибамбасы» — анал, минет и прочие «примочки» — за дополнительную плату.

Выбрав девушку (или двух сразу), клиент удаляется с ней (или с ними) в одну из спален, которые удобно расположены через коридор и в стороне от гостиной. Невостребованные девушки тоже уходят отдыхать в ожидании следующего визитера, а мы с Аннушкой остаемся вдвоем, и я включаю магнитофон.

— Аня, вам тридцать или, ну, максимум, тридцать два. Вы красивая, образованная и деловая женщина. Я могу легко представить вас в роли менеджера отеля высокого класса, или хозяйкой туристического агентства, или директором школы для детей дипломатов. Почему и как вы выбрали именно этот бизнес?

— По стечению обстоятельств своей жизни. Но если говорить хронологически, во всем виновата Англия. Да, не удивляйтесь. Я попала в Англию, когда осталась здесь без работы. И без мужчины. Потому что человек, с которым я жила, оказался карманным вором. Хотя мы с ним жили хорошо, и я никогда не думала, что со мной может случиться то, что показывают по телику в телесериалах...

Тут новый телефонный звонок прервал нашу беседу, Анна сказала в трубку:

— Да, это «Аннушка», добрый вечер. Если вы приедете прямо сейчас, то у меня есть свободные девушки, и вы будете очень довольны. А если через пару часов, то сначала позвоните — вечер ведь только начинается, а у нас есть постоянные клиенты, которые обычно звонят в это время...

Позже я наловчился выключать магнитофон сразу после первого телефонного «дзына» или гудка домофона, чтобы зря не расходовать пленку. Но теперь жалею об этом — какой-то флер аутентичности и привкус «репортажа с места происшествия» исчезли с этой пленки, оставив вместо себя лишь щелчки включенного и выключенного магнитофона. Но для читателя это не столь важно — вы мою пленку все равно не слышите. А клиентов... Клиентов я вам опишу по ходу Аннушкиного рассказа. Положив трубку, она сказала:

— Нет, наверно, нужно начать не с Англии, а с перестройки.

— С чего? С чего? — изумился я.

— С горбачевской перестройки, — повторила Анна. — Если посчитать, то она была только десять лет назад. А кажется, прошла целая вечность. Столько всего случилось — и в России, и со мной. Вот вы мне дали тридцать лет — спасибо. Но я слегка старше, у меня двое детей, старшему уже семнадцать, он учится в университете, а младший дома, в Ковино, это сто километров от Москвы. Так вот, десять лет назад они оба были малышами, и мне нужно было их кормить, и я стала «челночницей» — тогда это было модно, в Польшу ездили за шмотками, в Турцию летали. Но мне это быстро надоело — все-таки у меня высшее экономическое образование. И я занялась межбанковскими кредитами. То был первый этап перехода от коммунизма к капитализму, банки росли как грибы, и тогда миллионы можно было заработать посредником на межбанковских кредитах. Скажем, кому-то нужен кредит, и он нанимает посредника, который этот кредит ищет. За проценты, конечно. Один-два процента, и получаются миллионы рублей, ведь миллиарды крутились. Но система была построена так, что один посредник ничего не мог, а работала целая цепочка. Приходишь в государственный банк, начинаешь разговаривать с человеком в кредитном отделе: мол, вот у моего клиента есть шахты, угольные карьеры, акции таких-то заводов. И он кладет их в залог под ваш кредит. Конечно, этот человек в банке — твой человек, и он хорошо знает, что все это туфта. Ни у кого ничего не было, а на бумагах у всех было все. Но ему и нужна была только бумага, под которую Центральный государственный банк давал «добро» на кредит. Он смотрел в эту бумагу, ставил на ней визу на самом законном основании, получал свои две-три тысячи долларов и передавал в другой отдел, где тоже сидел свой человек, купленный. И так через их руки в день проходило 50—60 таких заявлений, и все это шло по цепочке наверх до человека, который решал судьбу кредита. Хотя напрямую к нему хода нет, а через цепочку — пожалуйста, такая система. Каждый смотрит в бумажки и знает, что это туфта, но на бумажке уже двадцать подписей, десять печатей, шахты, заводы и все такое. И начальник подписывает кредит на законном как бы основании, ведь его подпись двадцатая. А получает за отпущенный кредит 40—50 процентов от этой суммы, которую вынул у государства. Люди каждый день делали миллионы, и это было азартно, как в Монте-Карло. Только там ты знаешь, что против тебя играет само казино, а тут никто против тебя не играет, а все играют только «за», потому что каждый получает свой процент. И ты идешь в банк и заранее считаешь, что ты сможешь купить на свою долю — машину, шубу, поездку на Гавайи.

— Веселое было время?

— И как раз тогда я познакомилась с тем парнем. Молодой, интересный, аристократ из Новосибирска. У нас с ним получилась довольно хорошая совместная жизнь. Даже не просто хорошая, а замечательная. У него что-то не получается, я ему помогу, у меня что-то не получается — он мне помогал. Знаете, в моей работе посредницей иногда нужно, чтобы именно мужчина провел переговоры. То есть я дома подготовлю все документы, все оформлю в лучшем виде — у меня все печати и штампы были заготовлены, потому что проще сделать себе печать за сто долларов, чем бегать за ней по всей Москве, — так вот, я все документы подготовлю, а он идет на переговоры и всегда так красиво их проводил — я его всерьез в свой бизнес приглашала. Но он был аристократ, он говорил: нет, я люблю свободу. А сам знал все дорогие магазины в Москве и покупал там всегда самое лучшее. Да, интересный был молодой человек. Особенно в доме — просто прекрасный человек. Для любой женщины — самый лучший! Потому что приходишь домой — у тебя стол накрыт, свечи поставлены, и щука в шампанском приготовлена. Представляете? Он тебя понимает, ты его понимаешь — ну куда уж лучше? И меня любил — так мне казалось. Однажды я купила себе нижнее белье, принесла домой, померила, но мне не понравилось, и я прямо с этикеткой выкинула его в мусорное ведро. И опять ушла в магазин. Возвращаюсь, а мой друг в стрессовом состоянии. В чем дело? Оказывается, он чистил картошку, открыл мусорное ведро, а там мое белье лежит. Так он решил, что я вообще ушла из дома и бросила его. Представляете? Он говорит: я думал, что ты ушла и не придешь. Чуть не плакал... Такие вот мелочи интересные. Короче, мы с ним прожили полгода, а в один прекрасный день он ушел за хлебом и — не вернулся. То есть просто за хлебом пошел человек — без вещей, без ничего. И — нет человека. Я ждала его всю ночь, чуть с ума не сошла. Через день по телевизору смотрю в программе «Криминал»: возле нас и как раз в то время, когда он ушел, электричка зарезала человека. Упал человек, и его разрезало. Я поняла, что это он, и у меня — просто инфаркт. Но я кое-как оделась и побежала туда. А выяснилось, что это не он. Другой человек упал. Потом мне позвонил следователь и сказал, что мой друг задержан с поличным. Он оказался карманным вором, и мне — мне! — надо идти и его опознавать. И когда я доползла к следователю, там выяснилось, что он еще и наркотиками занимался. Я думала, знаете, что те, кто занимается наркотиками, это люди большого риска, сильные натуры, и я это всегда приветствую, я люблю рисковых мужчин. А оказалось, что мой друг — обыкновенный карманный вор. Для меня был шок. А тут еще, как в пословице «Пришла беда — отворяй ворота», сама чуть на тот свет не попала. Потому что с большими деньгами закрутилась. А там, где большая игра, там за этой игрой всегда следит криминал. Обязательно. И если у тебя нет группы, которая тебя защищает, наверняка влипнешь. Впрочем, с группой тоже...

Тут на моей магнитофонной ленте слышен гудок домофона, и я вспоминаю первого клиента, который явился к Аннушке в этот вечер. Молодой, не старше тридцати, парень, коренастый, хорошо одет, с мягкими манерами, негромким голосом и живыми темными глазами. Он мог быть кандидатом медицинских наук, следователем прокуратуры, скрипачом симфонического оркестра. Но когда он ушел в спальню с двумя блондинками, Аннушка сказала несколько нервно:

— Бандит. Зря я его впустила. Но пока вы тут сидите, он шуметь не будет. Так что посидите, мне есть что вам рассказать. Н-да... Короче, в один прекрасный день я наняла людей, которые меня охраняли. Они получали немалые деньги, я с ними честно делилась. И как-то пришли действительно большие деньги — 600 тысяч долларов. Наличкой причем. Мы их прямо в машине разделили — четыреста мне и двести им. И распрощались. И вдруг при выходе из машины слышу: «Сиди, не рыпайся!» Я сразу поняла, что деньги отберут. И начала шутить. Точнее, я даже не испугалась, потому что главное — чтоб не убили, а деньги всегда можно заработать. Ну, не будет такой суммы, будет поменьше, но жить можно. И вот я шучу, как могу, развлекаю их, анекдоты рассказываю. А они ведь тоже на взводе, нервничают, и они ржут от моих анекдотов, как больные. Так доехали до кольцевой дороги. Тут они замолчали, остановили машину и выкинули меня из нее. Деньги оставили себе, а меня просто выкинули, не убили. Я мигом сообразила: беги, Аннушка! Перебежала на ту сторону дороги, «голоснула», села в другую машину, и только мы отъехали — поворачиваюсь и вижу: они задним ходом вернулись, чтобы все-таки убрать меня. Вот тут я испугалась, ага, чувство стало ужасное! И я напрямую поехала домой в Ковино — по той причине, что это далеко и никто не знал про мою ковинскую квартиру. Там я села на кухне на корточки, меня трясло. Я думала, что сейчас умру. И так просидела до утра. А когда проснулась, первая мысль — я жива! Будет день и будет пища, но главное — я жива!! Жива!!! До сих пор это помню. И ноги у меня совершенно не отекли, хотя я уснула на корточках и просидела так до утра. А утром проснулась и решила: все, начинаю новую жизнь. И естественно, я порвала с этим криминалом, мне уже не надо было никаких больших денег. А только на жизнь приличную заработать да на детей....

— Значит, больше ты межбанковскими кредитами не занималась? — не знаю почему, я вдруг перешел на ты. Может, почувствовал свою значимость — все-таки я теперь не просто писатель, а еще и охранник в ее заведении. А общая работа, как известно, сближает.

— Да, — сказала Анна. — Я уехала домой, к детям. И уничтожила все, что у меня было, — всю эту кучу липовых печатей, бланков, документов.

— И чем занялась после этого?

— После этого я уехала в Лондон.

— Просто села в самолет и уехала?

— Нет, не просто. Сидела как-то дома, рыдала — у меня как раз папа умер. От старости, ему 76 лет было. Ну, и я купила «Московский комсомолец», любимая моя газета. Открываю, а там написано: работа в Англии в туристической фирме. А мне как раз нужно было сменить все — и климат, и обстановку. И вот я звоню и меня берут.

— Почему? Ты знаешь английский?

19

— Нет, языка я не знала. Но там было написано, что нужны внешние данные: высокий рост, длинные русые волосы, славянское лицо. Я описала, что я как раз такая и есть и что я несколько месяцев в Финляндии в туристической фирме работала. Это я не врала, это правда: я там встречала наших туристов, сопровождала их по шопинг-турам. Ведь у нас в стране еще никаких западных товаров не было, а границы при Горбачеве открылись, вот люди и ринулись на Запад за одеждой и обувью. Они приезжали на три-четыре дня, шопинговали и купались в «лягушатнике» — там в горах сделаны такие бассейны крошечные, но в рекламе, конечно, писалось: тропики среди зимы, сауны и прочее. Так что в туризме у меня опыт был. И вот прихожу на Красную площадь, в ГУМ, на встречу с хозяйкой английской туристической фирмы...

— А почему в ГУМ? Это же магазин — странное место для встречи.

— Она объяснила, что ее фирма в Лондоне, в самом центре города, а в Москву она приехала на четыре дня к своему сыну. Мы поговорили минуты две, и она сказала: хорошо, я тебя беру. Мол, завтра прилетаю в Лондон, звоню тебе и присылаю визу. И буквально через неделю у меня была рабочая виза на полгода, и я улетела. А в Лондоне она меня встретила и сразу выдала гонорар, двести фунтов — приодеться. Я тут же пошла в магазин и купила себе хорошее платье. Но работа моя имела к туризму слабое отношение. Хотя наш офис был действительно в центре города. Только работала я там... как бы это сказать... витриной. То есть каждый день с 11 утра до 4 дня я сидела у компьютера и не понимала, в чем же заключается моя работа. Ну, ходят по улице люди и смотрят на меня. А я сижу за компьютером — вот и вся работа. А за окном — Пиккадилли, улица такая интересная, даже пересечение сразу нескольких улиц, самые модные рестораны, и офис наш как раз на перекрестке. Обзор был со всех сторон. И только потом, через несколько недель, когда я узнала, что же у моей хозяйки за бизнес — а был у нее самый обыкновенный, только очень чистый и респектабельный бордель, — я сообразила, почему она сажает меня у того окна с одиннадцати до четырех. Это то время, когда руководители фирм приезжают в соседние рестораны на деловые ленчи. И как раз — мимо моего окна, на котором написан телефон нашего заведения. То есть я сидела там как реклама ее публичного дома. Представляете? И получала за это аж две тысячи фунтов в месяц! А на Западе, как вы знаете, денег зря не платят. И, значит, я тогда как реклама выглядела просто шикарно — так что хозяйка, Лина ее звали, стала мне даже приплачивать. А я все не понимала за что, ей-богу! Но от денег не отказывалась. Главное было — просто отсидеть у окна в роли деловой славянской Барби.

— Гениально придумано!

— Но и это не все! А самое интересное, что я ведь и жила в ее публичном доме, несколько недель прожила и даже не догадывалась, что это публичный дом. Потому что это был вот такой же дом, как у меня здесь, я приходила с работы, отдыхала в своей комнате, переодевалась и уходила гулять по Лондону. Или книжку читала...

— И не видели клиентов?

— Почему? Конечно, видела. Но я думала, что это ее друзья. У меня и в Москве, и в Ковино всегда было много друзей и дом был открытых дверей. Любой знакомый мог запросто прийти, приехать — просто покушать, пообедать. Если ко мне пару дней кто-то не приходил, я думала: все, я уже не живу. А в Лондоне... Ну, когда мне было думать про дела моей хозяйки? Я же молодая была, а передо мной — весь Лондон! У меня там был один «дэпартмент стор» — огромный, как ГУМ. Там постоянно шла реклама косметики. И я наловчилась каждое утро и вечер ходить туда краситься. Там для рекламы косметики бесплатно красили всех женщин — особенно молодых и красивых. И вот утром я туда с одного входа зайду — меня накрасят. Вечером или на следующий день с другой стороны зайду — меня опять накрасят. А мужчины ведь тоже ходят в этот магазин, там улица магазинов, и у них принято каждый день что-то покупать. И вот они видят, как я там крашусь, и думают, что я супермодель, и бегут за мной. Приставать не пристают, но идут за мной до нашего офиса или до дома. То есть я этой Лине еще и таким образом клиентов приводила, сама этого не понимая. К тому же она сначала очень старалась меня отвлечь — то на концерт даст билет, то в кино отправит, то на выставку. Боялась, что если я просеку, где я живу и кем работаю, то могу вскипеть и уехать. А ей я нужна была — и как витрина, и... Короче, через какое-то время она стала потихоньку втягивать меня в это дело. Но не грубо, нет — она свое дело знала классно, и все, что я сейчас умею по этому бизнесу, этому я у нее научилась. Потому что она была не просто мадам из бывших проституток, нет, она из бывших гэбэшных проституток, которые на дипломатах специализировались! С двумя языками — английский и немецкий, с

образованием, знанием психологии и с такой фигурой — закачаешься! Я никак не могла понять, сколько
ей лет — сорок, сорок восемь, пятьдесят с гаком? И
втягивать меня в проституцию она тоже стала умно.
Однажды у меня заболела спина, и она отправила меня
к одному японцу на массаж. Но японец оказался не
массажистом, а банкиром. Хотя массаж он мне сделал
просто первоклассный, точечный. А тот, кто владеет
точечным массажем, знает и эротический массаж. И
когда я от него уходила, я поняла, что у меня был секс.
Причем шикарный секс! Хотя в подробностях я его не
помнила. А помнила только, что была расслаблена и
появилось чувство полной удовлетворенности.

— Да брось, Аннушка! — возмутился я. — Так не
бывает! Нельзя не запомнить, был секс или нет! Он
что — усыпил тебя?

— Нет, но эротический массаж — это как танец.
Он нажимает на такие точки, что ты сама возбуждаешь-
ся и плывешь к оргазму. Прямого секса как бы и нет, а
удовлетворение есть, и какое! Такое, что мне захотелось еще раз с ним увидеться. И еще раз... А потом
выяснилось, что это и был мой первый клиент, потому
что он платил Лине деньги — за меня, 50 фунтов за
каждый мой сеанс. А после моего третьего к нему ви-
зита она вручает мне 150 фунтов и говорит: вот, теперь
и у тебя будет дополнительный заработок. У меня, говорит, очень много клиентов, не хватает девочек, будешь мне помогать в часы пик. А я смотрю на нее такими бешеными глазами — чуть глаза ей не выцарапала.
Но потом, конечно, опомнилась. Потому что 150 фунтов — это довольно большие деньги, особенно в Англии. А секс... Там, в Англии, он такой быстрый — ты

23

даже не успеваешь понять, был он у тебя или нет. То есть у нас в России, когда ты начинаешь этим заниматься за деньги, тебе все равно хочется секса, ты его жаждешь. И если мужчина выбрал тебя, то думаешь: надо как-то ему так отдаться, чтобы он тебя полюбил и душой понял. Но оказалось, что в Англии не надо этого. Он пришел, получил удовлетворение и ушел. Все! И вот этому искусству быстро и сразу дать мужчине удовлетворение — этому Лина меня и учила. И очень скоро у меня появился второй постоянный друг, наш сосед. Довольно богатый человек, коллекционер старых машин. Лет ему было семьдесят, если не больше, но выглядел на пятьдесят. Интересный дяденька, я к нему постоянно ходила. Через улицу перейдешь...

— А что значит постоянный?

— Постоянный — это два-три раза в неделю.

— И он мог три раза в неделю? В семьдесят лет?

— Сначала мы с ним выпивали, разговаривали. Общались. Ему нужна была больше собеседница, чем секс. Хотя и секс с ним был тоже довольно интересный. К тому же, когда постоянно ходишь к клиенту, он открывается.

— А как вы разговаривали? По-английски?

— Да, я ведь уже прожила там несколько недель и кое-что понимала. Может, не так хорошо разговаривала, но понимать могла. И потом, есть международный язык жестов — особенно в сексе. А он, этот сосед, немножко извращенный был мужчина. Садомазохист. Он любил, когда его побьют, привяжут. А мне это было смешно и даже интересно.

— Чем же ты его била? Цепями?

— Привязывала я его галстуком, а била трусами и лифчиком. То есть никаких плеток или ремней, как в кино показывают, у нас не было. А просто его же галстук и мой лифчик...

— А привязывала за руки? К кровати?

— Когда как. Когда за шею привязывала, чтоб не дергал головой.

— И он сам об этом просил?

— Ага, иногда он даже сам привязывался. Завязывал себе глаза. Рубашка обязательно его, а лифчик мой. Я называла это «французские очки». А почему французские, потому что у меня был французский лифчик. Как начнешь его лифчиком стегать, он сразу возбуждался. Ну, и нравилась я ему, это тоже важно! У него на меня всегда было желание, несмотря на его возраст. Так что у меня как бы сразу это дело пошло — японец, который постоянно делал мне массаж, это у него любимое оказалось хобби, и еще он платил мне за это! И сосед-коллекционер, с которым я не столько работала, сколько просто развлекалась. А вообще, чтоб вам ясно было, как это в Англии все поставлено, вы должны учесть, что Англия специализируется на гомосексуалистах. То есть гомиков у них — пруд пруди. Но и склонность к женщинам они не теряют. И чтобы получить удовлетворение, любой англичанин обязательно вставляет женщине палец в анальное отверстие и тогда он сразу кончает, быстро. А некоторым достаточно даже не на член, а на палец надеть презерватив и дать прикоснуться этим пальцем к женщине — все, он уже кончил! И вот быстро надеваешь ему презерватив на палец, дотрагиваешься до него своим соском и — все, мужик кончает моментально. А те, кто не любит презервативы, те просто по спине водят членом или между ягодиц и тоже кончают стремительно...

25

— А работали у этой Лины только русские девочки?

— Только русские, славянского типа, Аленушки такие, как на шоколадках. Она привозила их на полгода, не больше. А потом меняла. И делала на них очень большие деньги, к ней клиент косяком шел, в день по восемь клиентов бывало.

— И сколько ты там пробыла?

— Всего три месяца. Мне дети позвонили, что мама в больнице. Я тут же купила билет и уехала.

— И не вернулась?

— Нет. Во-первых, Лина меня уже и не звала, она даже рада была, что я уезжаю. Потому что я по знаку Стрелец, и если я узнаю, как то организовано или это, мне сразу хочется свое такое же дело организовать и даже еще лучше. И когда я познала кухню этого бизнеса, Лина сразу просекла, что я свой салон открою. И в том же Лондоне. Но ей там конкуренция ни к чему, вот она меня назад и не вызвала. А во-вторых, я уже и сама не смогла бы туда поехать — у меня мама была в больнице, и я знала, что она умрет. Потому что папа умер в декабре, а теперь, в апреле, была ее очередь. Хотя они прожили всю жизнь не расписанные. А родили шестеро детей, шесть девчонок. Иногда они расходились, но не больше чем на три месяца, а потом снова сходились — ровно через три месяца отец всегда возвращался. Так у них было. И когда после его смерти прошло три месяца, а он не вернулся — все, мать слегла в больницу. Я прилетела, пришла к ней, она говорит: «Я завтра умру. Здесь мне уже жить нельзя. Завтра будет ровно три месяца, как отец ушел». Я даже поругалась с ней из-за этого. А на следующий день прибежала сестра в пять утра и кричит: мама при смерти! И меня как заклини-

26

ло — я поняла, что мне некуда пойти. Ковино — маленький город, там развлечений никаких. И я уехала в Москву, я даже забыла, что у меня дети есть...

— Какой это год был?

— Это был 95-й год. Я хотела уехать в Африку, потому что там не нужна никакая шуба, а это был апрель, было холодно. А я хотела в тепло, потому что у меня вся душа смерзлась.

— А дети с кем остались?

— Я просто забыла, что у меня дети есть, — такое было затмение. Бросила их и уехала. Причем одному из них было 14 лет, а другому 13, и они остались одни. Но они всегда оставались одни. Когда я жила в Англии, они тоже жили одни.

— Разве они не жили с бабушкой?

— Нет, моя мама отдельно жила. А мы всегда сами жили, у нас своя квартира. Мама просто приходила к ним в гости. И сестры мои приходили. Так что они самостоятельные ребята. Может, по этой причине я так спокойно уехала. Я приехала в Москву и купила билет на ближайший рейс, который был. С визами проблем и сейчас нет, и тогда не было — в Москве все покупается. Плати деньги — так тебе еще и на дом принесут, не надо никуда ходить. Короче, я хотела улететь в Южную Африку, на солнышко. Но туда не то рейса не было, не то ждать надо было дня три, и я оказалась в Эмиратах. И, приехав туда, сначала просто отогревалась на солнышке. Ходила по улицам, отвлекалась. И мне понравилось, мне захотелось там поработать.

— Это был тур?

— Да, у меня были оплачены отель, завтрак и обед. И стоило это всего ничего — 300 долларов. На семь дней. И я начала искать работу. В магазинах. Но очень скоро разобралась, что продавщицы там мало зарабатывают. 300 долларов в месяц. Это ни квартиру снять, ничего. А буквально в последний день моего пребывания там я вышла на менеджера одного магазина, и он предложил мне стать агентом-посредником по продаже аппаратуры, продовольствия, товаров потребления и даже автомобилей. То есть это Эмираты, свободная экономическая зона, там даже корабли можно продавать. И вот мы с ним поговорили...

— На каком языке?

— На русском. Он араб, но жил в Одессе, учился в Одесском медицинском институте, знал русский язык. И у него была своя фирма, а я ему просто понравилась, и он пригласил меня на работу. А у меня тур заканчивается, я улетаю. Он говорит: вы мне позвоните из Москвы, я пришлю вам рабочую визу. Ну, я в Дубае накупила игрушек, там все это дешево, я потратила на них триста долларов. Прилетела в Москву, все продала, получилось девятьсот. Остановилась у одной знакомой и звоню ему в Дубай, прошу, чтобы он мне перезвонил. Он сразу перезвонил и сказал, что можно прилетать работать. Я, говорит, вас жду. Я поехала домой, оставила детям денег, себе взяла только на билет. И улетела в Дубай. Причем работа у меня была простая — тоже искать клиентов для своего хозяина. Но только по другой части — покупателей на наши товары. И я еще в самолете по дороге в Дубай стала этим заниматься. Ведь кто из России в Дубай летает? Банкиры и коммерсанты. И если в другом месте вы к такому даже не подойдете — вас охрана не пустит, то в самолете все вместе летят и все запросто. А я человек общительный.

Тем более если я знаю, что это моя работа. И так я уже в самолете стала рекламировать свою фирму, предлагала товары, которыми мы торгуем, давала телефоны. Это были мои первые наработки...

Тут запись моего первого вечера в борделе «У Аннушки» обрывается, потому что в нашу тихую беседу вдруг вихрем ворвался высокий молодой ухарь-банкир с манерами сибирского купца. Я даже не успел заметить, когда же Аннушка открыла ему дверь, как он уже оказался в гостиной и, не присаживаясь, а, наоборот, широко вышагивая по комнате, зычно командовал:

— Все, на сегодня лавочка закрывается! Всех увожу к себе на дачу!

— У меня там клиент обслуживается... — сказала Анна.

— Клиента тоже могу взять. Где он? Зови его сюда...

Но звать клиента не пришлось, две блондинки, которых он час назад увел в спальню, сами появились в гостиной и что-то зашептали Анне на ухо.

— Ну? — нетерпеливо сказал банкир. — В чем дело?

— Бандит, но халявщик, платить не хочет, — объяснила Анна. — Мол, плохо его обслуживают — кончает в первую же минуту.

— А сам уже шесть раз кончил, — пожаловалась девочка в кудряшках.

— Ты как хочешь? — спросил у Анны банкир. — Чтобы мои ребята его в окно выбросили? Или через дверь?

— Пусть девочкам заплатит сначала...

Ухарь-банкир смело ушел к бандиту, а Аня сказала мне:

— Это мой лучший клиент. Когда к нему друзья приезжают или партнеры из провинции, он их только моими девочками угощает. И платит просто роскошно. Вы поедете с нами? Там весело будет...

Я не успел отказаться, как банкир вернулся в гостиную, а с ним — полуодетый бандит-халявщик. У халявщика был усталый и взмыленный вид.

— Все в порядке, — сказал Анне банкир. — Девочкам уплачено, и они уже в душе моются. А Сережа едет с нами. И писатель тоже.

Вечер второй
АРАБСКИЕ НОЧИ, МОСКОВСКИЕ ДНИ

— В принципе в Арабские Эмираты очень многие хотят попасть, — сказала мне Аннушка на следующий вечер. — Но не могут там ничего добиться, потому что вообще ничего не умеют в жизни. А я не понимаю этого. Я прилетела туда и, чтобы денег сэкономить, подселилась в гостинице к одной девочке, которая приехала до меня. Человек я доверчивый и очень заводной. Если я вхожу в какую-то новую работу, то забываю о том, кем я раньше работала и чем занималась. То есть для меня на первом плане стоит эта работа и все. А Ира, моя соседка, оказалась обыкновенной проституткой. Хотя мне-то она говорила, что приехала в туристическую фирму работать. А я, конечно, поверила ей по своей наивности. И поселилась с ней в одном номере. Но в один прекрасный день открылась дверь, зашел мальчик, который по этажу убирает, и говорит: «Ира, тебя клиент ждет». А она сидела полураздетая и обрабатывала свои гениталии. Но я никогда не обращаю внимания на то, что человек делает. Может, это такой человек — ничего не стесняется. Мы же в одной комнате живем, койки рядом. Она пришла под утро, приняла душ и начала обрабатывать свои гениталии. А тут открывается дверь, заходит этот бой-мальчик и начинает с ней разговаривать. А она — хоть бы что, даже простыней не прикрылась. Ну, меня это поразило. Я в шоковом состоянии кричу ему на английском: «Опэн дор!» То есть все перепутала, вместо «закрой дверь» кричу ему «открой дверь». Он, конечно, не понимает, делает такие глаза, я вскакиваю, а он говорит: я понял, понял! И закрывает дверь. А я поворачиваюсь и говорю: «Ира, ты проститутка?» Она: нет, с чего ты взяла? Я говорю: «Да ты посмотри, как ты себя ведешь. Сидишь с открытой дыркой...» Ну, тут она раскололась, но не стала оправдываться. Да ей и оправдываться не надо было. Тем более что я уже успокоилась и начала с ней потихонечку вести беседу. Я говорю: «Сколько вы стоите здесь?» А в то время к нам в фирму постоянно приезжали клиенты — русские, китайцы, монголы. У них денег просто куры не клюют. Они достают стодолларовую бумажку, но никогда сдачу не берут. Купят себе на пять долларов, а сдачу забывают. Гуляют! Я, между прочим, тоже там много зарабатывала. Потому что посреднические проценты довольно хорошие были. Три тысячи долларов в месяц у меня легко набегало. И я начала потихонечку разговаривать с этой Ирой. И выяснилось, что русские проститутки стоят там всего ничего — 20 долларов. За час. То есть не то что там такая градация — русские проститутки по двадцатнику в час, а просто какую цену ты себе поставишь, так и будешь стоить. И она себе двадцатку назначила и двадцатку стоила.

— Уродка, что ли?

— Нет, высокая и стройная, двадцать один год всего. Но — с Украины, из Сум. И ямки на щеках от выдавленных угрей. Она их гримировала, но все равно видно. Я говорю: «Что ж ты за двадцать долларов жизнью рискуешь, дура ты ненормальная! Это же Эмираты, тут за проституцию в тюрьму сажают, ты бы хоть в газеты глянула — русских уже полторы тысячи в тюрьме сидит!» Короче, постепенно мы дошли в разговоре, что она поднимает себе цену — сто долларов в час. И первый раз, когда опять пришел этот мальчик, он ей клиентов поставлял, Ира ему говорит: 350 дерхам. Он сначала сделал глаза, а потом говорит: ладно, пойду скажу клиенту. А тот согласился запросто. Естественно, у этого боя тоже поднялась ставка. Было 5 дерхам с клиента, а стало 20. И Ира — еще ночь не наступила! — за один день заработала 300 долларов! Она была просто в шоковом состоянии, она таких денег сразу никогда не видела. Она работала месяц, чтобы за гостиницу расплатиться да на еду заработать. Потому что кушала она обязательно — такая была аккуратная девочка, сумская украинка. Какая бы уставшая утром ни пришла, а спускалась в 10 утра позавтракать, потому что завтраки там дешевые и стол шведский. То есть экономия денег и ешь от пуза, хоть на весь день наедайся. И вдруг эта же Ира становится на ноги, начинает зарабатывать как человек и становится даже интересной. Купила себе дорогую косметику, одежду, переселилась из отеля в квартиру. Изредка и я ей клиентов подсовывала, звонила: срочно приезжай, к нам китайцы приехали! Или русские. Там очень много русских работало и международный рабочий язык был английский и русский. Даже турки, которые там работали, знают русский. Потому что бизнес на Россию поднимается. И вот стала я подсовывать Ире клиентов, а сама с этого ничего не имела. Хотя и не прочь была бы что-то иметь, потому что деньги лишними никогда не бывают. Но я просто не спрашивала с нее никаких денег. Мне удобно было, что Ира всегда под рукой. Клиенты приезжали, их нужно развлекать, и она в этом смысле была безотказна.

К тому же через какое-то время я тоже на квартиру съехала из отеля и уже не знала, кто моих гостей обслуживает — может, Ирка сама к ним ходила, а может, другая девочка, с которой Ирка процент брала. Так тоже бывает. Но я с этим не успела разобраться — получилось так, что меня отправили в Москву на три дня в командировку. И — кинули. То есть не прислали ни продления рабочей визы, ни денег. Причем с двух сторон кинули — и хозяин-араб, и наши казахи. Я их свела, провела переговоры, контракт составила на машины «хонда». Прямой контракт получился на шестьсот тысяч долларов, из которых моих десять процентов за посредничество. Но за такие деньги они меня и кинули — и дубайский хозяин, и Казахстан. Забыли про меня, это нормально, это практикуется. А у меня в Дубае все вещи остались, квартира двухкомнатная. А в Москве я с одной сумочкой и денег всего двести долларов — я же на три дня прилетела. И тогда я сказала себе, что все, я завязываю. Потому что у меня наступил кризисный момент — я осталась без вещей, без жилья, без денег. Конечно, мне бы тогда как раз и начать этот бизнес, открыть вот такой салон — те, кто тогда начал, у них теперь кейс или пояс, полный денег. А я поздно начала, хотя мужчины всегда на меня внимание обращали. И у меня были такие моменты, особенно в Дубае, когда я могла сама собой заработать, мне предлагали немалые деньги. А я отказывалась, потому что мысли были настроены на порядочность. Хотя в Англии я уже занималась в этом направлении. Но теперь, в Москве, когда меня даже казахи кинули и я оказалась без крова, тогда я сказала: все, завязываю с этой порядочностью!

Но, конечно, я не пошла на панель или на Тверскую, нет! Я знала, что к этому делу тоже надо подготовиться, маркетинг провести. И вообще поселиться где-то — у меня же ни жилья, ни московской прописки, я в гостинице пребываю. Но тут приехала ко мне сестра из Ковино и сказала, что у нее есть знакомая, которая живет в Кузьминках в однокомнатной квартире. И позвонила этой Вере, спросила, могу ли я у нее пожить. Та согласилась, но когда я к ней пришла, она сказала, что я могу у нее остаться при условии, если проплачу эту квартиру — 200 долларов. То есть как раз все, что у меня было, копейка в копейку! Но я торговаться не стала, я не тот человек, я ей сразу все оплатила. Она успокоилась, а я начала искать себе заработок. Возвращаться в межбанковские кредиты я уже не могла и не собиралась, потому что в этой работе надо быть постоянно. А те, кто меня по этой работе знал, те уже давно все рассеялись, получили свои деньги и разбежались, там теперь все по-новому. И я подумала, дай-ка я позвоню свахам. Сначала с таким намерением, что, может, я и на самом деле замуж выйду за человека с квартирой, поживу у него. Короче, позвонила свахам и дала им свой телефон, попросила, чтобы нашли мне приличного жениха. И тут же, на первом же свидании попалась совсем по-глупому, вульгарно даже. Приехал ко мне этакий молодой человек, я вся из себя такая накрашенная, серьезная. Вера куда-то ушла, мы с ним одни остались, и он наобещал мне кучу всего, а может, мне его просто жалко стало — короче, мы с ним позанимались любовью. При этом он еще как-то вульгарно так говорил, например: «Как хорошо ты делаешь минет». Я была просто удивлена, я к таким грубым фразам не привыкла. И вдруг сразу после секса он уезжает. И буквально через полчаса звонит его друг: вот, я хочу тоже подъехать. Для меня это был такой удар! И я поняла, что я попалась, что мной просто попользовались на халяву. И даже пожаловаться некому. Потому что когда звонишь свахе, она всегда предупреждает: вести себя надо порядочно. Ты и настраиваешь себя на порядочность, а приходит, представляете, мужчина, использует тебя и уезжает. А если ты ему не угодила, то он еще может тебя же оговорить, и сваха тебе звонит, говорит: ты что это? Я больше не буду тебе мужчин присылать. Представляете?

Но, как говорит Лужков, мы люди с понятием — я быстро в этом разобралась. И я этих халявщиков сама стала использовать — я их у метро встречала и вела к себе через рынок, там у нас продовольственный рынок возле метро. И смотрела, как они раскошеливаются. Потому что мужчину проще всего именно на этом деле проверить — как он в магазине себя поведет. Оказалось, что все эти женихи просто хотят уйти от своих жен, потому что те злые, жадные и противные, с ними невозможно ни жить, ни общаться. Причем еще и страшные. А он хочет красавицу. Заплатил 70 или 100 тысяч на рынке за какую-то закуску и думает, что все, ты уже его. Тем более если ты сама ведешь его к себе на квартиру. Тут они уже просто уверены, что ты его до утра будешь на халяву обслуживать. Правда, Вера сначала не разрешала мне приводить гостей. Хотя я проплатила квартиру, но она оставалась хозяйкой. А эта Вера из тех людей, которые, если бутылку не поставить, будут молчать целый день. Просто не разговаривать. Иной раз думаешь: «Господи, что я натворила? Может, что не так ей сказала...»

— Сколько ей лет?

— Да она молодая, 21 год. Но вредная до безобразия. Злой комок нервов.

— Красивая?

— Нет. И толстая. Красивые длинные волосы, но маленького роста, толстенькая, и лицо такое круглое и натянутое, как у хохлушек. Причем относит себя к порядочным, но это чистый блеф. Правда, за деньги она никогда, но что касается секса, то стоит ей хоть немножко выпить — всем подряд! Она в одну ночь может со многими и еще сама напрашивается: кому? кому? кому? То есть совершенно без разницы ей. И вот я ей говорю: «Что ты корчишь интеллигентку? Я своего гостя у метро встречу, проведу через рынок, мы продуктов купим и выпить». О, говорит, если выпить, тогда — да. То есть пока она стакан не приняла, она мне же выговаривала: как ты можешь с ним лечь, если он тебе не нравится? И тот не нравится, и этот... Но стоило ей выпить стакан... И вообще я не понимаю таких разговоров. Есть мужчина и есть женщина, и между ними есть определенные вещи, обыкновенные, человеческие.. Но я с ней не спорила. Потому что она тоже из Ковино, у нас общие знакомые, и это чревато: она может все перевернуть и переврать, а Ковино город маленький, и сестрам скажут, что у них сестра — проститутка. И они бы меня не поняли. Это сейчас они смирились, да и то потому, что были тут у меня в гостях и поняли: я как была организатором, так и осталась. А тогда... Мне выжить было нужно после того, как меня все покидали. Вот и я стала этих кидал кидать. Я звонила в фирмы по продаже продуктов, брала свой заграничный паспорт, оформлялась к ним на работу рекламным агентом, получала там продукты для продажи, затаривала свой холодильник и — все, всех кидала. И совесть меня не мучила — они эти продукты за границей задарма скупали — уж я-то знаю по тем же Эмиратам! — а тут продавали и миллионы лопатой гребли...

Короче, я начала с женихов, но очень скоро они мне совершенно обрыдли, как хохлы говорят. Особенно после одного момента. Был у меня такой момент: позвонил один жених по имени Дмитрий, пригласил в гости. Чувствую, что мужчина молодой, довольно приятный. Я говорю: вы на машине? Назад меня отвезете? Он говорит: да. И я приехала к нему на свидание в одном костюме. Я же из Эмиратов в плаще прилетела, да и тот как раз в стирке был в тот день, и я на то свидание в одном летнем костюме приперлась. Ну, мы с ним посидели, нормально так побеседовали. И чувствовалось в нем, что он настроен на постоянные встречи. А когда человек настроен на постоянные встречи, а женщина ему в первый же раз отдается, она для него теряет цену. Он познает ее, и она ему неинтересна. Я это знала и собралась домой уехать. Но было уже поздно, он не хотел меня отвозить, говорит: мы выпили, если милиция нас остановит, у меня права отнимут. И на такси мне тоже денег не дал, сказал, что у него их нет. Так что я согласилась у него переночевать — он внушал доверие. А получилось так, что он меня просто начал насиловать. Я сказала, что насиловать не надо, я и так отдамся. Но все равно, говорю, ты удовольствия не получишь, просто животную свою страсть утолишь, кончишь и все. И оно так и вышло. А когда я утром проснулась, у меня началась истерика. И не оттого, что он меня изнасиловал, а оттого, что я верила в этих свах и женихов и думала, что есть все-таки категория честных людей, порядочных. Что там, где эти сауны, массажистки и публичные дома, там грязь, а у свах — то, что хочется женщине. А вышло, что у свах еще грязнее и даже с самым порядочным на вид мужчиной это все равно блядство. Вот многие говорят: проституция — это грязь. А я всегда говорю: грязь там, где женщина лишь бы с кем за так ложится, потому что у нее у самой свербит. А там, где проституция, там всегда чисто. Там женщина за это деньги получает и знает, за что работает. Приходите в чистое место, платите, сколько положено, за чистую работу и не будет вам никакой грязи. А тогда, у этого Дмитрия, задарма произошло обыкновенное изнасилование, что еще хуже блядства. И от этого у меня истерика случилась — ведь меня даже «приличный» жених кинул, я домой практически раздетая должна была ехать — в октябре и в летнем костюмчике!

А когда пришла домой, там еще эта Вера с таким ироническим видом. Но я не плакала уже, вытерлась по дороге, успокоилась. И говорю: «Вер, такой мужик хороший, как раз для тебя». А для нее он и правда подходит психологически. Просто шикарный мужчина для нее. И она загорелась им. Я ей дала его телефон: созванивайся и общайся. И вот стала она бегать к нему на свидания, а я — потихоньку, пока ее нет дома — стала звонить по массажным кабинетам и саунам. Вспоминая Англию, я хотела найти себе точно такой же салон, как у Лины. Чтобы с постоянным жильем, чтобы было там человека три-четыре и чтобы хозяйка была интеллигентная женщина. И я нашла такой салон, но меня в него не взяли. Ведь хозяйки таких салонов новеньких кандидаток на улице встречают. И вот я пошла на такую встречу — просто накрутилась, плащик свой надела и пошла. Стою в назначенном месте. И проходит мимо меня такая дама. Я сразу поняла, что это она, хозяйка салона. В мехах, жакет из соболя, бижутерия симпатичная. Первый раз прошла мимо, второй раз. А мне даже неудобно к ней подходить, потому что я — никакая, обыкновенная девка в сером плаще, с кучеряшками и дешевыми заколками. А она прошла мимо меня и все, удалилась. Я опять ей звоню, она говорит: «Знаете, вы мне не подходите, вы деревенская». Представляете, это просто оскорбление для меня! Я даже расплакалась. Но потом я посмотрела на себя в зеркало — точно! Я себя запустила! Я стала совершенно серая и неинтересная! Моя улыбка пропала и какая-то озабоченность во мне появилась. А ведь идет элементарный поиск работы...

Короче, я пошла в хороший салон, покрасилась и сделала себе химию вертикальную, локоны такие волнистые. И — преобразилась. Нет, честное слово. Это я сейчас постриглась и стараюсь одеваться средне и строго, потому что мне нельзя выглядеть лучше своих девушек, иначе не их будут заказывать, а только меня. А тогда... Когда я вышла из салона на улицу, за мной мужчины просто побежали: девушка, разрешите с вами познакомиться! То есть точно как в Англии! Человек семь или восемь приближались, оставляли свои телефоны, приглашали куда-то. Я шла и смеялась: сзади пионерка, спереди пенсионерка! Но я своего телефона никому не давала, а просто гуляла и уверенностью в самой себе заряжалась. И вот когда я переборола в себе это состояние, что меня изнасиловали и кинули, вот после этого все как-то само собой изменилось. Даже женихи стали мне деньги предлагать...

— Значит, они не были злые и жадные?

— Злых и жадных я не приглашала в наш дом. Если я вижу, что злой и жадный, я просто не приглашаю. Или отвратный какой-то. Я же у метро им встречи назначала. И вот подхожу я к метро и вижу: стоит маленький такой, корявенький и всех ненавидит. А к нему вдруг такая блондинка роскошная направляется — стройная, красиво одетая. Он сразу выпрямляется, но я-то думаю про него: Господи, ну куда ты лезешь?! И прохожу мимо, уезжаю. Или другой звонит, говорит: я вас буду в машине ждать. И вот я подхожу к этой машине, он поворачивается, а у него зубы не вставлены. И при этом он еще обещает мне золотые горы, говорит: я вам буду помогать материально. А я думаю: если у тебя есть деньги, ты себе зубы вставь, чтоб от тебя не пахло. Но зато если я видела, что это добрый и нормальный человек, то приглашала на чай.

— А как ты разбиралась, кто добрый и нормальный? Гуляла с ними по улицам, разговаривала?

— Нет, я же сказала — я их сразу вела на рынок. Ведь я уже разобралась: хотя они приходили якобы женихаться, но на самом деле искали то же самое, что и когда приходят сюда, в «Аннушку», — секс и ничего больше. Только дармовой. Но у меня до сих пор стоит реклама в «Свахе» и до сих пор ко мне идут мужчины от свах. Например, один депутат от партии социал-демократов. Или еще один, грек. Они уже открыто говорят, что вовсе и не хотят жениться, а ищут секс, секс и еще раз секс. И самые приличные из них готовы платить. Он мне звонит, как якобы невесте, а я ему сразу говорю, что это стоит 100 долларов в час или 150 долларов два часа. И они приходят, хотя знают, что никаких невест тут нет. Но тогда я еще не держала их за клиентов и не так напрямую использовала. Я сделала себе химию, привела себя в порядок, истратила на это последние деньги и жила буквально на гроши. Если у меня тысяч сто появлялось, это уже были для меня большие деньги. Даже если у меня была десятка и два жетона на метро туда и обратно, то я уже чувствовала себя нормально. Я не могла себе даже сигареты купить. Поэтому я старалась, если ко мне приходил кто-то из женихов, покупать за их счет блок на неделю. Ведь они приходили по субботам и воскресеньям — на чай или вина выпить. Секса уже никакого не было, конечно, с этим я окончательно разобралась. Просто мы общались и назначали потом очередную встречу. И многие из тех женихов еще долго были моими друзьями и помогали мне. Они спрашивали: ты чем занимаешься? Я говорю: ищу работу и сейчас как раз в таком кризисном состоянии, что не мешало бы мне деньжат подбросить. И они давали. Вот так внаглую и говорила. Потому что, когда ты уверен в себе, то легко попросить и легко взять. И если мужчина человек не жадный, то он и дает легко, от души. Были даже люди, которым я могла позвонить и попросить в долг. Например, был у меня Валера. Как-то я ему позвонила: мне нужны деньги. Сколько? Миллион. Ну, мы с ним встретились. На Лубянке есть маленькое кафе, где иностранцы постоянно кушают. Я прихожу туда в марафете, в косметике, короче — в порядке. И Валера приходит, а он такой страшный — маленький, лысенький, в очках и хромает на одну ногу, паралич у него с детства. Но взрослый человек, ему под 50, у него двое детей, жена. Видимо, вышла за него по расчету. Потому что родители у него довольно богатые — мать в МГУ преподаватель, и отец какой-то лауреат, ученый.

И вот захожу я в кафе, а за мной этот Валера хромает, в джинсах каких-то засаленных, кроссовки потрепанные, футболка застирана до безобразия, космы вокруг лысины. Ну чистый бомж по внешнему виду, а идет со мной и стул мне подвигает. А там сидят два иностранца, они себе только что взяли по кружке пива, и пена на этом пиве еще не осела. Но тут они видят такое — красавица и чудовище! У них челюсти отвалились. Они сидят и молча зырят на нас — пока он пододвигал мне стул, пока еду заказывал. А я чувствую этот взгляд, минуту чувствую, другую. Потом поворачиваюсь — пена в их кружках давно упала, а у них такое шоковое состояние, что они и про пиво забыли! Русские — непонятные люди: такая красавица и с таким страшилой.

Но я ко всем людям отношусь нормально. Ну, есть недостаток у человека, но это же не значит, что он плохой. Тем более я пришла с такими корыстными целями. А Валерий тоже почувствовал ситуацию с иностранцами, и ему, конечно, приятно было умыть их — он мне дал аж четыре миллиона! При них. И сказал: «Когда у тебя будет возможность, вернешь». И когда у меня появилась первая возможность, я, конечно, вернула. А тогда я часть денег отправила детям, на другую часть купила себе зимнюю одежду и стала искать работу. Но когда ты сыт хоть немножко, то у тебя появляется совесть, и ты по-другому смотришь на это дело, ты уже не бросаешься с головой в любую помойку. И хотя я стала опять звонить во всякие сауны и массажные кабинеты и меня приглашали приходить на беседу, но интуиция мне подсказывала: нет, это не то место, и это не для меня. Но тут как раз мой месяц у Веры кончился, а за следующий мне платить нечем, и она не открыла мне дверь. Просто не открыла и все. И вот я одна в Москве, где все сволочи меня уже употребили и кинули, а у всех порядочных знакомых я уже в долг набрала, второй раз не попросишь. А Вера мне дверь не открыла, я буквально на улице!

И тогда я позвонила одной девочке, Элла ее звать, я ее по Финляндии знала. Помните, я говорила, что я там в турагентстве работала, наших туристов встречала, они туда на шопинги приезжали. Но не все на шопинги, конечно, а многие девочки — просто на заработки. Особенно — из Мариуполя, Херсона, Николаева, из портовых городов то есть. Однажды нам вообще несовершеннолетних привезли, семнадцатилетних. Одна девочка, помню, Машенька — не очень красивая, а вторая, Леночка — красавица. Длинные волосы, молоденькая и фигуристая. А поскольку им еще не было восемнадцати, то мне было поручено сопровождать их повсюду — по казино, по барам. В первый вечер они, конечно, ринулись в ночной клуб-дискотеку. Пришли, заняли столик, и я вижу, что для них все равно, кто их на танцы приглашает — негры, арабы или финны. Даже негры для них интересней были, хотя финны, когда на танцы приглашают или знакомиться подходят, всегда бутылку приносят или еще что-то. Там вообще от ухажеров отбоя не было. Потому что русских девушек сразу видно. Тем паче что там в любом клубе — а город Хельсинки маленький — всегда завсегдатаи сидят. И когда кто-то новый появляется, они знают, что это русские приехали. И всякие искатели секса постоянно там околачиваются в поисках наших доступных девушек. Но у меня же несовершеннолетние на руках, моя задача была за ними смотреть. И вот пока я смотрю за одной, другая исчезла. Я бегом в туалет или на выход — где она? Так весь вечер и ловила то одну, то вторую. Потому что то Машка спустилась в туалет с арабом, то Ленка пошла покурить с негром. Я же не понимала, что это они исчезают деньги заработать. Моя задача — чтобы они не потерялись и чтобы их не убили. Но, по-моему, несмотря на мой надзор, они в этот вечер заработали нормальные деньги. На минете скорее всего, а может, на обыкновенном сексе пятиминутном. Потому что они постоянно меняли ухажеров и куда-то убегали с ними, а я полночи была в шоковом состоянии и бегала за ними. Ведь это еще до Англии было, то есть я еще вообще темная была в этом бизнесе. Но в конечном итоге они мне надоели. Ведь и ко мне мужчины подходят знакомиться, меня тоже приглашают на танцы. А финны все одного телосложения и все носят клетчатые рубашки, так я их по тем рубашкам и различала — один в синей рубашке, другой в красной, третий в зеленой с желтым. А лиц я их не успевала запомнить, потому что только начнешь танцевать — опять эти стервы пропали, я срываюсь, бросаю партнера и бегу их разыскивать И когда я уже устала от этого бедлама, это было около трех часов ночи, я сказала им: все, мы уходим домой. Тут на выходе со всех сторон подбежали мужчины нас провожать. Один подает пальто, другой просит телефоны. А девчонки такие довольные, счастливые — губной помады там уже и не видно! Но я и этого не заметила, для меня то, что они живы и рядом со мной, — это уже все. И когда я пришла домой, в отель, и отправила их в номер, я была просто счастлива, что могу наконец-то спокойно поспать. Три дня — до заезда следующей группы.

Но это я отвлеклась, просто так вспомнила, а хотела рассказать про другое — про Эллу. Потому что сразу после тех девчат приехала в Хельсинки эта Элла из Мариуполя. Вроде как туристка, а на самом деле к одному своему финну-хахалю. Уж не знаю, где она его зацепила, может, у себя в Мариуполе, все-таки портовый город. И вот она приезжает, у нее при себе только маленькая дамская сумочка, там лежали зубная щетка и трусики. Я встречаю эту группу и говорю: где ваши вещи, девушка? Она говорит: меня здесь ждут. И сразу к телефону, набрала номер. Спустя двадцать минут подъехал к нашему отелю «мерседес» двухместный, спортивный, эксклюзив ручной сборки. А в «мерседесе» — такой старый дядя в ковбойской шляпе. Посадил ее и увез. Через три дня, когда я уже не знала, где ее искать, и думала в полицию обращаться, она позвонила и говорит: у меня все прекрасно, я к автобусу приеду.

И вот она к автобусу подъезжает — весь «мерседес» загружен ее вещами. И швабры какие-то. И тряпки. И электроника. Такой вот набор — тут половая щетка стоит, а тут дорогое платье за тысячу долларов. И перчатки, и еще какие-то причиндалы, которые он ей купил для эстрады, потому что она наплела ему, что она актриса. А затем, пересекая границу — а я как раз с ней уезжала домой, это были мои последние дни в Финляндии, — она при выезде купила́ себе в «дьюти фри» телевизор, видеомагнитофон и плейер. Короче, пол-автобуса заняла своими вещами, пограничники в Выборге говорят: так, это чье? А я человек добрый и у меня вещей мало, я говорю: вот это мое и это мое. Так и проехали, а в Ленинграде она все это выгрузила и попросила меня помочь ей и побыть с ней в гостинице, отправить ее в Мариуполь на поезде. И я с ней осталась, мы эти вещи таскали то в гостиницу, то из гостиницы на вокзал. И она, уезжая, дала мне телефон какой-то своей родственницы в Москве и сказала, что скоро обязательно в Москву приедет.

И вот, когда Вера мне дверь не открыла и я на улице оказалась, я позвонила по этому телефону, и оказалось, что эта Элла в Москве и давно меня сама разыскивает. Мы с ней встретились в «Славянке», которая возле Киевского вокзала, в «Рэдиссон-Славянская» то есть. Там есть шикарный бар по кредитным картам. А у меня наличка кончилась, а кредитная карта была еще с того момента, как я работала с межбанковскими кредитами. Но я ею никогда не пользовалась, а тут она пригодилась — я эту Эллу угощала за свой счет, хотя там все дорого по-сумасшедшему. Но мы с ней посидели, поговорили, она мне много чего рассказала про московские массажные кабинеты и сауны, даже, можно сказать, глаза на них открыла — какие там порядки и как многие девчонки запросто погибают, если на «субботник» нарываются. А «субботник», если вы не знаете, это когда какие-нибудь бандиты берут одну или несколько девочек и на «хор» их ставят. То есть насилуют всех подряд и причем с садизмом. Потому что накуренные или наркотиками накачанные. У них нет грани — и бутылку могут во влагалище затолкать, и морковку в анал. А потом могут убить и выкинуть. Я, кстати, недавно видела одну жертву «субботника» — у нее живот был разрезан сверху донизу. То есть зашит, конечно, но шрам безобразный. Девочка причем очень красивая, а зашуганная — если ее громко позвать, она дергается.

Короче, настращала меня Элка тогда в «Славянке» и пошла позвонить какому-то приятелю. Возвращается от телефона и говорит, что он приглашает нас к себе, поехали со мной. А поскольку до этого у нас с ней был разговор о сексе, то у меня уже появилось сексуальное желание, я думаю: дай попробую. Тем более что, по ее словам, он обещал заплатить по-королевски. И мы приехали к нему, потрахались — кстати, я так никогда не говорю, это выражение из вашей книги, а я говорю: «позанимались любовью» — и лесбис ему показали. И тогда я впервые это почувствовала как работу. Потому что в Англии это не было всерьез, у меня там была основная работа другая, а сексом я с тем японцем и стариком-коллекционером просто так занималась, для развлечения. А тут это была настоящая работа, так я ее ощущала. И когда мы вышли от него, я думала, что Элла меня к себе пригласит и там рассчитается. А Элла оставила меня на улице, села в такси и уехала. Для меня это был просто шок. Потому что я человек такой, что я никогда не брошу подругу в беде. Поэтому я сначала даже не поняла, что произошло. Эллу ее приятель посадил в такси, она уехала, а мне он говорит: постой здесь, я пойду за деньгами на такси для тебя. И я, как дура, осталась посреди улицы в два часа ночи. А он, конечно, ушел и не вернулся, а у меня денег — тысяч 100, не больше. Представляете ситуацию? Ночью, посреди Москвы, без жилья, без никого и ничего! Стою на улице, замерзаю, два часа ночи, и мне идти совершенно некуда. И даже позвонить некому. Думаю: все, кранты, один выход — срочно искать себе сауну. Мы же днем говорили с Эллой на эту тему, и у меня в сумочке был кусок газеты с телефонами тех саун, в которые я раньше звонила. Ищу телефонную будку, набираю первый попавшийся телефон, а мне говорят: подъезжайте туда-то. Хватаю такси, еду к метро «Аэропорт» и — представьте себе! — нарываюсь там как раз на «субботник»!

Вечер третий
КАК ПЕРЕЖИТЬ «СУББОТНИК»

— Итак, Элла тебя бросила, ты позвонила в какую-то сауну и сказала: вам нужны девочки?

— Нет, я позвонила и спросила, можно я к вам подъеду поработать? Да, мне сказали, прямо сейчас можете? И дают адрес своего салона. Я взяла такси, приехала, это у метро «Аэропорт», но я еле нашла, потому что это за каким-то кинотеатром, за рынком и помещение какое-то подвальное. Правда, салон очень хороший — красивый бассейн, комнаты отдыха, бильярд, спортивные тренажеры. Просто шик! И стол накрыт — банкетный, как в ресторане. Ну, у меня настроение сразу поднялось. Во-первых, я увидела еду, а я есть очень хотела. Во-вторых, я замерзла ужасно, а тут тепло, музыка и еда горячая. Для меня это было как праздник. Думаю: елки-палки, тут еще и к столу приглашают! Только смотрю, девочки, которые сидят за столом с мужчинами, какие-то невеселые. А оказалось, эти мужики — как раз та «крыша», которая тот салон прикрывает. И мало того, что они сюда в два часа ночи на халяву приехали, всех с постели подняли уставших, а никому платить не будут, так еще они какую-то не то «стрелку», не то разборку проиграли и сюда прикатили на «субботник», чтоб оттянуться. И вот получилось: эти девушки сидят такие полураздетые, кислые и квелые, что еще сильней мужиков на злость заводит, а тут я пришла — вся в деловом костюме, юбка длинная, жакет фирменный. У меня ведь в тот день с утра какая-то деловая встреча была, я работу искала, а потом — с Эллой свидание, короче — я одета по-светски. И сияю вся, улыбаюсь — еду увидела!

И притом, если я куда прихожу, то первое, что делаю, — ищу там лидера среди мужчин. И очень редко ошибаюсь — даже не столько психологически его вычисляю, сколько интуиция мне подсказывает этого человека. И там я тоже лидера нашла, сразу. Хотя он сидел тихий-тихий и, кажется, ничем не выделялся. Но когда человек не старается сам выделиться из толпы, то в нем, значит, что-то есть, так всегда в жизни бывает. И этот Александр тоже такой из себя мужик довольно молчаливый, лет сорока, и сидел, сразу видно, не один срок — весь в татуировках. Других женщин это отталкивает, а меня нет, меня татуировки даже привлекают. Но я, конечно, не сразу к нему подсела, я так, на краешек, но у него спрашиваю: можно я немножко поку-

49

шаю? Он говорит: конечно, ешь. Ты, говорит, то будешь есть или это? И я вижу, что по его щелчку несут и то и это. Хозяин просто дергаться начал — сам мне все подает, вертится передо мной. То есть я попала в точку. А когда ты находишь лидера, и он тебя принимает, и еще начинает за тобой ухаживать — у всех начинается смятение. Мол, вот пришла какая-то и вдруг... И, конечно, мгновенно ревность — как так, почему он к ней хорошо относится, а к нам плохо? К тому же не исключено, что у него там была постоянная подруга, а он вдруг всех забросил и на меня переключился. И вот я чувствую это напряжение со стороны женщин — как они начинают на меня смотреть, и думаю, елки-палки, я все равно сильнее! И начинаю еще больше играть. И он, Александр, тоже — то он сидел тихий-тихий, злился на все и злостью, как панцирем, закрывался, а тут — раз: садись сюда, ближе! И уже командует: то ей принесите, это. То есть тоже начинает играть. В таких случаях театр начинается всегда. И уже через двадцать минут он говорит: ты чего сидишь в костюме, пойди разденься, там у нас спортивный зал.

Я говорю хозяину: принесите мне шампанского. И на этого Александра посмотрела. Он говорит: иди раздевайся и расслабляйся, тебе принесут шампанского. Ну, я и пошла. Смотрю: там действительно велосипеды, тренажеры какие-то, бильярдная. Мне интересно, я села на велосипед и стала педали крутить. Тут входит хозяин салона, несет мне шампанское, конфеты и еще что-то. А за ним вдруг влетает хозяйка — такая вульгарная и отвратная юная дама, я таких называю «тверскими». У нее на шее золотых цепей штук пять, на пальцах кольца какие-то и даже на ноге цепь из дутого золота. Короче, безвкусица полная и зуб золотой. Звали ее Ира, а мужа ее, хозяина салона, — Игорь. Между прочим, в Москве полно салонов, где хозяева — Ира и Игорь. Что их толкает жениться и именно этим бизнесом заняться, трудно сказать, но штук десять таких салонов я знаю. И вот она влетает и кричит: «Я тебя, сука, прибью сейчас!» Я, честно говоря, к таким словам не привыкла и даже не подумала, что это она мне кричит, я решила, что они между собой так скандалят. Думаю: не буду им мешать, и кручу себе педали. А она снова: «Ах ты, сука, на меня смотри!» Я говорю: «Почему вы так грубо со мной, я не понимаю вас». Она: «Что ты не понимаешь, интеллигентка сраная! Что ты пришла сюда правила мне свои устраивать? «Шампанское ей принесите!» Выкинь ее отсюда!» Это она мужу своему, Игорю. То есть ее задело, что я интеллигентный человек, хоть и нищая, сумела этого Александра приручить, а она перед ним должна на цырлах ходить и, сколько бы у нее ни было денег, мне еще и шампанское подавать! Вот это ее задело, она в истерике и на меня в драку, Игорь ее чуть не ударил, тут девочки вбежали, держат ее, успокаивают.

Я вижу, что из-за меня буквально драка, но думаю: не уйду отсюда. Тут входит этот Александр, и сразу тихо стало, а я ему: «Александр, чем слушать этот скандал, пойдемте, посидим в бильярдной, вы на бильярде играете?» Ну, вы представляете: он ведь плебей, бандит и весь в наколках, а ему вдруг на вы и Александр! К нему ж так никто не относится. И он к людям так не относится. И вдруг ему на вы и с уважением. Он посмотрел на всех — молча причем. И — их как сдуло. А мы с ним начали разговаривать, он стал свое рассказывать, а я свое. Обычный такой разговор — чем он занимается, чем я занимаюсь. Кто я по жизни, как меня зовут. Оказалось, что у банкира, которого он охраняет, жена тоже девчонка и стерва. До сорока лет этот банкир был холостяком, но поехал по бизнесу в Башкирию, увидел девочку очень красивую, ей 14 лет, наверное, было, и она родила ему сына. И вот он быстренько на ней женился, и вдруг у меня, говорит этот Александр, появляется хозяйка-девчонка, которая делать ничего не умеет, палец о палец не ударит, у нее горничная за ребенком смотрит, а она только ходит, пальцем тычет, да еще мне же тыкает постоянно. А я, говорит, не могу ей ничего сказать, хотя готов ее двумя пальцами придушить. То есть в таком плане жаловался он мне.

А я говорю, мол, надо же, везет нацменкам, а я вот чисто русская, а судьба не подкинула мне ни одного приличного мужчины. А то сидела бы я тоже где-нибудь в хоромах, в бассейне купалась. У тебя, говорю, никого нет на примете, чтобы и мне пристроиться и не ходить сюда? Нет, говорит, я этим не занимаюсь. Ну, говорю, нет так нет. И все, на этом разговор прекратился, но я его этим разговором на человеческое направление перевела. Хотя у таких, как он, совсем другие понятия о женщинах. Они даже от секса получают удовлетворение только при садизме. То есть они приходят в салон не для того, чтобы расслабиться и отдохнуть, а чтобы психологически надавить на девочек, почувствовать свою власть над ними. И девочки тоже — если приходит бандит, они уже напуганы и ведут себя как зашуганные. От этого он, естественно, еще больше проявляет себя бандитом — хватает ее за волосы, начинает издеваться: «Ну-ка, на колени!», «Соси!» и всякие вульгарные слова. Короче, он никогда не ласкает женщину и себя не дает ласкать, а удовлетворение получает не от секса, а от своего садизма и превосходства над женщиной. И вот этот Александр относился к такому же быдлу. Но со мной у него это не получилось. Он начал играть на бильярде и играл, конечно, всерьез, а я, естественно, в шутку, потому что играть не умею, мне главное — попасть в шарик. Женщина вообще не должна уметь играть в эти игры, она должна уметь флиртовать, уметь строить глазки — вот и все, что она должна уметь в этой жизни. То есть подводить человека к тому, чтобы он почувствовал краешек твоего тела, тепла или прохладу твоих рук. А если играешь на бильярде, то обязательно должна быть стойка, чтобы мужчина чувствовал в тебе что-то сексуальное. Вообще если ты знаешь, что ты, как женщина, высший тип человечества, потому что Бог все-таки сначала сделал мужчину, но потом увидел, какой он получился тупой и грубый, и потому сделал женщину на порядок выше и тоньше, так вот, если ты знаешь, что ты — высший уровень, то ты и ведешь себя соответственно тому, как Бог задумал. Все твои движения должны быть совершенно четкие, красивые и сексуальные. Даже просто по жизни — и в быту, и на кухне — каждое твое движение должно быть отработано. В походке или если ты на стул садишься — во всем женщина должна быть сексуальной. Потому главное правило в моем салоне: все должно быть преподнесено красиво. Первый крик, который я поднимаю на своих девушек, это если они сами к себе грубо относятся, не по-женски, а рассядутся враскоряк, как бляди подзаборные. Ведь мужчины это чувствуют очень четко, любой мужчина чувствует, что в тебе есть. И вот с тем Александром — там было несколько моментов, когда он хотел стать самим собой и мне нагрубить. Например, он говорит: ты чо танцуешь, ты или играй или не играй! Но я отвернулась в этот момент и как будто не слышу, то есть не дала ему возможности спровоцировать меня на ответную грубость. А подошла к нему сзади и говорю: что-то у меня не получается сегодня, давай мы с тобой в другие игры поиграем. Например, если ты забьешь шарик, то я у тебя один раз лизну. А он такой неотесанный — он сначала не понял. Он говорит: еще чего! ты мне и так минет сделаешь! Я говорю: нет, так неинтересно, так можно и любому сделать, но разве это игра? Игра — это если ты попадешь в лузу, я у тебя лизну, а если не попадешь — то ты у меня лизнешь. Это, говорю, уже игра, настоящая. Но он не поддавался. Он говорит: сейчас я тебя лизну кием по жопе! А я опять не реагирую на грубость, я говорю: хорошо, тогда я конфетку съем. Так я его заводила, постоянно условия какие-то выдвигала. И довела до такого момента — мы начали любовью заниматься. Причем если ты выбираешь лидера, то самое интересное, что где бы вы ни стали заниматься сексом, к вам никогда никто не зайдет и не потревожит. Это закон и для сауны, и для офиса любого, и даже для Кремля. Ты будешь заниматься сексом столько, сколько хочешь, пока он не скажет: все. И с этим Александром тоже — пока он не вышел, к нам никто не зашел. А я его завела в такое состояние, что мы занимались любовью и на бильярдном столе, и на диванчике, и на тренажерах, где зеркала. Я говорю: нет, здесь неинтересно, пойдем сюда. А теперь — сюда. То есть я его заводила и тянула время, потому что мне не столько интересно было его удовлетворять, сколько просто поиграть в тот фарс, который я там создала. Я говорю: а давай такую позу, а давай такую, а давай представим, что я фонтан... Короче, он разозлился — все, говорит, ты мне надоела, давай трахаться в прямом смысле. Я говорю: давай. Если хочешь так, будет, как ты хочешь. И он захотел минет, но долго не кончал, не мог настроиться. Я говорю: Алекс, я тебе больше не буду минетить, у меня губы не резиновые. Если ты меня не хочешь, то там девочки есть, иди к ним, пусть они тебе сделают. Он говорит: нет, я не хочу этих грязных тварей, я сейчас настроюсь, и все будет нормально. И действительно, как только он включился, я с ним в минуту управилась и он расслабился. Тут нам принесли шампанского — он попросил. Сигареты принесли, покурили мы с ним, выпили. И в этот момент кто-то еще пришел. Я говорю: Алекс, а что здесь так народу много? Он: а тебе мешают? Я говорю: да, мешают. Он говорит: так, вышли все! И мы остаемся опять с ним одни, и вроде бы ему уже ничего не хочется, но я начинаю с ним флиртовать, просто сама пристаю. А любому мужчине нравится, когда женщина пристает, — особенно, конечно, если женщина приятная, красивая и все смотрят на нее, и все ее хотят, а он один получает этот подарок. Но и во второй раз он опять очень долго не кончал — я уже устала, у меня уже коленки болели и ноги за шеей были, я уже и не чувствовала ничего, а как резиновая кукла была — до такой степени он замучил меня. Господи, я уже сама себя проклинала: зачем я согласилась?! А он все не может кончить и не может. Я говорю: «Алекс, если тебе нужно немножко садизма, то давай, сделай мне больно, я для тебя согласна — может быть, получится у тебя удовлетворение». И тогда он поставил меня, как говорится по-русски, «раком» и схватил за волосы. И, представьте себе, мне это даже понравилось. Власть такая, сильные руки. А он это во мне почувствовал и все — и у него сразу все получилось, кончил. То есть он за эти два часа, можно сказать, другим человеком стал. Если раньше он приходил к женщине, ставил ее на колени или еще как и требовал, чтобы она с ним отработала, то тут он впервые, может быть, в жизни сначала поговорил с ней по душам, потом поиграл и пофлиртовал и получил от этого удовлетворение!

В общем, не он мне сделал «субботник», а я ему. И после этого он уехал, а я вышла, села к столу поесть, а там уже все более-менее затихло, все ушли спать, и я тоже уснула на кожаном диване, который там стоял в уголке. А когда проснулась, у меня уже кофе стоял — принесли! Потому что с Александром вся его бригада уехала без всякого «субботника» — никого не побили и не порезали. И девочки спокойно спали в подвале — там под салоном есть обыкновенный подвал типа бомбоубежища, где стоят кровати железные и двухэтажные, как в казарме. И они там спят. А когда клиенты приезжают, они одеваются и поднимаются в сауну. Представляете?

И вот я проснулась, попила кофе и думаю: куда идти? Говорю: а есть здесь где еще поспать, но по-человечески? Они говорят: да, есть. Там, говорят, наверху у нас учебный комбинат по обмену учительским опытом, и там есть комната отдыха для командировочных учителей и столовая. Я своим ушам не поверила, но выхожу на улицу, а уже светло, утро и действительно — дом такой официальный и вывеска «УЧЕБНЫЙ ШКОЛЬНЫЙ КОМБИНАТ». Представляете? В этом школьном комбинате, в его спорткомплексе и сауне самая проституция и происходит! Я зашла в столовую, покушала, довольно-таки вкусно и дешево — за 15 тысяч и еще за 15 тысяч выспалась в комнате отдыха для командировочных. А потом эти же Игорь и Ира мне говорят: оставайся у нас работать. То есть ночью они меня впустили, потому что «субботник» у них намечался, и они хотели меня вместо своих девочек бандитам подставить. Но увидели, как я с бандитами справилась, и предложили мне работу.

Ну, я опять спустилась в подвал, посмотрела, но уже, конечно, другими глазами — а там ужасно, просто ужасно. Но куда мне деваться? Игорь мне говорит: поработай администратором, девочек клиентам представлять. А то, говорит, моя баба только все дело портит...

Вечер четвертый
МОСКОВСКИЙ ЖЕНСКИЙ РЫНОК,
или
КАК СТАТЬ ПРОФЕССИОНАЛЬНОЙ ПРОСТИТУТКОЙ

— Если выбирать какую-то профессию, то сначала нужно маркетинг провести, — сказала мне Анна в наш четвертый вечер. — Я, как руководитель по жизни, с этой точки зрения на любое дело смотрю. И после того «субботника» я себе сказала: все, никакой самодеятельности, а только маркетинг с самого начала, чтобы все по науке.

— И как же ты проводила этот маркетинг?

— А проходя по московским клубам. Ведь клубы разной категории бывают и на любой вкус. Москва теперь так красиво открылась — есть клуб голубых, есть клуб лесбиянок, транссексуалов, даже клуб толстых женщин. Это все на Таганке. А по городу — самые разные клубы — от простых забегаловок для наркоманов, пьяниц и рабочего класса, где женщина полсотни стоит, до элитных клубов, где цены просто завальные. И я смотрела, какие женщины ходят в эти клубы, какой там уровень и для какого уровня я подхожу на тот день. Я понимала, что те, кто работает, например, в «Феллини», они прошли определенный стаж. Потому что «Феллини» — шикарный закрытый клуб для элиты. Там постоянно выставки картин, антиквариата, казино там, рулетка и клубная карта очень дорогая. Люди туда ходят только очень известные и богатые. А девочки — из модельных агентств и стоят 500 долларов. Это минимально. Если кто-то из девочек говорит гостю «двести» или даже «четыреста», то это чревато последствиями. Потому что каждый клуб держит свою марку и там есть люди, которые всех видят и все видят. Конечно, когда человек приходит туда первый раз, то ему кажется, что там просто толпа. Но тот, кто работает там, он знает, кто пришел первый раз и даже зачем пришел. Даже если неделю туда походить, то уже можно определить, кто там новенький появился и для чего. Если девчонка пришла просто отдохнуть, день рождения справить — этих сразу видно. А те, кто пришел сняться, то у них и взгляд другой. По взгляду можно определить, кто они такие и какого уровня они ищут себе мужчину. Модели, например, они очень меланхоличные. Потому что приходят со своими «мамками». Да, вот взяли и испортили такое хорошее слово, стали его употреблять как «сутенерша». Но вообще в «Феллини» главный сутенер — музыкант, который ведет дискотеку диск-жокей. Он ведет дискотеку и в то же время к нему подходят и спрашивают девочек. То есть там такая круглая танцевальная площадка, и все девочки танцуют обязательно. А мужчины их смотрят, выбирают, но сами к ним не подходят. А подзывают этого музыканта или пишут: хочу такую-то в таком-то наряде. И с ним же расплачиваются, и девочка уезжает, такой вот интересный момент. И есть там вторая категория женщин, более взрослые, проститутки со стажем. Они приезжают в соболях, поднимаются сразу в казино и делают маленькую ставку. Это для форса. Стоят они около тысячи долларов, за меньше они не едут.

— Они что же, — поинтересовался я, — старше других по возрасту?

— Нет, по стажу, — пояснила Аннушка. — Ей может быть 27, но если она начала работать с 14—15 лет, то по ней это видно, она может выглядеть и на 37 лет. Но им платят за то, что они продержались на этом поприще столько лет.

— А кто же их снимает?

— Снимают их в основном дипломаты и депутаты. Потому что это очень тяжелый народ. У них даже ночью голова работает, и они не умеют расслабиться. Многие вообще думают, что они импотенты. А они ищут женщину, которая может их расслабить, и это очень большая работа, тут без стажа и опыта ничего не выйдет. Одна моя знакомая ушла с депутатом в комнату и через какое-то время вышла и плачет ужасно. Я говорю ему: что ты с ней сделал? Ничего, говорит. Тогда я ей говорю: он тебя бил? Нет, оказывается, он ее психически убивал. Он начал ей рассказывать, как она низко пала. И психически стал ее давить — мол, почему ты этим занимаешься. И она не выдержала, у нее истерика. А для них это такой эротический садизм, как у бандитов «субботник». То есть те на страх берут и физически избивают, а эти морально. Сначала он нравоучения читает, до печенок достанет — мол, уйди с этого грязного поприща, а потом, когда девочка уже плачет, и кается, и вся в соплях, — вот тут он ее и поимеет с большим удовольствием. Но настоящего расслабления это все равно не дает, это только другая форма садизма, это садизм власти, я бы сказала. А для настоящего расслабления они себе ищут более взрослую женщину, и такие специально для них приходят в «Феллини», и ставка у них — тысячу и выше.

— Если там так дорого, как же ты туда попала?

— Я шла целенаправленно, изучая маркетинг этого рынка. И первый раз я заплатила за вход. А второй раз я уже познакомилась с охранниками и заходила туда даром. Но начала я, конечно, не с «Феллини», а с клубов, где для девочек вход бесплатный. Брала клубный журнал, смотрела, где вход бесплатный, и шла туда. Приду, чашечку кофе выпью, присмотрюсь, что и как. Или в казино посидишь, тоже чашку кофе выпьешь, поговоришь, пообщаешься — девочки, пока ждут клиента, чего только не расскажут. Например, что клуб самого высшего уровня находится где-то на «Спортивной». Но это уже только для правительства, там три проверки даже по клубным картам, и туда ходят модели высшей категории, которые прошли кастинг определенный, и проститутки со стажем десять лет минимально. Рядом по этой категории стоят только «Феллини», «Три пескаря», «Ап энд даун» — в них цена на девочек тоже до тысячи доходит. А «Найт флайт» — клуб второй категории, туда в основном ходят одни иностранцы и новые русские, вход туда стоит 120 долларов. Этот «Найт флайт» какой-то швед держит, и там никаких сутенеров нет. А девочки там идут по четыреста долларов, и даже за триста можно сторговаться, они без «мамок» работают, а сами на себя, и в основном это все москвички, с московской пропиской. Но правил там никаких нет — можешь себе любую цену назначить, хоть 50, хоть 500. Чем это место и хорошо для работы. А этот швед и его помощники ни во что не вмешиваются, он на входных билетах зарабатывает — там за вечер девочек пятьсот проходит. Причем пускают туда только красивых, молодых и хорошо одетых. То есть это такой дом свиданий на Тверской — мужчины приезжают туда снимать девочек, целенаправленно, ничего больше. Но там надо самой подходить к клиентам, что для новеньких девочек — край. Как это я подойду к иностранцу за деньгами, это же все равно, что по улице с протянутой рукой пойти! Хотя, конечно, и мужчина может к тебе подойти, но, как правило, там такая конкуренция — не успела ты глазками щелкнуть, другая его уже сняла. Потому что иностранцы — самый лакомый для русских женщин кусочек. Ведь западные бандиты к нам не приезжают, а когда нормальный человек появляется в чужой стране, он не знает ее законов и психологически ведет себя соответственно. С опаской. Он хочет женщину, но даже если он простой рабочий, он не пойдет насиловать, он пойдет в клуб или в салон. И все девочки хорошо знают: когда к иностранцу едешь в гости, там никакого «субботника» не будет, там безопасно. А во-вторых, у них всегда можно покушать. Правда, он тебя затрахает за свои три или четыре сотни, он специально будет терпеть и не кончать, потому что уже обжегся с Россией и знает наш стандарт — только один раз! Но зато если ты видишь, что он время перешел, ты говоришь: все, финиш. Если хочешь продолжать, доплачивай! И они не шумят, не кричат, они всегда платят. И никогда не кидают, а даже спрашивают: можно еще раз? можешь ты остаться у него ночевать? Ты говоришь: это стоит столько. И если он не платит — все, ты встаешь и спокойно уходишь, никто тебя пальцем не тронет.

— А иностранцы — это кто? — поинтересовался я. — Скажем, белорусы или грузины — это теперь тоже иностранцы?

— Представьте себе — да! — сказала Аннушка. — Мы разделились полностью! И самое главное, психологически. И это проявляется во всем, а в сексе — особенно. И пусть они как хотят к этому разделению относятся, но они сами его хотели, и теперь мы к ним относимся, как к иностранцам, но из слаборазвитых. Хотя кавказцы, например, они в сексе всегда были злые.

— А китайцы? — расширил я географию.

— Китайцы разные бывают, — просветила меня Аннушка. — Которые здесь обжились, они уже ведут себя, как русские. А которые приезжие, те никогда не стоят за ценой. Говоришь ему «сто пятьдесят» — будет сто пятьдесят, говоришь «триста» — значит триста и все, он другую искать не будет. Может, у них правило такое — к кому подошел, ту и берешь, не отступая. Но вообще и наши китайцы, обрусевшие, и приезжие — все они очень быстро кончают. То есть я не знаю, как они на китаянках, но с русскими девушками они в такое возбуждение входят, что сдержаться не могут и в момент кончают, как дети.

— А японцы?

— Нет, японцы более изощренные и цивилизованные. И у них все четко поставлено: они сюда по бизнесу приезжают на год, причем — выучив язык. Он, может быть, первый день в России, а уже начинает с тобой торговаться. Особенно если это не в «Феллини», куда они вообще не ходят, и даже не в «Найт флайте», а в какой-нибудь «Метелице». «Метелица» или «Утопия» — это, конечно, ниже «Феллини». Я, между прочим, в это «Феллини» как раз после «Утопии» и «Космоса» попала, то есть обтерлась уже по клубам. Но все равно — когда я первый раз пришла в «Феллини», у меня был шок. Стрессовое напряжение. Я сижу в сторонке, а мне кажется, что меня все видят. Честно скажу, до этого у меня такое чувство было только один раз — когда я впервые из своего Ковино в Москву приехала и в метро вошла. Так я испугалась! Казалось, на меня все смотрят и все у меня забирают энергию. Но потом я, конечно, научилась блокироваться. Или привыкла. То есть в любом клубе ты первый раз чувствуешь себя напряженно. К тому же тебя, как новенькую, действительно все разглядывают — и постоянные клиенты, и сутенеры, и администрация. Но если ты неделю в этот клуб походишь, то этот комплекс снимается. Ты уже знаешь, как держать чашку, ложку и как вести себя. Хотя в «Феллини» я и недели не провела, я там уже на второй или на третий вечер поняла — это еще не мой уровень, у меня ни «мамки», ни стажа. И я вернулась в «Утопию», потому что у меня там уже напарница появилась, Дина ее звали. Она красивая была девочка, но моложе меня и брюнетка. А на этом рынке всегда парами работают и подбираются по контрасту — блондинка с брюнеткой, худенькая с полной и так далее.

— Ты с ней в «Утопии» сошлась?

— Нет, в «Райских птичках». Это тоже салон такой, как моя «Аннушка», но классом пониже, конечно. После той сауны и «субботника» я еще в нескольких местах поработала — мне ведь жить негде было и не на что. И я нашла салон с проживанием — «Райские птички». Там хозяева тоже Игорь и Ира. И вот этот Игорь открывает мой паспорт, смотрит, а там год рождения указан, и он видит, что мне 35 лет. Он говорит: ты-то зачем пришла? Я говорю: знаете, я к вам пришла без вопросов, и вы, если можно, без вопросов. Если я вам не подхожу, так и скажите. Он говорит: нет, подходишь, но работа у нас почасовая, клиентов много и вообще тут сплошной конвейер. Если выдержишь, говорит, оставайся. Потому что тут и молоденькие не все выдерживают. Ладно, я осталась. И вот приходят клиенты, им девушек показывают, а там 12 девушек и все молодые. А я смотрю клиентам в глаза и мысленно прошу: «Возьми меня! Возьми меня! Ну возьми, пожалуйста!» И один дяденька вдруг говорит: «Ладно, ты так смотришь, пошли со мной! Посмотрим, что ты со мной сделаешь». Ну, я все ему сделала, и он мне такие чаевые дал — я там на чаевых больше заработала, чем по часам. Потому что пускай у меня как у проститутки стажа не было, но по жизни у меня опыт был, чтобы в людях разбираться. И если я вижу, что пришел грубый мужик или, может быть, бандит, то я знаю, что ему нужно что-то с садизмом. А если я вижу, что интеллигентный и чистый, то такому я могу за лишние 300 тысяч сделать минет даже без презерватива. Или, скажем, кто-то хочет мастурбацию увидеть, или стриптиз, или лесбис. При этом я им не говорила: хочешь стриптиз? Нет, я говорила: можно я тебе стриптиз покажу? Он говорит: ну покажи. Я говорю: триста тысяч. И так с одного триста, с другого — я там за три дня заработала три миллиона рублей — старыми, конечно, — и ушла. Во-первых, мне не понравилось, что там действительно сплошной конвейер — он пришел, залез, слез и ушел. Хочет он мыться, не хочет — не

64

важно! То есть там пять комнат, и работа круглосуточно. А клиент идет и идет, как рыба на Сахалине, и тебя поднимают в любое время, усталая, не усталая — вперед! А во-вторых, на три миллиона я уже могла снять себе комнату и иметь деньги на хлеб, еду и метро. И даже в тот период я кое-какие деньги детям отправила и купила им куртки.

И вот я ушла оттуда, потому что в то время у меня еще не было полного решения заняться этим бизнесом. Во мне борьба происходила. Я еще думала куда-нибудь в экономику вернуться, в менеджмент или в банковскую структуру. Вот, думаю, вернусь в бизнес, у меня там неплохо получалось, и можно найти людей, какие-то связи восстановить и опять устроиться на приличную работу. Но это я так думала, пока деньги были, пока я сыта была. И к тому же во мне, наверно, что-то такое сексуальное появилось или я как женщина стала раскрываться, не знаю. Но только никакие старые связи я восстановить не смогла, а новые меня в деловом качестве не воспринимали. Я как-то с тем же Александром встретилась, хотела насчет работы поговорить, а кончилось все у него в постели. И так это меня заело, что утром он пошел бриться, а я — за ним, в ванную. Он говорит: чего тебе? А я говорю: ну, если ты меня только как женщину воспринимаешь, то я тебе такое сделаю — всю жизнь будешь меня вспоминать, каждый день! И сделала ему минет. То есть пока он брился, я ему минетила. А недавно мы случайно встретились, он смеется: «Ну, Аннушка, достала ты меня! Я тебя каждый день вспоминаю — по утрам, когда бреюсь!»

И вот это чувство мести, что ли, подтолкнуло меня в проституцию. Потому что в сексе я, может быть, до сих пор по-настоящему не раскрытая. Ведь по жизни, если посчитать, сколько у меня настоящих партнеров было? Пять или шесть, если с мужем считать. А все остальные — клиенты, которые меня обманывали, кидали, насиловали. И скорее всего именно они и толкнули меня в эту профессию — отыграться на мужчинах, вылить на них все то зло, которое они принесли мне за это время.

— Стоп, Аннушка! — сказал я. — Тут я что-то не пойму. Как в этой профессии можно мстить мужчинам? Тут ведь как бы наоборот — сфера обслуживания. Угождать нужно мужским прихотям...

— Нет! — решительно перебила Аннушка. — Стать проституткой — это и есть месть мужчинам! Потому что вне проституции мужчины себя как ведут? Они обещают золотые горы и говорят всякие слова — «дорогая», «любимая», то-се. А потом получат свое и раз — ты остаешься у разбитого корыта. А тут все четко: плати деньги и уходи! Я тебе не должна ни душу раскрывать, ни жизнь. Я за твои деньги отработаю сколько положено и — пошел вон! То есть я выше тебя, потому что ты во мне нуждаешься, лично во мне, как в женщине, а я — только в деньгах, в бумажках! Понимаете?

— Н-да... Круто... — заметил я. — Только можно ли строить жизнь на мести?

— Вот, — сказала Аннушка. — Это вы правильно заметили! И Игорь мне то же самое сказал, когда я в «Райские птички» вернулась. Я там, уходя, туфли забыла, а когда пришла за ними, Игорь, хозяин, мне предложил у них тоже администратором поработать. И начал показывать, как он рекламу делает, как «крышу» выбирают и как у них все организовано. Вообще, говорит, ты можешь заниматься чем угодно, но этот бизнес

66

самый лучший и самый прибыльный. Потому что здесь налоги платить не надо, бухгалтерию вести не надо, и только одно в этой профессии обязательно — любить мужчин! Без этого, говорит, никогда настоящей проституткой не станешь и настоящих денег не заработаешь. А вот если полюбишь мужчин, всех, говорит, именно всех — и больных, и горбатых — вот тогда, говорит, этот бизнес самый интересный и самый лучший. Ведь зарплата к тебе домой сама приходит! И мне это так понравилось по мысли, что я себя тренировать стала. Нет, правда, я ходила по улицам и смотрела на мужчин — не на молодых и красивых, а на самых грязных, небритых, пьяных и старых и думала: а что в нем хорошего, за что его можно полюбить? Ведь кто-то и его, может быть, любит. А за что? И так я в себе это воспитывала, честное слово. И там же, в «Райских птичках», я с этой Диной сошлась. Она хоть и моложе меня, но тоже прошла через несколько салонов и сообразила уже, что пора на себя работать, а не на хозяев постели пахать. И мы с ней ушли из салона, сняли комнату. Точнее, я сняла, а она ко мне подселилась, потому что по жизни я лидер, а она нет, ей руководитель нужен, она, как иногородняя, и Москву-то еще плохо знала. И для начала мы с ней пошли в дискотеку «Солярий», где гостиница «Космос». Нам кто-то дал пригласительные и сказал, что там сбор каких-то банкиров. А там оказалась обычная дискотека. В подвале. Мы пришли, а там, конечно, сразу увидели, что мы новенькие. И первые, кто к нам подошел, — местные бандиты, из тех, которые этот «Космос» держат. Один был, наверно, два двадцать ростом, а второй маленький. Цепи на них, браслеты — все, как положено. И говорят: девочки, имейте в виду, вы сегодня с нами аттестацию проходите. И отошли. Ну, я думаю, идите вы куда подальше! Тем более что к нам подсели итальянцы, начали разговаривать и пишут мне цифру на салфетке: 200 долларов за ночь. А я думала, что «Солярий» относится к более высокой категории, я говорю: ты что, за двоих — тысяча. О, говорит, таких цен здесь нет. Как нет, говорю, это все-таки клуб более-менее. А потом смотрю — там все зеркальное, и потому он кажется большим. А на самом деле он маленький, темный и грязный. Ну, мы встали и — к выходу. Без итальянцев, сами, просто, чтобы уйти. Но эти два парня нас уже не выпустили. «Девчонки, вы с нами» — и все. Ладно, для нас мужчина это мужчина, поднялись наверх, на 19-й этаж, в какой-то номер. А было прохладно, и один из них, Дима, высокий который, он окно открыл. А в «Космосе» окна огромные, почти до пола и открываются настежь. Вот он открыл окно и говорит: ну что? попались? Это у них один из психических нюансов запугивания — мол, мы вас сейчас в окно выбросим. Но мы никак не прореагировали, я так вообще не поняла, думала: может, человеку жарко. То есть мы их не восприняли как бандитов. Мы знали, куда идем и что нам делать. Ведь мы с ней договорились работать, а труд, чтобы он был оплачен, его надо выполнять правильно. И вот они что-то говорят, а мы включили музыку и стали показывать лесбис. Такое у нас появилось желание. А лесбис — это вообще интересная штука. Когда женщины по жизни лесбиянки — это одно, они в эту жизнь мужчин не впускают. А в нашей профессии лесбис — это совсем другое, это артистизм и театр. Там надо научиться делать такие движения, чтобы зрителя захватить, чтобы у него сексуальные эмоции возникли. И вот мы с Диной устроили им такое представление, как на сцене. Я ложусь, Дина ко мне наклоняется, а у нее длинные волосы, и этим парням вообще не видно, что мы там делаем. Но по тому, как я начинаю стонать и изгибаться, у них фантазия начинает работать, они смотрят, смотрят и — замолчали, уже никаких угроз. А мы позанимались лесбиянством, и Дина пошла с Димой-большим в ванную отдыхать. А я осталась с Мишей-маленьким, но он оказался вредный и противный, он говорит: у Димы член такой огромный — ни одна баба принять не может, он вас всегда насилует, и сейчас твоей подруге просто матку порвет. И смеется при этом, радуется! А я слышу, что Динка не кричит, я и расслабилась и стала этого Мишу ласкать. Мне было все равно — противный он, не противный, бандит, не бандит — я знаю, что он мужчина и что ему как мужчине нужно. То есть он надо мной поиздеваться хотел и стал угрожать: вас всех вешать надо! я тебе сейчас то сделаю, это! Но как он может издеваться, если я его не боюсь, а уже ласкаю и думаю: говори сколько хочешь, если у тебя такая фантазия разговаривать при сексе, а мне с тобой разговаривать некогда, мне главное — чтобы ты получил наслаждение. И когда он кончил, он сразу замолчал. И так мы нормально отдохнули, а потом они говорят: елки-палки, мы на вас хотели оторваться, специально окно открыли, чтобы если вдруг что не так — выкинуть вас и все. Но вы такие классные девчонки — мы никому не платим, а вам — так и быть. И заплатили нам 150 долларов, хотя мы были у них буквально 20 минут.

И вообще с Диной у нас поначалу все нормально получалось, мы с ней полгода вместе жили и работали. И чего только не навидались! Если бы вы проституткой поработали, вы бы такие романы написали — отпад! Например, появился у нас как-то клиент из Сибири и говорит: у меня все прекрасно — семья шикарная, жена замечательная. Но в сексе полного наслаждения нет, потому что в юности я привык иметь секс только с женщинами в носках. То есть комплекс у него такой, потому что в юности он спортом занимался и ездил на соревнования. А там у них была сборная мужчин и сборная женщин. А кодовый знак — белые носки. То есть если на девочках белые носки, то, значит, все в порядке, мужчины, заходите к нам! И вот этот комплекс у него сохранился. А жена, как назло, тоже бывшая спортсменка, у нее при виде белых носков истерика начинается, она ему кричит: тебе что, всех подряд подавай? И вот когда он пришел к нам с Диной, он говорит: только одно условие, девочки, — наденьте белые носки. И сам побежал в магазин за носками. Но в магазине белых носков не оказалось, одни черные. Так он потом очень страдал — опять, говорит, не повезло, не будет полного наслаждения. Но мы с Динкой так постарались, что он забыл, в каких мы носках, ему потом и черные носки белыми показались...

Вечер пятый
СЕКС, ДЕНЬГИ И РАБА ЛЮБВИ,
или
ТВЕРСКАЯ — СУРОВАЯ УЛИЦА

— Женщины делятся на две категории: на блядей и проституток, — объяснила мне Аннушка в наш последний, пятый вечер. — Бляди — это те, которые постоянно находятся в сексуальном возбуждении, им все равно, с кем и где, им лишь бы использовать мужчину, удовлетворение от него получить. А остальные женщины, которые не бляди, — все проститутки без исключения. Не важно, что она о себе думает: я замужняя женщина, порядочная. Ерунда это! Просто она не за наличные это делает, а за тряпки, ювелирные украшения, комфорт и другие удобства. Разве она не тянет из мужа подарки — шубы, наряды, курорты всякие? И разве без подарков она его удовлетворяет так, как в тот день, когда получает что-то? Вы мне покажите «порядочную жену», которая за кольцо или шубу откажется сделать мужу то, что он хочет. Но это ведь те же деньги и та же проституция. Потому что проститутка — она тоже приходит в состояние возбуждения от красивой вещи, она тоже думает: я вот это хочу! я за это могу отдаться! И я, может быть, с самого начала была такой человек — ну, внутренняя проститутка. Потому что наш отец хоть и работал день и ночь, а гулял от матери очень сильно, у него была куча любовниц в деревнях. И все учительницы, которые у нас преподавали, были его любовницы. Вот нас было шесть сестер-погодков, так в какой бы он класс ни пришел, он никогда не стучал и со всеми учителками на ты: «Валентина, позови мне Аню!»

Но мама его прощала. Она даже рада была, что он гуляет, ведь он ее в это время не трогал. А то когда он с нами жил, так он ее просто замучил — шесть детей сделал! И я, наверно, повторяю его путь по сексу. У меня, я думаю, призвание такое сексуальное — мужчин удовлетворять. Тем более если за это еще и деньги платят — это же вообще роскошно! Вы, например, писатели тоже так живете — пишете книги, удовлетворяете свое призвание и за это еще деньги получаете. Или художники — они же

71

не могут не рисовать, если у них талант от Бога. Женщины то же самое. Только без менеджера даже самый роскошный художник может от голода помереть, как проститутка на Казанском вокзале. А с менеджером...

Вот посмотрите мой салон. Это не то что какие-то дешевые бордели для рабочего класса в спальных районах. Я не для рекламы вам говорю, я знаю, что вы все равно мое имя поменяете в книжке. Но сейчас в Москве держать дешевый салон просто глупо. Потому что цена женщины зависит от экономического состояния страны. Вот недавно в связи с Гонконгом упали ценные бумаги, и биржа остановилась. И сразу — у нас простой, нет клиентов! Ведь Москва сейчас только одним живет — секс и деньги. Я не говорю про Россию или даже про ближнее Подмосковье — там нищета сплошная! Я езжу за город и вижу — там люди нищие. Но Москва — не Россия, Москва — другая страна. Первое место в Москве занимают секс и деньги. Ничего больше. Тут люди практически не работают, на них работает периферия, и все деньги из регионов сюда сливаются. В центре Москвы такие деньги крутятся, какие даже за Садовым кольцом не снились. И этот центр нашему бизнесу дает весь доход. В день, даже в самый плохой, у меня выходит 300—400 долларов. А почему? А потому что тут сплошные посольства, офисы иностранные, да и наши новые русские — они поездили по заграницам, пожили там в хороших отелях и уже не хотят лишь бы как секс иметь, как это было при советской власти. Нет, они хотят и девочек модельных, как в телевизоре, и простыни красивые, шелковые. И сюда именно за этим приходят. Конечно, отклонения тоже бывают — некоторые богатые даже на Тверскую ездят за острыми ощущениями. Или люди искусства. Они ищут острого ощущения, грязи. Они устали от своей интеллигентности и непорочности, им хочется грязную женщину. У одного моего знакомого тоже такая слабость. То есть на самом деле он очень богатый человек и может все «Феллини» купить, но раз в месяц он едет на Тверскую или на вокзал, берет бомжиху за 50 баксов. И не потому что скупой, а потому что это как рулетка — подхватишь венерическую болезнь или не подхватишь? Такая вот игра у них. Он один раз туда съездил, второй, а потом полгода лечится...

— Выходит, Тверская — это русская эротическая рулетка?

— А разве вы не видели — там куча лимузинов. Туда едут люди риска: банкиры, бандиты и богатые новые русские, которые в Москву приезжают на один день. Почему я и говорю: мы, русские, самый сексуальный народ в мире. Не считая негров. Но негры не в счет — они обнаженные ходят всю жизнь. А из цивилизованных стран, это мое личное мнение, мы самый сексуальный народ. Даже в Англии, как я вам уже говорила, почти все мужчины гомосексуалисты. Потому что у них в школах обучение раздельное, и среди мальчиков практически каждый старшеклассник через это проходит, у них это как дедовщина. Даже если потом кто-то это перерастает и становится нормальным человеком, он рано или поздно возвращается к этому. А у нас это не практикуется. У нас и на стандартном сексе можно такое острое извращение испытать — живым не останешься! На той же Тверской сколько раз было: мужчина снял себе женщину, а она подсыпала клофелина, усыпила и ограбила. И все это знают, все про это читают и по телику слышат, но все равно едут на Тверскую и играют в такую рулетку — или СПИД подхватить, или триппер, или клофелин. Такой вот мы народ — упертый сексуально.

Или посмотрите на ту же Тверскую с женской стороны. Это уже не рулетка, это уже верняк с залетом или на «субботник», или еще хуже. И тоже все про это знают, а все равно туда со всей страны девочки слетаются. Конечно, они приезжают в Москву, мечтая здесь принца своего встретить, но где его искать, не знают и идут на Тверскую. И там текучка такая — сутенеры каждый день новые команды набирают. Причем она сегодня пришла, и ее отправили неизвестно с кем, ее могут увезти кто угодно и для чего угодно, очень много погибает девочек с Тверской. Это такой путь открытый. У меня со знакомой девочкой тоже был там случай. Она работала на Тверской и очень хорошо одевалась. Я говорю: ты ж работаешь на Тверской, как ты можешь так одеваться? Она говорит: зато меня всегда берут! И вот однажды ее взяли, а на следующий день я звоню, она говорит: я заболела. В чем дело? Говорит: меня раздели, мне пришлось раздетой по морозу домой ехать. То есть не только использовали, но еще ограбили, оставили без денег, и хорошо — хоть ключи кинули ей в руки...

Но в моем салоне никакого такого риска нет — ни для женской стороны, ни для мужской. Во-первых, я с Тверской девочек не беру, я их сразу вижу. Другая придет проситься на работу, я спрашиваю: «На Тверской стояла?» Нет, не стояла. А я вижу: врет — Тверская суровая улица, кто там стоял, на той уже быдловый штамп до гроба. У нее обязательно прорвется то, что она на Тверской получила, и она уже никогда не станет высокой интеллигентной проституткой. Такой, например, как модели, которых я вчера в мэрии видела. Что вы удивляетесь? Мне позвонили из мэрии и пригласили на симпозиум «Здоровый образ жизни». Клянусь, сами позвонили! А был этот симпозиум в здании мэрии, в большом концертном зале. И народу полно — журналисты, телевидение. Должен был и Лужков появиться, но почему-то не появился, только его заместители были. А я на такие мероприятия обязана ходить — изучать стиль одежды, прически, манеры и вообще с людьми знакомиться. Тем более что туда всегда приглашают топ-моделей, которые просто ходят, развлекают людей. В мэрии тоже были модели — высокие, меланхоличные девочки с красивыми прическами. И я это сразу для себя почерпнула — как много прическа значит в женщине. Кажется, они и одеты-то были не ахти — обыкновенные потертые джинсы, какие-то рубашечки, кофточки, минимальный макияж. Но — красивая прическа! И как раз под те платья, которые им предстояло потом демонстрировать. Из льна, из хлопка — короче, все, что касается чистой экологии. И вот в перерывах между выступлениями они ходили и показывали моды. А после симпозиума, конечно, фуршет для каких-то меценатов и представителей крупных компаний. И эти девочки — продолжение банкета. То есть там для солидных гостей накрывается маленький стол и девочек продают. При их согласии, конечно. Потому что это и есть их главный доход. Манекенщицы в Москве получают 50 долларов в день, максимум — 100. За показ моделей. Но для них это не деньги, а главные деньги они зарабатывают на том, что после таких презентаций очень дорого уходят. Им платят даже за то, что они такие меланхоличные, — это сейчас самая мода. И такой же заработок у них на всяких биеннале и выставках одежды. Там еще проще, там администратор говорит девочкам: останьтесь, пожалуйста. Остаются. Приходят всякие солидные мужчины и начинают: вы такие юные, неопытные, чем вам помочь? что вам сделать? И начинают обещать! А девчонки уже сразу понимают, в чем дело. И те, которые занимаются этим, они остаются и называют свою цену — сами, без всякого менеджера.

И на том симпозиуме такая же была история, а я там просто ходила и смотрела, мне была интересна эта кухня. А потом ко мне подошел один из организаторов, довольно интересный мужчина, и подошел с такой приятной улыбкой. Говорит: это я вас сюда пригласил, как вам тут нравится? Я говорю: а где вы взяли мой номер телефона? Он сказал, что ему дал кто-то из знакомых и что он еще мне позвонит. И позвонит, я не сомневаюсь. Я же знаю эту категорию клиентов, у меня есть такой же — он в «Титанике» работает. Это дискотека и большой ночной клуб уровня «Утопии» и «Какаду». Туда приходит туча красивых девчонок. А этот охранник мне звонит и говорит: да не хочу я их видеть, я хочу что-нибудь домашнее, хорошее. Кстати, он и сегодня отдыхал у нас два часа.

А другие клиенты звонят и наоборот: «Аннушка, у тебя есть двенадцатилетние?» Но это подсудное дело, я с такими клиентами дел не имею. Хотя как-то пришли две девочки, сказали, что им восемнадцать. Но я же вижу, что им четырнадцать. А у меня как раз постоянный клиент сидел, чай пил, как вы пьете. Он говорит: возьми их, пусть девочки заработают, иначе они все равно на Тверскую пойдут. Я ему: ладно, бери их и иди в спальню, только пусть они помоются сначала. Ну, девчонки счастливы — они же молодые и заводятся с ходу, им интересно. А он побыл с ними и отдохнул шикарно, получил полное удовлетворение. Вышел и говорит, что у него такого просто никогда не было, ни одна, говорит, женщина этого **не** даст.

Но то был случай, совпадение, а обычно, если звонят и спрашивают малолеток, я к таким клиентам отношусь с подозрением. Это или больные, или провокация, подсудное дело. У нас несколько таких дел по телевизору показывали, а мы все, что касается секса и проституции, очень внимательно смотрим — и программу «Про это», и все остальное. Ведь это реклама нашему бизнесу. Люди смотрят, у них фантазия разгорается, и они к нам приходят, просят, чтобы им сделали так, как по телевизору рассказывали. Например, один пришел и говорит: я хочу, чтобы мне показали лесбис, как вчера по телику говорили. Я говорю: мы приглашаем вас отдохнуть. Выберете девушек, которые вам понравятся, а мы посмотрим, как вы нам понравитесь. Он говорит: ах, даже так? Даже так, говорю, вам же неинтересно, если вам кто-то понравился, а она идет с вами, скривя губы. Вам будет интересно, если девушка пойдет с вами, улыбаясь, настроенно. Правильно? И так я их готовлю морально, расслабляю, потому что телевидение направляет к нам очень разных людей, необразованных. А мы их уже дорабатываем. Тем более что по телевизору очень часто и глупости говорят. Например, почему-то считается, что там, где проституция, там и наркотики. Но это же не так совершенно! Настоящая проституция всегда боится наркотиков и наркоманов! Блядство любит наркотики, это да. А с нашей стороны, наоборот, идет постоянная борьба за чистоту и безопасность. Например, с нашей стороны — обязательно презерватив! Независимо — хочет клиент или не хочет. Я своих девочек строго предупреждаю и ругаю, если они делают секс обыкновенный, без презерватива. Даже при том, что они постоянно следят за собой — после каждого клиента идут мыться в ванную, ополаскиваются и прочищаются с солью, с пенкой, и обязательно раз в неделю — свечи, фарматекс, убивают все бактерии, у нас теперь для этого много препаратов существует и есть пятое поколение антибиотиков, которые выпиваешь одну таблетку — и все проходит. Это, конечно, вредно, но раз в год можно себе позволить, чтобы не делать впредь таких ошибок. Потому что, если пришел больной клиент, то его тело всегда специфический запах имеет. А у здорового организма никакого запаха не бывает, здоровое тело нормально пахнет. Так что клиента сразу и по виду, и по запаху можно определить. Ну а если она видит, что это интеллигентный и здоровый человек, то она может позволить себе сделать ему минет без презерватива и заработать чаевые долларов пятьдесят—шестьдесят. Но только минет, а обыкновенный секс без презерватива я категорически запрещаю. По той причине, что я не знаю, где этот клиент был час назад, и он отсюда пойдет домой, побудет с женой, а она же у него не предохраняется так, как мои девочки, она от него может не знаю чем заразиться.

Так что я со своими девочками веду честную игру. Свою копейку они зарабатывают, 30—40 долларов в день я им гарантирую. На всем, между прочим, готовом — они ведь и живут тут. А если чистый и здоровый клиент хочет их поощрить, я не мешаю. У меня есть тетрадь, где я вписываю: отработала сегодня два часа или три часа. И в конце недели я плачу. А если она просит деньги раньше — пожалуйста. Это не то что в других салонах, где девочек обдирают с первого дня. Например, я после «Райских птичек» еще в одном салоне администратором поработала, и тот салон считался заведением высшего уровня. Там было четыре девочки, роскошная квартира, красивое постельное белье и высокие требования к нижнему белью, к прическе, к одежде. То есть хозяйка очень много для этого делала, но делала по-хамски. С утра, как девочки придут на работу, она: «Давыдова, посмотри на себя!» И начинает их буквально убивать. А потом, когда приходит клиент, она: «Так, без разговора!» Девчонки прямо плакались мне: как в таком состоянии с мужчиной работать? И еще был один момент — у нее меню было, в баре лежало. Открываешь, а там написано: секс простой — 10 долларов, минет — 10 долларов, стриптиз — 15 долларов, анал — 30 долларов, а два часа у нее стоило 130 долларов, и меньше, чем за два часа, она ни с кого не брала. Он может приехать даже на пятнадцать минут, но платит за два часа, это была ее норма. А девочкам она платила за реальное время и, кроме того, сто долларов брала с них за охрану, за «крышу». Приходит к ней девочка, как я, например, приходила, — без копейки денег и жить негде. Она ее берет, а в конце недели, когда девочка уже рассчитывает на какие-то деньги, она ей: «Сто долларов удерживаю за охрану». Чем сразу отшугивает красивых девчонок. Девочка отдает эти деньги и думает: больше я сюда не пойду, потому что завтра с меня опять возьмут. Я посмотрела на все это и поняла, что каждая девочка ищет не только заработок, но и семью, приятную обстановку, красивые апартаменты. Все-таки они тут и живут, и работают, это их мир, и им хочется, чтобы в нем было много места и легко жить.

И вот потому, что я сама через все это прошла, мои девочки всегда сыты, они не думают о завтрашнем дне — куда им пойти, под какую крышу. Хотя это не так просто — заставить людей на тебя работать, поверить в тебя. Это тяжело. Надо создать такую атмосферу, чтобы они не работали, а отдыхали. И они отдыхают — представляете, мы с вами тут уже пятый вечер разговариваем, а они там спокойно работают с клиентами и знают, что я их никогда не обману. Даже если какой халявщик придет и мне не заплатит, они знают, что я их работу всегда оплачу. Но баловать я их, конечно, тоже не балую, а я у них вроде как старшая — разговариваю, шучу, подкалываю. И они могут меня подколоть. Но иногда я начинаю кричать и шуметь: «Все! Даю объявление в газету и буду менять вас каждый день, не нести никакой ответственности и спать спокойно!» Это когда они напиваются и начинают в два часа ночи: «Мы пойдем в клуб». Представляете? Эта работа для них — игра, им после этого еще интересно в дискотеку сходить! А мне хочется принять ванну и лечь спать, я же целый день в напряжении. И я знаю, что они в два часа уйдут, а в три обязательно позвонят: «Ань, тут так клево, так классно!», а в пять придут и мне снова вставать, открывать им двери. Сна никакого — я же просыпаюсь раньше их, принимаю звонки, потому что звонки идут постоянно. И вот я встаю и начинаю завтрак готовить, ведь они проснутся голодные, их надо кормить. А они спят до первого клиента, у них голова не болит, они могут спать и до двух часов!

Или, например, когда они обкурятся. Вообще-то они не курят, но бывает, что клиенты не могут без этого, анашу приносят или что-то такое. Две затяжки — и такие мужчины всегда берут двух девочек — покуролесить с ними. И заводят девчонок. То есть мужчина уже все — откурил, получил удовлетворение, заплатил и ушел. А девчонки остаются в возбужденном состоянии, у них фантазия только разошлась, и их, конечно, пробивает на лесбис. И когда это не на показ, а для себя — это что-то! Что творится в комнате! Их заводит так, что вся кровать всмятку! А утром такие встают — как медузы качаются. Я им говорю: ну что, лесбиянки, проснулись? Ой, говорят, ну чего ты? Это ж мы обкуренные были... Я говорю: а почему, когда идет работа, вас не заставишь сделать лесбис? Поймите, что кровать — это тот же театр, это сцена! Может, клиенту и не надо весь спектакль смотреть, но вы просто начните, погладьте друг друга, а там видно будет. Или вам самим понравится, или у него фантазия так разойдется — он сам к вам подляжет... Ты что, говорят, нет, мы стесняемся.

А еще интересный момент — стриптиз, эротическое раздевание под музыку. Мои девочки тоже не любят этого. То есть сделать минет или еще что — тут проблем нет, а стриптиз — тут у них комплекс девический. Чтобы их в правильную сторону толкнуть, нужно для каждой свой подход придумать, они же все разные. А в моем бизнесе только разные и нужны. Это когда я начинала разворачиваться, я искала только высоких и модельных девочек. Но хотя с Украины их больше всего приезжает, я после своего опыта с Эллой и другими уже точно знаю, что с украинками никогда дела иметь не буду. Там одна национальная достопримечательность — жадность. А вот Оксана моя из Ковино — самая у меня молодая, ей восемнадцати не было, когда она ко мне пришла, — так она и там задарма гуляла, и тут бы гуляла, если бы я ее к себе не взяла. Ей сначала даже тяжело было воспринимать это как работу. Но потом она втянулась, конечно. Я из нее что-то слепила — она изменила походку, стиль одежды и даже дикцию. У нее была отвратительная речь — с буквой «гэ». А тут, при мне она изменилась полностью, и не только внешне, но и внутренний имидж. Сейчас она приезжает домой и чувствует себя: Господи, как я здесь могла жить? Как я могла так одеваться? А если она порой все-таки напьется с клиентом, я ей говорю: все, Оксана, поедешь домой, ты мне такая не нужна! Она говорит: «Все, Ань, я молчу. Что я буду дома делать?»

А Ирина наша постарше, ей уже девятнадцать. Пришла сюда по объявлению — я как-то дала объявление буквально на один день: приглашаются девушки на работу. Так мне звонят до сих пор. Она, между прочим, из Белоруссии, из Минска. Одна в семье. А там такая глухомань! И вообще в провинции даже за один год после школы они такие становятся разболтанные и грубые — их исправить почти невозможно. Ира, например, характером очень грубая, и я уже не могу с ней ничего сделать. Я ей объясняю: Ира, к нам мужчина пришел, ты так не сиди. А она: да пошел он! И так каждый раз — какое у нее настроение, так и хамит. Поэтому я своих знакомых прошу присылать мне девочек сразу после школы. Особенно если они никуда в вузы не поступили, то их родители даже сами сюда подталкивают, говорят: все равно она будет блядством заниматься. Что вы такие большие глаза делаете? Вы, кстати, знаете реальное положение жизни в той же Белоруссии? Мне девочки рассказывают: там поезд останавливается на станции, а вдоль перрона все женщины этого района стоят — и молодые, и старые, и матери, и дочки. На продажу! А кого из них клиенты из вагонов выбирают — для тех это счастье. Они или за время остановки клиента обслуживают, или до следующей станции с ним едут и потом на эти деньги неделю семью кормят! Вот какое у нас реальное положение на периферии. К тому же многие женщины бегут с этой периферии от недостатка секса. Там, вы же знаете, все мужчины водкой ослаблены, а молодой женский организм секса требует. И здесь они получают все — и пищу, и деньги, и работу более-менее безопасную и секса — хоть залейся. Я им иногда говорю: счастливые вы, девки! Меня бы так каждый день трахали, как вас!

А Кристина у нас из Ставропольского края. Ей двадцать два, и она уже опытная, до меня работала в салоне, где эротический массаж. Там девочки раздеваются и своим телом доводят мужчину до оргазма, не касаясь его члена. Она там чаевые получала за это очень большие. Но хозяева доставали ее своими придирками, и она тоже пришла ко мне по объявлению. С подругой, между прочим. И я их обеих взяла, но подруга не выдержала конкуренции с другими девочками и ушла. А Кристина осталась. У нее лицо такое интересное — ямочки, которые мужчинам нравятся. И характер нормальный, ей достаточно один раз сказать, она все понимает и делает правильно.

И Рита у меня тоже послушная, не перебарщивает наркотиками, мало пьет. То есть она может понюхать, но сильной тяги у нее нет. С Кристиной и с Ритой очень легко работать. А кроме них четверых, которые тут живут, у меня есть еще две девочки московские. Они приезжают к вечеру, когда у меня много работы, когда моих девочек уже на всех клиентов не хватает. И ведь смотрите: вот вы спрашивали, сколько в Москве салонов? сколько проституток? сколько людей ими пользуется? А определить очень просто — по рекламе. Возьмите «Московский комсомолец», «Мегаполис-экспресс», «Частную жизнь», «Москоу таймс», «Вечерку» и другие — там есть рубрики «Досуг» и «Отдых», и там вся наша реклама. Конечно, какие-то из объявлений повторяются — я, например, держу свое объявление в двух газетах. В «МК», потому что это самая популярная газета, ее все читают и приносят с собой на работу, в офисы. И в «Москоу таймс», потому что стараюсь выйти на высшую категорию клиентов, на иностранцев. И хотя между салонами есть, конечно, конкуренция, но клиентов на всех хватает, не сомневайтесь. И на дешевые салоны в рабочих районах, и на дорогие. Так что даже если по самому минимуму взять — по десятку клиентов на один салон, и то несколько тысяч мужчин мы за ночь обслуживаем. И работаем, как вы знаете, без выходных. За год — сами посчитайте, сколько получается и сколько примерно Москва на это удовольствие тратит...

При этом, учтите, есть еще и скрытые формы рекламы, которые вы никогда не заподозрите даже. Я, например, когда начинала, то давала такую рекламу: рожу ребенка состоятельному господину. Потому что такая реклама всегда привлекает и сразу видно, какие клиенты тебе звонят. Правда, я слегка ошиблась, мне стали звонить из Голландии, из Америки, из Турции, из Греции. Даже женщины стали звонить. Но я таким объясняла, что, извините, вы уже опоздали, я уже договорилась и у меня уже все хорошо. То есть каждый старается сделать себе такую рекламу, чтоб его заметили, к нему первому позвонили и пришли.

Хотя сейчас у меня уже есть бюджет, и — если мои девочки устали — я могу даже отказать клиенту, могу сказать «нет». А тогда, вначале, я, конечно, не могла этого сделать. Едет клиент — все! Устала, не устала — должна работать. И я тогда с полгода не спала практически, у меня телефон под рукой был всегда. Девчонки хоть немножко высыпались, а я всегда на посту — ни выходных, ни проходных. И постоянно бандиты, какие-то наезды — я в каждом голосе слышала что-то нехорошее, отказывалась от многих клиентов. Представляете, некоторые приходят и говорят девочкам: покажи мне грудь. Я не могла понять, в чем дело — нормальные вроде мужчины. Но посмотрят одну грудь, другую и уходят, никого не выбрав и ничего не заплатив. Думаю: в чем дело? И один раз вышла сразу за таким. А оказывается, они заходят за угол и занимаются онанизмом. То есть он посмотрел на женщину, возбудился на халяву и пошел свою фантазию удовлетворять! Да, тут такие персонажи иногда приходят — что вы! На сто ваших книжек хватит! У меня тут такие моменты были: расскажу — не поверите! В одну ночь меня трижды пытались изнасиловать. Хотите подробности?

— Еще бы! — оживился я.

— Только меня, учтите, невозможно изнасиловать, — все-таки предупредила меня Аннушка. — А теперь слушайте. Однажды я отвозила свою девочку клиенту, по заказу. Отвезла и взяла такси. А поскольку во многих машинах грязно, я всегда сажусь впереди, с водителем. И потом, когда едешь рядом с таксистом или когда сидишь впереди в частной машине, милиционеры не останавливают — думают, что ты жена или подруга. А когда одна женщина сидит сзади, то сразу — «ваши документы»! И вот я сижу впереди, таксист вроде такой нормальный, но вижу: он не туда рулит. Говорю: вам не кажется, что мы не туда едем? Он говорит: а ты знаешь, что я тебя хочу изнасиловать? То есть прямо в лоб, ага! Я говорю: ну, если у вас получится, это будет прекрасно! А он свое: ты эти шуточки брось, я тебя сейчас так употреблю! Ну и дальше все в таком духе, с матерными словами. И останавливает машину возле какой-то подворотни. Тут я быстренько разделась и говорю: как будем? Позу какую выбирать — так или так? Ну, говорю, чего ты? Раздевайся по-быстрому! Он даже ошалел от моего напора. То есть он ждал, что я буду сопротивляться, потому что изнасилование — это преодоление сопротивления, и тогда он получает какой-то оргазм. А тут я на него: так, мне некогда, давай быстренько трахаемся и едем дальше! И он даже отпрянул от меня: отвяжись, сука, я не хочу тебя! А я его держу: стой, ты ж кричал: насиловать буду! Ну, давай! Он меня — раз, выпихнул из машины и уехал. Ладно, стою, а меня трясет, все-таки это стресс со страхом. Хотя я не показала это, но когда он уехал, меня уже трясло. Я зашла в казино «Тропикана», там бесплатный вход, посидела, выпила коктейльчик молочный, спиртное я мало пью. Пришла в себя и решила ехать домой. Снова взяла такси, и тут этот таксист тоже меня насиловать собрался. Я говорю: слушайте, молодой человек, меня уже сегодня насиловали. Он говорит: ну и как? Я говорю: безуспешно, меня невозможно изнасиловать. Короче, я начала ему грубить, и вдруг он на самом перекрестке, под светофором распахивает дверь и говорит: пошла отсюда вон! Я говорю: есть, товарищ командир, до свидания!

Перехожу дорогу, останавливаю частную «Волгу». Думаю, хоть этот нормально довезет. Сажусь в машину, смотрю ему в глаза, а в нем уже чувствуется что-то такое нехорошее. А уже под утро. Я смотрю на него и говорю: хоть ты-то, я надеюсь, не собираешься меня насиловать? Он: откуда ты знаешь? Может, как раз собираюсь! Я говорю: ну сколько ж можно? вы меня сегодня уже третий раз насилуете! но у вас тоже ничего не получится. Короче, рассказала про первых двух, и он начал смеяться: ну, ты даешь, ну, ты жучка! Я, говорит, вообще-то садомазохист и только что проигрался в карты, хотел свой гнев на какую-нибудь телку выбросить, но надо же — попадается такая женщина! И довез меня все-таки до дома без насилия, а теперь — один из моих постоянных клиентов.

Или второй возьмите эпизод. Про иностранцев, поскольку вы про них спрашивали. Вчера у меня были вьетнамцы. Очень интеллигентные люди, веселые, остроумные, работают на правительственном уровне и всегда хорошо платят. И пока они с девочками в спальнях отдыхали, вдруг заявляются наши коммерсанты. При костюмах, но быдло. Денег у них полные карманы, и они гуляют, приобщаются к интеллигентности, по их мнению. Они говорят: нам нужны девочки поехать в ресторан поужинать, буквально на час. Я говорю: вы придите попозже, потому что сейчас у меня народ, все девочки заняты. Но тут они увидели одного из гостей, что это вьетнамец. И разорались: как так? будем мы каких-то обезьян ждать! Представляете? При вьетнамских гостях! Я беру их одежду в охапку и — на лестничную площадку: все, говорю, там оденетесь!

А третий случай? Я как-то решила поставить нашу работу круглосуточно. Попробовать. Но когда ко мне приехали два выпивших мужика и запели тут... — все, я перестала это делать. Все-таки это жилой дом, тут соседи. И вообще Россия это не Англия. Там в салонах ни песен, ни танцев. А тут... Поэтому теперь я открыта с 5 утра до 9 часов вечера. То есть никакого конвейера и никакой текучки кадров, хотя я на этом только деньги теряю. Потому что в других салонах как? Там девочек стараются менять почаще и звонят старым клиентам: ребята, приезжайте, новенькая! Они раз — и приехали. А у меня наоборот. Мои постоянные клиенты звонят: Ань, у тебя есть что новенькое? А я: с моим-то пираньим характером тебе еще и новенькую? Ну, пошутить пошутим, а они все равно идут в другие салоны в поисках новых девушек и приключений. А многие так прямо и говорят: если будешь каждый день девочек менять, мы будем ездить к тебе постоянно. Поэтому я хочу расшириться, купить за городом коттедж и иметь еще пять-шесть девочек. Если все правильно организовать, то чем больше народу, тем легче руководить.

— За городом? Но ты же говорила, что чем ближе к центру, тем доходней!

— Сейчас это уже не зависит — далеко или близко. Я, как всякий бизнесмен, должна думать о расширении своего дела. Например, у меня был клиент — мультимиллионер из Канады. И от него поступило предложение наладить обмен девушками и мужчинами международного класса. Но не в Канаду, конечно, а на южные острова — клипы с ними снимать и все такое. Сейчас же во всем мире мода на русских женщин. А если о Москве говорить, то тут тоже расстояние уже не имеет значения — я клиентов вытаскивала к себе даже из Медведково. Они были в пробках по два-три часа, но они приезжали. Хотя у них там салоны рядышком. Но они идут на хозяйку дома, они идут на дом, на уровень вашего гостеприимства и обслуживания. У меня есть постоянные клиенты, которые ходят сюда каждую субботу. А есть командировочные — они как приезжают в Москву, так с вокзала сразу к нам. Или летчиков возьмите иногородних — они знают, что у них пять часов между полетами или там сутки. И они прямо с аэродрома звонят: едем, у нас столько-то часов на отдых. То есть теперь у меня меня такая клиентура — им не важно, далеко мой салон или близко. Когда я сказала, что я хочу уезжать в коттедж, они говорят: ты нам адрес оставь. Я говорю: это далеко. Не важно, говорят, хоть сто километров, мы будем ездить.

— Значит, весь салон «У Аннушки» переедет за город? — огорчился я.

— Нет. Целиком переехать не получится. Все-таки в городе постоянно фуршеты, какие-то презентации и заказы ночные. Поэтому в городе я останусь обязательно — это ежедневная и постоянная работа. К тому же девчонки, если не давать им работу каждый день, они расслабляются. Я не могу этого допустить. Когда женщина сексом активно живет, у нее и вкус к этому, и квалификация вырабатываются. А если это останавливается, ее потом завести — как охлажденный мотор. Зато когда у них бывает в день по четыре-пять клиентов, то она уже к последнему выходит и говорит: а что, больше никого не будет? Да-да, ей уже интересно, у нее азарт, она не может остановиться. И что самое интересное — чем больше клиентов, тем ей больше хочется, чтобы последний был помоложе, сильный, упругий и интересный молодой человек. Чтобы можно было с ним потанцевать, повеселиться или просто хорошо потрахаться. И вообще чем больше за женщиной ухаживать, у нее интересней получается секс. У нее движения меняются совершенно, у нее фантазий больше становится, ей больше хочется показать свое тело. И те мужчины, которые знают это, они получат то, что нужно. Потому что, как бы я со своими девочками ни работала, как бы их ни учила — я что могу? Я могу показать им походку, как сидеть правильно, как руки держать, как смотреть или улыбаться. Но когда мужчина ее берет, там не только это нужно, правильно?

А вторая причина, почему я из города полностью не уеду, — утренние клиенты. Между прочим, утром у мужчин желание может быть даже сильнее, чем у женщин. Это женщине не хочется, у нее все тело спит. А мужчинам многим хочется именно с пяти утра — по звонкам судя. Даже в четыре звонят. То есть вечером последний звонок где-то в час ночи, потом интервал идет, а потом с пяти утра — новая волна, «жаворонки». Те, кому на работу к восьми или к девяти, и те, которые возвращаются из клуба или с ночной работы, — работники таможни, милиции, гостиниц. Но ни в коем случае не рабочие и не командировочные, а люди более интересные, интеллигентные, те, кто уважает женщин. Уважают именно в том направлении, что у всех есть жены, которых они берегут и щадят. Например, один клиент приезжает и говорит: «У меня жена только родила, месяц ребенку. Неужели я к ней со своими мазохистскими наклонностями буду сейчас приставать? Да она и не сможет мне этого сделать. Нет, я могу ее поласкать, успокоить, что я с ней, никуда не делся». А приходя к нам, он уже расслабляется полностью и получает удовлетворение так, как он хочет, а не так, как жена ему разрешает. Тут он может по-любому выложиться, любую свою фантазию исполнить — все что угодно, кроме анала.

Правда, порой эти «жаворонки» звонят, когда мои еще спят и я чувствую, что они не успеют одеться. Я тогда так и говорю: мы еще спим. Представьте себе, говорю, юную женщину, пахнущую со сна парным молоком. То есть я придумываю всякие такие интересные вещи и прошу еще полчаса или даже час, чтобы мои причесались и привели себя в лучший вид. А могу и вульгарное что-то сказать. Мол, девочки лежат в креме со вчерашнего дня, их аккуратно выбритый лобок пахнет нежной росой и розами. Что-то такое, экспромтом. И вот мужчина приезжает с утра и заказывает: хочу, которая парным молоком пахнет! И ему чем скорее в постель, тем лучше. При этом, чтоб вы знали, любая профессия влияет на секс. Если человек по своей профессии много говорит, он лизун, ему хочется много лизать. А те, кто работает руками, им хочется расслабить руки, на спине полежать. Но самые худшие клиенты — эстрадные звезды, артисты. Они спят очень мало, где-то с шести до десяти утра, а в десять у него репетиция, днем — какая-нибудь запись, халтура, а вечером концерт. И вот до десяти утра он заезжает буквально на пятнадцать минут, но не отдохнуть с девочкой, а энергию у нее забрать. Я сколько раз видела: девочка с таким побудет 15 минут и — все, она совершенно пустая, она говорит: спать, спать, спать. Даже когда я с Диной работала — а уж Динка такая кобыла была! — так она у одного нашего знаменитого артиста час провела — я ее еле домой довезла. Она даже душ не приняла, завалилась и уснула — сутки проспала, представляете! Потому что звезды это такие люди — они по вечерам от людей заряжаются, от публики на концерте. Ему чем больше людей

91

в зале, тем он себя энергичней чувствует. Вот я недавно была на концерте «Машины времени», так они сначала такие вялые, а в конце концерта — вы бы видели! — их даже трясет от избытка энергии. Но утром он уже пустой, где ему энергию отсосать? Вот он сюда и мчится...

А вечерний клиент совсем другой. Он еще своей работой зажат и зашорен. Поэтому начало вечернего сеанса у меня совсем иначе отработано. Когда он приходит, я с ним разговариваю и между делом начинаю его касаться. Дотрагиваться, чтобы он почувствовал мое прикосновение обязательно. Даже если он поначалу начинает: не трогай меня, ты грязная, подлая тварь! Потому что у него психологически заложено, что ты проститутка. А я его отвлекаю, разговариваю, а потом обязательно перехожу на сексуальную тему. А почему ты такой серьезный? Что случилось? А может, ты мужчин любишь? И — прикосновение, шутки всякие. Потому что мне нужно, чтобы он расслабился и помылся. При этом я всегда стараюсь его сама помыть — я знаю, что я его помою так, как мне надо. И когда он ложится в постель, я обязательно делаю ему массаж — легкий, обыкновенный. Такое поглаживание, чтобы он почувствовал мое тело. И спрашиваю, где у него болит, или сама говорю: вот здесь тебе нужно полечить и вот здесь. Делаешь из себя такую умную. Он говорит: «Ты врач, что ли?» «Нет, я не врач. Но я тебя чувствую и массирую так, что тебе станет легче». И всегда это получается, всегда! Потому что все у него в голове, абсолютно. А я между тем перехожу на эротический массаж — по спине и по пояснице, где эрогенные зоны у мужчин. Особенно если вижу, что он старый, и чувствую, что у него плохо с этим делом. Тогда я начинаю его просто ласкать и обязательно с какой-то похвалой, комплиментами. То есть это такой эротическо-массажный комплимент: мол, у тебя красивые ноги. Он говорит: правда, что ли? Они же корявые. А я: да какие корявые?.. Ну и так далее. Каждого мужчину обязательно хвалю. Потому что мужчины — это маленькие дети, они живут тем, что постоянно ищут в женщине маму или сестру. И вообще очень редко, когда мужчина, придя сюда, хочет выложиться как мужчина, показать себя. Это он дома проявляет себя как мужчина, а здесь он любит на спине полежать, любит, чтоб его поласкали, пожалели, сказали, какой он хороший, сильный и самый красивый. Это ему компенсирует те оскорбления, которые он дома получает. Поэтому в какой-то момент надо показать себя слабой, а его сильным, и в моем салоне я учу этому девочек. Я знаю, что, уйдя отсюда, она станет хорошей и сексуальной женой. Она не пойдет к соседу, а если даже пойдет, то это только поможет мужу. Вот что делает умная женщина. И в такую категорию женщин я готовлю своих девочек. На выпуск. Когда они уже уйдут от меня. Но сама я тут, в салоне, сексом уже не занимаюсь. Не имею права, как хозяйка. Потому что иначе я стану на их уровень, а это неправильно, они должны чувствовать, что я выше их, что я — власть. Хотя я знаю, что время моей красоты уже кончается, и с любым, кто появляется у меня, я мысленно представляю, как бы я с ним. Это буквально в секунды происходит, еще в прихожей...

Но даже и с самым интересным мужчиной я не могу тут себе этого позволить. Один раз позволила, да и то потому, что девочка, которая тут работала, не смогла удовлетворить клиента. Ну, я разделась и показала им, как это делается. Но показать показала, а они смеются. Потому что, если хозяйка сама в постели, то получается дом блядства и только. И я себе сказала: все, где угодно этим занимайся, а только не здесь! А где я могу этим заниматься, когда я тут круглые сутки, как солдат на посту? И первое время мне очень трудно было, хотя я сильная натура. Особенно когда приходили настоящие мужчины, в моем вкусе. Например, есть у меня один Онегин, так меня по нему просто жаба чуть не задушила — так мне плохо было из-за того, что пришлось его отдавать, что я не могу с ним побыть. Но даже вот так, влюбившись, и при том, что и я ему нравилась, я его убедила, что лучше ему побыть с кем-то другим. Или с двумя. И вот представляете: мой, мой мужчина, которого я хочу и любить и иметь, — он идет в спальню с Оксаной и Кристиной, и еще смотрит на меня вот так, из двери, оглядываясь... Я чуть в истерику не упала, такое кино! А вы говорите, это легкий бизнес! Какой же он легкий, когда я, можно сказать, в самом сексуальном месте живу, а по самому простому сексу сохну. Раба любви — смешно, правда?

Но я не смеялся. Пока Аннушка отвечала на очередной телефонный звонок: «Алло, добрый вечер! Конечно, у нас есть юные и красивые...» — я вдруг ясно, почти воочию увидел, что, будь на моем месте Мопассан, Цвейг или, на худой случай, Золя, мир получил бы новую «Мадам Бовари» или, еще лучше, «24 часа из жизни московской женщины». А я — по своей литературной скромности — дарю вам «Салон «У Аннушки», куда вы можете позвонить в любое время и услышать:

— Самые чистые девушки, пахнут парным молоком и утренней росой. Приходите, не пожалеете.

Глава вторая

УБИТЬ КАК НАСЛАДИТЬСЯ
(Всего один документ)

ПРИГОВОР
Именем Российской Федерации

Судебная коллегия Московского областного суда, рассмотрев в открытом судебном заседании уголовное дело по обвинению:

ШИЛОВОЙ Марии Петровны, 1974 года рождения, имеющей образование 10 классов, не состоящей в браке, не работавшей и занимавшейся сутенерством, —
в совершении преступления, предусмотренного ст.ст. 113,102 и 146 УК РФ;

КОЛПАКОВОЙ Зои Владимировны, 1973 года рождения, имеющей образование 8 классов, не состоящей в браке, не работавшей и занимавшейся проституцией, —
в совершении преступления, предусмотренного ст.ст. 102 и 146 УК РФ;

ЛАРИНА Николая Лаврентьевича, 1967 года рождения, имеющего среднее образование, состоящего в браке, работающего водителем такси, —

в совершении преступления, предусмотренного ст. 189 УК РФ;

ШУБИНА Владимира Михайловича*, 1966 года рождения, имеющего среднее образование, не состоящего в браке, работающего в ТОО «Фонт», —

в совершении преступления, предусмотренного ст. 190 УК РФ,

У С Т А Н О В И Л А :

Подсудимые Шилова и Колпакова совершили умышленное убийство Заевой А.И. с целью сокрытия другого преступления — истязания с особой жестокостью. Они же совершили умышленное и с особой жестокостью убийство Лапиной О.В. и нападение, совершенное с насилием, на Парамонову О.А. с целью завладения ее имуществом.

Подсудимый Ларин совершил укрывательство преступления, а Шубин — недонесение о совершенном преступлении.

Преступные действия подсудимых были совершены при следующих обстоятельствах.

Подсудимая Шилова, занимаясь сутенерством в районе Центрального телеграфа на Тверской улице, содержала на частных квартирах в разных районах Москвы и Подмосковья не уста-

---

* Здесь и в последующих документах все фамилии изменены по просьбе правоохранительных органов. — Э.Т.

новленное следствием количество иногородних проституток в возрасте от 15 до 30 лет. Подсудимая Колпакова, помимо проституции, выполняла функции «бригадира» — помощницы Шиловой. 2 февраля 199... года в вечернее время Шилова, Колпакова и неустановленное органами следствия лицо, будучи в состоянии алкогольного опьянения и подозревая несовершеннолетнюю (пятнадцать лет) Заеву А.И. в укрывательстве части доходов от проституции (чаевых), в течение нескольких часов подвергали последнюю избиению в одной из таких квартир на ул. Халтуринская г. Москвы с целью устрашения остальных проституток. Нанеся Заевой тяжелые и опасные для жизни телесные повреждения, Шилова и Колпакова заперли Заеву в ванной комнате, связали ей руки и ноги, привязали к радиатору отопления и оставили в таком положении до утра, чем причинили Заевой моральные и физические страдания.

На следующий день, 3 февраля, примерно в полдень, потерпевшая Заева сказала Шиловой, Колпаковой и не установленному следствием лицу, что заявит на них в правоохранительные органы. Понимая, что они совершили преступление и могут нести за это наказание, Шилова, Колпакова и не установленное следствием лицо решили убить Заеву и скрыть таким образом совершенное ими преступление. С этой целью Шилова остановила автомашину-такси, которой управлял водитель Ларин. В машине в качестве пассажира находился подсудимый Шубин, который, по его словам, «будучи другом Ларина, катался в связи с наличием свободного времени». Колпакова и не установленное следствием лицо силой вывели Заеву из квартиры, причем Заева была босиком. По требованию Шиловой и Колпаковой Ларин отвез их к реке Яуза, где они собирались «проучить» Заеву. На набережной реки ее насильно вытащили из машины, но Заева плакала и кричала, привлекая внимание посторонних прохожих. Поэтому Шилова, Колпакова и неустановленное лицо вновь затолкали Заеву в автомашину и велели Ларину ехать к реке Десна. В пути следования Шилова, Колпакова и неустановленное лицо издевались над Заевой, поджигали ей волосы, тушили сигареты об обнаженные участки ее тела. На 33-м км Калужского шоссе, у моста через реку Десна, Шилова, Колпакова и неустановленное лицо вытащили Заеву из машины, но ей удалось вырваться и отбежать на небольшое расстояние. Шилова, Колпакова и неустановленное лицо догнали ее и втроем стали бить руками и ногами. Увидев это, Ларин и Шубин пытались предотвратить дальнейшее избиение, но Шилова, Колпакова и неустановленное лицо велели им не вмешиваться и отъехать за мост. Отъехав за мост, Ларин и Шубин стали ждать девушек.

Имея умысел на убийство Заевой, Шилова, Колпакова и неустановленное лицо, действуя совместно и согласованно, взяли Заеву за ноги и руки и сбросили ее с десятиметровой высоты моста на лед, причинив своими действиями Заевой следующие тяжкие телесные повреждения: полный перелом кости правого ребра, разрыв тканей печени, кровоизлияние серповидной связки, кровоизлияние поджелудочной железы, разрыв капсулы и связок локтевого сустава, оскольчатый перелом правой плечевой кости.

После этого Шилова, Колпакова и неустановленное лицо спустились с моста на лед, где лежала Заева, и, увидев, что она еще жива, в продолжение своих действий, направленных на умышленное убийство потерпевшей, стали душить ее и поочередно нанесли ей множество ударов складным ножом в область спины, грудной клетки, ягодицы и бедер. Всего ими было нанесено не менее 30 ударов ножом, результатом которых стали: 6 проникающих колото-резаных ранений спины с повреждением легких, 18 непроникающих колото-резаных ранений спины, 3 колото-резаных ранения правой ягодицы, 2 колото-резаных ранения левого бедра, проникающие ранения правой половины грудной клетки, многочисленные ссадины и царапины на голове, туловище и конечностях. В конце концов Заева перестала дышать, и Шилова, Колпакова и неустановленное лицо оттащили ее под мост ближе к левому берегу реки.

Смерть Заевой А.И. наступила на месте преступления от плевро-пульмонального шока вследствие проникающих колото-резаных ранений грудной клетки с повреждением легких.

Совершив умышленное убийство Заевой, Шилова, Колпакова и не установленное следствием лицо с места преступления скрылись на автомашине-такси под управлением подсудимого Ларина. В машине Шилова, Колпакова и неустановленное лицо обсуждали, как они убили Заеву, руки у них были в крови, и Ларин и Шубин поняли, что произошло умышленное убийство, однако в правоохранительные органы не сообщили о нем. Напротив, Ларин, предоставив Шиловой, Колпаковой и неустановленному лицу транспортное средство, отвез их к Центральному телеграфу в г. Москве, тем самым укрывая преступление...»

...В одном из кабинетов правоохранительных органов мне показали киносъемку выезда следственной группы и обвиняемой Шиловой на место преступления. Съемка происходила зимой, через год после убийства Заевой, но Мария Шилова подробно и без всяких признаков раскаяния показывала на тряпично-ватном манекене, где и как они били, душили, кололи и резали Заеву. Я несколько раз останавливал пленку, снова и снова всматривался в лицо Шиловой, но даже на крупных планах мне не удалось найти в этом лице примет дегенератизма или каких-либо иных признаков криминальной личности по методике Ломброзо. Темноглазая, круглолицая и плотно сбитая молодка из донских рассказов Шолохова — точно такие же миловидные девушки сотнями фланируют сейчас по улицам российских городов, сидят в кафе, стоят за прилавками уличных ларьков и магазинов. Точно такие же... Совершив убийство, она и ее напарницы приехали к Центральному телеграфу на Тверскую как раз к началу своей вечерней «работы». Здесь, восстановив свою власть над подчиненными проститутками, они отмыли руки в туалете соседнего кафе и заступили на дежурство по обслуживанию мужчин, нуждающихся в женской любви и ласке, чем и занимались еженощно до 4 декабря того же года. К сожалению, следст-

*вие не ставило своей задачей установить, какое
именно количество мужчин осчастливили своей любовью и лаской Шилова и ее бригады за эти десять
месяцев. Однако немало, надо полагать, поскольку
к 4 декабря их души потребовали нового допинга...*

«...4 декабря семнадцатилетняя Лапина О.В., распивая совместно со своим «бригадиром» Колпаковой спиртные напитки в ресторане гостиницы «Москва», сообщила последней, что не желает больше работать на Шилову. Через какое-то время к ним присоединилась Шилова, и Колпакова сказала ей о намерении Лапиной, после чего все трое поехали в Бирюлево, на квартиру, в которой проживали Лапина, Колпакова и другие подвластные Шиловой проститутки. Здесь все трое продолжали распивать спиртные напитки до тех пор, пока между Шиловой и Лапиной не произошла ссора и драка и Шилова стаканом пробила Лапиной голову. Прекратив драку Лапиной и Шиловой, Колпакова ушла в ванную мыть голову. Спустя несколько минут туда вошла Шилова и предложила ей убить Лапину, на что Колпакова согласилась. С целью совершения этого убийства Шилова взяла кухонный нож, а Колпакова, не став мыть голову, срезала в ванной бельевую веревку. Вдвоем они вывели Лапину из квартиры и, остановив проезжающую машину, увезли на ней Лапину в поселок Железнодорожный Московской области, где обманным путем завели Лапину в лесной массив между улицами Магистральная, Гидрогородская и ДСК «Молодой Ленинец». В лесном массиве Шилова и Колпакова, действуя совместно и согласованно, подвергли Лапину избиению, нанося ей удары в область лица и туловища. После чего Колпакова по указанию Шиловой сняла с Лапиной куртку стоимостью в 20 тысяч рублей и джемпер стоимостью в 5 тысяч рублей. Далее Колпакова, накинув на шею Лапиной бельевую веревку, срезанную в ванной бирюлевской квартиры, стала душить последнюю, а Шилова, подавляя сопротивление Лапиной, стала кухонным ножом, взятым на той же квартире, наносить Лапиной порезы в области лица, шеи и груди. Лапина стонала, просила не убивать ее. Колпакова взяла у Шиловой, сидевшей на корточках перед Лапиной, нож и тоже нанесла этим ножом удар в тело Лапиной. После чего встала, увидела проходившую невдалеке женщину и сообщила об этом Шиловой. Шилова, схватив Лапину за волосы, перерезала ей горло и потащила в глубь леса. Лапина при этом кричала, а Колпакова снегом засыпала пятна крови на земле. Когда Лапина издала последний крик, Шилова и Колпакова ушли из леса. По дороге Колпакова выбросила нож.

В результате соместных действий Шиловой и Колпаковой Лапиной причинены следующие тяжелые телесные повреждения, относящиеся к опасным для жизни: циркулярная резаная рана шеи, пересечение яремной шейной вены справа, пересечение мембраны, соединяющей подъязычную кость и щитовидный хрящ; восемь резаных ран на шее, на верхней губе, на подбородке, на кистях рук; множественные поверхностные и пересекающиеся между собой порезы и раны на левой стороне живота, замкнутая горизонтальная борозда на шее.

Смерть Лапиной О.В. наступила на месте происшествия от малокровия, развившегося в результате обширной резаной раны шеи с пересечением яремной вены справа.

Совершив умышленное убийство и похитив куртку и джемпер Лапиной, Шилова и Колпакова с места происшествия скрылись. После чего купили спиртное и напились.

8 декабря в утреннее время Шилова и Колпакова, находясь в нетрезвом состоянии в квартире на Носовихинском шоссе в пос. Железнодорожном Московской области и в ходе пьяной ссоры с двадцатилетней Парамоновой О.А. тоже находившейся в состоянии алкогольного опьянения, подвергли последнюю избиению, нанося ей удары руками по телу и бутылкой по голове. В ходе избиения Парамоновой Шилова и Колпакова решили убить ее. С этой целью Шилова взяла в квартире лезвие для бритья и совместно с Колпаковой под предлогом примирения и поездки в Москву вывела Парамонову из квартиры. Вдвоем они завели Парамонову в лесной массив поселка Железнодорожного Московской области, между улицами Магистральная, Гидрогородская и ДСК «Молодой Ленинец», где ими ранее уже была убита Лапина. Шилова шла впереди, а Колпакова сзади вела Парамонову. Парамонова просила их не трогать ее, но Шилова и Колпакова подвергли ее избиению, в ходе которого последняя, по словам Шиловой, «оскорбила ее мать». Имея умысел на умышленное убийство Парамоновой, Шилова и Колпакова повалили ее на землю и, продолжая наносить удары ногами и руками в область туловища и головы, стали душить и, удерживая на земле, поочередно наносить ей порезы в область шеи лезвием, взятым специально для этих целей из

вышеуказанной квартиры. Затем, с целью причинения Парамоновой особых страданий, Шилова нанесла ей многочисленные порезы на лице и, путем порезов тела, лезвием написала на животе Парамоновой слово «аминь» и вырезала христианский крест. После чего выбросила лезвие недалеко от места убийства.

Совместными действиями Шиловой и Колпаковой Парамоновой были причинены следующие тяжкие повреждения, относящиеся к категории опасных для жизни: обширная, с множественными дополнительными порезами по краям резаная рана на шее и пересечение стенки правой внутренней яремной вены; множественные поверхностные раны на лице, в лобной части головы, у наружного угла правого глаза, в левой скуловой области, у левого угла рта, перелом левого десятого ребра и порезы в области живота, относящиеся к категории легких телесных повреждений.

Смерть Парамоновой О.А. наступила на месте происшествия от острого малокровия, развившегося вследствие обширной резаной раны передней поверхности шеи с пересечением стенки правой внутренней яремной вены.

В период производства предварительного следствия ни Шилова, ни Колпакова не смогли объяснить, почему убили Парамонову...»

...С моста через реку Десна на Калужском шоссе следователи привезли Шилову и понятых в лесной массив поселка Железнодорожный, где Шилова снова показывала на тряпично-ватном манекене, как душили и резали Лапину и Парамонову, как она

одной рукой оттягивала Лапиной голову, а другой резала ей горло и как она уже мертвой Парамоновой вырезала на животе слово «аминь» и крест. В ее словах и жестах не было аффектации, а в голосе — эмоций. Так опытный мясник рассказывает и показывает, как он разделывает баранью тушу. Да они и стали мясниками-резниками, эти милые девушки с Тверской, — даже сухой текст приговора демонстрирует поступательное развитие этого психологического процесса. Внимательный читатель легко заметит, как непрофессионально и суматошно было совершено первое убийство, как долго — целых десять месяцев! — Шилова и Колпакова созревали для второго и как быстро, легко и «в кайф» они разделались со своей третьей жертвой. И зря следователи добивались от них объяснения, за что они убили Парамонову. Ее убивали ни «за что», а ради самого кайфа убийства, остроты ощущений, запаха крови, наслаждения прижать своим телом к земле хрипящую и вырывающуюся жертву и полосовать ей ножом лицо, горло, грудь и живот, купая руки в ее теплой крови. Это, я думаю, возбуждает сильнее секса, так — я видел в Заполярье — ненцы валят на снег юную олениху-важенку, закалывают ее ножом, а потом пьют ее горячую кровь и едят ее теплую печень. И у меня нет никакого сомнения в том, что, не прерви милиция эту цепь убийств, наши девушки уже на четвертом-пятом убийстве занялись бы каннибализмом — игра с трупом, вырезание на нем креста и слова «аминь» было для них, вне сомнения, продлением кайфа убийства и сожалением о его краткосрочности.

Но меня не интересуют психические детали рождения чикатил в юбке, я уже цитировал в каком-то романе примечательные наблюдения антрополога Самойлова, который, попав в 37-м году в лагерь, заметил, что человеку потребовалось сорок миллионов лет на то, чтобы из дикаря и зверя стать хомо сапиенс, но ему нужен всего миг, чтобы вернуться обратно. В этом простом судебном документе меня в первую очередь занимает, как обыденно происходят эти убийства — двадцатичетырехлетние девицы сажают свою жертву в такси и убивают на глазах шофера и его приятеля, точно так же они берут такси и для второго убийства и совершают его в подлеске возле дороги, по которой ходят люди... А где родители убитых? Кто-нибудь думает о них, ищет их?

Россия, ты в постели или на смертном ложе?

«...Назначая наказание подсудимым, судебная коллегия учитывает характер и степень общественной опасности совершенных ими преступлений, данные об их личностях и обстоятельства, смягчающие или отягчающие их ответственность.

Совершение Шиловой и Колпаковой преступлений в состоянии алкогольного опьянения коллегия относит к отягчающим их ответственность обстоятельствам.

Совершение Шиловой истязания и убийства Заевой в несовершеннолетнем возрасте, наличие малолетнего ребенка у Колпаковой судебная коллегия относит к смягчающим их ответственность обстоятельствам (Да, так в документе! — Э.Т.)

106

Характеризуются Шилова и Колпакова в быту положительно. *(Господи, кем?!)*

Согласно заключениям судебно-психиатрических экспертиз, они признаны вменяемыми в отношении инкриминируемых им деяний.

Положительные характеристики Ларина и Шубина как в быту, так и на производстве, наличие на иждивении Ларина малолетнего ребенка, неработающей жены и больных родителей, мнение трудовых коллективов, в которых работают Ларин и Шубин, о возможности исправления и перевоспитания последних без изоляции их от общества судебная коллегия относит к смягчающим их ответственность обстоятельствам.

Исходя из изложенного и руководствуясь ст.ст.301—303 УПК РФ, судебная коллегия

ПРИГОВОРИЛА:

1. ШИЛОВУ Марию Петровну признать виновной в совершении преступлений, предусмотренных ст.ст. 113,102 и 146 УК РФ, назначив ей наказание в виде 14 (четырнадцати) лет лишения свободы с конфискацией имущества и отбыванием наказания в исправительно-трудовой колонии общего режима;

2. КОЛПАКОВУ Зою Владимировну признать виновной в совершении преступления, предусмотренного ст.ст. 102 и 146 УК РФ, назначив ей наказание в виде 14 (четырнадцати) лет лишения свободы с конфискацией имущества и отбыванием наказания в исправительно-трудовой колонии общего режима;

3. ЛАРИНА Николая Лаврентьевича признать виновным в совершении преступления, предусмотренного ст. 189 УК РФ, по которой назначить ему наказание в виде 2 (двух) лет исправительных работ по месту работы с удержанием из заработка в доход государству 20%;

4. ШУБИНА Владимира Михайловича признать виновным в совершении преступления, предусмотренного ст. 190 УК РФ, по которой назначить ему наказание в виде 1 (одного) года исправительных работ по месту работы с удержанием из заработка в доход государству 20%...»

Приезжая в Москву по нескольку раз в году, я останавливаюсь в районе Пушкинской площади и постоянно вижу в арке у магазина «Наташа», у Театра Станиславского и в других точках стайки этих ночных заевых, лапиных и парамоновых. Они стали привычным орнаментом Тверской. А на Пушкинской, у «Макдоналдса» меня регулярно останавливают несколько сутенерш, удивительно похожих на Шилову, и предлагают «хорошую девочку на ночь для удовольствия». Сначала я от них шарахался, потом, задумав эту книжку, стал разговаривать и интересоваться ценами и подробностями. Но даже при всей этой подготовке я попал однажды в полный просак. Думая сократить себе путь, я в метельный январский вечер шагнул под арку у магазина «Наташа» и увидел чуть поодаль странную картину. У решетчатой дворовой калитки полукругом стояли двадцать девушек, а прямо перед ними и слепя их фарами тихо ворчала мотором легковая машина.

Одетые в коротенькие пальто и шубки и обутые в туфли и ботиночки, девушки явно мерзли и пританцовывали от холода своими заголенными ножками. Я остановился, пытаясь понять, что тут происходит: это было похоже на киносъемку ночного расстрела молодогвардейцев. Но ни кинокамеры, ни режиссера я не видел, лишь маленькая женская фигура, словно ассистентка по актерам, металась от машины к девушкам, говоря: «Повернись в профиль!.. Покажи грудь!..».

— Это что, съемка? — все-таки спросил я у одной из девиц, стоявших с краю полукруга.

— Ага, — ответила она и засмеялась.

— Нет, серьезно...

— В натуре, — сказали мне девушки. — Не видишь, дядя, как нас снимают? Если хочешь, заплати и тебе достанется...

И только тогда я сообразил, что тут происходило. Сутенерша демонстрировала девочек сидевшим в теплой машине покупателям. А те не спешили, они выбирали товар дотошно, с профессионализмом постоянных клиентов.

Согласно официальным данным, в 1997 году в России женщинами было совершено 184942 преступления из них на почве, связанной с сексом, — 9602.

Глава третья

КЛУБНЫЕ ДЕВОЧКИ

В Москве несколько десятков — если не сотен — ночных клубов: «Феллини», «Метелица», «Тропикана», «Карусель», «Ап энд даун», «Утопия», «Титаник», «Найт флайт», «Грезы», «Куклы», «Монте-Карло», «Солярис» и т.д. и т.п. Администрация одного из них любезно отвела мне на несколько ночей столик в ресторане, и за этот столик ко мне одна за другой подсаживались клубные девочки, делились опытом, а в обмен получали какую-нибудь мою книжку с теплой надписью. За пять ночей я поговорил, наверное, с тридцатью, если не больше, красотками — во всяком случае, такого богатого ассортимента у меня не было уже лет двадцать — с тех пор, как я работал в советском кино. Вот что я услышал.

1.

— На Тверской девчонки куда дружнее и лучше, чем здесь, в клубах. Там девчонка тебя никогда не бросит одну. Если ты вместе, то вместе — даже когда попадаешь на «геморрой», то есть на много человек или на маньяка. А тут у меня был такой случай. Я и еще одна девочка уехали с очень хорошим человеком — такой дяденька на «мерседесе», в очках, никогда не подумаешь, что от него можно что-то нехорошее ожидать. Ну, приехали, а там оказалось еще восемь человек, причем совершенно непохожих на него, а только что вышедших из заключения. И я удивилась — она троих обслужила и говорит: ну, я пошла! Тут еще работы, как говорится, невпроворот, а она встала и пошла. И они ее отпустили, а я осталась...

2.

— У меня есть подруга на Тверской — ее в клубы не берут, она полненькая. Они когда от «бобиков», от облавы прячутся, то собираются в какой-нибудь парадной или подворотне, сидят и рассказывают всякие случаи. А потом она приходит домой — мы с ней на пару квартиру снимаем — и мне пересказывает, так я просто в шоке, какие случаи могут происходить. Одну девчонку взяли какие-то наркоманы и увезли аж в Западную Украину. Там ее месяц держали на одном чифире и черном хлебе, в итоге забрали ее кожаный костюм, на который она два месяца работала, дали ей какие-то штаны и тапки и выкинули на шоссе, она до Москвы на дальнобойщиках добиралась...

3.

— А еще у меня была подружка, Ленка, ей не везло с мужчинами — всю дорогу попадались одни садисты и маньяки. Как ни придет домой — так с синяком или с фингалом. Однажды взял ее мужчина, привез на шикарную квартиру. Сидят, пьют шампанское. Она смотрит: он ей подливает и подливает. Она говорит: ты чего, папаша, я уже не хочу больше. А он ей — бам в глаз, схватил за волосы и — в кровать. В кровати привязал и — бить! Она кричит: по лицу не бей! А ему все равно — бьет и бьет. Правда, не до смерти. В итоге он, когда кончил, подарил ей золотые сережки, дал еще сотку баксов и деньги на такси. Говорит: извини, дорогая, я садист, я без этого не могу.

4.

— Мне вообще на мужчин тоже не везет. Я вышла замуж в 16 лет в глубинке, в Новокраматорске. Родила ребенка и через полгода развелась, потому что он кололся. Ему было 18 лет, богатый мальчик, самый завидный жених в городе. А потом старшие пацаны с нашего двора — им по 25 было — взяли его под свое крыло, им же выгодно такого на иглу посадить и тянуть с него деньги. Если бы я могла повторить свою жизнь, я бы, наверно, удержала его, а тогда мне все по барабану было. Я считала, что я уже взрослая и он взрослый. В итоге я с ним развелась и познакомилась с другим парнем, он меня привез в Москву. Он сам бандит, и через полгода его убили. Убили, и мне просто некуда было идти. А я до этого на Курском вокзале познакомилась с одной бабушкой, хорошая такая бабушка, я ее с ребенком оставила и пошла на Тверскую. Это два года назад было, но про Тверскую уже тогда все слышали. Я прихожу, смотрю — стоит девчонка. Я подошла, она говорит: да, я тут работаю. Я говорю: а как тут устроиться? Она показала: иди во двор и там увидишь. Я пошла. А там стоят девчонки — все в мини-юбках, а одна в брюках. Я к ней: возьмешь меня на работу? Она: нет проблем, тебе плачу половину, а половину мне. Ну, там везде так — половину отдаешь. Я начала работать. Еще не знала, как определять мужчин, и первое время попадала на всякие «геморрои» — то на бандитов нарвешься, то еще на кого. На Тверской очень страшно, там клиенты тебе столько нарасскажут — что они такие хорошие, бриллиантовые. Но верить никому нельзя, а надо самой смотреть, потому что сутенерке все равно, с кем ты поехала, ей лишь бы деньги.

— *А разве это не ее работа — определять мужчин? За что же ты отдаешь ей половину?*

— Потому что она держит точку и за это отстегивает милиции, я слышала, две штуки ежемесячно. Плюс каждый день по 500 баксов «бобикам» — там же автобус проезжает, забирает девчонок, и нужно откупаться, чтобы не забирали. Причем милиция работает посменно — дневная смена у них до девяти вечера, а ночная после девяти. И вот одни до девяти проедут — им плати, вторые после девяти — тоже плати. А кому неохота платить сразу двум сменам, то они или с пяти до девяти работают, или после девяти до ночи. Это только так считается, что улицы принадлежат я не знаю кому — государству, Лужкову? А на самом деле улицы принадлежат милиции, и они с них хороший доход имеют. Даже при том, что на Тверской маленькие цены, поскольку там симпатичных девчонок немного, там в основном с Украины и со всего ближнего зарубежья. Я там больше чем за двести очень редко уходила. Сто пятьдесят — сотка — даже симпатичные девчонки уезжают за такую цену.

— А есть мужчины, с которыми ты забываешь, что это работа? С которыми тебе самой интересно в постели?

— Не было такого ни разу. Потому что в душе все равно чувствуешь, что он за тебя заплатил. Один раз был такой случай. Клиент говорит: «Все, я не буду тебя трогать, делай что хочешь — вниз, вверх, от души!» Но все равно до секса не доходит настоящего, от души не можешь — чувствуешь, что делаешь за деньги.

Зато был такой случай: меня с Тверской взял депутат Государственной думы. То есть он не сам подъехал, а его помощник. А депутат, чтобы не светиться, через улицу за «Минском» прятался, у нас точка была напротив гостиницы «Минск». И вот они меня купили, я подумала: какой шикарный мужчина — красивый, высокий, лет тридцати пяти. А я люблю мужчин не молодых, а которые в самом соку. Тем более что мы поехали в «Карусель». А если тебя везут в «Карусель», то это уже хорошо — накормят и вообще. И вот мы там сидим, отдыхаем, у него на пиджаке значок депутата Государственной думы, я расслабилась, думаю: надо с ним любовь закрутить, чтобы стал постоянным клиентом. А он такой козел оказался — по концовке они повезли меня трахаться в мидовский гараж, на минус пятый этаж. Я была в шоке. Притом их двое, а я одна. И после, когда он меня вывез из этого гаража и дал денег на такси, я ему все высказала, что я о нем думаю.

— Что же ты ему сказала?

— Я сказала: как вам не стыдно, депутату Государственной думы, заниматься любовью в гараже!

— Неужели ты за два года в Москве ни в кого не влюбилась?

— Знаете, я до сих пор не знаю, что такое любовь. То, что у меня с мужем было, это, конечно, бурно проходило, но я считаю — это детская любовь, мне было 16 лет. А после того, как моего второго мужчину убили, я вообще боюсь мужчин приблизить к себе. Хотя сейчас у меня тоже есть мальчик, он меня купил на Тверской, и мы с ним уже полгода, он говорит: «Люблю, не могу без тебя!». Но как так можно любить человека и позволять ему ходить на эту работу? Это же тоже нелогично. Хотя у меня уже есть привычка к нему — вот мы ссоримся, он уходит, а я его жду. Не знаю — это любовь или что? Я очень верю в Бога и чувствую, что я плохо делаю: он женатый на самом деле, а я его держу у себя. Правда, у меня тут была очень сложная операция, киста, но поскольку я тогда еще работала на Тверской, то для меня сто долларов скопить на операцию было очень трудно. А он мне принес сто долларов и еще носил передачки в больницу. Было так приятно, что кто-то о тебе заботится...

— *Как же ты управляешься с ребенком? С кем он сейчас?*

— Ой, я не жалею, что у меня ребенок. Мне очень приятно с ним по улице ходить, все думают, что это мой брат. Он такой классный, удивительный! Я даже боюсь его фотографию носить, чтоб не сглазили, — он очень восприимчивый, у него постоянно что-то болит, чешется. Я как пойду к гадалке, они говорят: это сглаз, это сглаз! А он такой ребенок веселый! И он понимает, что маме плохо, что он мужчина в семье. Мужчине три года, а он мне помогает мыть полы — вообще ухохочешься! Все размажет — ой! И убирает за собачкой своей — я купила ему собачку. Но папой никогда никого не называет. Вот некоторые девчонки рассказывают, что у их детей тоже нет отцов, так они каждого мужчину называют папой. Кто подойдет, сразу — «папа!». А мой — нет, никогда. Просто «ты» и все. Не знаю почему...

— *А как ты в этом клубе оказалась?*

— Меня с Тверской снял человек, который здесь заведует девчонками. Он меня увидел и за мой внешний вид привез сюда и сказал: «Чем там бегать от милиции, лучше будешь здесь работать». Я, конечно, согласилась. К тому же здесь цены выше Тверской. Правда, говорят, что полгода назад здесь вообще за 400 долларов девочки уезжали. Но я в это не верю — чем те полгода отличаются от этих? Хотя я по телику слышала — у нас экономика вниз пошла. Не знаю... Но все-таки я на свой заработок могу снять квартиру и ребенка с нянечкой оставлять. Притом здесь и расходы другие, чем на Тверской. Здесь надо дорого одеваться. Богатые люди разбираются — если на девочке платье за 200 долларов, то, значит, она чего-то стоит и пользуется успехом...

5.

— В данный момент у меня есть любимый человек. Я с ним в клубе познакомилась, но не как с клиентом, а на дискотеке. Потому что я тогда не здесь работала, а в эскорт-сервисе девочкой по вызову. А в клуб я на дискотеку ходила, и мы познакомились. Он не русский, он армянин, очень красивый и интересный мальчик, и я от него долго скрывала, чем я занимаюсь. Он стал ко мне в гости приезжать, а я снимала квартиру еще с одной женщиной, ей было 46 лет, но она тоже занималась этим. И она меня наставляла: «Зачем он тебе нужен? Если ты этим занимаешься, то у тебя должна быть цель. Ты деньги собери, стань на ноги, а сейчас никакой любви не должно быть». Но я уже не могла с ним расстаться. А он, конечно, что-то почувствовал, тем более что у меня дома эти звонки постоянные от мужчин и от диспетчера эскорт-сервиса. И он мне такие условия поставил: или ты признаешься, кем ты работаешь, я готов к любой правде, какая бы она ни была, или мы расстаемся. Ну, я ему призналась и рассказала, что меня побудило работать. Я приехала в Москву из Саратова, сразу после музыкальной десятилетки, поступила тут в Институт культуры на фортепиано и проучилась год на одни пятерки. Но денег не было ни на жизнь, ни за учебу платить. К тому же я страдаю диабетом, то есть нужны лекарства. И я все перепробовала — я работала агентом по продаже, продавала всякие мелочи и до того докатилась, что у меня не было денег даже домой уехать. И тогда я сознательно пошла на это дело, я открыла «Московский комсомолец», там написано: «Требуются массажистки». Я позвонила, они говорят: это интим. Я пришла, хозяин-сутенер велел мне раздеться, посмотрел фигуру и сказал: ты подходишь. Только, говорит, нужно одежду другую, макияж, причесочку. И я стала работать девушкой по вызову. Но совмещать эту работу с учебой трудно, и через год мне стало неинтересно учиться, я этот институт бросила.

Мой парень меня выслушал и понял, потому что он сам тоже молодой, даже моложе меня. Он работает на рынке, мало зарабатывает, а учится в консерватории на вокале, мечтает стать певцом. Он говорит: я не богат, но хотелось бы, чтобы ты все же бросила это дело, ведь другие девчонки работают на рынке в ларьках. И я уже хотела это дело бросать, но тут в эскорт-сервисе мне предложили: будешь работать только днем, а своему любимому скажешь, что работаешь массажисткой. У нас, говорят, полно и замужних женщин, которые только днем работают, и даже их мужья ничего не знают.

И я переезжаю к нему жить — а он с родителями живет, — и я им говорю, что работаю массажисткой. И все это скрывалось где-то полгода. В один прекрасный момент мы с ним поссорились, а мне как раз на работу ехать, он говорит: ты когда домой приедешь? Я говорю: когда захочу, тогда и приеду! И уехала. И, как назло, в этот день мы с одной девочкой поехали на вызов и на «геморрой» попали. Хотя говорят, что в эскорт-сервисе безопасно, но там как? Диспетчер принимает вызов, берет у клиента адрес, пробивает его на компьютере, который связан со всеми эскорт-фирмами в Москве, и смотрит — были по этому адресу проблемы или нет? Если были проблемы, то никто туда, конечно, не едет, а если не было, то охранник берет двух-трех девочек и на машине с водителем везет по этому адресу. Охранник первым поднимается в квартиру, осматривает и, если там все безопасно, поднимает девочек. Клиент выбирает девочку, расплачивается с охранником, и тот уезжает. Но что с тобой через пять минут случится — никто не знает. Ты можешь отзвонить в контору, что с тобой все в порядке, а через пять минут может войти толпа и сделать с тобой все что хочешь.

В тот раз так и получилось. Мы поднялись, хозяин квартиры выбрал двух девочек, и охранник уехал. А через десять минут там уже было восемь человек, они нас били, издевались и только где-то в час ночи это закончилось. Все разошлись, а хозяин квартиры, который меня бил, говорит уже по-хорошему: оставайтесь до утра, завтра мы нормально пойдем в ресторан. Ну, мы с подругой его потихоньку развели, говорим: мы согласны, только нам нужно взять из дома вещи, чтоб переодеться, хочешь — поехали с нами. И поехали с ним на такси на Кутузовский проспект, на ту квартиру, где эскорт-сервис. Поднялись наверх, говорим охраннику: так и так, там внизу нас бандит ожидает. А ему лень спускаться, он говорит: «Буду я с ним вязаться? Он десять минут постоит и уедет». Я звоню своему любимому и говорю: тут такая история, я вся в синяках, приезжай и забери меня. А он решил, что я у какой-то подруги загуляла, он говорит: я сейчас приеду и тебе еще задам!

И вот, представляете, где-то через час он приезжает, а мы в подъезде и побитые. И я ему призналась, сказала, что после нашей с ним ссоры я назло ему поехала на заказ и попала на «субботник». Потом мы выходим из подъезда и, оказывается, тот парень все еще ждет. Хотя мы были уверены, что он уже давно уехал. А он нас подзывает: идите сюда! Мой любимый начинает с ним драться, голову ему разбил. И вот этот момент был самый приятный — мой любимый отомстил за нас тому подонку!

А потом у нас с любимым начались денежные проблемы, потому что мы ушли от его родителей, сняли квартиру. И в один прекрасный вечер я пришла сюда и тут же уехала, и на второй день уехала, и для меня это показались большие деньги — за два дня четыреста долларов! Я говорю своему парню: ты уже знаешь, кто я, закрой на это глаза, я соберу деньги, и мы с тобой что-то придумаем, какой-то бизнес, и я брошу это дело. Конечно, некоторые подруги смеются надо мной: зачем он тебе нужен? он знает, что ты работаешь, он тебя все равно бросит. А я говорю: вы меня и раньше предупреждали, что армяне жутко ревнивые и что он, как узнает, где я работаю, меня зарежет. А я уже полтора года с ним, он меня ни разу даже шлюхой не обозвал. Конечно, когда здесь работаешь, иногда попадаются и приятные клиенты. Но это все равно не то. А когда приходишь домой — вот где самое родное! Он тебя поцелует, обласкает, это совсем другое. И когда я болею, он моя лучшая сиделка. Если бы сейчас его не было со мной, то я не знаю, как бы я работала...

6.

— Вообще это все сказки, что в эскорт-сервисе безопасно. Это там говорят девчонкам, чтобы они не боялись ехать на заказ. Со мной тоже был случай.

Охранник поднялся в квартиру к клиенту, потом выходит и говорит: там один парень пьяный, но он спит, а второй трезвый, нормальный, пошли. И завел нас. Тот парень, который трезвый, выбрал меня, и охранник ему говорит: давайте расплачиваться. А тот достает пистолет и охраннику к голове. Охранник: ладно-ладно, до свидания! И ушел. А я осталась. Правда, там надо мной не издевались, а просто попугали и все. Но после этого меня в ту контору эскорт-сервиса просто не впустили и даже по телефону не стали со мной разговаривать — боялись, что я тому парню с пистолетом все их координаты сообщила, и налета ждали. А потом дали телефон одного человека с Петровки, 38, — он является крышей нескольких контор эскорт-сервиса, если у них какие-то проблемы с милицией, то он их решает. И вот я с ним встретилась, он меня спросил, что там было и как, и говорит: я не могу запихнуть тебя обратно в ту же контору, но я тебе дам другой телефон. То есть устроил в другую свою контору. Там девочка по вызову стоит сотку за два часа, из них ты получаешь сорок, а остальное распределяется хозяину, диспетчеру, охраннику и водителю. И как-то мы вдвоем с еще одной девушкой поехали на заказ. Там было двое мужчин лет по тридцать пять и вроде как порядочные. Но как только охранники уехали, они нас перевезли в другую квартиру, и там их было 15 человек. Они нас не били, но заставляли вдыхать кокаин и показывать им шоу. И сами, конечно, все под кокаином, нанюханные. А я лично никогда не употребляла наркотики и не хотела. Они говорят: «Ах, ты не пробовала?» Берут за волосы и головой об стол — бац! бац! «Ну что, понюхаешь?» Что делать? Голова дороже, естественно. И в течение двух суток заставляли нас показывать стриптиз и каждые сорок минут нюхать кокаин. Двое суток мы не пили, не ели, даже в туалет водили нас под надзором. А диспетчеры из эскорт-сервиса нас потеряли. Но если бы они и знали адрес, они бы за нами все равно не приехали. У них охранники только с виду крутые. И хотя я запомнила, где это было, но кому я пойду жаловаться, что меня изнасиловали и что там хранятся наркотики?

7—8.

— А на Тверской, я считаю, девочки очень глупые. Мало того, что это очень унизительно — их там продают, как лошадей на рынке. Так еще неизвестно, куда завезут. Там же без разговора: садись в машину и поехала! А здесь с человеком общаешься, изучаешь его. И я лучше ночь просижу и никуда не поеду, но зато выберу такого, чтобы все было без проблем.

— Я, например, прямо говорю: «Нет, я с вами не пойду». И если у него есть достоинство, он говорит: что ж, иди! А бывают такие, которые ничего собой не представляют — они очень злятся, требуют, чтоб пошла, грозят: вот ты выйдешь из клуба, я тебя все равно найду! Это обычный вариант. Хотя порой и до драк доходит.

— *А бывают клиенты, которые увлекают как мужчины?*

— Бывают! Но это надо в себе подавлять, потому что нельзя забывать, где он тебя взял. Бывает мужчина — красавец, и в постели хорош, и прямо тянет к нему. Если он согласен и дальше продолжать встречаться, то почему бы и нет? Существуют постоянные клиенты.

— *А есть отличие в постели между клиентом и любимым мужчиной?*

— Знаете, бывает, клиент так сделает, что любимый такого не сделает! Да, вы не поверите, но есть клиенты, для которых кайф доставить удовольствие женщине. Он к тебе, как к ценной вещи, относится и все, что знает о приемах секса, все тебе дарит. И очень много таких — я даже удивилась! А порой бывают другие: развлекайте меня! То есть он лежит, как бревно, а ты вот лазай вокруг него. Но тут, конечно, ничего не скажешь — он деньги платит. Или порой получается, что каждый день уезжаешь, тебе даже девчонки завидуют и ты сама думаешь: вот полоса везучая! Но потом идет отвращение к самой себе — ну, грязная женщина, со всеми подряд! И даже с любимым уже, как с клиентом, двигаешься по инерции, никакой нет страсти. Но об этом ему не говоришь, конечно, а стараешься все исполнять, как раньше...

— А есть, знаете, такие клиенты, которым надо играть, что у тебя оргазм. Он говорит: я не кончу, пока ты не кончишь. Вот недавно нас с Ингой взял один и буквально замучил. Он возомнил, что он такой супер в постели! И дошло до того, что мы ему сказали: «Ну, все! Давай кончай, и мы поедем!».

— *А разве не бывает оргазма на работе?*

— Бывает, но редко. Бывает, что мужчина приятный, интеллектуальный и вся обстановка такая, что от этого просто таешь и все непроизвольно получается. А есть такие — он хочет, чтобы ты ему за сто долларов все, как волшебница, сделала.

— Или еще такие есть: он тебя купил и относится к тебе как к машине — на всех скоростях хочет тебя попробовать. Измочалит просто...

— Но знаете, что мне в этой работе нравится? Что я общаюсь с разными людьми. Я люблю новые знакомства и стараюсь, чем бы человек ни занимался, вникнуть с ним в каждую тему. То есть на этой работе волей-неволей становишься психологом. И у меня уже выработалось — я десять минут пообщаюсь с человеком и могу сказать, что у него в квартире и что на уме. А второе, конечно, деньги. Такие деньги девушка не заработает нигде. В Москве даже с московской пропиской трудно на такую работу устроиться. А живые деньги заработать — нет, только таким путем...

— *Вот и я побыл с двумя, спасибо.*

9.

— Я познакомилась с любимым мужчиной на работе. Он меня купил на Тверской для своего брата. К нему из Тюмени приехал старший брат, и он меня привез на свою квартиру как приятный брату сюрприз. И мы с его братом удалились в другую комнату, а наутро он меня тоже захотел и, когда я уже собралась домой уехать, он говорит: а можно я тебя тоже? Я говорю: можно, если доплатишь денег. Он доплатил, и мы с ним были, а когда я приехала домой, он в тот же вечер позвонил и стал звонить каждый день. Я его воспринимала чисто как клиента и пыталась из него денег побольше вытянуть. А потом мы стали встречаться просто так, на добровольных началах. Сначала он мне сексуально понравился, как мужчина, а потом и как человек. Я почувствовала, что я влюбляюсь потихоньку. Но мы с ним никуда не ходили — он очень домашний человек. Я не хочу сказать, что он бандит, да он и не был таким, просто он этим зарабатывал на жизнь. А меня он привлекал тем, что он взрослый, справедливый и очень спокойный. Он меня никогда не попрекал, чем я зарабатываю на жизнь, а предложил жить вместе, и мы полгода жили, я тогда бросила эту работу. У нас было какое-то подобие семьи, летом мы проводили время на природе, в гости ходили. А потом у него начались проблемы по его делам, и я начала снова работать, а это еще больше осложнило наши отношения, и мы расстались.

Теперь у меня нет никакой глобальной цели. Я живу только на полгода вперед...

10.

— А собрать здесь какую-то большую сумму, как девчонки думают, это нереально. Чтобы за собой следить и быть в форме, нужны деньги на одежду, маникюры, педикюры, солярии. Сейчас у меня тоже есть молодой человек, мы познакомились здесь, он до этого никогда девушек не покупал, у него на это нет денег. Но на свой день рождения он пришел сюда и взял меня. А потом мы начали просто так встречаться. У меня тогда был мужчина, который меня содержал, но я с ним рассталась и осталась с этим. Правда, он приносит деньги, которых мне не хватает на жизнь, и в результате я снова работаю. Мы живем вместе, он платит за квартиру, он ненамного старше меня, но я его практически не люблю и, кроме секса, у нас никаких отношений нет. Мы никуда не ходим, не разговариваем — днем его нет, а ночью меня нет.

— *Значит, того секса, который здесь, тебе не хватает?*

— А здесь нет секса.

— *Нет??!*

— Нет. Я почему и начала с ним встречаться, что у нас в первый же раз, когда он меня взял, возникла сексуальная гармония. И поэтому мы продлили наши отношения — ему тоже нравится сексом со мной заниматься. Но не более.

— *Значит, здесь у вас просто работа без эмоций?*

— Почему? Бывает, что мужчина нравится и внешне, и в сексе, но это редко и только в самом начале работы. А потом возникает профессионализм.

— *Как быстро?*

— Трудно сказать. Я думаю, на Тверской никакого профессионализма не возникает вообще, потому что там никого не нужно заманивать. А здесь профессионализм возникает месяца через три, наверно. Потому что здесь ты можешь мужчину сама выбрать и удовлетворить так, чтобы он тебя еще раз взял. Вот это уже профессионализм.

— *А что еще входит в профессионализм?*

— Главное — почувствовать, что человек от тебя хочет и чего ему вообще не хватает, зачем он тебя купил.

— *А чего не хватает русскому мужчине?*

— Русскому?

— *Или не русскому — какая разница!*

— О, большая разница! Русский мужчина — он более несчастлив, более закомплексованный. Многие стараются казаться не тем, кто они есть на самом деле. Он взял женщину на день, и ему хочется перед ней выступить, показать себя.

А иностранцы — они более свободные. Если им нужен секс, то они берут женщину для секса и не разговаривают с ней особо. Имеют ее и уходят без всяких проблем. А русский мужчина начинает учить ее жить, проводит всякие психологические беседы. Хотя я считаю, что если мужчина взял меня для секса, то он и должен иметь со мной секс. А если для беседы, то беседовать со мной о той области, в которой он мужчина. А не рассказывать мне, какая я сливная яма. Правда, русский мужчина и платит больше. Иностранцы — они экономные, на этом деле их ничем не удивишь. А русские более эмоциональные, они быстрее раскручиваются, им нужно свой кураж показать, и они начинают просто швырять деньги. Но они и более проблемные. Их труднее удовлетворить, потому что у них всегда какие-то комплексы, им обязательно нужно поощрение сделать, подыграть, что они такие необыкновенные. Хотя в принципе мужчине следует понимать: если женщина идет с ним за деньги, она ничего чувствовать не должна. Но с русским мужчиной это не проходит, он от этого впадает или в ярость, или в депрессию. Поэтому, если я иду с русским мужчиной, то я должна дать ему то, чего ему не хватает. Притвориться, как мне с ним хорошо, замечательно — чтобы он почувствовал себя мужчиной.

— *То есть вы хотите сказать, что иностранец берет женщину, чтобы удовлетвориться физически. А русский — чтобы почувствовать себя мужчиной. Правильно я вас понял?*

— Я бы сказала, что иностранец действительно берет проститутку, а русскому мужчине не столько нужна проститутка, сколько гейша и нянька.

— *А есть в вашем деле профессиональный рост?*

— Конечно! Каждый месяц, даже каждую неделю! Особенно если кто-то идет с тобой рядом. У меня есть подружка, мы с ней обсуждаем каждую нашу поездку.

— *Вы обсуждаете технику секса или технику общения с клиентом?*

— Чаще технику общения. Потому что техника секса — это все-таки запретная тема и что-то стесняет. К тому же у каждого должны быть свои секреты, не совсем же выкладываться, правда? Поэтому мы главным образом делимся друг с другом секретами, как вести себя с человеком, чтобы он тебя еще раз пригласил.

— *А поделитесь со мной...*

— Чтобы мужчина тебя пригласил еще раз, нужно его немножко недоудовлетворить. То есть обычно мужчине кажется, что он может еще, — даже тогда, когда он уже не способен на это. И тогда он просит его возбудить. А я считаю, что если мужчина просит его возбудить, то ему, по сути, уже не надо. И нужно в этот момент уйти — тогда мужчина живет воспоминанием о том, как он хотел еще. И он начинает звонить, приглашать. А если мы работаем вдвоем — нас двое и мужчин двое — то мы стараемся не меняться. Чтобы мужчина, который с ней, наглядевшись издали, как я там мелькаю, захотел и меня. При этом я ему на прощание могу сказать пару ласковых слов, даже поцеловать — чтобы он ощутил меня как-то поближе и настроился. И тогда на следующий день он обязательно звонит и говорит: я тебя приглашаю.

— *И все-таки кто сильнее? Иностранные мужчины или русские?*

— В плане секса? Потенции? Я считаю, что тут без разницы. Физиология одна и та же. Просто иностранные мужчины конкретно видят свою цель — им нужно удовлетвориться физически, и они на этом концентрируются. Не больше. А наши мужчины — им надо все. Он ложится и говорит: делай со мной что хочешь. А что именно — они не говорят. И потому с ними труднее. К тому же русский мужчина, например, не любит, когда к нему подходят. За границей это нормально, а у нас нет. Нашему надо самому проявлять инициативу, завоевывать женщину. Даже если он заплатил и знает, что я с ним поеду, он все равно старается меня завоевать. У меня был клиент, который даже стеснялся пойти со мной в постель. То есть он меня купил, заплатил, мы с ним приехали в сауну и стали разговаривать. Долго разговаривали на разные темы, было очень интересно, а потом он мне говорит: «Знаешь, я не смогу с тобой пойти в постель. С тобой хочется, чтобы отношения развивались долго, медленно. А так я с тобой стесняюсь». И все. Отвез меня домой, дал свой телефон, мы с ним иногда перезваниваемся, но и только — он очень занятой человек.

— *А кого хочется встретить?*

— Вообще? Для себя? Для себя хочется встретить заботливого. Но не в том смысле, чтобы дал денег и все — что хочешь, то и делай. Кстати, когда здесь работаешь, то деньги приобретают меньшую ценность. И хочется не только материальной заботы, но и духовной. Чтобы человек был внимательный, чуткий даже в мелочах. Мне, например, в отношениях с моим любимым мужчиной уже не хватает свежести ощущений. То есть приходишь домой, а он уже не делает таких комплиментов, как раньше. Я ему говорю: хочу иметь друга в твоем лице. А он: с друзьями не спят. Это такая глупая мысль! А я хочу, чтобы духовная близость была, чтобы мой мужчина был не только любовником, но и другом...

11.

— *Господи, сколько ж в тебе роста?*

— Во мне? Метр восемьдесят три.

— *А лет тебе?*

— Честно? Честно мне шестнадцать.

— *Сколько??!*

— Шестнадцать. Я тут работаю всего месяц...

— *А до этого нигде? Ни Тверская, ни эскорт-сервис?*

— Нет. Я окончила школу моделей, но работу манекенщицей не нашла. А мы живем вчетвером — я, моя мать, младшая сестра и дедушка. Но он уже старый, только мама зарабатывала на всех четверых. А теперь я ей помогаю и говорю, что работаю тут танцоршей. Я и правда ищу работу или танцоршей, или стриптизершей, но в этом клубе сцена для меня маленькая, я высокая. И я обзваниваю другие клубы, а пока... Вообще, я по жизни человек способный. Если мне показать, что и как, то я быстро осваиваю.

— *И какое у тебя за этот месяц самое сильное впечатление?*

— Самое сильное? Несколько дней назад меня взял один молодой человек, ему 26 лет. Мы поехали в гостиницу «Молодежная», сняли там номер, играли на бильярде. И он начал говорить, насколько я ему нравлюсь. Потом мы пошли в номер, он стал признаваться в любви — сначала плакал, ставал на колени, говорил: ты мне одна нужна, только ты, больше никто, я хочу быть рядом с тобой, я тебя люблю — такие вот вещи. Потом он меня спросил, делаю ли я минет. Я сказала да и тут же получила удар по лицу, в висок. И после этого он начал меня бить по лицу, по голове и по телу. Притом он был трезвый, не накуренный, совершенно нормальный. Просто он сказал, что бьет из-за тех мужчин, с которыми я спала. И если я буду продолжать этим заниматься, если, говорит, ты еще раз в этом клубе появишься, я об этом обязательно узнаю и тебя убью. А если я буду ему полностью принадлежать, то он меня больше не тронет. И начал рассказывать, как он хочет и видит, что утром будет просыпаться рядом со мной и меня обнимать. А после этого он взял меня силой, разорвал на мне все колготки, но денег, естественно, не дал. Потому что, как он сказал, он меня любит, и я должна ему принадлежать и не работать нигде. Когда он уснул, я оделась, вышла из номера, дождалась, когда откроется киоск, купила себе колготки и уехала домой.

— *Это было всего несколько дней назад? И ты снова работаешь?*

— Но ведь бывают и приятные случаи.

— *Например?*

— Три недели назад, когда я сюда только пришла, взяла себе чай — через десять минут подходит мужчина и говорит: «Поехали. Мы уже двух девочек взяли, ты третья». И мы поехали в клуб «Грезы», посидели там за столом, потом пошли в сауну — там, в «Грезах» сауна небольшая, но очень уютная. И мы хорошо отдохнули, напрягов не было.

— *А у тебя уже были клиенты, от которых ты получила удовольствие?*

— В основном всегда работаю я, и клиенты мной довольны. Но были и такие, от которых я получала удовольствие. Они говорили: ты мне нравишься, я принимаю тебя не за ту, кем ты работаешь, а за девушку и хочу доставить тебе удовольствие. И они делали все для этого. Это было приятно. А вообще, мне не нравится, чем я занимаюсь, мне просто нужны деньги...

12.

— А есть такие, которые покупают девчонок просто, чтоб поглумиться. Например, возьмут четырех девчонок, поставят по углам «раком», а сами сядут посреди комнаты и будут играть в карты. То есть для секса они им не нужны. А вот так им весело. А раз был случай: одну девчонку купил священник. Ну, она сначала не знала, он же в пиджаке был. А потом

131

видит: он молится постоянно, молитвы читает: грех, грех. Потом поставил посреди комнаты стол и стул, раздел ее, полночи заставил ее раздетой Библию читать и в конце концов трахнул. Но при этом молился жутко, прости меня Господи!

А однажды на Тверской подъехал мужчина, щупленький такой и жестами разговаривает, показывает на одну девочку. А она не хотела с ним ехать, говорит: что я поеду с глухонемым, с ним даже не поговоришь. Но мы ее уговорили, а назавтра она приезжает, рассказывает. Он молчал, молчал, а в семь утра вдруг заговорил. Она даже перепугалась — неужели его сексом так пробило, что вылечился? А оказывается, он какой-то обет дал, что до семи утра не будет разговаривать. А потом как разговорился! Она от него еле ушла...

— *А сколько вы на Тверской отработали?*

— Почти полтора года.

— *А в милицию попадали?*

— Конечно. Почти каждый день. Но там как? Если это муниципалы, то они тебя отведут в отделение, трахнут и отпускают. Причем некоторые персонально выбирают — «Ты, пойдем, мне нужно поговорить с тобой». А некоторым все равно, они говорят: «Ну, кто пойдет на второй этаж убраться?». Которые новенькие и не знают, те идут. А кто не идет, тех держат до утра в клетке. Или пока «мамочка» выкупает. И цена самая разная — от пятидесяти тысяч рублей до полтинника долларами. А если милиция в автобус заберет, то это еще хуже — неизвестно куда отвезут и с ними трудней договориться. Мы работали около гостиницы «Москва» и на Лубянке, напротив «Детского мира». И нас возили в «семнашку», «восемнашку», «шестьдесят восьмое», «сто восьмое». А сейчас у меня есть подружка, она работает на Тверской возле «Карусели». Там десятое отделение, и она говорит, что там могут и двадцать часов продержать. Но в конечном итоге милиция — вся! — берет деньги. Даже если у тебя есть регистрация московской прописки на полгода, они ее порвут и возьмут штраф за нарушение паспортного режима. Или еще бывают случаи: приезжает какой-нибудь чин из милиции, берет девочку, везет на квартиру, все с ней делает, а потом показывает удостоверение, дает свой телефон и предлагает его постоянно обслуживать за защиту, за «крышу». У меня, когда я на Тверской работала, было два таких телефона. Фээсбэшников у нас тоже достаточно. Эти в любовь начинают играть, причем солидные дядечки, полковники. Мы с ними пару раз поехали в баню, они заплатили, а потом стали жадничать и играть в любовь, всякую защиту обещать от бандитов и от милиции, прописку, загранпаспорт через МВД. Но сколько бы ты ихних телефонов ни имела, на Тверской все равно страшно работать. У меня подружку на новый год увезли в какую-то деревню Овражки. И вся деревня ее поимела, она потом неделю в постели лежала. А покупали двое таких цивильных ребят, хороших. Или на день рождения подарят — привезут имениннику, а там все перепьются, пятнадцать человек ее трахнут, а имениннику уже ничего практически не достанется. Или еще одна — ей из бани голой пришлось бежать. Зимой причем. Потому что клиенты привезли ее в баню, остригли наголо и начали бить. Я когда сюда пришла с Тверской, нас трое парней взяли — меня и еще одну девочку. По двести пятьдесят баксов. Для меня после Тверской это нормально было, но она их так допекла:

как же так? вас трое, нас двое и всего 250? В результате один парень просто психанул, сказал: «Ладно, тебе триста». И вот она за триста была с двумя, они ее вперебрёс, конечно, замучили, она пришла на следующий день в клуб и девочкам говорит: «Я попала!» А я на нее смотрю и говорю: «Ты еще не попадала ни разу!» Потому что двое это не пятнадцать, как на Тверской бывает. Но она москвичка, а москвички, они все-таки разбалованные, они на Тверской не стоят, они сразу с клубов начинают. Хотя на улице столько девчонок хороших! И ни за что пропадают. Одну мою подружку малолетки вывезли в лес, двинулись наркотиками и говорят: «Беги, а я в тебя буду стрелять. Попаду так попаду, а нет — живой останешься». То есть малолетки и «хачики» хуже всего. Малолетки берут, чтоб глумиться, а «хачики» могут попользоваться, а потом другим «хачикам» за полсотни продать, а те следующим. Или в магазине на продукты обменять. Мою подружку двое взяли однажды, с виду приличные и заплатили сразу, а утром говорят: «Давай мы тебя домой отвезем». И повезли. А по дороге: «Давай в магазин заедем, продукты купим». Ну она пошла с ними, они набрали продуктов, а ее вместо денег оставили. Или есть которые вообще «пушку» тебе к голове приставят: веди на квартиру, где живешь. А девчонки всегда по двое-трое живут, поэтому специально договариваются насчет сигнала. Это обязательно. Скажем, три стука — все в порядке, я одна пришла. А если как-то иначе стучишь, то там тишина, сидят и не открывают. А еще у нас тут одну девочку просто пытали...

— *Стоп! Я уже устал от этой чернухи! А какие-то романтические истории бывают?*

— Бывают, но редко. У меня подруга есть на Тверской, очень симпатичная девочка. Ее один парень взял и влюбился, с ходу ей хорошие часы подарил и сказал: я через пару дней приеду и вообще заберу тебя с улицы. Но буквально на следующий день ее покупают три парня и везут в Люберцы. А это плохое место, туда если попадаешь, то на три дня минимум и еще не знаешь, выберешься ли живой. И вот ее туда привозят, поднимают в какую-то квартиру, а навстречу выходит этот самый парень. Увидел ее и говорит: «Больше всего я бы не хотел тебя здесь увидеть». Короче, ее там поимели пятеро за ночь, а утром, когда все спали, он ей помог одеться и сбежать, вывез ее оттуда. И действительно, забрал с Тверской, снял ей квартиру и дает деньги на жизнь.

— *Ну, какая же это романтика? Я думал, он из-за нее их всех перебьет. Или выкупит любимую девушку.*

— Нет, этого там нельзя. У них свои правила. Он со своими бандитами драться не будет. И денег они у него не возьмут, это для них оскорбление. А насчет романтики... У меня у самой в прошлом году был случай. Меня вскладчину купили трое ребят, а потом разыграли, кому со мной быть. Потому что денег у них больше не было. Ну, и так получилось, что с тем, кому я досталась, у меня как бы любовь началась. Я работу бросила и к нему поселилась, полгода с ним прожила. А потом ушла от него, но не потому, что мы с ним поссорились, а потому, что там жить невозможно. Он не бандит, он автомеханик и с родителями живет. И вот он утром уходит на работу и — до ночи. А дома только я, его отец и мать. И отец у него весь мир ненавидит, как проснется — весь день матом всех поливает. И

135

меня, и свою жену, и сына, и Ельцина, и телевизор — всех подряд и безостановочно. А это смежные комнаты, никуда не денешься, одно развлечение — за хлебом сходить. Ну, я полгода терпела, а потом ушла. Но есть девочки, которым повезло, можно сказать. У меня подруга была, мы с ней обе из Волгограда, так она с Тверской на «субботник» попала. И потом с одним из тех бандитов сошлась, он на ней официально женился, прописал на своей московской квартире, у нее теперь машина «фольксваген», мобильный телефон...

13.

— Вообще в каждом клубе свои правила. У меня подружка в «Карусели» работает. Там так: ты приходишь, с тобой руководство знакомится, их там трое или четверо. Ну, естественно, ты должна им понравиться, они тебя поимеют и берут на работу. И два раза в месяц ты прямо в кассу платишь по 500 долларов. А все остальное, сколько заработаешь, там твое. Но там за выезд минимальная цена с клиента — 500 баксов, а если прямо там, в «Карусели», в кабинке, то 400 за час. И конечно, ты должна клиента на выпивку раскрутить, это само собой. А здесь цены пониже, и мы с каждого клиента отдаем администрации 50 долларов...

14.

— Я раньше «мамочкой» на Садовом кольце работала, и один телеведущий постоянно к нам приезжал. Вроде известный человек, при деньгах, свое шоу на телевидении, а брал девочек на минет за пятьдесят долларов.

— *Ты такая юная и хрупкая — на «мамочку» совершенно не похожа.*

— Ну почему? Зато меня пару раз чуть не дернули. Подъезжают бандиты: иди сюда! Я говорю: какую вам девочку, выбирайте. Они говорят: мы уже выбрали, садись. А с ними спорить нельзя, так я от них деру! На Садовом удобно — перебегаешь через улицу и в милицию, а там родные «мусора». Хоть мы их ругаем постоянно...

— *А как же случилось, что ты «мамочкой» стала?*

— Ну, я не москвичка, я с Тверской начинала. С мужем в Подольске развелась, осталась с ребенком. Мне подруга говорит: тут ребята из Москвы приехали, хочешь за ночь сто баксов заработать? Я говорю: точно не местные? Она говорит: точно. Ну а потом мы с ней стали на Тверскую ездить. Я где-то с месяц поработала и посмотрела, что мне это по деньгам не подходит. Ни квартиру снять, ни няньку для ребенка. Тут в меня влюбился водитель моей «мамочки», говорит: «Тебе это надо? Давай я тебе буду девочек поставлять и определю на Садовом на свою точку. Я там ментов знаю». Ну, и поставил на Садовое. Но я там так намучилась! Эта родная милиция, которая ездит, и постоянно денег им надо! С одной «пэбэшкой» я поругалась, так они приезжают, забирают моих девчонок и везут не в наше отделение, а в другое, где их будут держать всю ночь! Или до того упали, что, скажем, муниципалы моих девчонок заберут в наше отделение, я прихожу туда, забираю их, а эти «бобики» уже на улице перед отделением стоят и ждут, представляете? Ребята, которые в том отделении работают, приходят с улицы и говорят: «Ксюша, ты подожди своих уводить, посидите в обезьяннике немножко, а то они вас цапнут и повезут в другое отделение!» А клиенты?! Про бандитов я не говорю, это вам уже рассказали. Но вот нормальные вроде ребята подъезжают — вдвоем, на хорошей машине и хорошо одеты, а сзади такая дорогая бульдожка сидит. И они спрашивают: «Красивые есть девочки?». Я говорю: «Вам две или одну на двоих?» Они говорят: «Знаете, нам в принципе для собачки. Но мы восемьсот баксов заплатим!..» Да, да, это со мной было, я перекреститься могу!

— *Мне говорили, что точка на Тверской стоит тысячу долларов в месяц. Это правда?*

— Ну, это на Тверской. А на Садовом зависит от смены ментов, от их жадности. Кому-то за смену двести тысяч рубликов дашь, кому-то больше. Там два «форда» было, так один «форд» вообще денег не брал. Они приезжали и брали какую-нибудь девочку на час, на два. А другие деньги брали. Ну, и залетные, конечно, менты, из других отделений. Или автобус, «пэбэшка». Но у меня девочки в двух машинах сидели, и как видишь, что ментовский автобус катится, сразу в машину прыгаешь и уезжаешь, по кругу катаешься, пока они не проедут.

— *И сколько девочек у вас было?*

— Ой, и по четыре бывало, и по десять. Но я почему сюда перешла — сейчас же полиция нравов, они уже так достают, что работать невозможно. У них рация может настроиться на любую волну. А все сутенеры с мобильными телефонами работают — или им клиенты звонят, или они клиентам: мол, ждите, сейчас девочек подвезем. А те перехватывают волну, слушают и ловят. И второе: я там на точке замерзала жутко. Уже и тех денег не захочешь — с семи вечера и до семи утра, по двенадцать часов на морозе. Там без водки просто не обойтись, а хлоп стакан и уже: «Здравствуйте, дорогие мальчики!»

15.

— А я на клиентов по другому смотрю. Я считаю, что это новые люди. Если они находят деньги платить за девочку по 300—500 баксов за ночь, то, значит, они умные — ведь не все же бандиты. И вот смотришь, что он из себя представляет, изучаешь, откуда они такие деньги берут. Это же интересно.

— *И откуда они такие деньги берут?*

— О, это по-разному. Сначала я их на категории делила. Первые, у кого связи есть, потому что на голом месте ничего не бывает, правильно? Чтобы твой бизнес стоял, нужно везде поддержку иметь — и в милиции, и в криминальном мире. Законы нужно знать. И конечно, начальный капитал, чтобы раскрутиться. Это одна категория. А вторая категория — например, у меня был друг, он карманник. Он говорил: я не боюсь деньги тратить, потому что я завтра своими руками их обязательно найду. Всегда найдется лох, который откроет мне карман. И действительно, у него всегда были деньги, он мог мне три тысячи дать запросто. Но быть карманником — это тоже и талант требуется, и техника. А третьи — кто торговлей занимается, там по-своему приходится попотеть. Я была на одной даче на вечеринке, так там на всех стенах картины, и каждая стоит двадцать тысяч долларов. Там даже каждый стул — ручной работы и резьба по дереву! То есть я такого уровня за три

139

года работы не видела, хотя у меня были клиенты с двухэтажными квартирами в центре Москвы. Ну, я прислушалась к их разговорам, и, оказывается, чем они занимаются? Торговлей сахаром. Причем хозяину дома 32 года, а жене 27. Я смотрела на них и балдела — они так поднялись, а жили когда-то в коммуналке. Я думала: как они начинали? А потом мне один клиент объяснил. Он сам бизнесмен, очень хорошо поднялся, но начинал с того, что на своем заводе воровал люрекс. То есть все равно все начинается с воровства, без этого не бывает.

— *Выходит, здесь хорошая школа бизнеса, так?*

— И бизнеса, и жизни. Здесь людей начинаешь понимать — вот так, на раз. Я раньше по молодости влипала в разные дурацкие ситуации. То мы с подружкой познакомились на улице с двумя парнями, они говорят: девчонки, поехали на день рождения. Ну, мы по глупости поехали. В результате нас там оттрахали и наутро пинка под зад. Или в компанию меня пригласили, я приперлась, а там такое началось — пришлось с балкона прыгать. А тут... Тут ты клиента просвечиваешь, и если он с понятием, то он с тобой как с хрустальной вазой — все-таки заплатил за тебя, деньги вложил. А те, которые проявляют насилие, — ну что? Если он какое-то бычье, то я с ним, во-первых, и не поеду, а если попала — ну, я буду лежать, как бревно, какое ему удовольствие? Ведь когда человек к тебе бережно относится, то даешь ему не только секс, но и душу. Вложил деньги, так и получи хрустальную вазу в ленточке. Конечно, я могу ошибиться — я кому-то отказала, а другая поехала с ним и назавтра говорит: «Ой, все было так классно!». Ну, хорошо, значит, я потеряла какую-то сумму. Это все-таки лучше, чем на «субботник» попасть. И потом, если это хороший клиент, он никуда не денется, он еще придет, и я уже знаю, что с ним можно ехать, он проверенный. Потому что я однажды попала — так мне на всю жизнь хватило, там каждые пять минут за бутылку хватались, чтобы мне и подруге головы разбить. Когда мы с ней оттуда вышли, мы просто обнялись и поздравили друг друга, что живые...

— А кроме физического риска, есть же еще и, так сказать, венерический риск. Как вы с этим обходитесь?

— У меня при себе в сумочке всегда масса всяких препаратов — от противозачаточных до антибиотиков, миромистина и прочего. И презервативы, конечно, стабильно. А потом мужчины — они же сами боятся, они такие же трусы, как и мы. Они с тобой даже оральным сексом никогда не займутся, если ты скажешь, что у тебя зуб гнилой. А если скажешь, что когда-то сифилисом болела, так он и анальным сексом с тобой не будет заниматься. Особенно женатые. Они вообще десять раз зальются миромистином и будут кричать «помогите!», чтобы его не трогали. Хотя это глупо, конечно. Правда, у меня был один страшный случай. Я здесь сидела с одним клиентом, молодой такой приятный парень, он говорит: я тут по жизни отрываюсь, потому что мне немного осталось. Ну, и мы с ним разговорились по душам, я ему про своего ребенка рассказала, а он говорит: знаешь, я не буду тебя покупать, потому что я болен СПИДом. И рассказывает историю, говорит: вообще я таких, как ты, ненавижу. Я говорю: почему? Он говорит: потому что одна из вас, сука такая, заразила меня СПИДом. И теперь, говорит, мне осталось немного, но я хочу отомстить именно таким, как ты, — чтобы была и с фигурой, и хороша лицом. То есть как та, которая его заразила. Я говорю: и скольким ты уже отомстил? Он говорит: многим. Мне стало так страшно! Я говорю: я б таких, как ты, сама убила! Потому что скорей всего ты сам виноват — ты ее заставил провести половой акт без презерватива, правильно? Он говорит: правильно. Я говорю: ну вот! И мстить за это просто глупо. С тех пор я его в нашем клубе ни разу не видела. А еще у меня случай был: меня взял один онанист. То есть он меня привез к себе домой, нарядил в какие-то одежды, а сам стал онанировать. Залил спермой всю кровать, короче — не очень приятное зрелище было. Но мне по барабану, на самом деле. А когда он лег спать, я говорю: открой дверь, я домой поеду. Он говорит: ты не выйдешь отсюда. Я говорю: почему? Он говорит: по кочану! будешь тут неделю жить! А у меня закон: я у клиента никогда до утра не остаюсь. Оттрахалась и ушла по-любому. Потому что никогда не знаешь, что тебя ждет через пять минут. И вот я помню этот момент — он заснул, а я видела, что ключ он спрятал под матрац. И телефон — под подушку. И я, как кошка, как хищница просто, ходила по квартире и ждала, когда он заснет покрепче. А потом на цыпочках подкрадывалась и совала руку под матрац. Он меня два раза на этом ловил и сказал: еще раз это сделаешь, я тебя привяжу и отметелю. Я поняла, чем это пахнет, и сижу на кухне. Проверила все окна, шпингалеты и вижу, что десятый этаж — ни выйти, ни спрыгнуть. Думаю: что будет? Может, мне открыть воду, затопить квартиру, он вызовет сантехника, и я отсюда выскочу. Потому что я как представила жить тут с ним неделю — мне жутко стало. Или, думаю, поджечь квартиру —

142

приедут пожарные и меня выпустят. А третья у меня мысль была: подойти и его зарезать. Представляете, до чего дошла? Тут звонит телефон, буквально в этот момент. Он берет трубку и оказывается, что к нему друг летит из Ленинграда, надо ехать встречать. Я встрепенулась, он говорит: ты чего? ты сиди, не рыпайся, я сейчас за другом съезжу и вернусь. Я как подумала, что теперь их тут двое будет — вообще смерть. А он одевается, натягивает ботинки, достает этот ключ и идет к двери. Я сижу. Он открывает дверь, а меня как осенило, я говорю: «Ладно, хоть бы пожрать дал чего. Где у тебя колбаса?» И он такое машинальное движение сделал — на кухню, к холодильнику. Тут — это надо было посмотреть! Такой прыжок был — пантеры! Я выскочила в эту дверь и сразу на лестницу. Пулей скатилась вниз, отбежала от подъезда и стою, чтоб сердце не выскочило. Тут он выходит. А это Чистые пруды, лето — то есть народу на улице уже полно. Он идет за мной на расстоянии пятидесяти метров и просит: «Подожди, давай поговорим. Я тебе на такси дам!» А я боюсь к нему подходить, вдруг за горло схватит. Я говорю: отвяжись, мне уже ничего не надо! Потом выхожу на угол, где таксишная стоянка, и думаю: тут он мне ничего не сделает. Поворачиваюсь и говорю: ладно, давай на такси. Он дал и еще дверь мне у такси открыл, так культурно, как будто ничего не было. А потом он в клуб приходил, так я его всем девчонкам показала, говорю: имейте в виду, он маньяк. Но это еще что! Тут одну девочку просто пытали, я вам ее приведу, вы про нее обязательно напишите. А то многие говорят, что у нас легкие деньги. А они нелегкие. И дело не в том, чтобы клиенту как-то особо отдаться, а в том, что у нас профессия повышенного риска. Как у космонавтов. Им ведь тоже много платят не за то, что они в космосе кувыркаются, а за то, что они оттуда могут не вернуться. Так и у нас — мы, можно сказать, каждую ночь в космос выходим. У меня, например, была ситуация, когда я вообще кончала жизнь самоубийством. Ну, это когда моего мужа посадили и мне было некуда деться. Но меня спасли, и с тех пор мне уже не хочется этого делать.

— *А чего хочется?*

— Романа! Да, вы не смейтесь, даже при нашей работе очень хочется романа! Конечно, клиентов своих мы любим, но хочется найти такого мальчика, который бы не знал, чем ты занимаешься, и сыграть ту наивную дурочку, какой ты когда-то была. Чтобы целоваться в машине, неделю друг друга хотеть, а в итоге чтоб началась какая-то страсть — этого все хотят. Потому что не в деньгах счастье. Правда, хотелось бы чувствовать себя в шоколаде, но главное все-таки — чтобы тебя кто-то дома ждал. Не мама, не папа, не ребенок, а любимый мужчина. У меня это было, я это когда-то прочувствовала, и мне это снова надо. Потому что когда после всех дел, даже после самого лучшего клиента, сауны и ресторана с шампанским приезжаешь в пустую кровать, то уже ничего не надо — ни «мерса», ни тряпок, ни мобильного телефона... Я вот когда лежала в роддоме и видела глаза женщин, у которых нет мужей, — на самом деле это катастрофа! А мне в это время муж звонил, ночевал под окнами, приходил с цветами — это шикарно было! А теперь его нет, и иногда просто хочется лечь в больницу, чтобы к тебе пришли с цветами. Или пусть без цветов, но чтобы человек за тебя беспокоился! А здесь даже с лучшим клиентом ничего такого нет. Да, все может быть роскошно, страсть до утра, всякие ласки, но утром мы расстались и — все! Он не знает, что со мной. Может, я от него вышла и мне кирпич на голову упал. Но ему это по барабану, он мне позвонит только, когда у него в штанах настоялось. И ту женскую ласку, которая в тебе накопилась, ты ни на какого клиента не выльешь. Если ты ему скажешь, что ты его любишь, он скажет: ты что, дура? Поэтому я считаю, что даже при такой работе роман необходим. Вот у меня муж сидит, но он мне пишет такие письма, там такие слова любви — дай Бог, как говорится, каждой! Конечно, я непорядочно по отношению к нему поступаю. Но у меня нет другого выхода — я привыкла жить хорошо, и притом у меня ребенок. К тому же, когда он выйдет из тюрьмы, он никогда не узнает, чем я занималась. Я разорвусь, но не скажу. Все что угодно придумаю — что торговала наркотиками, была сутенеркой. Только не это! Потому что ему будет больно, а я его люблю. И считаю, что я счастливый человек — у меня есть эти письма, и в трудную минуту они меня держат. Он мне сам пишет: устраивай свою жизнь, как считаешь нужным для себя и ребенка, но знай, что у тебя есть человек, на которого ты всегда можешь рассчитывать. И как бы моя жизнь ни сложилась, я его, конечно, дождусь. А любовь... Любовь всем нужна — и девочке на Тверской, и мужчине-миллионеру. У меня был клиент, он мне дал пятьсот долларов и говорит: я могу все купить — тебя, официанта, этот клуб. И действительно, он откуда-то из Башкирии, нефтью торгует, у него денег — море. Просто море. Мы поехали к нему в гостиницу, так оказалось, что он снимает целый этаж, пентхаус. У него какие-то туфли из крокодильей кожи по полторы тысячи баксов, какой-то «роллекс» номерной, как у Клинтона, бриллианты на пальцах. А он говорит: я хочу, чтоб меня полюбили не за мои деньги, а просто так. Мне, говорит, иногда хочется надеть какое-нибудь старое пальто, сесть в метро и встретить такую, которая меня полюбит как такового, а не за деньги. Но он прекрасно понимает, что этому не бывать — он такой полный, пожилой и нехорош собой. Конечно, у него есть любовница, которая говорит, что она от него без ума. Но он-то не дурак, он понимает, что она без ума от его денег, потому что он ей в Москве трехкомнатную квартиру купил. А в Уфе от него жена ушла — ну, он ей тоже квартиру оставил, машину, деньги. Он мне говорит: если ты сопрешь у меня золотую зажигалку или бриллиантовые запонки, я от этого не обеднею, у меня их уже столько переворовали! Хотя я и не собиралась ничего у него спереть...

— *Но он хоть мужчиной оказался?*

— Честно говоря, нет. Я пошла в ванную, возвращаюсь, а он уже спит. Я его растолкала, он говорит: знаешь, иди, мне уже *ничего* не нужно! И он это так сказал... Ну, я написала ему трогательную записку — мол, если вы проснетесь и вам будет не хватать просто двух слов «доброе утро», позвоните мне по такому-то телефону. Он мне позвонил, мы поговорили и все, он говорит: мне ничего не нужно, я тебя взял, чтобы излить душу. То есть на самом деле ему нужно было к психотерапевту идти, как на Западе ходят. А у нас это не принято, у нас принято все изливать проституткам. Я вечером прихожу в клуб, рассказываю девчонкам, а они говорят: «Дура! Надо было просить у него норковую шубу! Он бы обязательно купил!» А я как-то не подумала об этом, я посчитала, что он в принципе несчастный человек, несчастней меня. Во всяком случае, меня-то

146

уж точно любят не за деньги, а за то, какая я есть. Конечно, среди клиентов полно свиней, но полно и хороших. Только у меня к таким какая-то жалость. Я считаю, что нормальный мужчина не придет покупать проститутку. Если у него шикарная жена, шикарная любовница, то зачем ему проститутка? Я думаю, что проститутку покупают от несчастья. Правда, молодым ребятам — да, им надо проститутку и именно отсюда, из клуба — красивую, чистую, хорошим мылом помытую, в красивом белье и хорошими духами надушенную. А нормальный взрослый мужчина, он покупает женщину от лени. Вместо того чтобы добиться ее — именно *добиться* своей обходительностью, умом, талантом, внешностью, — вы сами придумали нам эту вторую древнейшую профессию. От своей лени. Потому что здесь не надо выкладываться, здесь заплатил деньги, и она поехала.

— *У вас какое образование?*

— Никакого.

— *Жаль. Из вас бы получился замечательный адвокат. У вас язык... Мне и править ничего не придется...*

— Это единственный мой талант. Кроме секса, конечно. И еще меня вечно внутренние вопросы мучают. Вот вы мне скажите: если мужчина живет с проституткой и знает, чем она занимается, это любовь? Я раньше думала: ну, какая это любовь? Как он может через это переступить? Тем более если он не за ее счет живет, а сам деньги зарабатывает. А теперь я думаю: а вот мама моя знает, чем я занимаюсь, но она меня любит! Так, может, и с мужчиной то же самое? Может, это не просто любовь, а сверхлюбовь? И меня это мучает — вот если бы я была мужчиной, я бы смогла жить с проституткой? Что вы об этом думаете?

147

— Знаешь, это все-таки не мой сюжет. Это, наверное, сюжет для Никиты Михалкова, для фильма «Раба любви». Или для второй серии «Москва слезам не верит».

16.

— У меня потеря девственности была, я считаю, очень правильно поставлена. Было восьмое марта, ресторан, подарки, компания и мужчина намного старше меня. И он мне говорит: выбор твой. Хочешь — оставайся, и сделаем это, хочешь — уходи. А у меня подруга была прожженная уже такая, она мне говорит: «Ты что, дура? Ну, есть у тебя какой-то мальчик. Семнадцать лет, как тебе. Ну, приведет он тебя домой, когда его мама на работе. Ну, выпьете вы чашечку кофе, и он тебя трахнет — вот и весь твой праздник на всю жизнь. А здесь — ресторан, цветы, подарки! Если ты сейчас своей девственности не лишишься, ты ее никогда не лишишься!» И вот я помню: я стою в туалете и думаю, как быть. А потом махнула рукой и пошла. И после этого у меня была такая бурная жизнь! Просто атака жизни! Куралаш! И мне подруги говорят: наконец-то! теперь тебя хоть можно в свет вывести!

17.

— Привезли нас на трехэтажную дачу и заставили все там мыть, убирать. До нас там две девочки пробыли трое суток, потом их отпустили, а нас привезли. Шесть мужиков — они всю ночь гуляют, каждую девчонку по три раза трахнут, а утром надо еще всю дачу убирать. А нас трое было, и одна девочка такая пухленькая, они ей говорят: «Вот мы тебя на шашлыки и пустим!». Причем один был солидный мужчина, он сидел за столом, а остальные так — они ему как шавки прислуживали. И еще там охранник был и собачка большая во дворе бегала. То есть ни убежишь, ничего. К тому же они нас раздели практически догола и наши вещи в другой комнате заперли. Потом, через двое суток, все разъехались по женам, наверно, а охранник остался и стал сам гулять, говорит: теперь моя очередь. А эта девочка пухленькая пошутила, говорит: «Вот мы тебя на шашлыки и пустим!» Как он ее избил, бедную! Говорит: «Меня по тюрьмам резали и пытали, а ты меня, сука поганая, на шашлыки?» А я могу море выпить и не запьянеть, я — к нему и стала разводить: давай выпьем, давай еще выпьем, давай потанцуем... Короче, мы его напоили, повели танцевать, прижимаемся к нему и щупаем, где у него ключи, в каком кармане. И собачку позвали, чтоб он ее покормил. И пока она ела, мы ее на кухне заперли. А его еще подпоили — вусмерть, он уже на ногах не стоял. Постелили ему постель, стали раздевать, я говорю: снимай штаны! Стянула с него штаны, достала ключи, открыли комнату, где наши вещи, что-то по-быстрому на себя натянули и бегом с той дачи. И пешком по лесу, по какой-то дороге, километра четыре пробежали, а потом одна машина нас бесплатно до Москвы подкинула.

Но это что? У меня подруги со второго этажа прыгали, одна девочка себе позвоночник сломала, бедная. То есть они из окна прыгнули на козырек над подъездом, а оттуда на асфальт. Две нормально прыгнули, а третья позвонок себе сломала. А она взрослая уже, у нее ребенок.

18.

— У меня пять недель беременности. Отработаю еще недельки две, потом два месяца не поработаю, потом опять. А что делать? По-другому никак не выходит. Все думаешь: вот сейчас денежек соберу и брошу это дело. Не получается. Хотя Полина собрала 20 тысяч на квартиру, но ее за эти деньги так пытали — она скоро придет и сама вам расскажет...

19.

— Девушку купили двое ребят, причем приличные с виду, нормальные. Купили, привели на квартиру, а там третий был. И они при ней убили его ножом, зарезали, а потом дали ей ножик в руки и сказали: подержи. Почему они такой план придумали, я не знаю. Можно было какого-то киллера нанять или еще что. Но им, наверно, так дешевле вышло. Они ей сказали: «Подержи нож» — и ушли. Она там побыла какое-то время, потом выходит, а ее у подъезда уже милиция ждет. Поднялись в квартиру, сняли с нее отпечатки пальцев, а там и на ноже ее отпечатки, и везде. И девочка теперь в тюрьме, сидит под следствием...

20.

— А которые ничего из себя не представляют как личности, те начинают при тебе звонить по мобильному телефону, разговаривать, изображать из себя такого делового и крутого. Хотя кто на самом деле деловой, тот спокойный. У меня был случай, меня купил один взрослый мужчина, он вообще молчал. Едем в машине — молчит, ни слова. Поднимаемся в лифте в гостинице — снова молчит. Потом все-таки говорит: да ты расслабься, не нервничай. Я говорю: да нет, что мне нервничать? И стала так свободно в лифте, стою. Наконец выходим из лифта, а там в холле стоит диван. Он говорит: сядь и подожди немного. А сам ушел в свой номер. Ну, я сижу пять минут, десять. Думаю: надо встать и уйти. А потом думаю: неудобно, человек уже деньги заплатил. Тут выходит этот мужчина — уже переодетый, в пижаме, и говорит: большое спасибо, до свидания. Я говорю: как? уже все? Он говорит: все. Я говорю: я вам ничем не обязана? Он говорит: нет, нет, нет, спасибо, спасибо, до свидания. Вызвал лифт, и я уехала. Не знаю — или у него кто-то был в номере, или он сам передумал и решил, что лучше не рисковать...

21.

— В моем представлении мужчина должен быть прежде всего мужчиной во всем, а не только в постели.

— *А если сложить всех ваших мужчин — я не хочу их считать — но если их всех сложить и посмотреть среднестатистически, то получится тот, которого вы называете мужчиной?*

— Ну, половина получится.

— *А чего будет не хватать?*

— Он должен быть открытым. А открытых людей я еще не встречала. Не в том смысле, что он должен сесть и все мне про себя рассказать. А в том смысле, чтобы я видела, что он для меня всегда открыт и доступен. Без этого я не могу с человеком надолго остаться. Но за все время не было такого клиента ни разу.

22.

— Пришли трое мужчин, двое кавказской национальности, а один русский. Кавказцы все время бегали в казино, а потом один из них вообще пропал. А с нами все время был русский и три часа нас развлекал, угощал, рассказывал, какие у них машины, какие они крутые и что он, мол, даже водителю своему купил «вольво». То есть полностью вошел к нам в доверие. А мы были вдвоем с подругой. Мы хотели взять еще одну девушку, но они говорят: третью девушку мы не берем, потому что у нас один человек ушел, он проиграл все деньги и еще у нас взял и тоже проиграл. Поэтому мы сейчас едем домой, берем деньги, даем вам и едем развлекаться. Вы же еще спать не хотите? Мы говорим: нет, не хотим, но у нас правило: мы берем деньги вперед. Ну, они стали нас убеждать, что ничего не случится и вообще нас, мол, знают там, нас знают здесь. И мы поехали на доверие. Вышли из клуба — никакого «мерседеса» или «вольво», а стоит «Москвич». Сели в этот «Москвич» и поехали. Едем по Варшавке, говорим: далеко еще? Они говорят: нет, уже подъезжаем. А вокруг — заброшенные дома. Моя подруга спрашивает: здесь же никто не живет. Они говорят: а мы хотим вам показать, где мы здесь офис покупаем. И заезжают в тупик, кругом одни гаражи. Тут они закрывают кнопочки и говорят: «Раздевайтесь! Вы хотели, чтобы мы вам

152

заплатили? Да это мы с вас сейчас получим!» И начали обзывать, оскорблять, бить, насиловать. А тут откуда ни возьмись едет «бобик» мусорской. Просто нам повезло! Они говорят: сидите, мы пойдем с мусорами разбираться. И они вышли, стали с милицией разбираться, давать им деньги. Я хватаю вещи, что можно надеваю, вылетаю из машины и кричу: «Помогите!». Ну, конечно, милиция нас забирает, их держит, а они, конечно, поливают нас всякой грязью, что у них тут гаражи, а мы к ним сами в машину залезли... И милиция повезла нас всякими потайными тропами. Я, конечно, заинтересовалась, говорю: почему вы нас везете такой странной дорогой? Они говорят: а вы что хотите — чтобы мы вас высадили и они вас опять подобрали? Милиционеры все сделали правильно: вывезли нас на дорогу, посадили в такси, и мы поехали домой. А второй случай вообще неприятный. Их было трое, они тут выбрали самых красивых, один из них был такой высокий и седой, он сказал, что он писатель Эдуард Успенский. Может, вы слышали про такого?

— *Не только слышал, но лично знаю. Только Эдик Успенский не высокий, он ниже меня ростом.*

— Правда? Тогда скажите ему, что кто-то под него прикидывается. Короче, они долго торговались, потом мы к ним приехали, а среди них был один поляк. То есть их было трое и нас трое. Ну, мы и рассчитывали, что будет один на один. А они решили меняться, попробовать каждую. И моя подруга начала протестовать. И получила ногой по лицу. А потом они напились, позасыпали, и мы от них по водосточной трубе с третьего этажа сползли, я себе все колготки порвала. А так больше ничего не было, все остальное всегда было классно.

23.

— Я с Дальнего Востока, 400 км от Петропавловска. Когда мне было 19 лет, я познакомилась с одним бизнесменом из Германии, он мне сделал заграничный паспорт и забрал меня в Берлин. И я полгода жила в Берлине, а потом узнала, что он женат, у него четверо детей. Но он снимал мне квартиру, полностью содержал, у меня была машина с шофером. И мы с ним ездили в Бельгию, в Люксембург, по всей Европе катались, а потом — все, я перестала его интересовать. И я поняла, что я была для него как игрушка — таких, как я, у него миллион. Когда у человека есть деньги, он может себе позволить все что угодно — сегодня из Москвы привезти себе девочку, завтра из Ташкента, а потом еще не знаю откуда. Но в Европе у меня никаких случаев не было, там меня Бог хранил. А тут я с одним клиентом уехала, а на вторые сутки проснулась у одних гаражей полностью голая. То есть я с ним выпила шампанское, а что потом было — совершенно не помню, просто провал в памяти. Конечно, там было что-то подсыпано, и они меня во все места изнасиловали, а потом выбросили в гаражи. Слава Богу, меня люди разбудили, когда у меня еще пульс бился...

24.

— Просто тяжело жить, когда живешь одна. Я жила с одним человеком четыре года, но, оказывается, очень трудно жить вдвоем, когда оба друг друга любят. И мы расстались.

— У меня близкую подругу взяли фашисты, привезли на квартиру и стали над ней издеваться. Их там
оказалось шестнадцать человек и одна девушка, тоже
фашистка, которая тоже издевалась не меньше других.
У моей подруги были шикарные длинные волосы, они
их обрезали и выбрили ей на голове свастику. Изнасиловали везде и во все, бычками прижигали грудь, как
Зое Космодемьянской, мочились на нее и три дня запи-
рали в шкафу, когда она была им без надобности. Потом
она как-то выползла и хотела спрыгнуть с балкона, с
третьего этажа. Они ее на этом застукали и ногами
избили так, что сломали ребро. Она стала просто мешок
с костями, и один из них повез ее в лес закапывать. Взял
с собой лопату, топор, все. По дороге она пришла в себя,
говорит: сколько угодно тебе денег дам, только отвези
меня домой. Он говорит: я не могу. Она говорит: я никуда не пойду жаловаться, забуду адрес, все забуду,
только не убивай меня! Он говорит: ладно, мне пока
ничего не надо, только покажи, где ты живешь. А мы с
ней как раз только квартиру сняли, заплатили посред-
нику. Ну, она ему сказала адрес, он ее заставил бутылку водки выпить, хотя она и так была полумертвая,
привез на квартиру и там бросил. А она побоялась даже
«скорую» вызвать, потому что пришлось бы объяснять
в милиции, откуда это все. Короче, когда мы приехали
домой, она там валяется, уже опухать стала. Ну, мы
отвезли ее в больницу, сказали, что она шла по улице,
машина остановилась, ее схватили, изнасиловали, избили и выбросили. И мы до ночи сидели около нее в
больнице — она просто на мумию была похожа, вся

искалеченная, в ожогах от бычков. А когда приехали домой — вся квартира сожженная. То есть буквально пока нас не было, они приезжали, чтобы, наверно, ее добить, сломали дверь и все в квартире пожгли. А она, конечно, прекратила работать, у нее по сей день с головой не все в порядке, зрение стало минус пять и волосы перестали расти...

Но лично со мной ничего такого не было, у меня, наоборот, был очень хороший случай. Когда моего молодого человека посадили, я здесь познакомилась с мужчиной. Я с ним уехала, пробыла с ним двое суток, он мне дал тысячу долларов. После этого мы с ним встречались четыре месяца. Эти четыре месяца мне очень запомнились — я жила как в раю. Мы с ним снимали квартиру, ездили отдыхать в Карловы Вары, это вообще было просто чудесно. А потом он пропал.

— *А чем он занимался?*

— Ну, он тоже из криминального мира.

— *А посадили кого?*

— Посадили моего первого мальчика. Мы с ним на дискотеке познакомились и прожили два года — он не знал, чем я занималась. У нас такая любовь была! Он меня содержал, я не работала, хотя у меня, правда, еще были старые клиенты, с которыми я иногда встречалась. Но его посадили и надолго — за бандитизм, бывшая 77-я статья. И теперь я предоставлена сама себе...

26.

— Я из Новосибирска, а здесь уже три с половиной года. Я не вижу ничего хорошего в будущем. Или я уже отчаялась. До этого клуба я ходила в «Найт флайт». Там иностранцы, они не напрягают, все происходит один раз, и деньги они дают те, о которых договорились. Без проблем.

— *А есть разница между русскими мужчинами и иностранными?*

— Знаете, есть отличие в поведении при сексе. Иностранцы мягче, они больше уделяют внимания, чтобы и женщина получила удовольствие. А русские меньше. А в потенции все одинаковые...

27.

— А бывает, что, не предупреждая, увозят в другие города. Меня в Самару отвезли. Бандиты. На машине. Я была и еще одна девочка. На четыре дня. Я смотрю, мы от Москвы уже отъехали прилично. Девочка в слезы, они ей дверь открыли: иди! Я ей говорю: куда ты пойдешь, зима, сиди уже! Ну, они нас четыре дня подержали в Самаре, доплатили и отпустили. Но это, я считаю, не случай. Хуже, когда раздевают, снимают дорогие вещи. Или приезжаешь в какую-то баню, а там их сидит человек сорок. Я лично раз пять только из бань убегала. Как правило, какие-то вещи оставляешь и убегаешь. А бывает, что три-четыре месяца не работаю. Клиент оплачивает мою квартиру, дает деньги на жизнь...

— *А любовь бывает?*

— У меня очень часто. Скажем, попадаешь на много человек, и кому-то ты понравишься, он тебя от них увозит — как бы спасает. Не от бандитов, конечно, потому что у бандитов другие понятия — там, если хочешь увезти, увози утром. А вот когда просто попадаешь на компанию, которая решила вскладчину одну девочку взять на десятерых. И вот потом с этим «спасителем» встречаешься раз, второй, и начинается роман...

28.

— Наверно, девчонки вам про меня уже все рассказали. Я с Алтая, и у меня такая отвязная внешность — я всем нравлюсь — и бандитам, и бизнесменам. И я тут где-то полгода каждый день уезжала, буквально каждый. А у меня цель была собрать на квартиру. Потому что у меня ребенок маленький, я ж не могу с ним по чужим квартирам мотаться. И я собрала двадцать тысяч, девчонки об этом знали. Ну, кто-то позавидовал, конечно. В конечном итоге однажды меня взял один такой приличный молодой парень, привез на квартиру, а там еще трое. И они сразу приковали меня наручниками к батарее парового отопления — и за руки, и за ноги. И стали бить, издеваться и требовать, чтобы я сказала, где у меня деньги спрятаны. Но чем они больше били, тем я больше злилась и говорю: убейте, но вам, подонкам, все равно не скажу! Я ж ради ребенка работала, а не на них, правильно? Они мне стали бритвой грудь резать, говорят: если не скажешь, отрежем совсем! Ну, я тогда говорю: вы без меня все равно не найдете, везите меня домой, я все отдам. Они обрадовались и повезли. А я с подругами квартиру снимаю, и у нас на случай бандитского налета есть сигнал — если я не открываю квартиру своим ключом, а стучу таким стуком «тук-тук, тук-тук-тук», то нужно милицию вызывать. И вот девчонки с ходу милицию вызвали и затаились. А эти услышали, что милиция подъехала, надавали мне еще и убежали. Но мы, конечно, с той квартиры тут же съехали. И сейчас я уже на своей квартире живу, но мне за нее еще двадцать кусков нужно выплатить. Так что вы меня извините, я не могу с вами долго сидеть, я пошла работать...

29.

— Вообще когда уезжаешь за большие деньги — за 400—500 долларов, то больше отдыхаешь, а сексом уже почти не занимаешься. А когда за маленькие — за 200—250 баксов, то и работать приходится, буквально *работать*. Месяц назад меня купил один парень за двести. Мы приехали к нему домой, все нормально, но когда ложились спать, он говорит: попробуй только уйти, пока я сплю! А утром приходит его друг, и они меня заставили с ним тоже побыть. Потом пришел сосед и говорит: пошли ко мне, а после я тебя отпущу. Приходим к нему домой, а он вообще никакой, у него ничего не получается. Он начинает психовать, я говорю: «Я хочу домой». А он начинает ругаться и водку глотать. Я от него запираюсь в ванной, он выламывает дверь, я выскочила на балкон, уже хотела прыгать, а там четвертый этаж. Стою на балконе голая и кричу, но сейчас ведь кричи не кричи — никто не подойдет. Какая-то женщина посмотрела снизу и пошла. А он меня с балкона в квартиру затащил и стал бить, чтобы я не кричала. Тут заходит его друг, который меня купил. У меня истерика, я заскочила на кухню, схватила нож и говорю: сейчас буду вены резать! Ну, и тогда тот, который меня купил, забрал меня и отпустил. А в другой раз меня купили и увезли в Быково, на какую-то дачу. Там их оказалось шесть человек, я с ними всю ночь была, а утром появился еще один жирный и противный. Он меня заставил и с ним побыть, а потом повез к электричке. По дороге останавливает машину и требует, чтобы я ему делала минет. А я уставшая, всю ночь не спала, голова болит — ну, я ему кое-как сделала, он говорит: ты неправильно делаешь. Я говорю: а как правильно? Он говорит: ты кричи, когда делаешь. Я говорю: а как я буду кричать, когда я минет делаю? Ты чего вообще соображаешь? Тут он меня за волосы схватил и начал мне грудь до синяков щипать, говорит: все равно будешь кричать. Ну, я покричала, и он меня отпустил.

— *А бывают приятные клиенты?*

— Ой, хороших много! Мы с подружкой один раз вышли на Тверскую и встретили одного мужчину, такого приятного! Он нам немножечко о жизни рассказал и сказал, что сюда, на улицу, лучше не выходить. Денег еще дал по сто долларов, и так на нас замечательно повлиял — мы больше не пошли на Тверскую, только в клубах работаем.

На пятую ночь, под утро за мой столик подсели администраторы клуба, сказали:

— Что мы можем вам интересного поведать в отношении вашей темы? Вы, наверно, достаточно с ними пообщались. Они любят поговорить о том, какие они бедные и несчастные. Это их профессия — производить впечатление. А вообще они делятся на несколько категорий: кто работает на вокзалах, на Тверской, уличные, клубные и так далее до тех, кто с машинами и мобильными телефонами и меньше тысячи за ночь не берет. Впрочем, есть и еще выше — кто летает к шейхам, к западным миллионерам... Но **если** взять обычную проститутку, то ее услуги стоят **столько,** на сколько она выглядит, плюс надбавка за то место, где она этого клиента берет. В нашем клубе это от двухсот и выше. Мы по уровню где-то между «Метелицей» и «Титаником» — по музыке, по сервису. А по девочкам, я думаю, на первом месте стоит «Метрополь». Есть еще «Четыре комнаты» и «Монте-Карло», но туда приезжают за девочками только денежные мешки. А у нас клуб молодежный, мы ориентированы на культурный и безопасный отдых. Конечно, иногда появляются здесь и вольные охотницы, которые приходят срубить денег, они назначают любые цены, но мы таких отлавливаем и выставляем. Потому что наши девочки у нас под контролем и мы, как приличная организация, за них отвечаем. Не в том смысле, что клиент может предъявить нам претензии за венерическую болезнь, — мало ли где он ее подхватил! А в том случае, если девочка взяла у него деньги, сказала: «Жди меня у гардероба», — а сама через другой выход смылась. С нашими девочками такого быть не может, мы за это отвечаем и поэтому посторонних охотниц сюда не пускаем.

— *Значит, если девочка клиента надула, он может к вам обратиться с претензией. А если клиент девочку надул — скажем, увез, а там их оказалось десять мужчин, — то она к вам не может обратиться за защитой. Так?*

— Да. На территории клуба мы ей гарантируем защиту. Если она не хочет с ним ехать, он ей тут ничего не сделает. А за пределами клуба что мы можем сделать? Это их риск и их деньги, которых они ни на какой улице не заработают. К тому же они сами умеют таких наказывать. Если он кого-то обманул или избил, то ему в этот клуб уже приходить бессмысленно, она его всем девочкам покажет.

— *А откуда вы их берете?*

— Как правило, девочки приводят своих подруг. Ну, если она красивая и поговорить может — то пусть сидит, всем же приятно, когда красивые сидят. Хотя, вообще говоря, проблема не в том, как их находить, а в том, как от них избавиться. Их очень много. На мой взгляд, женская природа вообще тяготеет если не к профессии проститутки, то к некоему менталитету проституции. Ведь при любых раскладах женщина всегда тяготеет к выбору материального благополучия. А уж в недоразвитых странах это вообще становится профессиональным занятием довольно значительного женского контингента. Сейчас в России их огромное количество! Есть же статистика — в Москве порядка 300 тысяч проституток.

— *Триста тысяч??! Это вы загибаете! Я в это не могу поверить...*

— Это официальные данные, которые в нашей стране всегда отличаются большой точностью в сторону понижения.

— *Ну какие могут быть официальные данные по проституткам? Кто их регистрирует? Проще посчитать, сколько в Москве салонов.*

— Салонов? Я думаю, что речь идет о сотнях. В свое время я их обзванивал и выяснил, что только на моей ветке от станции метро «Каширская» до кольцевой их было восемнадцать. Поэтому по Москве, на мой взгляд, речь идет о сотнях, если не о тысяче. А число проституток — ну, прикиньте сами. Значит, несколько сотен салонов и плюс проститутки есть при каждом клубе, это однозначно. Плюс Тверская, Садовое кольцо, ВДНХ, Ярославский проспект и практически в каждой гостинице, даже самой дешевой. Плюс «дальнобойщицы» на окружной дороге и на плечевых ветках. То есть это огромное количество молодых продажных женщин, и часть из них время от времени пробуют счастье в различных клубах. Я сегодня имел разговор с пятью новыми проститутками, которые пришли сюда, чтобы каким-то образом пробиться на работу. Но попадают считанные единицы, потому что здесь все важно — внешний вид, коммуникабельность, элементарная вежливость. На Тверской девочки посылают куда подальше, и там это проходит, а в клубе это исключено. Хотя клубов нашего уровня на данный момент в Москве очень много. Причем я подчеркиваю — именно *на данный момент*. Ведь у каждого клуба есть свой жизненный цикл и своя специализация. Скажем, в «Метелице» усилиями руководства были созданы особые условия для привлечения проституток, и за счет этого «Метелица» так долго держится — там их буквально сотни. И туда ходят только за проститутками. А наш клуб специализируется на других вещах — казино, дискотека, просто отдых. Но конечно, если клиенты интересуются женщинами, у нас есть и женщины — чтобы клиенты не ехали отсюда на Тверскую, в «Тропикану», «Метелицу» или еще куда-то. Проститутки — это непременная часть бизнеса ночного клуба. И, возвращаясь к нашим овцам или козам, что я могу о них сказать? Во-первых, восемьдесят процентов из них наркоманки. Во-вторых, это совершенно отдельная глава — взаимоотношения проституток с «крышей». Это эпопея, здесь возникают трагиэпические ситуации.

— *Например?*

— Это сложно детализировать. Но в общих чертах ситуация такая. Любая проститутка боится ехать с бандитом. Потому что бандит — это по натуре своей человек темпераментный. Я окончил Щукинское училище и могу вам сказать, что бандит и актер — это профессии сходные — те и другие живут эмоциями. И что получится из этого доброго и вежливого бандита после того, как он выпьет вторые пол-литра, не знает никто! Там мозги уже полностью отключаются, человека несет, а темпераментного человека может занести очень далеко — бывают и мордобои, и все остальное. Не далее как третьего дня одной нашей девочке нос сломали. С другой стороны, любая проститутка хочет иметь свою собственную «крышу», своих бандитов, которыми она может манипулировать и пользоваться для того, чтобы упрощать свои отношения с начальством, подругами и другими бандитами. И возникают всякие коллизии. Скажем, вчера сюда пришел один бандит и не мог ни одну девочку снять — никто с ним ехать не хочет. Он стал беситься, приходит к нам. Мы спрашиваем у девочек: в чем дело? Оказывается, он неделю назад одной из них не заплатил. А он просто не помнит — заплатил он или не заплатил, он был, извините, нажрамшись. Нормальному посетителю девочки говорят: «Милый, заплати мне здесь, а потом поедем». И хотя она с каждым играет в любовь с первого взгляда, но объясняет, что ей нужно отдать деньги, иначе якобы ее отсюда не выпустят. То есть с простыми клиентами все просто, как при капитализме: товар—деньги—товар. А бандит — это же наследие социализма, бандит говорит ну, со мной отдавать не надо, а тебе потом заплачу! Как Госплан. И начинаются партийные стучания кулаком в грудь: да ты чего? что я, не заплачу, что ли? ты за кого меня держишь? И ситуация, когда бандит платит здесь, бывает очень редко. А там, на выезде, они могут заплатить, а могут не заплатить. И вот эта тема — кто может заплатить, а кто может не заплатить, с кем можно ехать, с кем нельзя — это целый отдел их жизни. Об этом идет речь беспрерывно. Потому что можно и много денег получить, а можно и по морде. Затем — обсуждение постоянных клиентов и передача опыта. Они же вам тут понарассказали, я уверен, на десять книг!

— *Врали?*

— Думаю, что нет. Но я на их поломанные носы смотрю сквозь пальцы, потому что они сами эту работу выбрали и любая работа имеет свои минусы.

— *А если навскидку — какой процент составляют иностранцы, лохи и бандиты?*

— В нашем клубе иностранцев — со странами СНГ — процентов 30—35. Много прибалтов, казахов, украинцев и тех, кого в Москве называют «черными». А если говорить о настоящих иностранцах, то их, наверно, процентов десять. Лохи — лохов у нас безденежных очень много. Наш клуб направлен на людей безденежных, на молодежные мероприятия. А бандитов последнее время очень мало. Они перестали к нам ходить. Крупных бандитов тут практически нет. И денежных бизнесменов тут тоже катастрофически мало — один-два процента. Они ходят в другие клубы, благо их сейчас в Москве очень много. У меня такое впечатление, что их в одной Москве больше, чем во всей Америке. Но это вам видней.

Глава четвертая

БОРДЕЛЬ НА ОЛЬХОВСКОЙ,
или
МИЛИЦЕЙСКО-ПОЛОВОЙ
РОМАН

Этот роман я вынашивал три года, да так и не написал — как и много других, впрочем. Но этот мне жаль больше других. Тем паче что его и выдумывать не нужно было — он развивался в жизни буквально на моих глазах, я даже сам был его участником, и в нем было все, что нужно читателю: захватывающая интрига, секса хоть отбавляй, два убийства, жесткая схватка положительного героя с миром секс-бизнеса и его «крыши» — органами правоохранения, затем поражение героя и... после всех его мытарств — сомнительная победа справедливости. Черт возьми, что еще нужно писателю, чтобы, обложившись подлинными документами и своими заметками, за три—пять месяцев написать остросюжетный и социально злободневный роман?

Я разбираю папку, на которой написано «ДУГИН», и вижу начало этого романа. Вот оно — документально или как теперь говорят, в натуре.

166

ОБВИНИТЕЛЬНОЕ ЗАКЛЮЧЕНИЕ

**по уголовному делу
УТЫРСКОГО Юрия Викторовича,
КУРИЛОВОЙ Елены Петровны,
и КУРИЛОВОЙ Натальи Оттовны**

...Предварительным расследованием установлено:

В сентябре—октябре 1994 г. Курилова Е.П. и Курилова Н.О., действуя по предварительному сговору, с целью получения для себя материальной выгоды, осуществляли сводничество мужчин для совершения половых сношений и удовлетворения половой страсти в иной форме с гр.гр.Ивановой Е.В., Пшеняник И.А., Бахтын Н.А., Пестовой Н.Е., а также несовершеннолетними Зиминой А.А. и Заварун О.В. Во исполнение своих намерений систематически привозили [этих] девушек на площадь к Белорусскому вокзалу, где организовывали сводничество мужчин с ними, за что лично получали с клиентов различные суммы как в рублях, так и в иностранной валюте.

При этом Курилова Е.П. и Курилова Н.О. неоднократно привозили девушек к Белорусскому вокзалу на служебном автобусе 10-го отделения милиции г.Москвы под управлением младшего сержанта милиции УТЫРСКОГО Ю.В., который с целью получения для себя материальной выгоды и из личных интересов осуществлял их охрану и прикрытие...

Давая подробные показания по предъявленному ей обвинению, Курилова Е.П. отметила, что... сама она заниматься проституцией стала с января 1994 года. Примерно в мае 1994 г. на площади Белорусского вокзала, куда она приезжала для занятия проституцией, познакомилась с Прыгуновой Е.В. (кличка «Мура»), которая предложила [поставлять] ей девушек, готовых заниматься проституцией. В случае согласия она должна была заплатить Прыгуновой по 600 долларов США за каждую направленную к ней девушку, [и]... уже в сентябре к ней для занятия проституцией пришла Пшеняник И.А., потом из г.Луганска прилетели несовершеннолетние Зимина А.А. и Заварун О.В... [за которых] 1200 долларов США она отдала Прыгуновой. В Москву из Луганска девушек для занятий проституцией направлял знакомый Прыгуновой — Затушный А.С. Все девушки, сводничество которых она осуществляла, проживали на Ольховской улице в [арендуемой Прыгуновой] квартире... На точку к Белорусскому вокзалу их привозил на служебном автобусе знакомый Натальи Куриловой Утырский Ю.В., который при этом осуществлял их охрану и прикрытие, за что Курилова должна была платить ему деньги из расчета по 50 тыс.руб. за каждую девушку, которую он вез.

...Давая подробные показания об обстоятельствах происшедшего, обвиняемый Утырский Ю.В. показал, что примерно в августе 1994 г. он познакомился с Куриловой Натальей... а позднее с Куриловой Еленой, знал о том, что указанные девушки занимались на площади у Белорусского вокзала проституцией, однако продолжал поддерживать с Куриловой Натальей хорошие отношения, намеревался в дальнейшем жениться на ней и воспрепятствовать ей заниматься этим...

Насколько я знаю, суд не поверил в романтические отношения Утырского к Наталье Куриловой. Между тем для романиста это совершенно бесценный ход. Одно дело, когда две прожженные сутенерши нанимают шофера-милиционера для охраны и прикрытия своих проституток («Находясь на «точке», все девушки сидели у него в автобусе, а Куриловы в это время подыскивали им клиентов, после чего выводили девушек из автобуса... Если на «точке» в это время появлялись «бандиты» либо другие сотрудники милиции, они прятались в автобус Утырского»), и совсем другое дело, когда 26-летний сержант милиции влюбляется в юную проститутку-сутенершу настолько, что втягивается в ее бизнес и становится ее охранником, шофером и «крышей» от бандитов и своих коллег-милиционеров («когда на площади появлялась милиция, Утырский принимался срочно составлять фиктивные «Протоколы задержания» сидевших у него в автобусе девушек-проституток»). Какой простор для бытописателя, знающего подробности жизни площади Тверской заставы, больше известной как площадь у Белорусского вокзала! Это маленькое чрево Москвы с плешивым сквериком вокруг гранитного памятника великому пролетарскому писателю кишит привокзальным жульем, кавказскими торговцами цветами, наперсточниками, гадалками, щипачами, таксишниками, промышляющими подпольной

169

продажей самопальной водки и наркотиков, алкашами, сбывающими все, что они могли стащить у своих семей, пенсионерами, торгующими сигаретами, котятами, вязаными носками и прочей мелочью, белорусскими мешочниками, продающими удивительные чернобыльские фрукты и овощи, и — конечно! — проститутками. Именно здесь, в этом грязном вареве, в этой пыли и отраве выхлопных газов автотранспорта, стекающегося сюда по Тверской, Грузинскому валу и Ленинградскому шоссе, рождается любовь провинциального, из Тульской области, сержанта к молодой столичной немке-проститутке Наташе. Замени я в романе их имена, какие пламенные, в духе «Кармен» сексуальные страсти я смог бы нарисовать, какую пылкую влюбленность! Как медленно, как тягуче медленно «поплыла бы крыша» у этого парня — из профессионально пылких объятий возлюбленной проститутки в водоворот поставок ей девочек из Луганска, их приобщения к проституции путем, как сказано в обвинительном заключении, «высказывания в их адрес угроз физической расправы, а также оказывая в отношении них иное психологическое воздействие».

Это — первая глава романа и завязка лишь одной линии. Перейдем ко второй, тоже невыдуманной. Луганск — нищета перестройки, безработица и беспросвет украинского захолустья. Сюда, в отпуск к родителям, приезжает из Москвы старший лейтенант милиции Николаев, на танцах в парке влюбляется в местную Джульетту Ольгу Заварун. Но едва начавшийся роман развития не имеет, поскольку Ольга должна уехать в Москву — ее и других девушек луганский «рекламный агент» Саша Затушный соблазнил «престижной работой в московской коммерческой фирме». Николаев пытается остановить Ольгу, он хорошо знает, что никакой «престижной работы» для луганских восьмиклассниц в Москве нет, но Ольга и слушать его не желает, ведь Саша уже купил им билеты на самолет и даже выплатил авансом по 50 долларов — гигантская по тем временам сумма для Луганска, пожилые и безработные родители Оли смогут три месяца жить на эти деньги! Николаев отправляется на поиски Саши, но... наутро местные милиционеры находят Николаева повешенным в одном из заброшенных домов возле железнодорожного вокзала.

Ольга Заварун с подругой прилетает в Москву. «Несовершеннолетняя Заварун О.В. показала, что в г.Москву она вместе с Зиминой А.А. прилетела для работы в коммерческой фирме. Билеты на самолет в г.Луганске им покупал парень по имени Саша (Затушный А.С.). В аэропорту в Москве их встретила Курилова Е.П., которая забрала у нее свидетельство о рождении, а у Зиминой паспорт. В первый же вечер их нахождения в Москве Курилова привезла ее и Зимину на площадь к Белорусскому вокзалу, где заставила заниматься проституцией. Когда они стали возмущаться, Курилова стала им угрожать, говорила, что их могут избить, убить, опозорить по месту проживания либо расправятся с их родителями. Реально опасаясь за свою жизнь, а также за жизнь близких родственников, не имея при себе денег и документов, они были вынуждены заниматься проституцией. Изучая их документы, Курилова обратила внимание на их возраст, однако сообщила, что заниматься проституцией на нее они будут все равно. Обращаться в милицию они просто боялись, проживали на квартире по улице Ольховская. Практически каждый вечер Курилова отвозила их на «точку» к Белорусскому вокзалу, где продавала клиентам, половые акты с ними совершались как в обычной, так и в извращенной (в рот) форме. Постоянных клиентов у нее не было, как не было и постоянных мест, куда ее привозили клиенты. Кроме нее и несовершеннолетней Зиминой, проституцией занимались и другие девушки. Около 5—6 раз на «точку» для занятия проституцией их привозил на служебном автобусе сотрудник 10-го отделения милиции Утырский Ю.В.»

Некоторые читатели не поверят этим показаниям. Неужели чистых украинских девушек, только что прилетевших из провинции, можно заставить *в тот же вечер* заняться проституцией? Только опытный романист да профессиональная сутенерша докажут вам, что именно так — и никак иначе! — это и происходит. Представьте девчонок, только что сошедших с трапа во Внуково. Психологическая ломка начинается с первой минуты — их встречают, сажают в милицейский автобус, отнимают документы и объявляют, что они прибыли в Россию незаконно, что сейчас их отвезут в милицию, а оттуда в тюрьму. Ошарашенные и напуганные девчонки хлопают глазами, что-то лепечут, плачут, а милицейский автобус уже мчится по Москве, и за рулем его сидит настоящий младший сержант милиции в милицейской форме. По дороге он еще остановится у одного-двух милицейских постов, покалякает с коллегами, скажет, что везет задержанных за нелегальный переход границы. Затем, «сжалившись и спасая» девушек, их везут в Бауманский район, в квартиру на Ольховской улице. Здесь продолжается запугивание и устрашение.

«В ходе следствия выяснилось, что квартира на Ольховской — не единственный притон в Москве, курируемый сотрудниками милиции... Было допрошено около 30 девушек, которые сообщили адреса еще двух квартир на улице Маршала Тухачевского, где охрану девочек осуществлял ОМОН. По словам проституток, их здесь заставляли ходить по квартире голыми, подавая охранникам чай и кофе. А оргии, которые омоновцы устраивали в этих квартирах, не под силу представить самому воспаленному воображению. Были у милиционеров и особо извращенные формы наказания для непокорных проституток. «Провинившуюся» девушку в обнаженном виде свешивали с балкона, держа за ноги (квартира расположена на 5-м этаже) до тех пор, пока она не станет более покладистой». («Московский комсомолец», 24 мая 1995 года.)

Как видите, Москва открывается новоприбывшим девушкам с совершенно кафкианской стороны, и не знаю, какая Зоя Космодемьянская не сломается в таких условиях. Тульский парень, демобилизовавшись из армии, идет работать в столичную милицию и оказывается в самом центре милицейского сутенерства — 10-м отделении милиции, курирующем Тверскую улицу. Луганские девчата летят в российскую столицу на работу секретаршами и оказываются в борделе. И все они принимают это за *норму* жизни в новой России. Равняясь на милицейский беспредел своего начальства, влюбленный в проститутку сержант лихо пользуется милицейской формой для прикрытия сутенерского бизнеса своей возлюбленной. А попавшие в рабство девчонки... — писателю даже не нужно утруждать фантазию, хватило бы хладнокровия описать реальные события:

> «Иногда девушкам приходилось бесплатно потрудиться и на «субботнике», когда к ним на квартиру приезжали «бандиты» и справляли свою половую нужду «различными извращенными способами» (при обыске борделя на Ольховской были обнаружены фотографии, на которых запечатлены многие из этих развлечений, причем сцены забав с участием собаки оказались еще не самыми коробящими)».

Не знаю, почему в «МК» стыдливо закавычили слово «бандиты», но зато смело опубликовали фотографии голых девочек, лежащих под возбужденным псом. Впрочем, как говорил мой любимый Михаил Булгаков, «за мной, читатель!», сюжет только начинается. Позвольте представить вам главного героя этого документального романа — бритоголового увальня в джинсовом костюме-«самопале», тридцатипятилетнего капитана милиции Андрея Дугина. Это и есть редкий и даже уникальный — я не боюсь этого слова — *герой нашего времени*, я отыскал его весной 1995 года, когда собирал в Москве материал для своей новой книги. Он был рожден горбачевской перестройкой, о чем есть документальное свидетельство — в указе, подписанном М.С.Горбачевым 21 марта 1989 года, сказано: «За мужество и самоотверженные действия, проявленные при задержании вооруженного преступника, наградить лейтенанта милиции Дугина Андрея Евгеньевича медалью «За отвагу». А газеты, которые опубликовали тогда подробности схватки Дугина с вооруженным бандитом, напавшим на женщину, отмечали, что «это была первая неделя работы лейтенанта милиции в уголовном розыске».

Дальнейший путь Дугина, который любой романист обязан преподнести читателю в экспозиции, прослеживается по его небычному послужному списку: за время службы в милиции против Дугина трижды возбуждались уголовные дела. Первое: за применение оружия при задержании вооруженного преступника, хотя именно за это задержание Дугин получил медаль «За отвагу». Затем его даже посадили в следственный изолятор и по статье 148-й ему грозило от 6 до 15 лет за «вымогательство», однако через неделю лицо, написавшее заявление на Дугина, было осуждено за ложный донос и мошенничество. И в марте 1995-го — новое дело и перспектива статьи 126-й — «Незаконное лишение свободы», срок до трех лет. Находился Дугин под этой статьей не один, а вместе со своими сотрудниками. В результате бандит, которого они задержали, все-таки сел за решетку, а Дугин получил третью медаль — «За безупречную службу».

А теперь — к сюжету. Став в апреле 1993 года заместителем начальника угрозыска 92-го отделения милиции на территории бывшего Бауманского района

Москвы, Дугин, на мой взгляд, повел себя на манер американских шерифов. Он набрал команду лейтенантов и сказал: на нашей территории мы преступность изведем. Я думаю, что москвичи еще помнят разгул бандитизма в те годы, ежедневные уличные перестрелки солнцевской, таганской, чеченской, грузинской, люберецкой и других группировок, рэкет, «наезды», «разборки», «стрелки» и вообще сплошное Чикаго двадцатых годов, помноженное на профашистские, прокоммунистические и прожириновские демонстрации. Знаменитые Сильвестр, Япончик, Михась, Тайванчик, Роспись. Взрывы «мерседесов» на улицах и даже прямо на Петровке, перед воротами МУРа. Убийство Холодова, Листьева, Отарика. Посреди этой войны всех против всех объявить, что в одном «отдельно взятом» Бауманском районе не будет преступности, было сродни построению коммунизма в одной отдельно взятой стране. И тем не менее...

Насколько я помню, Дугин и его команда действовали на манер героев Клинта Иствуда — от прямой конфронтации с бандитами до освобождения арестованного по мелочи сына главаря чеченской группировки в обмен на уход этой группировки с территории Бауманского района. В результате к весне 1995 года в этом районе практически прекратились квартирные кражи, угоны автомобилей и уличный бандитизм. Жители начали спокойно ходить по улицам и играть с детьми во дворах. Если учесть, что трое из шести подчиненных Дугина — безусые лейтенанты, проживали, как сержант Утырский и погибший в Луганске старший лейтенант Николаев, в перенаселенных подмосковных милицейских общежитиях, а работали в полной нищете — одна пишмашинка и один диктофон на всех да старая «Победа» с лимитированным расходом бензина (и это против бронированных бандитских «мерседесов» и джипов!), то, пожалуй, и чикагской полиции вряд ли удалось бы с такими средствами (и зарплатой) добиться тут лучших результатов.

Но один дом на улице Ольховской продолжал гноиться криминалом, тут периодически происходили преступления: в феврале 1994-го — убийство, в августе — драка и ножевое ранение, а затем какие-то шумные оргии, о которых соседи трусливо сообщали в милицию уже постфактум. 22 октября 1994-го дугинцы осуществили налет-проверку этого дома и в одной из квартир обнаружили наконец притон — причем как раз в тот момент, когда шесть юных проституток обслуживали клиентов из ОМОНа. Столкновение дугинцев с голыми бойцами ОМОНа в борделе на Ольховской могло бы украсить любой фильм Мартина Скорсезе, но российская реальность занимательней голливудских стандартов — омоновцев, пребывающих, как известно, *над* законом, Дугину пришлось отпустить под обещание забыть этот адрес и не соваться в Бауманский район. А девочек — Ольгу Заварун, Анну Зимину и других — привезли в 92-е отделение на допрос (и заодно приобщили к делу найденные при обыске квартиры фотографии бандитских и омоновских потех — принуждение девушек к сексу с псом и т.п.)

Там-то во время допросов и выяснилось, что почти все девочки из Луганска — из того самого Луганска, откуда перед смертью звонил Дугину и его ребятам их общий приятель старший лейтенант Николаев, кото-

177

рый собирался, вернувшись из отпуска, перейти к Дугину на работу. А одна из девочек даже познакомилась в Луганске с Николаевым на танцах и рассказала ему о вербовщике Саше Затушном. О, если бы она послушалась тогда Николаева! Ее отец был бы здоров, ведь когда она в Москве упорствовала, отказываясь обслуживать клиентов в «извращенной» форме, милиционеры-насильники позвонили в Луганск ее родителям и сказали им, что она убита, от этого сообщения ее отца разбил паралич. «Будешь сопротивляться, будешь и вправду убитой», — пообещали девушке ее хозяева.

Вообразите себя на месте юных робингудов Бауманского района, которые только что освободили шесть семнадцатилетних девчат из клеток борделя на Ольховской, где тех насиловали, били и даже спаривали с ретривером. Вообразите их злость, гнев и ярость к сутенершам и насильникам в погонах. И прибавьте к этому ту ниточку, которую дугинцы вдруг получили к разгадке гибели Николаева — своего соседа по комнате в общежитии. Даже не обсуждая, они решили скинуться и на свои собственные деньги послать в Луганск двух своих лучших сыщиков. И в это время в 92-е отделение является младший сержант милиции Юрий Утырский и прямым текстом заявляет дугинцам: «Отдайте моих девочек!».

Лучшего момента для такого появления Утырского на сцене не смог бы придумать даже Николай Васильевич Гоголь. Дугинцы во все глаза зырились на эту залетную, из 10-го отделения, птицу в милицейских погонах, а Утырский, уже усвоивший и жаргон и этику столичной милиции, продолжал на нецензурной зековскомилицейской фене: мол, вы чо, командиры, не тянете, чо вам толкуют? Телки наши, вон у меня в машине их хозяйки сидят...

И действительно, во дворе 92-го, в служебном автобусе 10-го отделения милиции сидели Елена и Наталья Куриловы, хозяйки борделя на Ольховской! Они прикатили сюда «уладить недоразумение» меж двумя московскими отделениями милиции и забрать «своих» девочек. И крайне возмутились, когда вместо стандартных в таких ситуациях отступных у них изъяли документы, а самих посадили в камеру предварительного заключения. Но еще больше возмутился младший сержант Утырский, которого от ареста защищали его милицейские погоны. Покидая дугинцев, он пообещал, что на них обрушится все МВД и они просто вылетят из милиции. И действительно, на следующее утро служебный телефон Дугина закипел от звонков свыше, полковники и инспекторы МВД требовали отпустить арестованных сутенерш и проституток.

Но упрямый бритоголовый капитан стоял на своем: на его территории борделей не будет, даже если они действительно принадлежат 10-му отделению милиции. Если руководству милиции так нужны эти притоны, то пусть 10-е держит их в своем районе.

В ответ дерзкий капитан услышал, что его дни в милиции сочтены.

Однако и Дугин думал, что он не лыком шит. Документы о содержании притона на Ольховской под «крышей» 10-го отделения милиции были оформлены по всем правилам и переданы в прокуратуру, младший сержант Утырский был арестован. Два дугинских следова-

179

теля улетели в командировку в Луганск с официальным письмом МУРа к украинским коллегам оказать помощь в расследовании гибели старшего лейтенанта милиции Николаева, и «МК» гордо сообщил читателям о приближающемся торжестве справедливости:

ЗА ТОРГОВЛЮ ПРОСТИТУТКАМИ РАСФОРМИРОВЫВАЮТ ЦЕЛОЕ ОТДЕЛЕНИЕ МИЛИЦИИ

Вопрос о полном расформировании 10-го отделения милиции решается в эти дни руководством ГУВД Москвы.

Как стало известно «МК» из компетентных источников, сотрудники этого отделения, расположенного близ Белорусского вокзала (между Брестской и Тверской улицами), открыли себе отличный источник доходов — торговлю женщинами легкого поведения. Собственно говоря, бизнес местных «бабочек» находился целиком под их контролем. Снять проститутку на подведомственной отделению территории можно было только через его сотрудников. Зато в любое время дня и ночи.

Иногда живой товар доставлялся в нужное место по заказу клиента прямо на милицейских машинах. Чтобы вывести на чистую воду милиционеров-сутенеров, РУОП и 3-е РУВД ЦАО провели крупную операцию. Были собраны фото- и видеоматериалы, отснятые в районе Тверской улицы, запечатлевшие милиционеров-сводников в моменты получения денег и передачи проституток в руки клиентов.

Инспекция по личному составу ГУВД сейчас в срочном порядке расформировывает отделение, чтобы полностью укомплектовать его новыми сотрудниками. Кое-кто из особо скомпрометировавших себя милиционеров, видимо, пойдет под суд». («МК», 5 июля 1995 г.)

Читатель, который интересуется тайнами писательской кухни, должен перечесть эту заметку в «МК» еще раз. Посмотрите, сколько здесь «крутых» детективных эпизодов: по материалам раскрытия притона на Ольховской зашевелилось Управление по организованной преступности и Управление внутренних дел Центрального административного округа, создается специальная бригада в составе следователей и кинооператоров, выделяются техника, аппаратура, средства; милиция начинает охотиться за милицией — сыщики накрывают еще пару милицейских притонов на улице Тухачевского, следят за милиционерами-сутенерами на Тверской, снимают их камерами ночного видения и получают документальные свидетельства доставки проституток клиентам на милицейских машинах и даже получения денег! Иными словами, когда очень нужно, милиция все-таки умеет работать!

Но для писателя самое замечательное в этих эпизодах — расширение социального поля романа, восхождение спирали сюжета в высшие органы власти. Возили ли милиционеры-сутенеры проституток своему начальству? Сегодня, когда я еще связан подлинными именами и фамилиями, я могу только гадать, но если бы я заменил в романе эти фамилии на вымышленные и повел сюжет как раз в сторону своих дерзких догадок, крутой поворот дальнейших документальных событий стал бы куда понятнее. А пока...

А пока нырнем еще раз в правду жизни. В Луганске вместо помощи украинская милиция обложила дугинских сыщиков так, что они не только не нашли «агента по рекламе» Затушного, но сами лишь чудом избежали гибельной западни, с трудом прорвали устроенную на них облаву и уже нелегально, лесами пробирались через украинско-русскую границу домой в Россию.

Именно в это время, в июле 1995-го в живом пространстве этого романа возникает заезжий русско-американский писатель Эдуард Тополь. Перелетев из Нью-Йорка в Москву, он старается окунуться в крутую московскую жизнь, заводит знакомства в Думе, в среде «новых русских», в милиции и даже с бандитами. И случайно знакомится с Дугиным, а потом настырно сидит у него в 92-м отделении с магнитофоном, берет интервью у всей дугинской команды и даже проводит пару часов в камере предварительного заключения — для полноты впечатлений. Тертый профессионал, он сразу углядел в этой истории завязку как раз того романа, в который так легко вплетается вся нынешняя московская жизнь — от панели Тверской улицы до думских и кремлевских коридоров. И, ведя задушевные беседы с прототипом героя своего будущего триллера, с Дугиным, который уже собирается поступать в милицейскую академию, говорит ему вскользь: «Все замечательно в твоей истории, и я от души желаю тебе генеральских погон в самом ближайшем будущем, но писать я этот роман не буду — для романа мне такой финал не подходит, он слишком сладок и нетипичен. А типично, чтобы тебя «макнули», выгнали из милиции, посадили или того хуже...»

Слава Богу, я не договорил насчет «того хуже»! Потому что не успел я улететь домой, как стало сбываться все «типичное» и обещанное, кстати, не мной, а теми полковниками-инспекторами, которые обрывали дугинский телефон в первый день ареста сутенерш и младшего сержанта Утырского. Милицейская машина, так лихо закрутившаяся вокруг дела притона на Ольховской и сутенерства 10-го отделения милиции, вдруг забуксовала и даже дала задний ход. А уголовное дело, переданное в прокуратуру...

«Уважаемый Эдуард Владимирович! — написал мне Дугин. — На Ваш устный запрос сообщаю: 5—7 августа 1995 года проходившая по делу несовершеннолетняя свидетельница и потерпевшая Ольга Заварун, жительница г.Луганска (б.Ворошиловград) Украины прибыла в г.Москву и остановилась в гостинице «Севастополь» у метро «Каховская». Утром следующего после приезда дня ее труп был обнаружен в гостинице без признаков насильственной смерти. Диагноз судмедэксперта, проводившего вскрытие: острая сердечная недостаточность.

В моей практике подобный диагноз имел место при раскрытии дел об умышленных убийствах. При дополнительном исследовании внутренних органов трупа возможно обнаружение лекарственного препарата клофелин. Его передозировка при приеме внутрь ведет к смерти, а внешне, без углубленных исследований, очень похоже на острую сердечную недостаточность. Клофелин сохраняется в печени и почках только до 4—7 суток с момента принятия, далее рассасывается и распадается в организме без остатков и не изменяя тканей внутренних органов.

В криминальной практике клофелин добавляется в водку или белое вино Эффект: снижение давления, появление сонливости и дальнейшее падение давления до уровня, опасного для жизни.

В данном случае потерпевшая физически была здорова и ранее сердечными болезнями не страдала, сие есть косвенный признак применения клофелина.

Практический эффект: практика судебного производства показывает, что при смерти потерпевшего (свидетеля) обвиняемые в подавляющем большинстве случаев отпускаются на волю...»

Дело по борделю на Ольховской стало рассыпаться — после гибели Оли Заварун другие «потерпевшие» девочки стали менять свои показания. Но ни Дугин, ни члены его команды уже не могли повлиять на ход событий. Потому что после громких публикаций «МК» капитан Дугин был уволен из милиции «за дискредитацию высокого звания сотрудника милиции», против него было заведено уголовное дело о «хищении диктофона и телефона», а его команда расформирована. Логика художественной правды восторжествовала, причем даже больше, чем могло прийти в голову этому заезжему американскому писателю! А именно: руководители расформированного 10-го отделения милиции, против которых так увлекательно и профессионально собирали видео- и кинодоказательства РУОП и РУВД ЦАО, пошли на повышение и заняли руководящие должности в других органах МВД, а один из них даже стал главным инспектором Управления внутренних дел Центрального административного округа Москвы! И, вступив в эту должность, немедленно позвонил Дугину, поздравил его с этим событием.

Читатель, я ничего не сочиняю, жизнь сочиняет за меня, да так, что только успевай записывать! Куда подевались разрекламированные «МК» «фото- и видеоматериалы, отснятые в районе Тверской улицы, запечатлевшие милиционеров-сводников в моменты получения денег и передачи проституток в руки клиентов»? Кто «из особо скомпрометировавших себя милиционеров», кроме младшего сержанта Утырского, пошел под суд? Почему те же мощные силы, которые весной 1995-го «провели крупную операцию, чтобы вывести на чистую воду милиционеров-сутенеров», вдруг были брошены на слежку за Дугиным и членами его команды?

«Получился «слоеный пирог» из совпадения интересов задетых нами в период 1993—1995 годов «блюстителей порядка», — сообщал мне Дугин. — Это очень большой круг лиц... Для «накапывания» материала против Уголовного розыска 92-го отделения милиции были использованы большие силы и средства, в том числе слежка. Имеется устная информация, что я с сотрудниками попал в «разработку» МВД РФ как «коррупционер». В период этого давления и обвинения в «создании банды под вывеской УР 92 о/м Москвы» все старшие оперуполномоченные УР подали на увольнение. Против них ведутся служебные проверки».

Казалось бы, вот как раз тот финал, который нужен для социально злободневного романа. На основании этой истории было уже нетрудно сочинить новый, 1995 года вариант «Красной площади» или «Журналиста для Брежнева». Но писать его уже было некогда — нужно было спасать Дугина! Какой тут, к черту, роман, как я мог сидеть в сытой Америке и что-то писать, когда мой герой, отец троих детей, оказался в Москве не только без работы, но и под следствием?

Я слетал в Москву, и 2 марта 1996 года в «Известиях» под рубрикой «Письмо из Нью-Йорка» появилась статья «ПОСЛЕ СХВАТКИ С МИЛИЦЕЙСКОЙ МАФИЕЙ КАПИТАН ДУГИН ОКАЗАЛСЯ БЕЗ РАБОТЫ И ПОД СЛЕДСТВИЕМ». В этой статье я кратко описал все, что вы прочли выше. Но редакция пошла дальше простой публикации моего «Письма из Нью-Йорка». Известный журналист Игорь Корольков, специальный корреспондент «Известий» по вопросам преступности, написал к моему письму комментарий, в котором сказано:

«Получив это письмо, мы решили проверить, что в нем правда, а что — писательский вымысел. Правдой оказалось и убийство с помощью клофелина, и смерть в Луганске сотрудника 4-го управления милиции, и проститутки, над которыми шефствовало 10-е отделение милиции в самом центре Москвы. Капитан Дугин и его команда действительно довели дело с сутенерами до суда, что случается крайне редко в милицейской практике по такого рода преступлениям. Из всего 10-го отделения уголовное наказание понес лишь один младший сержант... Подтвердилось, что один из заместителей оскандалившегося на всю страну отделения стал главным инспектором Управления внутренних дел Центрального административного округа Москвы. Попутно выяснилось, что и начальник криминальной милиции Тверского района, куда входит 10-е отделение, повышен в должности — стал начальником криминальной милиции Центрального округа.

Соответствует действительности и то, что капитан Дугин больше не работает в милиции, а против его команды возбуждено уголовное дело... Я пригласил Андрея в редакцию. Стриженный «под нулевку», он держался немного скованно, словно боялся что-то ненароком задеть и разбить. Мысли бывший капитан излагал хорошим литературным языком. В оценках старался быть осмотрительным и точным. Оказалось, что, помимо юридического образования, Дугин имеет и техническое: в свое время окончил Московский автодорожный институт.

— На чем же вас подловили?

— На том, что из моего кабинета исчезли изъятые во время обыска вещи, — ответил Дугин. — Телефон, несколько ксероксов, автомагнитола, автопроигрыватель.

— Но возможно ли, чтобы вещи исчезли из кабинета заместителя начальника уголовного розыска? Их что, украли?

— Нет, их выдали под расписку владельцу. Но расписка не сохранилась.

— ?..

— Сотрудник, которому я передал ее на хранение, объясняет это чисткой сейфов. Руководство отделения объявило, будто бы грядет министерская проверка и нужно избавиться от бумаг, не имеющих отношения к оперативной работе. Сотрудники отделения открывали сейфы и в присутствии руководителей уничтожали бумаги...

— Эдуард Тополь утверждает, что против вас лично и вашей команды велась слежка.

— Нам, профессионалам, не составляло большого труда ее обнаружить. По нашим подсчетам, было задействовано около 30 агентов. Расследуя даже опасные преступления, я не получал и десятой доли того, что бросили против нас. Если, арестовав сутенеров, мы перекрыли кому-то приличный источник доходов, то в таком случае действия против нас объяснимы...

— Оценивая ситуацию в целом, — сказал представитель Генеральной прокуратуры России, — нельзя исключить, что с Дугиным сводят счеты. Для объективного расследования дело будет передано в прокуратуру другого административного округа. Контроль со стороны Генеральной прокуратуры будет жестким. Недопустимо, чтобы в правоохранительных органах работали люди, дискредитирующие эти органы. Но так же недопустима и травля принципиальных сотрудников».

Писатели не зря делят свои романы не только на главы, но и на части. Теперь, читатель, ты идешь со мной в последнюю часть этого романа. Остался в предыдущих частях юношеский запал наших наивных положительных героев создать в отдельно взятом Бауманском районе зону, свободную от криминала. Там же, в первых частях, похоронены два трупа несостоявшихся русско-украинских Ромео и Джульетты — Ромео с погонами старшего лейтенанта российской милиции повесили в украинской Вероне, то есть, простите, в Луганске, а украинскую Джульетту опустили в Москве в проститутки, а потом отравили клофелином. Наивного туляка Утырского сделали «паровозом» и по статьям 170 и 226 УК РСФСР отправили на три года в места не столь отдаленные, а Наталья и Елена Куриловы вышли из зала суда на свободу «по амнистии» и затерялись в московском чреве. Как говорили в моем детстве, «кто остался на трубе?». «На трубе» остались капитан Андрей Дугин и ваш покорный слуга, который, будучи членом Союза журналистов с 1962 года, с тех же доисторических пор свято веровал в силу печатного слова. После такого мощного, на полгазетной страницы, залпа «Известий» я был уверен, что Дугин спасен.

Но не тут-то было — времена иные! Кого сейчас в России колышут газетные публикации?! Прилетев в Россию месяца через три, я обнаружил, что Дугин по-прежнему без работы и все еще под следствием по делу о пропавших диктофоне и телефоне, а встречный иск, который он пытается предъявить милиции за незаконное увольнение из милиции, у него не принимает ни один московский суд.

Вздохнув, я отправился на Тверскую, 13, в Московскую мэрию к Александру Ильичу Музыкантскому, вице-мэру Москвы, префекту Центрального административного округа и, что самое главное, приличному и честному, как мне сказали, человеку. Музыкантский принял меня хмуро, но при мне прочел известинскую публикацию и только после этого поднял на меня усталые голубые глаза. В них была тяжелая интеллигентская тоска.

— Ну, ладно, — сказал он. — Это газетная статья. Но вы, как писатель, можете дать мне слово, что ваш Дугин — действительно порядочный человек?

И я впервые в жизни проникся состраданием к такому крупному российскому чиновнику. Вот он сидит в своем пресветлом кабинете в самом сердце Москвы, он — второй или третий после Лужкова хозяин Москвы — но вокруг него такое море жулья, бандитизма, коррупции, политической, чиновничьей и уличной проституции, что в отчаянии он уже не верит никому и ничему, даже «Известиям», и, как о последней соломинке, просит о самом простом — элементарном честном слове.

Я дал ему это слово, и тогда он сказал мечтательно:

— Вот если бы ваш Дугин выиграл суд против милиции, я бы с удовольствием взял его к себе, мы как раз думаем создать при УВД ЦАО отделение по борьбе с проституцией, он бы его и возглавил. Но пока суд не восстановит его в милиции, что ж я могу сделать?

Потом я то же самое слышал от многих важных лиц, даже от первого помощника министра МВД России.

— Мы «просветили» вашего Дугина, — доверительно сказал он. — Это действительно чистый мужик, нам как раз и нужны такие, но... Пусть он сначала через суд восстановится в милиции.

— Но суды не принимают от него иск к вашему ведомству!

...Стоп! Я не стану сейчас расписывать эту часть романа длиннее предыдущих. Вот лишь внешняя канва событий. «Известия» за подписью первого заместителя главного редактора отправили в суд письмо о том, что редакция держит под контролем «дело Дугина» и намерена осветить его суд с московской милицией. После этого суд принял иск Дугина, и спустя еще несколько месяцев, уже в августе 1996 года, это дело слушалось в Замоскворецком районном народном суде. Я как раз летел тогда на Курилы с грузом гуманитарной помощи и остановился в Москве, чтобы поприсутствовать на судебном заседании.

О, как жаль, что там не было кинокамеры! Какой роскошный и драматический эпилог я видел! Как методично давала судья возможность двум наемным адвокатам Управления Московской милиции изобличить Дугина в злоупотреблениях служебным положением и хищении магнитофона и телефона, как спокойно и деловито разрушал Дугин все эти обвинения и как красиво заставил он своего бывшего начальника воскликнуть в сердцах: «Да тебя бы все равно уволили! Не за то, так за это!».

Решением суда Дугин был восстановлен на службе в милиции с выплатой ему не только зарплаты за время вынужденного прогула, но и еще 3 (трех) миллионов рублей в качестве возмещения морального вреда.

Да, все-таки несправедливость потерпела поражение на этом крохотном участке фронта. Но кто выплатил Дугину зарплату и три миллиона старых рублей за моральный ущерб? Те, кто занимался сутенерством, наживался на проституции, создал неразрывное кольцо круговой поруки, вышел сухим из воды и добивал дерзкого капитана и его команду? Ничего подобного! Эти деньги ему выплатило государство — то самое, которое до сего дня платит зарплаты полковникам и инспекторам, разогнавшим дугинскую бригаду. Наверное, сегодня это уже генеральские зарплаты. Или — пенсии?

По самым последним, 1998 года, сведениям, Александр Ильич Музыкантский, объявив войну коррумпированности милицейских чиновников, все-таки сумел выдавить этих бравых полковников в отставку и на пенсии...

Согласно неофициальным данным, в 1997 году в Москве было закрыто 18 притонов.

Периодически я встречаюсь с майором Дугиным. Чаще всего наши встречи бывают на бегу, на пару минут, где-нибудь на Пушкинской площади, чтобы успеть сказать друг другу: «Привет! Как дела?». Однажды я ждал его на углу Тверской, рядом с «Макдоналдсом». И, как обычно, ко мне подгребла смазливая разбитная молодка с вопросом: «Красивую девушку для удовольствия хотите?». Но не успел я ответить, как ее словно ветром сдуло. Я оглянулся: в потоке прохожих ко мне приближался Андрей Дугин. Он был не в форме, а все в том же своем «самопальном» джинсовом костюме.

— Почему она от тебя шуганулась? — спросил я Андрея.

— Так это же Наталья Курилова, — сказал он.

А незатихающую «борьбу» милиции с проституцией можно увидеть ежедневно с 19.00 до 02.00 на всем протяжении Тверской улицы от Белорусского вокзала до Манежа. Особенно наглядно ее видно в свете фар милицейских автобусов, которые по ночам патрулируют Пушкинскую и Триумфальную площади и прилегающие к ним переулки.

ПЕРВЫЙ АНТРАКТ

В театральных антрактах принято выходить в фойе, пить прохладительные напитки, обсуждать увиденное и рассматривать развешанные на стенах портреты актеров или фотографии сцен из спектаклей. В книге я не могу предложить вам ни того, ни другого, ни третьего. Зато могу познакомить с письмами героев этого романа. Представьте себе, что они развешаны на стенах, а вы ходите от одного к другому. Читать их все подряд не обязательно, хотя есть среди них и смешные, и страшные. Клянусь, я не изменил в них ни слова. Итак, прошу на мой вернисаж.

ПИСЬМА ТРУДЯЩИХСЯ
в газеты, журналы
и другие издания

«Добрый день! Интересный мужчина с задатками замечательного скрипача, обожающий сексуальных женщин (вернусь в искусство, если найду свою вторую половину, так как необходимо освободиться от физического и духовного напряжения), из дворян, вынужденный эмигрант сначала в Грузию, а теперь обратно на Родину, ищет женщину добрую и сексуальную. Женат не был, так как при коммунистах хотел вырваться на Запад, а сейчас на Родине интересней. Москва, С.-Петербург не устраивают из-за суеты и плохой экологии. Выгляжу на 38, но старше, чистоплотен, предан, люблю природу, охоту на волков, хищников, здесь профессионал. Хочу жить там, где настоящий русский дух, — Кострома, Ярославль, Переяславль-Залесский, Палех и т.п., где чистый воздух и здоровый образ жизни. Люблю велосипед, лошадей. Надеюсь трудиться в музыкальной школе и настраивать пианино и рояли. Звуки моей скрипки, замечательной по происхожде-

нию, Вас очаруют. Молю Бога послать мне женщину, способную на оральный, а иногда и на ональный секс, кроме обычного. Буду стоять на коленях перед такой, какая показана в эротическом фильме «Зверь», Франция, способной возбуждаться от вида совокупления коня с лошадью, как показано в этом фильме, где сперма льется на нее ручьем под звуки замечательной музыки Леграна. У меня серьезные намерения, готов отдать жизнь за преданную подругу жизни. Очень люблю женский организм, естественные запахи Вашего тела, целую везде, сосу влагалище, анус, кончики пальцев ножек, восторгаюсь всем существом, естеством. Женская красота и музыка скрипичного концерта Бетховена, который я Вам исполню не один раз, чем-то очень близки друг другу своей таинственной торжественностью. Если у Вас есть хоть однокомнатная квартира для начала, это хорошо, потом вместе будем искать оптимальный вариант для совместной жизни. Я не курю и не пью, а Вы желательно чтобы были с полным телосложением, красивыми объемными ягодицами и большим выпуклым лобком с густыми черными волосами. Люблю волосы и под мышками, ибо такой создала женщину природа. Надеюсь, Вы женщина без комплексов и поймете меня в том, что я однажды чуть не заплакал во время оргазма с интересной женщиной в купе вагона, это было прекрасно и таинственно, так как там была <u>гармония</u>. Надеюсь, по всей Руси великой найдется прекрасный пол, который меня поймет, и мы взаимно будем счастли-

вы. Дай-то Бог. Целую Вас крепко-крепко в места наиболее интимные. Жду ответа, с уважением, Николай Ва—шин. Москва».

«Здравствуйте, уважаемая редакция! Пишу вам это письмо, потому что мне страшно жить. Мои родители развелись, когда мне было восемь лет, а когда мне исполнилось одиннадцать, мама вышла замуж. Отчим сначала относился ко мне хорошо, но затем он стал много пить вместе с мамой, они стали меня бить, а однажды я пришла со школы, а он бил маму. Потом взял нож и подставил его к горлу мамы, потребовал, чтобы я разделась и отдалась ему. Я заплакала и не соглашалась, но он сказал, что убьет маму, и я согласилась. Помню, как его член начал входить в меня, затем я потеряла сознание и очнулась, когда мама подносила мне нашатырь. Было очень больно между ног, вся простынь была в крови, так в одиннадцать лет я стала девушкой. А тут и в школе пошли неприятности — я сказала учительнице, что девчонки ругаются матом, они за это раздели меня перед уроком физкультуры и бросили к мальчикам в раздевалку. А там кто за зад, кто за что кинулись хватать меня, я после этого долго не могла прийти в себя. Потом мать за пьянку лишили родительских прав, опекунство взял отчим. В четырнадцать лет, в седьмом классе, когда мама была в больнице, он меня раздел догола и выгнал на улицу. Хорошо, что была ночь, меня никто не видел, я вбе-*

жала в подъезд какого-то дома на нашей улице. Было где-то часа три ночи, я не знала, что делать, села в подъезде и начала плакать. Вдруг в подъезд кто-то вошел, это был Дима, ему 19 лет. Я рассказала ему, что со мной произошло, он завел меня к себе домой и сказал: «Это будет твой дом». Мне было четырнадцать лет, я упала перед ним на колени, стала благодарить его, и так жизнь стала идти своим чередом. Там я живу уже полтора года, сплю с ним вместе, он живет в трехкомнатной квартире со своей мамой, отношения с ней хорошие, в комнату к нам она не заходит. Но недавно мне исполнилось шестнадцать лет, к нему пришли друзья, сначала они заставили меня выпить, их было трое, затем раздели меня, заставили танцевать и в конце концов стали трахать меня одновременно во все дыры, я потеряла сознание. Когда очнулась, то в попе и в письке были засунуты толстые соленые огурцы. А утром Дима просил прощения, целовал, обнимал. Я простила ему, ведь если нет, то он бы выгнал меня на улицу, так как в квартире, где я раньше жила, никто не живет, ее отчим с мамой пропили. Теперь я учусь в техникуме, но Дима запретил мне одевать трусики, выкинул их, я по квартире хожу голой, а если одену их, он начинает меня бить. Раз заметила его мать, что я хожу голой, я объяснила, что проиграла трусики в карты. Что делать, не знаю, на следующий год мне будет восемнадцать лет, вчера он продал меня за бутылку другу, тот трахнул меня в зад, сегодня все тело болит, из попы сочится кровь, к врачам идти запрещает. Скоро лето, а у меня одни мини-юбки и ни одних трусиков. Наверно, я уйду от него, буду торговать своим телом, вчера я не ходила в техникум и заработала за миньет три тысячи рублей. Ну, так вроде бы и все. Воронеж».

«Я рано остался без родителей и, наверное, поэтому так сильно полюбил свою жену. Через два года после свадьбы, уехав на две недели по делам, позвонил домой, спросил: «Что делаешь?» — и услышал: «Трахаюсь».

Это была правда, но я не поверил. Встреча была бурной и любвеобильной — вокзал, ужин, постель. После обоюдного интимного удовольствия она призналась, что изменила мне, что должна была сделать выбор между мной и им и теперь решила остаться со мной. Я попытался сказать, что прощаю ее, но был не понят. Когда она сладко заснула, я тихо рыдал. Пролетело еще два года, она мне сказала, что мы, наверно, ошиблись — снова она мне неверна.

Мария, я не наложил на себя руки не потому, что обещал тебе. Спасибо Господу, это он дал мне силы пережить все это. На Восьмое марта мне хотелось прыгнуть рыбкой с высоты, как просто и заманчиво казалось сделать это. Жить сложнее. Только вера в Бога помогла мне. Спасибо тебе за маленькую книжечку, которую ты мне дала. Я вызубрил оттуда «Отче наш» и цедил сквозь зубы, когда слезы сами начинали капать. Наверное, так сильно нельзя любить свою жену, а может, это была и не любовь, а просто боязнь потерять дорогого человека. Москва».

«С детства мечтала, чтобы быстрей исполнилось семнадцать лет. Прошло детство, я превратилась из гадкого утенка в прекрасного лебедя — это уж точно про меня сказка написана. Целыми днями проводила возле зеркала, своего добилась: красивая, стройная. Но личного счастья нет.

Мужчины знакомятся и стараются сразу в постель затащить. Но я решила, что первым мужчиной будет мой муж. Когда мне исполнилось 16 лет, я влюбилась, но из-за того, что я наотрез отказалась с ним переспать, он меня бросил, при этом осмеяв словами: «Последнюю целку трамвай в двадцатые годы переехал!». Я очень страдала, но решила, что первая любовь всегда несчастна. Многие мои подруги уже жили половой жизнью, говорили: «Это так классно, а ты дура, у тебя была возможность отдаться любимому человеку, зачем тебе эта девственность, это же позор!» — и вечно бросали шуточки насчет моей невинности. Мне стало обидно, и я решила кому-нибудь отдаться.

Познакомилась с парнем, он сразу стал лезть ко мне, и я отдалась ему, было больно, противно, но еще тяжелей было на душе. Он, узнав, что я девочка, был ошарашен, припугнул, чтобы я молчала, и исчез. Ну что им еще нужно? Не даешь — плохо, даешь — опять плохо. Решила вообще не обращать внимания на мужиков.

Но время идет. За мной стал ухаживать один парень, мне он сразу понравился. Мы подолгу гуляли, говорили. Все было просто классно. Так прошло четыре месяца. Как-то мне сказали, что он встречается со мной просто ради общения, а для любви у него есть любовница и тебе, мол, далеко до нее. Мы поговорили с ним, объяснились, я ему все рассказала, он — мне. И решили забыть прошлое. Мы стали любовниками, нам завидовали многие. Я боялась, что все слишком хорошо, ведь хорошее всегда кончается. И у нас все кончилось. Я забеременела, мой любимый на глазах изменился, сказал, что ему еще рано жениться, что в конце концов он меня не любит и вообще «делай аборт, и попробуем все сначала». Я ушла от него, решила родить, но дома мне сказали: никаких детей! Мне сделали искусственные роды.

Прошло два года, сейчас мне 21 год, подруги повыскакивали замуж, а я шарахалась от мужиков.

Мой любимый через год женился по залету, у него сын. Он хочет, чтобы я была его любовницей, говорит: сын подрастет, и я уйду к тебе. Но я послала его к чертям, ведь у меня тоже был бы СЫН. А сейчас я пустышка — это которые не могут больше родить. Зачем тогда жить, зачем? А я хотела жить и быть счастливой! Спасибо, что прочитали это письмо. Башкортостан».

«Здравствуй, дорогая редакция! Мне тяжело, я не знаю, что делать, я люблю ее до беспамятства! Мы знакомы с ней уже год. Она замужем, и у нее

чудный ребенок. Ей 24 года, а мне 19. Было время, она звонила мне, как только могла, то есть почти каждые полчаса. Мы встречались с ней каждый день после работы, но вместе проводили всего 2—3 часа. В эти часы я был самым счастливым человеком на свете. Сейчас я молю Бога дать мне хотя бы 30 секунд того времени, чтобы я мог посмотреть в ее красивые глаза. За все время нашего знакомства я всего несколько раз говорил ей, что я ее люблю. Я боялся ее потерять. Ведь у нее есть все с ее мужем, и он красивый, а я простой студент. Но вот она ушла в отпуск и стала звонить мне все реже и реже, и вот уже два дня, как я ее не слышал. И вот уже третье утро я встаю и не испытываю радости от того, что я не умер вчера. Кто мне скажет, зачем любовь? Если ты говоришь о ней, это приводит к расставанию и огромным мукам. Или, быть может, о любви не надо говорить? Ведь вместе со словами ты отдаешь девушке свое сердце в полном неведении, что она с ним сделает. Латвия».

«...самое интересное, что обо всех моих романах знает мой муж. Он даже знает, когда я иду на свидание с очередным любовником, и то, как мы занимаемся любовью и сколько раз. Он меня расспрашивает о малейших деталях, это его заводит и он становится очень страстным, темпераментным и занимается со мной любовью сам. Как женщину и мать он меня уважает. Ни разу не ударил, не оскорбил, не унизил, не обидел. И детей застав-

ляет относиться ко мне с уважением. Я знаю, что я делаю большой грех, но остановиться не могу. В моей душе правит дьявол, сжигая ее изнутри. Как выйти из этого тупика? Ведь проходит время, и меня тянет на сторону. А искать не надо. Предложения есть всегда, я работаю в мужском коллективе, я заправщица. Я хочу знать, что думают об этом люди. Хороших откликов я, конечно, не жду, но готова выслушать все. Так что пишите. Свое имя я изменила по идейным соображениям. Наташа. Кыргызстан».

«Мне было пять лет, но я была воровкой, которой везло. Научила меня подруга, ей было тринадцать. Научила потому, что никого не было рядом. Мать уходила в загулы, отец развелся с ней, когда мне было шесть месяцев, а умер, когда мне было три года. Долгие недели я была одна и кормила себя и свою младшую сестру тем, что воровала из магазинов. Однажды летом, когда начало темнеть, к нам постучались в дверь, но она была заперта матерью, которая ушла со своими собутыльниками. Моя сестра уже спала. Они влезли в окно, их было двое, оба были пьяные. Один остался на кухне, а второй прошел в комнату, где спали я и сестра. Он заговорил со мной, сказал, что хочет рассказать мне сказку. Потом изнасиловал меня, мне было семь лет, и лучше бы я забыла это. Но мне вечно все напоминают, бабуля говорит: «бедненькая, ты не сможешь иметь детей, он испакостил тебя». Его посадили, мать лишили родительских прав и на год лишили свободы, сестру удочерили, а я год пролежала в больнице. Позже меня хотели отправить в детдом, но взяла бабуля, ей не давали квартиру матери без меня. Пошла учиться в интернат для сирот, а по воскресеньям ездила домой, где жил вместе с бабулей дед, не родной нам. Все было более или менее до того, как я перешла в третий класс. Дед не обращал на меня внимания, но вот пришло лето, мы были одни, дед завел меня в свою комнату и сказал, что мне не будет больно, а если я кому-нибудь расскажу, то он скажет, что я сама пришла к нему. Потом бабуля приезжала в интернат и доводила меня до слез своими упреками, что я не хочу приезжать и помогать ей по дому. А я боялась ехать туда, ведь там был он. Прошли годы, он умер, у матери другая семья, я закончила школу и поступила в училище, но у меня так и не было друга, хотя я очень хотела любить и быть любимой. Однажды два парня подвозили меня с подругой домой из кинотеатра, но там, где нам нужно было выйти, они не остановились, проехали дальше. Потом подруга с одним парнем ушла, а я все время нервничала, тряслись коленки, и я еле удерживала дрожь по всему телу. Он остановился возле стройки, опустил спинку кресла и привлек меня к себе. Я говорила «нет» и чувствовала, что не хочу, но не сопротивлялась. Это было первый раз в моей жизни, когда я, наверно, смогла бы как-то отреагировать, но этого не произошло, потому что он был противен и было холодно. Через год все с той же подругой мы возвращались домой из

204

Одессы. В вагоне она познакомилась с парнем, а ночью, когда все в вагоне легли спать, она спряталась от него в другом вагоне, а он и двое его друзей вытолкнули меня в тамбур, друзья стояли по ту сторону двери, а он меня насиловал. И сказал, что нечего было моей подруге строить ему глазки.

Вот и все, о прекрасном человеке я больше не мечтаю. Сначала думала о ребенке, но боюсь подарить ему этот мир, у самой комок в горле. Иркутск».

«Сегодня ровно пять лет, как я познакомился с ней. С человеком, который отдал мне все — свою любовь, доброту, нежность. Я же все пять лет топтал все это. Вчера она уехала. Были моменты счастья и взаимопонимания, но плохого было больше. Она изо всех сил старалась сохранить семью, прощала все, плакала, просила, молила меня стать человеком. Я же считал, что все это может тянуться вечно. Я позволял себе все. Я любил ее любовью собственника, «хозяина». Она же отдавала себя всю, выполняла все мои капризы. Она заслуживает большую, настоящую любовь. Сейчас я все это понял. Если бы можно было все вернуть! Но уже поздно. Я не смогу позвонить и приехать к ней. Стыдно за всю боль, которую я ей причинил, за все слезы. Девочка моя, будь счастлива, будь любима. Прости меня, если сможешь. Я знаю, что я пропащий человек. Никогда больше любимая и родная женщина не подарит мне свои ласки, не улыбнется мне. В голове пусто, будущего не вижу. Дом стал чужим, все напоминает о ней. Как мне больно, как страшно.

Мужики, любите и цените своих жен. Все вы ходите по краю пропасти, уверенные в себе, думая, что вас будут прощать вечно. Но не дай Бог упасть в эту пропасть. Возврата не будет. За одну минуту вы поймете, что такое настоящая боль. Вы поймете. Херсон».

«Сейчас 12 ночи. Я только что исполнила супружеский долг, а теперь не могу уснуть. Плачу. С моим мужем мы дружили с 17 лет, я дождалась его из армии, и через полтора месяца у нас была первая ночь. Он вполне положительный парень, всегда мне помогал, буквально носил на руках, за неделю покупал по 4—5 букетов цветов. Из армии писал почти каждый день полные любви и ласки письма. И что же потом? Забеременела я после первой же ночи, и со временем муж перестал помогать по хозяйству, мне пришлось терпеть и смириться. Особенно это терпение относилось к его пристрастию к пиву и что покрепче. Объясняет это тем, что у него на работе пьют все и он не хочет быть белой вороной в коллективе. Порой мне кажется, что его жена не я, а коллектив. В общем, мне все это опротивело, я возненавидела весь мир. Не понимаю, как такая любовь могла перерасти в эти отношения. Мы живем второй год, а я до сих пор не уверена, что удовольствие, которое я получаю в постели, и есть оргазм. Мне просто бывает приятно и все. Хотя мужа удовлетворяю до изнеможения. Он уснет, а я плачу, вспоминаю все обиды. Пыталась говорить с ним, но он все пропускает мимо ушей, у него все прекрасно, в то время как мне порой не хочется жить. Без него мне очень плохо, а с ним еще хуже. Что это? Помогите, я просто погибаю. Очень боюсь его возненавидеть, ведь у нас такой очаровательный сын. Н. (22 года)».

«В нашей фирме я работаю секретарем-референтом около года. Внешностью Бог не обидел. В свои 19 лет уже 2,5 года замужем, да и среди сотрудников-мужчин пользуюсь успехом (конечно, в рамках разумного). Однажды вечером, когда я уже закончила работу и собиралась домой, мой шеф попросил меня ненадолго задержаться — есть срочная работа. Когда я зашла в его кабинет, то увидела на столике коньяк, фрукты, шоколад. На мой вопрос: «Что за праздник?» — он ответил: «У меня сегодня день рождения, мне исполнилось 38 лет. Не составишь ли компанию?» Я согласилась немного посидеть, мы выпили по рюмочке, разговорились о работе, о семье. Тут зашел его заместитель, присоединился к нам и произнес тост. Я выпила еще рюмку, которую они налили, и в голове все закружилось, приятное тепло разлилось по всему телу, и возникло странное возбуждение. Я поняла, что в коньяк что-то подмешано, но уже плохо соображала — меня всю трясло от желания. Тут наш шеф подошел ко мне и стал обнимать, целовать, и я даже удивилась себе — почему не сопротивляюсь, а, наоборот, отзываюсь на его ласки. Он поднял меня на руки и отнес в комнату отдыха на диван. Когда все было в самом разгаре, в комнату вошел его зам и тоже присоединился. Это было прекрасно, я даже не помню, сколько это продолжалось, потом они отвезли меня на машине домой. На следующее утро мне было стыдно смотреть им обоим в глаза. Вчерашняя картина так четко стояла перед глазами, что становилось жутко, но шеф сказал: «У тебя очень усталый вид, соберись, у нас очень важный прием». Через месяц мне повысили зарплату в два раза. Потом шеф вызвал меня и сказал: «Ты нам обоим очень нравишься. Если хочешь, этого больше не повторится, но я бы советовал тебе подумать о будущем». Вот и все. Не знаю, как быть. Терять такую высокооплачиваемую должность не хочется. Муж работает на заводе, получает мало, но я его очень люблю и понимаю, что, если все откроется, ему будет очень больно... Поволжье».

«У меня, наверно, обычная судьба для одинокой матери. В годы студенчества было много поклонников, а я полюбила женатого мужчину, захотела от него ребенка и родила для себя. Отец ни разу сына не видел. А сын растет, тянется к мужчинам, для него любой — авторитет уже потому, что мужик. Я пыталась устроить свою жизнь, да вот не везет — либо пьющие попадаются, либо просто гулящие. К вам в газету пишут люди, стремящиеся достичь гармонии в сексуальной жизни, а я же мечтаю чуть ли не об импотенте! Очень хочется встретить человека, который не может иметь своих детей и полюбит моего как собственного. Но ведь не будешь тестировать каждого встречного... Владимирская область».

«Я влипла так, что не позавидуешь! Привет! Я пишу потому, что не знаю, что мне делать. Мне 13 лет, и через несколько месяцев я стану матерью! Три недели назад мне приспичило сходить в какой-нибудь модный клуб на клевую дискотеку. Решила и сделала! Умолила родителей отпустить, они уехали на дачу, и после немалых усилий я оделась очень сексуально и оказалась на этой паршивой дискотеке со стольником в кармане. Как только включился магнитофон, я поняла, что меня заметили. Ко мне направились три парня лет 20, но я ничуть не смутилась. И после нескольких танцев с ними (во время танцев они лапали меня вовсю) они предложили «съездить в укромное местечко и немножко побалдеть». Я знала, что дома меня никто не ждет, к тому же мне не хотелось расставаться с новыми друзьями, и я согласилась. У них были свои мотоциклы, и мы скоро оказались рядом с заброшенным гаражом. Больше мне не хочется все подробно описывать, я и так мало что помню. Там было много людей, и все они имели меня по очереди. Ох! Что они только не делали со мной! В тот злополучный вечер я нюхнула кокаина. Я ведь девочка не малограмотная, и я все прекрасно знаю о гондонах, но посудите сами, как я могла об этом думать и заботиться. Не помню, как добралась до дома. Через два дня я поняла, что я совершенная дура и совершила непоправимую ошибку — забеременела! И сейчас сижу у окна, пишу это письмо и плачу. Мне кажется, что единственный выход — самоубийство. Я умоляю, не отбрасывайте мое письмо. Спасибо! С.-Петербург».

«...Муж несколько лет назад занялся бизнесом. «Новым русским» его назвать нельзя, но живем мы не хуже, а лучше многих — каждый год выезжаем за границу (иногда не один раз). Дочка заканчивает школу, я работаю по специальности. Муж говорит, что любит, но, к сожалению, только говорит. Дома его не бывает до часу, иногда и до двух ночи. У дочки уже своя жизнь, а я одна целыми днями, да и ночами, хотя у меня есть поклонник. Но он не лучше мужа, у него тоже семья, и он много работает, чтобы заработать деньги — много, много, много денег! Только вот вопрос — зачем? Зачем ему это, если нет главного — любви, счастья, взаимопонимания?

Многие скажут на это — «зажралась». Нет, я не зажралась. Я просто наелась. Наелась этим до остервенения, и хочется выть. Просто выть от одиночества и оттого, что никому не нужна... Москва».

* * *

«...А то, что я Вам так свободно пишу об онанизме, тоже имеет свое объяснение. Разумеется, раньше я онанизма стеснялся, поскольку в СССР секса не было, а уж онанизма тем более. И, помнится, я готов был провалиться сквозь землю от стыда, когда однажды так увлекся онанизмом, что не заметил, как из окна дома напротив за мной с огромным интересом наблюдает молодая женщина. Она была старше меня (я был пацан) и готова была, кажется, вылезть из своего окна, чтобы только быть ко мне поближе. Заметив ее наконец, я быстро натянул плавки и убежал. А когда в годы гласности и перестройки онанизм реабилитировали, то я даже смеялся мысленно, вспоминая свой юношеский стыд перед той дамой. Окончательный же перелом в моем отношении к онанизму произошел после одного медосмотра, когда врач попросила меня сдать сперму на анализ и объяснила, что сперму получают «методом онанизма». Увидев мое смущение, эта молодая симпатичная женщина сказала, что онанизм — это совершенно нормальное и естественное явление, которого не следует стесняться. Вот с тех пор я и не стесняюсь онанизма нигде и нисколечки!

Что же касается использования мною ненормативной лексики, так это исключительно из уважения к мужским половым органам. Я считаю, что главную мужскую гордость просто недопустимо и даже оскорбительно обзывать «членом». Ведь членов всяких-разных в нашей державе необъятной

211

более чем достаточно. Причем в большинстве своем это такие члены, которые только и делают, что занимаются дискредитацией доброго имени своего великого тезки, уважительно именуемого в народе ясным, чистым и коротким словом «х...».

Взять, к примеру, глубокоуважаемых членов нашего умнейшего в мире правительства. Все они называются членами, и всех их по совокупности наберется, наверно, тыща. Подумать только — столько светлейших, добрейших и умнейших голов денно и нощно бьются над решением важнейших проблем, стоящих перед Отечеством. И что же получается? Отечество наше разнесчастное в такой глубокой, простите, жо, что даже всему миру страшновато становится. Вот вам результат титанического труда всяких разных членов правительства.

А теперь посмотрим, как трудится так называемый простой половой член. Худо-бедно, но дети все-таки рождаются. Значит, результаты труда полового члена очевидны. И пусть у него всего одна голова, да и та — «за...па», для Отчизны его труд явно пользительней. Поэтому называть половой член «членом» и негоже вовсе. Какой же он член, если вкалывает день и ночь и при этом выдает вполне ощутимый результат? Нет, он не член, пусть даже и половой. Он — ...уй! Да, ...уй — это звучит гордо!..»

«...Обделенных любовью женщин много. Мужчины в дефиците. Женщины их принимают, невзирая на их никчемность, потому что в любви нуждают-

212

ся. Вот наши русские мужчины и бегают по женщинам, от одной к другой, все больше и больше становясь «деточками-эгоистами». И какое же потомство от такого семени? Большинство мужчин сейчас в России «круты», но не удивительны. Не орлы и даже не фазаны, а обезьяны и, простите, свиньи. Это я наблюдаю в людях благодаря своей профессии врача. Каждый день перед глазами различные, в большинстве разбитые судьбы, плачущие матери и жены, страдающие от мужей и сыновей. Да, к гарему русские женщины не готовы психологически. Но наше общество сейчас на перепутье, и все равно разруха в стране. Может быть, благодаря полигамной семье и решим задачу хозяйственного возрождения страны?»

«Прошу извинений, что пишу из не столь отдаленных мест, но думаю, что вы поймете мою искренность в этой жизни. Меня зовут Олег, мне 21 год, сам с города Хабаровска. Первый раз сидел 3 года и 7 месяцев, вышел на волю, мечтая найти девушку — пусть она будет хоть какая, но сэксуально озабочина. Не нашел и теперь тяну второй срок.

Дорогая редакция! Я вас очень прошу опубликуйте мое маленькое письмо, так как я больше не могу. Хочу жить спокойно с сэксуально озабочиной девушкой или женщиной, и пусть она — то есть, кто решится вытащить меня из этого дерьма — знает, что я послушный парень.

Девушки, женщины, помогите, выкупите меня от сюдова! Я могу мало ли что, и в сэксе мало разбираюсь, хоть научите! И еще могу охранять вас своим искуством, сам я строитель-водитель, токо права забрали.

Милые красавицы, пожалуйста, откликнитесь, подайте руку помощи, приедте выкупить меня и вы не ошибетесь во мне. Если кто жилает взять меня в свои объятья и сердце, пишите и высылайте фотки. Может, кому и захочится не совсем опытного в постели попробовать. А если выкупит, я буду обязан жизнью и все верну после выхода.

Спасибо вам огромное, редакция. Может, мне повезет все таки в жизни через ваш журнал и со свободой и с сэксуальной девушкой или женщиной. Низкий вам поклон, Олег».

Часть вторая

В ПОСТЕЛИ

Глава пятая

СЕМИНАРЫ В МОСКОВСКОЙ САУНЕ
на тему:
Секс при переходе от коммунизма к капитализму

Не знаю, как во всем остальном, а вот на банном бизнесе переход от коммунизма к капитализму отразился весьма радикально. Если раньше бани служили коллективному очищению гегемона от трудовой грязи и весь народ поочередно — по женским и мужским дням, — привязав к ногам номерки от одежды, с воодушевлением плескался в тазах и шайках, то с падением советской власти все смешалось в доме Облонских, Корчагиных и Терешковых. Новое общество стало обществом индивидуальных ванн, персональных джакузи, личных плавательных бассейнов и VIP-саун. А общественные бани превратились в клубы по обслуживанию потребностей, весьма далеких от мыла «Чистотел» и «Банное». Теперь в любой бане есть скромно называемые «сауны», которые на самом деле представляют собой целую анфиладу помещений с раздевалкой, холлом, баром, бильярдной, парилкой, бассейном и комнатами отдыха. Эти «сауны» можно снять на два часа и на пять, туда можно завалиться большой и малой компанией, и там теперь модно справлять дни рождения, крестины, помолвки и даже свадьбы. А я и Эдуард Дубровский, мой давний друг и сокурсник по ВГИКу, с которым мы в молодости прошли пешком вдоль Волги от Кирова до Астрахани, устроили в одной из таких московских саун еженедельные семинары на тему «Секс при переходе от коммунизма к капитализму». В этих семинарах принимали участие молодые бизнесмены, адвокаты, художники и студенты как мужского, так и женского пола. Жаркая парилка и теплая компания в сочетании с мягкими диванами и недорогим пивом весьма располагают к откровенности, немыслимой в другой обстановке. К тому же мы обещали участникам семинаров полную анонимность. И хотя на столе всегда совершенно обнаженно стоял магнитофон, все довольно быстро забывали о его существовании и — вот что мы услышали.

СЕМИНАР ПЕРВЫЙ
Вступительный доклад юной деловой дамы на тему:
ТРЕТИЙ НЕ ЛИШНИЙ,
или
МОЖЕТ ЛИ ПОРЯДОЧНАЯ ЖЕНЩИНА ОТДАТЬСЯ ЗА ДЕНЬГИ?

— Да, я предлагаю сегодня обсудить две темы, на первый взгляд далекие друг от друга. Однако в мою жизнь они вошли одновременно. Началось с того, что за мной очень долго ухлестывал один товарищ, приятель моей подруги. Но, знаете, есть люди, которые так ухаживают, что ни при какой погоде не хочется иметь с ними дела. Вот и этот буквально доставал меня своими звонками. Причем никаких ухаживаний, приглашений в театр или других тактических ходов не было. Он просто звонил и твердил: хочу, хочу, хочу! А потом, когда понял, что ему ничего не светит, начал предлагать какие-то подарки, поездки на курорт. Я других таких придурков не встречала — вроде нормальный мужик, ему говорят «нет», ну и отвали, не любовь же в конце концов! А этот на протяжении нескольких лет долбит, как дятел: хочу, хочу. Я говорю: отстань, я замужем. А я не только замужем была, я еще и мужа любила — причем первые два года просто до изнеможения! Мы с ним в постели друг друга до мозолей протирали.

Но этот тип как не слышит — некоторое время переждет и опять проклевывается с той же лирикой. То есть возникает ситуация, когда проще дать, чем объяснить, что не хочешь. К тому же на третий год супружества у меня с мужем начинается напряг — я, как женщина любвеобильная, стала осаждать его в постели, а он — избегать исполнения мужских обязанностей. И в какой-то момент, когда я не вовремя к нему подъехала, сказал в раздражении: ты кошка неудовлетворенная, найди себе кого-нибудь, кто будет тебя удовлетворять. Для него это была риторическая фраза, а я взяла ее на вооружение. И когда тот настырный товарищ в очередной раз объявился со своими гнусными предложениями, я говорю: давай. Товарищ совершенно растерялся и говорит: ты не расслышала, я тебя хочу! Я говорю: «Я все расслышала еще три года назад, а теперь согласна. Только тебе это будет дорого стоить». И мы стали торговаться. Он начал с трехсот баксов, но я тут же сказала, что в стране тяжелая экономическая ситуация и, кроме того, он же мне столько лет кровь портил! Я говорю: пятьсот и никаких разговоров. Он тут же согласился и сказал: подъезжай туда-то, возле такого-то метро я тебя встречу.

Я приехала, а он меня встретил, потупив глазки, и говорит: тебе как, деньги вперед?! Я говорю: конечно, вперед. И взяла деньги. Тут наступила полная растерянность: что дальше делать? До этой минуты все было как бы в шутку, можно было сказать: я тебя разыграла, вот твои деньги и катись! Но когда деньги уже в сумочке, да еще пятьсот баксов, их обратно отдавать не тянет. Да и самой уже интересно, все-таки для порядочной женщины это авантюра безумная: человек так долго рвался, он, можно сказать, по тебе с ума сходит, даже деньги готов за тебя заплатить! Наверно, это будет ужасно интересно.

Короче, мы пришли к нему. У него однокомнатная квартира и в холодильнике полно шампанского. Я вижу, что человек все еще в растерянности, и начинаю его подпаивать. А сама тоже на нервах — все-таки я сюда ехала, как Любка Шевцова взрывать фашистов. То есть я пью с ним на равных. И постепенно все подошло к тому моменту, когда у него язык стал заплетаться, его повело на лирику: «Господи, я тебя так хотел!» и тэ пэ. Но к делу он все не мог приступить, и тут я, слава Богу, вспомнила, что есть такое сладкое слово «минет». И как-то очень органично, под шампанское и почти не раздеваясь, взяла инициативу в свои руки. А для него это был второй шок за день: сначала мой приезд, а потом, что он с перепугу ни на что не способен.

Ведь он три года этого добивался, он уже ни на что не надеялся и вдруг...

Когда я добралась до его ширинки, он так расслабился, словно все уже свершилось и ему ничего больше не нужно. Но я как-то ухитрилась ввести его в рабочий режим, хотя и ненадолго — все завершилось буквально в минуту, он сказал: вот и сбылась мечта идиота!

Нужно заметить, меня это слегка задело. Хотя никаких угрызений совести, моральных мук, отвращения или униженности Сонечки Мармеладовой я не ощутила. А было чувство выполненного долга и все. Помните этот рассказ о французе, который переспал с юной русской дамой, а утром просыпается и спрашивает: почему ты не плачешь? Она говорит: а с чего это я должна плакать? Он говорит: «Как же! Все русские женщины наутро плачут и говорят: теперь ты меня блядью будешь считать». Так и тут: я не плакала, не терзалась угрызениями совести, мы спокойно оделись, выпили по бокалу шампанского и разошлись. Я у него еще и денег на такси попросила, что было, конечно, сверхнаглостью. Но, с другой стороны, все проститутки так делают, и я уже вошла в роль.

Потом я поехала домой, успокоилась. И характер мой стал исправляться, а точнее, к мужу отношение улучшилось невероятно. Знаете, некий комплекс вины в семейных отношениях порой даже полезен. Я стала паинькой и лапочкой, мне захотелось накормить мужа чем-то вкусненьким, предупредить его желания, даже сделать ему подарок. Ведь деньги появились в кармане, и я опять почувствовала себя женщиной — стала носиться по магазинам, по каким-то мероприятиям.

221

Деньги, нужно сказать, невероятно влияют на женщину! И я не понимаю мужчин, которые с гордостью говорят, что я, мол, женщинам никогда ничего не платил. Если он имеет в виду, что он ей и подарков никогда не делал, то ну его на фиг, такого мужчину! Зачем он нужен? Хотя сейчас развелось очень много мужчин, которые не воспринимают женщину, если не он ей, а она ему не делает подарков. Но это ужасное поветрие, это хуже чумы! Только мужчины старого воспитания еще спасают нас, женщин, от полного вымирания.

Ладно, я отвлеклась. Проходит какое-то время — опять звоночек и снова этот мужик со своим «хочу!». Я говорю: а я уже не хочу. Хорошего, говорю, понемножку. Он говорит: триста баксов! Я пошатнулась: ладно, говорю, пятьсот. Он говорит: нет, триста. Я говорю: «Пятьсот или пошел вон!» Тут для нормального человека два выхода: ах она, сука, издевается, ну и пошла к чертям! Или принимать условия игры и не сдаваться. Я затаилась и думаю, какой же вариант он выберет? Жду день, два — молчание. Потом прихожу домой и вижу, что у мужа лицо просто страшное и глаза безумные. Как у Отелло. Он спрашивает: это кто такой? Оказывается, этот тип позвонил мужу и сказал, что мы нежно любим друг друга, жить друг без друга не можем и потому он предлагает мужу за меня отступные — ни много ни мало, а 25 тысяч баксов. Конечно, сейчас мой муж, я думаю, жалеет, что не согласился, но тогда...

Был ужасный скандал. Я рыдала и собирала вещи. Муж изъяснялся языком народного фольклора. Я сказала, что считаю безнравственным изменять ему бесплатно. На мужа это заявление произвело очень силь-

222

ное впечатление, и это меня спасло. С горя мы напились и помирились. У нас наступил период настоящей встряски — вернулись любовь, нежность. Когда звонил этот мужик, мой муж уже был на пару со мной и ровненько посылал его подальше. Но тот не отставал, его словно завело — звонит и звонит, подай ему меня, Машу, и все тут! По десять раз за день звонки! На счастье, к нам приехала подруга из Магнитогорска, она стала брать трубку и изображать любовницу моего мужа, а муж говорил тому товарищу по телефону: Маша тут больше не живет, я ее выгнал, успокойся, друг, семья развалилась и все, чего ты хотел, свершилось. А магнитогорская девочка ему подыгрывала: мол, не трогайте нас, Маши здесь уже нет и не будет, не мешайте мне жить с моим мужиком. И только таким образом удалось от него избавиться.

Хотя после этого случая я взяла этот метод на вооружение. Но не в смысле приработка к мужниной зарплате, а как средство для укрепления семьи. И заодно, как женщина деловая, провела скрытый опрос своих подруг. Оказалось, что без «третьего лишнего», то есть без мужика на стороне, никто не обходится, рано или поздно только с его помощью и спасают семью. Потому ли, что мужья сейчас перегружены работой, или семейные отношения притупляют остроту постельных утех — не знаю и не хочу обобщать. Но знаю, что если у меня едет крыша на почве неполучения обычных женских радостей, то я себе говорю: «Маша, иди к хорошему любовнику». Только, конечно, не к дураку, который после первой же ночи станет мужу названивать и выкупать тебя для своих удовольствий. Муж вообще не должен ничего знать, зачем травмировать?

Правда, найти этого третьего на стороне далеко не просто. Однако методом проб и ошибок я все-таки нашла своего «семейного доктора». И это оказалось просто волшебно! Причем я не только с первой встречи, я буквально с первой минуты знала, что рано или поздно мы с ним будем в постели и что постель эта будет роскошна! Женщина это чувствует, как вы чувствуете тепло или холод, и это тот холод, что пробирает до костей независимо от того, какая на вас шуба. А если это жар, то такой, что его и в морозильнике не остудить. Короче, мы с ним даже не поняли, как оказались в постели. Это было настолько естественно — вот сидели у него дома, разговаривали и вдруг совершенно непонятно каким образом моя голова оказалась меж его ног. А когда этот процесс пошел полным ходом, у нас как будто вообще сознание отключилось. Словно кто-то помимо нашей воли взял и сделал это с нами, как с куклами Барби и Кеном. Потому что не может быть, чтобы два еще достаточно трезвых человека вдруг ни с того ни с сего кинулись срывать друг с друга одежды и терзать друг друга в экстазе.

А потом, когда все кончилось, мы с ним долго лежали прибалдевшие и не могли вспомнить, как это началось. Но вылилось это в совершенно мистические отношения. Идеально удобные и для меня, и для него. Потому что и он человек женатый, и я замужем. И мы взяли за правило встречаться не слишком часто, чтобы не разрушать то космическое, что между нами возникло. Использовать такой деликатес повседневно было бы просто скотством. Нет, мы эти праздники устраиваем себе только раз в несколько месяцев. Но зато когда наступает день свидания — о, я, конечно, не на крыльях любви, я ножками бегу до места встречи. И мы не выпиваем, не едим, не тратим время даже на поцелуи, а просто ныряем под одеяло и... какие-то сказочные возникают положения, какие-то волшебно-безумные страсти! И как это замечательно потом сказывается на семейной жизни! И его, и моей! Я чувствую себя великолепно, он чувствует себя великолепно, вся наша семейная жизнь словно подсвечена теперь таинственно-волшебным лучом, а самое главное — мы, слава Богу, хорошо понимаем, что нельзя это переводить в частую связь или, не дай Бог, во что-то более прочное. Ведь многие женщины именно тогда разваливают все хорошее, когда начинают его укреплять. Мол, сейчас все хорошо, но хочу, чтобы было лучше. Одни хотят, чтобы женился, другие — чтобы обеспечивал, третьи — чтобы он выбросил на улицу любимую собаку и любил только ее. Начинают требовать жертв и тогда все тухнет. Но представьте на минуту, что я уйду от мужа, а он от жены, и мы с ним станем жить вместе. Да, первые недели или даже месяцы волшебство продлится, но потом... Потом опять искать «третьего», чтобы спасать и эту семью? Нет, мне об этом и думать отвратительно, я живу сейчас самой что ни на есть полной жизнью, и если утром муж или тот человек еще додумываются сказать мне пару комплиментов или «Боже, как это было прекрасно!» — все, у меня душа раскрывается, у меня сразу крылышки появляются, я могу зажужжать. Кофейку, дорогой? Несколько кругов под потолком и опять с распростертыми объятиями: сделать тебе что-то вкусненькое, милый?

И потому я на полном серьезе утверждаю: третий — никогда не лишний, а, наоборот, нужный и полезный член семьи. Только — тайный.

ПРЕНИЯ:

— Во-первых, хочу поздравить докладчицу. Ей ужасно повезло с третьим-не-лишним. Потому что сейчас найти хорошего любовника труднее, чем мужа или содержателя. Содержать женщину многие хотят — это удобно и безопасно в смысле разных нехороших болезней. Но такие содержатели — в браке или вне его — далеко не всегда умелые и хорошие мужчины. Хотя сейчас очень много самоуверенных мужчин, которые совершенно искренне считают себя героями-любовниками, а на деле — просто ужас. Не мужчина, а аппарат для онанизма. Тупенько так тебя долбит, как скважину в Сахаре, и время от времени спрашивает: ну как, ты кончила? И если ты не восхищаешься его выносливостью и не скажешь, что да, дорогой, уже пять раз, то он тебя же и запрезирает за фригидность. Я это не с чужих слов говорю, поверьте. У меня был момент, когда мне было очень плохо — я, можно сказать, потеряла близкого человека. У меня развивалась история почти девической влюбленности в одного мужчину, а он взял и уехал в Штаты, причем — навсегда. И у меня все посыпалось — семья, работа, даже смысл жизни. Я не могла выкарабкаться из этого состояния. И вдруг на чьем-то дне рождения один мужчина начинает за мной чень нежно ухаживать. Я подумала: раз уж он такой

226

милый и интеллигентный и ко мне так трепетно относится, то почему бы и нет? Пришла к нему, легла, а он взобрался на меня и пошел ковать! Куда вся интеллигентность подевалась? Кует и кует, как Стаханов, а каждый твой писк воспринимает, как перевыполнение нормы, останавливается и спрашивает: опять кончила? ну я и гигант! Я на таких пару раз напоролась и могу сказать, что даже за деньги это делать, наверно, не так отвратительно, как в постели с этими дятлами.

— Я хочу сказать, что иногда постель на стороне и не обязательна, иногда достаточно погулять с приятным мужчиной, пообщаться, пококетничать и все, и уже к родному мужу приходишь, как к любовнику. И если он ухватил этот момент, воспользовался им — семейная жизнь опять спасена и катится дальше. Ну а если не ухватил...

— Тогда что?

— Тогда другое дело. Тогда приходится переходить к серьезному допингу.

— Мы ушли от второй темы: может ли порядочная женщина отдаться за деньги?

— А почему вопрос к женщинам? А мужчина может за деньги?

— Подождите! Давайте поставим другой вопрос: кто из мужчин согласен терпеть или способен выдержать присутствие второго мужчины?

(Все мужчины отвечают, что не согласны терпеть и не выдержат присутствия второго мужчины.)

— У моего приятеля была такая ситуация: он был женат, у них был уже трехлетний сын, и вдруг жена

227

ему говорит: хочу еще одного мужчину, параллельно. Он с ней развелся.

— Понятно. Теперь вопрос к женщинам. Кто из женщин согласен терпеть или способен выдержать присутствие второй женщины?

— Господи! Да мне жена сколько раз говорила: заведи себе кого хочешь!

— Стоп! Вопрос был к женщинам...

— А как долго нужно терпеть вторую-то?

— Я могу рассказать историю. У меня был друг, крупный немецкий бизнесмен, мы с ним любили друг друга. И наши отношения дошли до такой откровенности, что он рассказал мне о своей трагедии. Он был десять лет женат на Ангеле — так он ее называл. А на десятом году он узнает, что эта Ангел ему изменяла все эти годы. Она была художницей и регулярно ездила в Париж якобы на пленэр, а на самом деле у нее там любовник...

— Стоп! При чем тут немцы? Наша тема — Россия, секс в переходный период...

— Минутку! Эта история подтверждает тезис моего доклада! Этот парижский любовник десять лет делал ее ангелом для ее мужа! Он спасал эту семью! А когда муж узнал...

— Господа, дайте мне закончить мою историю! Пожалуйста! У нее очень смешной конец. Русский. Я его так утешала и так убеждала, что он не прав, что ее парижская жизнь не имеет к нему никакого отношения, что он меня бросил и вернулся к жене!

— Ребята, а я думаю, что самые острые ощущения — у «третьего лишнего».

— Я была «третьей лишней»...

— Каким образом? Что вы чувствовали?

— Я чувствовала боль... Мужчина был женат, я его любила и очень тяжело из этой истории вышла. Что она мне дала? Что я теперь не признаю никаких третьих!

— В моей жизни все иначе. Муж завел себе вторую женщину, я долго не знала об этом, а когда узнала — шок! Как же так?! Я такая замечательная, я самая лучшая и вдруг! Я в этом кувыркалась, как в горячем бульоне. Но потом собираешься и начинаешь действовать...

— И как же вы действовали?

— Я его отвоевала обратно.

— Как?

— Я просто стала другой.

— Минутку! Так это же снова подтверждает мой тезис! Была семья, но — некрепкая. Чуть что — он взял и ушел к «третьей лишней». А после этой «третьей лишней» вернулся. И теперь он твой? Навсегда?

— Я могу питать иллюзии...

— Но мы так и не вернулись к теме денег. Может ли порядочная женщина отдаться за деньги?

— Спокойно! Давайте разберемся. Если только за деньги, то уже непорядочная. Не так ли?

— А ты пробовал женщину за деньги? Кто покупал женщину?

— Ну, я покупал.

— И что? Есть разница между «за так» и за деньги?

— Конечно, есть. Даже когда ты машину покупаешь, всегда хочется попробовать ее на форсаже, в экстремальных условиях, на скорости сто девяносто. И когда покупаешь женщину, то же самое. Не просто форсаж, а предельный форсаж жестокости, боли. Ну, не смерти, конечно, но запредела. Хотя один мой приятель как-то купил женщину, они посидели, выпили, он лег спать и уснул. Утром она смотрит на него вопросительными глазами, он ей говорит: что ты так смотришь? Можешь идти! Не все, что куплено, должно быть съедено. Мне эта формула очень нравится.

— А у меня есть друг, я его как-нибудь сюда приведу, так он своей жене за каждую ночь платит. И это держит его семью лучше любой любовницы на стороне. Во-первых, жена старается заработать побольше и, следовательно, у нее никаких мигреней, «я не могу» и «я так устала». А во-вторых, даже когда он усталый и ничего не хочет, она его все равно заведет так, что и ей не нужен никакой любовник на стороне. Деньги в период перехода от коммунизма к капитализму — великая сила. Особенно в постели.

СЕМИНАР ВТОРОЙ
Вступительный доклад на тему:
МУЖСКОЙ ГАРЕМ В МОРСКОМ КРУИЗЕ

— В круиз отправляются не только и не столько за географическими впечатлениями. В круиз идут за лирическими приключениями, и мы с приятелем не были исключением. Не то чтобы мы поперлись в это путешествие специально за девушками, нет, их сейчас и в Москве достаточно. Но когда вы восходите на корабль и остываете от бедлама проверки паспортов и посадки, начинается период знакомства с корабельной ситуацией. Впереди целое путешествие! Все бурлит, музыка играет, все ходят с одной палубы на другую, присматриваются друг к другу, знакомятся. И мы, конечно, тоже бродим, дышим зюйдвестом и предчувствуем в морском озоне запах сексуальных штормов. Ой, смотри — там мелькнули две девушки! То есть они-то наверняка мелькнули не в первый раз, но мы их раньше не замечали. А это, как позже выяснилось, была их охота, и со второго или с пятого раза у них получилось: мы идем, и вдруг — бух, бух, два их залпа короткими взглядами, и мы уже на крючке. А мой приятель такой болтун — он сразу в бой. Постояли, поговорили, присмотрелись и тут же выбор происходит, думаешь: ту или эту? У кого из нас больше шансов на лучшую? Но это уравнение с четырьмя неизвестными, которое, кстати, не мы решаем. Потому что это они присматриваются и выбирают, и мы не знаем, кого из нас кто из них выберет или, точнее, кого из нас они друг другу уступят.

А на их стороне расклад простой: одна — конопатенькая и с огромной копной волос — явно лидер. А вторая ведомая. При этом у лидерши кокетство очень неброское, физиономия почти не накрашена, а одежда — тренировочный костюмчик, то есть все по-домашнему. Но улыбочка! И видно, знает, что есть обаяние наивности — такое внутреннее, лучистое. Не надо краситься, не надо на шпильки вставать, нарядом фигурку подчеркивать. Что есть, то есть, никто себя дополнительно не украшает, а это заманчивое естество без всякой надстройки — оно как раз и увлекает. Позже я, конечно, понял, что то была очень умелая ловушечка, но в тот момент, поначалу — ой, думаешь, девчушка какая, вот если бы ее...

Дальше, естественно, начались всякие передвижения: вместе гуляем по кораблю, вместе на берег. Там чашку кофе выпить, там ликерчик и все — вчетвером. И еще неясно, кто с кем. Но потом как бы сама собой возникла пара — она и я. И соответственно вторая пара — ее подруга и мой приятель. Затем всякие танцы и провожания до каюты, поцелуи под дверью. Но посидеть в укромном месте нигде нельзя, укромных мест нет, поскольку там, оказывается, все время ходит матрос, у него смена такая — ходить по кораблю, с палубы на палубу и по всем коридорам — не случилось ли чего. Значит, остаются каюты. У меня с приятелем каюта на двоих и у них. Удобно. Ладно, вечером на второй день круиза я прихожу в ее каюту, а мой приятель уже там сидит со своей девочкой, а моя в душе. Они, конечно, сразу: мы пошли на палубу, мы вас там подождем и прочее. Уходят. Я остаюсь в каюте, она продолжает принимать душ. Потом выходит, не сильно одевшись, а так, в полотенце. Ой, ты один тут? Да. Хлоп, хлоп, хлоп — и мы в постели, процесс пошел. Мой приятель увел свою даму в нашу каюту, а я пребываю в женской. Девочка от меня в восторге, я от нее в восторге, все хорошо. Но через пару дней входим в какой-то порт, все на берег, а она говорит: ты пойдешь? Я говорю: конечно, это же Греция, надо посмотреть. А я, говорит, остаюсь на корабле. И пошло: ты туда? Туда. А она: я сюда. Думаю: ладно, капризов и на родине хватает, а здесь Парфенон, надо идти на встречу с историей. И ушел. Возвращаюсь и еще с причала вижу: она там вдвоем с одним объектом. Думаю: что за херня, давай разберемся. Но разбираться не пришлось — она от него отлипла и ко мне, мы с ней опять в каюту, вся ночь наша. Причем какая ночь! Фантастическая! Она не только сам процесс в совершенстве знала, она еще и легко это все делала, со смехом. Знаете, есть такие артисты, которые не бог весть что делают — танцуют или гири подбрасывают, но с таким выражением лица, словно это подвиг Геракла. А есть которые улыбаются и даже смеются, но при этом такое творят, что дух захватывает. Так и тут — она черт-те что вытворяла в постели и при этом звенела, как колокольчик, у меня от этого звона силы удесятерялись, наш корабль даже качало от моих усилий. Но наутро она опять: ты туда? А тогда я сюда. Думаю: ладно, нет проблем, до свидания, тут можно еще кого-то найти, круиз только начался.

Но потом оказалось, что это не так. Что она тебя не бросает, а остается и работает на два фронта. Все это видят, и ты начинаешь нервничать, ставишь вопрос ребром. А она улыбается и знакомит тебя с тем объектом. Возникает треугольник с внутренним конфликтом — пойдет со мной или с ним? Но пока разбирались и занимались перетягиванием каната — бац и треугольник превратился в четырехугольник: она ушла с третьим. Буквально на наших глазах. Мой конкурент ошалел. Он-то думал: ух ты, я ж такую бабу увел! А оказалось, что она через него прошла и двинулась дальше. Я-то это уже пережил, а он ужасно расстроился, ходит обиженный. И вот мы сидим своей компанией, а он ходил, ходил и к нам. Я говорю: присаживайся. Он сел, и начинаются уже взаимоотношения между мужчинами. Причем интересные: победитель вдруг оказался отвергнутым, а побежденный спустя пару дней вдруг снова выходит в фавориты. Только ненадолго, потому что уже появился четвертый. И никогда не известно, где она

233

находится и с кем. Только что была с тобой — сама пришла, сама тебя уманила в каюту и с такой блядской невинностью в койку уложила, что ты опять на седьмом небе и думаешь: ага! я все-таки лучше всех! вот тебе за это! и еще! и по самую рукоятку! и насквозь! и чтоб дыхание потеряла! А потом смотришь — опять на полдня пропала. Нет нигде. Прошел по палубе, по кают-компании, посмотрел в бассейне — нет ни там ни сям. А где же? А в какой-то каюте — якобы у подруги. Но все шито белыми нитками, потому что корабль один и компания одна, все сидят вместе или танцуют вместе, и вдруг она говорит: иди в каюту и ложись спать, я скоро приду. Я говорю: как так? Она начинает скандалить: иди, я тебя прошу! И это уже смешно, потому что здесь же и третий присутствует, и четвертый, и ты понимаешь, что при них она не станет тебя вот так в открытую отсылать, ты думаешь: неужели еще один появился, пятый?

То есть то, что у нее уже три постоянных — с этим ты смирился и даже наблюдаешь не без кайфа, как третий, распушив хвост, тоже пару дней ходит в роли победителя, а потом — бац, в нокаут, потому что у нас уже новый на горизонте. А со вторым у меня уже корпоративная солидарность, мы уже на пару следим, кого мы теперь трахнем. Оказывается, это очень интересный момент — психология гарема. Наверно, женщины в гареме тоже болеют за своего хозяина — трахнет он очередную красотку или не трахнет. А может быть, у них шкурный интерес — раз уж я не одна у него, то пусть будет двадцать, чтобы он ни второй, ни третьей целиком не принадлежал.

Но пребывание в мужском гареме — это, я вам доложу, совершенно новое ощущение, это такой зюйд-бриз, что паруса ломает. Хотя, казалось бы, каждый имеет доступ к телу и почти ежедневно, но второй мой конкурент начал трагические стихи писать, хотя по профессии — прожженный бизнесмен. А третий просто страдал, драма на лице с утра до ночи. Четвертый вообще оказался монахом из религиозного хора, они в Италию плыли на практику. Он от огорчения запил. Я был, пожалуй, единственным, для которого это не было до конца серьезно. Да, лакомый кусочек пришлось разделить, что ж поделаешь? Лучше со смаком есть торт сообща, чем грызть сухарь в одиночку. Зато никакой дополнительной нагрузки — ни зонтик за ней носить, ни развлекать на прогулках, ни подарки дарить, ни в ресторане разоряться. Это все — удел следующих, а я — только для постели. Что совсем неплохо в смысле свободы. Хотя вскоре выяснилось: эта девушка с улыбкой невинной девственницы оказалась не только чертовски ненасытной, но еще и ревнивой. Если кто-то выходит из гарема и отходит в сторону, она начинает страдать: как так? почему ты с нами не пошел? Власть, надо думать, вкуснее постели. Особенно если ее демонстрировать так, как она это делала, — шла по палубе, как флагманский корабль, а за ней весь наш гарем. И в таком вот составе мы вернулись на родину. Надо было видеть, как она нас целовала при расставании! Просто рыдала! Ведь когда женщины с одним-то расстаются, и то плачут, а тут мы наконец насчитали, сколько же нас на самом деле было в гареме — четырнадцать! Включая трех матросов, кока и капитана. Без капитана это, конечно, был бы и не сюжет. Вопрос только, когда же она успела чуть не полкоманды трахнуть? Скорее всего пока мы Парфеноны и Помпеи осматривали...

Зачем я это рассказал? Я не претендую на прения. Я просто хочу узнать, был ли у кого-нибудь такой же опыт. Потому что не хочется, знаете, в этом деле быть одиноким.

ПРЕНИЯ:

— Насколько я понимаю, сегодня наша тема — гарем в период перехода от коммунизма к капитализму. На эту тему есть хороший анекдот. Говорят, что у каждой женщины должно быть пять мужчин — муж, начальник, любовник, друг и врач. Другу женщина все рассказывает, но ничего не показывает. Мужу кое-что рассказывает, кое-что показывает. Любовнику все показывает. А врачу и все показывает, и все рассказывает.

— А начальнику?

— А начальнику — как попросит.

— А я вспомнил замечательные строки Мандельштама: «Наравне с другими хочу тебе служить, От ревности сухими губами ворожить». Уж если у Мандельштама это было, то тебе не стоит комплексовать.

— А я хотела быть второй женой. На самом деле. И вошла в семью, и у нас установились довольно-таки хорошие отношения с его как бы старшей женой, было даже чувство гармонии. Мы вместе готовили, вместе гуляли. Но потом вокруг этой ситуации возникли скандалы со стороны родственников, соседей и знакомых. То есть нас разрушили социальные установки окружающих. Они нас просто разбомбили.

— Поэтому классическая восточная схема — женщины живут в отдельных шатрах. И мужчина обходит эти шатры. Там была полная гармония.

— А вы бы согласились жить в таком гармоничном гареме? Мужском, я имею в виду.

— Мужского гарема быть не может из-за мужских амбиций. Поэтому оставим их в покое. Но если я знаю, что я не могу быть у него единственной женщиной в силу чисто мужских физиологических потребностей полигамности, то для меня будет гораздо спокойнее и комфортнее жить в небольшом, но устойчивом гареме.

— А для меня раньше было катастрофой, что одновременно в жизни может быть несколько мужчин. И я вышла замуж. Но оказалось, что муж — это то, что очень сильно ограничивает. Вообще, любящих страшно связывает право собственности друг на друга. А тех, кто просто дружит, не связывает ничто, кроме любви. И это счастливые люди. Потому теперь, если у меня в месяц нет четырех-пяти новых мужчин, то я считаю, что я скучно живу. Причем совершенно не важно, имею я с ними секс или только духовный контакт. Для меня никогда не стоял вопрос, полигамна я или моногамна. У меня есть только одна тема: я познаю эту жизнь, я познаю каждого человека — мужчину и женщину, если это интересные для меня персоны. Поэтому для меня никогда не существовало такого понятия, как «этот мужчина не в моем вкусе». Я не могу этого слышать, я не понимаю, о чем тут речь. И ревность я тоже не понимаю. Я хочу познать этого человека — при чем тут ревность? Кто мне может помешать? По какому праву? К тому же с каждым мужчиной я разная, и это делает мою жизнь яркой, многогранной, огромной.

— Да, с каждым мужчиной мы другие!

237

СЕМИНАР ТРЕТИЙ
Сообщение психотерапевта на тему:
БОГАТЫЕ ТОЖЕ ХОТЯТ

— Я не собирался тут что-то рассказывать. Существует этика профессии, и по ней психотерапевт для пациента значит больше, чем адвокат. Потому что адвокату вы можете либо признаться в своем преступлении, либо не признаться, либо признаться частично. Но врачу вы не можете сказать: «Я частично беременна» или «Я частично не могу видеть свою жену».

Психотерапевт — это практически тот же духовник, только со светским образованием. Но один случай я вам, так и быть, расскажу. Поскольку это незаурядная история и очень показательная для нашего времени. Однажды пришла ко мне на прием красивая тридцатилетняя женщина. Может быть, чуть полновата после родов, но ухожена, прекрасно одета, при мобильном телефоне и «мерседесе». На что жалуетесь? Мнется. Посмотришь на нее — действительно, жаловаться не на что, а можно снимать на обложку журнала. Потом выясняется, что у нее странная болезнь — рвоты. Прошла дюжину врачей, но они не обнаружили никакой патологии желудочно-кишечного тракта. Язв, колитов, холециститов — это все начисто отсутствует. Беременности тоже нет. Тут, слава Богу, кому-то из докторов пришла в голову счастливая мысль проконсультироваться с психотерапевтом. И вот она попала ко мне. А мы ставим своей задачей не столько побыстрее снять симптомы болезни, сколько добиться, чтобы человек осознал психогенную природу своего страдания, нашел

238

внутреннюю причину болезни и, переосмыслив свою ситуацию, сам избавился от недомогания.

Но конечно, к этому надо человека подвести. И я, как обычно, начал с общих вопросов, чтобы дать ей возможность выговориться. На любые темы, которые могли и не иметь никакого отношения к ее болезни. Потому что пока пациент не расслабится, работы никакой не будет, как бы ему вас ни рекомендовали его собственные друзья или врачи, и как бы хорошо он сам ни был настроен на психотерапию. Еще со времен Фрейда известно, что работа психотерапевта начинается с преодоления сопротивления. Потому что суть любого психического заболевания в том, что его симптомы двойственны. С одной стороны, они как бы мучают человека, а с другой стороны, на бессознательном уровне, они являются для него чем-то приятным и даже желанным. По Фрейду, это такая валюта, которой человек расплачивается за то, чтобы избегать тех или иных неприятных переживаний.

С чего она начала? Естественно, с описания своих шламов: мол, вот, периодические рвоты вне зависимости от той или иной пищи. Даже если голодать, рвоты не исчезают. То есть все идет, как при визите к стандартному врачу. Только на этом враче нет белого халата, он не говорит: «откройте рот, покажите язык», а принимает в такой полудомашней обстановке и постепенно начинает задавать вопросы о личной жизни. Хотя наши оппоненты упрекают нас в том, что мы, фрейдисты, все сводим к постели, но мы все равно всегда думаем о какой-то не совсем счастливой личной жизни, которая и провоцирует болезни. Потому что весь психоанализ начался с того, что простой невропатолог Зигмунд

239

Фрейд был приглашен к 23-летней девушке, страдавшей припадками. Никаких патологий у нее не было, но, разговорившись с девушкой, Фрейд выяснил, что в двенадцатилетнем возрасте она по уши влюбилась в молодого усатого священника и все последующие годы давила в себе не только эту детскую влюбленность, но и вполне взрослое плотское вожделение к нему. И додавила настолько, что, как понял внезапно Фрейд, ее организм ответил на это давление припадками. Так родился фрейдизм и весь фрейдистский психоанализ. То, что человек недополучает в интимной сфере, очень часто бьет по другим функциям организма.

Хотя я, конечно, не полез сразу в интимную жизнь своей пациентки, а попросил рассказать вообще — о себе, о ребенке, о муже. И получил классический ответ: все нормально, все хорошо. А мне важно не то, что человек скажет, а *как* она это скажет. Потому что одна говорит: у меня все хорошо, а сама начинает теребить обручальное кольцо на пальце. Или отводит глаза куда-то в сторону. Или кладет ногу на ногу. То есть на уровне слов и звуков ее язык остается таким же, каким это требует мой вопрос. Язык. Тот конкретный, который сотрясает воздух и производит звуки и слова. А язык тела — он дает мне какие-то подсказки и говорит: обрати внимание на это. Попробуй задать еще какие-то вопросы. Но тут нельзя спешить и перегибать палку. И я это тоже учел — я сделал вид, что удовлетворился этим ответом. Мы поговорили о чем-то другом. Потом я спросил ее о материальных трудностях, которые, может быть, есть, а может быть, и нет. О том, как нелегко воспитывать ребенка в нынешних условиях, и о том, кем она работала раньше. И узнал, что она сидит дома с ребенком. Муж работает, зарабатывает деньги. И немалые. Такой «новый русский». И тут она стала слегка педалировать эту тему. Мол, конечно, очень хорошо, что у нее есть деньги кормить ребенка хорошей едой, возить его на приличный отдых летом. Что она может позволить себе не работать и не перепоручать ребенка каким-то полуграмотным воспитательницам детского сада. Что она сама достаточно интеллигентная и образованная женщина и может дома дать ребенку азы английского языка и прочее.

Кажется, все замечательно, однако в таких ситуациях сама интонация пациента всегда подразумевает ожидание запятой, частицы «но» и второй части рассказа. Да, все хорошо, но... И это «но» последовало. Не сразу, конечно, потому что русская женщина еще не привыкла к услугам психотерапевта, это у нас в новинку. И у нее в подсознании привычный совковый стандарт: раз мужик укладывает меня на кушетку, то держи ухо востро. И только на третьем сеансе начался собственно психоанализ, он начался с так называемого катарсиса. Значит, все хорошо, она говорит, но за это «хорошо» приходится платить тем, что я кончилась как специалист. Мои социальные связи, мой рост, моя карьера — все пришлось положить на алтарь воспитания ребенка, как такого маленького культа семьи. Дальше — больше, она вернулась в предысторию. Мы, говорит, начинали жить молодыми специалистами еще в застойное время. Я получала 130, он 150. Плюс премия плюс прогрессивка — вот и весь семейный доход. А квартиру снять, а что-то купить, какую-то одежду, обувь и еще куда-то сходить — все было в обрез. Притом стирки, глажки, общественный транспорт, давка в метро. Может быть, говорит, сейчас я это преувеличиваю, но тогда я этого недооценивала. Потому что при всех трудностях был какой-то свет в семье, были близкие отношения с мужем, в том числе интимные. Была влюбленность моя в него, его — в меня. Но все это постепенно стало куда-то уходить, как только в доме появились деньги. Пришла перестройка, пришли кооперативы, потом совместные предприятия и прочее. И как-то так муж и его коллеги удачно пошли в гору со своим делом. Поднялись. А новые уровни стали требовать от мужа и новых ролевых обязанностей. Это я уже перевожу ее слова на свой язык. И хотя денег становилось все больше, но муж стал все чаще задерживаться и не только, как раньше, из-за того, чтобы заработать, но и для того, чтобы создавать условия для дальнейшего развития бизнеса. А это можно только в неформальных условиях. То есть пошли деловые переговоры, но не в офисе, а с выездом куда-нибудь на природу, с шашлыками, с водкой и прочими забавами наших нарождающихся предпринимателей. И хотя нельзя сказать, что он стал пьяницей, но он стал частенько приходить домой подшофе, и ее это стало раздражать. А самое болезненное, что при этом он начинал, выражаясь скучным советским языком, требовать исполнения супружеских обязанностей. Что было для моей пациентки особенно трудно, потому что пьяный муж и любимый муж это все-таки разные вещи. А она его любила и была уверена, что он ее любит и не изменяет. Во всяком случае, у нее не было оснований в этом сомневаться. Хотя частенько, как мы знаем, эти деловые переговоры вовсе не ограничиваются только подписанием договоров. На таких мероприятиях не обходится без участия представительниц древнейшей профессии.

И даже в те моменты, когда он приезжал в трезвом состоянии — такие нормальные, слава Богу, моменты тоже бывали, — у них все равно изменились постельные отношения. Стал нарастать багаж отрицательного опыта — эти, по ее словам, приставания с запахом перегара и какой-то недомашней еды. Ведь женщины очень тонко реагируют на запах. Не случайно подмечено, что фригидные женщины, как правило, менее восприимчивы к запахам. А женщины, наделенные яркой сексуальностью, наоборот. И тут был как раз такой случай. Даже когда все вроде бы должно было быть удачно — он трезвый пришел, с цветами или с подарком — она ничего не могла с собой поделать, она ощущала его вчерашние запахи, помнила вчерашние обиды и вчерашние пьяные приставания. И сравнивая его новые сексуальные приемы и привычки со старыми, доперестроечными, невольно думала, что он ей, может быть, все-таки изменяет.

Так в их жизнь входила новая тема. Что вот, мол, он мне, наверно, изменяет, он там совершенно не думает обо мне. Каково мне тут целый день в этой новой огромной квартире или на даче, в четырех стенах. Да, есть ребенок. Но мне же нужно что-то еще, я совсем молодая женщина. Меня надо не только вывезти на Кипр или в Анталию, а нужно со мной просто посидеть, как раньше, поговорить на кухне. И вообще, прежде чем меня поиметь, надо создать какую-то ауру. Это особенно актуально для зрелых женщин. А недополучая это, она накапливала обиды и напряженность. Она стала его упрекать, что он становится холодным, циничным. «Вот когда мы снимали квартиру в Мневниках, в хрущевке, то сидели на кухне, читали Ахматову —

243

куда это все делось?» А он отшучивался или злился: я работаю по шестнадцать часов в сутки, а ты тут с жиру бесишься!

И в один прекрасный день она стала замечать появление приступов тошноты в вечерние часы. При том, что эта пациентка не была изначально ипохондричной и не страдала болезненным интересом к своему здоровью. У нее не было этих женских страхов — ах, у меня тут колет, это, наверное, рак. Но все-таки она испугалась. Как человек, далекий от медицины, она стала думать, не есть ли это что-то грозное, страшное?

Голос из сауны:

— Простите, а можно вопрос по ходу? А секс у них изменился? Она оргазм испытывала?

— Оргазм она перестала испытывать еще до появления тошноты. Потому что секс у них превратился в редкое явление. А она из тех натур, которые приходят к оргазму только тогда, когда сексуальные контакты носят стабильный и достаточно серийный характер. То есть это не обязательно сексуальные сессии всю ночь напролет, но нужно, чтобы это было несколько дней подряд, только тогда происходит настройка и сексуальный катарсис. Такова она по природе своей. А муж либо приходит выпивши, либо усталый, либо просто является в двенадцать ночи, а в шесть ему вставать и переться в Шереметьево встречать важного заказчика. Жизнь делового человека не способствует регулярным лирическим отношениям. К тому же он в постели перестал, выражаясь шахтерским языком, выходить на-гора. Эта проблема рано или поздно свойственна всем мужчинам, плюс в нашей нынешней жизни полно провоцирующих факторов, играющих роль депрессантов в этой области. Это и большие возлияния, и изматывающие режимы существования, и какие-то перелеты в Сингапур и обратно, и постоянное напряжение существования в политической нестабильности и криминальном поле.

И в этой семье весь этот конфликт нравственный, любовный, физиологический — назовите как хотите — не найдя возможности разрядиться через секс, стал искать другие пути разрядки. И вылился во рвоты, которые возникали у нее при появлении мужа с работы. В самом прямом и вульгарном смысле ее стало тошнить от одного его появления. При этом одно дело, когда к вам на прием приходит женщина и говорит, что мой Васька алкоголик, раньше хоть пил, но трахал меня, как следует, а сейчас у него вообще не стоит. Это один вариант. А другое дело, когда женщина понимает, что муж не дает ей то, что требует ее природа, но не потому, что он по блядям ходит, а потому, что работает для семьи, для ребенка. Из кожи лезет вон, похудел на пять килограммов, даже гастрит у него появился. И она чувствует, что зашла в тупик. Она же не может сказать: пусть он будет без денег, пусть мы продадим эту квартиру, но я хочу нормального секса. В этом она даже себе не может признаться — что ж это я какая-то блядь, что ли?

А я, как врач, всегда сравниваю подобные ситуации с прокладками в конфетных коробках — знаете, бывают такие целлофановые прокладки с воздушными пузырьками. Ты пальцем нажимаешь — иной пузырек лопнет, а иной уйдет, и пузырька вроде нет, но где-то в другом месте этот воздух обязательно выйдет. И здесь это вышло вот таким наглядным образом — чем больше он преуспевал в своем бизнесе, тем чаще и сильнее ее рвало от одного его вида. И это при том, что она привыкла к своему уровню жизни, она, по ее же словам, уже не представляла себе, как она может жить без машины, без поездок на море, причем в достаточно дорогие места. Кстати, это сознание только усиливало аффект ситуации и толкало ее в эдакую внутреннюю истерику. Чем больше она давила в себе свое отношение к сложившейся ситуации, тем сильнее организм отвечал рвотами на появление виновника этого процесса. А мы должны помнить, что в общем-то все мы сейчас немного истеричны, время такое — переходно-истерическое. Взгляните на наших думских политиков — сплошные истерики, а ведь это наши избранники. То есть мы выбрали самых типичных...

Ну а то, что касается женщин, так истероидность это — если в разумных пределах — и есть, может быть, то, что мы называем женственностью. Вспомним нашу уважаемую Эдиту Пьеху и ее песню, которая была очень популярна в свое время: «Если я тебя придумала, стань таким, как я хочу». Мой покойный учитель называл эту песню гимном истеричек всех времен и народов.

Пауза. Голоса:

— *Продолжайте! Что же вы замолчали?*

— Я уже все рассказал. Во всяком случае, по теме «Секс в переходный период».

Голоса из сауны:

— *Но вы ее вылечили?*

— Я ей помог, как мне кажется.

— *Кажется или помог? У нее оргазмы вернулись?*

— Извините, я не работаю, как Кашпировский: «Маня, ты ляжешь, и у тебя будет оргазм такой, что крыша поедет». Я использую какие-то элементы гипноза, но для меня это не цель, а средство. Для меня это способ создания атмосферы, при которой человек лежит с закрытыми глазами и активно фантазирует, он не видит меня, а слышит только мой голос. И я предлагаю человеку более активно проявлять свои чувства, прибегая к помощи символов. Я попросил ее символически представить себе все, что ассоциируется у нее с проблемой тошноты и рвоты. Но я не хочу сейчас вникать в детали психотерапии именно этого случая. Потому что это касается личной жизни пациентки — мы с ней ушли на те уровни ее подсознания, где хранились ее отношения со свекровью, с матерью, с первым мужчиной. Вам этого знать не нужно. Но чтобы удовлетворить ваше любопытство, скажу: я сразу ориентировал ее на то, чтобы она не ждала мгновенных и волшебных результатов. Более того, я предлагал ей, как и всем другим в аналогичных ситуациях, не гнать вороных. Я не запрещал, конечно, сексуальную жизнь — если она идет, то пусть идет. Но я никогда не говорю: вот он придет домой, а ты ему еще рюмку налей, огурца дай и посиди с ним, сама выпей, чтоб тебе запах меньше мешал. Я не даю житейских советов. Я играю роль катализатора внутренних процессов, которые человек до встречи со мной предпочитает по каким-то причинам не допускать в свое сознание. Я подводил ее к тому, чтобы она не заставляла его приходить домой трезвым или уклоняться от вечеринок, а чтобы она, пользуясь каким-то своим сокровенным знанием мужа, как-то по-бабьи заставила его захотеть быть трезвым.

— *И ей это удалось?*

— *А она не делала попытку завести роман на стороне?*

247

— Нет. Я спрашивал об этом. Если бы он и был, то именно для нее это не было бы решением проблемы. Она это прекрасно понимала, потому что она человек достаточно викторианских взглядов.

— *Но все-таки как же вы ее вылечили?*

— Прошли десять сессий, изменилось ее отношение к самой ситуации, и муж, придя с очередного банкета, вдруг не обнаружил ее в состоянии тревоги, агрессии, истерики. Не было рвоты, тошноты, этот симптом прошел достаточно быстро. Где-то после четвертой-пятой сессии он стал исчезать или, точнее, затихать, как музыка затихает. Но мы не прекращали работу. Как говорят на Востоке, лечить надо не листок, а корень. Она это прекрасно поняла, она была склонна к аналитической работе. И некоторое время спустя она сообщила мне о том, что хотя она, скажем так, еще не может похвастать своей сексуальной органичностью в той мере, какая была ей свойственна прежде, но она чувствует новое качество своих отношений с мужем. И, к чести ее мужа, нужно сказать, что он весьма радостно оценил ее выздоровление. Несмотря на все свои производственные трудности, он тоже стал меняться по отношению к ней. Эта пара, я надеюсь, вышла из тупика, в котором она была занята обороной Брестской крепости своего прошлого, а он говорил: «Что ж я, мужик, я не могу и в баню с друзьями сходить?».

Голоса из сауны:

— *Н-да... милая история...*

— *Богатые тоже плачут...*

— *Похоже, сегодня прений не будет. Вряд ли у кого-то есть аналогичный опыт...*

248

— Почему вы так думаете? Меня, например, просто блевать тянет, когда я слышу заунывные речи наших политических лидеров.

— Стоп, господа! Это уже не по нашей теме. Это для другой книги!

СЕМИНАР ЧЕТВЕРТЫЙ
День свободной дискуссии на тему:
НАЦИОНАЛЬНЫЕ ОСОБЕННОСТИ РУССКОГО СЕКСА

— На одном из прошлых семинаров прозвучала история о французе, который утром спросил свою русскую девушку: «Ты почему не плачешь? Все русские девушки наутро плачут и говорят: теперь ты меня будешь блядью считать». Это что, это на самом деле у русских женщин так — стыдиться после?

— Не знаю, как у других, но у меня первая ночь была связана с чудовищным стыдом. У меня потом были муки раскаяния. Мне был 21 год, я в то время была еще девушкой.

— Опоздала...

— Да. Задержалась в развитии. И момент лишения девственности — мне было стыдно, что я отдалась ему при совершенно недолгом знакомстве. Правда, мне казалось, что это какая-то безумная любовь, что мы должны тут же бежать в загс. А для мужчины я была нормальная взрослая тетка — ну, запоздала с девственностью, поправимая ситуация.

— У меня была женщина из Армении. Я был ее первым мужчиной и, соответственно... Короче, я провел с ней две ночи. Она очень плакала и никак не могла себе простить того, что с ней случилось. Потом она ударилась в религию и сошла с ума.

— Осторожно! С этим мужчиной нельзя знакомить одиноких женщин.

— Теперь понятно, почему от нас Армения отделилась.

— А вот есть поговорка, что русские придумали любовь, чтобы денег не платить. А на самом деле это разве только нам свойственно такое — тяга к душевности, чтобы избегать оплаты? У кого-то были такие случаи?

— Чтобы потом не было расплаты?

— Расплаты в каком смысле? Знаки внимания можно назвать расплатой?

— Мне кажется, тут все зависит от мужчины. Одно дело, когда он хочет сделать женщине приятное и дарит ей духи. А другое дело, он говорит: «Вот тебе за то, что ты со мной поспала».

— А что в этом плохого? У меня с женой была такая традиция, это очень удобно. Не вечером дарить, приходя с работы, а утром, как награду за труд.

— Наверное, неплохо зарабатывала ваша жена?

— Ну, сколько давал.

— И долго длился такой брак?

— Долго. Пока зарабатывал.

— И она привыкла к этому? Не возмущалась?

— Даже гордилась.

— А кто кого приучил — вы ее или она вас?

— Конечно, я.

— Н-да... Нерусский у вас подход, испортил женину!

— И все-таки — кто назовет национальные особенности российского секса? Или у нас нет таких?

— Можно так поставить вопрос: существует ли какая-нибудь специфика в любви, которая обусловлена национальными различиями?

— Морду набить женщине — вот российская специфика. Не бьет, значит, не любит. Это с XVI века отмечалось всеми иностранцами.

Шум, неясные возгласы.

— Минутку! Давайте выясним справедливость тезиса. Кому-нибудь приходилось бить женщину?

— Конечно, а как же!

— Расскажи.

— Боюсь, что меня потом сюда не пустят.

— Наверное, я не русская женщина, но для меня попытка ударить — это уже преступление.

— А ударить в процессе секса?

— Я помню один момент в моей жизни. Я одной женщине признался в любви. Мы с ней лежим, и я говорю: «Как я тебя люблю!» А она отвечает: «Послушай, что там во дворе происходит». А там пенсионеры какой-то анекдот травили. У меня было настолько острое ощущение невостребованности своих чувств, что я подумал: то ли мне себя укокошить, то ли ее выкинуть в окно. И я начал от отчаяния вот так стучать затылком о стену. Но если бы я этого не сделал, то, наверное, я бы ее убил. Хотя это, я думаю, не национальная черта...

— Иногда женщина от хорошего секса приходит в состояние аффекта. Если ее не ударить, не остановить, она может превратиться в тигра.

— А тебя мужчины били когда-нибудь?

— Били.

251

— За что?

— Было бы за что, вообще убили бы.

— И все-таки — в какой ситуации тебя били?

— Я же стерва. Стерву положено иногда проучить.

— А ты можешь конкретнее?

— Ну, ситуация была такая. Я выгнала мужчину, я ему сказала: пошел вон! А он всячески меня преследовал, подстерегал и просился обратно. Но я говорила, что все кончено, обратного нет пути. И он был настолько в отчаянии, что при одном таком разговоре... Короче, он был бойцом спецназа. И как я до сих пор жива, непонятно. Но я поняла, что надо было иначе с ним обращаться. Хотя потом я просто уехала из этого города. А еще я с мужем дралась страшно. Однажды мы гуляли в Доме журналиста и мне спьяну захотелось уехать с какой-то компанией. Без него. Он почувствовал себя крайне оскорбленным. Произошла безумная драка, нас вахтеры растаскивали. Мы друг друга так намолотили, что потом неделю ходили оба забинтованные. И даже на какое-то время разъехались, полгода друг другу на глаза не показывались. Потом, правда, снова сошлись.

— Повсюду бьют женщин. И в Америке.

— К вопросу о стерве. Я, как адвокат, периодически посещаю так называемые исправительные учреждения. И в одном лагере нестрогого режима познакомился с мужиком, который по своей воле сел в тюрьму — только чтобы изолироваться от жены-стервы. Причем там были такие подробности. Первый раз он открыто что-то украл, его арестовали, судили, но на суд пришли все соседи и сотрудники по работе и говорят: это он из-за жены, это она, стерва, виновата! Судья спрашивает: если ты хочешь изолироваться от жены, почему таким способом? почему просто не уйти? в конце концов можно на Север завербоваться. Он говорит: «Ваша честь, она в постели такое делает — я без нее две недели прожить не могу, меня от нее только колючая проволока спасет». Но ему дали год условно, с вычетом двадцати процентов. Тогда он поехал в соседний город и ограбил ларек. Со взломом. Ему дали четыре года. И там, в лагере, он на хорошем счету, нормально живет, отдыхает. Показывал мне ее фотографию — действительно, стерва. Я спрашиваю, что же она такое в постели делает? Он тут же замкнулся, говорит: и не расскажу, и адрес не дам!

— Вообще, любовь к подонку — это типично наше, российское.

— Только не нужно зазнаваться!

— Нет, в натуре! У меня есть подруга — совершенно роскошная женщина. Устроенная, замужем. Но любит подонка, который на Комсомольском проспекте в мусорках роется, бутылки собирает. А она уже десять лет его совершенно обожает, каждый раз его отмывает, одевает, откармливает. Но как только он одет и начищен, он соблазняет одну из ее подруг, потом исчезает, опять опускается и снова спивается до того, что в помойках ночует. А через какое-то время стучится к ней в окошко, и она опять делает то же самое — отмывает его, очищает. И это при том, что у нее замечательный муж и куча богатых поклонников, которые приезжают за ней на шикарных машинах с цветами, с розами. Я до сих пор не могу понять природу этих отношений. Тем более что это не единичный случай. Сейчас многие шикарные женщины тянутся к таким моральным инвали-

253

дам. Я знаю одного мужчину, который ворует везде, где живет, и вообще гадок до мерзости — его в церковь на работу устроили, а он и попадью соблазнил, и из церкви подсвечники пропил. И что же? Женщины на него просто вешаются! Может, это наша какая-то национальная особенность — любовь к уродам?

— А твоя подруга рассказывала тебе о своих чувствах к нему? Откуда это взялось?

— Знаете, я могу описать, как это происходит. Когда появляется этот человек, она просто расцветает, оживает, она начинает лучше выглядеть и носится с ним буквально как с деточкой, одевает в мужнины костюмы. А когда он исчезает, эта взрослая сорокалетняя женщина просто лежит пластом и плачет: все, он без меня погибнет! А этот «деточка» у нее очередное колечко спер. Просто достоевщина какая-то.

— А я думаю, что это итальянский сюжет, это из неореализма. Какая-нибудь «Дорога» Феллини.

— Хорошо, а такой сюжет? Я был у друга в Венгрии, мы гостили у него с женой, и вот на пятый день нашего пребывания обозначилась на его крыльце юная женщина. Он ей говорит: ты откуда взялась? уходи! Выясняется: он был в Москве, закрутил роман, умолял ее приехать. Правда, адрес не оставил. А она собралась, приехала и без знания языка нашла его в Будапеште!

— Вот это русская женщина!

— Я расскажу историю, в которой непонятно, кто негодяй. Во Владивостоке была семейная пара, где через некоторое время жена стала чахнуть, чахнуть, болела и потом умерла. Муж нашел себе другую жену, но и эта стала вскоре чахнуть, чахнуть, но не умерла, а помчалась в милицию сообщить, что она чахнет наподобие первой. Выяснилось, что у первой была подруга, которая, надеясь занять ее место, решила свести ее со свету солями таллия. То есть он с этой подругой пару раз переспал, она и губы раскатала. А он взял и на другой женился. Так она и эту решила солями таллия. Ну, кто здесь подонок? Мужик, который давал ей надежды? Или эта баба?

— Я могу сказать по моей семейной ситуации. Когда началась перестройка, мой муж потерял работу и год бездельничал. Я про себя думала: негодяй, подонок! А потом вспомнила: разве я не уходила в загулы? Разве не устраивала на балконе канканы в обнаженном виде? А кордебалеты с выпрыгиванием из окна?

— Давайте вернемся к теме семинара! Национальные особенности русского секса. Кто может вступиться за нацию?

— Не знаю, подойдет ли моя история. Но я все равно расскажу. Мы как-то сидели мужской компанией у одного художника, выпивали. И вдруг вспомнили, что сегодня восьмое марта. Нужно кого-то поздравить с праздником, а женщин нет. И ночь уже — кому позвонишь? А у меня есть приятель — он охранник в одной эскорт-фирме. Звоним в эту фирму, вызываем женщину, я ему говорю: только привези такую, с которой поговорить можно. Привозят, мы расплачиваемся, ее оставляют на два часа. Мы сидим, разговариваем, поздравляем ее с праздником — кушай, пей ради Бога. И никаких интимностей. Она в шоке, в растерянности — не может понять, что мы от нее хотим. Рассказывает какие-то детские истории, мы хохочем. Она: ой, вы такие милые, я таких мужчин давно не видела... Остается пятнадцать минут, мы звоним в эту фирму, я говорю приятелю: все, мы эту поздравили ее с Восьмым марта, привози следующую. Она говорит: ребята, так не бывает! Мы говорим: бывает, но один раз в году, на восьмое марта. Но среди нас был один грузин. Он говорит: мужики, если вы не против, я все-таки выйду с ней в ванную комнату. Мы говорим: ну, иди. Он взял ее в ванную, она с ним за пять минут там управилась, тут охранник новую привозит. Первая совершенно счастлива, быстро одевается, уезжает, вторая остается. Снова — стол, угощения, поздравления, какие-то шутки, все за ней ухаживают, сплошной прикол. У нее от такого приема крыша едет, она плачет: мальчики, я вас всех люблю! Тут остается пятнадцать минут до приезда охранника с новой девочкой, а наш грузин опять: ребята, если вы не будете, то можно я с ней в ванную удалюсь? А он очень богатый и упакованный мужик. Но психологически не мог этого пережить — заплатить за женщину и не использовать.

— Значит, и Грузия не зря от нас отделилась. Разный у нас подход к женщинам.

— А я должна вам сказать, что это не смешно. Может, для проститутки это и был подарок, что ее не использовали, но вообще это сейчас тенденция такая — пригласить женщину в театр, в ресторан, на какую-нибудь презентацию или тусовку, а потом отвезти ее домой и сказать «спокойной ночи». У меня есть подруги, они говорят, что если ты не проститутка, то для тебя в Москве секса вообще нет. Одна за сексом в Гонконг летает, у нее там китаец бой-френд, а вторая — в Венгрию. То есть мы до того дошли, что какой-то китаец может утрудиться приударить за русской девушкой, билет ей даже в Гонконг купить, а русский мужчина максимум на что способен — кутнуть с друзьями в ресторане, а потом взять проститутку на пару часов, да и то только для того, чтобы показать приятелям, что он-де мужчина. Поэтому еще неизвестно, о чем ваша история, — то ли о душевной щедрости наших мужчин, то ли о том, что вы даже Восьмого марта не были на высоте, только грузин спас вашу компанию от позора.

Аплодисменты.

— А может быть, у нас есть основания сторониться русских женщин? Ведь не зря иностранцы называют Россию страной победившего феминизма. Женщины тут поработали — слава Богу! Одна Землячка уложила несколько тысяч белогвардейских офицеров собственной лапкой. И таких было навалом. На самом деле, большевики в 17-м году очень лихо разыграли национальную женскую карту. Первая мировая война три года держала мужиков в армии. А большевики сообщили озверевшим дамам, что дается полная свобода. И тогда страшные вещи творились на улицах. Роль женщины в русской революции еще будет описана.

— До 35-го года у нас была статья об изнасиловании мужем своей жены. То есть то, о чем американские феминистки еще только мечтают. И по этой статье была масса процессов, когда муж якобы изнасиловал свою жену и садился.

— Я думаю, что не только 17-м годом многие наши особенности объясняются. Часто получается так, что вот с женщиной встречаешься, встречаешься, а потом она говорит: слушай, ты меня потребляешь. Я не раз сталкивался с этим. Откуда берется такая жесткая форма, что, дескать, это не обоюдные отношения, а некое потребление мужчиной женщины?

— А я эту проблему просто решаю. Я первым говорю: я тебе отдаюсь, дорогая. И уже никогда не возникает подобных реплик.

— Мне встречались мужчины, которые меня потребляли, и встречались мужчины, с которыми было хорошо обоюдно. Это зависит от мужчины.

— Ничего подобного! Если вы выступаете в пассивной роли, вас потребляют. Но вы это сами провоцируете!

— Мне кажется, что тут нельзя однозначно говорить. Например, у меня с какими-то мужчинами были отношения, когда меня потребляли, а с другими мне было, наоборот, удивительно хорошо, но со временем я чувствовала, что отношения портятся именно потому, что я увлекаюсь и начинаю просто кушать человека большими ложками. Я начинаю питаться его энергией, я начинаю полностью въезжать в эту ситуацию, и люди боятся. Некоторые просто говорили, что нельзя жить с цунами. Когда начинаешь целиком отдаваться и входишь в состояние безумия, то тут непонятно, кто кого потребляет.

— Вот почему у нас никогда не возникнет общество потребителей. Нет культуры потребления, сплошное цунами!

— А что? Это не шутка. У нас народ действительно довольно безумный. У нас способность к безумствам заложена в каждом человеке. Это как раз и есть наша национальная черта. Наша женщина может броситься с головой в совершенно невероятную ситуацию. Как в омут. И стать при этом проституткой, поэтом, цунами, стервой — все в зависимости от мужчины.

— Теперь я осознал свою ущербность. Я понял, с кем я всю свою жизнь спал. Я никогда не спал с жен-

щинами иной национальности. Я всегда имел дело
женщинами, которые как я.

— И превращал их в себе подобных...

— А сколько поколений русских женщин вы знали?

— В русской женщине всегда сочеталось, что она
могла сходить в церковь, а после этого — на конюшню.

— Это литературное представление. Это мы навя-
зываем им свои стереотипы. А как они в прошлые века
себя вели, никто не знает.

— И все-таки есть национальные особенности, наверняка есть. Эти вечные упреки: «Ты во мне видишь
женщину, а души не видишь». Это русская идея?

— Африканская. На самом деле тема этого семинара высосана из пальца. Никто никогда секс по нацио-
нальному признаку не делил.

— Ага, как же! И никто никогда не мечтал переспать с француженкой, кубинкой, филиппинкой! Только все почему-то стремятся в Бразилию. И побывавшие
там говорят: «Несравненно».

— Несравненно с чем? С сексом с женой. А бра-
зильцы, побывавшие в Твери или в Казани, возвращаются домой и тоже говорят: «Несравненно!» Потому что
девушки, приезжающие сейчас в Москву из глубинок,
они умеют такое! Нет границ.

— Может, потому, что они там стажируются на
африканцах и бразильцах?

— Мне кажется, что в отношении мужчин разница
все-таки есть. Например, между русским и восточным
мужчиной. С русским я могу себе позволить попросить:
сделай мне куинилинг, пожалуйста. Но это просто невозможно с восточным человеком. Он должен сам ко-
мандовать парадом. А всякая инициатива наказуема.

— Ну, это и у русских есть! Если женщина проявляет инициативу, ее почему-то считают развратной. Хотя русская культура очень богата и в сексуальном плане.

Стук в дверь, голос: «Ваше время вышло, баня закрывается!»

— Итак, мы психологических особенностей русского секса не нашли. Но мы искали. А теперь семинар закончен, караул устал.

СЕМИНАР ПЯТЫЙ
Вступительное слово на тему:
КОЕ-ЧТО О ГРУППОВОМ СЕКСЕ

— Несколько лет назад в Софии, в Болгарии, я увидел прекрасную блондинку с голубыми глазами. То есть в Болгарии, на мой взгляд, очень мало красивых женщин, а синих глаз там просто нет. Но мне как-то повезло, мы случайно встретились в кафе, она оказалась женой болгарского офицера, служившего на границе. Мы долго ходили по Софии, потому что к себе я не мог ее привести — я жил у одной генеральши, у нее было пять комнат, но все со стеклянными дверьми. А моя синеглазая Катя жила в Софии у тещи. И мы гуляли по Софии день, второй, третий, и это стало уже запредельно. Она говорит: слушай, меня пригласили на день рождения, давай пойдем. Идем. Приходим с огромным букетом роз и сидим на этом дне рождения. Там какое-то количество двадцатипятилетних мужчин и юных женщин, стол уставлен выпивкой, но очень мало закуски. И это меня удивило. Но я подумал: наверное, у них

260

такой обычай. И стал говорить красивые тосты: за имениницу, за русско-болгарскую дружбу. А все на меня смотрят странными глазами. Я снова тост — опять на меня смотрят как-то не так. Выпивают, не дожидаясь конца моей речи, и опять наливают. Я был вынужден говорить свой тост в ускоренном режиме. Все равно вижу: наливают и выпивают, и девушки уже сидят у мужчин на коленях. Еще через десять минут смотрю — все уже наполовину раздеты. А в соседней комнате танцуют уже босиком и в одних джинсах. Я говорю: «Катя, что это за именины такие?» Тут друг именинницы у меня спрашивает: слушай, у вас в России есть групповой секс? У вас ченч есть? А мне когда-то мой зубной врач говорил о групповом сексе. Когда сверлил зуб, он меня как бы отвлекал этими разговорами. Я говорю: конечно, есть, чем мы хуже вас? Катя говорит: знаешь, меня насчет группового не предупредили, ты как? А у нас с ней уже любовь, я говорю: нет, я против. Она говорит: давай посидим еще немного, может, я ошибаюсь. Мы посидели, смотрим, а они уже все в трусиках танцуют. То есть я вижу, что это серьезно, действительно групповой секс начинается. Тут она снова спрашивает: ты как? А я честно влюблен, я говорю: я не могу себе этого представить. Она говорит: ну, ладно, давай уйдем. И мы смылись, пошли к генеральше. Я знал, что генеральши с трех до пяти дома нет, она в это время ходит на рынок. Мы быстро пришли ко мне на квартиру. Генеральши нет. Я рвался к Кате, она ко мне. Но только мы приняли душ, только прилегли — пришла генеральша. Буквально через пять минут. А там все двери стеклянные, насквозь все видно. И она мне сказала: вон

261

отсюда, я от вас этого не ожидала! И мы ушли. Вот тогда я и пожалел о групповом сексе.

— У меня вопрос: не потому ли ты до сих пор испытываешь к нему предубеждение?

— Я не испытываю, я его побаиваюсь в силу моего романтизма.

— А разве в групповом сексе нет романтизма?

— Я хочу рассказать историю, когда групповой секс был совершенно чистым романтизмом. И при этом он был реальным, он был зрим и осязаем, и я в нем даже принимал посильное участие. Но сначала — о других участниках. Раньше одна из них не могла даже смотреть в сторону женщины, которая раздевалась. Ей было тридцать лет, но у нее никогда не было близости с другой женщиной. И вторая женщина. Короче, я эту ситуацию сформировал. Я заметил, что между этими женщинами есть взаимное влечение. Но мне надо было это им проговорить. И я одной женщине объяснил, что другая очень влечется к ней. И — наоборот. Я им обеим сказал, что никогда больше такого не будет, что это что-то уникальное. И когда я создал у них ощущение взаимной доступности, произошло первое включение в ситуацию, о которой я хочу рассказать.

— А ты в каком состоянии находился в этот момент?

— В трезвом. На самом деле их взаимное влечение было настолько сильное, что даже мне передалось ощущение дрожи у той женщины, которая впервые в своей жизни готовилась к контакту с другой женщиной. Должен признаться, что я и сам никогда не был в такой ситуации. То есть все три человека были впервые в таком контакте. Мы впервые оказались втроем в посте-

262

ли. И первое, что мне передалось от них, — это ощущение страха, ужаса и предвосхищение блаженства и страсти. Наконец я увидел то, к чему так давно стремился. И я могу сказать только одну вещь: это неописуемо! Одно лишь созерцание подготовки и рождения их первого поцелуя дало мне ощущение какого-то ни с чем не сравнимого подросткового блаженства, которое возникает у мальчиков, никогда не видевших обнаженной женщины. А их первый поцелуй — это было настолько взрывающе, я возбудился, как подросток. Весь мой мир сузился до созерцания их тел, потому что ничего более красивого я никогда не видел. И впечатление этого интима, этой близости, этой сокровенности контакта между ними — оно было самым сильным в отношениях, которые были между мной и ними в течение многих месяцев. Я, наверное, больше никогда не испытывал таких острых ощущений. Правда, потом они стали замыкаться друг на друге. И я кайфовал уже только в роли созерцателя и статиста, о котором иногда вспоминали благосклонно. Но даже при этом я могу сказать, что по силе наслаждения это несравнимо с наслаждением, которое может доставить и очень любимая женщина.

— Просто поэма! Но для полноты картины нужно узнать мнение женщин. Девушки, кто хочет высказаться?

— Я.

— Тихо! Слушаем.

— Все было очень просто и невинно. Если бы наш джентльмен потом не испортил ситуацию. Дело происходило в Крыму. Была большая квартира с огромной постелью, с ванной. Было море, пляж, загар и была моя

263

любимая подруга. Она была моей подругой долгие годы и сейчас остается ею. Мы любили друг друга. Без секса. Мы подавали друг другу кофе в ванну, в постель, расчесывали друг другу волосы, делали массаж, занимались диетой. Нам не мешали наши мужья или бой-френды, которые то отсутствовали, то присутствовали, то были в других городах. Нам не мешали дети, поскольку дети были очень маленькие. Было все очаровательно. И вот у подруги появляется один из ее бой-френдов. Местный, крымский, поскольку она родилась и выросла в этом крымском городе. Как она говорила: это мой первый и последний мужчина. С ним она когда-то потеряла невинность и раз в несколько лет встречалась. То была одна из таких встреч. А поскольку было очень жарко, мы все время общались в этой квартире голые. Жарко было.

— Вы были вдвоем?

— Втроем. Три персонажа плюс ребенок ходили по квартире голыми. Но ребенок был очень маленький, он постоянно спал. К тому же там море, солнце, загар, там свое обнаженное тело чувствуешь, как одежду. И все было нормально — пляж, море и совершенно ласковые, дружеские отношения. Даже когда мы оказались в постели втроем и ласкали друг друга, это было абсолютно невинно, очаровательно, дружески. Это не имело никакого значения. Допустим, позанимались сексом и, уложив ребенка спать, шли втроем в ресторан. Или закупали какие-то фрукты, виноград и на пляже, под звездами читали друг другу стихи. Все было замечательно, но вдруг этот мужчина решил, что он получил власть над нами. И что он может использовать нас в своих сексуальных целях, когда ему хочется. То есть он приходил и требовал секса, когда моя подруга, допустим, не хотела или не могла.

— Он для вас тоже стал лишний?

— Я не говорю, что лишний. Но он решил, что получил какую-то власть, и стал нас шантажировать, что сообщит об этом содружестве моему мужу.

— А подруга была замужем?

— Да. И у меня был муж, который в то время был в Москве.

— А что ты чувствовала, когда вы были втроем?

— Да все было очаровательно. Это было у моря, у пляжа, была полная гармония. Которую он сломал. Например, в какой-то момент он отказался пользоваться противозачаточными средствами.

— Негодяй!

— А потом стал вымогать какие-то деньги, говорить, что он сообщит нашим мужьям.

— Какие мужчины все-таки мерзавцы!

— И когда приехал мой муж, мы ему сами все сообщили. Тут явился этот джентльмен и попытался шантажировать, но муж был уже в курсе и говорит: чего ты хочешь? какие тебе еще деньги? Ты от моей жены все получил, до свидания.

— Это очень любопытно. Выходит, пока он спал с твоей подругой, он был нормальным мужиком...

— Я же говорю, что все было сначала нормально. А потом он решил, что через секс получил власть над нашими душами...

— А я думаю, что дело не в этом. Я думаю, что тот восторг, который ты и твоя подруга стали испытывать друг к другу, — он не мог его разделить. Он почувствовал, что он уже вне игры. Он не мог получить от вас то, что вы получали друг от друга. А вы подсознательно уже хотели от него избавиться, он вам мешал, он стал вам не нужен. И это чувство изгоя вылилось сначала в ревность — не зря он угрожал именно тебе, доносом именно твоему мужу.

— Не знаю. Никаких особых восторгов от лесбийства я не помню. У нас между собой вообще не было сексуальных отношений. Если они появились, как такой крымский эпизод, то потом опять превратились в дружеские, и секс нам друг с другом не нужен. И не было там никакой особой любви ни между мной и подругой, ни между подругой и этим джентльменом. Ее с ним связывала только память о первой сексуальной ночи. Он был ее первый мужчина. А город-то маленький — когда она приезжала, они постоянно виделись. И поэтому иногда он приходил к ней как друг юности, а оставался в постели как мужчина. Но любви уже никакой не было.

— А любовь втроем была?

— Я же говорю: любви не было, секс был.

— Это абсолютно одно и то же. Дружба, любовь, секс. Восход солнца, гроздь винограда. Просто когда мы, бывшие советские люди, накручиваем вокруг этого прекрасного подарка жизни какие-то пошлости или проевший наши души моральный кодекс строителя коммунизма, наслаивается этот мусор — этот украл кошелек, тот настучал мужу, Каин убил Авеля. Мы ложку дегтя засаживаем в эту прекрасную бочку меда...

— Ложка деггя у нас неизбежна.

— Я расскажу несколько чистых историй...

— Подожди. Я еще не закончил. Знаешь, что самое замечательное в групповом сексе?

— Расскажи.

— Самое замечательное в групповом сексе — это даже не сам секс, а то, что по сравнению с другими сексами он самый сексуальный секс.

— А по-моему, самое замечательное в групповом сексе — это утром проснуться вместе и хохотать, и чувствовать такую психологическую близость. Столько смеха, столько хохота, столько доверия, столько понимания, столько общего! И зачем существуют эти уродливые семьи, в которых живут вдвоем? Он ревнует ее, она ревнует его. Она гуляет на стороне, он гуляет на стороне. Зачем? Когда вот другие ощущения — азарт, близость и веселье.

— Но ведь это, конечно, кратковременно...

— Да, как сама жизнь.

— И это искусственно созданная ситуация.

— Наоборот. Искусственно все остальное. А это естественно. Смотри, ребенок рождается, он видит: папа, мама и он. Треугольник — это естественно. Группа людей — это естественно.

— И все же любовь и секс — немножко разные вещи.

— Не будем схоластами. Еще есть истории, близкие к этой теме? Есть у кого-нибудь опыт долгоиграющих отношений втроем?

— А зачем долгоиграющие?

— Долгоиграющих нет, а короткие были.

— Я сидел и думал, стоит ли мне выступать. В моих случаях групповой секс был в разных редакциях — две плюс один или одна плюс два. Но ничего супертакого, о чем стоило бы рассказать, не было. Хотя была одна шикарная заморочка. Даже могу имена назвать. Это моя бывшая жена Аня, она совершенно не стесняется таких вещей. В нее влюбилась одна девушка — наполовину мужчина. При этом она не очень жесткая, но спортсменка и сильная физически и духовно. У них происходит секс — один раз, два раза. Я об этом узнаю, но я в то время в каких-то разъездах по заграницам. Потом я приезжаю, начинаем жить втроем. У нас происходит шикарный секс, это был мой первый секс с двумя женщинами, до тех пор было только наоборот. А тут у меня просто сносит крышу. При этом Анька моя — человек капризный, что всегда напрягало наши семейные отношения, а эта девушка оказалась очень простой. Мне с ней шикарно гулять как с другом по городу. В постели я ее чувствую женщиной, а здесь чувствую в ней мужика и просто друга. У нас с Анькой скандалы какие-то семейные, а я на них уже просто не покупаюсь, потому что рядом есть хороший приятель, с которым можно посидеть, пойти выпить. И вот Аня начинает ревновать. Происходит финальная сцена. Прямо посреди улицы Аня вдруг говорит: «Так, Наташа, решай — либо он, либо я!» Я совершенно опешил от такой постановки вопроса, я подумал: ну, блин! у кого же семья?..

— И все? А чем закончилась эта история?

— А потом Анька поняла, что не любит женщин. По крайней мере их роман с Наташей раскололся. Но мое потрясение от этой обиды — я его никогда не забуду!

— А можно рассказать одно наблюдение? В 85-м году я от своей организации летал в командировку в Афганистан. И заметил такую вещь. По тому времени она была, насколько я понял, везде в группе войск. Там существовала ситуация семейной эстафеты. Туда, на

военные аэродромы, приезжали женщины, вольнона-
емные, по контракту — работать два, три или четыре
года. Они жили в «модулях», это типа барака, но классно построенные. С удобствами — относительными,
конечно. И там, в этих «модулях», разбитых на комнат-
ки, возникали некие «афганские семьи». У камэска появлялась «афганская жена», потом — у пилотов, штур-
манов, технарей. То есть нормальный и семейный человек, улетая туда, как бы улетал в совершенно другую
жизнь — там полная отрешенность, война, постоянные
полеты, стрельба, убитые. И — новые жены. Но как
правило, летные составы прилетали туда только на год,
максимум — на два. И вот во время смены летных со-
ставов происходило прощание и передача жен по эста-
фете — один летный состав передавал своих жен другому составу. И настолько это было закономерное явление, что даже была какая-то иерархия по службам и
направлениям. Скажем, жена старого камэска перехо-
дила к новому камэску. Но, меняя мужчину, женщина
сохраняла верность данной эскадрилье.

— То же самое у подводников. Они уходят на шесть
месяцев. И там есть подменная ситуация.

— Это рассказ не по теме. Мы говорили о сексе
втроем. Но почему-то люди страшатся этой темы, стараются выскочить из нее и рассказать про другое. Но
почему? Зачем бояться чистой и красивой материи?
Ведь любовь втроем — это лучшее, что нам подарила
природа.

— Я вам скажу, почему. Я думала над этим. И поняла: потому что любовь втроем противоречит чувствам собственника-мужчины. И хоть ты тресни! Это
всегда приводит к драматическим конфликтам.

— Вообще, слово «секс» всегда ассоциируется абсолютно не с естественными, а наоборот, с патологическими явлениями сексуальной жизни. Так происходит и сейчас. Каждый рассказывает о каких-то отклонениях...

— Хорошо. Я расскажу вам историю без отклонений. Приезжаю я в Москву из Киева и селюсь у своего приятеля. А он живет с женой, у них большая квартира, он знаменитый писатель. Вечером он куда-то уходит, его жена Оля принимает ванну. Я сижу в своей комнате, читаю. Приходит Оля в халате. Ты читаешь? Читаю. Что читаешь? Томаса Манна. И она меня целует в губы. Почти голая женщина — только в халатике, после ванны. У меня губы деревенеют, я консервативный человек. Она говорит: не хочешь — не надо. И уходит. Я себя идиотски чувствую, мне неловко, и утром я решаю съехать от них. Тихонечко захожу в их комнату и кладу на столик ключ от квартиры. Тут мой друг просыпается и говорит: что ж ты Олю обидел? Я цепенею и не знаю, куда мне шагать — туда? сюда? или к двери бежать? Он говорит: «Оль, он от тебя отказался?» Оля просыпается и говорит: да, он меня не захотел. Я ничего не могу сказать, я полностью онемел, я что-то бормочу, как идиот, и выскакиваю, оставив ключ. И уезжаю в Киев. Через полгода приезжает в Киев мой приятель, увидел мою жену и говорит: «Ой, какая у тебя жена красотка! Вот если б ты тогда трахнул мою жену, так я бы сейчас трахнул твою!» Можете называть меня собственником, можете называть меня эгоистом, но я об этом не пожалел.

— А можно историю, в которой я была только свидетелем?

— Если она короткая. У нас уже банное время кончается.

— Хорошо, я попробую уложиться. Когда мне было 19 лет, я пошла изучать итальянский язык по интенсивному лозановскому методу. Занятия происходили частным образом, группа собиралась дома у одного из студентов, а учитель был странной личностью, мне по молодости лет он сразу показался очень интересным. Он не боялся говорить то, о чем не говорили другие, а юных девочек это всегда привлекает. Но достаточно быстро мы заметили, что в нашей группе есть ученик, которого учитель явно выделяет. Он был моложе нас всех — если всем было от 19—20 до 30, то этому мальчику было 15 лет. И он был необыкновенно красив, причем такой красотой, на которую чаще всего реагируют люди нетрадиционной ориентации, — он был синеглазый, высокий, стройный, с очень белой кожей, с кудрявыми светлыми волосами, и даже имя мы ему дали. «Лучано» — «светлый» по-итальянски. А по жизни он был Николай, Коля. Но поскольку занятия происходили по игровому методу, то все мы обратились в итальянцев, а нашими русскими именами нам запрещено было пользоваться. И вот мы видим, что наш учитель и этот Лучано всюду вместе — вместе приходят на занятия, вместе уходят и прочее. И конечно, было по этому поводу много споров, кто-то говорил: «Это голубые отношения», а кто-то «Не может быть!». Тем более что учитель подводил под их отношения такую мистическую базу — мол, Лучано мой духовный ученик, я передаю ему все свои знания и прочее.

Но при всем том он был очень ярким и сильным учителем, он буквально зажег нас итальянским языком и вообще Италией, и у нас сложилась неплохая компа-

271

ния — мы вместе поехали сначала в Вильнюс, а потом, когда стало возможно, в Италию. И наш итальянский настолько продвинулся, что учитель создал свой Центр интенсивного изучения итальянского языка, а мы стали в нем учителями. И очень сильно развернулись, даже конкурс был, чтобы к нам попасть. А мы отбирали 14—15-летних детей, способных к изучению языка, вывозили их в пионерский лагерь, который арендовали, и там преподавали им итальянский язык. Через месяц они у нас начинали разговаривать по-итальянски, а потом по обмену, который тоже учитель устраивал, уезжали еще на месяц в Италию, жили там в итальянских семьях. Все было очень клево и талантливо организовано — за лето у нас три потока детей проходило. И конечно, Коля-Лучано тоже вел свои групповые занятия, как каждый из нас.

И вот во втором потоке, где-то в июле, в его группе появилась очень красивая девочка Майя — такая, знаете, прекрасная еврейка. Ей было всего 14 лет, но она уже была девушка зрелая, и Коля в нее влюбился. А она влюбилась в него, и тут началась совершенно древнегреческая трагедия — у нашего учителя от переживаний обострился диабет, он стал агрессивным, врывался к Лучано на занятия, устраивал сцены, уводил его в лес, проводил с ним какие-то беседы и требовал уж не знаю чего. А Майя очень переживала и на этой почве подружилась со мной, хотя у нас шесть лет разницы в возрасте. Но учителю ничего не удалось от Коли добиться, и Коля из этого центра со скандалом ушел. А когда Майе исполнилось 17 лет, а ему 18, они поженились. У нас в центре был по этому поводу буквально траур. Учитель запретил даже упоминать их имена.

Но я продолжала дружить и с Майей, и с Колей и, когда они поженились, обнаружилась странная вещь. В нашей группе Коля всегда был учеником номер один, поскольку учитель, как выяснилось, опекал его с детства и внушал, что он не такой, как все дети, что у него необыкновенные способности и он имеет право на неординарное поведение. У учителя была идея, что он сам сверхчеловек и что он воспитает сверхчеловека. И Коля под этим соусом бросил, естественно, школу где-то в седьмом, наверно, классе. А когда он ушел из центра и женился на Майе, то он оказался и без работы, и без образования, и без школьного аттестата. Нужно было чему-то учиться, но как он мог идти куда-то учиться после того, как он был чуть ли не наследным принцем? И он в свои 18 лет решил заняться бизнесом, поскольку тогда в России бизнес как раз только начинался. А он обладал таким замечательным качеством, которое свойственно всем великим авантюристам, — он мог обаять кого угодно. То есть он не собирался свое будущее богатство делать чистыми руками, он нашел себе другую компанию, там были очень крутые люди, и как они взяли в партнеры такого мальчишку — это удивительно, это можно объяснить только его талантом. Потому что там речь шла об отцеплении вагонов с медью и хромом, их последующей продаже за рубеж и о прочих серьезных махинациях. И какое-то время Коля держался неплохо — у них с Майей было все. Они снимали роскошную квартиру и дачу, ездили в «БМВ», при этом Коля очень элегантно одевался и требовал от Майи, чтобы она похудела и стала похожа на фотомодель. И Майя действительно похудела и стала похожа на модель до такой степени, что когда мой знакомый итальянский кинорежиссер снимал тут свой фильм и по всей Москве искал русскую красавицу, а я пришла к нему с Майей, он тут же сказал: «Вот! Это то, что мне нужно!». И снял ее в роли голой русской княжны.

Короче, все у этих молодых людей замечательно складывалось, но потом Коля стал увлекаться радостями богатых людей и намекать Майе, что, поскольку они очень рано поженились, то неплохо бы им иметь и другие развлечения. А я была у них в доме лучшей подругой, хотя, в общем, понимала, что этот Коля собой представляет. Но Майя была мне очень симпатична, и они мне постоянно звонили: приезжай, ты можешь у нас остаться на субботу—воскресенье. И мне было хорошо с ними — я чувствовала, что у них семья образуется, когда я приезжаю. И постепенно они стали мне говорить: не будет ли это плохо, если они возьмут еще какого-нибудь мальчика или девочку? А я говорила: ребята, это зависит от вашего самочувствия — если вам от этого будет хорошо, то берите. И потом началось: вот, мы вчера соблазнили Зинку! И в подробностях рассказывают, что они делали с Зинкой и что Зинка делала с ними. Через неделю опять: мы соблазнили Костика! Потом еще кого-то. То есть вокруг них была какая-то молодежная компания, и они последовательно приглашали то того, то эту. И очень любили всякую порнографию смотреть и эротические фильмы с бисексуальными сюжетами.

Но в один прекрасный день случилось следующее. Коля на какой-то авантюре связался с грузинской мафией, те ему сказали, что если вложить в эту аферу сто тысяч долларов, то через месяц можно вытащить двести. Мол, это абсолютно надежно, они сами вкладывают в три раза больше, а его могут взять в это дело партнером просто по дружбе. То есть обычные, как я теперь понимаю, примочки для лохов. А Коля не нашел ничего лучшего, как пойти к своим партнерам по бизнесу и одолжить у кого двадцать тысяч, у кого тридцать. В результате он у очень серьезных бандитов собрал сто тысяч долларов, отдал грузинам, а те его, конечно, кинули, исчезли вместе с деньгами. И через какое-то время Коля с Майей стали вынуждены бегать от бандитов-кредиторов и прятаться — сначала скрывались у Майиных родителей, потом жили у Колиных. Но в результате пострадали обе семьи — бандиты вычислили их адрес, приехали, взяли Колю и Майю и с завязанными глазами куда-то отвезли. Как потом рассказала мне Майя — она, правда, никогда не говорила плохо о своем муже, — но тут я поняла, что он от ужаса чуть ли не наделал в штаны. Потому что их привезли на какую-то квартиру и сказали, что сейчас мы тебя будем кончать. И Майя пошла к главному бандиту, который собирался Колю кончать, и сказала: я даю вам слово, что мои родители продадут квартиру и отдадут вам все деньги, только не делайте ничего с моим мужем! Этой девочке было тогда 20 лет, а ее муж сидел в это время, тихо сжавшись, в углу дивана.

И ее родители действительно продали квартиру, а Колины разменяли свою хорошую квартиру в центре на две ужасные в Бирюлево и одну из них уступили Майиным родителям — короче, кошмар! Все были в ужасе, потому что деньги отдали только одним бандитам, а где взять деньги для других? Коле и Майе приходилось снова скрываться, одно время они даже у меня жили, и вот во время этого подпольного обитания у Коли вдруг появился интерес к иудаизму, хотя в нем нет ни капли еврейской крови. Я видела его родителей — они такие вятские русаки, там евреи и рядом не стояли! И у Коли типично русско-нордическая внешность, такой, знаете, под Видова улучшенный Бурляев — то есть еврейского ну ничего нет. И вдруг этот Николай Кашкин потянулся к иудаизму, каким-то образом сошелся с людьми из синагоги и в один прекрасный день заявил своей Майе, что все — начиная с завтрашнего дня, мы соблюдаем иудейские законы и обычаи, причем соблюдаем всерьез, на уровне двух холодильников и двух посудных сервизов. Да, оказалось, что он не просто подался в иудаизм, а стал ходить в самую ортодоксальную синагогу, которая в Марьиной роще! А Майя этого совершенно не хотела, она сопротивлялась, но Коля буквально при мне, на моих глазах поставил ей ультиматум: либо ты становишься кошерной еврейкой и соблюдаешь все иудейские законы, либо я от тебя ухожу! И как она ни боролась, он постепенно ее заставлял — сначала у нее появились длинные юбки, потом платок на голове, потом парик, соблюдение Миквы... И это у Майи — которая голой в кино снималась и групповым сексом больше своего мужа увлекалась! Я убедилась, что воистину человек становится тем, во что он верит. Коля, в котором не было ничего еврейского, уже через год стал внешне абсолютно евреем — у него почему-то потемнели волосы, он отпустил бороду и пейсы, стал соответственно одеваться в какие-то черные лапсердаки с кистями, согнулся, и даже Майина мама говорила: «Боже мой, Коля, ты был таким симпатичным мальчиком! А теперь посмотри на себя — ты просто старый еврей!» А Коля этому радовался и говорил: «Да, я таким и хочу быть!» Мама говорит. «Коля, если ты заделался нашим, то как насчет обрезания?» Он говорил: «Не волнуйтесь, Фрида Марковна! Я поеду в Израиль и сделаю себе обрезание по всем правилам, в Иерусалиме!»

Я у него спрашивала: «Коля, зачем тебе это? И почему вдруг иудейство, почему не христианство?» Он говорил: потому что в иудействе есть определенная система и ответы на все вопросы. Если этой системе следовать, то становишься праведником.

Но бандиты продолжали их доставать, угрожать и требовать остальных денег, и они решили уехать отсюда. А поскольку у Коли в паспорте черным по белому написано, что он русский, и никто бы ему не поверил, что он, Николай Егорович Кашкин, исповедует иудейство и на этой почве подвергается у нас преследованиям и дискриминации, то он взял Майину фамилию, стал Френкельштейн. И они подали документы на эмиграцию в Канаду, потом довольно быстро как молодые получили разрешение и уехали в Ванкувер. Там Коля пошел в синагогу к ортодоксальным евреям, стал с ними молиться, те в полном восторге от его рвения тут же дали ему работу помощником резника, и Коля с Майей стали неплохо жить и снимать хорошую квартиру. Но через шесть месяцев раввин сказал Коле: о'кей, мы принимаем тебя в нашу общину, неси документы. Тут началась паника. Коля сказал раввину, что, мол, в документах я записан русским Френкельштейном, но мама у меня еврейка. Раввин говорит: о'кей, неси мамино свидетельство о рождении. И тогда в Москве за солидные деньги было оформлено липовое свидетельство о рождении еврейки Кашкиной Евдокии Сидоровны, и Коля вступил в хасидскую ванкуверскую общину.

Я была у них в гостях и спрашиваю: «Коля, так как же насчет обрезания?» Он говорит: да, конечно, вот мы поедем в Израиль... Но я его знаю уже девять лет, я по его тону поняла, что обрезание ему расхотелось делать. Он и так всего достиг — от бандитов сбежал, живет в Ванкувере, получает зарплату. Но — главная метаморфоза произошла с Майей! Майя, которая на все это пошла поневоле и только потому, что не хотела терять мужа, вдруг совершенно изменилась. Она стала истовой ортодоксальной еврейкой, соблюдает все иудейские правила и еще Колю заставляет: «Ой, Коля, уже семь часов, тебе пора в синагогу, молиться! Беги немедленно!» Я говорю: «Майя, мы столько лет дружим — скажи мне по чести, ты в это играешь?» Она говорит: «Да ты что! Ты вспомни, как мы жили? Я своего мужа могла запросто потерять. Его бы или бандиты убили, или какая-нибудь шикса от меня увела! А иудаизм мне мужа сохранил! Работа у нас есть, квартира есть, и Коля никуда налево не ходит! Это Божий промысел, как мне в Бога не верить?! Я еще Колю и в Израиль отвезу, обрезание ему сделаю! В конце концов я кошерная женщина, как я могу жить с некошерным мужчиной?»

И что вы думаете? Месяц назад она собрала сопротивляющегося изо всех сил Колю, отвезла в Израиль и заставила его сделать обрезание.

Вот до чего могут довести русского человека всякие нездоровые увлечения — сначала гомосексуализм, потом итальянский язык, потом жена-еврейка и занятия групповым сексом.

СЕМИНАР ШЕСТОЙ
Свободная дискуссия на тему:
ДИНАМО КАК МЕТОД ВОСПИТАНИЯ, И ЕСТЬ ЛИ СЕКС В ХВАЛЕНОЙ АМЕРИКЕ?

— Для затравки хочу рассказать историю из жизни. У меня был такой случай. В одной компании я познакомилась с молодым человеком. Всем он был хорош — и говорил красиво, и музыкой увлекался, и вообще. Но существовало какое-то отторжение, которое не позволяло развиваться отношениям в натуральную сторону. То есть я разрешала за собой ухаживать, мы проводили время в компании его друзей, ходили в интересные заведения, и время от времени он, естественно, приставал ко мне с нескромными, так сказать, предложениями. Но он был блондин с такими вьющимися волосами, тип Пьера Ришара, а это совершенно не в моем вкусе. К тому же у него всегда были мокрые ладони. И я себе сказала: никогда. Не буду я с ним переходить черту, и точка. Казалось бы, зачем же время терять и динамить человека? А корысть заключалась в том, что у него была интересная компания, его окружали интересные люди. К тому же он был из семьи очень состоятельных родителей и сам имел большие перспективы. И я держала это в голове, я иногда думала: все, сейчас отброшу все свои неприязни и буду устраивать жизнь с этим человеком. Но на самом деле это был самообман, это было лукавство, чтобы подольше подинамить. И когда день переходил в ночь и наступал решительный момент, тут я взбрыкивала и говорила: нет, никогда, уйди, противный! И так происходило не раз, и не два, и наконец друзья стали его спрашивать: что же происходит, в самом-то деле? Ну а ему неловко признаться, что его уже с полгода динамят, он им наговорил всяких небылиц про то, что у нас что-то было. И тут я потерла руки на этом моменте, у меня появился повод сказать: «Ах ты негодяй! такое наговорил про меня!» — и гордо уйти. Но это был только повод выйти из динамо. И то не совсем. Этот человек до сих пор мне звонит. Да, прошло четыре года, я успела выйти замуж и развестись, он успел жениться, и все равно он мне периодически звонит. Пару месяцев назад я даже пригласила его в гости, мы так прекрасно попили чаю с ликером, а потом я помахала ему ручкой, и он поехал домой. То есть это уже стало такое вечное динамо, классическое.

— Я думаю, здесь проявилось родительское воспитание. Каждая мама говорит своей дочке, что она должна устроиться в жизни. А поскольку мир у нас мужской и деньги зарабатывают в основном мужчины, значит, женщине нужно как-то пришвартоваться к мужчине из состоятельной семьи и с большими перспективами. Она должна его очаровать, но не подпускать. При этом фокус заключается в том, чтобы угадать норму для каждого конкретного мужчины — сколько раз нужно его продинамить, и на каком этапе сдаться.

— Знаете, мужчинам это тоже нравится, они тоже играют в эту игру. Каждая мама хотя и сама женщина, но формирует у сына особый образ женщины. Она говорит: знаешь, существуют порядочные женщины, а существуют непорядочные. Вот порядочная — это та, кто себя блюдет, не позволяет себе ни то ни это. То есть, попросту говоря, динамит. А непорядочная та, которая говорит: слушай, ты мне так нравишься, я тебя так хочу! То есть открытая и честная девушка. И что происходит в жизни? Что как раз самая распутная и бесчестная начинает динамить под ту «порядочную», которую мальчик носит в своей голове. И таким путем очень легко его добивается. А если нормальная девушка ему по любви отдалась, он думает: да, она хочет связать со мной свою жизнь, но раз она так поступила, значит, она как раз та, насчет которой меня мама предупреждала...

— И тут начинается мужское динамо!

— Естественно! Мужчин-динамистов воспитывают мамы, а девочек-динамисток — папы.

— Мужское динамо всегда присутствует, когда женщина тебе не очень нравится, но портить с ней отношения никак нельзя. Например, на службе ты видишь, что ее притязания превышают твои намерения и вообще она тебя завлекает, но отшить ты ее не можешь, потому что это чревато. И начинаются всякие ходы — ты вроде поддерживаешь отношения, но избегаешь близких.

— А не угодно ли за это по морде схлопотать?

— Ну-ка, ну-ка, расскажи!

— Поделись опытом!

— Да что рассказывать? Женщина без динамо прожить не может, это форма нашего выживания. Но мужчин-динамистов надо кастрировать без разговоров. Да, у меня такое впечатление, что последнее время нашим мужчинам секс вообще не нужен. У кого нет денег, те с горя пьют беспробудно, а у кого есть деньги, тем процесс зарабатывания денег все заменяет. Например, в ресторан приглашают — раньше это что-то подразумевало. А теперь? Теперь это ничего не подразумевает!

Он с тобой посидит, потреплется и домой отправит. Потому что устал он, видите ли!

— Мужик мельчает везде. Даже на Западе. Раньше в Италии достаточно было на любом мужчине остановить взгляд хоть на секунду, чтобы этот мужчина сразу встрепенулся и пошел за тобой. А сейчас и итальянцы сдали. Тут к нам на работу приехали трое, мы с подругами встрепенулись — думаем, наконец-то! Один из них пришел ко мне на день рождения и, уходя, свой «дипломат» оставил. Забыл якобы. Подруга мне говорит: все, ты в порядке, он вернется за «дипломатом» и кинется. Проходит пару дней, он звонит: я свой «кейс» забыл. Я говорю: приходи. Казалось бы — куда понятней? Нет, не приходит. Потом — после, наверно, внутренней борьбы — приезжает с утра, берет свой «кейс» и тихо-скромно убегает. Я, конечно, понимаю, что мужчина мог во мне и разочароваться, но тогда зачем он продолжает ухаживать? Присылает мне сообщение по электронной почте: давай пойдем куда-то. Я говорю: давай. После этого он пропадает на неделю, потом опять присылает E-mail: давай куда-нибудь сходим, я хочу Москву посмотреть. Я говорю: давай, у меня такие-то и такие-то дни свободны. А он опять пропадает. И это итальянец! Всего три месяца как из Италии, а уже обрусел до русского динамо! Или они вместо секса сидят до ночи на работе, в компьютерные игры играют...

— К вопросу о дефиците секса. Сейчас наших женщин только Египет и Турция выручают. Там наши женщины любого возраста, даже бабушки, пользуются успехом. Там если мужчина видит, что идет не арабская женщина, — все, он за ней увязался. Мне одна женщина рассказывала, что там за ней ходил один молодой турок и говорил: мадам, я обычно это делаю за деньги, но вы мне так нравитесь, что я готов бесплатно. А она кандидат наук, математик, она два дня с собой боролась, обсуждала с подругами по группе, как ей быть. А потом в какой-то момент сказала себе: а почему, собственно, нет? Что тут плохого? А другая моя знакомая — у нее свой бизнес и штат сотрудниц, которым от 30 до 40. Так она мне говорит: я обязательно хотя бы раз в сезон вывожу их в Турцию, чтобы девочки встрепенулись. Потому что мне-то, говорит, этого не надо, я замужем, но девочки у меня от одиночества страдают, к работе теряют интерес. Причем, говорит, одна из них какая-то особо скромная и застенчивая, так она ее сама там и с турками знакомила. Она говорит: я ей сама все устроила, познакомила с хорошим мальчиком, а она сбежала в первый раз. И только со второго раза все у них, слава Богу, получилось, девочка отдохнула как следует.

— Между прочим, на Западе понятия динамо не существует. И многих иностранцев, которые здесь поживут, это очень удивляет: она пошла с ним в ресторан, покутила, выпила, а потом вышла якобы в туалет и — с концами.

— Ну, это легкая форма динамо! Это он хорошо отделался!

— Такое динамо у нас на каждом шагу!

— А я однажды в Воронеже вел семинар на тему «Россия в переходный период» и спрашиваю: что самое главное в современной личности? Тут одна женщина встала и говорит: «Самое главное в современной личности — это динамизм».

— Я тут у вас новенькая и не знаю, могу ли высказаться. Могу? Спасибо. Дело в том, что вы тут сказали:

на Западе динамо не существует. А я шесть лет прожила в Нью-Йорке, только неделю как прилетела. И могу сказать: да, такого динамо, как здесь, там нет. Но там и секса нет. Ага, вы не удивляйтесь, я могу рассказать по порядку. Конечно, я уезжала в Америку не за сексом. Просто в тридцать лет мне пришлось начать жизнь сначала, и я решила начать ее на новом месте, я улетела в Нью-Йорк. Английского языка у меня практически не было, но руки есть, и я пошла работать в массажный кабинет. И вот мой первый экспириенс, то есть, извините, трудовой опыт. Хозяйка-китаянка приводит мне первого клиента и говорит: это очень хороший клиент, он работает в гавэрмент, ну, в правительстве. Действительно, входит такой холеный мужчина, сложен прекрасно, одет с иголочки. Ну, думаю, значит, при деньгах, будут хорошие типс, чаевые. Он раздевается, открывает свой кейс, ну, «дипломат», вынимает огромный огурец — такой, знаете, длинный, гидропонный — и кладет рядом с собой на массажный стол. Я у него спрашиваю: а вы потом фэшиал будете иметь? То есть маску лица огуречную? Но он не отвечает. Думаю: наверно, не понял моего английского. Делаю массаж плеч, живота, ног, потом переворачиваю его лицом вниз, делаю массаж спины. Он мне что-то говорит, я пытаюсь понять и понимаю только слово «кьюкамбер», огурец. Спрашиваю: а куда? на лицо? Он говорит нет, не на лицо, а туда! Ин тзе асс — в задницу! У меня глаза на лоб, я думаю: наверно, я чего-то не понимаю. И решила спросить хозяйку. А он говорит: нет, никуда не ходите, я покажу. Вставляет себе огурец в задницу и говорит: теперь продолжайте массаж!

Да, это был мой первый американский клиент, он приходил регулярно и каждый раз огурец становился все больше. Но я уже не делала ему массаж, хозяйка сама ему делала. Он мне через пару месяцев говорит: зря ты от меня отказалась, я хорошие «типы» плачу. Я говорю: знаете, я бы на вашем месте в сауну ходила, там потеплей и полегче было бы с огурцами управляться.

Второй мужик. Этот ходил ко мне очень долго — наверно, с месяц. Мы с ним сблизились чисто по-человечески, он мне рассказывал о своей жене и детях, я ему о своих мужьях и дочке. Очень душевный мужчина, хозяин какого-то бизнеса. Через месяц приносит пластик — ну, клеенку — и стелет на массажный стол. Я говорю: а чего вы боитесь? мы простыни в прачечной стираем, у нас все чистое. Он говорит: ничего, пускай лежит. Я говорю: сегодня какой-то особенный массаж? на похудение? А там, в Америке, есть, знаете, такие, которые в пластик заворачиваются и бегают по улицам, потеют для похудения. Он говорит: нет, не для похудения, но я тебе потом скажу. Ладно, я работаю, я могу и на клеенке делать массаж. В конце сеанса он мне говорит: «Валентина, ты такая хорошая, я могу тебя попросить об одном одолжении?» Я говорю: «экстра» не делаю. Он говорит: «Нет, нет! Мне минет не нужен! Ты можешь на меня пописать и покакать?» Я обалдела. Но это уже я три месяца в Америке, у меня английский продвинулся, я говорю: «Извини, надо было заранее позвонить и предупредить. А так я уже сходила в туалет до сеанса, мне сейчас нечем твою просьбу исполнить».

И это еще цветочки! Один клиент говорит: «Валя, ты можешь надеть очки, когда массаж делаешь?» Я говорю: зачем, я и так все вижу. Он говорит: я тебя прошу. Я говорю: нет у меня очков, что ты привязался! На следующий сеанс он приносит очки и говорит: я тебе буду платить 50 долларов, только надень очки. Я говорю: зачем? Он говорит: «Ты очень похожа на мою маму. Когда ты наденешь очки, ты будешь просто вылитая моя мама. И если в конце массажа ты меня побьешь по голой заднице, я тебе дам 50 долларов чаевых!»

Вот это и есть Америка! Секс для них — как почистить зубы. Вы каждый день чистите зубы? Для них это то же самое. Никакой романтики. Надо для здоровья раз в неделю — он идет в массажный кабинет, платит за «экстра» и — порядок. Или еще как-то устраивается, содержанку заводит. Но не любовницу, нет — про любовь там нет речи, а именно про здоровье. Как зубы почистить.

У меня был один клиент — очень приятный пожилой мужчина, он говорит: мне некогда сюда ходить на массаж, я доктор, я не могу тут время терять, я за час семьсот долларов зарабатываю, ты можешь домой ко мне приходить? Я смотрю на него. Он говорит: о, нет, не бойся, ничего лишнего, только массаж, я буду хорошо платить. Ладно, прихожу к нему домой, делаю массаж. Действительно, ничего лишнего не просит, хорошо платит. Однажды спрашивает: ты игрушки любишь? Ну, я, как дурочка, говорю: да, конечно. Он говорит: а какие ты любишь игрушки? Я говорю: да разные — плюшевых жирафов, львов. Думаю: он мне подарить хочет. Он говорит: а хочешь мои игрушки посмотреть? Я говорю: ну давай. Он ведет меня в спальню, открывает стенной шкаф, а оттуда как посыпалось — надувные мужские члены, женские органы, груди, задницы! Потом отбрасывает одеяло с постели, а там две женские куклы — белая и черная, голые совершенно, в полный натуральный рост, с подогревом, и резиновые сиськи вот такие, торчком. Он смеется, говорит: «А ты меня боялась! А я видишь чем обхожусь? И дешевле, и безопасней — ни тебе СПИДа, и никто квартиру не ограбит!»

Хотя, конечно, иногда среди них и романтики попадаются. У меня один итальянец был, Витторио, я его Виктором звала. Очень красивый мужчина, спортсмен, сложен, как Аполлон. Я в него по уши влюбилась, мы полгода встречались. Но сколько можно меня обнимать и целовать? Я женщина, я хочу секса! Особенно если меня обнимает и целует мужчина, от которого я уже без ума. Однажды я сказала: «О'кей, раздевайся, сегодня мы займемся любовью». Он говорит: нет, пока мы не поженимся, мы не будем заниматься любовью. Я говорю: почему? Он говорит: это грех, мне Бог не разрешает. Я говорю: а целоваться? ласкаться? Он говорит: это максимум, что я могу себе позволить. Но в конце концов после шести месяцев этого динамо и мучений я сказала: знаешь, дорогой, пора тебе подумать о наших отношениях, я не хочу тебя обманывать — быть с тобой, а трахаться где-то в другом месте. Он говорит: хорошо, я хочу попробовать, что это такое. И — ему уже тридцать шесть лет, представьте! — он впервые женщину попробовал. И это с его итальянским темпераментом! Конечно, он был в восторге, но наутро прямо с постели убежал в церковь. И целую неделю каждый день ходил в церковь замаливать грехи, почернел на глазах. Потом приходит: хочу еще. Я говорю: это же грех, ты потом молитвами себя вообще в могилу сведешь! Он говорит: ничего, я что-то придумал. А оказывается, что он придумал — не кончать! То есть как почувствует, что может кончить, — сразу выскакивает и в ванную, под холодный душ. Я говорю, знаешь что? я так не могу, я тоже человек. Ты или женись, чтобы все уже до конца делать, или... Но жениться он не хотел, говорит: пастор сказал, что любовь это пожар. А я, говорит, не чувствую пожара в груди, я не могу жениться. Я говорю: ладно, раз не чувствуешь, что с тобой делать, гуд-бай! А очень хороший был мужчина и по гороскопу мне подходил...

Еще один девственник мне попался — 33 года, резидентуру заканчивал, без пяти минут врач. Мы с ним поселились на Восточном Манхэттене. Точнее, я к нему переехала, он студию снимал на тридцать седьмом этаже в сорокаэтажной башне. Этот от ревности с ума сходил, как мальчишка. То есть он в свои тридцать три стал проходить то, что обычно мальчишки в шестнадцать проходят, — первую влюбленность, ревность, безумия всякие. А мне это надо? Я прихожу с работы, еле ноги тащу, а он на меня еще в прихожей набрасывается, как дикарь, трусы срывает, ноги на плечи и колотит меня спиной о стенку так, что соседи стучат, кричат: come on! башня качается! И чуть что — подозрения, слезы, скандалы: ты где была? ты почему на него так посмотрела? Я говорю: знаешь что? я не могу так — каждый день всю ночь напролет трахаться, потом день работать, потом опять трахаться, а потом еще эти скандалы слушать. Я уже на шестнадцать фунтов похудела, я лучше домой пойду. Господи, что тут началось! Он на подоконник залез из окна бросаться! А здоровый мужик, сто с лишним кило, я думаю: сейчас от его веса просто рама вывалится. Короче, еле стащила с окна. А через три дня снова: ты почему из сауны такая счастливая пришла? Я говорю: твою мать, а какая я из сауны должна приходить? Он говорит: наверно, ты там была с кем-то! Я говорю: с кем я могу быть, когда у меня месячные? Ага, говорит, а если бы не месячные, то была бы! Значит, ты меня не любишь, я в монахи ухожу! И хватает телефонную трубку, заказывает себе по «Амэрикан экспресс» билет в Италию, в Ватикан.

Короче, вот такая безумная любовь, как у подростков, — до окончания его резидентуры. А как только получил диплом врача, говорит: я уезжаю в Африку — работать в миссионерской больнице, ты поедешь со мной. Я говорю: в какую Африку? ты что? сбесился? тебе в Америке мало работы? Нет, говорит, хочу в Африку, в миссионеры, это большая честь такую работу получить. И бряк — на колени: поехали со мной, умоляю! Я говорю: сейчас! я для того из России уезжала, чтобы в какую-то Африку! Думаю: ои меня так любит, никуда не уедет! А он взял и уехал, мерзавец!

Ладно. Поплакала и живу дальше. Проходит полгода, встречаю свой идеал. Мужчина —-красавец, интеллигент, копия Майкл Дуглас. Снова дружим, общаемся, я ему массаж делаю и говорю: «Знаешь, ты первый американец, с которым мне так легко и просто. Смотри, как бы я в тебя не влюбилась!» Он говорит: «Я тебе не советую. Останешься несчастной и жизнь себе поломаешь». Я, конечно, обиделась, говорю: «А чем я для тебя плоха? Или ты гомик? Но что-то не похоже...» Он говорит: «Я не гомик, я «стрэйт», но лучше тебе забыть про эту идею». Но как я могу забыть, когда я уже по ночам его во сне вижу, и сны такие — ну, сами понимаете. Я по утрам как больная. Думаю, не могу больше, неужели у него любовница, дай проверю. Начинаю возле его офиса крутиться, высмотрела гараж, где он машину паркует, и по вечерам дежурю напротив в кафешке. А он адвокат, он допоздна работает, до десяти-одиннадцати. И когда выскочит из-под земли на своей «БМВ», никак не угадаешь. Только увижу его машину, только выскочу из кафе, чтоб такси поймать, а его уже след простыл. И так четыре раза. Но на пятый мне повезло — он в пробку попал. Как раз на углу Сорок седьмой стрит и Третьей авеню, где у него офис, — пробка. Я сажусь в такси и говорю водителю: «За тем «БМВ»!» Едем. И приезжаем прямо в Чайнатаун, мой адвокат, вижу, на какой-то крохотной улице машину паркует. Шофер такси мне говорит: приехали, мэм. А уже темно, десять часов. Я говорю: стой и молчи, выключи свет. Он выключил. Смотрю: мой Майкл Дуглас выходит из машины, идет к какому-то подъезду, нажимает звонок, ему с ходу открывают, и он исчез. Так, думаю, ничего себе Майкл Дуглас! По дешевым китайским борделям! А шофер говорит: мэм, это ваш муж? Я говорю: да. А как еще я могла ему объяснить, почему я ночью за этим мужчиной слежу? И тут он говорит: донт ворри, не беспокойтесь, мэм, я это место знаю, здесь ни сифилис, ни СПИД подхватить нельзя. Я говорю: а что это за место? разве это не бордель? Он говорит: нет, мэм, это эксклюзивное место, сюда только самые богатые приезжают, тут им китайцы своих десятилетних девственниц продают.

То есть опять я прокололась — на самом респектабельном американце, на адвокате!

Но время все лечит, даже такие раны. Тем более что к нам на массаж каждый день по десятку мужчин приходит, иногда на пять десятков хоть один стоящий появляется. И вот появился — полный отпад! Тридцать три года, высокий, красивый, спортивный, машина «феррари» и холостой — ну что еще надо? Я постаралась, сделала массаж от души! И ухожу. Он говорит: подожди, а это? а «экстра»? Я говорю: «Ну ты свинья! Я тебе такой массаж сделала — лучше любого «экстра»! А ты!..» Заплакала и ушла.

Так он месяц звонил в салон, извинялся и свидания просил. И как-то под Новый год сижу одна, настроение плохое, думаю: а, черт, пойду с ним в ресторан, отвлекусь. В конце концов, может, он и не такой испорченный? Просто это же их страна, а у них принято в массажных салонах и сексуально обслуживаться. Короче, уговорила себя, а тут он снова звонит, я говорю: хорошо, я согласна. И мы идем в итальянский ресторан, там музыка, шампанское, он за мной красиво ухаживает и даже по манерам видно — аристократ в десятом поколении. И как сидит, и как бокал держит, и как у него ногти подстрижены — ну, по всему! Извиняется, конечно, прощения просит за тот случай. Я говорю: ладно, проехали! И начинается любовь — лучше не бывает! У него какой-то компьютерный бизнес, двухэтажный дом в Лонг-Айленде на берегу океана, конюшня и дог серебристой масти.

Ну, думаю, наконец, ты, Золушка, нашла свое счастье! И стала каждую субботу ездить к нему в Лонг-Айленд. Но он меня не кормил совершенно! Только раз в день заказывал из ресторана пиццу или салат какой-то. А трахал с утра до ночи! Я голодная и оттраханная еду в воскресенье домой электричкой и думаю: да что ж это в самом деле? Какая Золушка это выдержит? И говорю ему в следующий уик-энд: не могу так больше, хочу поесть по-человечески! Он говорит: ладно, пошли в ресторан. Повел в ресторан. А это Ист-Хэмптон, Манток, самое фешенебельное место, там Барбра Стрейзанд дом имеет, там такие рестораны! И вот садимся за столик — один официант слева, второй справа, тот карту вин принес, этот меню. Я начинаю заказывать, а мой говорит: нет, подожди, это слишком дорого. Я со стыда не знала куда деться. А он говорит официанту: что тут у вас подешевле? Я в шоке, говорю: все, ухожу, вези меня на электричку! Он опять извиняется: ты меня не так поняла, я хотел сделать тебе подарок, а у меня сейчас туго с деньгами, идем в магазин! Заходим в магазин, он покупает на кредитную карточку мне платье за триста долларов, а моей дочке в Москву сережки еще за двести. Я думаю: ну, слава Богу, наконец в нем какие-то чувства проснулись. А то живет тут как отмороженный, нужно его воспитывать, разбудить в нем настоящего человека. И действительно, развивается настоящая любовь — он мне объяснился в любви, я ему объяснилась в любви, он говорит: знаешь что? а ты не хотела бы попробовать втроем? Я говорю: ну давай. Я думала, что он или девочку позовет из эскорт-сервиса, или друга своего. А он меня привязал к койке и приводит своего серебристого дога. То есть вот, оказывается, его главное удовольствие: смотреть, как дог женщину трахает. Ну, я, конечно, не далась и решила: да идите вы все со своей хваленой Америкой! В России у нас мужики попроще. Уж если хотели трахать, так трахали! Села в самолет и вернулась в Москву. И хочу вас спросить: что лучше — наше русское динамо или их огурцы и надувные куклы для секса?

СЕМИНАР СЕДЬМОЙ
НАСИЛИЕ

— Хочу предложить вам загадку. Представьте себе проспект Мира часов в семь вечера. По проспекту идет молодая женщина лет двадцати трех. К ней подходит мужчина, такой весь всклокоченный, грязный, хватает ее за руку, говорит, что он ее сейчас поимеет, и ведет к гастроному. Там у входа он ее оставляет и — с применением угроз — велит его ждать, сам заходит в гастроном, покупает бутылку шампанского, выходит, снова берет женщину за руку, сажает в троллейбус, они проезжают несколько остановок, выходят, он ведет ее на какую-то стройку и там насилует. Суд рассматривает это и решает — что?

— Что никакого насилия не было.

— Почему вы так думаете?

— Потому что он оставил ее у гастронома, одну, время семь вечера, это проспект Мира, там в это время полно народу. Она могла уйти, позвать на помощь.

— Она заявила, что он ее запугал, она оцепенела от страха.

— Хорошо. А в троллейбусе? В семь часов вечера троллейбусы переполнены.

— И вообще мужчина в одиночку никакую женщину изнасиловать не может, это установлено научно.

— Послушайте! Он же купил шампанское. Какой насильник покупает шампанское? У них вообще любовь была! Если там было шампанское, то ни о каком насилии не может быть и речи!

— А эта женщина замужем?

— Да, эта женщина замужем, ее муж милиционер.

— Так, уже интересно. А этого насильника она знала раньше? Она с ним встречалась?

— Нет, но они живут в соседних домах.

— А у этого насильника были приводы в милицию, судимости?

— Да, он сидел. Но не за изнасилование, а по какой-то другой статье.

— А откуда взялось это дело в суде? Их застукали на стройплощадке?

— Нет, эта женщина пришла домой вся в слезах, грязная и сказала свекрови: меня изнасиловали. Потом они пошли в милицию, где она написала заявление.

— Значит, вот мое мнение. Никакого насилия не было. Просто эта женщина далеко не красавица. Возможно, просто уродка. А милиционеры сейчас имеют огромные резервы для секса на стороне — и с уличными проститутками, и с продавщицами в ларьках. Или ее муж вообще красавец и имел любовницу, а на жену не обращал никакого внимания. А она решила доказать, что она тоже пользуется успехом. И она всю эту историю с соседом сама спровоцировала.

— А кстати, как муж отнесся к этому событию?

— С гордостью.

— Ка-ак??!

— Да, он с гордостью рассказывал своим товарищам, что его жену изнасиловали.

— Н-да... это поворот... это уже русская коллизия...

— При чем тут русская? Просто она была такая уродка, что друзья презирали его. Они говорили: ну и баба у тебя, ни рожи ни кожи! Ты себе получше ничего не мог найти? И так они его допекли, что когда это случилось, он пришел на работу и сказал с гордостью: а вот мою-то вчера изнасиловали!

— А на самом деле этот мужик-насильник не мог ее трахнуть, пока бутыль шампанского не выпил...

— Которую она ему сама поставила!

— Я хочу сказать, что это очень банальная история. Среди моих подруг и даже, не будем далеко ходить, присутствующих это очень частая история. Жизнь скучна и бледна, а тут к тебе на улице или в троллейбусе подкатывает какой-нибудь мужчина с шампанским, предлагает повеселиться, на стройку прошвырнуться. А ты до этого с мужем поругалась или с начальником на работе, ты думаешь — да пошли вы все! И идешь на стройку, оттягиваешься, а потом на тебя нападают раскаяние и ужас — а вдруг будут какие-нибудь последствия? И ты заявляешь самое простенькое и удобное: изнасилование.

— И ты кого-то в тюрьму посадила?

— Ну, я не сажала. Но с одной моей школьной подругой был такой случай. У девушки было семнадцатилетие, она пригласила своего друга, они дружили с восьмого класса. А мама была очень прогрессивная и ушла к знакомым. Компания гуляла до утра, а утром пришла мама и застала свою дочь в постели с этим парнем. Мама сказала: он тебя изнасиловал. Дочка сказала: да, он меня изнасиловал. А что она могла сказать маме? Нет, мама, это я сама уложила его в свою постель? Хотя так оно, по сути, и было, но парню дали восемь лет.

— А вообще половина насилий случается в постели у знакомых. Скажем, если женщина идет в гости к мужчине и остается там на ночь. А потом она может написать заявление, что ее изнасиловали. Наши суды считают жертвой того, кто написал заявление. Могу поспорить, что жену милиционера тоже признали жертвой насилия.

— Совершенно верно. Человек получил семь лет.

— Минутку! А разве нет женских насилий? Вы поговорите с врачами «скорой помощи». Их вызывают на сердечный приступ, врач заходит в квартиру, она закрывает дверь на ключ и говорит: ну, ублажай меня, родимый, а то ведь в милицию позвоню, скажу, что насиловал. И что ему делать?

— Хорошо, а среди присутствующих есть жертвы насилия?

— Кто же признается? Нужно просто иметь в виду, что когда человек говорит «с моей подругой был случай» или «вот история моего приятеля», то чаще всего он рассказывает о себе.

— Я могу рассказать без камуфляжа. Дело было осенью, я возвращалась домой поздно, где-то в районе одиннадцати. От автобуса за мной увязался какой-то парень. Просто идет сзади и все. Я вошла в парадное — он за мной. Стою у лифта, он рядом. Входим в лифт, он спрашивает: «Вам какой этаж?» Я говорю: двенадцатый. Он нажимает четвертый, лифт останавливается, он вынимает из кармана нож и говорит мне «выходи». Я выхожу. Он говорит: раздевайся, а если будешь кричать, я тебя порежу. Я говорю: у меня верхняя пуговица пальто тяжело расстегивается, я сама не могу, придется вам. Он пробует ее расстегнуть левой рукой, потому что в правой у него нож. Но одной рукой ее расстегнуть невозможно, он говорит: расстегивай сама. Я говорю: я же вас предупредила, я сама не могу ее расстегнуть. Мы начинаем спорить, кто должен меня раздевать. Я говорю: я не против раздеться, но только с вашей помощью. Он говорит: раздевайся или я тебе сейчас лицо попишу! Я говорю: я же не сопротивляюсь, я только прошу вас расстегнуть мне пуговицу! Он говорит: да я ее сейчас вообще отрежу вместе с твоей головой! Тут из какой-то квартиры выходит дедушка с мусорным ведром. И мой насильник, как-то облегченно вздохнув, бежит вниз по лестнице.

— Lucky you!

— Что ты сказала?

— Я сказала, что тебе повезло. А мне — нет. Я не собиралась про это рассказывать, но ты меня завела. У меня было реальное изнасилование. Я просто села в машину. Знаете ресторан «Поплавок»? Я вышла из ресторана, голоснула и села в машину, не посмотрев, с кем сажусь. Говорю: мне на Юго-Запад. И тут же в машину ныряет какой-то дядька, на заднее сиденье, говорит: мне в ту же сторону. Мы поехали. И уже стали подъезжать к зоне отдыха, когда я говорю: нет, мне не сюда, мне направо. Тут меня сзади просто схватили за волосы и какой-то нож приставили к горлу. Как в кино. Машина спокойно свернула в лесок, мне сказали — выходи. Кричать, сопротивляться — глупо. Хотя я попыталась что-то сказать — мол, не хочу, не буду. И получила по морде. На этом все «не хочу, не буду» закончились. А там темно, жутко, грязно — в лесу и после дождя. Но самое ужасное даже не то, что это был в основном минет, а что от меня требовали анального секса. А я не имею такой практики, поэтому у них не получалось. И один из них разозлился и начал всовывать мне в задницу клочья травы, землю, какую-то гадость. Короче, фаршировать меня этой дрянью. Не знаю, может, они были наркоманами, может, просто психи ненормальные —

297

они так психанули, что пытались на меня наехать машиной. И я в этих кустах как-то каскадерским способом кувыркалась, эта машина буквально по мне прокатила и уехала. А я осталась в лесу. Причем все разорвано, в грязи, губы расквашены, ноги в крови. Но самый большой страх был даже не тогда, когда машина на меня наезжала, а когда я по этому лесу назад шла. Вот это страх был. Мне за каждой кочкой мерещились ужасы, начиная от расчлененных трупов и кончая какими-то чудовищами. Мне казалось, что сейчас эти сволочи вернутся меня добивать. Это было самое страшное. Я шла, меня всю колотило. Ночь, темно, тут еще дождь пошел, плюс все болит, все противно. По какому-то наитию я из этого леса вышла. И потом у меня месяц была форменная мания преследования, мне казалось, что они меня в городе выследят и убьют. Тем более что я бегала по врачам — когда, извиняюсь, задница нашпигована землей и ветками, тут к врачу не сходить никак нельзя. И вообще многие из моих знакомых были изнасилованы. Просто не все любят об этом рассказывать. Но в основе каждого насилия лежит безумие нашего воспитания, отношения к женщине как к аппарату для эякуляции. Я даже среди интеллигентных людей это замечала, они и называют нас «телками». То есть животными. Понимаете, не он животное, которое, как кобель, пытается влезть на каждую суку. А — женщина! Если женщина где-то выпила и расслабленная возвращается домой, ее можно раздеть, изнасиловать, обобрать и выбросить из машины — это вообще ничего не стоит. А если ты, боясь этого, остаешься в гостях у мужчины — восемьдесят процентов, что хозяин к тебе полезет. «Я тебе что, повод давала для этого?» — «Но ты же оста-

298

лась!» И не важно, хочу я или нет. Мужчину не интересует, что женщина чувствует, что она хочет, что она испытывает. Его это совершенно не волнует. Один мой приятель, очень с виду хороший, славный человек, встречался с моей подругой. Она-то это воспринимала как лирику. А он ее возил к своим приятелям на дачу поебаться. Он это другим словом и не называл. И я уже давно к мужчинам с опаской отношусь. Я встречаюсь с каким-то мужчиной и думаю: а вдруг он ко мне точно так же относится? Да, я ему не жена, но разве я телка? А его жена для всех остальных мужчин тоже телка? А больше всего в этой жизни достается тем женщинам, которые купились на наши лозунги о равноправии. Если она себя первой проявляет в своих чувствах, то про нее сразу говорят: сама на шею бросается. И таких просто смешивают с навозом! Хотя на самом деле что ж тут плохого-то? То, что она страстная женщина, что она пылко и ярко отдается — это редкое качество, это дар Божий! А ее за это размазывают. Не во Франции, конечно, а именно у нас, в России.

Длинная пауза, голос ведущего:

— Что ж, если все молчат после такой пылкой речи, то, может быть, на этом и закончим?

— А я думаю, что мы только-только подошли к предмету разговора.

— В каком смысле?

— В том смысле, что это все-таки семинары, а не очередной «Декамерон», «Россия в постели» или «Мужской разговор в русской бане». Надо понять, откуда ноги растут у такого моря насилия, которое разлито сегодня по стране.

— И как по-твоему, откуда?

299

— Можно отделаться общими фразами: «социальная нестабильность», «развал экономики», «потеря идеалов». Но это не вскрывает механизм возникновения массового насилия и садизма. Откуда это берется? Я как-то общался с одним питерским психотерапевтом, и он объяснял это так. Мол, в период экономического кризиса у подавляющего большинства населения резко сужается круг потребностей, которые можно удовлетворить. Если в благополучном обществе человек может удовлетворить, скажем, до сотни своих потребностей — семья, питание, одежда, транспортные средства, путешествия, отдых, развлечения и так далее — и как бы сам растворяется в этой своей занятости, то при экономическом кризисе у него остается одна-единственная потребность — выжить. А когда появляется лозунг «Выжить», возникают агрессия, насилие и садизм. Это психическая форма протеста неудовлетворенного потребителя. И поскольку сегодня нет партии, способной сманипулировать этим, как Ленин или Гитлер, то агрессия выливается не в сторону капиталистов или евреев, а на то, что всего доступней и ближе, — на женщин. То есть акт против женщин — это реализация желания опозорить условия своего существования. Поскольку женщина во все века была и есть символом цивилизации. Не зря все признаки цивилизации — Свобода, Честь, Любовь, Демократия, Гуманность, Поэзия, Философия, Музыка, Живопись — все женского рода. Конечно, отдельный насильник этих глубин мотиваций своего поведения не осознает. Он хватает на улице девушку, заталкивает в машину и... Но во-первых, посмотрите на статистику: большинство насилий совершается групповым методом, словно это партийные ячейки зарождающейся партии социального протеста. Во-вторых, большинство насильников первым делом приводят свою жертву в бессознательное состояние. То есть на самом деле им женщина со всеми ее женственностями — красотой, лаской, нежностью — не нужна. А нужен тот объект насилия, куда можно сбросить, извергнуть свою напряженность и агрессивность. Не зря непонятное слово «эякуляция» звучит по-русски куда доходчивей и образней — *семяизвержение*. Именно — *извержение* того, в данном случае дурного, семени, которое, как говорится, в голову бросилось. Прослеживаем дальше: насильник достиг оргазма — он удовлетворен? Ведь нормальный мужчина после оргазма тут же расслабляется и засыпает. А насильник? Нет, в большинстве наших, отечественных случаев он идет дальше — засовывает всякие огурцы, вилки, траву, грязь во все интимные и сакральные места своей жертвы. Иначе говоря, продолжает унижать, оскорблять, *грязнить* объект насилия. Значит, дело было не в сексуальном голоде. А в чем? А в том, чтобы, как растоптанное знамя, бросить эту женщину в лицо обществу. Теперь идем еще дальше — к обществу. Как наше общество воспринимает сегодня насилие и садизм? Как *данность*. Почти как норму. Водитель трамвая не может удержаться, чтобы не захлопнуть дверь перед носом человека, который бежит к трамвайной остановке. Начальник материт подчиненного, который не может ему ответить тем же. Продавщица грубит покупателю. Родители бьют детей. Все это формы социального садизма, и они везде, и это будет развиваться и шириться, потому что все остальные формы социального протеста уже отработаны русской историей и обернулись для нации катастрофой. Поэтому нормальные вроде бы люди теперь миллионами вовлекаются в стихию мелкого социального садизма, а их дети, рождаясь в этом климате, легко, даже *органично* усваивают это. Садизм становится их натурой и естеством, и они делают следующий шаг — становятся бандитами, насильниками и сексуальными маньяками, и для них уже нет дороги обратно. Я видел телепередачу о наших детях, усыновленных американскими родителями три года назад. Десятилетнего мальчика и двух его младших сестер взяли из нашего интерната и увезли куда-то в Пенсильванию, в хороший сельский дом, в любящую семью. И что же? Они выучили язык, научились есть ложкой и вилкой и играть в бейсбол и компьютерные игры, но избавить их от врожденного практически садизма не могут ни родители, ни учителя, ни американские психотерапевты. Мальчик смертным боем бьет своих сестер и соучеников в школе, девочки в поисках объекта для садизма сворачивают головы курицам. Впрочем, зачем ходить за примером в Америку? Посмотрите вокруг себя, ведь мы дошли до того, что уже женщины, девушки бьют мужчин. У меня приятель спал с любимой девушкой, все было хорошо, оба устали от любви и уснули, а потом она вдруг проснулась, взяла с тумбочки пепельницу и со всего размаха опустила ее на голову любимого. То есть она настолько была насыщена агрессивностью, что даже секс ее не расслабил. Хотя, может, все-таки расслабил — она по голове не попала, только по уху.

Пауза, вопрос:
— И это все? Ты закончил?
— Да.

— Но что же делать?

— На тему «что делать?» написаны две работы. Одна Чернышевским, вторая Лениным. Третью, наверно, напишет Гайдар.

— Хорошо, а твой питерский психотерапевт что думает по этому поводу?

— Он не думает, он работает в реабилитационном центре и дает конкретные советы, как спасаться от насильников.

— Ну-ка! Ну-ка!

— Каждый насильник, готовя свое преступление, находится как бы в гипнотическом состоянии. У него есть свой сценарий насилия, и он на него почти гипнотически нацелен. А задача жертвы этот сценарий разрушить. Вот мне один насильник сам рассказывал. Он тоже охотился за девочками в лифтах, приставлял им нож к горлу и спрашивал: «Жить хочешь?» Девочки, естественно, говорили: «Да, хочу», а он, естественно, говорил: «Тогда раздевайся!» А одна девочка говорит: «Не хочу». И он мне сам говорил: я растерялся, я не знал, что делать. То есть он выпал из своего самогипноза, он спросил: «Почему?». А она стала рассказывать: «Меня мама послала за молоком, а у меня мальчишки деньги отняли». То есть муть какую-то. Но он уже видел себя со стороны, он дал ей подзатыльник и убежал. Точно, как рассказала тут Альбина. Она этой пуговицей тоже вывела его из состояния гипноза. И он, кстати, не от тебя, Аля, убегал, а от самого себя.

— Знаете, я была в таком реабилитационном центре.

— Как пациентка?

— Да.

— Тоже по поводу насилия?

— Повод не важен, не в нем суть. А в том, что меня там научили одной молитве, которую каждая наша девушка и женщина должна повторять ежедневно, как «Отче наш». Я, во всяком случае, читаю ее наизусть и перед сном, и утром. Могу и вам прочесть, если хотите.

Голоса:

— Конечно! Читай! Тихо! Слушаем!

— Пожалуйста. «Я осознаю себя человеком, осознаю себя личностью. Я знаю себе цену. Мое здоровье и благополучие — самый важный момент в моей жизни, который я буду беречь. Моя сексуальная жизнь будет только безопасной. Я никогда не допущу нежелательной беременности, потому что знаю и помню, какой ущерб она может нанести моему здоровью, моему будущему и будущему моей семьи. Я знаю, что, когда я запланирую рождение желанного ребенка от любимого человека, я буду счастлива родить ребенка здорового, ребенка благополучного. И моя жизнь будет счастливой и благополучной. А пока я буду пользоваться при интимных отношениях противозачаточными средствами. Каждый человек сексуален по своей природе. Ничто и никто сексуальную жизнь не запрещал и не запретит никогда. Но она должна быть счастливой, она должна быть радостной, светлой и безопасной. Это основной момент в моей жизни, и эти положения очень глубоко остаются сейчас в моем сознании и подсознании. Они остаются со мной навсегда. Я всегда буду спокойной и способной регулировать свою настоящую и будущую жизнь ради блага собственного, ради блага своих близких и любимых людей, во имя счастливого будущего своей семьи. Аминь».

СЕМИНАР ВОСЬМОЙ
ИЗМЕНА

— Вот ситуация. Живут две подруги. Одна яркая, красивая, с хорошим и удачливым мужем, с ребенком. А вторая серенькая, ютится в однокомнатной квартире и молится на свою подругу: ты замечательная, ты лучше всех, ты королева, ты достойна сотни мужчин. И хотя у первой все стабильно, муж ее обожает, и она верна мужу, но это постоянное восхищение как-то действует, возбуждает. И однажды она должна куда-то ехать, голосует какой-то машине, садится, а там оказывается симпатичный мужчина, и завязывается роман. А подруга, узнав об этом, говорит: какие проблемы? У меня есть квартира. И возникает банальная ситуация: любовники встречаются в квартире подруги, подруга все знает и поощряет, все счастливы и довольны. Но однажды эта женщина задержалась в квартире подруги после того, как любовник уже ушел, случайно включила автоответчик и слышит голос — кого? Своего мужа! Который говорит: «Ласточка моя, сегодня я никак не могу, у меня на работе напряженка, встретимся в другой раз». Женщина в полном шоке, не может своим ушам поверить, думает, это какое-то совпадение лексикона и знакомых фраз. Слушает еще раз и убеждается — голос мужа. А для нее муж — символ прочности, верности, полной любви. И подруга — просто ближе родной сестры! А теперь вопрос: как по-вашему, чем закончится эта ситуация?

— Все зависит от того, насколько ее устраивает ее любовник. Если устраивает, то она останется с любовником, а мужа отдаст подруге.

— Никогда в жизни! Любовник — это одно, а собственность — это другое. Мужа, как собственность, никто никогда никому добровольно не отдаст! Какой бы ни был любовник, а услышать вот так голос мужа — это будет для нее ужасная трагедия. Потому что любовник — это была игра, дополнение к ее супружеской жизни. Но никакого мужа на любовника она менять не станет. Она начнет расследовать эту ситуацию, она превратится в сыщика, будет ставить им ловушки, она их разоблачит, рассорится с подругой, а с мужем останется.

— Вы плохо знаете женщин. С подругой она может поругаться, но потом обязательно помирится. Потому что женщины так устроены: они любят делать друг другу подсечки и мелкие гадости, они расходятся, а потом опять объединяются.

— Я была в аналогичной ситуации и знаю, какие ощущения возникают. Во-первых: как так? Как это они могли себе такое позволить? То есть то, что она, красавица, себе позволяла, это одно, а они не имели права. Но потом она начинает остывать и соображать, как ей отвоевать своего мужа обратно. Она себе говорит: это ради семьи, ради ребенка. Но на самом деле это еще и ради своих амбиций.

— Она может записать на магнитофон свой разоблачительный разговор с подругой, показать это мужу, и тогда ситуация будет разрешена раз и навсегда.

— Не каждая женщина додумается до этого, но дело не в методах борьбы. Дело в том, что до этой истории она была просто красивой женой. А борьба сделает ее красивой женщиной. Отвоевав мужа, она выведет их отношения на совсем другой уровень. Они такой любви и такого секса никогда раньше не имели. Потому что одно дело секс с мужем или с любимым человеком, и другое — с человеком, которого ты отвоевал!

— А я думаю: какая же ее подруга дура! Она спровоцировала эту историю, чтобы показать, что, мол, и я не лыком шита, но потеряла все — и подругу, и любовника.

— Насчет методов борьбы. Я вам расскажу маленькую историю. Я работал в одной коммерческой структуре, которую организовал мой приятель. Он набирал туда только знакомых и родственников, чтобы не воровали. И через какое-то время у него дома раздается звонок. Какая-то доброхотка из хороших знакомых говорит его жене, что у него на работе появилась любовница. Жена спрашивает: она кто — блондинка? Брюнетка? Та говорит: блондинка. А жена знает, что ее мужу нравятся блондинки, она просит: познакомь меня с ней. Хорошо, они встречаются в каком-то кафе, жена видит, что соперница действительно блондинка, и начинает с ней дружить, а потом говорит: знаешь, у тебя прическа неудачная, давай я отведу тебя к своему парикмахеру. И ведет ее к парикмахеру. А парикмахер известный в Москве мастер, он говорит: «Вам не идет быть блондинкой, это вас простит. Но если сделать вас брюнеткой, вы станете просто магической женщиной». И на следующий день она является на работу жгучей брюнеткой, а мой приятель просто в шоке. Он мне говорит: на хера мне, извините, брюнетка, у меня дома уже есть одна.

— А у меня подруга поругалась со своим молодым человеком. Они довольно долго прожили вместе, в первый раз поругались, для нее это был большой стресс. Она оделась, зашла за мной, говорит: пошли пройдемся. Но я с ней гулять не пошла, я была занята с ребенком. Она говорит: хорошо, я тут сама вокруг твоего дома похожу. И получилось так, что она гуляла-гуляла вокруг моего дома, и вдруг у ее ног останавливается машина, и мужчина предлагает ей прокатиться. Ну, или не знаю что он ей предложил, но она ему сказала, что он может катиться один, сам по себе и очень далеко. И машина отъехала, но вдруг... Вдруг она побежала за ней, стала махать рукой. А он увидел в зеркало, что ему машут, остановился. Она села в машину и сказала: поехали! Тот совершенно обалдел, потому что подруга у меня — не просто красивая, а очень красивая женщина. Он с перепугу ее вез, вез — довез до Домодедово! Там они в палатке купили бутылку мартини, выпили, и она прямо в машине первая проявила инициативу. Потом оделась и говорит: хочу домой. Он молча довез ее до дома, а утром она прибегает ко мне: «Ой, Валя, какие могут быть последствия?» То есть вчера она ни о каких последствиях не думала и даже не предохранялась, ее на измену просто, как под машину, бросило.

— Почему все говорят о подругах и приятелях? Давайте так поставим вопрос. Ты приходишь домой и застаешь своего любимого человека в постели с другой женщиной или с другим мужчиной. Что ты сделаешь? Шура, начнем с тебя.

— Я? Я бы к ним присоединилась.

— А я бы ушла.

— А я бы стала над ними подшучивать и превратила это все в посмешище или в фарс — в зависимости от того, с кем он: с моей знакомой или с незнакомой.

— А я была в такой ситуации.

— Ну-ка, ну-ка! Можно подробней?

— Подробность одна. У меня теперь новый муж.

— Это следствие. А как ты реагировала вначале, в тот момент?

— Да никак. Я села, посидела. Она оделась и ушла. Все тихо, молча. Что тут говорить? Истерика или даже простые слова опустят тебя ниже ситуации.

— И потом развод? А разве нельзя было перешагнуть через ситуацию, простить?

— А зачем? Не доверять, все время следить — это уже не семейная жизнь. Если его стиль жизни не совпадает с моим, зачем я буду жить с таким человеком?

— Так, следующий. Вера?

— У меня был любовник, который меня обожал. Я могла делать все что угодно — он меня все равно любил. Я его порой к себе месяцами не подпускала, я такие номера откалывала — другой бы мне ноги поотрывал! Но этот... Мне это стало неприятно, я думаю: что ж я так неприлично с ним поступаю? Просто в мерзавку какую-то превращаюсь! И однажды, когда он снова рассказывал мне о своих чувствах, я говорю: знаешь что? Если ты действительно меня так сильно любишь, найди себе богатую девушку, охмури ее и женись на ней. Чтобы я больше не видела, как ты мучаешься. И я это не один раз сказала, а несколько, я ему даже условие поставила: если ты хочешь еще раз попасть в мою постель, сделай это! И что вы думаете? Этот негодяй так и сделал! Он исчез. Однажды встречаю в метро — он идет с замечательной девушкой, очень красивой. Я подошла, познакомилась, говорю: я его троюродная сестра. А он прекрасно выглядит, я говорю: ну ты бы хоть позвонил мне, как сестре. Ни фига! Я, дура, сама его толкнула на измену! И потеряла и как друга, и как любовника.

— Хорошо, следующий. Петр, что бы ты сказал, если бы застал любимую женщину в постели с другим мужчиной?

— Убил бы.

— Убил кого? Ее? Его?

— Не знаю. Я зверею в такие моменты. Мне все равно.

— Девочки, примите к сведению: мужчину нужно класть сверху...

— А я бы постаралась рассмотреть эту красавицу и понять, в чем же я плохонулась. Если я считала, что я непобедима, а он вдруг мне изменил, я должна понять почему и стать лучше.

— К вопросу насчет «убил». Вот подлинный случай. Один очень высокий чиновник, даже скажу точнее — замминистра узнал об измене жены. А поскольку у нас руководство молодое, то и поступки они совершают горячие. Когда она пришла от любовника, он ее топориком стукнул по затылку и убил. Потом разрезал труп на части, аккуратно завернул в пластиковые пакеты, вывез за город и закопал в каком-то овраге. Вернулся домой, всю квартиру вымыл и пошел в милицию заявлять о пропаже жены. А в милиции как? Пропала и пропала, мало ли сейчас людей пропадает? Может, сама сбежала. Но он оказался настырным человеком и сам себя переиграл — всех завалил своими заявлениями: прокуратуру, угрозыск, даже управление по организованной преступности. И так всех достал, что МУРу поручили заняться этим делом. Все-таки у замминистра жена пропала, не у кого-то! В МУРе создали следственную бригаду, сбросили им все его заявления, и те стали их изучать в порядке подготовки к следствию. И обратили внимание на какие-то мелкие детали и странности. Скажем, в одном заявлении он пишет: в пятницу, в 18.00, приехав с работы, я обнаружил, что жены нет дома. А в 21.00 он уже был в милиции, подал первое заявление. Спрашивается: как ты мог уже в девять вечера считать, что жена пропала? Может, она в кино пошла? Или у подруги чай пьет? Короче, там были какие-то детали, из-за которых следователи решили последить за этим человеком. И увидели, что он каждый день, выходя с работы, останавливает свою «ауди» у цветочного ларька, покупает букет цветов и едет куда-то. Ну, думают, к любовнице, к кому же еще? Собирают «наружку» — бригаду негласного наружного наблюдения. А это непросто, это все-таки несколько машин и с десятка три «топтунов», которые должны подменять друг друга, чтобы объект не заметил слежки. Ладно, укомплектовали «наружку», следят. И видят — ни к какой любовнице он не сворачивает, а едет в какой-то лесок, в овраг, и там кладет цветы, сидит и плачет. Стали раскапывать эту территорию и нашли расчлененный труп. Взяли этого замминистра в разработку, он во всем сознался, получил «червонец» за убийство на почве ревности и уехал в «тринадцатую» зону, где Чурбанов сидел. Так что убийство за измену — вполне реальная вещь. И на любом уровне.

— Все-таки давайте уточним, о чем мы говорим? Об измене любимого человека? Или об измене мужа— жены? Это же разные вещи! Одно дело, когда изменяет человек, на которого распространены права собственности, а другое — никаких прав собственности, а только любовь. Но любви не изменяют, ее убивают. Если я застаю любимого человека с другой, то никакой любви уже нет, он ее убил, точка.

— Между прочим, это еще как сказать. У меня был случай, где это выглядело совсем иначе. Хотя, честно говоря, я в нем до сих пор не разобрался. Я дружил с одним человеком. Мы вместе работали, он был очень

311

интересным и красивым парнем, старше меня. Короче, он был ярким ведущим, а я скромным ведомым. И он жил с девушкой, с Таней, которая его очень любила. А мне она совершенно не нравилась, у меня была своя девушка — не то чтобы любимая, но мы с ней уже целовались. Потом мне на работе дают комнату, которую комнатой назвать нельзя, это такой пенал шесть метров в длину, три в ширину. Но для меня это уже квартира, я переселяюсь в нее из общежития, ставлю кровать, стол, диван. И все, там больше места нет. Тут мой друг уезжает в командировку. Таня мне звонит, говорит: есть ли от Толика какие-то вести? Я говорю: какие вести? он только вчера улетел. Назавтра — снова звонок, и так каждый день как по расписанию. Через неделю она говорит: у меня есть интересная книжка, я тебе занесу. Я говорю: заноси. Она приходит, приносит книжку и садится на диван. Но говорить совершенно не о чем — сколько можно об одном человеке разговаривать, даже если это мой друг? А она сидит, и это совсем рядом, ведь у меня вот тут диван, вот тут кровать, почти впритык. И возникает такое странное напряжение, я сажусь от нее подальше. Правда, Толик, хвастаясь, говорил, что она необыкновенная женщина. Но все равно я что-то вякаю через силу, потом опять пауза, потом она говорит: ну вот эта книжка, я пошла. А через день звонит: мне книжка срочно нужна, ты прочел? Прочел, говорю. Она говорит: я приду. Снова приходит и сидит. Опять напряжение, опять о чем-то говорим через паузы. Тут она спрашивает: у тебя музыка есть какая-нибудь? Я говорю: есть радио. Она говорит: может, потанцуем? Я говорю: где тут потанцуешь, тут полтора метра, ступить негде. Она говорит: ничего, давай, а то у меня настроение такое тоскливое. Мы включили музыку, стали танцевать, она прижимается ко мне, и меня как током пробивает — все, мы в постели, это просто невозможно было удержаться. Потом она говорит: тебе хорошо было? Ты Толику ничего не скажешь? Я говорю: конечно, не скажу, как я могу ему сказать, он же мой друг! Проходит еще несколько дней, прилетает Толик и звонит мне: как дела? Я говорю: все нормально. Он спрашивает: никаких новостей? Я говорю: никаких. Через день, в воскресенье, он звонит: приезжай на обед. Я приезжаю, как всегда. А там Таня. Сидим, обедаем, она смотрит на меня и говорит: я ему все рассказала. И значит, Толик тут же устраивает судилище, начинает выяснять подробности: как это было, когда, кто кому звонил и кто к кому пришел. Я сижу весь красный и вижу, что я для него инструмент возмездия и пытки. И вдруг... Вдруг она встает, надевает шубу, хлопает дверью и уходит. И для меня осталось загадкой: а) почему она ему рассказала? б) почему он устроил это судилище? Но самое главное: после этого они прекрасно жили вместе, а я чувствовал себя полным идиотом.

— Ну, тут с точки зрения психологии и вопроса нет. Она играла со своим мужем в такую игру: догони меня, поймай меня, я тебе изменю, а ты накажи меня. И он играл в эту игру: ах, попалась, сукина дочь! Они, как игроки, нашли друг друга и прекрасно жили, решая таким образом свои игровые проблемы. Тебя отыграли, потом еще кого-то, потом еще. Но вот я однажды оказался в ситуации, когда никакой игры не было. Я жил с одной женщиной, она ужасно хотела выйти за меня замуж, а я сказал однозначно «нет». И после этого стал чувствовать, что она дистанцируется и отходит от меня. И я понял, что в ее жизни должен появиться или уже появился новый мужчина. Стал наблюдать и как-то увидел в ее записной книжке его адрес, он жил в районе Савеловского вокзала. Я не поленился, поехал и посмотрел этот дом — где там парадное, куда его окна выходят. И как-то вечером она говорит: у меня встреча с подругой, я могу задержаться. Я подождал минут пять после ее ухода, выскакиваю, хватаю такси и туда. При этом сердце у меня так колотилось, я до сих пор слышу тот гул. Наверно, я испытывал то, что испытывает гончая собака, когда берет след. А был февраль, темнеет уже в четыре, то есть — во всех окнах свет и все видно. Особенно если с соседней крыши в бинокль смотреть. И вот я стою на соседней крыше, держусь одной рукой за какую-то телеантенну, а во второй у меня бинокль, который я из дома прихватил. И вижу в его окошке свет, а потом там появилась фигура моей любимой, с которой я прожил пять лет. И я вижу, как она раздевается, а мужчина, целуя ее, опускается все ниже...

— Прямо кино!

— Но вдруг он отодвигается, берет телефонную трубку и начинает по телефону разговаривать. Пять минут разговаривает, десять, двадцать! А она ждет, из чего я вывел, что для них эти отношения уже привычные. Потому что мужчина, к которому женщина пришла впервые или даже во второй раз, не станет целый час тратить на телефонные разговоры. А потом происходит следующее. Я стою, замерзая, на этой крыше, в каком-то сугробе и думаю: если я сейчас ворвусь к ним в квартиру и стану ее извлекать оттуда, то еще неизвестно, кто кому морду набьет — я ему или он мне. Потому что я вижу его в бинокль — у него фигура боксера или каратиста. Но это мелочи. А главное — если я все-таки извлекаю ее оттуда, то это уже серьезный шаг, это значит, мне придется на ней жениться.

— Вот ты умный какой!

— Хитрый!

— И, представьте себе, я иду на это! Я иду на то, чтобы меня избили, чтобы меня отвели в загс — лишь бы не отдавать эту женщину! Я не помню, как я спустился с той крыши, как я поднялся на третий этаж к его квартире, но я помню, как моя левая рука тянется к его звонку, а правая ее держит. Это потрясающее ощущение, это был конфликт двух рук, я не придумываю ни йоты! И когда этот конфликт достиг апогея, когда левая рука уже касалась звонка — в этот миг я услышал из-за той двери стоны, всхлипы и крики — о, такие знакомые! Это был тот ее бурный оргазм, который я всегда приписывал своему мужскому могуществу, считал себя его единственным автором. И вдруг я слышу, что того же эффекта она достигает с другим мужчиной. Весь мой запал как рукой сняло. Я спустился вниз, вышел на улицу — меня просто тошнило, рвало. Потом я взял такси и уехал домой. А утром она позвонила, сказала: привет! Я говорю: ты где? Она говорит: я у подруги задержалась. И я понял, что весь смак для меня и кайф сказать ей: девушка, а не пошла бы ты туда-то и еще дальше! Что я и сделал с употреблением большого количества известных русских адресов. И повесил трубку с ощущением победы и полной свободы. Которое длилось ровно две недели. А через две недели я ей позвонил: «Привет, как дела?». Мы встретились, и это была такая свобода любви друг к другу, такая откровенность — я после этого несколько лет не испытывал никаких приступов ревности или желания найти, отследить,

315

застать. И это подтверждает то, о чем здесь уже говорили. Хотя измена — это, в общем, подлость, но измена любимой женщины — это драма, которая может обернуться наслаждением. То есть нет ничего страшного в том, что ты вдруг теряешь чувство собственности на женщину. Нужно это пережить, а потом к ней вернуться или отвоевать ее, и тогда тебе гарантировано такое наслаждение, которого ты не имел, когда она была твоей собственностью. Я думаю, ваш замминистра это осознал, но уже после убийства, и потому плакал...

— Знаешь, а мне твоя история напомнила один старый анекдот. Один мужик решил проследить свою жену, и вот он видит, как она с мужчиной заходит в какой-то дом и они запирают за собой дверь. Он смотрит в замочную скважину и видит, как они целуются, потом она начинает раздеваться, потом полуголая сидит у того мужика на коленях, они снова целуются, тот ее гладит и, наконец, снимает с нее трусики и вешает их на ручку двери, закрывая ими замочную скважину. Тут муж хватается за голову и кричит: опять темнота! опять неизвестность!

СЕМИНАР ДЕВЯТЫЙ
СЛУЧАЙНАЯ СВЯЗЬ

— Итак, наша тема — случайная связь. Рассказываю историю из собственной жизни. Командировка, поезд Москва—Петербург, мягкий вагон. Вхожу в четырехместное купе, там уже двое: какой-то толстяк сидит за столиком, режет колбасу и ест, запивает пивом. Перед ним батарея пивных бутылок, он их одну за другой высасывает. Напротив женщина лет тридцати в очках и строгом деловом костюме. Через минуту поезд трогается, четвертого пассажира у нас нет. Толстяк допил пиво, залез на вторую полку и уснул. Женщина ушла в туалет, там переоделась и вернулась в розовом халатике. Без очков и блейзера оказалась очень симпатичной. Готовимся ко сну — я разбираю на нижней полке свою постель, она свою. И в это время с верхней полки раздался храп. Да такой мощный, что я вздрогнул. Женщина подняла голову и произнесла с присвистом: «Йю-йю! Йю-йю!». Храп на минуту прекратился, а потом опять, да еще громче. Она посмотрела на меня, я пожал плечами: мол, похоже, нам не заснуть. Она говорит: что будем делать? Я говорю: не знаю, я везу приятелю в подарок бутылку вина, давайте ее разопьем. Она говорит: ну, на целую ночь нам бутылки не хватит, надо о чем-то поговорить. Я говорю: да, давайте рассказывать о себе, у вас есть семья? Она говорит: да, конечно. Я говорю: ну вот, вы мне о себе расскажете, а я вам о себе. И так потихонечку пьем эту подарочную бутылку прекрасного грузинского «Ахашени», а толстяк все храпит и храпит без остановки. А женщина рассказывает, как она счастлива, работает в Питере на какую-то немецкую фирму, у нее чудная маленькая дочка, удачливый муж и так далее. А я рассказываю, как познакомился со своей женой, какой у нас сын. Но этот толстяк так храпит, что мы с трудом слышим друг друга, и я пересаживаюсь к ней на полку, там мы разговариваем негромко, полушепотом, а где-то часа в два ночи само собой получилось, что мы поцеловались. Тут поезд затормозил на каком-то полустанке, храп прекратился, мы замерли. Через минуту поезд опять пошел, толстяк снова захрапел, и я выключил свет в купе, чтоб ему спалось получше. И вот темнота, только такая слабая синяя подсветка в купе

317

и романтическое мелькание редких огней за окном. Еще несколько поцелуев, мы уже в постели, на ее узкой полке и — бутербродом. Мой темперамент, ее темперамент, стук колес, храп наверху и покачивание вагона — все замечательно, остро и страстно до стона, я ей губы губами зажимаю. Но как только поезд начинает на подъеме замедлять свой ход, храп прекращается, и мы замираем, точнее — я замирал в ней и слышал ее интимное внутреннее пульсирование, которое не прекращалось с первой минуты, как я вошел в нее. Потом колеса снова принимались клацать и клацать, храп возобновлялся, и мы бурной любовью наверстывали упущенное время. Но когда поезд подошел к какой-то станции и перронные огни осветили купе, я сиганул от нее на свою полку, и не зря — толстяк проснулся, спустился вниз, выпил еще бутылку пива, поднялся назад и опять захрапел. И так это продолжалось до утра, я уснул километров за сто до Питера, не раньше. Утром спустился этот храпящий человек, взял свой портфель и ушел, женщина стала одеваться, я ей говорю: как вас найти, дайте ваш телефон. А уже питерский перрон, поезд останавливается, она говорит: не надо меня искать, все было прекрасно, а чтобы вы себя не терзали, я вам скажу, что мой муж тоже храпит и я хорошо сплю при храпе. И с этими словами уходит к выходу из вагона, где ее встречали муж и дочка. А теперь скажите: была это случайная связь или не случайная?

— Это был эффект сукиного сына. Он описан в психологии. Человек, который активно не нравится всем, нас сближает. Вас сблизил этот отвратительный толстяк, который пил и храпел.

— Если считать, что случайная связь — это то, что произошло совершенно без подготовки, то она может

318

случиться только тогда, когда ты невменяем. Потому что в основе любой случайной связи лежат настрой на эту связь и готовность к ней. Дама едет в командировку и готова к любовным приключениям по известной формуле: внешностью мужчина должен привлекать, а характером не должен отталкивать. Все, этого достаточно. Одна ее финальная фраза чего стоит!

— А по-моему, если бы она была действительно довольна той ночью, она бы обязательно дала свой телефон. Когда у меня случается короткая, но неудовлетворительная связь, то я, уходя, думаю: зря время потеряла. Хотя, чтоб не обижать мужчину, говорю ему, что все было прекрасно.

— В основе случайной связи всегда лежит случайная встреча. И наши российские пространства специально для этого созданы — все эти поезда дальнего следования, спальные вагоны. В Европе почти все вагоны сидячие. А наши... Они хотя и отвратительные, и вонь там, и бандиты, но когда едешь и едешь по трое суток, то невольно думаешь — а чем тут развлечься?

— Давай уточним. Потому что поезда все-таки бывают разные. Скажем, двухместные купе в «СВ» действительно созданы для того, чтобы в них заниматься любовью. А плацкартные вагоны созданы для того, чтобы в них мучиться: как же и где заняться любовью?

— Если говорить о романах в поездах, то нужно учесть, что поезд — это выпадение из времени и пространства. Ты из одного обжитого пространства уехала, а в другое обжитое пространство еще не въехала. И когда люди выпадают из времени, они такое творят! Случайная связь в дороге — это способ усилить острые ощущения этого выпадения.

— А я думаю, что случайных связей не бывает даже при случайных встречах. Я не могу себе представить, чтобы я шла, скажем, по улице, а кто-то подошел ко мне сзади или спереди и... То, что вы назвали случайной связью, это скорее не случайная, а кратковременная связь, связь без продолжения. Но эти люди были готовы к ней, они были, как взведенные курки. И произошло короткое замыкание на одну ночь — от Москвы до Питера.

— Было бы забавно услышать ту же историю из уст толстяка. Вот уж он насладился ситуацией! Он, я думаю, был онанистом...

— Подождите! Давайте теоретику дадим слово.

— Есть древнегреческая история, определяющая, что такое случайность. В свое время эта история поразила все Афины. Летел орел и держал в когтях черепаху. Но, пролетая над городом, выпустил ее, черепаха упала на голову лысого человека и убила его. Из этой истории древние греки вывели, что случайность — это пересечение двух необходимостей. У орла была необходимость бросить черепаху на какой-нибудь камень, чтобы разбить ее и съесть. А лысый грек тоже вышел из дома по необходимости и шел по своим делам. Орел принял его лысину за подходящий камень, и две необходимости пересеклись на этой лысине. Наш рассказчик испытывал необходимость к любовным приключениям, у него на этот случай была с собой бутылка вина. Именно вина, а не коньяка или водки, хотя в подарок приятелю везут не вино, а вином запасаются на случай так называемой «случайной» встречи с красивой женщиной. И женщина испытывала необходимость к любовным приключениям, это стало очевидно с первых ее слов, когда она

спросила рассказчика: «Что будем делать?» Что о⁻
мог ей предложить — в шахматы поиграть?

— Давайте без заходов в Древнюю Грецию. Вспомните Дездемону. Она говорит своей горничной: как перед Богом клянусь, я не смогла бы изменить своему мужу, а ты смогла бы? Горничная отвечает: я тоже не смогла бы перед Богом, а где-то в потемках — отчего же?

— Знаете, к вопросу о храпе. У меня есть приятель, он как-то приходит ко мне и просит ключ от квартиры. Оказывается, он тоже ехал в купе, а с ним ехала одна юная дама с мамой и теткой. И вот эти тетки так мощно храпели на нижних полках, что он со своей верхней полки перебрался на полку к той юной даме и у них без всякого вина и разговоров произошло все, о чем нам поведал рассказчик. Правда, ей это так понравилось, что она не только дала ему свой телефон, но еще и сама с месяц названивала.

— А я могу сказать, что эти случайные связи — они зажигают какие-то огоньки в жизни. Потом о них всегда вспоминаешь со смехом и удовольствием.

— У меня был такой случай. Я с отцом отдыхал в одном подмосковном пансионате. Мне было пятнадцать лет, но я неплохо играл в футбол, поэтому меня взяли в компанию двадцатилетних студентов. И они, помимо футбола, были озабочены тем, как им устроить свою интимную жизнь на те две недели, что они оказались в гостиничных условиях. А там отдыхал некий женский контингент, и одна женщина с ними познакомилась. Мне с высоты моих пятнадцати лет она показалась старой, ей было лет двадцать пять. И она предложила двум из них... ну, сблизиться. Сразу двум. Я был при этом разговоре третьим лишним, она сразу определила, что я еще пацан, и считала, что я даже не понимаю, о чем она говорит. А разговор шел сначала о том, что она тут отдыхает без мужа, одна. А потом она сказала фразу, которая мне запомнилась. Она сказала: «Чтобы мужа крепко любить, надо пару раз в году как следует отдаться». Я это запомнил на всю жизнь.

— Бывают внезапные связи, это возможно. А случайные связи нужно воспринимать как сорную часть любовной жизни. То есть случайно все то, что не входит в золотой фонд твоей сексуальной биографии. В детстве я пошла с мамой к ее гинекологу, а там висел большой плакат, который я запомнила на всю жизнь, там было написано: «Бойтесь случайных связей!» И всякие язвы нарисованы. Мне это так врезалось в память, что я до сих пор не преодолела комплекс, навязанный тем плакатом.

— Почему мы все время говорим только о сексуальных связях? Я своего мужа встретила совершенно случайно, в большой компании, он там блистал, это был такой фейерверк, что я с первой минуты решила: всякими правдами или неправдами, но он станет моим мужем! А оказалось, что ничего не нужно было мудрить, он через месяц мне сам позвонил, и я ничуть не удивилась, я только сказала: долго же ты собирался! И мы до сих пор вместе, уже пятый год!

— Да, вот это действительно редкая случайность! Чтобы два человека смогли найти друг друга в море сорных случайностей!

— Отчего же редкая? Я однажды увидел девушку, с которой не сумел познакомиться. Я пришел в гости к родственникам, к дяде, и она как раз вышла из соседнего подъезда. А я был с мамой — ну, не стану же я при маме приставать к девушке! Я прошел мимо и оглянулся. Смотрю: и она оглянулась. Я потом месяц ее вспоминал и ругал себя: какой же я дурак, почему я не подошел к ней, не познакомился. Даже пару раз ходил к этому дому и крутился там, но быстро уходил, боялся на родственников напороться. А потом мама говорит: дядя заболел, иди туда, его в больницу надо отвезти. Я хватаю свой докторский чемоданчик, прибегаю, звоню в домофон, а эта девушка мне дверь открывает и говорит: наконец-то! я вас жду! И я по ее глазам понял, что она меня ждала не только как врача. А потом, когда мы уже были вместе, она это подтвердила.

— Ты случайно встретился с генетически комплементарным типом, но опознал ты ее не случайно.

— Есть психологические типы, которые склонны избегать одноразовых связей, а есть, наоборот, такие беспринципные донжуаны, которые не пропускают ничего, что движется, и реализуют любую возможность. Пушкин, например. Хотя и среди женщин есть такие персонажи. Они могут увидеть мужчину и вдруг почувствовать, что готовы идти за ним куда угодно, даже в ближайшую подворотню. У меня самой был такой случай в День Смеха. Я была на Арбате, под грибком пила пиво. А вокруг всеобщее веселье, много молодежи, все танцуют, играют в ручеек, в бутылочку. И в какой-то момент напротив меня оказался молодой человек с кружкой пива. Мы случайно встретились глазами, и вдруг меня как обожгло. А он мне передает записку: через полчаса у метро «Кропоткинская». И исчезает. И вот это ощущение остроты и ожога, оно меня так завело, что я пришла к метро, и поехала с ним, и у нас День Смеха превратился в День Секса. Хотя мы с ним не сказали друг другу ни слова.

— Как говорят англичане, I have a news for you, у меня есть новость для тебя. Этот молодой человек каждый день пишет девушкам такие записки на Арбате. Это его метод. И один раз из восьми это срабатывает.

— Шутки в сторону. Вы мне лучше скажите, почему мужчины так легко идут на случайные связи? Как бы вы тут ни упражнялись, но для женщины случайная связь — это действительно случайная связь, это нонсенс, отступление от нормы, сверхпоступок. А для мужчины случайная связь — нормально, закономерность...

— Потому что отказать — это привилегия женщины! Если мужчина хочет, а женщина ему отказывает, говорят: вот это женщина! Самому Киселеву отказала! Или Говорухину! А если женщина хочет, а мужчина ей отказывает, значит, он не мужчина!

— Женщине легче обходиться без секса в молодом возрасте, а в зрелом возрасте они без секса долго обходиться не могут, для них что в поезде, что не в поезде — лишь бы было! А мужчины в молодом возрасте без секса с трудом обходятся и идут на любую связь — случайную, неслучайную...

— Я десять лет живу с женой и считаю, что у нас случайная связь.

— А я могу рассказать свою историю. Я приехала на море отдыхать. За мной ухаживал один молодой человек, и я, собственно, приехала с ним. Но у нас не было интимных отношений, все еще было на стадии ухаживания. Вечером мы были в какой-то компании, посидели, немного выпили, мой молодой человек проводил меня домой и ушел, а мне не спалось, и я пошла к морю. И вот я сижу там, слегка подмерзаю, тут ко мне подходит другой молодой человек, садится рядом, и мы с ним начинаем совершенно неромантические темы обсуждать, мы с ним говорим о работе, о политике, о фондовой бирже. А потом он согрел мне ноги, и — все. Само собой все случилось. Совершенно случайно.

— Ничего себе случайность! Ты поехала на Юг, ты там выпила, пошла к морю... Просто ты, как женщина, не хочешь признать эту закономерность, потому что у женщин на это как бы табу. А мужчина свободней, он не зажимает себя, он настроен на приключение, тем более — на Юге.

— Извини, можно я вступлюсь за этого молодого человека, который согрел мне ноги? Когда мы с ним уже лежали, я заметила у него на груди такой мешочек на шнурке. Я говорю: что это у тебя? Он говорит: это такой амулет, наговор от женщин.

— Который ему не помог, кстати.

— Господа! По-моему, мы сворачиваем в сторону курортного романа.

— Только умоляю вас: никаких конкретных историй! Если мы начнем рассказывать курортные романы, мы отсюда до утра не выйдем!

— Хорошо, давайте выясним в принципе — что такое курортный роман? Очередная случайная связь?

— Ни в коем случае! Просто нужно различать курортный роман и курортный трах. Но курортный трах — это неинтересно, это банальная случка в пляжных условиях. Мне жаль людей, которые едут за этим на курорты. А курортный роман — вот это да! Это *неслучайная* связь. Это настоящая любовь, у которой есть пролог, завязка, кульминация и так далее. Только сроки сжаты, и потому накал страстей колоссальный. Как в блицпартии Карпова и Каспарова, даже еще острей! Обратите внимание: практически ни один курортный роман не имеет продолжения. Два человека встречаются, и за 24 дня проходит вся жизнь.

— Действительно, чем хорош курортный роман? В нормальной, будничной жизни человеку доводится любить — ну, один, два раза. А в курортной — почти всегда. На второй день моего пребывания в доме отдыха «Зеленая роща» там появилось такое небесное создание — воздушное! Она села на стул, и стул даже не прогнулся. Она парила! Я на нее смотрел два дня, только на третий осмелился сказать: «Здрасте, меня зовут Боря, а вас?» А когда через пару дней я взял ее за руку и почувствовал страшный удар в сердце — Боже мой! Все было, как первый раз в жизни — это море, песок, солнце...

— Стоп! Мы же договорились: без конкретных историй! Когда-то американцы писали, что советские люди приезжают на курорт не отдыхать, а отключиться от системы, от контроля. Но с развалом советской власти это не прекратилось. Курорт — это лучшая форма выпадения из рутины, из будничного времени и пространства в другую жизнь. Я как-то сезон проработал кочегаром в одном южном санатории и видел, как первые три дня все быстро распределяются по парам, потом возникают драмы любви, шекспировские страсти, а при отъезде, при расставании стоит рев и плач. Потом заезжает следующая смена, и все начинается сначала, это целый спектакль. Одна дама не нашла себе пары и утешилась мною, кочегаром. Нет, я не буду рассказывать подробности, я хочу сказать о другом. Мне местные ребята, гиды, говорили: они столько раз влюблялись в московских девушек, испытывали такие чувства и потрясения, что устремлялись за ними в Москву.

Но приезжали в Москву и — никакого общения, ничего хорошего, все облетает, как мишура после карнавала.

— Грузины в Пицунде тоже поражались, говорили: приезжаем в Москву — не узнает!

— Там, вдали от Москвы, кажется, что это навсегда и навеки. Или ты сама становишься там другой? А возвращаешься домой — и твое привычное «я» тут же побеждает.

— Я всегда влюбляюсь в юношей на курорте. И не в приезжих, а именно в местных. Он и красив, и хорош, и все умеет, и все там знает — все заливы, тропинки, пропасти. Ты перед ним как бы регрессируешь. Там же такие горы, скалы, морские глубины — я теряюсь, я перед ними беспомощна. А он там бог — ну как можно не влюбиться? И начинается сумасшедший роман — пряный, острый, романтичный, под крупными звездами, просто космический! И секс совершенно обалденный, и вообще. А потом он приезжает в Москву и совершенно не вписывается — в этой своей кепке или своими манерами. Провинциальный человек, не знает, как на эскалатор ступить. Был богом, а стал неполноценным. И появляется отвращение, и жалко, что там, на Юге, ты, оказывается, жила в каких-то иллюзиях. Нет, они не должны сюда приезжать. Они должны жить на своих планетах, эти маленькие и загорелые курортные принцы.

— Кстати, для них московские приезжающие девушки — тоже богини. Юг — это вообще место и праздник богов. И мы там сами становимся богами. Я приезжаю, как представитель иной цивилизации, и местным девушкам такую лапшу на уши вешаю — у них глаза туманом застит.

— А я не знаю, как назвать мою историю — случайной? курортной? Как-то мы поехали в горы. Небольшой компанией. Ездили там, осматривали красоты, горные водопады, озера. И я захотела влезть на башню. Там были такие боевые башни, с которых кавказцы раньше стреляли друг в друга, а теперь стреляют в наших солдат. Но в тот момент стрельбы еще не было, хотя никто, кроме меня, не решился туда полезть. А я полезла — сначала по каким-то строительным лесам, потом по веревочной лестнице. Залезла на самую верхушку. И я не знаю, как насчет поездов, но когда ты на высоте орлов, а вокруг такие облака и каменные бойницы, то ты действительно оказываешься вне времени. Там такой жуткий страх, такое одиночество! И вдруг появляется еще один человек, туда все-таки залез еще один товарищ из нашей компании. И... короче, этот человек стал моим вторым мужем.

— И все-таки это все спорные случайности! А вот случайность бесспорная. Как-то еду я в машине летом, в воскресенье. А летом по воскресным дням Москва совершенно пустая. И вижу — у метро «Юго-Западная» стоит у афишной тумбы девушка, читает афишу. А я еду по каким-то делам, я совершенно не собирался снимать в тот день девушек. Да еще днем! Я вижу эту девушку краем глаза, проезжаю мимо и вдруг метров через двести нажимаю на тормоз и подаю назад — совершенно неожиданно для самого себя. Смотрю на нее, вижу, что мне нравится ее фигурка, подхожу, не помню уже, что я ей говорю, но через пару минут она у меня в машине, мы едем, берем что-то в магазине, приезжаем в Серебряный бор, гуляем, выпиваем, короче — начинается связь. Короткая, на пару встреч. Но, помню, второе свидание я ей назначил у того же метро и у той же афишной тумбы. Правда, приехал с другой стороны, и мне нужно было перейти к ней через улицу. А там довольно широкий проспект, я подъехал и издали вижу — стоит моя красотка, ждет меня. Но смотрю — возле нее остановился мужчина, заговорил. Я задержался, стал наблюдать. Мужик поговорил с ней и ушел, а буквально через десять секунд — второй тормозит, опять с ней заговаривает. И так — один за другим, там же поток идет от метро, и как только она одна — все, каждый останавливается и кадрит. Я испугался, думаю: идиот, сколько она может тебя ждать, сейчас уведут девушку! И бегом к ней. Правда, она оказалась совершенно ненасытной, я просто не выдержал этой связи. Но что меня в первый раз возле нее остановило? Это же было совершенно случайно. Или от нее какие-то гормоны исходили, на которые все мужики тормозились?

— Я в аптеке работаю и этих прытких мужчин с повышенной частотой случайных связей хорошо знаю. Сначала они так гордо подходят: «Девушка, пять пачек!». А через какое-то время смотришь, а он ждет, когда народу поменьше, и: «Девушка, а сумамед есть?»

— То есть, как ни странно, а мы вернулись к тому, с чего начали, — к лозунгу «Бойтесь случайных связей». Но я по этому поводу вспомнил, что у связистов есть замечательный тост. Они говорят: «За связь без брака!»

СЕМИНАР ДЕСЯТЫЙ
ЦЕНА ЭРЕКЦИИ

— Сегодня у нас последнее заседание, но мне не хочется превращать его в скучный отчет о проделанной работе. Мы обсудили несколько злободневных тем — иногда поверхностно, иногда с той глубиной погружения в материал, какая возможна в банных условиях. Поскольку переход от коммунизма к капитализму у нас только начался, будущие поколения парящихся нас дополнят. И даже, я думаю, раньше, чем можно предполагать. Потому что на самом деле обсуждение секса сейчас происходит не только в нашей отдельно взятой сауне, но, я не сомневаюсь, почти во всех саунах страны. Правда, там люди, наверно, больше занимаются практикой, чем теорией. Но будем считать, что это у них происходит накопление материала для следующей серии семинаров, на которые нас пригласят в качестве хотя бы гостей. Я же, закругляя наши заседания, хочу рассказать историю, которая вряд ли вызовет дискуссию. Три года назад одна моя юная приятельница, студентка юрфака, подрабатывала в суде секретарем судебного заседания. Работа была непыльная — записывать все, что говорят судья и спорящие стороны. И она справлялась с этим запросто. Но однажды слушалось такое дело, что, по ее словам, хоть стой, хоть падай, — и записывать невмоготу, и не записывать невозможно. Вот это дело — так, как она его рассказывала.

За несколько месяцев до суда некто гражданин Егоркин, преподаватель физкультуры, лет эдак сорока пяти, обратился к врачам по поводу болезни Пейрони. А болезнь Пейрони — это, извините за подробность, когда на мужском детородном органе вырастает такая бляшка типа окостеневшей бородавки. И если дотрагиваться, то очень болезненно, а кроме того, фаллос искривляется, что мешает половым сношениям. И вот, промучившись года полтора, господин Егоркин обратился к докторам. Они его лечили всякими лекарствами и витаминами, но эффект был нулевой. Как потом показывали в суде эксперты, во всем мире нет эффективных методов терапевтического лечения этой болезни. И тогда Егоркин снова пришел в больницу с просьбой: не могу я с этой мозолью на члене исполнять свои мужские желания, вырежьте ее к чертовой бабушке! А врачи говорят: да, мы можем сделать иссечение этого нароста, но давайте сначала проверим, как у вас вообще с потенцией. А у них на этот счет есть всякие методики и тесты — полное или неполное наполнение фаллоса кровью и прочие хитрости. И когда его проверили, то выяснилось, что у него все равно потенция полностью не восстановится. И ему говорят: только иссечение этой бородавки вам не поможет, но у нас на дворе конец двадцатого века, техника на грани фантастики, и есть другие возможности. То есть на Западе уже давно, лет тридцать, а у нас лет восемь делают фаллопротезирование — вставляют в фаллос различные протезы. И нет, мол, в этом ничего аморального и т.п. Правда, западные протезы стоят столько-то, и у нас их все равно нет, а российские дешевле, и у нас они есть. Так что, если хотите, мы вам такой протезик вставим. Он говорит: «Хорошо, я согласен». И ему была сделана операция по удалению бородавки Пейрони и поставлены два протеза с двух сторон его детородного органа. И где-то на седьмой или десятый день после операции, когда все там у Егоркина зажило, он из больницы выписался. Но при этом ему сказали, что еще месяца полтора-два вы не должны жить половой жизнью, заниматься спортом, поднимать тяжести и прочее. Поскольку протезы, мол, должны там окончательно вжиться.

И вот он три недели отсутствовал, а потом приезжает и говорит: что-то у меня там совсем плохо. Предъявляет им прооперированный предмет, и они видят, что действительно, все там припухло, один протез как-то сдвинут и даже кожицу прорвал, торчит наружу. Ему говорят: может, вы нарушили режим? Если хотите, мы можем вынуть этот протез и заменить на новый. Или оставить только один, который уже хорошо вжился. Но Егоркин лезет в бутылку, говорит: «Нет, ну вас к чертовой матери с вашими протезами, на кой, извините, хрен они мне нужны, вытаскивайте оба! И тот и другой!». Ну, хозяин — барин, ему удалили оба протеза. А через некоторое время он, видимо, с кем-то посоветовался и решил, что они с ним нехорошо поступили. И подал на больницу в суд, в его исковом заявлении было сказано так: «В результате врачебных манипуляций я полностью потерял потенцию, в связи с чем понес огромный моральный урон, который выражается в сильнейших физических и нравственных страданиях. Я лишен важной составной части своей жизни и оцениваю причиненный мне вред в 500 миллионов рублей. В соответствии с Законом о защите прав потребителя прошу суд взыскать эти деньги с больницы в мою пользу».

Хорошо. Судья посылает иск ответчику, то есть в больницу, и назначает судебное заседание. А Егоркин мужик ушлый, он взял себе адвокатом одну молодую и хваткую даму, которая в нашем суде постоянно паслась и все дела по защите прав потребителя регулярно выигрывала. Но не потому, что она такая умная, а потому, что наш Закон о защите прав потребителя так составлен, что потребитель всегда прав. И вот она является в суд эдакой королевой, с бюстом, как гусеницы у танка, и уверенная, что сейчас она эту больницу за милую душу употребит без всяких протезов. Хотя нужно сказать, что женщине браться за такое дело, наверно, не следовало — это все-таки разборки по поводу мужских предметов туалета. Но она была девушкой без комплексов и даже настояла, чтобы дело слушалось не только судьей, но и народными заседателями. Потому что народные заседатели у нас всегда женщины, а женщины всегда на стороне потребителя, это ясно.

Таким образом, получалось, что ее дело беспроигрышное — на ее стороне и закон, и народные заседатели. К тому же адвокат у больницы оказался человек простой и откровенный — он приходил в суд в линялой ковбойке, полотняных джинсах и стоптанных сандалиях на босу ногу, а когда судья попросила его выражаться юридическими терминами, он сказал: да ладно вам, я же опером работал, а теперь вышел на пенсию и юрисконсультом устроился. Удовлетворите вы иск или нет, меня это не колышет — если мы это дело проиграем, то больница эти деньги слупит с врача, который делал ему операцию. Так и сказал, в открытую.

А судья была толковая и грамотная, она говорит: у кого есть ходатайства или возражения? И тут встает этот врач, который делал Егоркину операцию — такой, знаете, лысый и типичный доктор в очках, — и говорит: у меня есть ходатайство, прошу привлечь меня к суду в качестве третьего лица на стороне ответчика. Адвокатша истца подскакивает: мы возражаем! Мы, говорит, судим больницу, а не врача. И со своей стороны она, конечно, была права: заседатели, а тем более женщины, могут пожалеть доктора, откуда у него 500 миллионов? А больница у нас государственная, с государства можно и больше слупить.

Но доктор стоит на своем: хочу, чтоб меня привлекли, и точка. И тоже прав по-своему. Поскольку, определи суд, что он неправильно сделал операцию, больница действительно может с него эти деньги вычесть — через суд или прямо из зарплаты. А если он вступает в процесс, то у него есть право взять себе адвоката, подавать ходатайства, требовать экспертизу и прочее. То есть защищаться профессионально. И судья не может ему отказать, она говорит: ходатайство удовлетворено, у вас есть адвокат? Он говорит: есть, прошу вас!

Тут встает такой, знаете, высокий и плотный дядечка лет пятидесяти, в приличном костюме и галстуке, с татарской фамилией и усами под носом. И прокуренным голосом начинает долбать исковое заявление, что оно, мол, не по делу написано. Мол, если бы Егоркин лежал в частной клинике и по договору, тогда он, как покупатель медицинских услуг, является потребителем. А поскольку он лежал в государственной больнице и лечился даром, то никакой он не потребитель и не подходит под Закон о защите прав потребителя.

И по всему видно, что этот усатый судью заколебал. Она хоть и сидит с непроницаемым лицом и глаза долу, но карандаш в руке крутит. А адвокатша Егоркина, которая эту судью хорошо знает, вскакивает и заявляет:

— Вы тут демагогию не разводите, а давайте разбираться по существу! Ваш доктор моему клиенту жизнь поломал, мы можем вещественные доказательства предъявить!

— Ну, предъявлять-то не нужно, — говорит адвокат.

— А почему? — вдруг встает Егоркин — Я могу... И начинает, понимаете, пояс расстегивать.

Судья говорит:

— Истец, сядьте! Я вас не поднимала.

Но Егоркин не врубается, что тут вокруг одни бабы, он удивляется:

— А как же без доказательства?

Усатый адвокат говорит:

— Мы ходатайствуем о проведении экспертизы.

Егоркин говорит:

— Правильно! Пущай эксперты придут и посмотрят!

Судья говорит:

— Истец, если вы немедленно не сядете на место, я вас удалю из зала вместе с вашим доказательством!

Адвокатша этого Егоркина видит, что усатый ее прогибает, она возражает:

— Какую еще экспертизу? Что тут неясно? Мы заявляем протест по поводу отказа суда рассмотреть наши доказательства!

Тут усатый ловит ее на слове и говорит:

— Коллега, *ваши* доказательства я готов рассмотреть в любое время...

А нужно сказать, что там как раз было что рассматривать — по словам секретарши суда, у этой девушки бюст был четвертого размера, а бедра — сорок восьмого. И при этом она носила трикотажные платья в обтяжку, так что при каждом ее движении все там переливалось и перекатывалось.

Но судья-то сечет шутки усатого, она ему делает замечание и спрашивает:

— Какую экспертизу? Насчет чего?

Он говорит:

— Ваша честь, в исковом заявлении сказано: «Врач предложил мне фаллопротезирование, убеждая меня в том, что это для меня наиболее целесообразный способ лечения». И значит, суд должен решить, действительно ли нужна была операция фаллопротезирования или это, как тут сказано, «врачебные манипуляции». Это раз. И второе. Истец утверждает, что «в результате врачебных манипуляций» он полностью потерял потенцию. Не знаю, как у вас, ваша честь, но у меня нет специальных знаний для определения мужской потенции на глаз, да еще в зале суда — полностью он ее потерял или не полностью. Может быть, в зале суда он ее потерял, а в коридоре опять найдет, это дело житейское.

Судья говорит:

— Вы сюда развлекаться пришли или что? У вас есть ходатайство о проведении экспертизы?

Он говорит:

— Есть ходатайство, — и зачитывает ходатайство о проведении экспертизы силами лучших урологов Москвы академиками такими-то и такими-то.

Но адвокатша Егоркина вскакивает:

— Мы возражаем! У них все урологи друг друга знают! Разве они дадут честное заключение?

Судья говорит:

— А кому же поручить экспертизу?

Та отвечает:

— А никому! Мы вообще против экспертизы! Это ответчики хотят с помощью экспертов замазать следы своего преступления!

Судья говорит усатому:

— Какие у вас доводы в пользу проведения экспертизы?

И вдруг тот говорит:

— Никаких, ваша честь. Мы снимаем свое ходатайство. Давайте рассматривать вещественное доказательство истца. Попросите его предъявить это доказательство вам и народным заседателям.

Судья говорит:

— Хорошо, назначаем экспертизу. Истец, какие у вас предложения по кандидатурам экспертов?

Адвокатша Егоркина видит такое дело и заявляет:

— Пусть экспертизу проводит Институт судебной экспертизы.

Усатый говорит:

— В Институте судебной экспертизы нет специалистов в этой области. Они могут сказать, каким предметом была нанесена рана — острым или тупым, колющим или режущим. Машина переехала человека или трактор. Но тут явно не трактор ездил по тому предмету, который вам так настойчиво предлагают посмотреть. Поэтому мы просим включить в состав комиссии Института судебной экспертизы таких специалистов в урологии, как академики такой-то, такой-то и такой-то.

Адвокатше Егоркина деваться некуда, она соглашается. И через месяц экспертиза дает заключение: изучив фаллос господина Егоркина и историю его болезни, считаем, что удаление бородавки Пейрони и фаллопротезирование были необходимы, операция проведена блестяще, а связи между этой операцией и полученной Егоркиным травмой никакой нет и быть не может.

Адвокатша Егоркина говорит:

— Мы настаиваем на повторной экспертизе!

Усатый говорит:

— Ваша честь! У нас в стране экономический кризис, а посмотрите, сколько людей занимаются фаллосом господина Егоркина! Врачи в поликлинике! Хирурги в больнице! Академики и даже целый Институт судебной экспертизы! Может быть, вся страна должна его посмотреть? Может, мы его на Манеже выставим?

Судья говорит:

— Хватит острить! У вас есть возражения по существу?

Тот говорит:

— Есть, ваша честь. Согласно процессуальному кодексу, повторная экспертиза назначается только тогда, когда первая проведена неверно или по неверной методике. Поэтому пусть истец докажет, что Институт судебной экспертизы и лучшие урологи страны провели эту экспертизу неправильно. Я с удовольствием послушаю и даже посмотрю наконец их доказательства.

Адвокатша Егоркина говорит:

— Мы меняем основание иска. Дело не в том, как была проведена операция, а в том, что она была вообще не нужна. Хотя врачи понаписали в истории болезни Егоркина, что у него была потеря потенции, но мало ли что они там записывают, чтобы потом проводить свои манипуляции-операции! Кто их в этот момент проверяет? Они показывали Егоркину свои записи в истории болезни? Там есть его подпись?

И своим напором тоже судью заколебала, судья говорит:

— А вы можете доказать, что у истца до проведения операции не было потери потенции?

Адвокатша говорит:

— Запросто! Прошу **вызвать** в суд свидетельницу Марию Егоркину, супругу истца.

Ладно, судья вызывает Марию Егоркину. И адвокатша, поскольку это ее свидетель, первой начинает допрос:

— Скажите, гражданка Егоркина, у вас была интимная жизнь с мужем до того, как он лег в больницу?

Та говорит:

— Да, была.

— Как часто?

Егоркина понимает, что ее задача — показать, как ее муж из-за этой проклятой операции потерял свои бойцовские качества, она говорит:

— Ой! Очень часто! Он такой ненасытный был — он меня и утром, и вечером, а иногда еще и днем!

Адвокатша уточняет:

— И так было до самого поступления в больницу?

— Да, конечно! — говорит Егоркина. — До последнего дня!

— А вы знали, зачем он ложится в больницу?

— Он сказал, что идет лечиться от той бородавки. А потом я прихожу его навещать, а он лежит весь такой расстроенный и молчит. Я его спрашиваю: «В чем дело?», а он не отвечает. А его сосед по палате мне говорит: «Ему операцию сделали неудачную, вот он и расстроенный».

Адвокатша говорит:

— Значит, вы даже не знали, что ему собираются делать операцию?

— Конечно, не знала! — Егоркина отвечает. — Если б я знала, я б такого не допустила! Мыслимое ли дело — мужчине в такое место протезы ставить! Это ж не зубы!

Но адвокатше этого мало, она свое гнет:

— А может быть, чтобы ваш муж скрыл от вас, что идет на фаллопротезирование?

— Да вы что! — говорит Егоркина. — Мы четырнадцать лет вместе, он мне всегда все рассказывает. Я в больницу к нему каждый день приходила, еду приносила. Он бы мне обязательно рассказал! Это ж не только его инструмент, это, как говорится, предмет нашего общего пользования!

— Вот видите, ваша честь, — говорит судье адвокатша. — Если бы врачи обсуждали с Егоркиным возможные последствия фаллопротезирования, он бы обязательно рассказал жене, посоветовался бы с ней. Свидетель Егоркина, а как вы узнали, что вашему мужу сделали фаллопротезирование?

— Да очень просто, — та говорит. — Когда он лежал в больнице весь расстроенный, я к нему пристала: «В чем дело?» Ну, он и сказал, что они его взяли на операцию вырезать бородавку, а под наркозом еще и это сделали, протезы туда поставили.

— Ваша честь, — говорит адвокатша. — По закону о здравоохранении больной должен быть информирован о том, что с ним собираются сделать врачи и какие могут быть последствия. А здесь, как вы видите, не было сделано ни того, ни другого. Врачи сделали ему операцию без его ведома и согласия.

И села на место, потому что получила от Егоркиной все что хотела. Теперь наступила очередь усатого задавать вопросы свидетелю. Он встает и говорит:

— Мадам Егоркина, суть этого дела такова, что я буду вынужден задавать вам интимные вопросы, вы не возражаете?

А та уже освоилась в суде, говорит храбро:

— Нет, не возражаю. Задавайте.

Он спрашивает:

— Вы только что сказали, что до операции ваш муж был буквально ненасытный и занимался с вами сексом почти каждый день и утром, и вечером, а иногда еще и днем. Правильно я вас понял?

— Да, правильно.

— И это было до самого дня его поступления в больницу. Правильно?

— Да, правильно.

— А вы не могли бы рассказать нам подробнее, как именно происходили эти половые акты? В каких-то особых позах или стандартным способом?

Тут, конечно, вскакивает адвокатша с протестом: мол, адвокат ответчика не имеет права превращать суд в порнографию.

Судья говорит усатому:

— Объясните причину вашего вопроса.

Тот отвечает:

— Пожалуйста. Все-таки Егоркин сам пришел к врачам, а не они к нему. И пришел он не потому, что у него бородавка на фаллосе, — мало ли где у кого бородавки! У многих женщин есть даже очень милые бородавки на щечках и в других местах, они же не бегут с ними к урологам. Все дело в том, ваша честь, что эта бородавка мешала Егоркину исполнять его супружеские обязанности. И поэтому в истории болезни с его слов записано: «Последние полтора года не может прикоснуться к бородавке Пейрони, она мешает исполнению супружеских обязанностей». А свидетельница утверждает, что он исполнял эти обязанности ежедневно и даже по три раза в день. Вот я и прошу ее рассказать, какие позы они применяли во время половых сношений, чтобы облегчить господину Егоркину боли от прикосновений к его бородавке на фаллосе?

Адвокатша Егоркина снова вскакивает, кричит:

— Мы заявляем протест! Адвокат ответчика глумится над истцом и свидетельницей! Он опять пытается превратить суд в порнографию!

Судья говорит:

— Протест не принимается. Свидетель Егоркина, отвечайте на вопрос.

341

И та видит, что ей деваться некуда, она ж только что сказала, что он ее и утром, и днем, и вечером, она начинает:

— Да, действительно, зта бородавка нам мешала, но есть такие позы, знаете... Если я упрусь руками в пол, то ему это удобней, и тогда у нас все получалось замечательно.

Но усатый не отстает:

— Что значит — замечательно? Он вас удовлетворял или не удовлетворял?

Та говорит:

— Конечно, удовлетворял! Еще как удовлетворял!

А усатый опять:

— А как он вас удовлетворял? У вас был один оргазм или не один?

Та говорит:

— Конечно, не один!

— А сколько?

Тут адвокатша опять вскакивает:

— Протест! Вопрос не имеет отношения к сути судебного разбирательства!

Судья говорит Егоркиной:

— Можете не отвечать на этот вопрос. Адвокат ответчика, старайтесь держаться ближе к сути дела.

Тот говорит:

— Я стараюсь, ваша честь. Но ближе некуда. Свидетель Егоркина, вы показали, что ваш муж был до операции ненасытный в этом деле. Правильно я вас цитирую?

Та говорит:

— Правильно.

— А ненасытный это сколько? Пять минут? Десять? Одиннадцать?

— Да вы что! — та отвечает. — Он по часу мог!

— По целому часу! Вы не ошибаетесь? Вы засекали время?

Егоркина уже злится, говорит с вызовом:

— Да, засекала!

— А больше часа он тоже мог? — спрашивает усатый.

— Мог и больше, — та говорит, — а что? Он у меня физкультурник, не то что некоторые!

Но усатый не отступает, гнет свое:

— И за этот час у вас был, как вы сказали, не один оргазм. А сколько — два?

— Ну да, два! — насмешливо говорит Егоркина и только она хотела продолжить, как опять вскакивает адвокатша:

— Протест! Ваша честь, адвокат ответчика какой-то извращенец, он проявляет нездоровый интерес к моей свидетельнице.

Судья говорит:

— Адвокат ответчика, делаю вам последнее предупреждение. Свидетель Егоркина, можете не отвечать на этот вопрос.

Усатый говорит:

— Ваша честь, вот передо мной копия истории болезни гражданина Егоркина. За два дня до операции ему был сделан тест на уровень потенции. Этот тест подделать нельзя, он зарегистрирован приборами. А приборы показали, что при эрекции у господина Егоркина заполнение фаллоса кровью происходит всего на 45 процентов. Именно поэтому ему было рекомендовано фаллопротезирование. Должен заметить, что снижение мужской потенции наблюдается сейчас во всем мире. Миллионы людей страдают от этой проблемы. Поэтому мой следующий вопрос интересен для всего человечества. Могут ли, ваша честь, истец и его супруга сказать, как им удавалось по часу заниматься сексом и добиваться многочисленных женских оргазмов при эрекции пениса всего на 45 процентов? Поскольку это вопрос общественной значимости, я настаиваю на ответе.

Судья говорит:

— Свидетельница Егоркина, пожалуйста, отвечайте на вопрос.

Та говорит:

— Мы люди темные, мы про проценты ничо не знаем! Мы в Мневниках живем. А только после той операции у него там все так распухло, что он даже в трусах не мог по дому ходить!

Усатый говорит:

— А как распухло? Вы можете показать, до какого размера распухло?

Та говорит:

— Конечно, могу. Вот так все расперло, как мой кулак!

Усатый говорит:

— Откуда вы это знаете? С его слов или вы сами видели?

Та говорит:

— Почему со слов? Сама видела!

Усатый говорит:

— Но, может, вам показалось? Может, вы издали видели, с другого конца комнаты?

Та говорит:

— Да ничо мне не показалось! Я близко видела.

А усатый снова:

— Ну как близко? Пять метров? Четыре?

Та говорит:

— Не пять и не четыре, а вот так, рядом!

Усатый говорит:

— Совсем-совсем рядом? Так, что видно было, как весь фаллос распух? Или только головка распухла?

— Весь распух!

— А может, вы его и в руках держали?

Адвокатша истца вскакивает:

— Протест! Это выходит за все рамки приличия! Прошу удалить адвоката ответчика из зала суда!

Судья говорит:

— Адвокат ответчика, вы слышали мое предупреждение? Почему вы все время выходите из рамок приличия?

Тот говорит:

— Ваша честь, я прошу записать в протокол: когда адвокат истца хотела в качестве вещественного доказательства показать вам фаллос господина Егоркина, вы не сделали ей никаких замечаний, А когда я всего лишь *говорю* об этом фаллосе, вы квалифицируете это как нарушение рамок приличия. Можно ли считать это беспристрастным судом?

Судья говорит:

— Может, вы мне еще и отвод заявите?

Усатый говорит;

— Упаси Бог, ваша честь! Вы уже так глубоко вникли в это дело, что отводить вас от него было бы несправедливо. Просто позвольте мне задать истцу несколько последних вопросов.

Та говорит:

— Ладно, задавайте.

Усатый говорит:

— Господин Егоркин, когда вы обратились в больницу, вы сказали врачам, что из-за болезни Пейрони уже полтора года не можете исполнять супружеские обязанности. А ваша супруга утверждает, что вы их исполняли по три раза в день. Кто из вас врал — вы врачам, или ваша супруга суду?

Адвокатша Егоркина вскакивает:

— Протест! Вопрос задан в оскорбительной форме!

Судья говорит:

— Истец, отвечайте по существу вопроса.

Егоркин говорит:

— Ну, она женщина, она немножко забыла, когда что происходило. Это раньше я мог по три раза в день. А потом... Если бы я мог по три раза в день, разве я пошел бы к этим костоломам?

Усатый говорит:

— Понятно. Еще ваша жена говорит, что фаллопротезирование вам сделали без вашего ведома, когда вы были под наркозом на операции по удалению бородавки Пейрони. А вы в исковом заявлении указали: «Я согласился на фаллопротезирование, так как врач заверил меня, что никаких функциональных нарушений эта операция не влечет». Вы что же, отказываетесь от этой части своего иска?

Егоркину куда деваться? Он говорит:

— Я не отказываюсь. Просто моя жена так расстроена из-за этих протезов, что путает, когда я ей сказал про операцию. Практически моральный вред нанесен не только мне, как мужчине, но и моей жене, как еще совсем молодой женщине. Она уже сколько времени вынуждена без секса обходиться!

Усатый говорит:

— Понятно. Вы хотите сказать, что еще пожалели врача и больницу. Если бы в суд подала и ваша жена, то эрекция вашего пениса обошлась бы им вдвое дороже — не полмиллиарда рублей, а миллиард. Правильно я вас понял?

Адвокатша истца снова вскакивает с протестом:

— Вопрос гипотетический, не имеет отношения к процессу!

Судья говорит:

— Истец, можете не отвечать. Адвокат ответчика, у вас все?

Тот говорит:

— Почти, ваша честь. Остался последний вопрос. Господин Егоркин, в истории болезни сказано, что, выписываясь из больницы, вы получили указание полтора месяца не заниматься сексом. Правильно?

Егоркин говорит:

— Да, правильно.

Усатый говорит:

— А ваша жена только что показала, что вы дома ходили без трусов. Вы их сняли до того, как на вашем фаллосе образовалась опухоль, или после? Подождите, можете не отвечать — я вам сам скажу. Вам так замечательно поставили протезы, что они уже через две недели прижились! Поэтому вас и выписали из больницы — ваш пенис стал выглядеть лучше, чем в молодости! Вот вы и ходили по квартире без трусов, хвастались им перед своей женой! Вы и тут хотели его показать, в

347

ущербном, так сказать, состоянии, а уж тогда-то, с протезами! А потом и вообще вступили с ней в половые отношения — нарушая запреты врачей. И не один раз! И ничего она не путает, она честная женщина — при таких замечательных протезах вы действительно удовлетворяли ее целый час или даже больше часа! Но всему же есть предел, господин Егоркин! Тем более что протезы-то отечественные! Один протез сдвинулся с места, прорвал кожицу и вызвал опухоль. Вот как дело было, разве нет?

Адвокатша Егоркина вскакивает:

— Протест! Адвокат защитника оказывает на истца психическое давление!

Судья говорит:

— Протест отклонен. Истец, отвечайте по существу вопроса.

И вдруг усатый адвокат говорит:

— Извините, ваша честь, я снимаю свой вопрос. Истец может не отвечать на него. И вообще у меня больше нет вопросов.

И сел на место.

И больше не выступал.

И что вы думаете? Какое было решение суда?

«Именем Российской Федерации районный народный суд в открытом судебном заседании по делу гражданина Егоркина о возмещении ему ущерба за потерю потенции решил: в иске Егоркина к больнице отказать. Взыскать с Егоркина расходы ответчика по проведению экспертизы и услуг адвоката».

Вот во что может обойтись неаккуратное отношение к мужскому половому органу. Заканчивая этот семинар, прошу всех это иметь в виду.

ВТОРОЙ АНТРАКТ

АМУРСКАЯ «ЛАВ-СТОРИ»

Это письмо, как дорогая картина, требует отдельной стены и особой рамы, потому я отложил его для второго антракта. В море той чернухи, грязи, крови и ужасов, которые каждый день выплескиваются почтовыми потоками на редакторские столы, такие письма — как редкие маячки, без которых, я думаю, сотрудники в отделах писем могут просто рехнуться или заболеть депрессией. А это письмо напомнило мне о рождественских историях О.Генри, сказках братьев Гримм и американских фильмов пятидесятых годов.

Прочтите его обязательно.

«...То, что жизнь не сахар и бороться за нее нужно всеми способами, я поняла с первых дней учебы в школе. Поскольку к пяти годам я отлично читала, писала и считала, я упросила маму отдать меня в школу. Директор школы сама проверила мои знания, поохала удивленно и взяла меня в первый класс. Правда, пришлось мне пойти в школу со вто-

рой четверти, и это составило для меня первую проблему: ученики уже более-менее привыкли друг к другу, а тут новенькая, да еще такая маленькая. Насмешки посыпались со всех сторон, к концу первого дня я готова была рыдать, но тут один мальчик вполне серьезно срезал моих обидчиков, сказал: «Если еще кто-нибудь тронет эту малышку, будет иметь дело со мной». А он был и отличник, и хулиган, все боялись его. Но прозвище «малышка» прилипло ко мне на всю школьную жизнь. В лице защитившего меня мальчика я нашла надежного друга. Андрей всегда был рядом, и мне было уже не так страшно в школе. К выпускному балу он был единственным, кто мог быть моим кавалером. Все видели в нас счастливую пару с прекрасным будущим: он увлекался компьютерами, а его отец имел хорошие связи; я — умница, обаятельная, способная к языкам, свободно владеющая английским, французским, а бабушка научила меня своему родному итальянскому. Но случилось то, что рано или поздно должно было произойти, — в выпускном классе мы после Нового года поругались с Андреем в первый раз за время дружбы. Из-за пустяка обиделись друг на друга и не желали мириться. А в последней учебной четверти, в апреле, пришла в параллельный класс новенькая. Слава о ней пришла раньше, чем мы ее увидели; точнее, говорили о ее отце, его фирме и о том, что он компаньон отца Андрея. Совместно они создавали сеть промышленных предприятий и ряд магазинов с их продукцией. Этот ореол окружал Ирину с момента ее появления в школе. И тут я увидела, что Андрей знаком с ней по-домашнему и в отместку мне проводит с ней все свое время. Это было обидно, но я наивно полагала, что уж на выпускном балу мы помиримся с ним и вновь будем вместе. Но надежда не оправдалась, Андрей пригласил Ирину, хотя я и видела, что он тоскливо смотрит в мою сторону. Но оскорбленное самолюбие не дало мне сделать первый шаг. Я поступила в университет и месяц провела на даче за городом. А в августе погибли в автокатастрофе мои родители. На похороны приехал мой брат Алеша, он старше меня на девять лет и работает на Севере геологом. Мы с ним решили продать дачу, машину, мне он оставил квартиру в городе, все деньги и акции отца и мамы. Фирму отца передали его помощнику. А мне пришлось забрать документы из университета, хотя брат и пытался меня отговорить. Но я поняла, что с такой дикой инфляцией, как сейчас, я на родительские деньги долго не протяну, нужно что-то делать самой. Брат уехал на Север, я продала квартиру родителей, себе купила поменьше, двухкомнатную и в другом районе города и пошла на курсы секретарей-машинисток. А в душе было пусто и одиноко. Через полгода я стала самостоятельно зарабатывать себе на жизнь, а еще через полгода поступила в училище обучаться профессии модельера-художника. Через год с двумя сокурсницами мы открыли небольшую мастерскую — благо, связи отца помогли, его друзья охотно ссудили мне первоначальный капитал. А в документах я прибавила себе год, мне ведь было всего семнадцать.

Первые три месяца мы выполняли заказы весьма незначительные, постоянной клиентуры еще не было, а вот к Новому году уже смогли рассчитаться с долгами и получить первую прибыль. Дальше было легче. Мы купили хорошее оборудование, а поскольку мы шили отличную продукцию и в короткие сроки, установился — несмотря на жуткую конкуренцию — прочный круг наших клиенток. Через год открыли магазин готового платья, перебрались в более просторное помещение и приняли на работу еще троих девушек-швей. Я стала вести все бумажные дела, поэтому шила только особо сложные модели и одежду для своих самых первых клиенток. Так что дела шли отлично.

С прежними друзьями я потеряла связи сразу после окончания школы, а Андрея все эти годы не встречала, не звонила ему, старалась забыть. При случайных встречах с одноклассницами слышала, что он, поступив в институт, уезжал в Италию, а вернувшись к сентябрю и узнав о гибели моих родителей, пытался найти меня, но к тому времени я уже переехала на новую квартиру, и его попытки ни к чему не привели. А затем отец Ирины устроил ему годичную стажировку в США — родители Андрея и Ирины были не прочь соединить своих чад, Андрей с его будущим образованием был прекрасной кандидатурой для их бизнеса. Все это я узнавала от своих бывших школьных подруг, причем каждая из них открыто говорила мне, что я Андрею больше подхожу, чем Ирина, но мне неприятно было это слушать, и я всякий раз обрывала такой разговор, понимая, что рана на сердце будет кровоточить еще долгое время.

Мое ателье работало уже третий год, когда пришла Ирина. Меня она не узнала, ведь в школе мы не были знакомы, да она и не знала тогда, что Андрей был моим близким другом. Я решила все оставить как есть, будто я ее вижу впервые. Приняла заказ, мы сшили ей костюм, она была им очень довольна и стала захаживать к нам постоянно. Со временем с постоянными клиентками устанавливаются дружеские отношения, она рассказывала о себе, и я видела, что она любит Андрея, хочет стать его женой, а он, по ее словам, «все тянет время». Потом она выпытала у него, что он долгое время искал девушку, которую любил и потерял. Представляете, каково мне было слушать зто во время ее примерок? А однажды Ирина пришла сияющая и сказала, что ее отец и отец Андрея «насели» на Андрея и заставили его согласиться на брак с Ириной. Хотя она противилась этому нажиму, но в душе была рада и не скрывала перед нами. В тот момент я думала, что умру немедленно от такой новости, но Бог, видимо, не желал моей смерти. С окаменевшим сердцем я приняла Иринин заказ на «предсвадебное», как она сказала, платье, в котором она будет «просто неотразима». А потом, едва дождавшись, когда она уйдет, я зашла в свой кабинет и разрыдалась. Я плакала так, как не плакала со дня похорон родителей. Тут ко мне зашла моя близкая подруга, компаньонка и помощница Настя. Она не могла понять, в чем дело, успокаивала меня, а я рыдала еще сильнее. Потом, успокоившись, я рассказала ей все. Она утешала меня, говорила, что нужно все объяснить Ирине. Но зачем? Я не видела Андрея уже пять лет, как я могла теперь вмешиваться в его жизнь? Ведь все это время с ним была Ирина. Так тяжело мне еще не было. Я решила оставить все по-прежнему. Вечером, возвращаясь домой, я, как обычно, делала покупки и впервые купила вино, чтобы напиться и забыть все хотя бы на один вечер. Дома устроила себе роскошный ужин и впервые пила вино, хотя до этого я позволяла себе лишь шампанское на Новый год. Я сразу же захмелела, но голова оставалась по-прежнему заполнена Андреем. Пытаясь покончить с этим, я набрала номер телефона Андрея, но тут же ужаснулась своему поступку. Трубку взял сам Андрей и сонно спросил: «Алло, вам кого?» Голос был прежним, хотя слышались нотки мужчины и легкая хрипотца со сна. А я не могла сказать ни слова, только всхлипывала, слезы лились ручьем. «Алло, кто это? — спрашивал он. — Не плачьте». А потом неожиданно я услышала: «Малышка, я знаю — это ты! Скажи, где ты? Я ищу тебя давно, куда ты пропала? Малышка, любимая!» Слушать это было выше моих сил, я бросила трубку, проклиная себя и свою дурь. Так, захлебываясь слезами, я уснула.

Прошла неделя. Я уже пришла в себя, погрузилась с головой в работу и однажды задержалась в ателье после рабочего дня, чтобы заняться бухгалтерией. Все работницы уже разошлись, остались только я и охранник в фойе. Я беспокоилась по поводу Ирины, она должна была еще утром забрать свое «предсвадебное» платье, но не пришла почему-то. Через полтора часа пришел охранник и сказал, что какой-то парень хочет забрать заказ. Я попросила его проводить этого парня в мой кабинет. Каково же было мое изумление, когда вошел Андрей! Он тоже был в шоке, ведь он не знал, что это я шью наряды его невесте. Он бросился ко мне, обнял, стал целовать и не мог сказать ни слова. Я впервые видела, как плачет мужчина! А он, все еще не веря своей удаче, крепко прижимал меня к себе. Потом, очнувшись и устыдясь своих слез, стал, сбиваясь, говорить, как он тосковал без меня, как искал меня и как славно мы теперь заживем вместе, он расторгнет помолвку с Ириной и будет со мной. А я смотрела на него и все не могла понять, о чем он говорит. А когда мой шок прошел, я взяла его за руку, выключила свет в кабинете, и мы поехали ко мне домой. Тогда я узнала, каково это — быть любимой! Мой единственный мужчина был рядом, и я любила его и была любима. Что еще было нужно?

Наутро я позвонила своей помощнице Насте, сказала, что заболела и не приду на работу два дня. Она сообщила, что приходила Ирина, спрашивала про своего Андрея, но Настя ей сказала, что его не было. Я ей на это ничего не сказала, хотя Андрей остался со мной на весь день и ночь. А потом ему нужно было вернуться к работе, мне тоже, и мы расстались до вечера. Но когда Андрей уехал, я поняла, что делаю что-то не так. Ведь существовала Ирина, да и родители Андрея и Ирины так просто не согласятся с разладом своих детей. Весь день я ходила по ателье, не слыша, что мне говорят, и пытаясь что-то решить внутри самой себя. Конечно, Андрей был мой, он был моим с детства, с первого класса. И все-таки привкус воровства был в этой ситуации. Практически я уводила жениха у невесты, которая ни в чем не виновата ни передо мной, ни перед ним. Больше того: я уводила жениха у своей клиентки, которая пришла к нам с открытым сердцем, со своим счастьем. Как я смогу жить с Андреем, разбив жизнь Ирины? И как Андрей сможет жить, зная, что своим поступком разбивает жизнь девушки, которая любит его пять лет?

Но и отказаться от Андрея теперь, после двух суток счастья, — нет, это тоже было немыслимо. Я подходила к окну и подолгу смотрела в небо, пытаясь получить совет родителей. После обеда позвонил Андрей, сказал, что поговорил со своим отцом, и тот решил послать его на неделю по торговым точкам, чтобы Андрей подумал о своем решении, а уже потом говорил об этом с Ириной. Я посоветовала ему ехать, ведь мне тоже нужно было время как-то понять, что же я делаю. Чтобы отвлечь себя от неразрешимой задачи и заодно наверстать два потерянных дня, я допоздна засиделась в ателье с работой. Ушла последней, где-то в одиннадцать, и, уходя, увидела, что охранник снова привел на свое дежурство какую-то девчонку. Я уже не раз делала им замечания, чтобы они перестали таскать сюда с вокзала этих непотребных девиц, они каждый раз лживо обещали, что больше этого не

358

будет, а наутро в моем кабинете от дивана опять пахло их сигаретами и вином. На этот раз я дала себе слово, что завтра же позвоню Бяше, хозяину своей охранной фирмы.

А среди ночи позвонила Настя и сообщила, что в наше ателье закинули пару бомб и сейчас там все горит. После развода с мужем Настя живет рядом с ателье, она сама слышала эти взрывы и видит пожар из своего окна. Я быстро оделась и уже через пару минут поехала туда. Там были пожарники и милиция, они никого не пускали к горящему дому, но Настя уже успела узнать, что бомбу бросили именно в окно моего кабинета и пожарные вытащили оттуда два совершенно обезображенных и обугленных трупа — мужской и женский.

Мы с Настей поднялись в ее квартиру на четвертом этаже и сверху смотрели, как пожарные сбивали огонь и баграми растаскивали какие-то горящие балки. А я все не могла понять, почему и кто бросил бомбу именно в наше ателье.

Тут Насте позвонил Бяша, он с тревогой спрашивал, где я и почему не отвечает мой телефон. И в этот момент меня как осенило! Я выхватила у Насти трубку и сказала Бяше, чтобы он немедленно, ни с кем не разговаривая, приехал сюда. К моменту, когда он появился, я уже все продумала и рассказала ему и Насте свой план. Все, что от них требовалось, это не суметь опознать женский труп, вынесенный пожарными из моего кабинета. Они не должны были врать, что это сгорела я, но они и не должны были говорить, что это не я. И конечно, они не обязаны были знать, что охранник привел себе на ночь какую-то девочку. Остальное милиция сделает сама — поскольку женский труп извлечен из моего кабинета, а все наши сотрудницы видели, что я допоздна осталась на работе, то, значит, сгорела я — кто же еще?

Настя и Бяша изумились моему желанию исчезнуть из города, но это решало все мои проблемы, и я заставила их принять мой план — я три года платила Бяше за охрану нашего ателье, а он не смог этого сделать, и теперь у него не было права сопротивляться моему желанию. А Насте я за полцены уступала свой пай в нашей фирме, она не могла устоять перед соблазном стать практически хозяйкой нашего ателье. Всю ночь мы обсуждали остальные детали этой операции, и к утру у нас уже было готово траурное объявление в газету, мое письмо брату в Тюмень, чтобы он выслал Насте общую доверенность на продажу моей квартиры, машины и мебели, получение моего банковского вклада и страховой компенсации за убытки при пожаре в ателье. Бяша спросил, за сколько я хочу продать свою квартиру, и тут же предложил мне на пять тысяч больше — он решил купить ее для своего сына. Он же написал мне несколько рекомендательных писем к своим друзьям в город, куда я решила уехать, и позвонил одному из них, сказал, чтобы тот отнесся ко мне, как к его родной дочке. Я оставила Насте ключи от квартиры и машины и, даже не заходя домой, а взяв с собой только документы и две тысячи долларов (остальные Настя должна была переслать мне позже), утренним поездом уехала в соседний город.

Меняя родной город на чужой и незнакомый, я как бы заново начинала жизнь. По дороге я все думала об Андрее. Настя и Бяша дали мне слово, что он ничего не узнает, и мне не оставалось ничего другого, как довериться им, ведь все это я затеяла именно ради него.

Итак, меня ждало неизвестное будущее. Деньги, связи и опыт у меня были, а вот любимого человека опять не было, теперь уже навсегда. Тут я впервые подумала, что теперь мне придется создавать свою семью. Мне уже двадцать лет, и я часто ловила на себе взгляды молодых парней. И в то же время было дико сознавать, что Андрей, мой единственный любимый мужчина, для меня потерян навсегда, я сама отдала его Ирине.

День уже заканчивался, когда я приехала в город своей новой жизни. Сразу же я пошла к Вадиму, которому звонил Бяша. Он встретил меня очень приветливо, сказал, что во всем поможет и уже подыскал мне на первое время квартиру. Мы условились о деньгах, и дела начали продвигаться. За неделю нашли помещение под ателье, получили деньги от Насти и Бяши, закупили оборудование, дали объявление о том, что требуются швеи. Я и здесь решила открыть ателье, ведь другого я не умела, да и не желала заниматься другим делом. А пока происходил ремонт и устанавливалось оборудование, я работала в фирменном автомагазине Вадима: переводила техническую литературу, вела секретарские

361

дела. Этим я облегчала работу ему и его сотрудникам, у них отпала надобность в словарях. Вадим был рад этому, и его отношение ко мне становилось все лучше уже не в силу его обязательств перед Бяшей, а просто благодаря моей работе.

Еще через месяц я открыла наконец свое ателье. Вадим хорошо отрекомендовал меня в своем окружении и своим клиентам, и с первого дня к нам пошли солидные заказчицы. Мои работницы имели работу и деньги, я завоевала их уважение. Дела шли в гору. Вадим помог мне переехать на постоянную квартиру. Он всячески выказывал мне свое хорошее отношение, старался увлечь меня, видел, что я по мужчинам не убиваюсь, и удивлялся этому.

Прошло уже два месяца, как я переехала, и тут я узнала, что беременна. Моей радости не было предела, я ведь не думала, что те двое суток с Андреем так для меня отзовутся. Я откровенно поговорила с Вадимом, чтобы его не обидеть. Он все понял и остался моим другом по сей день.

В это время меня навестила Настя. Она рассказала, что сделала ремонт в нашем ателье, Бяша помог ей получить страховку и вообще все дела идут хорошо. А потом Настя с грустью рассказала об Андрее. Когда он вернулся из деловой поездки по торговым точкам и узнал, что произошло, он приехал в ателье к Насте. «Ты знаешь, — сказала мне Настя, — он был убит этим, я не могла смотреть ему в глаза. Он весь потух, сник. Перестал ругаться с отцом о свадьбе и сам назначил дату — через месяц, в июле». В тот же вечер Настя уехала.

В феврале я родила двойню: сына и дочь. Роды прошли без осложнений, очень легко, и малыши были здоровы. Вадим накупил подарков, устроил вечеринку для моих работниц, я позвонила Насте, она пожурила меня за то, что я не говорила ей о беременности, и приехала на крестины. Крестины прошли здорово. Все любовались моими крошками, а я просто не могла на них наглядеться: они были копией своего папочки.

Время шло, я занималась бумажными делами дома, малыши доставляли много хлопот, но и радости было много. Уставая за день, ночью я спала, как убитая, и времени думать об Андрее практически не было. Тоска потихоньку уходила. Приближался Новый год, малыши начали ползать по квартире и потихоньку уже лопотали, хотя я не понимала еще ни слова. Вадим привез небольшую елку, мы ее украсили, и мои маленькие весь день крутились вокруг. Подводя итог года, я, в общем, была довольна результатом. Вечером 30 декабря я уложила малышей в кроватки, а сама села с вязаньем к телевизору. Назавтра намечалась вечеринка, обещал прийти Вадим с друзьями, собиралась приехать Настя, а сегодня я сидела, отдыхая за день. Елка мигала фонариками, и я вспоминала, как в детстве всегда загадывала желание на Новый год. Вот бы и сейчас вернуть то время, когда мы с Андреем были школьниками и не разлучались. Тоска нахлынула со страшной силой, и тут позвонили в дверь. В десять вечера я никого не ждала, подошла к двери и спросила: «Кто там?»

«Это я», — сказал голос с той хрипотцой, от которой у меня заломило сердце. Я открыла дверь и замерла на пороге — передо мной стоял Андрей. Похудевший и небритый, он выглядел таким взрослым и чужим, что я не знала, что и сказать. Он протянул мне сверток, и я увидела, что он держал на руках спящего ребенка. Я взяла его, стараясь не разбудить. Андрей прошел в дом, неся сумку с вещами. Он зашел в комнату и стал раздеваться, стряхивая снег. Я тихонько развернула малыша, он был младше моих, но похожи они были просто фантастически. Я пошла в комнату детей и положила малыша рядом со своим сыном. Андрей тоже зашел за мной и замер. Он переводил взгляд с мальчиков на девочку и улыбался какой-то глупой детской улыбкой. А потом взглянул на меня, и я увидела, что он все понял. Мы обнялись и вышли из комнаты. Только после этого он произнес первые слова: «Моя малышка!» Я плакала, прижавшись к нему, до меня только сейчас стало доходить, что это не новогодний сон, а правда. А он легонько целовал меня, гладил по волосам. В ту ночь мы любили друг друга так нежно и сладостно, как и не мечталось. Мне было все равно — бросил он свою Ирину, или она сама ушла от него — я даже не спрашивала.

Утром вставать с постели не хотелось, но малыши решили эту проблему за нас. Я с удивлением увидела, что мои дети восприняли брата так, словно он всегда был с нами, а папу приняли с улыбками. Андрей выглядел обалдевшим от таких кукол. За завтраком он рассказал, что произошло. Ирине врачи не разрешили рожать, сердце могло не выдержать, но она ослушалась и полгода назад умерла во время родов. Никита остался жив, и Андрей стал сам его растить. Три дня назад он встретил Настю, и она, услышав, что Ирина умерла, сказала ему, где я. Он собрал вещи и приехал. О детях он не знал, это стало для него приятным сюрпризом. Перед отъездом он сказал о своем решении отцу, и тот дал свое согласие на наш брак. С этими словами Андрей достал обручальное кольцо с маленькими бриллиантами. При виде блестящих камушков вся наша троица дружно потянулась к папе. Мы с Андреем рассмеялись. Я была счастлива — мой любимый рядом, у меня трое чудесных детей, и завтра Новый год.

К вечеру собрались гости, приехала Настя, и Новый год мы встречали шумно и весело. Вадим познакомился с Андреем, они хорошо восприняли друг друга, а потом Вадим шепнул мне: «Теперь я тебя понимаю. С таким мужиком мне тягаться не стоит, и к тому же у вас общие дети».

Прошло уже больше года, как все это произошло. Вадим сделал предложение Насте, и они готовятся к свадьбе. Мы с Андреем поженились, он открыл в этом городе филиал отцовской фирмы, занимается своими компьютерами. Иногда я вспоминаю, какой была глупой, когда так старалась разрушить свою жизнь. От судьбы не убежишь, жизнь доказала мне эту истину.

Извините за длинное письмо. Спасибо, что прочли его. С уважением, Оксана, Приморский край.

Перепечатывая это письмо, я все пытался уловить, на какой строке кончается жизненная правда и начинается придуманная рождественская сказка. Но, честно говоря, мне от души хочется, чтобы выдуманными оказались только два последних слова — адрес отправителя. Если эта книга дойдет до реальных «Оксаны», «Андрея», «Насти» или «Вадима», я хотел бы получить от них письмо или почтовую открытку.

ИЗ СООБЩЕНИЙ РОССИЙСКОЙ ПРЕССЫ

«Комсомольская правда», 1998 год

В 1889 г. в Московской губернии насчитывалось 130 публичных домов свиданий, в которых официально «работали» 954 проститутки. Всего же по России число проституток в «домах терпимости» колебалось от 1300 до 1400, а «одиночек» — от 442 до 516.

К началу XX века количество подобных заведений сократилось до 73. А в 1908—1909 гг. вследствие реорганизации системы надзора за проституцией осталось и вовсе только два «веселых дома» с 56 проститутками в них.

В 1844 г. были утверждены «Правила содержательницам борделей». Параграф первый гласил: «Бордели открывать не иначе, как с разрешения полиции». Далее шли основные требования. Так, разрешение могла получить не всякая дама, а только «женщина средних лет, от 30 до 60». Она не имела права содержать при себе детей, «равно не может иметь жилиц». «Работницы» моложе 16 лет в бордели не принимались. Содержательница обязана была следить, чтобы «как можно менее употребляли они белил, румян, сильно душистой воды, мазей и притираний», а также «чтобы они как можно чаще обмывали холодною водою известные части, и в особенности, чтобы девки употребленные не переходили бы тотчас же к другим посетителям, не обмывшись, и, если можно, переменяли бы белье...»

В 1908 г. была создана специальная комиссия, призванная упорядочить врачебно-полицейский контроль за проституцией. Комиссия запретила «дома терпимости», но разрешила иные типы подобных заведений: квартиры свиданий, дома свиданий, номерные бани.

Квартира свиданий представляла собой частную квартиру с гостиной и 3 спальнями. Домом свиданий считалась гостиница с 1-, 2- и 3-комнатными номерами.

В зависимости от обстановки цены на услуги колебались от 75 копеек до 25 рублей.

«12 ПОЛОВЫХ ЗАПОВЕДЕЙ ПРОЛЕТАРИАТА»

В 1923 году в третьем номере журнала «Молодая гвардия» Александра Коллонтай — видная большевичка — опубликовала статью «Дорогу крылатому эросу». Труд о роли и месте свободной любви нашел широкий отклик в массах. Газеты и журналы того времени запестрели заголовками: «Новое человечество и половой вопрос», «Как повлияла Великая революция на схему половых чувств молодежи?»

Осенью 24-го в Москве шокированные горожане заговорили о голых людях, появляющихся на улицах с транспарантами «Долой стыд!» Что еще могли выкинуть эти мужчины с женщинами? Партия волновалась.

На ниве великой битвы разнополых «мозговой работник» (термин 20-х годов) Коммунистического университета имени Свердлова А.Б. Залкинд создал сборник статей, объединенных вполне пристойным названием «Революция и молодежь» (М., 1924 г.).

Автор предложил ввести «половую революцию» в законные рамки, обозначенные «12-ю половыми заповедями пролетариата»:

«1. Не должно быть слишком раннего развития половой жизни в среде пролетариата — первая заповедь революционного рабочего класса.

2. Необходимо половое воздержание до брака, а брак лишь в состоянии половой социальной и биологической зрелости (т.е. с 20—25 лет).

3. Половая жизнь — лишь как конечное завершение глубокой всесторонней симпатии и привязанности к объекту половой любви.

4. Половой акт должен быть лишь конечным звеном в цепи глубоких и сложных переживаний, связывающих в данный момент любящих.

5. Половой акт не должен часто повторяться.

6. Не надо часто менять половой объект. Поменьше полового разнообразия.

7. Любовь должна быть моногамной, моноандрической (одна жена, один муж).(...) Любовная жизнь двоеженца (двоеженицы) захватывает слишком много энергии, времени, специального интереса, вне сомнения, увеличивает количество половых актов — в такой же мере теряет в соответствующей области и классовая творческая деятельность.

8. При всяком половом акте всегда надо помнить о возможности зарождения ребенка — вообще нужно помнить о потомстве.

9. Половой подбор должен строиться по линии классовой революционно-пролетарской целесообразности.

10. Не должно быть ревности. Ревность, с одной стороны, результат недоверия к любимому человеку, с другой стороны, ревность — порождение недоверия к самому себе. (...) Если уход от меня моего полового партнера связан с усилением его классовой мощи, если он (она) заменил(а) меня другим объектом, в классовом смысле более ценным, каким же антиклассовым, позорным становится в таких условиях мой ревнивый протест...

11. Не должно быть половых извращений. Половая жизнь извращенного человека лишена тех творчески регулирующих элементов, которые характеризуют собою нормальные половые отношения... Всеми силами класс должен стараться вправить извращенного в русло нормальных половых переживаний.

12. Класс в интересах революционной целесообразности имеет право вмешаться в половую жизнь своих сочленов. Половое должно во всем подчиняться классовому, ничем последнему не мешая, во всем его обслуживая».

«Известия», 1997 год

11 июня «Известия» опубликовали материал о том, что префект Центрального округа Москвы Александр Музыкантский провел с участием милицейского руководства ночной рейд с целью выселения проституции из центра города. Последовал отклик.

«Я не собираюсь вступать с Александром Ильичом в дискуссию о законности обещанных им «ежедневных, еженощных» теракций по выдавливанию проституток с территории его административного округа. Он... понимает, что **законных** оснований для подобных действий у него нет (и слава Богу). А вот о том, насколько подобная активность соответствует «рядовому» понятию о морали и социальной справедливости, поспорить очень даже хочу...

Может ли А.И. Музыкантский объяснить, на чем основано его неприятие проституции? Ведь эти женщины не воруют, а по-своему ЧЕСТНО зарабатывают деньги, притом да-а-алеко не самым приятным и легким трудом. При любых раскладах проститутки заслуживают куда большего уважения (или, если хотите, куда меньшего осуждения), чем воры, мошенники, убийцы.

Да, вокруг проституции пышным цветом цветет криминал. Но разве проститутки в этом виноваты? Они сами — жертвы. Жертвы сутенеров, владельцев секс-агентств, тех же милиционеров. Их не преследовать, а защищать надо, включая и законодательные меры, — путем создания профсоюзов, путем распространения на проституток Закона о защите прав потребителя и Закона об антимонопольной деятельности, выдачи лицензий на право оказывать такие услуги и прочими способами. Обещания префекта сменить всех милиционеров в центре — это вечерняя сказка для малышей. Может, у г-на Музыкантского наготове штат ангелов во плоти, которых он оденет в милицейскую форму?

Поэтому административно-экономическая ловля «ночных бабочек», чем бы она ни оправдывалась, объективно приводит во всем мире не к усилению порядка, а напротив — к усугублению социальной несправедливости. Ведь и сам префект признает: проститутки не удовольствия ради выходят на панель, а ЗАРАБАТЫ-

ВАТЬ! И преследовать людей за труд — ЛЮБОЙ труд — вещь сама по себе куда более аморальная, чем любая проституция.

Игорь СЕРЕБРЯНЫЙ,
депутат Московской областной думы».

«Известия», 17 сентября 1997 года

В КАЛИНИНГРАДЕ СОБИРАЮТСЯ ЛЕГАЛИЗОВАТЬ ПРОСТИТУЦИЮ

Губернатор Калининградской области Леонид Горбенко выступил с беспрецедентным заявлением о намерении легализовать проституцию в своем регионе. Этот шаг губернатор объясняет скачком СПИДа в области. В России Калининград прочно стоит на первом месте по числу зараженных СПИДом. Количество ВИЧ-инфицированных перевалило за 1200 человек. Количество больных достигло 100 человек.

По мысли Л.Горбенко, первый этап легализации проституции — открытие в специально отведенном квартале 3—4 публичных домов на 50 коек каждый...

«Известия», 20 февраля 1998 года

БУДУТ ЛИ НА УЛИЦАХ САРАТОВА КРАСНЫЕ ФОНАРИ?

Впервые о легализации проституции в Саратове заговорили пару лет назад. Идею подали, как ни странно, сами милиционеры. Даже в областную Думу обращались. Однако **получили** отказ. Потом была пауза, и вот в середине декабря прошлого года председатель областной комиссии по правам человека Александр Ландо выступил в местной прессе со смелым меморандумом.

— Проституция была, есть и будет, — заявил правозащитник. — Если мы за свободу выбора человеком профессии, то непонятно, почему общество должно преследовать женщину за такой выбор. Это ее личное дело — как отдаваться, бесплатно или за деньги. Статьи «занятие проституцией» в новом Уголовном кодексе уже нет, статьи 240 и 241 УК РФ предусматривают ответственность за насильственное вовлечение в это занятие и за организацию притонов.

(...) По словам капитана Мызникова и старшего лейтенанта Демихова, нелегальный секс-бизнес влечет за собой кучу дополнительных проблем для общества. Втягиваются в проституцию дети. Из трех сотен «жриц любви», привлеченных к ответственности «полицией нравов», одна треть — несовершеннолетние. На учете в милиции состоят несколько учениц двух саратовских школ-интернатов, которые ежедневно занимают привычные места на рынке, автостоянках, железнодорожном вокзале. Венерические заболевания вот-вот обретут характер эпидемии. За последние три года число больных сифилисом в областном центре увеличилось в 4, гонореей — в 3 раза. Стремительно растет число инфицированных СПИДом. Еще один тревожный факт: темпы роста венерических заболеваний среди подростков обгоняют соответствующие «взрослые» показатели. Причем среди детей, больных сифилисом, девочек в два раза больше, чем мальчиков. А гонореей — в семь раз.

Легализацию секс-услуг, по мнению сотрудников «полиции нравов», нужно проводить следующим образом. Во-первых, получение лицензии должно быть сопряжено с целым рядом условий. Дам, имеющих уголовное прошлое, состоящих на учете в наркодиспансере или у психиатра, пускать в эту сферу бизнеса нельзя. Во-вторых, лицензированная проститутка всегда должна иметь при себе медицинскую книжку и журнал учета клиентов (а как ей отчитываться перед налоговой инспекцией?). Клиент, в свою очередь, прежде чем попользоваться девушкой, обязан предъявить документы, зарегистрироваться в журнале учета и оплатить услуги через кассу заведения, к которому «прикреплена» его временная подруга. А сами услуги могут быть оказаны либо на квартире у девушки, либо в месте, предложенном клиентом.

В этом случае можно было бы наладить действенный контроль за индустрией секс-услуг, считают милиционеры.

*«Комсомольская правда»,
17 июня 1998 года*

Вчера в Госдуме обсуждали геополитический вопрос: открывать или нет в России публичные дома?

Если точнее, то вопрос формулировался так: «Рынок сексуальных услуг как источник крупных необлагаемых налогов». Обсуждался он на расширенном заседании Комитета по геополитике. Аргументы в пользу легализации публичных домов (разговор свелся к этой теме) выдвигались самые различные. Приведем короткие выдержки:

Сергей Барсуков, кандидат философских наук:

— Наши проститутки не идентифицируют себя со словом «проститутка». Как правило, это девушки социально слабые, которые не утрируют свою роль, а наоборот, принижают. Ими пользуются в основном клерки, одинокие сотрудники правоохранительных органов. То есть не «крутые» клиенты. Поэтому очень трудно сказать, каков реально уровень доходов в этой сфере. Сегодня ее контролирует МВД. На мой взгляд, надо создавать полицию нравов.

Мария Арбатова, писательница-феминистка:

— В природе не существует изнасилования. Если кошка не захочет кота, то ничего не произойдет. Как любят говорить проститутки, «мы прокладка между землей и мужчинами. Если нас не будет, мужчины разнесут всю землю». Сексуально не обслуженный человек предельно агрессивен. Чем меньше неврозов, тем стабильнее жизнь в стране. В цивилизованных странах 15—20 процентов населения находится в депрессии, у нас — четыре пятых. Поэтому публичные дома для нас — это своеобразный философский камень. Немедленная и срочная легализация проституции занесет нас в список цивилизованных стран.

Анатолий Сухов, генерал-майор МВД:

— Надо сначала спросить народ — а согласен ли он на легализацию публичных домов в нашей матушке России? Не побегут в публичные дома люди?

Маргарита Терехова, актриса театра имени Моссовета:

— Вот выходим мы после спектакля. И стоят прямо под фонарями служебного входа театра девочки. Раньше они возле помоек толкались. А сейчас не поймешь — то ли проститутки, то ли зрители. Мы спрашивали у жителей соседних домов: вы обращались в милицию? Да, обращались, она бывает здесь, но, говорят, что толку?!

Реплика из зала:

— Да этот организованный бизнес существует и напротив Думы! Они там называют себя депутанами.

«Комсомольская правда»,
29 января 1998 года

Общество «Мы и Вы» опросило 210 проституток. Так кто же они — уличные красотки? В основном это женщины в возрасте от 15 до 30 лет (среди них несовершеннолетних — 5%). Российское гражданство имеют 67%, остальные приехали из стран СНГ.

Возраст; 15 — 18 лет — 4%; 18 — 20 лет — 36%; 21 — 25 лет — 41%. Остальные — старше 25 лет.

Семейное положение: не замужем — 67%; разведены — 24%; состоят в браке — 9%.

Место работы: на улицах — 77%; в барах, ресторанах — 14%; в саунах — 13%; по вызову — 10%; в массажных салонах — 9%; в гостиницах, за рубежом, имеют постоянных клиентов — 3%.

Некоторые отметили несколько мест своей «работы».

«Производственный стаж»: в течение 1—2 месяцев (новички) — 31%; до 6 месяцев — 27%; до 2 лет — 11%; свыше 4 лет — 10%.

«Профессиональные» болезни: утверждают, что никогда не переносили заболевания, передающиеся половым путем, — 44%; болели сифилисом — 10%; гонореей — 21%; герпесом, хламидиозом и др. — 25%.

Работают с сутенерами — 87%.

Утверждают, что никогда не употребляли наркотики, — 78%; употребляют их постоянно — 20%.

За легализацию проституции и создание профсоюза — 95%.

«Комсомольская правда»,
26 марта 1997 года

Социальный портрет московской сутенерши. Средний возраст — 30 с хвостиком. Обычно в эту профессию идут после пяти—семи лет «горячего стажа». Идут не от хорошей жизни, ибо более удачливые проститутки сумели выйти замуж или открыть собственный салон красоты, массажный, косметический кабинет, ателье или уехать за границу. Чаще всего **бригадирши** заплатили за свою профессию здоровьем или материнством. Девять из десяти разведены или не были замужем. Многие отбывали срок. Если верить протокольным «признаниям», каждую сутенершу на панель вывели либо любимый мужчина, либо непомерные долги. У каждой из них в среднем за годы активной работы было до тысячи клиентов.

«Известия», 11 ноября 1997 года

Американцы подозревают в секс-торговле работников МВД, ФСБ и МИД. Речь идет о документальном фильме «Купленные и проданные», который был показан на конференции в Москве, посвященной проблеме вывоза женщин из СНГ для секс-торговли. В дни конференции в Перми был арестован директор фирмы «Инвест-тур» по подозрению в торговле живым товаром. В офисе фирмы наряду с порнокассетами изъяты альбомы цветных фото обнаженных подростков обоего пола, анкеты, которые заполняли несовершеннолетние, с вопросами и об их сексуальных наклонностях — так господин Б. составлял тургруппы.

По данным ООН, ежегодный доход криминальных групп от секс-торговли достиг семи миллиардов долларов и вполне сравним с торговлей оружием и наркотиками.

«Комсомольская правда»,
31 января 1998 года

78916 РУССКИХ ЖЕН ПОЙДУТ НА ВОЙНУ С МУЖЬЯМИ-НАСИЛЬНИКАМИ?

Доклад международной правозащитной организации «Хьюман Райтс Уотч», изданный в Нью-Йорке, назван безрадостно: «Слишком мало, слишком поздно; действия властей по предупреждению насилия против женщин». Авторы доклада пришли к неутешительному выводу: нет даже точной статистики о такого рода правонарушениях. Например, по официальным данным, в 96-м году в стране было зафиксировано около 11 тысяч изнасилований. Однако представители «Хьюман Райтс Уотч» считают, что эта цифра составляет лишь десять процентов от общего количества подобных преступлений.

И уж совсем плохи в России дела с домашним насилием. Только на почве ревности в позапрошлом году у нас получили тяжкие телесные повреждения 78916 женщин. В докладе утверждается, что ежегодно примерно для 14 тысяч россиянок домашние разборки кончаются смертельным исходом.

«АиФ» «Любовь» № 8, 1997 года

Каждый пятый мужчина в России считает, что муж вправе принудить жену к сексуальному контакту.

«Общая газета», 26 июня 1997 года

(...) По данным российских исследователей, доля сексуально активных девушек в возрасте 14—15 лет по разным регионам составляет 3—4 процента и повышается до 30—58 процентов в возрасте 18—19 лет. А наши радетели раннего полового просвещения пытаются уверить, что чуть ли не половина тринадцатилетних детей уже имели половые контакты, потому их лет с семи надо учить пользоваться презервативами и контрацептивами.

(...) Вот темы для младших классов, которые предлагает программа: 1-й класс — «Половые признаки растений, животных, человека», «Брачные игры у животных», игровые занятия, направленные на создание раскованности. 3-й класс — «Краткие сведения о строении и функциях половой системы». 4-й класс — «Представление о строении репродуктивных (детородных) органов женщины и мужчины. Оплодотворение». Это — в 7—9 лет. А например, согласно программе обучения автора П.Шапиро, 12-летние дети должны получить исчерпывающие сведения о мастурбации, гомосексуализме, инцесте, педофилии, эксгибиционизме и фазах копулятивного поведения, а 13—14-летним предлагаются следующие темы: сексуальные грезы, сексуальные фантазии, эротические сновидения, ночные поллюции, спонтанные эрекции, оргазм, формы тактильных контактов, петтинг. Все в соответствии с принципом, который продекларирован в предисловии: «Лучше на год раньше, чем на день позже».

«Комсомольская правда»,
февраль 1997 года

Программа для общеобразовательных школ Министерства образования. 1—11-й классы. Рассчитана на 374 часа. 26 часов посвящено половому акту, 24 часа — проституции. Типовые главы: Гомосексуализм и транссексуализм. Петтинг. Мастурбация как средство, позволяющее снять и смягчить психофизиологический дискомфорт. Искусственные аборты. Сексуальная свобода личности. Эрогенные зоны. Терпимость к сексуальным меньшинствам. Право человека на самостоятельное принятие решения, касающегося его личной, в том числе сексуальной жизни.

Сообщения с мест:

Город Александров. Вернувшись после семинара под названием «Подростки обучают подростков», 15-летний мальчик сказал родителям, что у них во время полового акта **не та поза**. Еще несколько детей продемонстрировали плоды новейшего просвещения, заявив, что родители **не так занимались любовью** и подрастающее поколение может их в этом поучить.

Новосибирск: Это не воспитание, а растление. Мальчиков и девочек учат не только тому, как избежать нежелательного зачатия, но и расписывают все виды сексуальных контактов. Сами лекции возбуждают детей, — говорят новосибирские священники.

Вот что рассказывает одна из брошюр: Анальный контакт без презерватива, вагинальный контакт без презерватива, оральный контакт без презерватива. Глубокие поцелуи с покусыванием языка и губ до крови. После многочисленных протестов общественности и церкви уроки полового воспитания в Новосибирске проводятся только факультативно.

В Туле и Обнинске, Красноярске и Новосибирске родители дают отпор секс-просвещенцам. Зачастую дело доходит до судебных процессов.

«Комсомольская правда»,
14 октября 1997 года

«За безопасный секс» — так называется молодежная просветительская акция, проходящая во Владивостоке. Однако организаторы задумали нечто большее, чем просто секс-ликбез. Подрастающее поколение будет участвовать в конкурсе творческих работ с игривым названием «Любовь, секс и все такое прочее» и напишет школьные сочинения на ту же тему... Кстати говоря, в одной из школ работа уже пошла: пятиклашкам после лекции выдали по учебному пособию — презервативу.

«Аргументы и факты» № 3 (900),
январь 1998 года

Средний возраст начала половой жизни в мире — 17, 4 года. Сейчас впереди планеты всей американские тинейджеры, занимающиеся сексом с 15 лет. Впрочем, по различным данным, **до половины московских старшеклассников давно уже не девственники.** Студенты, как выясняется, — довольно-таки целомудренная прослойка современной молодежи. Результаты опроса, проводившегося среди студентов МГУ, показывает, что у юношей средний возраст потери девственности — 17 лет, у девушек — 17,9 года. 30% девушек к третьему курсу еще не имеют сексуального опыта.

«Комсомольская правда»,
14 февраля 1997 года

А ВЫ СОГЛАСИЛИСЬ БЫ ПОЕХАТЬ В ГАРЕМ СУЛТАНА? ЕСЛИ ДА, ТО НА КАКИХ УСЛОВИЯХ?

Эти два вопроса интервьюеры центра «Статус» задали москвичкам. Ни одна из опрошенных нами женщин не хотела бы попасть в гарем: каждая из них мечтает быть первой и единственной для своего мужа. Как выяснилось, никакие деньги не могут перевесить это стремление. Правда, 24% опрошенных — в основном от 17 до 25 лет — не исключили возможность обдумать такое предложение, но на своих условиях. Вот они:

если он выгонит всех других жен;

если у меня будет свой гарем из мужчин;

если я смогу завести там любовника;

если я заключу с ним брачный контракт, по которому смогу вернуться в Москву с крупной суммой денег;

если он со всеми своими богатствами переедет в Москву и мы будем жить здесь.

Согласно «ГЛОБАЛЬНОМУ СЕКСОЛОГИЧЕСКОМУ ИССЛЕДОВАНИЮ», проведенному в 1997 году компанией London International Group, выпускающей презервативы DUREX,

средний возраст первого сексуального контакта составляет:

в России — 18,2 года
(в США — 15,8 года, в среднем
по 14 развитым странам — 17,4 года)

среднее количество сексуальных партнеров:

в России — 10,4
(в США — 14,3, в среднем
по 14 развитым странам — 9,5)

наиболее важные факторы при сексуальных контактах у партнеров в России:

собственное удовлетворение — 47%
(в США — 21%, в среднем
по 14 развитым странам — 30%)
удовлетворение партнера — 40%
(в США — 30%, в среднем
по 14 развитым странам — 39%)
нежелательная беременность — 6%

(в США — 9%, в среднем
по 14 развитым странам — 10%)
не заразиться / заразить СПИДом — 6%
(в США — 24%, в среднем
по 14 развитым странам — 16%)

активность в сексе (среднее число половых сношений в год): Россия — 135
США — 148
Франция — 151
в среднем по 14 развитым странам — 112

средняя продолжительность полового акта в минутах:
Россия — 13,9
США — 25,3
Франция 18,8
в среднем по 10 развитым странам — 17,9

рейтинг стран с лучшими любовниками (согласно
опросу респондентов в 14 развитых странах:
первое место — Франция (48%)
второе место — Италия (44%)
третье место — США (38 %)
двенадцатое место — Южная Африка (11%)
тринадцатое место — Россия (9%)
последнее место — Польша (7%)

лучшими в мире любовниками считают себя:
испанцы (90%)
американцы (89%)
французы (70%)
русские (61%)

самый желанный мужчина:
в России — Брюс Уиллис
в США — Том Круз
в среднем в 14 развитых странах —
Том Круз

самая желанная женщина:
в России — Шарон Стоун
в США — Памела Андерсон
в среднем в 14 развитых странах —
Деми Мур

лучшие любовники в мире (согласно сводному рейтингу качества секса, определяемому исходя из удовлетворения партнера, продолжительности полового акта и интенсивности половой жизни):
первое место — Франция
второе место — США
восьмое место — Россия

Часть третья

В ЛЮБВИ

ЛЮБВЕОБИЛЬНАЯ,
или
26 ЛЕТ ИЗ ЖИЗНИ РУССКОЙ ЖЕНЩИНЫ
(Опыт сексуальной биографии)

Прошлой зимой я угодил на больничную койку в одну из московских больниц. Не буду описывать ее блокадную нищету — западному читателю все равно этого не представить, а российскому и без меня все известно. Скажу только, что даже мне, довольно популярному писателю и иностранцу, были постелены рваные простыни и дырявые наволочки — иных теперь в российских больницах просто нет, белье тут не обновляли с тех пор, я думаю, как я эмигрировал из СССР. Заодно исчезли и больничные халаты, тапочки, посуда, лекарства — нынче каждый больной все приносит с собой, даже аспирин. (Впрочем, туалетной бумаги, помнится, не было и при советской власти, так что на этот счет у меня претензий к российской демократии нет.)

И вот пока с разных концов Москвы друзья свозили мне еду, простыни, тарелку, ложку, кружку, халат, одеяло, обогреватель и прочие бытовые аксессуары, а врачи совещались, делать мне операцию или нет, и полулитровыми шприцами черпали из меня кровь на анализы, я в свободное от уколов время слонялся по больнице, заводя знакомства с медсестрами, юными врачами-стажерами и обитателями соседних палат. Вскоре я уже знал, сколько зарабатывают больничные медсестры ($35 в месяц) и врачи ($120) и удивлялся уже не нищете, в которой пребывает российское здоровье, а тому, что на эти деньги больницы все-таки функционируют, врачи и медсестры ежедневно приходят на работу и даже — что самое поразительное — лечат, лечат людей! Чуть позже выяснилось, что все они, медики, сами-то выживают, только работая в две-три смены и в разных местах. Даже главврач реанимационного отделения, помимо своей прямой работы, вынужден через два дня на третий дежурить по ночам в других больничных корпусах.

Собственно, из-за этого врача, назовем его Николаем Николаевичем, я и начал свой рассказ. Мы с ним сдружились во время моей бессонницы и его ночных дежурств, а потом выяснилось, что он и книжки мои читал, и даже принес однажды из дома пару моих романов, чтобы я его папу автографом уважил. И вот, пользуясь этим его расположением, стал я все **чаще** и чаще проникать за дверь с суровой надписью «РЕАНИМАЦИЯ. ПОСТОРОННИМ ВХОД ВОСПРЕЩЕН» и все большее время проводить в кабинете Николая Николаевича, стараясь выспросить его о каких-нибудь интересных медицинских случаях и подробностях работы врача-реаниматора. Пограничные состояния между жизнью и смертью всегда захватывают читателя, и я хотел выудить из Николая Николаевича такой сюжетец, чтобы нанизать бытовую больничную реальность на шампур борьбы реаниматоров за жизнь какого-нибудь смертельно раненного бандита, вора в законе, нового русского или, на худой конец, следователя МУРа. Захватывающая тайна глобального значения, которую может унести с собой в могилу умирающий бандит, или нити очередного кремлевского переворота уже мерещились мне в холодных коридорах и палатах реанимационного отделения, под ночные стоны и кашель больных, лежащих под капельницами и освещенных багровыми бликами все того же табло «РЕАНИМАЦИЯ».

Нужно сказать, что Николай Николаевич весьма неохотно поддавался моим расспросам, объясняя, что в реанимацию больных доставляют прямо из операционной, и они, как правило, еще под наркозом, а потом, даже отойдя от наркоза, так слабы от потери крови, что им не до разговоров. И врачам не до биографий пациентов, им хотя бы успеть с историями болезней ознакомиться и с анализами, чтобы не вколоть что-то не то или не туда.

Но я уже вбил себе в голову создать эдакий крутой больничный триллер и не отставал от Николая Николаевича. Конечно, будь я рядовым пациентом, Николай Николаевич легко пресек бы мои притязания — врачи, а тем паче врачи-реаниматоры не боятся быть резкими ни с кем, даже с писателями. А Николай Николаевич был достаточно молод, всего 32 года, и, видимо, талантлив, раз занимал такую должность, он, я подмечал, уже усвоил присущую юным дарованиям категоричность. Но ни отправить меня в палату, ни даже выпроводить из своего кабинета он не мог, потому что нуждался во мне, нуждался остро, почти смертельно. И все потому, что при первом нашем знакомстве, когда во время ночного дежурства он рассказывал мне об их горестно-нищенском положении («Представляете, у нас даже кардиографа нет, это в реанимации!»), я спросил: «А сколько стоит этот кардиограф?». «Много, — вздохнул Николай Николаевич. — Хороший, швейцарский — тысячу четыреста долларов!» «Хорошо, — сказал я. — Вылечите меня, и я куплю вам этот кардиограф.» «Да что вы?!» — не поверил своим ушам Николай Николаевич. «Запросто, — сказал я. — Во-первых, я, как иностранец, все равно должен оплатить свое пребывание в больнице, только деньги эти уйдут в бухгалтерию и растворятся неизвестно где и на что. А так у вас будет кардиограф. И во-вторых, пусть это будет такой почин — может, у вас после меня какой-нибудь настоящий богач будет лечиться, вы ему скажете «Вот нам Тополь кардиограф подарил!», а он, как русский человек, захочет, конечно, переплюнуть иностранца и подарит вам что-то покруче».

И теперь Николай Николаевич, помимо своей работы, занимался переговорами с какой-то фирмой о доставке швейцарского кардиографа, платежными документами, растаможкой и т.д. и т.п., и деваться ему от меня, благодетеля, было, конечно, некуда. Хотя, наверно, рано или поздно я все-таки нарвался бы на запрет главврача больницы пускать меня в реанимацию, но тут во всю эту историю вмешалась моя жена. Она атаковала меня телефонными звонками из Нью-Йорка, она мобилизовала на эти звонки моих американских и канадских друзей-врачей, и все они в один голос стали требовать, чтобы я ни в коем случае не оперировался в России, а немедленно, даже с трубкой в пузе, летел в Нью-Йорк, в лучшую у нас в Америке больницу «Маунт-Синай госпитал», где меня уже ждет знаменитый хирург. И на третий день этой атаки я сказал своим московским врачам:

— Знаете что, дорогие? Я бы ни за что не лишил вас удовольствия распороть мне брюхо, но у каждого из вас есть жена, и представьте себе на минутку, что меня ждет, если ваша операция будет не совсем удачной. Мне потом всю оставшуюся жизнь слышать каждую ночь только одну фразу: «Я же тебе говорила оперироваться в Нью-Йорке!»

Врачи рассмеялись, но ярче других осветилось лицо Николая Николаевича — он понял, что завтра-послезавтра избавится от моих докучливых вопросов и беспардонных визитов в святая святых больницы — реанимационное отделение.

И вот настал день отлета — я подписал документ, что выписываюсь из больницы на свой страх и риск, получил на руки копию истории своей болезни и анализов, запас шприцев, антибиотиков и лекарств на случай какого-нибудь эксцесса во время полета и зашел к Николаю Николаевичу проститься. И первое, что мне бросилось в глаза — на его обычно чистом, даже как бы стерильном письменном столе стояла пепельница с окурками (за это курение я его постоянно журил), а рядом с этой пепельницей лежал какой-то пакет, завернутый в плотную бумагу и оклеенный вдоль и поперек липкой медицинской лентой.

— Так! — сказал я с укором. — Опять вы курите! Вы же мне обещали...

— Подождите, — перебил Николай Николаевич. — Присядьте.

— Спасибо. Я всего на минуту. Проститься. Меня ждет машина.

— Ничего... — Николай Николаевич нервно выбил сигарету из пачки, чиркнул спичкой и закурил, хотя никогда прежде не позволял себе этого в моем присутствии, зная, что я не выношу табачного дыма.

Я ждал, я понял, что сейчас меня удивят каким-то сюрпризом, ведь таким взвинченным я Николая Николаевича никогда не видел. Но он еще посмотрел на меня сквозь дым и эдак сбоку, с наклоном головы, словно сомневаясь даже сейчас, в последнюю секунду, в своем решении. Тут спичка, догорев, опалила ему пальцы, он отбросил ее в пепельницу, и этот непроизвольный жест как бы решил все дело, он сказал:

— Ладно! Так и быть! Дело в том, что я ваш должник. И очень серьезный. Мы же не вылечили вас и даже не прооперировали. А кардиограф получили, завтра нам его привезут. И потому... Вот возьмите. — И с этими словами Николай Николаевич протянул мне оклеенный липкой лентой пакет.

— Что это? — спросил я, принимая подарок, и пошутил не очень удачно: — Надеюсь, не наркотики?

Ведь действительно, что еще мог подарить мне заведующий реанимационным отделением московской больницы?

— Это то, что вы у меня просили, — нервно сказал Николай Николаевич, пресекая своей серьезностью мой неуместный юмор. — Тут... Тут несколько магнитофонных кассет, которые наговорила одна моя пациентка. Только имейте в виду: их никто не слышал, никогда! Пообещайте мне, что, если вы их используете в каком-нибудь романе, вы измените все имена и места действия. Вы обещаете? — В его голосе уже было сомнение в моей порядочности, а его рука каким-то мелким, непроизвольным жестом потянулась к пакету.

— Обещаю! Конечно, обещаю! Честное американское! — сказал я, понимая, что нужно бежать, пока у меня не отняли этот сюрпиз-загадку. — Спасибо! До свидания! — и почти бегом выскочил из больницы.

Белый январский снег скользко бросился мне под ноги, чистый морозный воздух боржомными пузырьками вошел в легкие, и я пошатнулся не то от слабости после лошадиных доз антибиотиков, не то от кислородного опьянения солнцем и волей. Но шофер упредительно подхватил меня под локоть, удержал от падения, я плюхнулся на сиденье машины и, сжимая в руках загадочный пакет, сказал:

— Вперед! Поехали!

Нужно ли говорить, что уже в самолете я вскрыл этот пакет, обнаружил в нем ровно десять пронумерованных магнитофонных кассет, вставил кассету номер один в свой диктофон и... вот что я услышал.

«... — Дорогой Николай Николаевич! Доктор мой! Я знаю, что не стою ни вашей безумной доброты, ни тех героических трудов, которыми вы пытаетесь меня спасти. Но спасти меня невозможно, я слышала это от врачей, которых вы собрали ради меня со всей Москвы. Вы думали, что я в отключке, да я и была, наверно, без сознания, но слышать я все слышала, как под гипнозом. «Стафилококковый сепсис. Трое суток, не больше. Эта бактерия резистентна к антибиотикам», — сказал один врач, не так ли? «Н-да... Ни ампициллин, ни ванкомицин здесь уже не помогут...» — сказал другой. «Не может быть! — воскликнул ваш голос. — А плазмофорезис?» Но ваш вопрос повис в воздухе и остался без ответа.

И, значит, мне осталось трое суток, «не больше». Трое суток. Семьдесят два часа.

Какой же мне смысл спать — даже в вашем кабинете, куда вы отселили меня от всех остальных храпящих и орущих больных?

Господи! Неужели я умру? Неужели?! И из-за чего! Нет, в самом деле — из-за чего? Хотите знать, Николай Николаевич?

Да, милый мой доктор, последний! Мне нечем ответить на вашу доброту и заботу, я свалилась на вас прямо из операционной — голая, окровавленная, без сознания, без денег и даже без всякой косметики. Я выглядела ужасно! А вы провели у моей койки не знаю сколько — трое суток? четверо? Боже, чем вы только не пытались оживить мое тупое и беспомощное тело! И вы вернули меня к жизни, но — лишь для того, чтобы услышать приговор консилиума этих медицинских корифеев.

Уже ночь, я не знаю, который час, у меня нет часов. За окном тьма, а в коридоре уборщица моет пол, точнее — возит по нему мокрой тряпкой. Сверху, со второго этажа слышны крики какого-то больного, но вот и он замолчал. Как хорошо, как замечательно, что мои последние дни я проведу в тишине вашего кабинета и под музыку великих джазменов — час назад я уговорила вас уехать домой поспать, вы оставили мне десять ваших любимых кассет и карманный «Панасоник», и теперь я слушаю Миллера, Армстронга, Клуни...

Но знаете что, Николай Николаевич? Я разорю вас на эти десять кассет и сделаю вам сюрприз — запишу на них свою жизнь. Но не ту биографию, которую я писала при поступлении в аспирантуру, и даже не ту, которую знает моя мама. Нет, я расскажу вам то, что ни одна женщина никогда не рассказывает никому — ни врачам, ни родителям, ни мужу, ни детям. Да, да, я расскажу вам то, что мы, женщины, всегда уносим с собой в могилу — насовсем, навсегда. И вы узнаете наконец то, что — единственное — и есть истинная женская биография, суть и ствол ее жизни. Хотите?

Впрочем, я не узнаю, хотите вы или нет, ведь я не стану спрашивать этого у вас, и вы узнаете, что я испортила ваши кассеты только потом, после, когда меня уже не будет ни в вашем кабинете, нигде. Тогда, как-нибудь во время ночного дежурства, когда вы приляжете отдохнуть на этом диване, закурите ваши любимые «Мальборо», вставите в магнитофон Миллера или Глена Кола, чтобы уплыть в виртуально-музыкальную ирреальность, — только тогда вы и услышите мой голос и мою исповедь. Итак, вот

ПЕРВАЯ КАССЕТА И ПЕРВАЯ НОЧЬ

С чего начать? Пожалуй, я поставила перед собой самую невыполнимую для женщины задачу — быть до конца, на сто процентов искренней и правдивой. Но, наверно, только в таком, нынешнем моем состоянии это и можно сделать, только исполосованная скальпелем и исколотая шприцами женщина с огромной тяжелой головой, нерасчесанными волосами и болезненным телом, уже пораженным сепсисом, может попробовать честно и почти без эмоций рассказать о своей сексуальной жизни, о том, что привело ее на стол хирурга и в реанимационное отделение.

Мне 26 лет, но годы младенчества не в счет, мой первый сексуальный опыт я получила, когда мне было пять с половиной лет. Тогда я была очень непривлекательной девочкой. Я была маленькой толстой пацанкой — я лазила по стройкам, дралась с мальчишками. И тогда же у меня был первый сексуальный опыт, печально для меня закончившийся. У меня был брат, он старше меня на четыре года, а у него был друг, его звали Аркадий. Мы жили у моего дедушки, в его большом-большом доме. Или он казался мне большим, потому что на самом-то деле я жила в кладовке. Она была без окна. Там помещалась моя маленькая кровать, а дверь была со щелью, в которую я по вечерам, когда маме казалось, что я сплю, подглядывала за взрослыми. Я видела все. А когда мама вставала с дивана и шла к моей двери, я успевала отбежать и лечь спать. Меня невозможно было поймать. Таким образом я получала кучу информации о взрослой жизни. И этой информацией делилась со своей подругой Людкой, она была младше меня на год, и я у нее была безумным авторитетом.

И вот мальчишки предлагают нам пойти поиграть в докторов. Я соглашаюсь за себя и за Людку, потому что по нашей концептуальной идее доктор это тот, кто толчет кирпичики, потом водой их разводит, что-то добавляет. Нам не было и шести лет, а мальчишкам по десять, поэтому они были врачами, а мы делали все, что они нам говорили. А они говорили: мы будем вас лечить, нужно ноги раздвинуть. Мы раздвигали. А они смотрели и тыкали туда карандаш. Я до сих пор помню: он был восьмигранный и химический. И мне стало больно, я испугалась и сказала брату: «Ленька, ты что делаешь, ты нарисовал там карандашом, теперь мама догадается, что мы играли в доктора!» А он сказал: «Посмей только! Я сразу расскажу, что я за тебя мед доедаю!» У всех родителей модно пичкать детей медом, который я терпеть не могла. Но мама заставляла меня его есть. А Ленька был безумно хитрый мальчик и мед любил. Он говорил: ты мед не ешь, а отдавай мне. И так мы двух зайцев убивали: он ел свой любимый мед, а я не ела. Причем этим секретом он еще и манипулировал. Стоило ему меня чем-то обидеть и я заикалась, что расскажу маме, он тут же говорил: «А я расскажу, что я за тебя мед доедаю!» И это действовало безотказно. Так и тогда: я, конечно, никому ничего не сказала, перетерпела — ну, подумаешь, пипка синенькая! Но у Людки от этих докторских игр боли появились. Не знаю почему — она вообще была хилым ребенком, вечно рыбий жир пила. И вот она под напрягом своей мамы призналась насчет нашей игры, я была вызвана на ковер к ее родителям и там узнала, что я ужасно развратная девчонка. Они так и сказали:

— Мы запрещаем своей дочери водиться с такой развратной девчонкой!

И нужно сказать, что насчет разврата они как в воду смотрели!

Или — накаркали?

Но до восьмого класса я ни о каком разврате не помышляла. Как я уже вам сказала, я была очень толстой. В четвертом классе нас взвешивали — девочек и мальчиков вместе, в одном кабинете. И девочки весили 22 килограмма, 24. Я старалась идти последней — боялась, что стану на весы и все упадут от смеха. Ведь все такие худенькие, в белых колготках. Я же была такой толстой, что колготы на меня просто не налезали. А в нашем классе были две толстые девочки — я и еще одна, Вика. И вот Вика подошла и взвесилась, в ней было 30 килограммов. Теперь моя очередь стать на весы. И я помню ощущение холода под мышками, когда я выталкиваю из себя последний воздух в надежде, что буду легче. Становлюсь на весы и боюсь, что мне скажут «32 килограмма» и я умру. А врач говорит: 29. Боже мой, радости моей не было предела!

Да, я ужасно комплексовала — даже потом, когда стала подростком и вытянулась. Все равно — руки какие-то длинные, ноги несуразные, сколиоз. И еще мама меня очень коротко стригла, у меня уши торчали. Я просила ее: «Мама, оставь мне волосики, я буду бантики носить». Она говорила: «Детка, какие бантики? У тебя волосы редкие». И вот у всех бантики, а у меня вечно под горшок прическа, я была очень несчастным ребенком. И я безумно страдала, что мальчишки на меня внимания не обращали. Все-таки это уже восьмой класс, многие девочки уже в коридорах с мальчишками обнимались, они уже лифчики носили, у них уже месячные начались, они приходили в школу с таким гордым видом и рассказывали. А я как дурак — плоскогрудая, хожу в майке, прошу у мамы: «Купи мне лифчик», а она говорит: «Куда ты его наденешь? На голову?». То есть у меня ущербность полная, я ревела по ночам.

И я разработала концепцию, что мне мальчики не нужны. Я в них не влюбляюсь и внимания на них не обращаю. Все равно они глупые, у них морды козлиные — три волоска на бороде, как у козлов. Другие девочки в детстве хотя бы в своего папу влюблялись, а я и этого не могла, папа был алкоголик. Он пил мои лосьоны от прыщей, одеколоны и так далее. Лосьон нужно было прятать, иначе папа выпивал. И я кайфанула от книжек. Мне не нужно было ничего, только сидеть на диване, есть яблоки или грызть семечки и читать. Я была запойно читающим ребенком, я читала вплоть до девятого класса. В восьмом классе у нас девочка появилась, которую я считала развратной. Я приходила домой и говорила: мам, у нас такая девочка развратная появилась! Мама говорит: чем же она развратная? И я рассказывала. У нас в школьном коридоре были две большие ниши. И там ее зажимали мальчишки — вдвоем втаскивали туда и тискали. Причем ладно, если бы они ее действительно силой туда волокли. Но я была убеждена, что она туда сама идет. Наверно, мне очень хотелось того же, но меня никто никуда не затаскивал. А если пытался, то я дралась, просто билась.

Потому что мальчишки в том возрасте особым образом ухаживали за девочками. Первое — это, конечно, контакт телесный, то есть драка, в которой можно полапать и пообниматься. Ведь девочки обычно вырывались, и мальчики их так в обхват берут и держат. Но девочки только символически вырывались, а на самом деле они просто копошились и получали свой кайф от того, что их трогают. А я не могла так. Драться, так драться. И я лупила их в полную силу, а они меня так лупить не могли — знали, что, если они меня всерьез стукнут, мой старший брат им головы оторвет. И постепенно мальчики перестали ко мне подходить, а мне от этого еще хуже — прямо хоть приклеивай табличку, что не буду драться и брату жаловаться.

А второе печальное обстоятельство было то, что я не носила бюстгальтеров. А тогда бюстгальтеры были очень красивенькие и на пластмассовых застежках, которые можно сзади раскрыть, просто оттянув их линейкой или указкой. И вот мальчишки, которые сидели на партах позади девочек, постоянно этим занимались. Особенно классно это было на контрольных работах, когда тишина безумная, только шуршание списывающих мальчиков и девочек, и вдруг три звука, знакомые всем: блямс! хи-хи! можно выйти? И грохот смеха, потому что девочка вылетала, демонстративно держа себя за грудь, словно она у нее вывалится сейчас. А чему там вываливаться в таком возрасте?

Но мне этого удовольствия никогда не пришлось испытать, у меня не было никакого бюстгальтера, я маечку под формой носила. И вот я бросала контрольную работу, сидела и думала: какие они все развратные, нарочно выпендриваются, будто у них там не знаю какая взрослая грудь! А потом спохватывалась — ой, контрольную завалю! Я этого ужасно боялась, потому что моя мама говорила: если ты будешь отличницей и за неделю не получишь ни одной четверки, в субботу пойдешь на дискотеку. А что у меня было? У меня понедельник был шикарный день — литература, русский язык и история, то есть три пятерки запросто. Но зато во вторник на физике — ни фига! Хоть ты разбейся, хоть умри — пятерку не поставят ни по физике, ни по алгебре, ни по геометрии. Четверку с натяжкой — да и то если Лешка, Сережка и Васька подскажут. А моя мама в конце недели говорила: смотри, какая может быть дискотека, если у тебя по математике четверка и по физике... И только когда мне удавалось как-то отсидеться или проболеть, я вырывалась на дискотеки. Хотя зачем ходила — неизвестно. Девочки танцуют, а я помнусь, помнусь, никто меня не приглашает, я ухожу и реву.

А потом у меня появился мальчик — Витя Курин. Очень красивый и взрослый. Ведь в том возрасте, когда девочки уже начинают формироваться, мальчики задерживаются, у них прыщи и прочее. Мне мальчишки моего возраста внушали презрение и пренебрежение. А Виктор был второгодник, и он мне очень нравился, потому что он был старше всех в классе. Опять же с бюстгальтером мне помог. Я сидела на первой парте, а за мной сидели два мальчика и вечно толкали мне линейку под бюстгальтер, которого не было. А они все старались, пока я не вставала и не била их. А когда я, кокетничая, Виктору на них пожаловалась, он сел позади меня и не позволял никому трогать мою спину. То есть и этого удовольствия я лишилась.

Но особенно сильно я комплексовала на физкультуре. Потому что мы там раздевались, у девочек были бюстгальтеры и сверху комбинашки шелковые, а у меня была только маечка. И я приходила домой и говорила: мам, ну купи мне хотя бы комбинашку! А она: ты знаешь, детка, мне не жалко денег на комбинашку, но там вытачки, тебе будет еще хуже, ведь это будет еще смешнее. И она покупала мне красивенькие беленькие маечки, а я их ненавидела смертным духом.

И вдруг в десятом классе я стала преображаться. Причем моментально, за полгода. Раз — и все, я стала хорошенькой. Потом красивенькой. И на дискотеке у меня уже не было отбоя, на меня все старшие мальчики внимание обращали. Я с ними танцевала, а потом они шли меня провожать. И, зная это, я с подружкой убегала с дискотеки пораньше. Мы бежали домой, а они на мотоцикле за нами. А нам нужно было посмотреть — за мной или за ней. Мы прибегали домой и садились за калиткой, изнутри и смотрели, ищут здесь или возле ее дома. Вот такого рода была игра и все — больше ничего не было. Я не красилась, пить не умела, даже не умела матом ругаться и в любой компании была изгоем, потому что я не могла к ним подладиться.

Но разве не из таких тихонь получаются самые развратные женщины? Я пропустила целый период перехода из девочки в девушку, зато потом бросилась наверстывать упущенное...

Вы, наверно, думаете: ага, сейчас начнется про потерю девственности. Но это на самом деле далеко не простой процесс. Вот первый мужчина, в которого я влюбилась девчонкой, — почему он не сделал этого?

Я помню соревнования по шахматам. Это было зимой. Тогда я была уже достаточно хороша. Наш тренер — это был первый еврей в моей жизни, звали его Финкельман — был маленького роста, с большим носом, бывший спортсмен-велосипедист, но с травмой, хромой и всегда меня опекал. Мне это было странно, потому что он старый совсем, у него даже волосы седые. А он меня на секцию приглашал, какими-то баснями кормил, на соревнования брал. А я девочка неспортивная, я в шахматы только дома играла, выигрывала у папы и больше ничего. А тут мы приехали на взрослый турнир. Там были женщины старые, сорокалетние, а я с бантиком. Но сижу и потихонечку играю. И вдруг я вижу потрясающего в моем понимании мужчину. Красивый майор и похож на Микеле Плачидо. Высокий, стройный, слегка седовласый, он поражал меня своим спокойствием. Даже фамилия у него была красивая и спокойная — Лебедев. А меня всю жизнь раздражает, когда мужчины мельтешат — бегают, суетятся, суетливо ухаживают, суетливо пытаются дать конфетку. А Лебедев был совершенно спокоен. И когда он был рядышком, я почему-то очень легко выигрывала. Стоило ему подойти к моей доске, я чувствовала его дыхание и просто ради него выиграла. Как я могла не выиграть? Для меня это было невозможно. И он мне грамоту вручал. Это уму непостижимо — я турнир выиграла. Ради него! И я вдруг поняла, что меня к нему тянет. Но я не могла с ним поближе познакомиться. Я помню, как я крутилась там, крутилась, а он на меня — ноль внимания. И тогда шахматы стали для меня игрой номер один. Я на всех турнирах — мужских, женских, подростковых, юношеских — была из-за него. А он был как айс-

403

берг, такого нордического типа. И с тех пор у меня этот комплекс остался — мне всегда такие нордические мужчины нравились. Если я вижу, что они меня не хотят, я на них завожусь и липну к ним, как муха на мед. И влипаю, конечно.

Но это — потом, во взрослости. А тогда...

Тогда на меня стали обращать внимание друзья моего старшего брата. Он уже учился в престижном летном училище. И я помню свой первый поцелуй. Мой брат женился, это был сентябрь, я уже две недели была студенткой педагогического института. И день его свадьбы был первый взрослый день в моей жизни. Брат и его друзья в голубых шинелях, при параде, а мне сшили потрясающе красивое платье, сногсшибательное для того времени, с такой басочкой. Оно так красиво мою фигуру облегало! И у меня там было сразу два жениха. Причем один был красивый, длинные волнистые волосы, и даже кличка у него была Волос. А второй был из Одессы, он на гитаре играл великолепно. И в тот вечер я кайфанула от всей души! Мы пели, цыганочку плясали, я была по-детски весела и по-взрослому хороша. И пока мы с Волосом танцевали, я все думала, кого мне выбрать — того, который мне на гитаре играл и пел «Свечи» Розенбаума, или этого, который покрасивей? Я мучилась. А решилось все одним жестом. Я до этого вечера ни разу ни с кем не целовалась. А свадьба — в огромном ресторане с колоннами. И за колонной Волос меня поцеловал. Куда мне еще отвертеться? Выбор был сделан! И мы с ним за ручку стали по залу ходить. Но моя двоюродная сестра пошла к моей маме и рассказала, что я с ним целовалась. И мама сказала ему: не сметь! не подходить! все! Потом мы с ним еще переписывались, но это было недолго, потому что 4 ноября я влюбилась по-настоящему.

Это была безумная первая любовь. Настоящая и осознанная, поскольку к семнадцати годам я очень повзрослела в смысле сексуальном. С нуля — прямо в плотское ощущение своей самкости, женственности.

К зиме мы с девчонками начали ездить на танцы в престижное военное училище. Там у меня очень быстро появились поклонники. Если раньше я молила, чтобы был хоть один — только не у стенки стоять! стыдно! — то теперь я была в элите из элит. Потому что в училищах такая градация девчонок: первая категория — это «колхозницы», которые ужасно одеты, глупые и смешные. Вторая категория — «морковки», то есть почти все остальные. А третья категория — их курсанты называют «девочки для себя». И я сразу в эту категорию попала, девочки нашей категории никогда не стояли. Даже если ее парень в наряде, друзья обязуются с ней танцевать. Ну, а поскольку я в армейской элите, то и мечты у меня — о женихе-офицере и ни о ком больше.

И вдруг — я безумно влюбляюсь. Я его увидела на улице, он ко мне подошел в такой шапочке вязаной, в спортивной курточке, и мы с ним гуляли весь вечер, я впервые в жизни домой вернулась в полдвенадцатого ночи. До сих пор помню, как это было: я захожу, ботинки насквозь мокрые, я разулась. У нас линолеум в коридоре, а в комнате большой ковер. Захожу, моя мама перед телевизором, там циферблат показывает 23:38, а я прохожу и мокрыми лапами на ковре слежу. И глаза безумные — моя мама увидела и ошалела, подумала, что я пьяная. Так оно и было. А я прошлепала в комнату и села. И мама поняла ситуацию, она не набросилась на меня орать или бить, хотя я раньше никогда позже девяти не возвращалась, даже с'танцев. И вот она на меня смотрит, а у меня вся рожа в улыбке, я говорю: «Мам, я влюбилась!» То есть я не собиралась говорить ей об этом — в 17 лет, черт-те что, надо было как-то скрыть, томиться. Но это было нечто всеобъемлющее, это просто вырвалось из меня, выстрелило, ведь я была влюблена! Тут моя мама расхохоталась и вместо скандала сказала: «Черт подери, как хорошо! И кто же это такой?» Я говорю: «Он не курсант, он штатский». «Но ты же мечтала выйти замуж за курсанта». Я говорю: «Да, это, конечно, престижно в нашей области. Но он — все!» Она, конечно, смеялась безумно.

А дальше так. У нас не было телефона. Я с утра на занятиях в институте, это ноябрь, скоро праздник, 7 ноября. Любовь безумная, я не могу ни есть, ни пить. Я красивая, он красивый, жизнь замечательна! Лежу на кровати и мечтаю: мы с ним поженимся в конце первого курса, я в конце второго курса рожу ребенка, переведусь на заочное. У меня план был до внуков! Как-то мы с ним гуляем по городу, навстречу идут курсанты в красивой форме, а он в своей шапочке странной — не то что плохо, но не стильно. И я стала поносить курсантов: у них труба трубит, горшок свистит. А он молчит. Проводил меня до дома, и мы с ним договариваемся, что завтра с утра идем в кафе есть мороженое. Я всю ночь не сплю, утром выбегаю из дома, а там, за калиткой курсант стоит. Думаю: где же мой Миша? Не пришел, обманул. И вдруг вижу — это он и есть, ко мне с букетиком чешет! Оказалось: он курсант второго курса! Тут вообще счастье — я поняла, что это мой муж.

А у меня была подружка Светка, на два года старше меня. Она ко мне прибегает через неделю и говорит: «Знаешь, Алена, ты это, ты вообще подумай. Он тебе не пара — он ребенок из элитной семьи, у него папа полковник, начальник училища и мама какая-то шишка. Он музыкальную школу окончил и еще гимнаст». Боже мой, говорю, черт побери — инфаркт миокарда!

А у Светки был телефон. И мы с ним договариваемся: если он хочет со мной связаться, то мы через Светку созваниваемся. Тут конец ноября подходит, потом декабрь начинается, мы с ним встречаемся, но я чувствую, что какой-то кайф уходит от этих встреч и вообще отношения уползают. А я была очень неопытна тогда, и к тому же у меня не было зимнего пальто. Мне пальто шили в ателье. С большим песцовым воротником. А тут зима, морозы, я не могла без пальто ходить в Дом офицеров. И к себе домой этого Мишу не могу пригласить — вдруг у меня папа будет пьяный. К тому же мама мне обещает, что пальто будет вот-вот готово, и я жду, я пропустила две дискотеки. А Светка ездила. Потом Миша мне по телефону говорит: приезжай со Светкой, у нас соревнования по лыжам, я буду бегать. А я: нет и все. Я не могла ему признаться, что у меня еще нет красивого пальто, но я себя тешила надеждой, что вот в декабре я приду и он просто свалится от моего внешнего вида. И мы с ним поженимся в августе. И что же? Прихожу я в декабре в Дом офицеров, а Миши нет, он в увольнении. Как в увольнении, с кем, почему? Я в туалете плакала так, что на мне не осталось никакой косметики, у меня не лицо было, а сплошное красное пятно.

407

Но тут он вернулся из увольнения, говорит: извини, так получилось, я к вам на Новый год приду. А Новый год — через три дня! И вот мы с мамой за ночь белим весь дом. Мы не спим две ночи. Мамочка закрывается на кухне и белит потолки, я в ванной оттираю туалет. А чтобы я мыла туалет? Да никогда! Мама видит мою безумную активность, папе запрещает вообще домой приходить — он должен был у своей сестры жить! В шесть вечера Миша должен явиться. Я просыпаюсь утром, на бигудях. Судорожно пылесошу все ковры, чтоб и пылинки не было. Даже две наши кошки и собака были на улице! К вечеру мама сделала заливное, сидим, ждем. Автобусы проходят, я жду, когда он появится. Мама моя на стреме перед выходом к друзьям, к соседям, чтобы нас одних оставить. То есть все готово: я морально и физически, мама психологически... А его все нет — в шесть нет, в семь нет, восемь. Ночь. Нет его! Мне плохо, я поперла в детский максимализм, сказала: раз он так поступил, я больше в Доме офицеров не появлюсь! И я две недели не выходила из квартиры вообще. А потом закончились зимние студенческие каникулы, я появилась в институте. И узнала, что он с моей подругой, со Светкой, в загс заявление подал. Так я его с тех пор и не видела больше никогда. И Светку тоже.

Зато в институте у меня появилась новая подружка, Клавдия. Наверно, я была в то время вся из себя грустная и печальная, эдакая Мерилин Монро, которая не могла постоять за себя. И Клава взяла меня под свое крыло. Она делала все. Расписание узнать, книжки взять в библиотеке, в деканате за стипендию побазарить... А я стала такой интеллектуальной сибариткой. И конечно, мы с ней вдвоем готовились к сессии, она регулярно приходила ко мне домой. А у нас, помимо маминой комнаты, были еще две большие комнаты, которые зимой используются только при необходимости, для гостей. Папа уже не жил с нами, он был в очередном запое не знаю где. Поэтому Клаве предлагалась любая комната на выбор. Но она из всех комнат выбрала мою. Мы поставили вторую кровать, но мы так сдружились, что она и спала со мной. И тогда это началось...

Выяснилось, что я абсолютно безграмотна в смысле половых отношений. Я не знала, как это делается, что делается. Я даже мастурбацией не занималась. Ну, валик иногда зажимала между ног, каким-то образом терлась. И вот Клава стала меня просвещать. Практически. Так, как это делают лесбиянки. Я стала понимать, где у меня клитор, половые губы и прочее. И что Клава может сделать мне так приятно, как никто в мире. А я не делала ничего, только гладила ее по спине. А все остальное делала она. Но когда лесбиянок делят на активных и пассивных, я не согласна, я начинаю спорить. Что активно и что пассивно? Если я лежу, позволяю себя ласкать и под этими ласками дохожу до оргазма — кто из нас активен в сексуальном смысле? Но по общепринятым меркам, конечно, Клавка была более активной — она начала брить грудь, заниматься спортом, качаться. Если ко мне подходили девочки или кто-то садился ко мне за парту, она этого физически не переносила. И я стала ее избегать.

Но в моем половом воспитании она сыграла большую роль: я по сей день могу и с мужчиной, и с женщиной получить удовольствие — причем в очень высокой степени.

* * *

Да, Николай Николаевич, вот и пришла пора рассказать про мужчин. Как это все-таки случилось. А вот так. Спасаясь от Клавы, я пошла в военный городок и записалась в тир. Этот военгородок был недалеко от нас, за забором, таких городков по всей России — тысячи. Но этот был особый, потому что там начальником тира был тот самый капитан Лебедев, в которого я еще на шахматном турнире влюбилась. И вот я стала бегать в этот тир, стрелять из винтовки, из карабина, из какого-то «ТТ» и «Макарова». Я научилась их разбирать и собирать за минуту, у меня все руки стали грубые, как у слесаря, и пахли оружейным маслом. А капитан Лебедев на меня ноль внимания, как был айсбергом, так и был. Зато там же в тире вдруг возник такой странный мальчик Сергей. Сначала — ничего особенного, обычный, чуть выше среднего роста, челка, спортивный такой. Но что меня заинтересовало — какие-то у них дела с Лебедевым, куда-то они вместе уходят, о чем-то знаками разговаривают. А потом вижу: этот Сережа явно моей персоной интересуется. Короче, дружба у нас завязалась, мы даже как-то в кино вместе сходили на «Очи черные». Но я же Лебедевым больна, я себя на этого Лебедева еще когда накрутила, а Сергей вдруг говорит: «Ладно, я тебя вылечу. Вот тебе ключ от моей квартиры, езжай туда и жди меня, я через два часа приеду, мне тут по одному делу нужно задержаться. Только одно условие: если я тебя от этого Лебедева излечиваю, то ты — моя девушка. Идет?». Я думаю: «Черт побери, интересно, как он меня вылечит? Не будет же насиловать, это на него не похоже.» Я говорю:

идет! И поехала к нему домой. А у него родители какие-то крутые инженеры, по вербовке в Индии работали, чего-то там строили. У них за городом дача, а в городе квартира — три комнаты, кухня, туалет и ванная раздельные. И вот я сижу на кухне, жду Сергея, чай пью и книжку читаю, переписку Екатерины с Вольтером. И вдруг понимаю, что это ловушка, что Сергей меня просто продал, что сейчас сюда придет майор Лебедев и... И что вы думаете? Слышу: ключ в двери поворачивается. Я выскакиваю на балкон, прячусь за дверь и через щелку, как в детстве, вижу: действительно, майор Лебедев! Но не один, а с каким-то маленьким, жирным и мерзким типом. И Лебедев снимает с него пальто, как с девушки. А тот эдак вальяжно, по-дамски откидывает шляпу, шарф и с такой, знаете, женской жеманностью позволяет Лебедеву раздеть его догола. Я замерла, я просто застыла на балконе. А там, в комнате... мой кумир, мой айсберг, мой Плачидо, эдаким крабом обнимая это жирное коротколапое тельце, скачет с ним в потном экстазе...

Сережа потом очень смеялся надо мной. Но про наш уговор — ни полслова. Это я сама как-то сблизилась с ним, даже на дачу к нему поехала. А там места просто обалденные! В лесу, в тишине, над речкой и такое построено — я про такие дачи только в книжках читала. Но Сергей ко мне никак не проявляется, не подходит, не обнимает, не трогает даже. И вот я валяюсь на кровати, смотрю телевизор и понимаю, что так не должно быть. А он говорит: «Я не буду с тобой заниматься любовью, пока ты сама этого не захочешь». И такой он во всем. Я приходила к нему на квартиру, а он мог дать мне мишку игрушечного и уйти. И не приходить двое суток. При этом позванивать, что еда в холодильнике. Я стала ревновать его, я знала, что у него есть любовница Лариса. А он говорит: хочешь стать женщиной — приходи ко мне в койку и стань. Но я же ничего не умела, какой у меня опыт? Даже когда я к нему легла, я только тыкалась по его телу и все. И вызывала у него смех. Он лежит, руки за голову забросил и смотрит на меня, как на сцене. А я с его членом экспериментирую. Даже когда он возбуждался, я не понимала, что с ним делать. А Сергей видит мои усилия и умирает от смеха. Я вскакиваю и убегаю, чуть не плача. Но ему и это смешно, он говорит: если не хочешь, ничего не будет. И так продолжалось какое-то время — он со мной просто развлекался, а я, как дура, со своими комплексами боролась. И поняла, что никто, кроме меня, этого не сделает. Зато когда у меня наконец все получилось, он сказал: молоток, классно у тебя все вышло! И даже попытался меня поцеловать. А я... у меня же мамино воспитание — я максималистка, у меня страсть к совершенству: в школе отличница, в институте на всех научных конференциях выступаю, мне преподаватели еще до сессии по всем предметам пятерки ставят! И тут то же самое — началось с того, что Сергей меня дрессировал просто ради своего развлечения и смеха, а кончилось тем, что он без меня уже просто дня не мог прожить. Потому что я уже знала, как и что он чувствует и как нужно сделать, чтобы он меня хвалил. И выдумывала такие вещи, которые ни он, ни его Лариса не делали. То есть я могу сказать, что в сексуальной области я все постигла сама, самообразованием. Или, если хотите, сама себя развратила. Потому что аппетит, как известно, приходит во время еды. Особенно в этом деле.

Но сейчас я должна отвлечься от моей сексуальной биографии и рассказать про наркотики. Потому что иначе вы не поймете, каким образом я в вашей операционной в кому брякнулась.

Это было после второго курса, мне было 19 лет. Сессия была, как всегда, в июне, но я экзаменов не сдавала, мне, как я вам уже сказала, все зачеты автоматом ставили. После 15 мая я могла вообще не появляться в институте, мне все сокурсники завидовали. А в это время у моих родителей были безумно сложные отношения, я им явно мешала и понимала, что мне нужно изолироваться, исчезнуть. К тому же у меня начались проблемы с Ларисой, которая меня к Сергею приревновала, она за мной по Подгорску с ножом бегала. Я от нее у брата пряталась, а потом уехала к бабушке в Питер. Сначала с мамой — она меня туда отвезла и прожила там две недели. А я за эти две недели успела влюбиться в одного мальчика, он был очень красивенький мулатик — смесь папы-француза и мамы-эфиопки. Он говорил по-французски, по-английски и, наверно, по-эфиопски, а в Питере, в ЛГУ, он учил русский. Я с ним на Невском познакомилась, он мне сделал предложение, и я пригласила его домой, к бабушке. Он пришел красивый, в костюме, с цветами. У мамы стало плохо с сердцем. «Мало с нас папы-алкоголика, так еще негров не хватает в нашей семье!» Я понимала, почему она так сказала. Они с бабушкой собирались выдать меня замуж за одного богатого поляка Криштофера, мама считала, что я с ним буду счастлива. А тут какой-то эфиоп! Скандал был грандиозный. Она сказала: «Только через мой труп!». И осталась в Питере еще на неделю. Я была очень разочарована в своей маме.

А мы жили на окраине, в многоквартирном доме с большим двором и детской площадкой. У меня были голубые джинсы. И я, проплакав весь вечер — меня же не пустили на Невский, мама сказала: «Гулять только во дворе, если я выгляну в окно и тебя не будет во дворе, ты собираешь чемодан и уезжаешь», — я сижу в песочнице и реву, как последняя идиотка. Лицо красное, два больших хвостика, один бантик зеленый, другой красный, голубые джинсы и сильно обтягивающая кофточка-футболка. И тут ко мне подходит мальчик, на вид ему лет тридцать, высокий, красивый, но ужасно худощав. Он говорит: «Ты что? В песочек играешься?» Да, говорю, играюсь! И он так иронично: «А сколько тебе лет-то?» Девятнадцать, говорю, в августе будет. Да, говорит, рановато ты в песочек играешь. И сел рядом. Ну, думаю, пристал. А у меня всегда так: когда мне плохо, в моей жизни мужчины появляются. Но он был худой, а я не люблю ни худых, ни толстых. Но думаю: ладно, все равно никого нет, пускай хоть худой посидит. Стали разговаривать. А он оказался очень умный. С такими большими сливовыми глазами, с синяками под ними и вечно поеживался, как будто ему холодно. Я сижу в песочнице и думаю: что же ему так холодно? На улице июнь, на мне только футболка обтягивает мою юную грудь, и мне тепло. А он, бедолага, даже в пиджаке мерзнет. И так мы с ним познакомились, его звали Андреем. Через несколько дней я поняла, что любовь к

414

эфиопу была необдуманным шагом, к тому же мне его эфиопская компания не нравилась, там была одна жирная африканка, толстомордая, с огромной задницей, плечами тяжеловеса и с какими-то дико торчащими волосами. Если бы мама меня пустила с ними гулять, мне пришлось бы с этой уродкой дружить. Поэтому я успокоилась, сказала маме, что эфиоп забыт, и моя мама вздохнула облегченно, позвонила Криштоферу. И вот Криштофер приезжает к нам в гости, ему лет тридцать, он учит меня польскому языку, и мама, успокоившись, уезжает. Но я вижу, что у меня с этим Криштофером ничего не получается, и продолжаю общаться с Андреем. И в день маминого отъезда он приглашает меня к себе домой.

Я поехала к нему просто от скуки. У него оказалась огромная питерская четырехкомнатная квартира. В двух комнатах была пыль годичная, потому что он в эти комнаты даже не заходил. А в других двух комнатах он жил. Родители у него дипломаты в ООН, живут в Нью-Йорке, а ему какие-то деньги присылают. Хотя он и сам зарабатывал, он занимался наркотиками. И он так изящно одевался — модная рубашка, жилетка, пиджак — что это увеличивало его фигуру, и он был очень стильный, даже хорош собой. Глаза с поволокой, большие и в синеве... Он мне тогда казался безупречным. И безумно ласковым. А голос — я люблю голоса, я могу отдаться за красивый голос. А если хозяин красивого голоса еще обладает хорошим запахом, мне уже не важно, какое у него тело. А у Андрея голос был потрясающий. Он был низкий, хотя и не такой гортанный и глубокий, как у Луи Армстронга, но приближающийся к нему. К тому же руки аристократа и такие красивые пальцы — тонкие и длинные, как у лордов. Я до сих пор помню его руки, я таких красивых рук с тех пор не видела.

И вот мы пошли к нему отмечать отъезд моей мамы. Я зашла в квартиру, а там большой коридор и собака — шикарный мастифф неаполитанский. Черная гладкая кожа, огромная голова, большие глаза. Я просто вжалась в стенку.

И в этой квартире я попробовала наркотики. Хотя у меня никогда не было к ним тяги, я это делала от скуки. Люди от скуки либо преступления совершают, либо великие открытия, либо на Памир лезут. А я от скуки полезла в наркотики. Хотя на самом деле для меня что наркотики, что влюбиться — одно и то же. Но я очень благодарна этому периоду — это развило мою чувственность: я входила там в транс, в состояние невменяемости, когда мое сознание не стыковалось с моим телом. Когда, скажем, рука вдруг делалась огромной, а голова маленькой. Я узнала, что такое фантомная боль, когда руку не трогают, а рука болит. Да, я многое познала в области ощущений. Но я не могу сказать, что Андрей сажал меня на иглу, приучал и прочее. Он торговал наркотиками, и они у него были везде — в письменном столе, в шкафу на верхней полочке. Если я хотела, я могла брать что угодно — кокаин, гашиш, героин, ЛСД. Но Андрей и сам не часто кололся, и меня не заставлял. Просто на фоне тех деградирующих девочек-наркоманок, которые у него были, я была для него более интересной, может быть, даже эдаким особым озарением, что ли. А я, пользуясь этим, вдруг заняла совершенно смешную позицию — я стала вести себя, как мать Тереза. Я могла прийти, когда у Андрея сессия наркоманов, и говорить: «Ребята, зачем вы это делаете? Бросьте, вам это не нужно». Я превратилась в какую-то идиотку морализирующую. Помню, например, одну сцену. Я прихожу, а там люди и в воздухе буквально такое кисло-тягучее облако гашиша. А на кухне сидит Вероника, ей пятнадцать лет, и тоже курит. Я говорю: «Зачем ты это делаешь, Вероничка? Смотри, я тоже могу это делать, но не делаю». А она улыбается и говорит: «Ты не знаешь, как это достается. И тебя настолько опекают, что ты никогда этого не узнаешь. Ты можешь прийти и уйти. А я эти вещи отрабатываю. Иногда, бывает, я просыпаюсь, есть нечего, но мне и не нужно, я себе «ханку» готовлю в чайной ложке. И после этого еще хуже. Но ты этого никогда в жизни не поймешь, уйди от меня!» А я ходила по квартире и привязывалась к этим нимфеткам-наркоманкам, пыталась их перевоспитывать.

Но однажды мне показали настоящих наркоманов, стабильных, это было ужасное зрелище. Андрей уехал на два дня в Киев, а у меня были ключи от его квартиры, я иногда с его собакой гуляла. И вот я прихожу, а там сидит его друг, говорит: хочешь, я тебе покажу кое-что? И повел меня в настоящий притон. Оказалось, это вовсе не то, что я видела в фильмах о наркоманах. В кино дверь открывается, герой заходит в шикарную квартиру, а там лежат потрясающе красивые женщины и мужчины. Они ласкают друг друга, обнимают. И возникает зависть и тяга сделать то же самое. А на самом деле это такая мерзость! Там нет никаких красивых тел, безупречно двигающихся, занимающихся любовью. И вообще это все ни в какой не в квартире, а в подвале, в бывшем блокадном бомбоубежище, в грязи, где какие-то черные трубы проходят. И там валяются тела полураздетые, некоторые просто в блевотине, некоторые в поту. Грязные руки, исколотые. Кто-то орет, кто-то ползает на карачках. Я там секса не видела никакого. Там была только грязь и боль.

Так я впервые увидела, к чему люди реально приходят, и когда Андрей вернулся из Киева, я поняла, что не просто не люблю его, а что он меня бесит. Я пришла к нему, а там опять «сессия», все накуренные, руки дрожат. А я сходу: «Все! Я уезжаю домой! Этот бордель не для меня!» А он: «Перестань, я их сейчас всех разгоню! Ты этого больше никогда не увидишь, ты будешь моей девушкой, ты всегда будешь иметь то, что ты хочешь, мы с тобой поженимся, у меня квартира, деньги, я этим делом занимаюсь десять лет, но я жив до сих пор, чего ты боишься?». И — можете себе представить? — он меня поколебал своим обволакивающим голосом, своими манерами. Но потом...

Я до сих пор помню ту безумную сцену. Андрей в роскошной рубашке сидел на диване. А какая-то девочка, Марина, около него, она пришла раньше меня и просто дрожала, липкий пот такой, ей трудно на ногах стоять, она падала, поднималась и падала. Она говорит Андрею: «Пожалуйста! Я отдам тебе деньги, я отработаю! Мне очень нужно! Я умру!» А он: «Нет, ты мне и так много должна. Когда долг отдашь, тогда получишь.» Я говорю: «Андрей, как ты можешь так? Ты что?» Я не понимала, как можно так издеваться над людьми. Но на самом деле торговцы наркотиками наркоманов за людей не считают, они могут с ними как со скотом, с кроликами обращаться. И вот я подхожу к ней, к Марине, и вижу: ей плохо. И я, как дура, стала ее успокаивать, гладить по головке. Она: «Уйди от меня!» И отпихивает меня, а я к ней лезу: «Ну, успокойся, что ты, пойдем в душ сходим...» Она: «Пошла отсюда!» И на меня с кулаками. Я отбегаю, а Андрей смеется и говорит: «Ну что, мать Тереза? Давай лечи ее! Ты хочешь от меня сбежать? Ты к этому стремишься? А как же ты ее тут бросишь? Она в твоем милосердии нуждается!» И вот я снова к ней, а она матом: «Уйди от меня, курва растакая!» И снова к нему — она просто валялась у него в ногах. И тут он делает потрясающий жест, который заставил меня уйти от него навсегда. Он ей показывает на меня и говорит: «Знаешь что? Если этот ангел с крылышками попросит меня дать тебе наркотик, я дам любой. Пойдешь и выберешь сама сколько хочешь. Попроси у нее. Если она скажет мне «Андрюша, сделай», я сделаю все что хочешь».

В тот же миг эта мымра буквально бросилась на меня. Я этого никогда не забуду! Она меня умоляла, она меня просила, ноги мне целовала. А мне 19 лет, с моей психикой это просто невозможно! Я ей: «Мариночка, давай попробуем бросить! Давай я тебе сделаю массаж... Андрей, это зверство. Ее нужно простить!». А он смеется: «Нет, ты скажи четко: «Андрей, пожалуйста, дай ей наркотик». То есть это была сцена моего полного уничтожения. Потому что я это сказала. Сказала и бросила его, уехала в Подгорск. Даже не подозревая, что скоро сама дойду до состояния этой Марины и еще хуже.

Да, в сентябре я вернулась в Подгорск — такая роскошная, худая после наркотиков и Санкт-Петербурга. Но оказалось, что я приехала к разбитому корыту, потому что с Сергеем я не могла отношения поддерживать после наших бурных инцидентов с Лариской, его любовницей. Хотя Сергей после моего отъезда ее вообще бросил и чуть было за мной в Питер не приехал, но, слава Богу, его родители приехали в отпуск из Индии, они его силой с поезда сняли. Кончилось тем, что ко мне приехала его мама, очень красивая женщина. «Знаешь, Алена, я тебе ничего хорошего не обещаю, если ты выйдешь за него замуж. Ты будешь скучать, потому что на самом деле он дерьмо собачье. Он работать не будет никогда, а будет иметь кучу любовниц, как его отец. Но я тебя не отговариваю, ты мне нравишься, он такую хорошенькую никогда не найдет. Если ты все-таки выйдешь за него замуж, я не дам тебя в обиду». Я говорю: «Какая женитьба? О чем вы говорите? Я вашего сына уже три месяца как не люблю!» Она была очень счастлива...

А я — нет. Я стала встречаться с Игорем, своим будущим мужем, он был замечательный парень, курсант и почти офицер, как я раньше и мечтала, и все бы хорошо, но я чувствовала, что мое тело требует еще чего-то. И я решила мстить своему телу. Ведь наше тело и «я» — две разные субстанции, наше «я» очень часто мстит нашему телу. Например, в ситуации стресса, когда появляется конфликт, который невозможно решить. Допустим, несчастная любовь. Ты понимаешь, что тебя не любят, и с этим ничего невозможно сделать, это преграда, которую не пробить. А энергия конфликтная в тебе уже есть, и вот она меняет свое русло и вытекает в болезнь — «я» наказывает тело, энергия уходит на жратву, человек ест до тех пор, пока не начинает рвать. Нажирается и вырывает, нажирается и вырывает. Булимия — этим, как вы знаете, болела принцесса Диана. А есть еще анорексия невроза — это, наоборот, когда человек не может ничего есть. Это заболевание очень типично для высокообеспеченного общества, чаще всего анорексией болеют девочки-подростки в конфликтных семьях. Как это происходит? В конфликтных семьях женщины обычно несдержанные, кричащие, эмоциональные. А мужчины тихие. Но это совсем не значит, что кричащий провоцирует больше конфликтов, чем молчащий. Молчание мужа иногда гораздо больше заводит, чем крик. Но что в действительности получается? В действительности ребенок неправильно оценивает ситуацию. Для него кричащий — это сильный. А молчащий — слабый и поэтому хороший. И что делает ребенок, особенно, девочка? Девочка влюбляется в своего папу. А папа всем подтекстом своего молчания ей говорит: видишь, я лучше, чем твоя мама. И девочка вступает в коалицию с ним. Она не ест потому, что кухня у нее ассоциируется с матерью. И этим бойкотом еды, приготовленной мамой, она выражает свою поддержку папе. Она может просто умереть от голода. И это очень серьезно — десять процентов смертности при этом заболевании, потому что лечить это очень трудно.

Я не знаю, зачем я вам это наговорила. Наверно, хотела показать какая я умная и образованная. Хотя на самом деле моя булимия длится обычно не очень долго — до появления очередного мужчины. И здесь было то же самое.

Как-то я от скуки опять пошла в дискотеку в Дом офицеров. Или я знала, что там будет Игорь, — не помню. А что такое дискотека в военном городке? Это

421

спортзал, приспособленный для танцев. Там нет люминесцентных лампочек, которые хороши в ночном клубе «Феллини», когда двигаешься, а на тебе вся одежда светится — особенно белые вещи. Я, когда хожу в «Феллини», всегда надеваю что-то белое, получается очень красиво. А тут обыкновенный спортзал с парочкой лампочек, закрашенных зеленой краской или желтой. И чем больше темноты, тем кажется лучше и романтичней. Вдоль стен стоят скамейки физкультурные, на них можно сидеть, если тебя никто не приглашает танцевать. А где-то в углу стоят две большие колонки и играет музыка. И один курсант, который за мной когда-то ухаживал, эту музыку включает. Как бы диск-жокей. А вся «танцплощадка» разбита на сектора. Негласные, но там это ясно и заметно. Здесь танцуют взрослые, здесь танцуют красивые девушки, а здесь — некрасивые. Чем ближе к колонкам, тем престижней, а чем дальше, тем люди менее ценятся.

Я пришла и стала смеяться над тем, как двигаются девушки Игоря, моего будущего мужа. Потому что он тогда еще не сделал свой выбор, он то со мной потанцует, то еще с кем-то. И меня это задевало, хотя я, конечно, именно на их фоне выглядела во сто крат лучше. А я этого не понимала и комплексовала. И тут ко мне подошел наголо бритый мальчик. И безумно красивый. Васильковые глаза. Очень худенький, рубашка с длинными и наглухо застегнутыми рукавами. Он вообще очень странно одевался — как во времена застоя. Но двигался очень красиво, слегка пошатываясь. На фоне дубовоходящих солдат он в моих глазах явно выигрывал. Но когда он к кому-то подходил, от него шарахались. Я поняла, что он какой-то изгой, и решила проэпатировать публику — я с ним заговорила. Тем паче он сам ко мне подгреб.

И вот я стала с ним общаться, а он какую-то ахинею понес насчет цветов, красок мира. Бред сивой кобылы. Но я не слышала, о чем он рассказывал, меня притягивали его невероятные глаза. Я стала с ним танцевать, его звали Олег, он двигался потрясающе. Я видела, как все окружающие на нас смотрят. Многие даже танцевать перестали. И я видела реакцию Игоря — все лицо перекошено. Думаю: ага, наконец, он заревновал меня! А когда кончился танец, мои подруги говорят: «Заканчивай это дело, пошли домой». И меня увели. И вдруг Игорь меня догоняет. «Как ты могла клюнуть на такое дерьмо?» Я говорю: «Почему я могла, это мое дело. Я много чего могу! А вот почему он дерьмо?». И тут Игорь стал мне с презрением рассказывать, что у этого Олега кличка Вор, и что он всякую ерунду колет, нюхает, пьет. И что он в подвале собирается с какой-то шпаной, у них там сплошное отребье и вообще это самая убогая личность во всем городе.

А я в порыве все сделать Игорю наперекор уперлась: мол, он замечательный, самый лучший! Игорь говорит: «Ах так? Ну и иди к нему! Я тебя знать не хочу!» И ушел. Это было поразительно, потому что мой муж вообще очень умный и проницательный психолог, хотя и офицер. А тут он меня буквально сам к этому Олегу толкнул. Я стала с ним бегать куда-то в подвал, мы слушали безумную рок-музыку. Подвал был холодный, вонючий. И конечно, там были наркотики, причем не такие, как в Питере у Андрея, а очень грязные. И компашка мальчиков, которые то приходили, а то, боясь

423

родителей и позора, не приходили. Так что настоящими наркоманами там были только я и этот Олег. Почему он был наркоманом, трудно сказать. Папа у него был генерал-лейтенант. Но меня всегда на грязь тянет, как мой муж выражается. Правда, этот Олег был художник великолепный, просто гениальный! Он мне показывал свои галереи в подвалах. Он безумно хорошо рисовал. Причем так тонко, такое чувство цвета! Но меня поражал даже не столько цвет, сколько невероятно плавные переходы от цвета к цвету.

Короче, я стала все чаще сбегать к Олегу в подвал «ханку» есть. А «ханка» — это такие доморощенные наркотики, хуже нет. Мы жгли костер на подносе, и нам было так кайфно, что потом Игорь находил меня в канавах, в блевотине и на руках нес домой. Потому что, как оказалось, мой уход к Олегу тактически был с моей стороны гениальным ходом. Игорь ужасно завелся, что этот никчемный, как он считал, подонок у него — почти офицера! — девушку отбил. И он решил вернуть меня любой ценой. Он приходил ко мне в институт, он сидел с моей мамой у меня дома, он был везде.

И я заметалась, конечно. С одной стороны — этот подвал, «ханка», мальчик-художник и пара его друзей тоже как бы незаурядных: один мне стихи писал, а у второго, Максима, своя рок-группа — на старых барабанах и каких-то ложках-кружках. А с другой стороны — мое пуританское воспитание отличницы, мои доклады по психологии в институте, мои зачеты и этот Игорь, круглый отличник боевой и политической подготовки, гордость военного училища и прочее и прочее. При этом, учтите, я с этим Олегом любовью не занималась — не знаю почему. Наверно, мне просто не хватало какого-то его знака, движения. Он стеснялся раздеться, никогда не снимал рубашку с длинными рукавами, потому что все руки исколоты. Правда, он мне сказал: «Если ты будешь со мной, я брошу колоться». И правда бросил — для него наркота была только формой протеста против нашей гнилой провинциальной жизни. Но меня физически к нему уже не влекло, этот момент прошел. К тому же он был не очень аккуратным. У него рубашка дорогая, потому что папа генерал, но вечно она заляпана какими-то пятнами, брюки вечно порваны. В общем, мне это стало надоедать, я решила это дело оставить. А тут Игорь получил назначение в военный городок рядом с Подгорском, очень престижный и закрытый, потому что это ФАПСИ, какая-то служба космической связи. Он мне сказал: поехали посмотрим. Я поехала, а там у Игоря уже была, оказывается, комната, и он меня представил командованию, как свою невесту, и у нас с ним был там секс совершенно потрясный, мы там неделю прожили, как будто это уже медовый месяц.

Но когда я вернулась домой, то буквально через пару часов, в тот же вечер — стук в дверь. Я открываю в ночной рубашке и вижу такого седого генерала — папу Олега. И его же маму зареванную. «Ради Бога, пойдемте с нами!» Я говорю: куда? «Пожалуйста, поехали немедленно! У нас что-то ужасное творится в квартире!». Моя мама говорит: езжай, раз просят. Я оделась, и мы поехали. Вхожу к ним в квартиру, вижу — тепло, комфорт, уют, темные шторы, мебель, все замечательно. Но мама ревет, а папа мне показывает дальше идти, одной, к Олегу в комнату. Я захожу и вижу потрясающую вещь. Ему только недавно сделали ремонт. У него были темные обои, а когда я стала с ним общаться и он бросил наркотики, ему захотелось иметь светлые обои. И папа с мамой ему эти обои переклеили. И вот, представьте, такая картина: я захожу в его комнату, а там вся мебель сдвинута к центру, все вещи свалены на полу, а на всех стенах, на обоях нарисовано мое лицо. Маленькое, крупное, совсем большое, метровое. Раздетая, одетая — вся стена зарисована мной. Причем все краски потрясающие, все переходы цвета — просто какой-то Матисс! И только губы белые. На всех портретах губы белые. Я поворачиваюсь, но мама в комнату не заходит, а папа говорит: ты видишь, что он делает?! Но я свои портреты вижу, а Олега не вижу. Думаю: наверно, у него депрессия, надо его в шкафу поискать. Потому что, когда у меня депрессия, я под стол залезаю или в шкаф. Возможно, это у меня с детства, с тех пор, когда я у дедушки в кладовке жила. Думаю: он тоже в шкаф забился или под стол. И я под стол заглядываю — нет его, в шкаф — тоже нет. Папа видит, что я тоже сумасшедшая, и уходит из комнаты. Я поднимаю глаза и вижу Олега на шифоньере. И сразу понимаю, почему папа с мамой так расстроились. Шифоньер весь кровью заляпан, а у Олега порезаны все вены. Точнее — проколоты или, я бы сказала, всколуплены. А он сидит и эту кровь в стаканчик собирает. А потом совершенно спокойно опускает в этот стакан кисточку и так же аккуратненько красит мне губы на портрете. Я говорю: «Олег, привет!» Я же отличница на факультете детской психологии, я знаю, что, если я сейчас испугаюсь, он тоже испугается. Нужно быть спокойной — ни плакать, ни кричать в таких ситуациях нельзя. А нужно нормально с ним разговаривать. Я говорю: чем ты там занимаешься? Он говорит: ой, как хорошо, что ты пришла, я тебя уже восемь дней не видел. И называет количество часов, которое он меня не видел. Я говорю: да, действительно. Расскажи, как ты жил? А он: «Понимаешь, я решил тебя нарисовать. Я этим занимаюсь уже два дня. Но вдруг понял: нет той краски, которая на твоих губах. Я пошел к Максиму, а у него тоже нет. И тут я понял, на что это похоже. Это на кровь похоже. И я решил таким образом закончить свои произведения». Я говорю: давай, одно заканчивай и слезай. Он говорит: сейчас, еще немножко вот тут дорисую и слезу. И он дорисовал этот портрет и слез. И мы с ним провели двое суток вместе. Он пришел в себя, и все закончилось замечательно. Вены ему на дому перевязали, даже в больницу не повезли. А потом я от него уже совсем ушла. Правда, ко мне его папа приходил. Оказалось: очень серьезный фээсбэшный начальник. Говорит: «Ты знаешь, я понимаю, что в нашем городе Олегу жизни не будет. Но, скажем, ты соглашаешься быть его женой, и вы уезжаете в Москву, в Питер, даже за границу. Я все оплачу. Пожалуйста! Он с тобой даже не колется». Это было смешно, я ему так и сказала.

...Все, Николай Николаевич, на сегодня — все. За окном светает, и медсестра уже топает каблуками в коридоре, идет колоть мне антибиотики. Уколет, и я усну. Мне 26 лет, а какая у меня, оказывается, длинная жизнь! Я устала ужасно...

ВТОРАЯ НОЧЬ, ЧЕТВЕРТАЯ КАССЕТА

Дорогой Николай Николаевич! Вот и прошел этот день — треть моей жизни, отпущенной мне докторским консилиумом. Но почему-то мне пока совсем не страшно. Может быть, потому, что я весь день ждала этой ночи, когда затихнет больница, вы уйдете на дежурство в другой корпус, а я смогу продолжить свой рассказ и еще раз, в последний раз пережить свою жизнь. А может быть, потому, что вы сегодня сотню раз забежали ко мне в «мою палату» в вашем кабинете и я каждый раз видела ваши безумные синие глаза, ваше отчаяние спасти меня, которое вы так неумело прятали за всякими шутками. Вы влюбились в меня, Николай Николаевич?! Это так замечательно! Это значит, что я живу — даже здесь, на больничном диване, изрезанная врачами, исколотая медсестрами и пожираемая сепсисом — я все равно живу!!

За окном темно, там прохладная ночь остужает июльскую Москву, и у меня появляется какое-то странно-минорное желание продолжить разговор не о своих победах, а о поражениях. Человек, говорящий о своих неудачах, а тем более о неудачах, связанных с постелью, он искренен, потому что победы мы всегда преувеличиваем, но преувеличивать свои поражения неохота никому, кроме мазохистов. А я могу позволить себе сегодня признаться в своих неудачах. Во-первых, насколько я помню, их было не так уж много. А во-вторых, это будет показателем моей честности и доверия к вам, Николай Николаевич.

Итак, неудачи. Начнем с моего первого мужа. О, нет-нет — только не подумайте, что я стану жаловаться на него! Ни в коем случае! Мой Игорь был гениальным любовником, прекрасным мужем и звездой военного городка по части спорта, КВН и самодеятельности. Но что такое военный городок? Это шесть многоквартирных офицерских домов, два магазина, детский садик, школа и военные объекты — казармы, штаб, какие-то вышки, склады и подземные бункера. Солдат очень мало, только на подсобных работах, а все офицеры — технари и военные инженеры, потому что городок из сферы ФАПСИ. Закрытый, в лесу, в стороне от большой дороги, добраться к нам можно только машиной. Но даже если доберешься, это не значит, что к нам попадешь. Нужно оформлять специальный пропуск, причем заранее — три печати, пять подписей и прочее. А если вдруг объявляли тревогу или военное положение, то это как тайфун — выйти их городка невозможно не только военным, но даже их женам. Такое вот трудное было местечко, я после окончания института прожила там три года. Каждую неделю ездила на работу в город — меня, как всю из себя невозможно одаренную, сразу взяли в наш институт читать лекции по детской психологии. Причем у меня после института было три возможности. Первая: мне предложили должность начальника службы психологов в нашем Подгорске. Вторая: заведующей роно, потому что я проходила практику под началом бывшей завроно, а она на пенсию собралась и меня рекомендовала вместо себя. А третья: в нашем же институте стажером-преподавателем. Я говорю: «Мам, посоветуй кем мне работать». Она говорит: так, начальником службы психологов — заклюют материальными вопросами. Нам это не нужно. Завроно. Неплохо, конечно, но там помещение не отапливается, это бывший дом для сирот, там всегда холодно. Тебе это надо — сидеть там, ноги морозить и нагоняи получать? Иди в институт преподавать — там тепло, можно в туфлях ходить, и работа три раза в неделю до обеда, это годится для женщины. Я и пошла. Но там скука доисторическая: лекции-семинары, лекции-семинары. Меня это не устраивало, я завела КВН на занятиях, у нас были две команды, творческие задания, рисунки. Или, например, у них до меня были домашние задания каждый месяц, какие-то контрольные. Скажите: на кой черт это нужно? Я стала делать кроссворды — сначала разгадай слово в кроссворде, а потом еще опиши это понятие. Вот такие штуки. И что вы думаете? Стажером положено быть шесть месяцев, а меня через два месяца переводят преподавателем. Конечно, кто-то куда-то настучал, шум: как так? девочке двадцать первый год, а она уже преподаватель! Приехала комиссия три человека, ходили на мои занятия, слушали и решили: пусть получает зарплату преподавателя, а числится еще три месяца стажером.

И вот пока я разрывалась между Подгорском, где я жила у мамы три дня в неделю, когда преподавала, и мужниным военным городком, мой муж тоже развлекался как мог. Все-таки это закрытый городок и очень дружный — все спят со всеми. А мой Игорек — звезда гарнизона, он и танцами занимается, и спортсмен, и всегда такой обаятельный, динамичный. Помню, я приезжаю, а у них какой-то праздник связи, пикник, руководство закупило продукты, накрыло стол. И мы с мужем вышли на прогулку. А в это время все по городку гуляют — от почты до магазина, от магазина до забора. Городок превращается в такое лобное место. И мы с

Игорем гуляем тем же маршрутом — от КП до КП. Я в сплине, потому что с теми, кто был в этом городке, не пофлиртуешь, они совсем не моего типа мужчины. А мой муж — в таком возбуждении, даже не сексуальном, а просто как собака на охоте — в стойке и с блестящими глазами. «С той я спал, с этой я спал, а та — жена моего начальника, мы с ней на работе занимались любовью, пока начальник был в бункере на дежурстве».

Правда, у нас с ним была концепция, что переспать с кем-то это не измена. Концептуально есть только одна измена — духовная. Вот если я живу с человеком, а терпеть его не могу и думаю о другом — это измена, и это у нас презиралось. А спать с другими мальчиками и девочками — это называлось не изменой, а приобретением нового опыта. Который не угрожает нашему браку, а укрепляет его, делает стабильным. И это даже физиологически доказывалось, потому что мужчины по природе своей полигамны и им, чтобы с женщиной переспать и получить удовольствие, вовсе не обязательно в нее влюбиться. Он может от меня пойти к какой-нибудь корове стопудовой, и ему будет с ней хорошо. А мне после моего мужа мало кто мог понравиться в постели. Потому что женщине нужно некоторое время, ей нужно привыкнуть к мужчине, влюбиться. Но тогда я еще не была так образована, тогда все иначе объяснялось: мой муж лучше всех! И когда я в очередной раз прибегала с работы и говорила: «Игорь, я влюбилась в потрясающего человека, 42 года, чемпион чего-то! Я, как честный человек, не могу от тебя скрывать и ухожу от тебя. Это у меня духовное, я его люблю!», — мой Игорь говорил: «Детка, хорошо, иди. Если через две недели ты будешь его так же сильно

431

любить, я дам тебе развод и заберешь из квартиры все что хочешь!» «Нет, — говорю, — он богатый, я к нему просто так ухожу, с одним чемоданом». А через четыре дня я понимала, что в постели этот чемпион не тянет даже на третий разряд и вообще он отнюдь не такой, каким я его себе придумала. Я начинала разочаровываться, а на седьмой день приходила, плача, к мужу и говорила: «Игорек, ты прав, он такая сволочь! Ты лучше!». А он: «Я же тебе говорил!»

И так мы жили какое-то время, а потом он начал перегибать палку. Или мне так казалось, потому что мне тогда нечем было особо похвастать. И поэтому я так заводилась, что даже тогда, когда он и не думал о развлечениях с другими женщинами, я сама таскала к нам в постель своих подруг. Чтобы он при мне убедился, что лучше меня никого нет и быть не может!

Однако со временем меня стал захватывать дух военного городка. Кто что подумает, что скажут. Блядство там было повальное, но оно было прикрыто, и внешне все было чистенько, мы считались городком образцового армейского быта. А у меня начались срывы — хотя я сама инициировала очередной свальный секс, я же после этого устраивала мужу какие-то скандалы, разборки. А почему? Я хотела, чтобы в ответ на мой скандал и слезы муж залепил мне рот поцелуем и чтобы у нас был безумный секс, дикий и бесконечный. Но постепенно такие финалы, мною очень любимые, стали все реже, а мои бесполезные скандалы — все чаще. А апогеем моего поражения стала, конечно, история с Таней, с которой я познакомилась, когда ей было 14 лет.

Мой муж, как я уже сказала, человек спортивный, он всегда был на всяких соревнованиях. По футболу,

432

волейболу, бегу, легкой атлетике. А Таня была подростком неглупым, ее тянуло к старшим и спортивным мальчикам, как и меня в ее возрасте. И вот она стала все чаще возникать возле меня на скамейках стадиона, как такая девочка-фанатка, кричащая и пищащая, болеющая за городковских спортсменов.

Я не принимала ее всерьез и не понимала, что Игорь в ней находит. Она была в теле, выглядела лет на двадцать, лицо такое деревенское и вообще, на мой взгляд, просто глупа. А Игорь заявлял, что ей всего 14 лет и я в ее возрасте была, может быть, еще глупее. А я говорила, что если уж влюбляться, то не в эту толстозадую Таню, а в ее сестру. Сестра у нее была совершенно другая — тонкая и изящная. Как в одной семье могли появиться такая плебейка, как Таня, и такая аристократка, как Катя, — это необъяснимо. Я хвалила Катю и очень небрежно говорила о Тане. И это была моя роковая ошибка. Потому что раньше, когда я видела, что Игорь кем-то увлечен, я поступала мудрее. Сначала ты находишь приятное в женщине, которой очарован твой муж, и ты говоришь: да, она замечательна, она прелесть, она умница. Он расслабляется, он видит, что ты на его стороне, — раз ты разделяешь его восторги, значит ты объективна. И тогда ты как бы между прочим говоришь: правда, она слегка косолапа. И сухозада. И постепенно находишь недостатки, которые его расхолаживают, это действует безотказно!

А тут я как-то сразу и очень безапелляционно заявила, что эта Таня ужасна. И у нас произошел первый спор, Игорь сказал: «Нет, я не согласен, ты к ней слишком строга». А она себя очень странно вела — когда мы ехали в автобусе, она на глазах у Игоря целовалась с какими-то мужчинами, ее лапали, ей это было приятно. Интуитивно она действовала правильно, она моего мужа заводила на ревность. Но я все еще не чувствовала в ней опасности, конкуренции. Просто легкое раздражение. Хотя наверняка понимала, что какие-то отношения с этой девочкой у Игоря рано или поздно появятся. Потому что у него есть мания обученчества. Кто-то ему сказал, что он потрясающий любовник, может быть, даже я по глупости, и он решил, что должен распространять свой опыт, а не зарывать талнт в нашей постели.

А тут эта Таня. Помню, Игорь в КВН участвовал, он был капитаном армейской команды нашего городка, а я, как жена, была вхожа в гримерные. И я иногда туда заходила, чтобы не быть в полном отрыве от его интересов. И вот я вхожу в гримерную, а там эта Танечка сидит у моего мужа на коленках и гримирует его. А он, как снежная баба, тает. Конечно, когда я входила, он вскакивал, стряхивал ее с колен, целовался со мной и обнимался — ему было престижно, что я пришла. Потому что его команда выиграла у каких-то других военных из соседней области и мы шли на банкет с начальством. А мы с ним вдвоем смотрелись просто картинкой. И там эти полупьяные генералы и полковники хлопали его по плечу и сальными шуточками намекали, что с такой женой он запросто станет генералом. И хотя он понимал все их подтексты, ему это безумно нравилось. Он был амбициозен. Стоило мне от него отойти в свободное плавание и с кем-то заговорить, он сразу подходил ко мне и говорил: да, это моя жена. И конечно, многие мужчины, которые проявляли ко мне интерес, тут же исчезали. Такая была несладкая жизнь.

А Танечка стала к нам домой приходить. Она ничем не занималась. Она садилась в кресло и часами молча сидела. Я говорила мужу: что ты в ней находишь, она же глупая, чувства свои не выражает, девственница, толстая, некрасивая. А поскольку, ругая ее, я сильно перегибала палку, то он ее защищал. И чем больше я ругала, тем больше он защищал. И чем сильней я отваживала ее, тем больше ему хотелось с ней встречаться. И так продолжалось до тех пор, пока я не уехала в Москву, в аспирантуру, а дома стала бывать наездами, и наши отношения с Игорем пошли враздрызг. Но я все хотела их улучшить и приехала, помнится, зимой — мириться. И вдруг поняла, что мне стало трудно с ним общаться, потому что моя московская жизнь и его армейская настолько различны, что это сделало нас разными людьми. Эта его вечно секретная работа, ночные дежурства, КВН, спортивные секции. Я сидела одна в комнате, скучала, а эта Таня приходила ко мне постоянно. Дожидалась Игоря. Мы с ним не могли остаться наедине — разве что ночью. Потому что она была каждый день. И я не имела права быть с ней грубой, потому что в Москве у меня уже были грехи, я там уже купалась в любви и нежности, а Игорь, как мне казалось, всем обделенный, жил в этой глухомани, в провинции, в этой ситуации армейско-городковской. И я решила: ладно, пускай будет Таня, чем он будет несчастным и одиноким. Я приказала себе терпеть эту Таню. Она это сразу ухватила, почувствовала интуитивно. И возникала даже смешная ситуация: когда Игорь приходил с работы, Таня выбирала такое место, чтобы быть как можно ближе к нему и подальше от меня. Она на пол садилась около него, причем не важно, где он сел — у телевизора или возле меня на диване. И это уже невозможно было как-то исправить или остановить, это стало системой. Потом свои фотографии стала ему дарить. А он еще несерьезно к ней относился. Девочка и девочка. Но я во время наших семейных перепалок стала его попрекать: «Ах так?! Уходи к своей Танечке! Пойди, воспитай ее, сделай из нее такую женщину, какую ты хочешь, и живи с ней!» Практически я сама подвела его к мысли, что Таня, может быть, лучше. И однажды он сказал: ладно, пойду. А они в то время даже не целовались. То есть я сама разбивала собственную семью. Причем понимая это, все-таки не глупый же я человек.

И вот на нервной почве я тогда заболела, некоторое время даже двигаться не могла. И возникла такая картина: у нас большая комната, я лежу на диване, в куче какого-то белья, уже несвежего, потому что лежу несколько дней не вставая. Игорь прибегает, в квартире бардак, он меня кормит и ухаживает за мной как может, сопрягая все это со своей работой и службой. И тут Таня — свеженькая, с морозца. И у них разговоры какие-то свои, а я лежу, я раздавлена, я плачу и говорю, что да, я старая, мне 24 года, я вся больная, мне встать невозможно. А я и правда не могла даже в туалет подняться. Извините за интимную подробность: я просто слегка спускалась с постели как могла, Игорь подавал мне судно, а потом за мной убирал.

Я вижу, что уже не являюсь для него никаким сексуальным объектом. А эта юная девочка, независимо от того, какая она, — да, она его привлекает. И как-то однажды я проснулась и сказала: все, я больше не выдерживаю наших отношений, либо Таня, либо я! Он сказал: детка, мне условий ставить нельзя. Я говорю:

«Ладно, я уеду!» И я уехала к маме, у нее болела. А он в то время первый раз поцеловался с Таней, поскольку она сказала, что я несправедливо к нему отношусь, что он потрясающий, великолепный мужчина, умный, талантливый, а я не ценю и не поддерживаю его. А она готова идти за ним след в след. Такая вот пошлая ситуация, которую мне Игорек потом сам рассказывал. Но тогда это ему было на руку. Он избавился от сварливой, болезненной, капризной, сволочной и некрасивой жены и приобрел 15-летнюю девочку, которая заглядывает ему в рот, слушает каждое его слово.

А я уехала ни с чем, и так это продолжалось: я приезжала, Таня была. И если раньше он обо всех своих женщинах рассказывал сразу, то о Тане — нет. Хотя она продолжала к нему приходить и было понятно, что она в него безумно влюблена. Она и не скрывала этого, даже ко мне обращалась за помощью: «Алена, как понравиться вашему мужу? Какой нужно быть?» Я говорю: покрась волосы в синий цвет, потолстей еще на десять килограмм. Как-то так иронизировала. А однажды сказала, что он любит подтяжки и джинсы. Так Таня просто спала в этих подтяжках, она их не снимала. Вот такая любовь к моему мужу — совершенно открытая.

Короче, это зашло очень далеко, мне это было больно. Когда я приехала в очередной раз, Игорь, уже не скрываясь, рассказывал о развитии их отношений. Что они целуются, что он является ее духовным учителем и что они занимаются любовью — правда, только анально, потому что она боится лишиться девственности. Ох ты! Мне это показалось интересно, поскольку я-то этого не могла. У нас с Игорем, может, и было пару проб в этой области, но мне было не то что больно, но

437

неприятно. То есть это можно было развивать, но мы тогда разъехались, и это начинание закончилось ничем. А тут, оказывается, нашлась какая-то пятнадцатилетняя стерва, у которой он это развил и которая меня превзошла! Я стала злиться на него, я снова почувствовала свою неполноценность, ненужность, некрасивость. Стадала страшно. А Игорь это видел и, когда эта девочка снова пришла, предложил заниматься любовью втроем. Я сказала: «Нет уж, увольте! Все что хочешь, только не это». И тогда он сказал: «Ты же говоришь, что счастлива со своим новым любовником в Москве, так помоги и мне быть счастливым здесь!» «Хорошо, — говорю. — Что нужно сделать для этого?» И он мне объяснил. Поскольку Таня постоянно ошивалась у Игоря, ее мама стала подозревать, что тут не все чисто и невинно. И, значит, мне нужно пойти к ее родителям и снять у них эти ощущения беспокойства. Показать: мол, я умна, красива, вне конкуренции, люблю своего мужа и он меня любит. И повода беспокоиться нет. Это была первая цель. А вторая — подружиться с ее мамой так, чтобы она позволяла Тане у нас ночевать.

И, черт меня побери, я это сделала! Зачем — не знаю. Наверно, потому что Игорь был прав: я была очень счастлива в Москве, а нельзя сидеть одним местом на двух постелях. Тем паче если одна постель в Москве, а вторая в Подгорске!

И вот пока я — через свою боль — дружилась с ее мамой, в это же время мы с Таней подолгу разговаривали о сексе. Она без стеснения спрашивала меня, как и что мы делаем. Как нужно, как он любит, как он не любит. Что он делает после секса и так далее. И рассказывала, что она делает с моим мужем. Как они целуются, как они занимаются стоя. Как он фотографирует ее обнаженной. Я погрязла в этих подробностях. И наступило время, когда им нужно было иметь как бы первую брачную ночь, он должен был сделать из нее женщину. А для этого следовало поехать в город и купить ей потрясающее нижнее белье. И мы его купили! Все эти подтяжки, чулочки, трусики — все очень красивое, хотя я такое не ношу. Оно для меня неудобно. И вообще у меня свое отношение к белью. Оно мне нравится, когда оно функционально, а если оно скользкое или режет, я уже не чувствую своей эротичности. Но там была другая цель, там нужно было, чтобы это было красиво. И моему мужу не с кем было посоветоваться, кроме меня. И я поехала с ним покупать ей белье для их «брачной» ночи! Это было мое первое унижение.

А второе: нужно было устроить так, чтобы Таня переночевала в нашей квартире. И я пошла к ее маме, сказала, что нам дали интересную кассету на один день и я бы хотела, чтобы Таня ее посмотрела. У нас есть два дивана, ей будет удобно спать, и нас она не стеснит. И мама поняла, что я буду дома, и согласилась. То есть я сама обеспечила мужу возможность трахнуть эту целку. Это было мое второе унижение.

А третье: я сама убирала для них квартиру. Это было похоже на похороны. Когда из дома выносят покойника, нужно помыть полы водой из родника, чтобы он не вернулся. И подальше от дома вылить. Я то же самое делала. Я мыла за собой. И я поняла, что сейчас я вымою квартиру и не войду сюда больше никогда. По крайней мере — той женщиной, которой я была здесь до этого дня. Этот ремонт, эти шторы, купленные мною, — там все было устроено мною. Пусть это всего лишь комната в коммунальной квартире, но это было моим домом, моим гнездом, которое я делала для себя, и там было все так, как я хотела и как мне было удобно, там все было вымерено по сантиметру. И именно здесь должно было все это произойти! Он попрал все принципы, он сказал: «Знаешь, дорогая, мне негде с ней встречаться, только в нашей квартире, я ж не буду на улице». Он был прав, но мне это было больно.

Потом мы вместе готовили ужин. Это было похоже на мое самоубийство. Или подготовку к концу света: когда все доделается, нужно умереть. Причем мы с Игорем не ругались, мы, наоборот, обсуждали, что она любит и что ей приготовить, чтобы было вкуснее. Мы нашли те вещи, которые она дарила ему ко дню рождения. И если я всегда их убирала с глаз долой — какие-то пупсики, зайцы — то теперь я специально все поставила на столе, на шкафчиках, на тумбочках, чтобы она понимала, что она у себя дома. Я, конечно, думала, что это такая игра, и ждала, что на каком-то этапе мне скажут: «Да хватит тебе! Не нужна мне эта Таня! Останься со мной! Я тебя люблю, и вообще зачем мне все это!» Я этого так ждала! Но этого не произошло. Я решила: ладно, но, может быть, Таня откажется от всего этого? Ничего подобного! Она прибежала счастливая, розовощекая. Сказала: «Спасибо, так чисто!» И тогда я села в кресло, и вот мы сидим. И чем ближе вечер, тем труднее мне уйти. Зачем мне все это? Зачем я все это затеяла? Сама, своими руками! И я захотела остаться. Я сидела и ловила момент, когда Игорь хоть на миг переключится на меня — о, я с ним заговорю! Я завоюю его внимание, любовь, тело! Мы вышвырнем эту девочку и будем вдвоем в этой чистой квартире, с этим потрясающим ужином.

Но он не смотрел на меня.

Я была ему неинтересна.

Он был поглощен Танечкой.

И я поняла, что все — собирай манатки и уходи!

Что я и сделала. Я ушла к соседям и ночевала у них на полу. В то время, когда мой муж занимался любовью с этой юной девочкой в нашей квартире. Конечно, я не спала всю ночь. А утром, когда все проснулись и позавтракали, я мыла посуду на общей кухне и видела Таню в моем халатике, надетом на голое тело. Распахнутом. Счастливую, с такими кругами синевы под глазами. Со слегка причесанными волосами. Она совершенно не замечала нас. Она забежала на кухню поставить чайник, чтобы подмыться. Мой чайник! Это уже был бред! Это уже было слишком — даже для меня, я себя почувствовала кучей дерьма. Я постарела на сто лет. Ненужная, некрасивая, заброшенная. Мне было совершенно не важно, что у меня в Москве потрясающий любовник, молодой, талантливый, богатый, иностранец и с ума по мне сходит, хочет на мне жениться и увезти меня в США, в Европу, в Брюссель, в Париж! Нет, мне это было по фигу, я была так унижена, я ей безумно завидовала! Она пролетела в туалет в моих же тапочках. Я хотела просто содрать с нее этот халат! Мой, собственный! Черт, какое он имел право дать ей мои вещи?! И я поняла, что так происходит всегда. Что все женщины, которые у него ночуют, носят мои халаты, мои вещи.

Прошло еще некоторое время. Я вернулась в свою комнату. Там никого не было, они ушли вдвоем, вместе. И я стала собирать свои вещи интимного плана — халаты, трусики, пеньюарчики. Я помню, как я их собирала. Я взяла из шкафа чистую простыню, потому что та, на которой они спали, была, как я понимала, в пятнах крови, я к ней не прикасалась. Я взяла чистую простыню, бросила на пол и стала складывать в нее свои вещи. Потом связала все это в узел. Но это был жест отчаяния, потому что уйти мне некуда. К маме нужно ехать машиной, а машины у меня нет, и вообще как я могу тащить этот узел через весь военный городок к КПП? Я оставила этот узел там, где он и был. Я устала, я даже не плакала, мне стало все безразлично. Этот узел лежал на полу, я уснула на нем. Муж вернулся к вечеру — оказывается, они ходили на репетицию КВН. А я сидела дома. Он благодарил меня, целовал мне руки: «Ты потрясающая женщина, ты уникальная женщина, я такую никогда не встречу, ты останешься моей женой!» А я его ненавидела. Наверно, нужно было ему об этом сказать. Но я не сказала. Просто после этого я не могла их обоих видеть. И даже когда первая боль и отчаяние прошли, у меня осталось безумное равнодушие. И нежелание что-либо о них знать. Нет их и все. Они умерли.

Кстати, так оно и случилось. Их отношения были недолгими. Она ему надоела через два месяца. Потому что, как говорится, на чужом несчастье счастья не построишь. Даже когда через месяц я приехала за разводом и они еще были вместе, она уже была не такая юная и яркая, как раньше. А серенькая, несчастная, потому что мой муж развода мне не давал. Он хотел быстренько исправиться, всех своих женщин побросать, стал дарить мне цветы. Но было поздно. Я проиграла его, проиграла сама и сама отдала, своими руками.

* * *

...Очень вовремя вы прибегали, Николай Николаевич — я как раз успела рассказать одну печальную главу своей жизни и обдумывала, как мне перейти к другой, еще круче. Я даже думала: может, не рассказывать ее, все-таки это уж совсем шокирующе — связь двадцатилетней девочки с восьмидесятидвухлетним горбуном. И я уже почти решилась опустить этот постыдный роман, но тут вы прибежали из кардиологии, урвали, как вы сказали, минутку из своего ночного дежурства, чтобы меня проведать, а точнее, проверить у меня температуру. Насколько я понимаю, эта температура показывает вам, с какой скоростью я горю и как скоро мне суждено сгореть в огне этой дурацкой бактерии. А я увидела ваши глаза, ваши безумно замечательные и такие отчаянные глаза, и я держала вашу руку, вашу прохладную и ласковую руку и поняла: нет, я не стану от вас ничего скрывать! Дорогой мой последний доктор, поверьте: пусть у меня температура 41 с гаком, я не брежу и ничего не сочиняю, да такое и не сочинишь даже в бреду...

После года преподавательской работы в институте мне предложили поступить в московскую аспирантуру. Я сказала: какая аспирантура? зачем мне? мне и так хорошо. Нет, говорят, это нужно для профессионального роста. Мол, одно дело — преподаватель, а другое — кандидат философских наук или даже доктор! Опять же в зарплате разница...

Ладно. Я легко написала реферат по философии, но для поступления в аспирантуру нужно сдавать ино-

443

странный, а я подзабыла его в своей бурной армейско-институтской жизни. Нужно было срочно «поднять» язык с помощью репетитора, и тут я вспомнила об Оскаре Людвиговиче, своем школьном учителе немецкого. Он был замечательным преподавателем, несмотря на старость и безумное уродство — крошечный рост, словно он просто усох от своего мезозойского возраста, и горб, который искривлял его пигмейскую фигуру на манер скособоченного вопросительного знака. Конечно, его школьные клички были Квазимодо и Горбачев, но у этого Квазимодо полкласса свободно говорили по-немецки, а вторая половина хоть и не «шпрехен», но читать по-немецки читали и даже понимали, что читают. Потому что Горбачевым и Квазимодо он был только до тех пор, пока шел от двери до стула или до кресла, которое мы приносили для него из учительской. А стоило ему — очень неловко, боком, с подпрыгиванием — взобраться на это кресло и усесться в нем — все, он превращался в дворянина, в аристократа, он захватывал любую аудиторию, даже второгодников на «Камчатке».

Короче, я разыскала его с помощью своей знакомой из роно, он уже был, конечно, на пенсии, ему было 82 года. И я попросила его стать моим репетитором. Так это началось, такая была завязка. Я даже не могу вспомнить какие-то особые подробности наших первых занятий, потому что я его безумно боялась, он для меня оставался школьным Квазимодо и Горбачевым, к тому же денежный вопрос было очень трудно с ним обсуждать — он так резко отказывался от денег, что я терялась, не понимала, почему это происходит. Но я их привозила, складывала в его столик, мы занимались дважды в неделю. Вдруг он заявляет, что не может брать с меня никакой платы и потому будет на эти деньги делать мне подарки. И стал дарить какую-то чушь — фаянсовую золотую рыбку, турецкую шаль, еще что-то. Причем совал мне эти подарки насильно, это было неловко, безобразно, я потупляла глаза. А потом сказал, чтобы я вообще не привозила денег, иначе он откажет мне в занятиях.

Но я уже не представляла себе, как я могу уйти от него, заниматься с кем-то другим. И не потому, что он самый лучший в мире учитель, а потому что по-женски чувствовала, что убью его этим уходом. Я же видела, как он ко мне относится, я же не идиотка и даже по профессии — психолог. Когда я входила к нему, он пел, он очень хорошо поет, и он готовил какую-нибудь замечательную еду к моему приходу, а я не могла это есть, но он просто отказывался заниматься, пока я не поем. И вот он все подаст — красиво, аристократически, белые салфетки, серебряные приборы, я сижу и давлюсь, а он смотрит — гном, почти карлик. А потом мы идем в другую комнату заниматься. И от него невозможно было уйти, он два часа отрабатывал, а потом не отпускал. Он сидел и вот так снизу вверх, он же маленький, на меня смотрел и о себе рассказывал. Что он по происхождению дворянин, отец его, русифицированный немец, был безумно богат, во время революции его, конечно, убили, а детей отправили в Сибирь, он с шести лет жил в Тобольске. И как он там голодал, как погибла в тайге их мать, как от голода и тифа один за другим умирали его сестры и братья. Как он с двенадцати лет работал на каком-то руднике... Как в двадцать два попал на мотоцикле в аварию, произошло искривление позвоночника, нужен был корсет, но не было денег... Рассказы были трагичные и пронзительные по горечи и переживаниям, как новеллы Цвейга или Шаламова, я не могла просто встать и уйти, я ждала конца, а он это чувствовал и очень ловко, очень умело, просто мастерски переводил один рассказ в другой, и это становилось болезненно, нелепо, потому что затягивалось допоздна, до полуночи. А время зимнее, морозы, и он стал отвозить меня домой на машине, у него был инвалидный «Москвич».

Но постепенно это меня захватывало — эти завораживающие рассказы, разговоры, он выглядел таким умным, мудрым, безумно ранимым и интересным. Он говорил, что каждому мужчине в шестидесятилетнем возрасте Бог устраивает тайный экзамен на знание сокровенного смысла жизни — если человек проходит этот экзамен, то Бог позволяет ему жить дальше, а если не проходит, то его жизнь заканчивается. Поэтому столько мужчин к шестидесяти умирают от инфарктов и инсультов. При этом передавать знание смысла жизни из рук в руки нельзя, каждый должен сам постичь эту тайну. А женщина, по его словам, познает эту тайну в момент родов, поэтому все женщины, как правило, живут дольше мужчин...

После четырех месяцев наших занятий он заявил, что мы должны заниматься чаще, потому что в Москве очень высокие требования, он достал эмгэушную программу. Моя мама согласилась, и я стала ходить к нему почти каждый день. А однажды я пришла и вижу: в комнате, над его столом висит лист бумаги с огромной буквой «Р». Я спрашиваю, что это значит, но он не отвечает и только потом, когда он меня провожал, он сказал, что по каким-то там переводам с латыни, что ли, этот знак означает: «Не надейся, не жди и радуйся!» Я посмотрела недоумевающе и ушла. Дальше приезжает его внук, он учился в Мурманске, в военно-морской академии, довольно красивый парень, и тут начинается вообще **какое-то** безумие: старик ревнует меня к своему внуку, он составляет завещание и отписывает мне свою квартиру в подарок, он пишет заявление в собес о том, что нуждается в уходе и чтобы мне платили деньги за визиты к нему. Мне пришлось просто сражаться, чтобы отказаться от всего этого, и все это тянется и тянется — мучительно и засасывающе, пятый месяц, шестой. Он приезжает к нам, разговаривает часами с моим мужем, это был мазохизм чистой воды, я не могла видеть, как он страдает и как мой Игорь под любым предлогом сбегает, оставляя нас снова вдвоем.

Пришла весна, первые оттепели, уже не нужна была его машина, но он провожал меня пешком до маминого дома и стремился взять за руку, под руку, но я отказывалась, я стеснялась его, ведь он был мне по плечо, все окружающие воспринимали нас как внучку и дедушку, и я шла впереди, а он семенил позади и пришептывал: «Смотри, на нас обращают внимание! На нас смотрят!» А он был человек известный в городе — когда приезжали иностранные делегации, его всегда приглашали на банкеты и всякие встречи.

А однажды он упал, это был апрель, еще были наледи, я видела, что ему больно, и испугалась — может быть, перелом, вывих? Все обошлось, но я вдруг поняла, что он мне дорог, и с тех пор позволяла ему брать меня под руку, хотя мне приходилось прогибаться как-то вбок, чтобы он мог доставать мой локоть и держаться за него. И так мы шли, и мне было стыдно за себя, за то, что я стесняюсь его, что я придумала себе, будто он мой дедушка, и пытаюсь мысленно внушить эту идею всем прохожим.

Но я понимала, я уже ясно понимала, что ЭТО должно произойти, ЭТО неотвратимо, я только не знала и не могла себе вообразить, как и когда. Но и уйти, сбежать от него не могла тоже, я была как муха в паутине его рабства, любви, обожания. И наверно, я бы дозрела, дошла сама до этого шага, если бы... Если бы он не поспешил! Мужчины всегда спешат, даже самые мудрые...

Наступил день его рождения, 82 года — казалось бы, что за дата? Но о нем вспомнили, придумали какой-то юбилей, чуть ли не семидесятилетие трудовой деятельности, и наградили какой-то медалью. «За трудовую доблесть» или что-то такое. А я, идиотка, пришла поздравить его, с цветами. Прихожу, а он пьяный — ну, не в стельку, конечно, но выпивший. И плачет: «Они убили моего отца, мать, братьев, а мне дали медаль — за что? За то, что я выжил среди этой мрази... Но мне не нужны их медали, их почет, их надбавки к пенсии, а все, что мне нужно, — это ты!» И тут он бросается мне в ноги, просто падает на колени, обнимает мои пыльные сапоги, целует и бормочет, что жена его была очень сурова, он никогда ей не изменял, но и не любил ее, а я его первая и последняя любовь. И что ему от меня ничего не нужно, он уже ничего не может, но если я хочу сделать ему подарок, то должна позволить ему любоваться моим телом, просто погладить меня...

Это было ужасно, я понимала, что должна уйти, убежать, избавиться от него, но я видела, что убью его своим уходом. И я, как под гипнозом, сказала: «Хорошо, только вы уйдите на кухню». И я разделась и легла в его кровать, а потом он вошел и сразу стал тыкаться своими губами в мои плечи, волосы, грудь. Он спешил ужасно, словно боялся, что я испарюсь, сбегу, я не успела опомниться, как он уже разделся и навалился на меня. Конечно, я могла его сбросить, он был маленький и худой, кожа вся дряблая, сморщенная и оттянутая на шее, а член — видимо, большой в пору его сексуальных возможностей — свисал так низко и безвольно, что тяжело было смотреть.

Но я не сбросила его, я была просто парализована его экстазом и счастьем и дала ему возможность делать все, что он хочет. А он ничего не умел! Он пережил революцию, Сибирь, какие-то рудники, всю советскую власть, он знал Шиллера, Гете, Петрарку и еще хрен знает что, он получил медаль «За трудовую доблесть», но в постели он не умел самых элементарных вещей — не только своим нестоящим членом, но даже пальцами, губами! Его поколение, я думаю, просто потеряно для сексуальной истории человечества. Все эти маленькие мужские ухищрения и способы возбуждения женщины напрочь отсутствовали в его сексуальном сознании, он просто валялся на мне и пытался делать какие-то движения, и все это беспомощно и безрезультатно билось о мои монументальные бедра. И было одно спасение: обнять его за горб и прижать к себе, как ребенка, чтобы он затих, не мучился и не пихал в меня то, что уже ни во что не впихивалось.

Вы думаете, я сбежала от него после этого? Перестала ходить к нему? Нет, я пожалела его, я пришла еще раз, и еще... В конце концов, сказала я себе, свои сексуальные потребности я могу удовлетворять с мужем и с другими мужчинами, а этот человек — что он видел в жизни? К тому же я надеялась как-то привыкнуть к нему, как к мужчине, даже научить его чему-то, ведь он был умница, он все понимал и умел самоиронией снимать свой сексуальный позор, превращать это в мелочь и затушевывать своими рассказами, своим обожанием. Иногда я думала: черт побери, был бы у меня молодой такой мужчина с таким ко мне отношением! И когда я как-то отвлекалась от его домоганий, когда он просто занимался со мной немецким или готовил для меня что-то на кухне, он был счастлив, он пел, он фантазировал, что я брошу мужа и уеду с ним в Германию, в Лейпциг, где он отсудит свои фамильные поместья, замки. И он достал из-за притолоки коробку со своими семейными реликвиями и извлек из нее какие-то сумасшедшие, изумрудные, в золоте серьги, безумно красивые и, конечно, нагруженные эмоционально, потому что они принадлежали его прабабушке, и его мама — даже тогда, когда они голодали и она меняла их роскошные вещи на кусок хлеба, — даже тогда она сберегла эти серьги, спрятала. Он сказал, что теперь эти серьги — мои.

Я с трудом отказалась, я сказала, что скоро уезжаю в Москву, а там такой бандитизм — могут убить за такие серьги, пусть они лежат у него на хранении до моего возвращения. Но я не собиралась к нему возвращаться, меня уже стали тяготить эти отношения, его грубое ничегонеумение в постели, его рабское обожание. И вот я не приезжаю к нему день, второй, неделю, а потом узнаю, что он являлся в наш армейский городок, но его не впустили без пропуска и даже не позвонили нам с КП, не искали нас. И он уехал ни с чем! Честно говоря, я была даже рада этому — думаю: все, отвязалась! И поехала к маме. Но не прошло и пяти минут — вдруг вижу за окном его скрюченную головку, он идет к нам с цветами! Я говорю: «Мама, меня нет!» И, как детстве, — в свою комнату, под кровать, а туда только пластом можно влезть, там только чемодан помещался. Но я думаю: он ненадолго, сейчас мама скажет, что меня нет, он и уйдет. И вот я лежу и слышу: он не уходит! А своим замечательным голосом, своим высоким стилем рассказывает моей маме, какая я потрясающе талантливая, необыкновенная, красивая, добрая, честная и тэ дэ и тэ пэ. И что мама тоже замечательная, что мы обе — просто подарок человечеству. Два часа он ей это рассказывал, а я лежу, там паутина, пыль, нельзя даже на бок повернуться, помню, наша собака ко мне подлезла, а я слезы размазываю, бью в пол кулаком и клянусь себе: никогда, никогда не позволю себе так измываться над мужчиной! Это было как искупление грехов, как зарок! Когда он ушел, я была другой...

Потом я уехала в Москву, это уже другие лавы, я стала взрослой, и в этом году, летом была у мамы, шла по улице и случайно, совершенно случайно — в последний день своего отпуска — напоролась прямо на него! Он сказал: «Нет, это не случайность! Я знал, что встречу тебя сегодня, я видел сон. Хочешь, докажу? И он затащил меня в свою квартиру и показал: на столе цветы, ужин, шампанское. И он сел во главе стола, а на лице такая улыбка безумная, счастливая, он говорит: «Я знаю, что ты развелась с мужем, в городе это известно. Если хочешь встречаться с моим внуком — пожалуйста, он тебя до сих пор любит, я ему квартиру купил в Петербурге, я не уехал в Германию, зачем мне мои поместья... У меня есть ты, есть память о тебе, есть твои работы по немецкому и твои фотографии. Ты необыкновенная, уникальная, береги себя!» И он поцеловал мне руку, и я ушла от него, оглянувшись. Наконец-то он покорил и завоевал меня своим артистократизмом! Хотя с тех пор я никогда его больше не видела. Месяц назад мама звонила мне, сказала, что он умер и что по почте от него пришла какая-то коробочка. Я сказала, чтоб она не смела ее открывать. Я знаю, что там — те самые серьги.

Москва и аспирантура. Но что такое Москва для провинциальной девочки? Это Париж, Лондон, Рио-де-Жанейро и даже Гавайские острова! Это другой мир, другой век, другая планета. Это как золотой рыбке перепрыгнуть из закисающего пруда в какое-нибудь Эгейское море.

Был конец лета. Я гуляла по Москве в какой-то безумной малиновой шляпке, с малиновой лентой, в платье солнышком, с оборками, в яркой косметике. Даже если нужно было выйти в магазин за хлебом, я одевалась так, будто иду сниматься в Голливуд. Волосы у меня были тогда рыжие и в кудряшках, как у спаниеля, — я их накручивала на вертикальные бигуди. Просто эдакая крошка Мэри из американского фильма. И так я бродила с утра до ночи по Москве, спускалась в метро, ездила в троллейбусах, заходила в музеи. Нет, вру, я ходила не просто — я собирала поклонников. Это был не Подгорск, это был мир, где меня никто не знал, где я могла себе это позволить. И если за час ко мне подходило меньше десяти мужчин, я была в отчаянии, я бежала домой переодеться, подкраситься. Причем мне не нужны были их визитные карточки, их телефоны и даже их «мерседесы», но мне нужно было насытиться сознанием того, что я тут котируюсь, что меня тут видят, замечают и выделяют из толпы.

Я была открыта для всех, но я не искала никого — наверно, так булгаковская Маргарита выходила по вечерам из дома и бродила по Москве без всякой видимой цели, пока не встретила своего Мастера. Но я и Мастера не искала, у меня тогда с мужем еще никаких конфликтов не было, он меня любил, я ему письма писала каждый день, там любовь в каждой строке. Я вообще думала жить месяц в Москве, месяц — дома и не собиралась здесь никого заводить. Наоборот, когда я насытилась своим успехом, я перестала так броско одеваться и краситься и в метро уже отворачивалась от людей. А мужчины все равно ко мне приставали. Конечно, втайне мне это нравилось, но как мне похвастать таким успехом, кому? И вот я приезжала в аспирантское общежитие, к подругам и ревела: Боже мой, наверно, я выгляжу проституткой! Наверно, я такая-сякая, раз каждый на меня бросается! И полагала, что эти рассказы и слезы повышают мое достоинство.

Ладно. В октябре мне позвонил мой руководитель аспирантуры профессор Савельев и сказал: «Алена, я работаю над темой вашего реферата, приезжайте к пяти. Мой адрес: Дыбенко 12, корпус 7, квартира 52». И все, отбой. Я чуть в обморок не упала — меня еще в аспирантуру не приняли! у меня в семь свидание на Пушкинской!.. Но Савельев — гений, академик, светило, автор книг и учебников, я видела его всего два раза в жизни и боялась смертельно, он напоминал памятник Марксу возле «Метрополя» — такая же огромная голова, борода лопатой. Я подхватываюсь — не ела, не пила — и в метро. Подруга, с которой я жила в общежитии, говорит: у тебя же колготки на заднице порваны, надень другие. Я говорю: ерунда, я опаздываю, под юбкой не видно! И поехала. Помню, я очень долго искала его дом, я заблудилась. А это Химки-Ховрино, там с ума можно сойти — все дома одинаковые, как домино, но нигде не написано, какой номер, какой корпус. Бегаешь, как заяц, от одного дома к другому, ищешь людей, тебя посылают в разные стороны и еще дальше — ужас! Когда я нашла этот седьмой корпус и вошла в лифт, у меня пот — по всему телу. Потому что я уже безумно опаздывала, а я не могу опаздывать. Это сейчас я знаю, что к Савельеву можно опоздать на час, он не заметит, потому что сам опоздает на три. Но тогда я не могла себе позволить опоздать и на пять минут, я думала, что он там сидит и ждет меня. Я поднимаюсь в лифте и вижу, что опаздываю на четыре минуты. И у меня пот холодный катится по спине, сердце колотится, ноги подкашиваются. Вышла из лифта, прислонилась к двери, думаю: сейчас откроет, упаду, а там разберемся. Открывается дверь — там куча народа, английская речь. А у меня все поплыло перед глазами. И тут началось самое невероятное: меня стали целовать. Причем все — женщины, мужчины, кто-то снимает с меня ботинки, кто-то плащ, еще кто-то тапочки мне надевает. Профессура, доктора философии, какой-то министр, все не старше сорока, а я еще в прострации, никакая. Села на краешек стула на кухне и первых полчаса не то что не включалась в общую дискуссию, а сидела и пыталась унять дрожь во всех конечностях. Мне дали кофе, а он у меня в руках прыгал. И хотя я не ела с утра, я делаю вид, что не хочу ни есть, ни пить. Видимо, окружающие это заметили и оставили меня в покое, дали мне возможность побыть одной в этой тусовке.

А они действительно обсуждали мою тему — персонализм в психологии. Причем там это все одновременно — персонализм, детерминизм, психогеника, подсознание, Боже мой, какие у нее глаза! Черт возьми, да пусть она хоть два слова скажет, я ее за одни глаза возьму в аспирантуру... В общем, я поняла, что это обо мне разговаривают. И обидно — как так? Я же не дура! Я такой реферат написала! У меня две статьи в сборниках! А я рта открыть не могу!

И тут ко мне подсаживается Мартин, от него, помню, плохо пахло, он по-русски едва говорил, у него борода, и вообще он мне показался очень некрасивым, просто безобразным. Но он меня спас. Он говорит: «Алена, я хотеть ходить купить продукты, что вы хотеть?» А я его не понимаю. Кто он такой? О чем он? «Да мне все равно». А он не отстает: «Что это «все равно»? Может быть, у вас голод? На какой продукт?» Я думаю: как себя вести? Он не то англичанин, не то американец, не то вообще швед — волосы светлые, а борода рыжая. И тут он подал мне спасительную идею: «А вы хотеть ходить со мной? Мне помогать еда ту чууз — выбирать.» Тут я понимаю, что могу уйти отсюда. И быстренько вылетаю из кухни. И мы идем в магазин. И по дороге я впервые посмотрела на Мартина другими глазами, увидела, что у него красивые волосы. Шел легкий снег, и снежинки падали ему на волосы и не таяли. Они были крупные, красивые, резные и оставались на голове очень долго. Он шел в такой опушке из снежинок, и я в этот момент почувствовала, что он мне нравится и что я успокоилась. И когда мы вернулись, я уже была готова разговаривать по своей теме и вообще обо всем.

Но оказалось, что разговаривать не с кем. Все разъехались. Савельев заперся с компьютером в своем кабинете, ему нужно было срочно записать несколько идей, которые осенили его во время дискуссии. Я не могу уйти, оставив у него впечатление бессловесной дуры. Я сижу на кухне и жду, когда он появится и мы будем разговаривать по теме моего реферата. И тут же — Мартин. Теперь я его подробно разглядела и снова разочаровалась: лупоглазый, большеротый, бесскулый, совсем не мой тип. Да еще полненький, с животиком. Я ему сказала в упор, что женщина может быть чуть пышновата, но чтобы мужчина был с животом? Да после моих спортсменов — никогда в жизни! Мужчина должен быть поджарым, сильным, стройным и так далее. А он в этих джинсиках на толстом животике, притом — в лаптях! И плюс этот запах! Я думаю: мамочка! И еще он лопочет на уровне питекантропа. Я пила кофе и думала: либо он умственно отсталый, либо очень странный. Тут он берет головоломку, такую деревянную с кубиками. И говорит: хочешь попробовать решить эту головоломку? Мы все решали, никто не может. Так, думаю, приехали! Сколько ему лет? Какие-то головоломки...

Вдруг появляется Александр Шошин, ректор савельевского института, и прямиком — к Савельеву, они там треплются, а я опять сижу. А у меня в семь свидание, и на мне колготки рваные, я нервничаю, а там квартира трехкомнатная, и Мартин предлагает мне пойти в его комнату и посмотреть гарвардские фотографии. Поскольку он, оказывается, из Бостона, из какой-то аристократической семьи, дядька у него чуть ли не сенатор, а он окончил гарвардскую аспирантуру и живет у Савельева. Ладно, мы идем в его комнату, он закрывает дверь и ложится на койку, наглым образом поднял руки за голову, ноги вытянул и в таком вальяжном состоянии возлежит. Я на него смотрю и думаю: шел бы ты, янки, гоу хом! А он: можно я трогать тебя за пальчик? Я сразу села в защитную позу, руки-ноги скрещены. Думаю: сейчас! Но, с другой стороны, как мне уйти, не поговорив с профессором? И тут какая-то белиберда началась. Мартин ко мне приставать начал. Причем то ли из-за его дурацкого русского, то ли из-за его неумения, но все было примитивно, пошло и грубо. Плюс этот запах от него селедочный и текст совершенно потрясный: мол, ты все равно замужем, какая тебе разница? Я была оскорблена до безумия. Одно дело, когда человек говорит: я тебя люблю, ты солнце в моем окне. Женщина на это идет, даже если это неправда. Лично мне свойственно обманываться, я могу проснуться утром и понять мерзость ситуации, в которую я снова влипла. Но накануне я должна знать, что иду спать с человеком, который меня боготворит, и наша встреча это не случка кроликов. А тут ко мне пристает какой-то недоразвитый американец, да еще так бездарно! Я сказала, что не буду заниматься с ним любовью. К тому же у меня колготки рваные. Как я могу при иностранцах? Плюс мой профессор за стенкой! Ужас! Сейчас он выйдет из кабинета, увидит мой плащ на вешалке, а меня нет. Где я? С его другом заперлась в комнате — ничего себе девочка в аспирантуру приехала! Я поднимаюсь и ухожу. И в прихожей как раз на Савельева нарываюсь. Он говорит: ой, а ты куда, ты почему не с Мартином?

Мама моя родная! Время полдвенадцатого, свидание пропустила, с академиком не поговорила, приезжаю в общежитие и реву: «Лера, все, я падшая женщина! Вот Мартин, американец, аристократ, из Гарварда — сразу мне постель предлагал!» Она говорит: «Я же тебя предупреждала надеть новые колготки!»

И все — больше я ни с Мартином, ни с Савельевым в том году не виделась. Я уехала домой. От позора.

А дома у меня работа — не бей лежачего. Три лекции в неделю. Скучно. Прихожу к ректору нашего института, а он говорит: «Ну что? Завалила экзамены в аспирантуру?» Я говорю: «Не завалила, а перенесла на лето». Он говорит: «Я бы на месте твоего мужа ни в какую Москву тебя не пустил. Можно и у нас аспирантуру кончать». Я говорю: «Сейчас! Уж если учиться, то в Москве!» Он говорит: «Ты, конечно, выучишься там, но чему?» Я говорю: «Поеду в мае. Снова». И вот я опять приезжаю в Москву, а время — май. Ну, чем может юная женщина заниматься в мае в Москве? Я, помню, сидела в библиотеках с восьми до четырех, а потом просто шла на улицу. Я утонула в Москве. Сейчас я уже не вижу Москву такой, какой я ее тогда видела. А тогда я жила в общежитии около Новодевичьего монастыря — потрясающее место! Парк, пруд, лебеди. И я в таком состоянии — мне не нужно ни спать, ни есть. Я была неподотчетна никому. Я могла вернуться домой, могла не вернуться. И так я жила — ярко, безумно. К экзаменам готовилась, но не к Савельеву, конечно, а уже к другому академику, к Загоряеву. Который сказал, что я могу не волноваться насчет экзаменов, потому что с моими рефератами и публикациями это будет формальностью. Ну, я и закружилась в Москве! У меня была куча приключений. Домой я возвращалась в два ночи, в полчетвертого утра. У меня была безумная любовь с одним молодым человеком весьма высокого ранга. У него на меня были серьезные планы. И тут я встречаю Савельева. Он говорит: «Я прошу прощения за происшедшее. Мне очень не хочется, чтобы это повлияло на твою биографию, потому что Загоряев — это не для тебя. Это сухая философия и схоластика, а ты человек живой, острый и яркий, ты нужна детской психологии». А нужно знать Павла Савельева, чтобы понять ситуацию: он светило в детской психологии, он убеждает безумно! Филигранно! Отточенно! Не зря всем психологам советуют сначала пообщаться с ребенком — если ты обучаешься уговаривать ребенка, тебе потом взрослые кажутся просто игрушкой. Мы с ним разговаривали два часа, в какое-то кафе ушли. Он там мне в любви объяснился. Я забираю документы с кафедры Загоряева и еду в институт Савельева. А это вообще отдельная структура, там сплошные корифеи, там меньше доцента просто не бывает. Но там экзамены в июне — то есть я уже опоздала. Савельев берет меня за руку и — к Шошину, ректору его института. Шошину он говорит: «Слушай, Сашка, бывают же какие-то исключения!» Шошин отвечает: «Старик, чтобы сделать ей исключение, у нее работа должна быть по детской психологии, и эту работу должны отрецензировать как минимум три профессора. А осталась неделя до экзаменов». А Савельев ему: «Ну и что? Да мы сегодня напишем работу! Ты профессор, я профессор, вон в коридоре еще три профессора — пять подписей тебе хватит?» Шошин говорит: «Отстань, так нельзя». Но Савельева остановить невозможно, он как танк. Он берет Шошина в машину, и мы едем к министру образования. Тот говорит: «Савельев, не морочь голову!» Они, оказывается, все сокурсники и знают эту особенность Савельева — влюбляться до потери пульса. И они ему говорят: «Паша, уймись! Нельзя есть нельзя, точка!» А я почему-то безумно спокойна, я поняла, что мне влезать не надо. Тем паче что Савельев чуть не ревет: что значит нельзя? Нет! Что-то можно сделать! Министр говорит: «Знаете что? Можно договориться с ее институтом, чтобы ей сделали командировку в ваш институт. Она год будет в Москве, а потом в аспирантуру поступит. Так тебя устроит?» Савельев говорит: а как это сделать? Министр говорит: сделайте письмо, остальное приложится.

И вот Савельев за ночь пишет официальное письмо на имя ректора моего института в Подгорске, что я такая безумно одаренная девочка и невозможно меня потерять для детской психологии. Плюс он пишет личное письмо моей завкафедрой, которая оказалась его ученицей, и личное письмо проректору. Он сидел и сутки писал эти письма! Просто послания какие-то. Я, счастливая, приезжаю в Подгорск, в свой вуз. Это все еще май месяц. Все цветет, я цвету, несу эти письма. И мне первой за всю историю института дают годичную командировку в Москву. Езжай, раз тебя даже министр так ценит! То есть это был бы год моей полной лафы. Мне платили бы зарплату за неработу. Мне платили бы за комнату в общежитии и какие-то пособия. Я могла с первого сентября жить в Москве, ничего не делать и еще деньги получать! Я была счастливая, солнечная. И Савельев меня ждал, и еще кое-кто.

Но в это время у нас с мужем чувства открылись. Это было до девочки Тани, ее еще не было на горизонте, она, наверно, еще в пятый класс ходила. А у нас с Игорем секс — бесподобный. Он бросил всех своих баб, он жил только со мной, а я жила только с ним — такое вот наваждение! И в сентябре вместо того, чтобы ехать в Москву, я говорю своему ректору, что никуда не еду. Он мне говорит: «Дура, что ж ты делаешь! Я же министру обещал послать тебя в командировку!» Я говорю: «Знаете, у меня есть подруга детства, Люда, которая могла бы поехать вместо меня. Она тоже наш институт окончила, в этом году как раз. Нужно просто поменять фамилии в документах и все». Он говорит: «А как же Савельев?» Я говорю: «А мне что до него? Я мужа люблю и с мужем останусь! Вы же сами говорили...» Короче, я его уболтала, но с работы меня уволили. Потому что моя завкафедрой мне этого не простила. Она говорит: «Знаешь что, дорогая, такие вещи просто так не проходят! Савельев тебе не мальчик. Если я оставлю тебя на кафедре, я с Савельевым больше никогда не увижусь, а он мой учитель». Это был сентябрь. Люда — та самая, которая в детстве рыбий жир пила, — уехала в Москву, а меня уволили с работы, я сидела дома и думала: плевать! Не буду работать и не буду. Ребенка рожу. Две недели не работаю, три, сижу. Мужа вижу раз в неделю. У них сборы, слеты, полевые учения и атомные тревоги. Плюс футбол три раза в неделю. Я сижу одна. В военном городке шесть домов. Общая кухня. У нас комната в бывшей казарме, переделанной под квартиры. За окном забор и колючая проволока, даже в лес не пойдешь без пропуска. И это — после Москвы! Думаю: Боже мой! Ну почитала, ну побегала, на кухне женщины: мой такой-сякой, не принес деньги, пьет. А у меня этих проблем не было никогда. У меня муж не пьет и не курит. А если силен по части девушек, то это наша частная жизнь, я это никогда на кухне

461

обсуждать не буду. Я вообще терпеть не могу, когда мужчин обзывают. Если женщина сама унижает мужчину до плевка на тротуаре, а потом требует, чтобы он был мужчиной, откуда этому взяться? Я думаю: если ты хочешь, чтобы он был у тебя под каблуком, ты можешь это сделать. Но потом не требуй от него мужества ни в постели, ни в жизни. Не может быть, чтобы он был, как воск, в отношении финансов и других женщин, но как сталь в отношении секса и всего остального. И вот я сижу две недели, ни в какие кухонные дискуссии не включаюсь. Мама звонит: «Алена, как ты?» Мама, говорю, знаешь, что-то мне плоховато. Она говорит: давай возвращайся в Подгорск, будем на работу устраиваться. Кстати, тебе какой-то иностранец из Москвы названивает...

Я приезжаю к маме, прихожу в свой вуз на кафедру психологии, думаю — время прошло, авось примут. А меня не берут. Тут я испугалась безумно. Возвращаюсь к мужу — его нет, опять дома не ночевал. Пошли ссоры, я говорю: «Вот уеду в Москву, Мартин мою маму обзвонил уже всю!» А Игорь: «Мне даже в сжатых кулаках не удержать тебя никак, и значит — улетай!» И это стало лейтмотивом наших отношений. Он просто развел руки, и я улетела.

И снова — Москва. Я жила у Люды, которая поехала в командировку вместо меня. У нее были деньги, она снимала квартиру, мы с ней спали на одной койке, как в детстве. Потом я внаглую пришла в институт Савельева и заявила: поступаю к вам в аспирантуру, у вас все мои документы, дайте мне программу подготовки к экзаменам. Мне говорят: идите к ректору, к Шошину. Иду, а там, конечно, Савельев. Но он на меня не смотрит и даже на «здрасти» не отвечает. Ректор ему говорит: «Паша, ну что? Человек из Подгорска приехал. Она и так год потеряла. Решай». А Савельев молчит, чей-то реферат читает. Ректор ему снова: «Между прочим, она из-за тебя от Загоряева ушла...» Тут Савельев сломался. «Хорошо, — буркнул. — Пусть поступает. Экстерном». То есть простил меня и даже экзамены — не в июне на следующий год, а через неделю — экстерном.

Это было бешеное время. Во-первых, потому что экзамены. А второе: Мартин. Он уже работает в какой-то американской гуманитарной миссии, он уже снял себе двухкомнатную квартиру, он уже занимается теннисом, он уже похудел и даже его запах куда-то исчез. И он меня атакует, как влюбленный школьник, — каждый день звонки, цветы, он не стеснялся даже моей маме звонить и по телефону восхищаться мной. И в институте Савельев постоянно спрашивает: «Ну что? Как у вас с моим другом, с Мартином?» То есть он как бы уступил меня своему другу, а сам уже в какую-то другую влюбился, у него это запросто. Но мне этот Мартин не нравился, хотя я понимаю, что Савельев меня просто принуждает жить с ним. А у моей подруги Люды два телефонных аппарата, по одному в каждой комнате, и однажды — это у них было так задумано, а я просто не знала их игры — однажды очередной звонок, я беру трубку, а Люда берет вторую трубку и опережает меня, говорит «Алло». И Савельев ей с ходу: «Люда, я не понимаю, твоя подруга — она фригидная, что ли? Или ее провинциальность добила?» А Люда говорит: «Ну, мы с ней вообще подгорские. А что, это заметно?» Он: «Ну, по тебе не заметно. Ты культурный человек, воспитанный. Но по Алене этого не скажешь, смотри, как она себя с Мартином ведет. Мне за отечество, за Россию стыдно. Я же не говорю, чтоб она с ним спала. Но в театр или в ресторан она с ним может сходить? Или у нее и на это культуры не хватает?» Я сижу — щеки пунцовые, унижение полное! И тут звонит Мартин, буквально через полчаса: «Алена, я хотел бы пойти с тобой в индийский ресторан. Как ты на это?» Я говорю: да, я пойду. Он своим ушам не верит: «Что?» И мы пошли в индийский ресторан. Причем, он туда приглашает Савельева и еще каких-то их общих друзей, то есть такая светская компания, все умные, веселые, и все после ресторана идут к Мартину в гости. И я иду, я все еще не понимаю, что это подстроено. Сидим, общаемся, музыку слушаем, какое-то вино, которое я не пью, потому что я вообще не пью совершенно. И вдруг Савельев говорит: «Все, уходим, ребята!» И пока я надевала туфли, они раз — и уже ушли. А время — час ночи, метро закрывается. И до меня наконец доходит, что меня тут забыли нарочно, меня тут на ночь оставили.

Я в одной туфле как была в коридоре, так и осталась. Сижу и вижу этого Мартина, его дурацкую рожу. И понимаю, что нет — не мой. Я не могу. И я сразу заявляю, что, прости меня, конечно, но я сплю отдельно, в другой комнате. Или я сейчас ухожу. Он говорит: «Что ж, как прикажешь». И стелит мне постель в другой комнате. Я ложусь. Спать не хочется. Я скучаю. Он где-то там ходит. Потом пришел и стал меня трогать. И я вижу, что мне вроде ничего, даже приятно. Тут он лег ко мне в постель, мы с ним пообнимались. И я опять понимаю, что мне неплохо. Но заниматься любовью я не хотела. А он разозлился, поскольку действительно, сколько ж можно? Он мне сказал, наверно, первый раз за свои полтора года в России: «Да пошла ты!» Потому что он все-таки после гарвардской аспирантуры, он матом никогда не ругался. Сказал и ушел. Я лежу и думаю: черт побери, какая я сволочь! Ведь все понятно было. Зачем я на ресторан согласилась? Зачем осталась тут ночевать? Зачем нужно было с ним обниматься? Он не из тех, кто будет насиловать, он из гуманитарной миссии, они сюда приехали приобщать нас к цивилизации. Я лежала и понимала, что я не права и несправедлива. А для меня несправедливость — тяжкий грех. Все что угодно, только не это. И раз я этот грех совершила, я должна его замолить. И я встала и пошла к нему.

Но это оказалось ужасней, чем я могла себе представить. Я не могу сказать, что я какая-то особо опытная. Хотя кое-что я уже в жизни видела, а чего не знаю — могу приспособиться, научиться. Тут, однако, дело было не в этом. А в том, во-первых, что у него этот аппарат не просто очень большой, а огромный. А во-вторых, поскольку я не была в него влюблена и не умирала от сексуальной жажды, он все не мог меня возбудить. Он был неловок, неточен, медлителен, делал все неправильно — не там меня трогал, не так, как нужно. Да еще таким здоровым членом — мне стало просто больно, я стала от него отползать, а там — стена. Он меня в эту стену вжимает, и я понимаю, что — все, край, дальше отползти невозможно. Нужно как-то расслабиться, иначе умру! Боже мой, думаю, зачем я это все затеяла? Какая Россия? Какое отечество? При чем тут? Я зажмурилась, думаю: ладно, Бога ради, пусть будет, как будет. И только расслабилась, впустила его и начала привыкать к происходящему — он уже закончил! О, как хорошо, думаю, слава Богу! Я сразу отвернулась и попыталась уснуть. Но только я закрыла глаза, он снова

465

был готов. И это продолжалось до утра: только я была готова к нему приспособиться, он уже иссякал. Только я успевала остыть — он был снова готов. Я уже ничего не понимала и не помнила — сколько раз это было? Пять, восемь, десять? Я не спала всю ночь, а утром — его безумно счастливые глаза. Но мне это до лампочки, мне было ужасно больно. Как в том анекдоте, помните? Приходит мужчина в публичный дом, говорит: мне нужна женщина. Ему говорят: выбирайте. Он выбирает, уходит с ней в спальню. Через пять минут она выбегает, кричит: «Кошмар! Кошмар!» Мадам говорит: «Боже мой, мое заведение не может потерять репутацию!» И посылает к нему более опытную девушку. Но через пять минут и та выбегает с криком: «Кошмар! Кошмар!» Мадам понимает, что все — либо она закроет амбразуру своим собственным телом, либо она теряет и клиента, и репутацию своего заведения. Она готовится, вспоминает свой прошлый опыт и идет к нему. Проходит полчаса, час, два. Наконец она выходит из комнаты, поправляя взлохмаченную прическу, и говорит: «Кошмар, конечно, но не «кошмар! кошмар!».

Так и тут. Это не было «кошмар, кошмар!», но и ничего хорошего не получилось. Я стала его избегать, сбежала к подруге на дачу. Он меня разыскивал, обзвонил Люду, маму. Но экзамены на носу, я возвращаюсь в Москву, и тут Савельев объявляет, что семинар в квартире Мартина, все аспирантки должны быть там. И я иду туда, как на Голгофу — я понимаю, что это снова для меня ловушка, что это цена моей аспирантуры. Но какой у меня выход? Или назад в Подгорск и военный городок, за колючую проволоку, или вперед — к Мартину в постель и в аспирантуру. Все, третьего не дано. И вот я прихожу, а он приготовил ужин и даже не приготовил, а привез из какого-то ресторана. А я и ложки в рот не взяла. Помню, когда все ушли, он умолял меня съесть хоть кусочек. Но меня так тошнило от мысли о предстоящей постели, что я не могла есть. И я говорила себе: детка, в доме врага ни кусочка! Я сидела, а он меня и так, и сяк: почему плохое настроение? Я говорю: у подруги умерла сестра. Экзамены. Но он меня уломал, умолил и как-то уложил в койку. Может быть, его акцент ему помогал, может быть — то, что он не тащил меня в кровать физически, а только просил. Я говорю: «А почему у тебя раньше был такой запах ужасный? Куда он делся?» Он говорит: «А это я тогда у Савельева жил и каким-то вашим русским порошком джинсы постирал, они так пахли — пришлось выкинуть». Короче, снова были бессонные ночи, мы вообще не спали. Потому что это было нескончаемо — секс, его потенция неиссякаемая и мои экзамены. Это просто одно перетекало в другое. Мне было дико больно, я не могла ни уснуть, ни проснуться, ни отдохнуть, ни выспаться. Я похудела вдвое, просто высохла, мне нечего было даже надеть. Я стала бледная, квелая, никакая. Мартин говорит: «Не бойся, Савельев мой друг, с экзаменами все будет о'кей». Но мне уже было без разницы, поступлю я в аспирантуру или не поступлю. И вот последний экзамен, комиссия из пяти светил, все академики. И мне достался детский вопрос, который я знала и без савельевской помощи. И когда я стала рассказывать о теориях игровой деятельности и сыпать цитатами из классиков, потому что память у меня тогда была первоклассная, Савельев вдруг говорит: «Да Бог с ними, с классиками! Давай плюнем на них и поговорим своими словами». И дальше началось. Им не важно было, знаю я психологию или не знаю. Им важно было узнать, как я думаю и вообще думаю ли я. А у меня сил никаких не то что думать — я с трудом на стуле сижу. И тут я делаю совершенно гениальный ход. Я чувствую, что для них этот экзамен — бред сивой кобылы. Им скучно, неинтересно, им хочется поговорить. И я вижу, что насчет этой игровой деятельности они сами мало что знают, и я вдруг спрашиваю: «А как вам кажется, игра это деятельность или процесс?» И тут произошла потрясающая штука. Они развернулись друг к другу и стали спорить и обсуждать именно то, о чем они меня сами спрашивали. А я умею очень хорошо слушать. Это большое достоинство в теперешнем мире. Я сидела, кивала головой и говорила: да... вы правы... я тоже так считаю. И поскольку я таким образом как бы включалась в их разговор, у них было ощущение, что я вместе с ними решила эту проблему. Они ставят мне «пять» и поздравляют с зачислением в аспирантуру. Я вышла, шатаясь, и пошла спать. Но не могла уснуть — перевозбуждение. Когда неделю не спишь или спишь по два часа, начинаешь чувствовать, что сходишь с ума. К тому же мне нужно было купить телевизор, я маме обещала: сдам экзамены и куплю тебе импортный телевизор. Но он тяжелый, двадцать кило — как я его довезу? Сначала — домой, потом — на поезд. Кто мне поможет? Тут я поняла, что этого для меня никто, кроме Мартина, не сделает. Я думаю: пусть ты американец, пусть ты с гарвардским «пи-эйч-ди», но в конце концов я с тобой десять ночей спала, могу я использовать тебя, как рабочую силу? И мы с ним поехали за телевизором. Приехали на ВДНХ, в магазин, и обнаружили, что ни он, ни я никогда на ВДНХ не были. Стали там ходить, гулять. И я вдруг открыла, что он вовсе не такой противный, как я его в постели воспринимала. Он в своей миссии взял выходной день специально, чтобы помочь мне купить телевизор. Он, оказывается, разбирается в технике. И очень здорово разговаривает с продавцами. И достаточно обаятельный, респектабельный. То есть думаю, есть в нем, наверно, и какие-то хорошие черты. Не надо его уж так ненавидеть. В конце концов не его вина, что природа его так наградила.

Короче, в ту ночь я впервые отнеслась к нему в постели как-то иначе. И тут он расплакался и сказал, что ему уже тридцать лет, а я у него только третья женщина. Причем, первая была в Казани, его учительница русского языка, намного старше его и вообще его изнасиловала. Вторая — просто уличная девка, с которой у него ничего не вышло. А потом он два года стажировался в Японии, там он вообще ни с кем не спал. И что у него комплекс по поводу его неумелости, он это с Савельевым не раз обсуждал...

И я вдруг поняла, что я перед ним виновата. Я его считала монстром и сексуальным маньяком, я себе клялась, что поступлю в аспирантуру и к нему на пушечный выстрел не подойду. А оказалось — он просто мальчик, девственник. Я встала с постели и говорю: знаешь что, дорогой, я хочу есть! То есть первый раз за две недели у меня аппетит появился. И мы с ним посреди ночи ели какие-то дурацкие макароны, которые он приготовил — кстати, безумно вкусно и с какими-то зелеными маслинами, я их нажимала, они брызгали в воздух, выстреливали, он не мог их поймать. Потом он дал мне нож с вилкой, а я перепутала, в какой руке что держать, и взяла нож в левую, а вилку в правую. А он так филигранно снял мою неловкость, сказал: и так можно. И сам взял нож в левую, а вилку в правую. Тут я к нему вообще прониклась, мне нравятся аристократы. Я увидела, что у него классный юмор, что он ко мне просто потрясающе относится. И почувствовала, что тяжесть ушла, что я могу с ним быть, спать, научить его заниматься любовью. То была наша первая более-менее сносная ночь, когда я вдруг выспалась, и мы нормально позавтракали, стали собираться на вокзал. При этом я не ожидала ничего особенного, а тут вижу, что он сам обо всем позаботился — цветы, фрукты, чемодан мне складывает. И смотрит на меня такими глазами... Я думаю: «Нет, что-то в нем все-таки есть, черт подери! Не такая уж он сволочь».

И мы с ним поехали на вокзал, к моему поезду, помню, нам носильщики везли телевизор и мои чемоданы, а я вдруг сама взяла его за руку. Как в каком-то фильме: мы шли-шли отдельно, и вдруг раз — я ощутила, что хочу взять его за руку. А это мы с ним уже спали две недели! И тут я опять увидела его слезы. Он плакал второй раз за сутки. Он говорит: не уезжай! Поезд тронулся, он стоит на перроне, я смотрю на него сверху и думаю: нет, что-то в нем все-таки есть. Не зря были две недели этой муки и боли.

Я вас не утомила, Николай Николаевич? Длинные романы интересны, когда в них какие-то фабулы закрученные, драки, убийства, преступления. А тут сплошная «Эммануэль» из Подгорска! С тем переспала, с этим, и уже пятая кассета кончается! А я, между прочим, еще не про всех рассказываю, я какие-то однодневные романы пропускаю, у меня на них просто времени нет — мне бы к утру до первого аборта добраться. Потому что пора же, какая женщина до двадцати трех доживет и не залетит ни разу?

Итак, я вернулась в Подгорск, в военный городок, к мужу. Я приехала к нему такая летящая, счастливая. Я на пятерки сдала все экзамены и хотела, чтобы он порадовался. А он вдруг отреагировал на мое поступление каким-то безумным скандалом. И мне стало его жаль, я поняла, что это у него комплекс провинциала, это ревность к моей московской жизни. А когда мы с ним сильно ругались, то мирились на том, что занимались любовью. И в моей жизни было всего два человека, которым я могла позволить делать все что угодно, зная, что эти мужчины меня берегут и не сделают мне неприятностей и роковых последствий. Первый был мой муж. При этом он наверняка знал, что тот день был опасный, я ему об этом сказала. И вот мы с ним замиряемся в постели, все замечательно, секс фантастический, и вдруг я чувствую эдакую стальную хватку его пальцев за мои ягодицы и ощущаю, что он кончил в меня, просто выстрелил в меня своей спермой! И вижу его блаженное выражение лица, и вдруг понимаю, что уже не ощущаю любимого человека. Его потные руки, цепко держащие меня за задницу, — да. Что я сижу на полу, на ковре, который не пылесосили две недели, пока я была в Москве, — тоже. А что это мой муж, которого я, единственного, всегда любила и люблю, — уже нет. В одну секунду, в этот момент у меня все перевернулось! Я увидела простую гарнизонную и нагло улыбающуюся рожу. Он стал не то что некрасивым, он стал безобразным. Я его просто возненавидела. И я сидела, и за эту пару секунд у меня перед глазами пролетела вся моя будущая жизнь — теперь, с ребенком, я буду жить здесь, в этом военном городке, в котором у мужа восемь любовниц или еще больше, но восемь я знаю лично. И я поднялась и стала собираться. А он мне говорит, что вот наконец-то я буду его женщиной, наконец я никуда от него не денусь, а рожу его ребенка. А я сказала: «Нет, не дождешься, я лучше сделаю аборт, чем рожу такую скотину, как ты». Тут он закатил мне дикую истерику. Что я вообще не женщина, а вамп. Что я просто ведьма, потаскуха, стерва. Я впервые видела своего мужа в таком состоянии. Он бегал по комнате и орал, что я садистка, что все мои слова о любви к нему были ложь и неправда, раз я так ненавижу часть его плоти в моем чреве. Это была дикая истерика. Я запахнула халат и убежала. И я помню себя стоящей на дороге и ревущей. А мимо меня машины на бешеной скорости проезжают. А у меня халат все распахивается, и на мне нет даже нижнего белья. Помню, я была в таких парусиновых туфельках, халат развевается, я его одной рукой держу, другой слезы вытираю и понимаю, что у меня нет денег. Правда, ехать близко — до Подгорска двадцать минут. И я с кем-то доехала, прибежала к маме и впервые сказала ей, что мне очень плохо. Такое было состояние. Правда, все закончилось хорошо, аборта не было. Не то сказалась перемена климата, не то нервы, не то еще что-то. Но вот ощущение распахнутого платья до сих пор у меня осталось.

И после этого я стала безумно бояться, что могу забеременеть. У меня это засело в подкорке. И за неделю до срока я уже не могла думать ни о чем, кроме этого.

Я вдруг поняла, насколько женщинам плохо. Я стала говорить об этом с другими девушками. У одной шесть, у другой семь, у третьей восемь абортов. Слушая их рассказы, я жутко комплексовала, все на себя переносила. И эти семь дней, которые самые важные у любой женщины, я просыпалась утром и, независимо от того, с кем я спала и вообще спала ли с кем-то, у меня рука сама сползала к животу и трогала: ну, где это? В каком месте это должно начаться? Я напридумала целую гамму симптомов, по которым я как бы узнавала — беременность или не беременность. Я стала мнительной, я просыпалась по ночам в поту, в кошмаре, что это со мной уже произошло, я вспоминала аборт, который видела как-то по телевизору. Это было ужасное зрелище! И совсем не так, как обычно показывают роды в кино, когда у женщины легкая испарина на лбу, она немножко пыхтит и стонет и уже раз — ребенок рождается. Нет, не то. А показывали реально, натурой — какая-то женщина в гинекологическом кресле, без всякого наркоза, с расставленными ногами, а рядом — огромный эмалированный таз с отбитой краской. И два человека — медсестра и врач. Вы видели приборы, которыми женщину осматривают гинекологи? Это огромные железяки наподобие фаллоса, причем в начале узенькие, а потом — все шире. Я после гинекологии не могу смотреть на мужчин. И вот эта женщина лежит без наркоза, орет благим матом. А к ней лезут такой проволокой, загнутой как буква «Г», внутрь. Меня трясло от этого зрелища! Эта кровь! У врача руки в крови, халат в крови, какие-то синие сгустки, какое-то месиво вываливается в эмалированный таз. И это все продолжается долго, бесконечно! Я вспоминала эту телепередачу и я вспоминала мужчин, с которыми я спала, но которых я совсем не любила. И я думала: как я могла? А что, если бы я забеременела? И как мне дальше жить при моей любвеобильности и сексуальной всеядности? А что, если я вдруг рожу ребенка от человека, который не то что мне не нужен, а которого я ненавижу буквально на следующее же утро!

И я вспоминала о Мартине. Поскольку не вспомнить о нем было практически невозможно. Он звонил постоянно, но я поражалась не этому, а его тактичности. Он не донимал меня своими звонками, он был интеллигентен и вежлив до крайности. Если меня нет дома, он никогда не бросит трубку, он поговорит с мамой, обсудит с ней какие-нибудь новости, погоду, перемены в правительстве. Он поздравлял мою маму с днем моего рождения, восхищаясь, что у нее такая потрясающая дочь. Его звонки просто в корне улучшили мои отношения с мамой, а точнее, ее отношение ко мне. Потому что раньше я имела такое воспитание: да, ты, конечно, хорошая девочка, но дело в том, что ты обязана быть лучше. Никогда это «но» не забывалось. Например: да, ты хорошо занимаешься в школе, у тебя все пятерки, но по физике у тебя четверка. Да, у тебя диплом с отличием, но это наш Подгорский пединститут, а не МГУ. И хоть ты расшибись в лепешку, всегда это «но»! А после звонков Мартина мама как-то смягчилась ко мне, подобрела...

Так прошло четыре месяца, и вот я снова еду в Москву, в аспирантуру. Я знала, что Мартин будет на вокзале, хотя я уже забыла его, я не помнила даже его лица. У меня не было его фотографии, а за эти четыре месяца я словно прожила огромную новую жизнь. Муж пытался меня вернуть, и я пыталась вернуться к прежней самой себе, мы периодически были вместе, но я уже видела, что наш брак не имеет смысла. Эта затхлая жизнь в военном городке! Пьяные офицеры, их жены, их скотские совокупления... И моя шизофрения, мои страхи забеременеть. И та сцена, которая не выходила у меня из памяти, — как я стояла на шоссе в одном халатике, без нижнего белья, а мимо проносились грузовики и ревели мне, как проститутке... И муж, который перестал говорить мне, что я самая, самая, самая, и я невольно стала ставить себя в один ряд с его гарнизонными любовницами...

А на том конце провода, в Москве, — этот Мартин, его американское спокойствие, уверенность, что я к нему вернусь и что у нас все будет хорошо. И вот я ехала в Москву, знала, что он будет меня встречать, хотя договаривалась с ним об этом даже не я, а мама, он ей обещал встретить меня и отвезти в общежитие. Но я не хотела готовиться к этой встрече, моя голова была занята похоронами прошлого: разводиться — не разводиться? Куда я еду? Зачем?

И только при въезде в Москву, когда поезд уже клацал на последних стрелках перед Казанским вокзалом, я вдруг поняла, что нужно срочно накраситься. Зачем — непонятно. Но я стала лихорадочно рыться в чемоданах, началась дикая паника. Я перерыла все. Губные карандаши, тени, туши. Поезд дрожал, зеркало прыгало и падало, губы получились какие-то угловатые, у меня начался мандраж, что я не помню его лица. Помню снежинки в его волосах, помню джинсы на нем и лапти, но какие могут быть лапти на вокзале?!

И вот в таком совершенно невменяемом состоянии я въезжаю в Москву, поезд идет вдоль перрона, а перрон очень высокий, лиц не видно, одни животы. Потом все-таки появились и головы, я узнала Мартина, он стоял с розами, с роскошными розами, но он мне показался чужим. Чужой человек. И то же самое было, наверно, у него, потому что когда я сошла на перрон, между нами уже стояла эта чуждость. Знаете, есть контакт глаз, речи, рук, а есть нечто, что не называется никак, хотя кто-то называет это биополем, а кто-то интуицией или звериным чутьем. Так вот, я вышла с ощущением, что он мне чужой человек. А тут эти чемоданы. Это давало мне отстраненность. А чем отличается психолог от обыкновенного человека? Психолог выходит из потока и наблюдает его снаружи. И тогда он видит, где кто стоит, как нужно их повернуть. И вот я смотрю на нас со стороны и вижу эти безумные розы. Они до сих пор висят у нас на стене в квартире. Хотя теперь, я думаю, он их уже выбросил. Но пока я там жила, эти розы висели. Они были безумно длинны, их стебли были одного с ним роста. Он держал их в руках, они упирались в землю — огромный букет пунцовых роз. Я вышла из вагона, и очень холодно мы с ним встретились. У меня в руках сумочка и эти розы, у него в руках зонтик, а кто несет пять моих сумок и чемоданов, мне не важно — наверно, носильщик. Главное, о чем я думала: Боже мой, это не то, не тот человек, не мой! Мартин говорит: «Поехали ко мне». А я поняла, что не хочу и не буду больше потакать его желаниям. И мы поехали на шоссе Энтузиастов, в аспирантское общежитие, где мне дали комнату. Причем я, конечно, всего что угодно, могла ожидать от Москвы, но не такого убожества. Обшарпанные обои, какой-то стол с рваной клеенкой, на окне одна гардина, штор нет, багетка сброшена, кровать — солдатская койка и матрац весь в пятнах, уписанный.

Я как вошла, так вся моя спесь сошла сразу! Я поняла, что, если я в этом убожестве буду жить, я себя женщиной чувствовать не буду. И так мне стало жалко себя! Боже, думаю, Господи, за что мне это? Плюс у меня вспыхнуло чувство стыда за свое отечество. Я же была с иностранцем. Думаю, ну вот, он теперь на всю Америку распишет, как живут наши аспиранты. Сели мы с этими чемоданами. Я понимаю, что хочу есть. Но смотрю на Мартина и думаю: он такой чистый, рубашка белоснежная, галстук шелковый, костюм с иголочки, светлое пальто, перчатки — думаю, он будет кривиться, плеваться. А он вдруг так легко, между прочим: ничего, говорит, жить можно, сделаем ремонт. И — снял все мое раздражение. Вытаскивает из моей сумки мамино варенье, какие-то печенья. И тут по столу бежит большой черный таракан. А у нас нет тараканов в провинции. Есть мухи весной, есть комары в лесу, но тараканов нет. Меня чуть не вырвало. Я растерялась, сижу в ужасе с этим вареньем, оно капает мне на платье, а я не знаю, как быть. Была бы это мышь, я бы просто подпрыгнула. А таракана я не ожидала. И тут Мартин очень аккуратно и даже изящно, перчаткой убил этого таракана и смахнул. Ой, говорит, не переживай, это тебе просто показалось. И мы начинаем есть. А у меня слезы текут на мою косметику — так мне себя жалко стало. Тут второй таракан бежит и опять по столу. Я уже отвернулась, а Мартин быстренько и его убил. Я говорю: «Знаешь, я хочу побыть одна, мне нужно самой пережить этот бедлам. Не мог бы ты уехать?» Он говорит: «Конечно, как скажешь. Я не буду тебя принуждать, ты человек свободный». То есть мы с ним продолжили отношения откровенно, без ссор и эксцессов. С мужем у нас тоже всегда были отношения взаимопонимания и искренности, но потом — бам, бам, бам, эти скандалы, истерики. А тут все ровно, спокойно, взвешенно. Он говорит: «Я не могу обещать, что у нас с тобой все будет хорошо и надолго. Я сейчас этого не чувствую. Но я бы очень хотел начать с тобой все заново. Потому что для меня ты человек особый. Хочешь попробовать? Я был бы очень счастлив. Но если нет, я не буду тебя заставлять». И ушел. Я посмотрела ему вслед и решила, что нет, все, закрыли эту страницу, гуд-бай, Ю-Эс-Эй! И поехала к своей подруге, к Люде.

Он оказался там. Под предлогом поздравить Люду с помолвкой. Я разозлилась, потому что Люда — моя единственная подруга и он просто высчитал, где я могу быть в тот вечер. Мы сидели, разговаривали, мы очень здорово смотрелись вдвоем, но я помню, как я рыдала в ванной. Я зашла в ванную, позвала Люду, а у них совмещенный санузел, я сидела на унитазе без крышки, проваливалась в дыру и ревела: «Людка, не могу я с ним! Я как вспомню те безумные ночи, мне плохо делается». А она сидит на краешке ванны и говорит: не можешь, скажи ему об этом. Я говорю: и этого не могу! Она спрашивает: «Не можешь психически или физически из-за его размеров?» «Да никак не могу! При чем тут размеры? Не размеры играют роль! Важно ощущение! Если я с ним спала две недели и не почувствовала даже симпатии, то он не мой человек, я не могу с ним находиться. Нет легкости, нет свободы, полета нет! Американец какой-то! С нашим я могу развернуться и пойти заниматься любовью ни с того ни с сего. Просто — раз и все. А с ним это невозможно! У него все взвешенно, спокойно. А тогда в чем же кайф?» Она говорит: «Если ты не хочешь его, скажи ему». А я: «Да не могу я этого сказать! Потому что у нас с ним были моменты, когда нам было хорошо. Он только что, за столом, взял меня за руку, и я чуть не кончила! Но я знаю, что это не то, не от сердца...» И я рыдала в том туалете, мы там сидели очень долго. Может быть, я хотела, чтобы она меня уговаривала к нему поехать? Не знаю...

Потом я вышла из ванной, у меня вся рожа зареванная и перекошенная, а он сидит весь такой фирменный, причесанный, в темном костюме от «Армани». И я подумала: хватит, утро вечера мудренее, не буду сейчас ничего решать. Тем паче что, как учил меня Оскар Людвигович, «решить» в переводе с греческого — это убить. Даже в нашем жаргоне это есть — порешить. С Игорем у меня все развалилось, а тут человек такой яркий, способный и респектабельный. Такими не швыряются, зачем я буду так лопухаться? И мы поехали к нему. Но ничего не произошло, мы только разговаривали. Хотя помню, как я стеснялась открыть у него холодильник, не знала, как сидеть, как держать себя. На что я согласилась тогда? На то, что я иногда, в выходные дни буду к нему приезжать. В пятницу, на уик-энд, будем как-то общаться, но не больше. На большее я не была готова. Он согласился на это. А что он мог поделать?

И тут началась довольно неплохая жизнь, потому что в будни я принадлежала самой себе и жила как хотела. Я познакомилась с мальчиком, который окончил режиссерские курсы, а работает в медицинской структуре, но для души у него театр, где он играет, и какая-то студия пантомимы, которую он ведет в каком-то колледже. Он мне говорит, что он в меня влюблен, и ведет меня в эту студию какие-то шнурки изображать, какую-то ересь. Но мне было интересно с ним. Мы там дыхание развивали, пластику. Потом стали ходить в Щукинское училище, на спектакли, в театры. У меня была своя жизнь. Порой звонил Мартин, он меня вечно приглашал куда-нибудь «аут», как говорят американцы. То есть в кино, в ресторан, в гости. Я хотела — ехала, хотела — отказывалась. Потом у меня появился еще какой-то мальчик. А к Мартину я приезжала в пятницу вечером, и мы с ним проводили в постели ровно полтора дня. И регулярно звонил Савельев и спрашивал, сколько раз сегодня кончил Мартин — двенадцать или восемь? Он был в курсе всех наших отношений, телефон был в постели, и там же была еда.

И все это было нескончаемо. Я так уставала, что в воскресенье утром, когда я выходила на улицу и вдыхала свежий морозный воздух, я была счастлива. Не буду врать, что я все еще мучилась в постели с Мартином. Но и не кайфовала. Было и было. А потом я поехала домой на каникулы, я должна была развестись с мужем. А потерять мужа, даже самого плохого, для любой женщины — уже депрессия. И для меня тоже, тем паче что Игорь плохим никогда не был. И вот я бросила учиться, я сидела дома, у меня разболелась спина, скорей всего это была невралгия, но меня лечили массажем и таким болезненным, просто до крика. Я лежала на столе, абсолютно голая, в подвальном помещении какой-то больницы, там было холодно, мануальный терапевт тянул мою левую руку в одну сторону, а правую ногу в другую и буквально разрывал меня! Я ревела. Я ездила туда с мамой или одна, и однажды, когда я приехала одна, разделась и легла на стол, этот терапевт вдруг стал меня обнимать, лапать, лезть мне в губы. А от него водкой разит, он в перерывах между сеансами выпивал за ширмой, я видела. Я стала отбиваться от него, а он навалился: «Ну, чего ты? Перестань!» У меня все онемело внутри, хочу кричать и не могу, это как в страшном сне, еле я от него вырвалась. Но у меня наступила фригидность, впервые в жизни я перестала хотеть мужчин. Вообще — никого, по-настоящему. Возвращаюсь в Москву, и тут — этот Мартин, такой роскошный, обаятельный, обнимает меня, трется, как теленок, и чуть не плачет от радости!

А я не могла даже думать о сексе. Он ко мне прикасается, а у меня какой-то рефлекс срабатывает, я не возбуждаюсь, а зажимаюсь в комок. То есть это стандартный рефлекс всех жертв насилия, но я впервые с этим столкнулась, и Мартин очень переживал, он меня просто обволок своей заботой. Он был нежен, терпелив, ласков. И я отошла, ожила, расслабилась. Я поняла: все, он дошел до уровня Игоря, и даже в постели мне стало с ним куда лучше и интересней, чем раньше. Потому что я наконец стала приспосабливать его под себя, а он был податлив, как воск, и легко делал все, что мне было нужно. А я снова была безумно уверена в себе, я стала его учительницей, развратницей и прелестницей. И потом — каждое утро его влюбленные глаза, такое покорит любую женщину. К тому же он умный, обаятельный, постоянно куча комплиментов и безумный восторг по поводу моей особы. Кому это не понравится? Это излечило меня от невралгии, от депрессии из-за развода, даже от фригидности. Я буквально жила на его чувстве ко мне. Однажды ночью просыпаюсь и слышу, что он плачет. Причем я же тогда очень плохо выглядела, я была капризная, никакая. Куча дерьма, на самом деле. А он плачет. Я говорю: «Ты чего ревешь? Тебе сон плохой приснился?» Он говорит: «Знаешь, мне приснилось, что я проснулся утром, а тебя нет. Я протянул руку, а нет твоего тела. И мне стало безумно страшно. От этого страха я действительно проснулся и понял, что первый раз в жизни я хочу жениться и иметь ребенка. И знаю даже, от кого». Он рыдал, это были его первые слезы после тех, на вокзале. Конечно, мне это было приятно, это льстило моему самолюбию.

И началась наша семейная жизнь. Он прибегал с работы с цветами, довольный, счастливый. Я забросила все свои романы, всех своих мелких и крупных любовников, я стала безупречно преданной. К тому же я была еще слаба, бледна, болезненна — я просто не способна была ни на какие взбрыки и утопала в его обожании и комплиментах. Так он меня держал. Порой он изрекал просто замечательные вещи. Он сказал: «Секс в жизни семьи не главное. Но его отсутствие может быть решающим». Я стала им восхищаться, я стала отходить, я стала в него влюбляться. И мы стали идеальной парой. Куда бы мы ни приходили, Савельев орал: «Смотрите на них! Это предмет для любования! Они и врозь великолепны, но вместе — сногсшибательны!» У него было тщеславие автора этого произведения по имени «Аленомартин», то есть меня и Мартина.

И мы тоже ощущали себя единым целым, мы были счастливы. Мы куда-то выезжали — за город, в Прибалтику, на приемы в американское посольство. У меня было впечатление, что нам не хватает суток. Потому что нам безумно хотелось быть вдвоем, я приходила к нему на работу и просила, чтобы он закрыл дверь и разделся — так я его хотела! Но он не раздевался, он так не умеет, для него работа это работа, любовь это любовь, еда это еда, он не смешивает. И тогда я раздевалась сама. А он летел к двери, начинал ее запирать и умолять меня: «Не нужно! Оденься! Меня с работы уволят!» Он страдал от моей импульсивности, потому что я могла прижать его за шкафом в его же офисе и буквально изнасиловать. А потом он же мне признавался, что ему это льстит, что он кайфует от моей непосредственности, и где бы мы ни были, он все время держал мою руку, все тосты были за меня. Он составил перечень моих ипостасей и описал, как он выразился, лишь десятую часть качеств, которые во мне есть. Семь глобальных ипостасей, включающих в себя такие-то и такие-то качества. Я читаю, и просто слезы брызгают. И я стала его любить. И на таком пике мы очень долго держались. Он знакомил меня со своими американскими друзьями как будущую жену, да я и была его женой, в сущности. Я гладила ему рубашки, я научилась готовить. До этого я совершенно не умела готовить. Первое время у меня получались какие-то недожаренные галоши, а не отбивные. А он ел и говорил: «Великолепно, гениально!» Это меня стимулировало, у меня возникла идея научиться хорошо готовить, ведь я же отличница! И научилась. Я просыпалась утром, в двенадцать шла на секцию, потом что-то читала, потом шла в магазин, покупала продукты и готовила какое-нибудь сногсшибательное блюдо. И за полгода так в этом преуспела, что окружающие говорили: «Алена, ты делаешь такие блинчики, какие делала моя бабушка». Савельев от нас не вылезал.

Он сидел на диване, около нас и говорил: «Ребята, мне так хорошо, я от вас никуда, даже выгоняйте, не уйду...»

А потом...

А потом была Даша, моя подруга и очередная пассия Савельева.

В тот вечер мы собрали гостей. У американцев это называется «парти», а у нас «вечеринка». Но Мартин не курит и терпеть не может табачного дыма, это сейчас модно в Америке, там курильщиков уже чуть не линчуют. А Даша курит. И мы с ней вышли, поднялись по лестнице, сидели у чердачной двери и болтали. Даша курила, а я ей рассказывала о том, как мне тяжело с мужем, как он влюбился в юную девочку, как он мне изменяет, как у меня болит спина и как меня пытался насиловать мануальный терапевт. Что я Мартину благодарна, я люблю его, но нам порой трудно из-за моей импульсивности и его уравновешенности. А Даша — артистка, причем очень умная, с такой мужской хваткой мышления.

После разговора с ней мне стало легко. Она человек богемный, у нее многое было в жизни, но она не любит ни секс втроем, ни лесбийство. Хотя ласка и нежность ей нравятся. Помню, однажды она была у нас в гостях, и я к ней прониклась, и попросила ее лечь со мной на кровать. Она это сделала. Я стала ее трогать, подняла ей джемпер и начала ласкать. И у меня в голове стали возникать ее какие-то телесные образы, я стала о них рассказывать. Она была удивлена, восхищена. Мартин влез к нам в кровать, мы друг друга гладили, и Дашка восхищалась, как я тонко ее чувствую, как я хорошо ее понимаю. Потом это несколько раз повторялось, но дальше таких невинных ласк дело не заходило.

А тут, после вечеринки, когда все гости разъехались, оказалось, что уже заполночь, а Даша хорошо выпивши. Мартин предложил ей остаться. Вообще-то у нас двухкомнатная квартира, но если у нас оставалась женщина, то в восьмидесяти случаях из ста мы спали втроем. Я Мартину, как и Игорю, многое позволяла. Конечно, нельзя сказать, что я заставляла моих любимых мужчин изменять мне в моем присутствии, но я их к этому подталкивала, это неоспоримо. Мы лежали втроем — я, Мартин и Даша. Я всегда кладу мужчину посередине и со своей стороны начинаю гладить. Причем чаще всего я гляжу даже не мужчину, а женщину, но получается, что я ее гляжу через мужчину. То есть тело мое частично накрывает мужчину, касается его и возбуждает, а рукой я гляжу женщину, и весьма интимно — грудь, живот, бедра, клитор. В зависимости от того, как мне разрешают или как я сама хочу. В такой позиции и мужчина не остается обделенным, и женщина. Так вот, у нас с Мартином была такая практика или, точнее, я его так просила: если во время секса втроем ты дашь мне как-то понять, что я хороша и любима, то я тебе позволю делать со второй женщиной все что захочешь. Но он никак не мог это освоить. При ситуации: он один, а женщин две — он всегда видел только новую и на ней замыкался. То есть на самом деле он не умел заниматься сексом втроем, он одну из женщин делал лишней, и чаще всего это была я. Я знала это, так было много раз. Но я уже любила его и прощала. И делала ту же ошибку, что и с Игорем. Люди, я думаю, вообще склонны повторять свои ошибки снова и снова или all over again, как говорят американцы.

И вот мы лежим — все выпивши, кроме меня, потому что мне нельзя было, я принимала таблетки. Лежим втроем, смотрим в окно, там такой типичный московский пейзаж — крыши, антены, неоновая реклама «Мальборо» и Храм Христа Спасителя. И Мартин нас ласкает. Но тут я вспомнила, что мне сегодня вообще нельзя, у меня запретные дни. А Дашка стала с ним целоваться, и Мартин возбудился. И стал интенсивно подключаться то к ней, то ко мне. Поскольку я ничего не хотела, я не двигалась и не отвечала ни на что. А Даша реагировала, целовалась, и его это заводило. Но она бы не осмелилась заниматься с ним любовью при мне, если бы не он. Он скинул одеяло, стал между нами на колени и сказал: девочки, я хочу вас трахать! По-русски сказал, у него русский теперь как родной. Я, говорит, безумно возбужден и не понимаю, почему вы выебываетесь. Такой был текст, прямой. И я почувствовала неловкость от того, что я не могу дать ему то, что он хочет. Я говорю: «Мартин, к сожалению, я не могу сейчас заниматься любовью. Если тебе очень хочется, занимайся с Дашей». Так я сказала, да, но тут был свой подтекст. Веря, что они оба глубоко меня любят — Мартин как женщину, а Даша как подругу, — я думала, что они скажут: «Ну, что ты! Мы без тебя не сможем никогда! Быть такого не может! Когда ты захочешь, мы позанимаемся втроем. А не захочешь — не будем». Я этого хотела. А я бы сказала: ребята, вы очень добры, молодцы, когда мне будет можно, мы будем заниматься любовью втроем и будем счастливы. Вот какой сценарий был у меня в голове. Мне это казалось честным и справедливым.

К сожалению, мой сценарий совсем не подходил для них. Это была первая трещина между мной и Мартином, это было мое первое унижение. Потом это ушло, забылось, но это было так, и шрам остался. Мартин сказал «хорошо», повернулся ко мне спиной и стал ласкать Дашу. Господи, теперь, если бы я выжила и если бы любимый мной человек стал делать мне больно — я не буду терпеть, я скажу ему об этом! Но тогда... Тогда я была адептом «Тропика рака» и «Эммануэль», проповедницей полигамности и наслаждения. И только когда они, лежа в моей собственной постели, стали целоваться на моих глазах, я вдруг поняла, что происходит что-то ужасное. И чем больше он ее ласкал, тем сильней мне не хотелось этого. Я вдруг поняла, что они не перестанут. Он сбросил с нее одеяло, полез к ее животу. Процесс любви был скомкан. Не было продолжительных ласк, далеко уходящих, медленных, эротичных. Они поласкали друг друга, а потом он просто развел ее ноги, вошел в нее и стал ее трахать. От меня в трех сантиметрах. Кровать вздрагивала, потная нога Дашки касалась моей, она постанывала, раскрыв рот, а мне это казалось пошлым, противным и мерзким. Я говорила вам о наркотиках: когда я их принимала, у меня были нарушения восприятия мира. Какие-то вещи казались большими, какие-то маленькими. Тогда Дашкино тело показалось мне огромным. Давящим. Я помню каждую черточку ее. Она высокая, стройная, точнее — худая, с плоской грудью, с худыми стройными ногами и таким животиком подростковым. Тонкая талия и широкие бедра, фигура манекенщицы такого европейско-американского типа. Она лежала под Мартином, ее ребрышки все обозначились. Ее ноги раскинуты в разные стороны и касаются меня. Когда ее нога коснулась моего тела, меня просто обожгло, я почувствовала физическую боль. Нервы были на пределе. А Мартин даже не повернулся в мою сторону. Как будто меня нет. Если бы он был хоть чуть-чуть умнее! Хоть немножко более чутким! Ну заметь ты меня, погладь, скажи хоть что-то! Если я не буду чувствовать себя обделенной вниманием, я успокоюсь, и тебе же будет лучше! А он, боясь, видимо, другую девочку потерять, просто плевал на меня.

Я отвернулась, а они занимались любовью. Рядом со мной. За моей спиной. Я слышала каждый их звук, стон, хрип. Это было долго, ведь я сама научила его растягивать удовольствие, делать передышки, менять позы. Потом он все-таки слез с нее, лег рядом, и тут со мной случилось что-то страшное. Я стала дрожать. Я не могла заплакать, я стала дрожать. Меня трясло. Как в судорогах. Но вместо того, чтобы меня обнять или хотя бы нас двоих обнять, он повернулся ко мне спиной, обнял Дашу руками, положил ее голову на свое плечо, и они уснули. Горе мне горе! Даже сейчас мне тяжко вспоминать об этом. Причем тогда он меня любил, я знала это, он доказывал это своим поведением, он написал семь моих глобальных ипостасей, это была просто ода! И чтобы при такой любви — вот так!

Я лежала и не знала, что мне делать. Прижаться к нему и обнять, но зачем? Чтобы закончить, не порвать окончательно? Но разве, потрахав Дашку, он не должен был сам, первым подумать обо мне? Я дрожала, мне было холодно, мне нужно было надеть хотя бы носки. А он вдруг сказал: «Прекрати дрыгаться!» Я встала и ушла в другую комнату, у меня в голове был уже другой сценарий, я давала ему шанс реабилитироваться. Я думала: сейчас он пойдет за мной, потому что он меня любит. И когда он ко мне придет, я к нему повернусь, разрыдаюсь, и у нас будет бурный секс. Эта идея, что сейчас он ко мне придет и мы с ним будем ласкаться и спать вместе, дала мне какой-то глоток жизни и надежду. Пусть мне нельзя, пусть мне будет больно, я была готова перетерпеть любую боль. Потому что пережить унижение заброшенности хуже физической боли. И я знала, что как бы он ни выложился только что с Дашей, он может еще. Это неоспоримо, в то время мы каждую ночь занимались любовью дважды. И вот я лежу и жду его, секунды считаю, прислушиваюсь к каждому звуку. Но он не пришел. Более того, я вдруг услышала характерный скрип кровати. Это он снова трахал Дашу. И тогда я покусала себе руки. У меня было ощущение покруче, чем когда мой муж изменял мне с девочкой Таней. Потому что там, даже страдая на полу у соседей, я знала, у меня был Мартин в кармане — весь, от ногтей до печенок в меня влюбленный. А тут? Я кусала себе руки и просила Бога только об одном: чтобы быстрей закончилась эта ночь!

Сейчас мне так смешно! Черт подери, да пускай он хоть сотню, хоть две сотни поимеет — мне без разницы. Но тогда мне было больно и тяжело безумно. Ведь он занимался с ней любовью, а ко мне не пришел. Это закончилось где-то в три, я не спала до утра, я встала в шесть. Какого черта лежать? Я ходила по квартире, пила кофе и думала: уйти мне или остаться. Как поступают нормальные русские женщины? Впрочем, с нормальной такого бы не было. А если бы было, то не так. Сколько случаев, когда женщина, узнав, что ее муж только посмотрел на другую женщину, хлопала дверью и уходила от него. А тут вообще Содом и Гоморра. Я, как сомнамбула, ходила по квартире и казнила себя: ты сама, сама это сделала!

Все-таки наступило утро. Проснулся Мартин и стал делать вид, что ничего не произошло. Он то целовал

Дашу, то лез ко мне. Ситуация была натянутая, и Мартин быстренько влез в душ, а потом сразу убежал на работу. Просто бросил меня в этой ситуации, не пытаясь успокоить и не желая выбирать между мной и Дашей. Он безумно боится выбора. Он не мог сказать Даше: знаешь, ты, конечно, классная девочка, но я люблю Алену. И он не мог сказать мне: знаешь, пошла ты на фиг отсюда, я буду с ней жить. Он ничего не смог сказать. Он удрал на работу, как трусливая крыса, а меня бросил на разговор с Дашей.

Мы поговорили. Я со своей дебильной психологичностью признала, что я их сама спровоцировала. В итоге получилось, что все хороши, а одна я плоха, потому что я виновата во всем. Если бы не я, этого бы не произошло. Как здорово все повернулось! Мало того, что они трахались, а потом спали и храпели, а я это все слышала и испытывала боль и все муки ада, так к тому же я в этом и виновата! И я же готовлю Даше завтрак, даю ей свою пену для ванны, и она принимает ванну — очень чистоплотная девочка. И чистенькая и сытая уходит в свой театр на репетицию. А я в то время не работала и сидела дома. Такая новая русская была. Правда, на секцию я не пошла — не было сил. Я надела халат и, не умываясь, как бомжиха, просидела целый день в кресле. Даже по телефону никому не звонила, потому что Мартин и Даша взяли с меня обещание, что я никому об этом не расскажу. Иначе им будет стыдно. Тем паче что в Дашу влюблен Савельев, это как бы его девушка. И поскольку я очень люблю Мартина и дружу с Дашей, я дала им слово молчать.

Я сидела, как больной шизофреник, картина мира раздваивалась, рушилась. Мне даже некому было вылить свою боль и отчаяние. Не с кем было посоветоваться. Мне нужен был человек, который хотя бы выслушал меня. Этого не было. Мартин, видимо, тоже по-своему переживал, он пришел с работы, и мы попытались как-то поговорить. Я сказала, что мы с Дашей все обсудили и утрясли. Мартин очень переживал за Савельева, поскольку Даша — пассия Савельева. Наверно, он в первую очередь переживал за Савельева, потом за себя, а потом за меня. Но это не мешало ему продолжать в том же духе. Всегда, когда Даша приходила к нам, мы были втроем. Это не было совсем уж плохо. Но после всего пережитого мне не хотелось быть с Дашей. И я помню, что мы просто возились вместе, гладились, а потом Мартин вошел в меня и стал меня трахать. А я перед Дашкой испытала стыд, что он меня предпочел, я стала говорить: «Мартин, давай еще Дашу попробуй». Он пытался, но я видела, что это не для него. Секс втроем — это особое искусство делания любви, Мартину это недоступно. Если бы мне пришлось в подробностях рассказывать о сексе втроем, то это был бы рассказ не про Мартина, а про Андрея, питерского торговца наркотиками. Андрей был эстет и сладострастник, он знал, как, что, когда и кому, он получал наслаждение от секса сразу с двумя, а не по очереди то с одной, то с другой. А с Мартином это не было удовольствием. У него не было ни умения, ни такта сделать так, чтобы всем было хорошо, он просто хватался то за одну, то за другую.

Все, Николай Николаевич, больше я не припоминаю ничего болезненного из того периода моей жизни. К тому же помню, те ночи с Дашкой ушли, как тени, а все остальное было радостное, солнечное, прикольное. Я была довольна собственной жизнью. Я продолжала любить Мартина, а он продолжал меня воспевать — какая я гениальная, сексуальная и великодушная женщина. В мае ему нужно было лететь в Нью-Йорк на конференцию ООН с каким-то отчетом. Я помню, как я провожала его в аэропорт. Об этом можно было снимать фильм. Первый раз не он меня провожал, а я его. Мы стояли в очереди, и я так ревела! Я была настолько поражена, что он уезжает, это был такой надрыв — я ревела в голос, до икоты, до сопель! И очередь стала собирать мне деньги на билет. Это был нонсенс — они решили, что у нас денег не хватило на мой билет. Ко мне подходит пожилой мужчина и говорит: «Девушка, я могу вам отдать свой билет». Я не вру, Николай Николаевич, это совершенно правдивая офигительная история! Потом двое каких-то мужчин отвезли меня на машине домой. Они говорят: «Мы смотрели, как вы ревели, и решили, что либо он полный дурак, что один улетает, либо какие-то серьезные обстоятельства, кто-то умер».

И вот я сижу дома, вся зареванная и в соплях. И тут ко мне приезжает Людка со своим новым мальчиком. Год назад она вышла замуж, но не по любви, а по расчету. Она ревела тогда целую ночь, он был некрасивый, рыжий, страшный, но богатый — из новых русских. И ей казалось, что он ее безумно любит. А на самом деле он ее не любил, а тоже по расчету на ней женился. Потому что она умная, красивая, аспирантка и без пяти минут кандидат философских наук. Это тешило его плебейское самолюбие. Они развелись через полгода, сразу после ее аборта. И тут в нее влюбляется какой-то мальчик-милиционер, ему 18 лет, а ей уже 22. И начинает за ней ходить, ходить, ходить. А она не была счастлива с мужчинами, у нее было всего двое мужчин за всю жизнь. Первым был мой любовник, которого я попросила с ней переспать, потому что у нее уже был комплекс старой девы. А вторым был ее неудачный муж. И все. И она решила: раз так, то ей вообще не нужны мужчины! Но тут появляется этот мальчик, она была его первой женщиной, он за ней ходит, как привязанный. А у нее характер безумно властный. Мне, например, нужен мужчина, который умнее меня, на которого я могу положиться. А ей нужен мужчина-послушник. Но она деловая женщина, и она вдруг поняла, что любой мужчина в принципе полигамен и что ее юному милиционеру не обойтись ею одной, рано или поздно он должен в кого-то влюбиться. Тем более что она, хотя и играла всегда роль безумно сексуальной женщины, на самом деле не очень ловка, многого не умеет, очень быстро кончает и повторно не заводится, ей одного раза вполне хватает. И вот она сообразила, что теряет его, этого юношу. Поскольку тот вдруг порозовел, расцвел и как раз в мужской возраст входит. Правда, на мой взгляд, он достаточно глуп и неинтересен. Высокий, как жердь, и прыщавый какой-то. Акселерат. Но для нее — просто находка, и она решила с ним сманипулировать. Она ему внушила, что да, он может ей изменить, но под ее контролем и по возможности при ней. И она нашла для него такой объект, то бишь меня. И что она делает? Витюша видит на улице красивую девушку, а она ему говорит: да, эта ничего, но наша Алена лучше. То есть это была такая психологическая обработка. Я говорю: «Людка, ты не глупи! Я, конечно, могу заниматься любовью втроем, но не с твоим Витюшей, в нем нет ничего, за что я могу хоть на ночь зацепиться».

И так это тянулось, но тут она узнает, что Мартин улетел. И они приезжают ко мне с шампанским, она говорит: я хочу, чтобы ты мне помогла сейчас или никогда! Я бы, честно говоря, не согласилась ни за какие коврижки. Но тогда спать одной в квартире было для меня хуже, чем спать втроем. К тому же Людка — подруга детства, она из-за меня еще в пятилетнем возрасте пострадала. Я пью очень мало, но они настаивают, мы втроем выпиваем бутылку шампанского, и я говорю: ладно, только ты его отмой сначала. И они стали готовиться. А мне вдруг все стало по фигу, как будет — так будет! Я захожу в ванную, а она его там моет — он такой длинный и безумно худой, даже в ванну не уместился, сидя моется. А она в каком-то драном джемпере и в колготах стоит над ним, мочалкой трет и душем поливает. И такая деталь: Мартин улетел со своей электрической бритвой, а у меня джиллеттовская бритва, женская, для бритья моих интимных сокровищ. А он этой штукой бреет себе щеки. Мне чуть дурно не стало, я поняла, что совершаю безумие. Но коль назвался горшком, полезай в печь! Я пошла и легла в кровать, у меня была не то что истерика, но истерзанное состояние души. Ну вот, блин, быстрей бы уже все началось и кончилось. Приходит Людка, говорит: «Витюша пошел в магазин за шампанским». Я слегка успокоилась, мы поболтали. Я на Мартина, что он, такой-сякой, уехал, меня оставил. Забыла про всю ситуацию и отвлеклась. Тут является Витюша с шампанским. Я себя оглушаю, выпила два бокала, мне уже хорошо. И вот начался половой акт, как таковой. Причем у меня очень хорошая постельная фантазия, поскольку мой муж был проповедником идей «Эммануэль»: когда нужно заниматься любовью, то нужно заниматься любовью на все сто! Я вообще считаю, что наше поколение в этом деле отпахало и за наших отцов, и за дедов. И я им сказала, что мне все можно, ведь утром мы с Мартином тоже занимались любовью, а после того как он уехал, мне уже стало без разницы, что происходит. К тому же я увидела, какая Людка на самом деле в постели. Никакая. И мы с ее Витюшей занялись любовью вдвоем — всю ночь напролет. Потому что после Мартина меня невозможно утомить, тем паче такому теленку, как этот Витюша.

Но утром мне стало стыдно. Они уехали. Я проснулась, вокруг свинюшник, какие-то бумажки от шоколада, бутылки. Оказывается, он ночью бегал еще за шампанским. Я поняла, что была в задницу пьяная. Думаю, ну вот, докатилась! Кричал мне муж, что я потаскуха, вот я потаскуха и есть. Тут безумный телефонный звонок: «Алена, это класс! Спасибо тебе огромное!» Витюша по телефону жмет мне руку. И Людка: «Ты была класс, все замечательно! Потрясно!» Я умываюсь, собираю чемодан и уезжаю домой, в Подгорск. И там через пару недель просыпаюсь утром, а меня рвет. И я понимаю, что я беременна, у меня задержка 8 дней. Но я не знаю, от кого, — то ли от Витюши, то ли от Мартина. У нас с мамой никогда не было контактов на эти темы, я не могла ей признаться, что беременна, тем более непонятно, от кого. Я запаниковала, поняла, что что-то нужно делать. Но что? Кому я могу признаться? Куда пойти?

В нашем городе все друг друга знают, а меня тем более, мой муж — звезда КВН, да и я сама — без пяти минут профессор пединститута! Моей двоюродной сестре ее мама так говорила: если я узнаю, что ты беременна, я тебя убью, его посажу, а сама повешусь! Такие у нас в Подгорске нравы. И хотя я с мужем уже разошлась, он ко мне чуть не каждый день приезжал, он свою Таньку бросил и мне в любви объяснялся, у нас с ним половые контакты были. Так что от кого беременна, вообще непонятно. А моя мама — человек честный и порядочный, в отличие от меня, она говорит: раз уж у тебя есть Мартин, оставь Игоря в покое, освободи его, пусть он не приезжает, я не могу ему в глаза смотреть.

И вот я сижу в этом болоте — Мартин у меня в Нью-Йорке, Игорь в военном городке, Людка в Москве, а я, как дура, в Подгорске. Делать нечего, я поехала на работу, потом стала кутить, но через несколько дней до меня дошло, что надо все-таки узнать, как это делается, я же не могу у мамы спросить. Я стала на работе спрашивать у пожилых женщин: мол, вот, знаете, у моей подружки задержка четыре дня. И когда говорила, видела: эти женщины понимают, что подружка — это я и есть. Но они порядочные женщины, они мне из своего житейского опыта рассказывают: «Не переживай, скажи своей подруге, что если всего четыре дня, то все можно исправить». Сто грамм того, десять грамм этого, перца такого-то. А у меня память феноменальная, я приходила домой и записывала все рекомендации. И поскольку моя мама регулярно уходит на работу в восемь и приходит в шесть, я решила в ее отсутствие проэкспериментировать.

Сейчас про это смешно рассказывать, а тогда это было трагично. Я каждый день думала: что еще я с собой сделаю? Я начала парить ноги с горчицей, я ставила на поясницу перцовые пластыри, я пила какую-то хреноту типа чеснока с перцем, настоенные на водке. Меня рвало. И все это было, конечно, днем, и эти дни превращались в ад. Я прыгала, я поднимала гантели, я бегала по ступенькам, я приседала. Я делала все, что было сказано. У моего мужа были огромные гири, я притащила эти гири из сарая. Да, это сейчас смешно вспоминать, а тогда... Дело было зимой, там деревня, окраина Подгорска, огромный двор, я в маминых валенках, в косынке, в каком-то ватнике лезу в сарай, куда зимой никто не ходит, там снегу по уши и замок пудовый, чугунный. Во-первых, как я его размораживала, это надо было посмотреть! Я там что-то разжигала, я спичками распаривала этот несчастный замок, я замерзшими руками отскабливала снег от двери и со скрипом эту дверь оттягивала. И все это — на реве, на истерике. У меня руки были ни на что не похожи, я уже боли не чувствовала. Кого я могла позвать на помощь? Кому я могла сказать, что у меня вот такое? Потом я эту гирю тащила. Волоком — я же не могла ее поднять, я тогда вообще была на «Гербалайфе». Короче, был полный маразм. Мама говорит: «Алена, кто Игорешкину гирю притащил из сарая?» Я говорю: «Мам, я занимаюсь спортом». А у самой все тело в ожогах. Эти горчичники, которые я ставила не на положенное время, а на выдержку — я же максималистка, я всегда перегибала палку. У меня был ожог ног, все ляжки в волдырях. Я ревела. Мне сказали: ты пьешь водку и ноги в кипятке держишь, пока не начнется выкидыш. И вот я пьяная сижу в кипятке, как дура! До волдырей, до ожога!

Но самое классное, что я сама себе сделала, — это последний способ, всепомогающий, как мне сказали. Вы знаете, что такое касторовое масло? Этим маслом делают компрессы, и оно печет. Мне сказали: «Девочка, скажи своей подруге, пусть возьмет тампон с касторовым маслом и впихнет внутрь». Но мне не сказали пропорцию. Я намочила тампон до такой степени, что он был мокрый насквозь. Потом я его чуть-чуть отжала и впихнула. И потеряла сознание, потому что боль была невыносимая. У меня со всех женских половых органов слезла кожа. Я неделю не могла ходить в туалет. Я не могла сидеть. Это состояние не просто отчаяния, а еще и униженности. Потому что в Америке, если у тебя ангина или ты простудился — растворяешь вкусную таблетку и выпиваешь. А в России не так. В России если ангина — мажут нёбо керосином. Если диатез — пьют мочу. Такой мы народ, в натуре. Но я, очнувшись, решила: все, мои дорогие, больше я к своему бренному телу не притронусь!

А тут телефонные звонки Мартина. Сначала из Нью-Йорка и Бостона, потом из Москвы. А у меня головные боли и безумный токсикоз. Что-нибудь съешь — и рвет. Мама: «Что с тобой? Пошли к доктору!» Пришлось ей во всем признаться. Она говорит: рожай ребенка, я воспитаю. Я в слезы. Может, я бы и оставила ребенка, но там не поймешь, во-первых, чей, а, во-вторых, я уже туда такого напихала, навставила и намызгала, что наверняка урод родится. Я говорю: мама, ты меня прости, но я не могу его оставить. При этом делать мини-аборт уже поздно, а большой аборт — рано. И я сказала: мам, я тебе клянусь, что все будет замечательно. Села в поезд и — в Москву. А в поезде меня рвет, мне плохо, я теряю сознание. Мартин пришел на вокзал мрачный и сказал: «Ты не беременна, ты просто болеешь». Я решила, что это его в Бостоне отговорили на мне жениться. Там вся родня из британских аристократов, на фиг им какая-то русская! А меня вдруг потянуло на материнство. И я, как человек образованный, пошла в библиотеку, стала читать учебники педиатрии и вычерчивать графики развития моего ребенка. Первая неделя — хорда, два месяца — сердце бьется. Я этим делом увлеклась. Я пришла и говорю: вот сейчас у меня два месяца, у него сердцебиение. Мартин говорит: «Заткнись! Ты болеешь». Мы с ним столько прожили вместе, что у него русский стал — лучше не бывает, а у меня английский — никакой. Я говорю: «Как это я болею? Ты посмотри, что со мной происходит. Ты же сам мечтал о ребенке!». Он говорит: «Если ты скажешь еще хоть слово на этот счет, будешь жить в другом месте. Или я уйду в гостиницу». Я говорю: «Хорошо, я рожу ребенка для себя. Я уеду к маме».

Тут прилетает Савельев и кричит: «Ты понимаешь, что творишь? Если ты родишь, карьера Мартина накрылась! Ты что? Ты хочешь его привязать таким способом? Ты хочешь таким образом его около себя оставить? Ты падаешь в моих глазах! Немедленно аборт!»

А мне аборт еще нельзя делать, нужно подождать две недели. И вот я сижу и жду. Каждый час закрываюсь в туалете, меня рвет. Мартин говорит: выйди, гостям нужно в туалет. И берет с меня слово: мол, я никому об это ни гу-гу. Я говорю: «Мартин, мне плохо, мне нужно с кем-то говорить об этом. Иначе я просто свихнусь. Ведь это единственное, что меня сейчас занимает». А он: «Ты болеешь. Ты не беременна, это пройдет, это насморк». Я кричу: «Нет! Это не насморк! Это беременность, это ребенок!» В общем, это было две недели кошмара. Потом он сказал: «Я не поеду с тобой в больницу, мне нельзя себя компрометировать, я руководитель гуманитарной миссии». Затем я просыпаюсь утром и вижу: первый раз в нашей жизни он оставил мне деньги на столе. И записку: «Как хочешь, но ты должна поехать сегодня и сделать все, что нужно».

Я поехала. А там полно народу и все парами. Кто-то приехал, чтобы спасти ребенка, у кого-то какие-то сложности. А я вдруг чувствую, что отключаюсь — у меня взяли кучу анализов, на мне моя белая рубашка вся в крови. И я — одна. Если я не ревела и не отключилась, то только потому, что наблюдала. Одна парочка — жена истерично кидается на мужа: вот, из-за тебя уже второй раз! А он говорит: «Я тебе перстень купил? Купил. Все, молчи». Или эти женщины, бьющиеся в истерике. А я сижу очень скромненько, глазками хлопаю. И когда женщины уходили на анализы, их мужья меня клеили. Ощущение было крутое. Я там занималась психотерапией, даже семьи мирила и таким образом кайфовала. Потому что мне пришлось быть там очень долго — врачи никак не могли решиться делать мне аборт и замучили меня анализами. Я туда приезжала к утру, уезжала вечером. Мартин давал мне деньги на такси, а я ездила на метро и на разницу покупала соки себе и другим женщинам. То есть конечно, я могла взять у него деньги и на соки, и на такси, но я не просила! Я не умею врать, ну такая я дура. Допустим, что-то стоит 200 долларов и 2 цента. Я скажу: Мартин, это стоит 200 долларов и 2 цента. И он мне давал ровно 200 долларов и 2 цента. Он никогда больше, чем положено, не даст. У нас даже было время, когда я просто писала ему счета: колбаса, допустим, стоит 2 тысячи, мясо — 5 тысяч, и так далее. Сначала меня это бесило, но потом я поняла, что у них это в крови, что он так воспитан: чистить зубы после еды, дважды в день менять рубашку, трусы и носки, принимать душ, пользоваться дезодорантами, записывать свои расходы. Это не жадность, это воспитанная расчётливость. Впрочем, может быть, тут я перегибаю, ведь я его любила, да и сейчас люблю… Я просыпалась утром и говорила: «Мартин, сегодня мне будут делать анализ крови, это стоит 70 тысяч». И он мне давал семьдесят тысяч плюс двадцать тысяч на такси. И все. И я из-за своей дурацкой гордости целый день жила на банке сока. А там такие крутые врачи, разговаривают сплошным матом: «Твою мать! Ты что делаешь? Ты будешь когда-нибудь жрать? Ты посмотри на себя, у тебя дистрофия плода!» Я говорю: я не могу кушать, меня тошнит. А он: «Мне насрать, что тебя тошнит! Или иди поешь, или пошла отсюда вон вообще!» И так — в каждом кабинете. Помню, я там сижу, и заходит девочка, ей 12 лет. И у нее уже третий месяц беременности, пора делать аборт. Ей говорят: в пятницу утром. А она: «Ой, я не могу в пятницу, у меня математика!» Я чуть не ревела: ей назначают аборт, а мне нет. Врачи говорят: «Тебе нельзя делать аборт, ты так слаба, что тебе нужно ложиться в больницу и ребенка оставлять». Я говорю: я не могу его оставлять. Тогда, говорят, двухнедельный курс каких-то уколов, будешь приезжать сюда, как на работу. Я однажды спросила: «Мартин, ты не мог бы пойти со мной? Я боюсь ехать одна, мне там бывает очень плохо». А он: я работаю, я не могу. И я увидела, что не могу на него рассчитывать. И вдруг поняла, что я безумно сильная. И с тех пор — все, как отрубило! Я там ни разу не заплакала. Я жалела врачей, которые на меня орали. Я там всех полюбила. Я входила, вся улыбающаяся. Я угощала соками этих несчастных женщин. Потому что в день анализов есть нельзя, а пить хоть что-то надо. И я там стала уже как вахтер: «Вам на УЗИ, это сюда. Вам на кровь — это туда».

Однажды я проснулась в шесть утра и чувствую: мне плохо, мне плохо, мне плохо. Я говорю: «Мартин, если мне будет так плохо, нужно вызвать «скорую». Он говорит: ну, хорошо. Повернулся на другой бок и уснул. Я ушла в ванную комнату, мне стало плохо, я падаю, бьюсь обо что-то, и у меня происходит выкидыш. Меня все поздравили, и через две недели я ушла от Мартина, сняла себе комнату.

Но это еще не конец истории о первой беременности. Настоящий финал придумала Людка. Она мою беременность отыграла на своем мальчике. Она сказала, что ребенок был от него, и на целый год забила Витюшу от любых измен. Этот юный мальчик приезжал ко мне в слезах, клялся, что больше никогда в жизни! Я была еще слабая, худая — он на меня не мог смотреть, у него руки дрожали. А Людка его силком привозила, развивала в нем комплекс вины. Я говорю: «Люд, это же не от него, зачем тебе?» Она говорит: «Алена, если ты скажешь ему, что не от него, я тебя убью! Он теперь у меня вот здесь. Он мне предложение сделал!» Я говорю: «Зачем тебе такая семья?» Она: «Ты кайфа не понимаешь. Он теперь не рыпнется от меня никуда!» И права оказалась, они до сих пор вместе.

ПОСЛЕДНЯЯ НОЧЬ

Я слабею, Николай Николаевич. Вы видели фильм «Титаник»? Там девушка замерзает в ледяной воде и сиплым голосом шепчет что-то своему возлюбленному. Я себя чувствую точно так же. Мне холодно, хотя за окном лето и медсестра накрыла меня тремя одеялами. Доживу ли я до утра? Доскажу ли свою историю? Впрочем, мне уже все равно. Мне все стало не важно, незначимо. Только странно, что вас нет. Вчера вы прибегали каждые два часа, а сегодня... Сестра сказала, что вы помчались в институт иммунологии. Что там разрабатывают какие-то новые лекарства, которые пока пробуют только на крысах. Что ж, ради вас я готова стать даже крысой, только что это за лекарство и дадут ли вам его среди ночи? И сколько людей нужно вытащить из постели, чтобы добраться до ампулы с этим не то ядом, не то эликсиром? А даже если вы доберетесь, какую дозу нужно всадить такой крысе, как я?

У меня нет никакой возможности помочь вам, Николай Николаевич. Кроме одной — дождаться вас. Черт побери, будет несправедливо, если вы примчитесь с этим лекарством, а тут мой холодный труп. Я не имею права вас так подвести. Что ж, попробуем удержаться на последнем кусочке моей жизни, как та девушка в ледяном океане держалась на крошечной деревянной двери от каюты в «Титанике».

На чем я вчера остановилась? Помню: я ушла от Мартина. Я была подавлена и ужасно слаба после выкидыша, у меня не было сил даже пройти до конца курс лечения. Хотя по своим последствиям выкидыш для женщины опаснее, чем аборт, после него нужно серьезно лечиться. Но мне тогда было все равно. Я целыми днями лежала, поджав колени, на койке в комнате, которую я сняла. Я зажималась в уголочек, укрывалась пледом и ревела. Я не знаю, на что это было похоже. Это были страдания даже не душевного плана, а физического. Я сидела и смотрела на телефон — позвонит

503

мне Мартин или не позвонит? А когда я выбегала в туалет, или за хлебом, или куда-то еще, я думала: Господи, а вдруг он сейчас позвонит, а меня нет. У меня просто мания началась, что он звонит, а меня нет. Или что я сплю и не слышу. Я загадывала: если он позвонит и позовет меня обратно, я больше ни с кем, кроме него, спать не буду. Но я не могла сказать ему об этом. Ведь если мужчины признаются мне в слабостях к моей особе, я начинаю их жалеть, и у меня возникает брезгливость, как к неполноценному. Что ж ты передо мной так расстилаешься? Да я об тебя еще сильнее буду ноги вытирать! И мне казалось, что Мартин не звонит годами, и я сама набирала его телефон и говорила: «Мартин, ты так долго не звонишь!» Он говорит: «Как долго? Вчера звонил». А меня трясло от того, что же я ляпаю и все не так делаю. Я поняла, что не могу от этого избавиться, что есть только один путь к избавлению — уехать из Москвы навсегда. И я уехала, сказав друзьям, что никогда не вернусь.

А в Подгорске опять возник мой муж. Мы уже были разведены, но он как-то опомнился или повзрослел, что ли, и сообразил, что к чему. Или, сравнивая меня со своими любовницами, понял наконец, чего я стою. Он стал меня лечить, ухаживать, нянчить. Достал путевки в хороший санаторий. У нас появились реальные шансы на воссоединение. И тут позвонил Мартин, говорит: «Мы собираемся в августе в Крым, в отпуск, — Савельев и все остальные. Но я без тебя никуда не поеду. Приезжай, и поедем вместе». И я, как дура, срываюсь и вместо санатория лечу в Москву. Приезжаю, а он в командировке, в Томске, там какая-то массовая вспышка туберкулеза, он повез туда три вагона лекарств и сам поехал следить, чтобы не разворовали. Я приезжаю в его квартиру, у меня от нее ключи по сей день сохранились, а там полный бедлам, восемь человек живет. Потом я узнаю, что он спал с моей лучшей подругой, с Людкой. И вот я опять в этом дерьме по уши. Думаю, какого черта ты меня вообще позвал? А он прилетает, и тут они с Савельевым садятся на меня, чтобы я уговорила Зину, новую девочку в их компании, ехать с нами в Крым. Мол, Зине семнадцать лет, она еще невинна, но уже созрела стать женщиной и вот бы Мартину с ней потрахаться. То есть повторяется та же история, что с моим мужем и девочкой Таней, только в московском варианте. И я это вижу, знаю, но куда мне деваться, раз уж приехала, и раз уж я Мартина так люблю, что буквально в половую тряпку готова превратиться? И я поработала с Зиной, тем паче что она мне тоже понравилась. У нее замечательная фигура, а грудь просто сногсшибательная. И вся она как бы на грани между девушкой и женщиной, эдакая женщина-подросток, такие всегда сексуально очень притягательны. Когда ты ведешь рукой по спине и твоя рука чувствует изгибы, уходящие сначала в тонкую талию, потом на ягодицы. И нет еще ни женской полноты, ни дряблости тела... Наверно, я видела в ней нечто подобное самой себе в ее возрасте. Мне захотелось с ней общаться, и завоевать ее стало для меня делом чести. Не потому, что я оголтелая лесбиянка или мне не хватает моих сексуальных партнерш. Я никогда не была стопроцентной лесбиянкой, слишком сильно я люблю мужчин. Просто я хотела ассоциироваться с ней и быть такой же, как она. А еще честнее будет сказать, что путем соблазнения этой девственной особы я хотела доказать всем, и Мартину особенно, что я эт я, прежняя и всемогущая. То есть я не собиралась повторять ту ошибку, которую я сделала в военгородке с гарнизонной девственницей Таней. Нет, я собиралась дать этой Зине бой прямо в постели.

И вот мы поехали в Крым. Там было много чего. И солнца, и секса — эта Зина оказалась не девственницей, а просто инертной и квелой почти на уровне фригидности. Кто-то ее научил еще, наверно, в школе, что женщина должна просто лежать, распахнув ноги, а мужчина будет доставлять ей все удовольствия рая и ада. Я считаю, что таких учителей нужно кастрировать, потому что после них женщину переучить почти невозможно. Но что окончательно ухудшило наши отношения, так это эпизод так называемого секса втроем, он был жирной точкой, которая логично завершила мои уже бездарные отношения с Мартином.

Как это было? В отличие от меня Зина очень белокожа. К тому же я три месяца загорала дома, и шоколадный загар очень смотрелся на моем похудевшем теле. Зина мне завидовала, но она не могла так же долго лежать на солнце. Хотя очень старалась и в результате просто сгорела. И страдала, капризничала, что меня безумно раздражало, потому что я не хотела брать на себя роль ее матери. Я ехала туда, чтобы загорать, плавать, заниматься любовью с Мартином и немножко отыграться на этой Зине, а не превращаться в ее сиделку. Но в тот вечер, когда мы остались втроем, она не могла спать, ныла, стонала, а у нас не было крема от ожогов, и Мартин бегал ночью по городу, искал аптеку или хотя бы кефир. Однако Ялта не Америка, и слава Богу, что он нашел хоть йогурт. Йогурт был персиковый, причем мой любимый. И Зинка, зная, что я не могу отказать ей при Мартине, попросила меня намазать этим йогуртом ее несчастное тело. Мне было лень, я сказала, чтобы это сделал Мартин. Но она отказалась, ей нужны были мои мягкие руки.

Делать нечего, я поднялась с постели и пошла к Зине. Она лежала на раскладном кресле-кровати, на животе. За окном была огромная луна, которая каким-то желтовато-белесым светом освещала всю нашу комнату. И если мое тело было эффектно на белой простыне, то ее тело было очень хорошо именно в таком свете. Красноватость ее кожи была не видна, вся ее фигура была просто светлая, и эти красивые очертания ее спелого тела на таком узком лежаке пробуждали у меня разного рода фантазии. А когда я стала мазать ей спину йогуртом, то не знаю, что чувствовала она, но у меня было совершенно потрясающее ощущение прохладного йогурта, горячей спины, такого легкого скольжения моих рук по этому юному телу от изгибов ее шеи до ягодиц. И я безумно возбудилась. Я вдруг поняла, что мне хочется ее целовать, и обрадовалась этому чувству. Я люблю такие ощущения. Они кажутся мне очень глубокими. Все-таки женщины всегда конкурируют друг с другом — это можно признавать, можно не признавать, аксиома от этого не меняется. Но когда я чувствую в себе такую жажду другой женщины, я понимаю, что я уже не только не конкурирую с ней, я наслаждаюсь ею. И цель моя — дать ей как можно больше удовольствий за то наслаждение, которое я от нее получаю.

Но в ту ночь мне нельзя было заниматься любовью, это был счастливый период «тампаксов». И я понимала, что далеко это пойти не может. К тому же Зина, как я сказала, умеет лишь одно — лечь и удивлять своим роскошным телом. Женщина ты или мужчина, лесбийская это любовь или еще какая — она будет принимать твои ласки как бы из милости, ничего не давая в ответ. То есть ты должен работать за двоих. А у меня не было охоты к таким активным действиям, я просто хотела поласкать ее тело. Тем более что мой любимый персиковый йогурт так легко слизывался с ее спины, и эти кусочки фруктов так возбуждающе цеплялись за язык, что я уже получала безумное наслаждение, это было нечто божественное. Но даже при всей моей чувственности и фантазии мне всегда нужна обратная связь: нравится — не нравится, приятно — неприятно. Конечно, я понимаю, что есть тихие женщины, а есть громкие, разные есть. Но какова бы ни была женщина в своих внешних проявлениях, тело не обманешь. Если тело наслаждается, страдает от вожделения и хочет соития, оно будет само сообщать об этом, оно будет вздрагивать, выгибаться в спине, руки будут ползти вверх, возникнет едва уловимое дрожание кожи. Я не знаю, чувствуют ли это мужчины, но я это чувствую безумно. Такое легкое тепло, которое начинает вдруг исходить от тела партнерши и тогда с ней можно делать все что угодно. Можно даже просто лежать и все равно происходит катарсис. А тут передо мной был просто труп какой-то. И я поняла, что мое возбуждение сходит на нет, что мне уже не хочется ни ласкать, ни облизывать эту девушку.

Но я совершенно забыла о том, что мы с ней не одни в этой комнате. Что там есть еще один человек, очень падкий на женщин. Который еще в Москве мечтал трахнуть эту Зину. А меня с этим человеком связывало гораздо большее, чем секс... К тому же, наверно, мы с ней очень красиво смотрелись. Я, стоящая на коленях перед белым телом этой юной красотки, и она, лежащая в такой мучительной истоме. Не прошло и пяти минут, как я вдруг увидела Мартина — он стоял перед нами с его уникально огромным возбужденным пенисом, который парил над моей головой. Я как будто проснулась и подумала: а почему бы и нет? Наверно, у меня возникло какое-то физическое единение с Зинкой, ощущение тождественности наших тел, и я вдруг не почувствовала в ней конкурентку, я сочла, что мне будет даже приятно, если он займется любовью с нею-мной.

Но я тут же и сообразила, что Зинка не будет заниматься с Мартином любовью в том смысле, в каком он это любит и понимает. Потому что даже по английски to make love означает *совместное* занятие, соучастие в этом процессе обоих партнеров. И это при всей легендарной холодности английских женщин! А Зина не просто холодная, она — никакая. И я предлагаю Мартину как-то поласкать Зину — целовать ее, гладить, трогать, а сама начинаю заниматься с ним оральным сексом. За два года нашего общения оральный секс с ним превратился уже не только в искусство, но еще и в нечто такое, что позволяет мне ощущать слитность с его плотью и даже духом. В итоге оральный секс стал для меня удовольствием ничуть не меньшим, чем для него.

И вот я делаю ему минет, а он целует Зинке шею, плечи, спину, но та и на это никак не реагирует. Она лежит, не шелохнувшись. Даже не двинув бедром, ничего не говоря, не постанывая, не посапывая. Это было странно и непонятно. Мартин попытался как-то достать ее грудь, проникнуть к ней сбоку, но Зинка очень увесисто лежала на животе и не собиралась ему это позволить. Я вдруг поняла, что мне надо снова обратиться к Зине, потому что я смогу быть с ней погрубей, смогу перевернуть ее на спину. Что ж это такое в конце концов! Полное фиаско! Два взрослых человека не могут трахнуть одну девчонку! Я оставляю Мартина, который продолжает заниматься Зиной выше ее талии, и начинаю ласкать ей ягодицы, целовать их. Но, наверно, даже я не смогу подобрать название тому, что было дальше. Во всяком случае, оральным сексом это не назовешь. Она лежала на животе, я, нагнув голову, пыталась и так и сяк подлезть к ее половым губам, а она лишь слегка раздвинула ноги, что было мне подарком, я так понимаю. То есть вот и вся ее реакция на мою активность. Боже! На меня уже стала накатывать злость. Думаю: черт подери, тут два человека на тебя работают, а ты лежишь, как полено! Вместо того чтобы лечь на спину, чтобы я могла сделать тебе же приятное! Или хотя бы приподнимись на колени, положи под живот подушку, не могу же я тыкаться лицом в простыню, измазанную йогуртом!

И вот я сидела перед ней и думала: я, конечно, понимаю, что человек может быть неопытным. Хотя она уже была женщиной к тому времени. И, насколько я знаю, у нее были контакты втроем и даже больше. Потому что, когда мы с Мартином загорали на пляже, а она прятала свое роскошное белокожее тело дома, к ней приходили мужчины в разных количествах. Но у меня было ощущение, что она не только не может, но и не хочет мне помочь. И тогда я, как человек принципиальный, своими руками подняла ее достаточно увесистую задницу и как-то, изощряясь, согнувшись, держа ее попу на весу, попыталась целовать ее интимные части, вылизывать их языком. Это было очень недолго, потому что мои руки слишком слабы для такого веса. Но я бросила это гиблое занятие не от усталости, а потому, что увидела Мартина. С ним произошла совершенно потрясающая вещь. Член его обмяк, и я вдруг поняла, что он давно не хочет эту Зину, он перестал даже прикасаться к ней!

Конечно, это была моя победа, и потом, когда мы это обсуждали, Мартин сказал, что он не переваривает женщин, которые так неэмоционально откликаются на его ласки. Но тогда... Тогда дело стало принимать уже комический оборот. Мартин подлез ко мне и стал ласкать меня. Я говорю: «Нет уж, ты займись Зиной, потому что сегодня я физически не могу заниматься любовью. А заниматься с тобой оральным сексом — это значит ее оставить в покое. Но зачем же так обижать девочку?» Он говорит: «Да не нужна она мне!» А я отыгрываюсь: «Как это не нужна? А кто меня из Подгорска вызвал, чтобы обеспечить тебе эту пышную задницу? Кто вокруг нее козлами прыгал? Разве не ты и Савельев?» Он говорит: «Я тебя прошу: помоги мне!» А для меня желание мужчины — закон. Тем более — любимого мужчины. И вот я начинаю заниматься сразу двумя -- руками ласкаю Зину, а ртом возбуждаю Мартина. И испытываю приступы смеха. А потом говорю: «Все, дорогой, ты уже возбужден, давай заканчивай это дело без меня.» И ушла на свою кровать в надежде, что у них будет половой акт, а я посмотрю на него и таким образом поучаствую в происходящем.

Но не тут-то было! Он перевернул ее на спину, она не сопротивлялась перевороту. Просто перевернул силой, и она перевернулась, как куль. Было бы у него больше силы, она бы, наверно, покатилась с кровати. И дальше — потрясающе смешная картина, когда человек пытается обманывать сам себя. Она лежит ровненько, раскинув свои великолепные груди. Красивая, такое божественное тело в лунном свете. Грудь у нее, конечно, сногсшибательная. Даже больше, чем мне нужно для моих сексуальных фантазий. И форма не безупречна, но красива. Особенно когда она лежит. Это некое произведение искусства. И около нее Мартин, тоже весьма впечатляющий и дрожащий от возбуждения, которое я ему обеспечила. Он уже нагибается к ней. Ноги на месте, а все тело уже в полете, оно тянется к ней, и луна четко выделяет его нижний профиль. Природа, надо признать, одарила его некоторыми возможностями, вполне сравнимыми с теми, которые изображены на фресках в Помпеях. Может быть, у него не очень богатая сексуальная фантазия, но над этим можно поработать, это можно развить, и тогда он действительно мог бы стать гениальным любовником. И вот она, Зина. Мартин прильнул к ней и пытается завершить эту пьесу неким подобием полового акта, слиянием тела с телом. И тут я вижу такое грубое несоответствие слов и дела. Эта Зинка вдруг, словно проснувшись, кричит: «Ой, мамочки, нет!» И тут же раздвигает ноги. Я, как психолог, могу вам сказать, что жесты первичны. Вторичны слова. А для восприятия иностранцем — тем более. Мартин в состоянии возбуждения просто не слышит русских слов. И я всегда просила его во время секса разговаривать по-английски. Меня это безумно возбуждает. Этот низкий английский говорок, такое импортное бормотание — это просто чудесно. И естественно, он ни черта не слышит про ее мамочку, он видит ее гостеприимно распахнувшиеся ноги, и его тело реагирует на это однозначно, он пытается в нее войти. А она стала кричать: «Нет! Я не хочу! У меня опасные дни! Не надо! Не смей!». И несчастный Мартин засуетился.

Он то в нее, то из нее, у него же воспитание нерусское. Тут что-то невероятное стало происходить, она заорала: «Ты в меня кончил!» Он сказал: «Нет, что ты! Смотри, у меня еще все на взводе!» Но она вскочила. Хотя, понятное дело, он еще никуда не кончил, он еще был безумно возбужден. Причем — на грани не только сексуального взрыва и извержения, но и злости, обиды. А она вскочила и убежала в душ. Он подошел ко мне. И, естественно, я, как мусорное ведро для слива всяких неудач, опять занимаюсь с ним оральным сексом. Чтобы он если уж не морально, то хотя бы физически разрядился. Потому что — я знала, да и он потом говорил — его оскорбило такое пренебрежительное отношение Зинки к его сперме. Ведь я-то отношусь к мужской сперме, как к удовольствию, и Мартин к этому привык. Конечно, если мне не нравится мужчина, не нравится запах его тела, я не могу заниматься с ним оральным сексом. Но сперма любимого мужчины, даже любимого на одну ночь, — это вкусно. Она погружается в меня, она меняет вкус на этом пути... — нет, я никогда не выплевывала сперму, я всегда глотаю ее. В ту ночь ее было очень много. Но я не почувствовала ее вкуса...

А Зинка вернулась из душа очень недовольная, хотя уж ей-то с чего быть недовольной? Иными словами, все закончилось очень бездарно — и для нее, и для меня, и для Мартина. И если бы мы сразу после этого уснули, то, пожалуй, утром пришлось бы разъезжаться. Но, слава Богу, у Мартина хватило сил и такта как-то заговорить о происшедшем, я уж не помню, что он там говорил, то ли успокаивал, то ли смеялся, но у меня было ощущение, что он все-таки разрядил ситуацию. И наутро у меня было потрясающее общение с Мартином.

Мы поговорили о нем, поговорили о нас. Мне показалось, что какие-то вещи мы для себя решили, хотя, как потом оказалось, это была чистейшей воды иллюзия. И на следующий день мы поехали вдвоем — гуляли, занимались любовью на пляже, прыгали на батутах, катались на водных лыжах...

А Зинка лежала на пляже под зонтиком, читала какой-то роман и обижалась, что мы с ней не общаемся. Хотя к вечеру Мартин снова проникся к ней симпатией. И все ушло — он опять стал тянуться к ней, его влекли ее тело, ее грудь, ее неизбытая девственность. И я уже ничего не могла с этим поделать — моя победа стала моим поражением. Я вернулась в Москву, вся разбитая и замызганная, а не отдохнувшая. Я нашла комнату и ушла от него. Я поняла, что — все, я больше видеть его не могу. Но подсознательно я, наверно, искала кого-то на него похожего. Боже мой, у меня были разные! И богатые, и бедные, и молодые, и старые. И красивые, и некрасивые. И сильные, и слабые. Если человек восемь соединить, то, возможно, получился бы тот, кого я искала. Я поняла, что нет, не могу найти, не получается. Но зато я похудела, устроилась на работу, стала зарабатывать. У меня появились интересные пациенты, своя практика. Небольшая, конечно, но результативная. Я лечила неврозы, энкопрез и фригидность, я мирила семьи, возвращала детей к родителям...

Вы, Николай Николаевич, спросите, зачем я все это рассказываю, какое это имеет отношение к моей сексуальной биографии? Отвечаю. Во-первых, я хочу вам показать, что я не какая-то сексуальная маньячка, а нормальный и, наверно, даже полезный член общества. Правда, я не могу сказать, что я спасла сотни семей и детей, но если мои успехи исчисляются в пределах двух-трех дюжин, то только потому, что я уже не успеваю сделать что-то еще. А во-вторых, мне просто необходимо как-то заполнить время, как-то вытянуть свою жизнь хотя бы до утра, до вашего появления. И не спать! Не спать! Если я усну, я уже не проснусь, я это знаю, чувствую. И потому вот вам еще одна страница моей биографии — про секс и про «Кубок Кремля».

Такого острого желания, как Стас, у меня не вызывал никто. Хотя я видела его всего двадцать минут, да и то в метро, но уже готова была заниматься с ним любовью. А это октябрь, было холодно. Я была в пиджачке, брюки в обтяжку, туфли на каблуках. Я ехала к подруге в Троицк заниматься любовью втроем. И вдруг — такое со мной было я уж не помню когда. Он стоит — такая лапочка, с меня, может быть, ростом или даже пониже. Как подросток. Ботинки на платформе, какие-то джинсы со строчками. Так подростки одеваются, я на них в жизни внимания не обращала. А тут... Я снимаю пиджак, под ним у меня черная декольтированная и обтягивающая кофточка, плечи открыты, все это слегка вызывающе, я была в кураже. Все мужики, а там их много -- раз, и на меня пялятся. И он — такой маленький, стоит и рюкзак держит, в руке горсть орешков. Я смотрю на него в упор, а он отворачивается, и у него румянец. Ой, думаю, класс какой! Тут моя остановка — «Теплый Стан». Все выходят, и он тоже. И я понимаю, что если он сейчас не снимется, я просто разрыдаюсь. Упаду и скажу: не уходи! Выходим из метро, я смотрю — он пошел за мной. Но он бы никогда не осмелился ко мне подойти, у него самооценка достаточно низкая.

Я его просто сама сняла, сама с ним заговорила. Он шел за мной, нес свой рюкзак и щелкал орешки. Я говорю: может, ты меня угостишь? И сама с ним знакомлюсь. Он еще чего-то рыпался от меня вырваться: у меня, говорит, орешки кончились. Но от меня не вырвешься. Кроме Мартина, не было мужчины, который бы от меня вырвался. Я думаю: Господи, да я тебе сама куплю эти орехи! Он — тыр-пыр, мне туда. Я говорю: и мне туда. Хотя на самом деле мне совсем в другую сторону, мне на автобус. В общем, ему деться некуда, и мы с ним пошли. Через полчаса мы уже сидели на каком-то бревнышке около музея динозавров. Хотя я опаздывала, меня у подруги ждали к семи. А я не могу с ним расстаться, я к нему привязалась бешено. Какое-то просто звериное ощущение близости, как будто я его знаю тысячу лет. Воплощение моего сына, черт-те знает что! Мы с ним сидим, взявшись за руки. Я понимаю, что ему некуда меня привести. И мы с ним пошли куда-то в лес, я на своих безумных каблуках. Куда мы? Уже темно, время позднее, у меня все ноги в глине, я хочу в туалет. А я хоть и не дворянка по натуре, но у меня есть принципы. Я не могу, чтобы у меня была обувь грязная. Я не могу пописать на улице. Не могу я. Любовью заниматься могу, а пописать нет. И тут он говорит: ты не переживай, сейчас мы с тобой это сделаем. Вернулись от леса, пошли за какой-то угол, и это не воспринималось как пошлость. Это воспринималось как дар Божий. Мы с ним целовались. У меня было ощущение, что он гораздо лучше знает мои губы, чем я сама. Такое бывает раз в жизни. Потом я все-таки от него отлепляюсь, поскольку меня уже два часа ждут в Троицке. Мы идем к автобусной остановке, появляется автобус, я хочу уехать, опять обнимаю его и понимаю, что уехать я не могу. И уже восемь автобусов проехало с периодичностью в десять минут. А я все не могу с ним расстаться, это как гипноз. И мы пошли за кинотеатр, который называется «Аврора». Он стал раздеваться, снял с себя свитер, бросил на землю. И я тоже раздеваюсь. Причем я же не знаю его никак. И я не пила нисколечко. Только понимаю, что холодно. Если бы не холод, мы бы занимались любовью в овраге около «Авроры». А тут я как проснулась. Я говорю: прости, но тут грязь, я тут не лягу. Мы стали одеваться, он понес какой-то абсурд, предлагает мне выйти за него замуж. А я понимаю, что у меня туфли дорогие, лакированные пропадают в этой грязи и вообще уже двенадцать, автобусы уже не ходят, к подруге я не попадаю. Нужно ехать домой. Он приглашает меня к себе, мол, это тут рядом. Я говорю: я к тебе не пойду, у тебя там мама-папа. И вообще я уже устала от чувствований. То есть стали какие-то разумные вещи во мне проявляться. Ладно, он меня провожает до метро, до поезда и говорит: ты такая роскошная, ты меня бросишь. Плачет и уходит. Я себе говорю: девочка моя, успокойся, поезжай домой, в теплую ванну. И вот поезд, а я вижу: он, этот мальчик, поднимается к выходу. И выходит. И я рванулась за ним! Я бежала, как дура, я сняла туфли. Выскакиваю из метро, а там дождь. Я его догоняю: как ты смел уйти? Он такого не ожидал, он плакал. Я вам клянусь, Николай Николаевич, что это было выше, чем любовь. Я понимала разумом, что он никакой — не Сократ и даже не Мартин. Но он меня отпускает, а я дрожу.

Это очень долго продолжалось, только из-за дождя мы и расстались. А потом неделю разговаривали по телефону. И через неделю я его получила. И я убедилась, что не ошиблась. Он невысокий, но я кайфовала от того, как он сложен. Это просто вылепленная, выточенная мраморная фигурка. Я сидела над ним и любовалась этим телом, я поняла мужчин, которые любят красивых женщин. Эти руки, этот изгиб от спины к ягодицам. Они такие маленькие, такие твердые. Мне больше ничего и не нужно было, только смотреть. Это был супер-кайф, я готова была его проглотить. Я себя чувствовала Пигмалионом. Я понимала, что он глуп, что я никогда с ним не буду больше чем полчаса. И что в принципе он не так уж хорош в постели. Но я до сих пор помню, что у него на плече шрам в виде стрелочки. Я помню, как я веду рукой по его телу, а оно одновременно и фарфоровое, и горячее. Это неописуемое ощущение. При этом я же всегда считала и продолжаю считать, что внешность для мужчины это не первый план и даже не пятый. У меня были красивые мужчины, и много. Но такого чувства прикосновения к совершенству у меня не было ни с кем.

Хотя через какое-то время я им пресытилась. А он мною нет. Он стал меня доставать, звонить, и я вижу, что мальчик тонет, как я тонула. Я, по его словам, стала для него той роковой женщиной, к которой он прилепился и ни за что на свете не отлепится. Он говорил: хоть ты прыгай с балкона, я прыгну следом. Бросить его? Отшить? Но это несправедливо. Я его сама сняла, а потом попользовалась и бросила? Это можно сделать со мной, но я себе такого не позволяю. И я начинаю его лечить. Объясняю, что я старше, что я на самом деле плохая, даже знакомлю со своими любовниками и любовницами. И предлагаю просто дружить. Ему деваться некуда, он соглашается, храня, конечно, какие-то надежды. Потом говорит: «Алена, я достал билеты на теннисный турнир «Кубок Кремля», давай сходим». Я говорю: такие билеты просто так не достают, говори где взял. И тут он признается, что его папа какой-то шестикратный чемпион по легкой атлетике и хозяин восьми спортивных комплексов. Короче, новый русский. А он в семье эдакий протестант, не пользуется папиными деньгами, даже от машины на свое восемнадцатилетие отказался. Но теперь ради меня расколол папашу на «Кубок Кремля», причем у него не просто билеты, нет, у него VIPовские карточки. Круче этого только одна VIP-карточка — золотая, у Ельцина. А у нам после президента вторая категория.

И стали мы туда ходить. А там вся эта кремлевская тусовка. Вы никогда не были на этом турнире? Очень европейское местечко. На полу, конечно, ковры. Все чистенько. Для VIP отдельный вход и отдельные трибуны, мы там с нормальными людьми не встречались. Несколько теннисных площадок — левый корт, правый корт, центральный. Мы, конечно, на центральном, это самое хорошее место. С кортов такие коридорчики и переходы, по ним организована подача пищи для спецгостей. Все цивилизованно — бутербродики, коньячок, напитки. Швейцары в кителях, охрана в костюмах и галстуках. Очень красиво и очень дорого. Имеющий VIP-карточку ест там бесплатно. При этом сам VIP тоже желится на центральный и боковушки. В центральном VIPе только правительство, для них огораживают лучшее место, какие-то пальмочки ставят, столики со свечками. Конечно, всегда бывает Лужков. Лужков любит теннис, он даже играл со Штеффи Граф. И выиграл. Правда, я подозреваю, что Штеффи с ним как бы не играла. Потому что я видела этот матч очень близко. Эта Штеффи — я по сравнению с ней божий одуванчик. У нее мужская фигура, нога — как две мои. Она как замахнется ракеткой — я на трибуне чувствую удар от ветра. И против нее — Лужков. Он, конечно, не жирный, но толстый. А тут нужно бить как из пушки, иначе эту Штеффи не пробьешь. Это не бабочек ловить. Я не знаю, как Ельцин играет, его в тот раз не было — может, он болел, как всегда. Хотя в VIP поговаривали, что с тех пор, как убрали Коржакова, Ельцин просто перестал бывать на соревнованиях — боится, что убьют. Во всяком случае, тогда даже на открытие турнира приехал только Лужков. И ему нужно было сказать, что, мол, вот турнир «Кубок Кремля» открыт и так далее. А микрофон не работал, подвели технари нашего мэра. И получилось: «Кубок бля-бля-бля» — сплошной мат. Мы просто выпали в осадок, все трибуны ржали и умирали. Кого я там еще видела? Конечно, Ястржембского. Он просто лапочка, такой герой-любовник всех женщин. Очень скромненько всегда появляется, даже без телефона, с пейджером, такой скромняжка. Но что-то в нем есть. Они всегда сидят на правительственной трибуне, причем Лужков с Ястржембским никак не контактирует. Кто там еще? Стасик кого-то называл, но на самом деле мне вся политика по фигу. А вот эти два лысых еврейских мальчика, которые не то оплатили весь турнир, не то учредили призовой фонд — они мне нравились! Их итальянские костюмы, брюки-дудочки, полосочки. Я с ними флиртовала. Кажется, они организовали первый такой турнир давным-давно, чуть ли не при комунизме. А сейчас его патронирует Лужков. И какое-то место занимают там Гусман и Николаев. Гусман тусуется и вечно берет какие-то интервью, а Николаев конкурсы проводит. И постоянно телевизионщики что-то снимают. Но главная тусовка происходит не на трибунах, а в ресторане. Там, по-моему, вообще больше жрут, чем смотрят соревнования. Во всяком случае, там в ресторане народу всегда больше, чем на теннисе. Наверно, потому, что для VIP вся еда даром. А в коридорчиках масса живой рекламы. То есть девочки ходят и духи рекламируют. Ничего особенного на самом деле, и вся эта тусовка очень быстро надоедает. Но игра меня захватывала. Когда начинаешь понимать, кто и как играет, то начинаешь болеть. Мы со Стасиком неплохо развлекались, порой он даже с меня на игру, на теннисный корт переключался. А это хорошая психотерапия, это выравнивало наши отношения. Хотя после турнира он снова завелся. Звонит постоянно. «Я тебя хочу видеть». Я говорю: нет, занята. А он понимает, что я к нему очень бережно отношусь, и пробует шантажировать. «Если не приедешь, я себе вены порежу». Детская такая фразочка, но звучит все чаще. И я понимаю, что он на этом завис, что у него это уже крутится в голове. Я говорю: да? а как ты это будешь делать? Ну, он видит, что я включаюсь, и оценивает по-своему — мол, сейчас он меня достанет. И он мне рассказывает, как он пойдет в ванную комнату, откроет воду. Я говорю: горячую или холодную? Подумал. Я, говорит, не люблю горячую, включу теплую. Потом возьму лезвие... То есть он мне устраивает эдакое кино и пугает деталями. Потому что самоубийство — это что такое? Это такой процесс, который направлен на другого человека, но через себя. Ведь самоубийство — всегда для кого-то. Жизнь не удалась? Значит, люди обижали. Тот помешал и этот. Или начальник плохой. Или жена дура. И человек не может победить их ничем, кроме самоубийства. Но зная этого мальчика и его безумную аккуратность, я спрашиваю: какое ты возьмешь лезвие — которым ты бреешься или другое? А он: «Конечно, другое!» Мое же грязное, я могу заразиться! У меня будет сепсис, я потом буду два месяца лечиться!» И я замолкаю. И он замолкает. И мы молчим по телефону некоторое время. Я говорю: да, действительно, зачем тебе после самоубийства еще два месяца лечиться?

После этого разговоры о самооубийстве прекратились, началась игра в апсесивное состояние. Он стал жаловаться, что постоянно слышит мой голос и это сводит его с ума. Я спрашиваю: а о чем мы разговариваем? Он говорит: просыпаюсь по утрам, протягиваю руку и чувствую твое тело и слышу твой голос. Я спрашиваю: и что мой голос тебе говорит? Тут он несет всякую чушь: мол, я тебя люблю и так далее. А я знаю, что он терпеть не может музыку Хачатуряна, я говорю: «Хорошо, Стасик, пускай ты слышишь мой голос, но поскольку это все-таки мой голос, то я имею право выбирать, как он будет звучать, правильно?» Он говорит: конечно, имеешь. И тут я говорю очень жестко: «Пусть с этой минуты мой голос возникает только на фоне музыки Хачатуряна. Это моя воля. Вот слышишь мой голос и тут же — музыка из «Спартака». Музыка и мой голос». Он: «Зачем? Я не хочу этого!» Я говорю: «Ах ты не хочешь? Что ж, ты тоже имеешь полное право выбрать. Либо мой голос на фоне «Танца с саблями», либо никаких голосов! А если и дальше будешь играть в шизофреника, я тебя вообще посажу на «Этюды» Черни!

В общем, вот такие штуки приходится иногда проделывать с вашим братом, Николай Николаевич. А со мной, к сожалению, никто такой терапией не занимался. Разве что на занятиях по сексопатологии, но и там у меня сплошные конфликты с профессором. Я не могу слушать женщину, которая довольно хороша собой, в принципе почти красива, но безумно серьезна. Такое ощущение, что она только что вернулась с похорон всех мужчин на планете. И докладывает, как в морге:

— Мужчины по половым конституциям делятся на две категории: сильная и слабая. В каждой из них различаются три подвида — совсем слабая, средне слабая, сильно слабая. С помощью серии вопросов — где родились? были ли травмы? какие у вас эякуляции? сколько раз? как часто? есть ли поллюции? половые контакты? и прочее — сексопатолог ставит диагноз клиенту. И если вы видите, что перед вами тридцатилетний мужчина слабой половой конституции и имеет лишь пару половых контактов в месяц, то это нормально.

Я сижу и думаю: нормально так нормально. Два раза в месяц. А она продолжает:

— Такого клиента не нужно лечить от импотенции, а нужно заниматься тем, чтобы он привыкал к этому. Что в 32 года он уже будет заниматься с женщиной только раз в месяц и ему этого будет достаточно.

Я сижу и думаю: а как же с сильной половой конституцией? Мне же хочется выяснить критерии, рамки. Она говорит:

— У мужчин с сильной половой конституцией самовольный отказ от связей начинается в тридцать пять — сорок пять.

Я спрашиваю:

— А дальше?

— Дальше — все, — она говорит.

— Что вы имеете в виду под «Все»? По-вашему, получается, что сокорапятилетний мужчина с сильной половой конституцией уже **не** может заниматься любовью каждый день или по два раза за ночь?

Она говорит:

— В редких случаях.

— А если ему семьдесят?

Она:

— Не может.

Я говорю:

— Как так? У Чарли Чаплина в семьдесят были дети.

Она опять:

— Это вряд ли были его дети.

Тут меня взорвало напрочь. Я говорю:

— У меня были любовники старше пятидесяти, и они были хороши!

Все: а-а-а! Возбудились. Я думаю: черт подери, если бы я вам сказала, что у меня был восьмидесятилетний любовник, вы бы вообще с ума сошли! А она продолжает, она говорит:

— В мире много мужчин, которые так загружены работой, что им достаточно заниматься любовью раз в два месяца.

Я говорю:

— Где вы такие данные берете? В моей жизни не было мужчин, у которых было бы нормальным заниматься любовью раз в два месяца. Со мной такого ни разу не было.

Она говорит:

— Вы их бросаете и не знаете, что с ними потом происходит. А для пятидесятилетних раз в два месяца вполне достаточно.

Тут начинают наши женщины волноваться. Им-то самим и раз в месяц достаточно, но им кажется, что мужчина так не должен, а если он вообще лишь раз в два месяца, то у него наверняка связь на стороне. А меня уже завело, я говорю профессорше:

— Если я правильно вас понимаю, то вы говорите о привыкании, а не о половой конституции. Мужчина имеет один контакт в месяц не потому, что у него слабая конституция, и не потому, что у него проблемы с потенцией. Он может. Просто он свою жену не хочет. Это, я согласна, типично в семейной жизни. Но что мужчина настолько глуп, чтобы отказаться от других женщин и переключиться на ночные поллюции? В моей жизни такого ни разу не было. А в вашей было?

Она:

— Да, было.

То ли у нее какие-то странные клиенты, то ли я дура. При этом она не выглядит синим чулком. Статная, молодое лицо, светлые волосы заплетены в толстую косу и уложены на затылке. Минимум косметики и зеленые глаза. Правда, она всегда надевает длинную юбку и шерстяную кофточку, но последнюю пуговицу на кофточке никогда не застегивает. И это как у ласточки крылышки — очень изящно, стильно и даже сексуально. Я говорю:

— Хорошо. Допустим, ко мне на прием приходит женщина. У нее с мужем нет отношений, потому что они восемь лет в браке и произошло привыкание. А у мужа есть к другим женщинам потребность. Что вы рекомендуете в данном случае?

Она краснеет. Я молчу. Человек занимается сексопатологией. Чего ты краснеешь? Она делает паузу, потом говорит:

— Ну, я бы посоветовала разнообразить.

Но от меня нелегко отвязаться, я говорю:

— Послушайте, если бы она умела разнообразить, она бы не пришла к сексопатологу. Мы обязаны оказать ей конкретную помощь — как и чем разнообразить? Что вы в таких ситуациях советуете?

Она опять краснеет и меняет тему.

— Я, — говорит, — как сексопатолог, имею свою моральную позицию. Многие мужчины приходят ко мне за оправданием. То есть у них есть любовницы или есть идея завести любовницу...

И она замолкает. Но я понимаю, о чем она, я говорю:

— Видимо, вы имеете в виду тот факт, что мужчина приходит и говорит: «У нас с женой не клеится, я не хочу свою жену. Могу ли я иногда ей изменять, чтобы семья стала крепче?»

Она:

— Да, именно так.

— И что вы ему советуете? Как ему быть?

А она:

— Я запрещаю. — И мне: — А что бы вы посоветовали, коллега?

Тут — шум, смех. Я поднимаюсь и говорю:

— Я бы, конечно, не рекомендовала ему заводить любовницу. Не каждая жена это вытерпит. Потому что любовница это женщина, которая может стать конкуренткой. Которая будет оттягивать эмоциональную энергию и еще много чего оттянет из семьи, и тогда брак пострадает. Но случайную связь — да, случайную связь я бы ему не только позволила, а рекомендовала. Хотя в моей жизни ни разу не было ситуации охлаждения ко мне мужчины.

Короче, вот такая у нас сексопатология. После ее занятий я не могу на мужчин смотреть. Но у нее очень широкая практика, она много денег берет за сеанс. Не знаю, кто ей платит. Я бы ей ни копейки не заплатила, с ней импотентом можно стать. Но к ней новые русские чуть не толпами ходят. Хотя у них проблемы не с потенцией, а с нервной системой. Если мужчина брокер и живет в постоянном стрессе, то даже при неповрежденных семенных каналах и нормальной физиологии у него ничего не получается в постели. Потому что сексуальная сфера связана с психической, а сейчас мужчины очень нервные пошли. Приватизация, бандиты, ваучеры, рэкет, МММ, «пирамиды», налоговая полиция. После такого напряжения какая у него эрекция? Пока до сексуального плато доберется, то есть до пика перед оргазмом, у него эрекция пять раз пропадает. И он уже ни о чем не думает, кроме того, как ему еще несколько секунд продержаться, чтобы не совсем позорно выглядеть. Есть масса астеников, у которых мышь пробежала, а у него уже падает и невозможно поднять ничем. Эти случаи сейчас участились. Мужчины не могут удерживать эрекцию из-за своей нервной работы. И чтобы не позориться во время полового акта, когда женщина только во вкус вошла и требует «еще! еще!», а он уже все, сдался, — вместо этого многие вообще от секса увиливают. Или взвинчивают себя алкоголем. Но алкоголь тоже работает, как плохая любрвница5 сначала возбуждающе, а потом затормаживающе. Если мужчина в течение трех лет пьет коньяк каждое утро и каждый вечер, как наши руководители, то он не будет хорошо заниматься любовью с женщиной. Поскольку это занятие требует здоровья — как физического, так и психического.

Теперь возьмем женщину. Я вас не утомила, Николай Николаевич? Просто будет несправедливо с моей стороны раскритиковать нынешних мужчин, но ничего не сказать о женщинах. К тому же, если вы через час не появитесь с каким-то волшебным лекарством, мир никогда не узнает, что я вынесла из своей личной практики и из лекций по сексопатологии. А это будет огромной потерей. Так вот, мое мнение о женщине. Я считаю, что наша нынешняя женщина использует постель не для секса. Она в постели решает проблему власти. Ты сегодня плохой — не дам. Ах, ты сегодня мне нагрубил, тогда я буду никакой. Хоть ты упахайся, я возбуждаться не стану. И физиология железно реагирует на эти психические команды. Женщина может быть очень хорошей любовницей, но если ее мозг говорит: я играю вопреки его желанию, то не появится ничего — ни смазки, ни возбуждения. Мы не можем управлять своим слюноотделением или потливостью, а сексуальной сферой можем. Этим Господь Бог отличил нас от мужчин — им Он не дал такой возможности. Мы же этой привилегией пользовались со времен Евы, а сейчас уже просто злоупотребляем. И так потихонечку расшатываем и расшатываем своих мужчин. Хотя в моей практике не было случаев, когда мужчина не мог возбудиться со мной или когда я не могла сделать это с ним. И когда я слышу разговоры о том, что мужчина в семьдесят уже ничего не может, я понимаю, что в семьдесят, видимо, действительно трудно, но и то что-то можно сделать. Но если мне внушают, что уже в сорок пять ничего не возможно, в это я не могу поверить даже на лекциях по сексопатологии...

Где же вы, Николай Николаевич? Скоро рассвет, я приказала себе дожить до рассвета и дожила, а вас все нет. У меня осталась последняя кассета, Луи Армстронг, и совсем не осталось голоса. Не знаю, что вы поймете из моего бормотания. Но я еще продержусь чуть-чуть, я доскажу вам последнюю главу моей нелепой жизни. Я где-то прочла — сейчас уже не помню где, похоже, что у меня и память слабеет, — я где-то прочла, что человек — это океан. Вы можете всю жизнь просидеть перед океаном, подсчитывать и оценивать его волны — эта плохая и грязная, а эта хорошая, и ни черта не понять даже законов прилива и отлива. Не говоря уже о тайнах океанских глубин. Тот, кто хочет познать жизнь океана, должен нырнуть в него. И желательно — поглубже. И хотя моя жизнь далеко не океан, а, скорее, просто ручей или маленький гейзер, я надеюсь, что мой рассказ помог вам познать эту пациентку. Не до конца, конечно, потому что до конца я сама себя не знаю. Иначе как я могла бы допустить свое возвращение к Мартину? Возвращение, которое теперь, после моего собственного погружения в мою жизнь, кажется мне предопределенным и неизбежным. Потому что, как сказано в святой Книге, все возвращается на круги своя...

Как же это произошло? Элементарно: я пришла в «Дикую утку» с миллионером Гришей. «Дикая утка» — это такое клевое местечко, там можно на столах танцевать. А миллионер Гриша — это миллионер Гриша, что тут добавить? Он знал, что я рассталась с Мартином, и хотел, чтобы я стала его любовницей, а я сказала «нет». Он говорит: «Дура, будешь жить в отдельной квартире в центре Москвы, что тебе еще надо?» И прав был на сто процентов — я бы сейчас не в реанимации последние часы доживала, а где-нибудь на Гавайях с этим Гришей на яхте каталась. Но жизнь не перепишешь заново, к сожалению. В эту «Дикую утку» заявилась компания Савельева, а с ними Мартин. И Мартин мне говорит: «Я тебя очень люблю». И все, и я, как полная идиотка, опять переезжаю жить к Мартину. Можете себе представить? Психолог, без пяти минут кандидат наук, и делаю такую элементарную ошибку! Вместо того, чтобы поводить его, помариновать и поджарить на его чувствах так, чтобы он уже вплоть до загса спекся, я с ходу прыгаю в его объятия и в его постель. Ну, разве не дура?

Правда, первая ночь у нас была гениальная. Просто суперклассная. Вы, конечно, помните, как на предыдущей кассете я хвастливо заявила, что в моей жизни ни разу не было ситуации охлаждения ко мне мужчины. Вы тогда подумали: а как же Мартин? Подумали, правда? Но тут я должна внести ясность. Это не было охлаждением ко мне. У нас в постели была куча женщин, и они всегда были хуже меня, и Мартин говорил: Господи, как мне повезло с тобой! И его увлечения — даже поначалу — не были жаждой новизны из-за того, что наш секс стал плох или однообразен. Просто он жил в атмосфере, где секс втроем был такой же идеологией, как раньше марксизм. Только эту идеологию нужно назвать савельевщиной, потому что секс втроем — это идеология Паши Савельева. Но Савельев гений, он как работает? Он может месяц отдыхать, болтать, заниматься сексом втроем и вчетвером и при этом безумно, как Ромео, любить очередную нимфетку. А потом — раз, и он сидит за компьютером, он может неделю не спать, а только есть и писать, и выдать на гора очередной шедевр в психологии. Он такой человек, он Юпитер-эпикуреец. Но то, что позволено Юпитеру... — вы знаете. Мартин не Савельев и не гений. Он деловой американец. Он трудяга. Из него можно сделать великолепного мужа. Потому что у него нет времени иметь разных женщин, его невозможно представить бегающим за девочками. Он в полдевятого уезжает на работу и до семи он на работе, где он никогда ни одну женщину как сексуальный объект не воспринимает. Конечно, он может пойти поужинать в «Американ бар» и даже в «Ностальжи». Но он не пойдет в «Найт флайт» и не снимет там девочку — он для этого слишком застенчивый, брезгливый и чистоплотный. Он не снимает блядей. И он не может, как я, спонтанно выйти на улицу и знакомиться. Причем — в шесть с одним, в семь с другим, в восемь с третьим. И я везде успею, если мне надо. Но он не сообразит, как это сделать. Он до тридцати лет и не жил ни с кем! Как он спал? Мы занимались любовью, а потом он брал свое одеяло и отползал от меня на другой конец кровати. И не потому, что он эгоист, а просто у него не было опыта ни совместной жизни, ни совместной постели. Он просыпался утром и говорил: «Аленка, когда я думаю, что я живу с тобой уже два месяца, я просто сам себя не узнаю! Спасибо тебе огромное!» И он бы мне никогда не изменил — ни через два месяца, ни через два года, ни через двадцать лет — потому что он человек очень честный. Мне Савельев говорил: «Алена, ты героическая женщина. Чтобы он за два года ни разу не просил у меня ключи от квартиры! По-моему, ты его гипнотизируешь». Я говорю: естественно!

Но Савельев его загипнотизировал задолго до меня. Своей гениальностью, своим эпикурейством, своей вседозволенностью и своим абсолютно все-все-всепониманием. Он стал для Мартина русским гуру, далай-ламой, Ганди и Магометом. И если, по Савельеву, секс идеален только втроем, то для Мартина это уже как первая заповедь на скрижалях. Это пик достоинства и высший пилотаж. Хотя Савельев в силу своего эпикурейства действительно может заниматься сексом втроем как особым видом наслаждения, а Мартин в силу своей американской деловитости воспринимает это как работу на конвейере. Но когда я проболталась, что мой первый сексуальный опыт был лесбийский, Савельев пришел от этого в экстаз и стал говорить: «Слушай, Мартин, это же дает потрясающие возможности!» Но даже эти «потрясающие возможности» открылись для Мартина не по его инициативе, а через меня. Так это началось, остальное вы знаете — и про Дашу, и про Зину...

А чем это кончилось, вы увидите через пару часов, когда я усну, так и не дождавшись вас. Но между этим финалом и «Дикой уткой» лежит пара эпизодов, умолчать о которых грешно. Мартин сказал: наша разлука убедила меня в том, что я без тебя жить не могу. И сделал мне официальное предложение о замужестве. Мы стали звонить нашим друзьям и составлять список гостей на свадьбу. Савельев выдумал себе потрясающий костюм, он говорил: «Алена, я так рад! Я никого не вижу рядом с Мартином, кроме тебя!» У нас должно было быть две свадьбы — в Бостоне и в Москве. Причем в Москве одна свадьба официальная, а другая в сауне, это сейчас модно. Началась подготовка. Оказалось, что в Америке просто так пойти и обвенчаться в церкви невозможно, церковь нужно резервировать за год. И то же самое с престижным рестораном. Но у нас проще, и мы решили, что церковный брак будет здесь. Мы стали ездить по церквам, я опять учила английский и подбирала себе английское имя, потому что «Алена» американцы произнести не могут. Мы просыпались от кайфа, что через два года будем иметь ребенка. Я входила в мир дипломатов, я купалась в славе и роскоши, я ездила на приемы в Спасо-Хаус. Теперь я понимаю, что человек, сказавший «все, он у меня в руках», тут же все и теряет. В чем же заключался мой крах? Мы должны были пожениться — я знала это наверняка. И я успокоилась. Я обрела самоуверенность респектабельной дамы. Я занималась делами семьи, я снова была хорошей хозяйкой плюс любовницей и так далее. Я себя безумно хорошо чувствовала в этой роли, и все отмечали, что я расцвела. И мы пошли в сауну. Сауны теперь очень модны в Москве, это просто поветрие. И не простые сауны, а общие. То есть компания мужчин и женщин парится вместе. Если у вас нет своей собственной сауны, можно пойти в соседнюю баню, их теперь переделали под запросы публики. Заплатите деньги, и в вашем распоряжении сауна, бассейн, бильярдная, комнаты отдыха и пиво с раками. Хоть на час, хоть на пять часов. А чем вы там занимаетесь помимо главного — никого не колышет.

Это случилось назавтра после моего дня рождения. Сам этот день был потрясающий, потому что впервые в жизни я очень по-европейски его отпраздновала. Я не заходила на кухню, я не готовила ничего. Мы провели полдня в постели, утром у нас был потрясный секс, я после него валялась в кровати, раскрывала кучу разных пакетиков, коробочек с подарками и конвертиков с поздравительными открытками. Я была очень счастлива — просто как счастливая мамочка, которая родила ребенка и которой нельзя вставать. Днем мы пошли в ресторан, потом мы были в концерте. Мой первый и по-настоящему семейный день рождения. А назавтра мы пошли в сауну. Это частная сауна одного моего пациента, я его семилетнего сына из истерии вытащила.

Он не знал, как меня благодарить, предлагал стать его любовницей, пригласил в сауну своей фирмы. А я в эту сауну притащила всю нашу компанию. И в этой сауне лопнул воздушный шар моего благополучия. И я поняла, насколько иллюзорна моя стабильность. Ведь мне-то казалось, что раз мы с Мартином такие красивые, такие хорошие, то люди, видя нас, безумно радуются. А оказалось, что многие просто завидуют. Нет, не просто завидуют, а активно стараются нас разлучить и разрушить. Но это не раскрылось бы еще очень долго, если бы не новая аспирантка Савельева, которая приехала из Архангельска. Я не знаю, что нашел в ней Савельев, на мой взгляд, эта Вероника ужасно провинциальна. Правда, я тоже из провинции и не вижу в этом ничего зазорного. Провинциальность — это хорошая черта, хотя меня все воспринимают натуральной москвичкой. Но у Вероники провинциальность ужасная. Во-первых, у нее говор не просто архангельский, а какой-то дубово-кондовый. Во-вторых, она вся какая-то затюканная и неаккуратная. Я увидела ее первый раз в сауне в каком-то застиранном купальнике серо-желтого цвета. Она в нем выглядела как в использованном презервативе. Господи, да лучше раздеться, чем такое безобразие! Поскольку мы с Мартином всегда обсуждали новых женщин, которые появлялись в нашей компании, я была спокойна, я считала, что контролирую свою территорию. Потому что, как раньше с мужем, я никогда не хулю Мартину женщин, которые возникают на его горизонте. Я поступаю тоньше, в психологии это называется «подстройка с переключением». Как это происходит, я уже рассказывала. Если вашему мальчику 25—30 и на его горизонте появляется новая девушка, то, какая бы она ни была, он на нее западает. И если ты скажешь ему: «Зачем она тебе нужна?», то мужчина будет тебе противоречить. Как это зачем? Поэтому, когда у нас появлялась новая девушка и я видела восхищенные глаза Мартина, я никогда не говорила: «Мартин, она плоха». Я начинала поддерживать его: да, ты прав, она и там хороша, и здесь в порядке. И двигается неплохо, и глазки есть. И когда он понимал, что я не конкурирую с ней, а разделяю его восторги, он убирал защиту. И тогда можно делать все что угодно. Например: да, ты прав, она прелестна, но вот левое ухо у нее больше правого. И она, конечно, стройна, но коротконога. И он говорил: черт возьми, ты права! А если бы я то же самое сказала раньше, он бы меня послал: знаешь, дорогая, ты просто завидуешь и придираешься!

Но в этот раз моя система не сработала. Во-первых, я была слишком уверена в себе. Во-вторых, эта Вероника не нуждалась в таком тонком подходе, все ее прелести были и так видны. Потому что она явно неладно скроена. Я люблю либо изящных девушек, а если уж у нее есть тело, то чтобы оно было как-то по-женски распределено. Чтобы это не было наляпано кусками где-то и как-то, а были талия, бедра, красивые ягодицы и вообще силуэт вырисовывался. Я на этом настаиваю, иначе женщина просто не женщина. А Вероника очень грубо скроена. Коротконогая, широкоплечая, и я бы не сказала, что полная, но ощущение какой-то громоздкости, неповоротливости. Но что в ней действительно ярко — если быть до конца откровенной — она очень дерзка в общении. Она не боялась высказываться, она не боялась громко говорить и открыто презентовать себя даже не Вероникой, а Никой. Как богиню и некий фестивальный приз. Но она бы никогда, конечно, не посягнула на мою территорию,

535

уж очень очевидно, что ей рядом со мной просто делать нечего. Если бы... Если бы она не пришла в сауну с женой Савельева Заремой, которая просто использовала ее. Конечно, это не сразу открылось, но у меня уже нет ни сил, ни пленки рассказывать вам все подробности этой интриги, расскажу только суть.

Итак, Зарема. С первой минуты моего появления в доме Савельева я ощущала ее неприязнь ко мне. Но она восточная женщина, не то таджичка, не то киргизка, она никогда не проявляла этого. Говорят, что восточные женщины коварней восточных мужчин, я, конечно, не расистка, но в моем случае это подтвердилось. Хотя трудно было даже предположить, что она ненавидит меня до такой степени. Правда, если посмотреть на эту историю ретроспективно, то и Зарему понять можно. Что у нее за жизнь? Муж гений, это общепризнано, все им восхищаются, а про нее ни слова. То ли она есть, то ли ее нет, никто ее в упор не видит. Савельев каждые два месяца шумно влюбляется в новую девушку и тащит ее в супружескую постель, для него секс втроем и гарем — стиль жизни. Советская власть кончилась, и Зарема, как восточная женщина, возражать не смеет, не ехать же ей назад в Душанбе! К тому же у мусульман гарем в порядке вещей. И она разработала свою систему защиты: самых опасных, с ее точки зрения, конкуренток она сплавляет от мужа Мартину. А поскольку Мартин видит мир глазами Савельева, для него любая девушка, в которую влюблен Севельев, — идеал красоты и предмет обожания. Думаю, что в моем случае было то же самое. А я-то, идиотка, этого не понимала и удивлялась: как так? Савельев в меня влюблен, пригласил в аспирантуру, увел от Загоряева и вдруг своими руками отдал Мартину! Но оказалось, что все проще: Зарема с первого дня решила, что я для нее безумно опасна. Что я эдакая провинциальная тигрица, которая не просто переспит с ее мужем, но вообще заберет его. И она внушила и Савельеву, и Мартину, что я для Мартина идеальная пара. Я и умна, и красива, и все такое. То есть говоря по сути, это ей я обязана своим романом с Мартином. И все в ее системе сработало так, как было задумано, за исключением одного: Савельев, даже переключившись на других девушек, менее для Заремы опасных, меня не разлюбил ничуть. Когда я поселилась у Мартина, он от нас не вылезал. Он приводил к нам своих новых возлюбленных, он ел мои блинчики, он купался в нашем комфорте и обожании. А когда я ушла от Мартина, именно он внушил Мартину идею нашего воссоединения. И стал снова у нас бывать, бывать, бывать.

А Зарема решила, что я с ним сплю. Или возненавидела меня от ревности, потому что невозможно вынести восторги и комплименты, которые в течение двух лет расточает твой муж другой женщине! Обо всех своих других влюбленностях Савельев забывал через два-три месяца, они исчезали с Зареминого горизонта, как затонувшие лодки, а я — никак! И она использовала эту Веронику как торпеду для подрыва моего свадебного корабля. Она стала внушать ей, что Савельев, конечно, академик и гений, но уже старый и толстый, а вот Мартин — Мартин ей в самую пору. Он и молодой, и американец, и аристократ, и племянник сенатора, и с потрясающими перспективами. Он далеко пойдет, он может стать послом, министром, секретарем ООН. А я ему никакая не пара, я наглая и развратная, я лесбиянка и сволочь. А она, Вероника, лучше меня, чище, умней, талантливей.

Сколько нужно времени, чтобы убедить архангельскую девочку стать женой молодого и богатого американского дипломата? Зарема привела Веронику в сауну и буквально у всех на глазах подложила Мартину. Голенькую. Как это случилось?

Хотя в сауне несколько помещений — парилка, бассейн, раздевалка, бильярдная и прочее, — но на самом деле все голые и все на виду. Появляются Зарема с Никой, Зарему никто в упор не видит, а Савельев крутится возле Ники, купает ее в бассейне и вообще безумно хочет. А Мартин, глядя на это, тоже — автоматом. Потому что Савельев очень эмоционально ее превозносит, а у них с Мартином глубокие душевные связи. И я поняла, что тут никакой подстройки с переключением быть не может. Тем паче что Мартин меня избегает, я это звериным чутьем чувствую. Если я захожу в парилку, он выходит. Если я захожу в бассейн, он выходит. Я себе говорю: «Да Бога ради, пусть человек развлекается. Все-таки это сауна, все на виду, ничего страшного не случится, даже если Мартин и Савельев вдвоем эту Нику в бассейне полапают. А ночью я проведу подстройку с переключением, и на этом все кончится. То есть я поступила безумно беспечно, я же не знала Зареминых замыслов».

К тому же там был Илюша, очень классный мальчик, третий еврей в моей жизни. По-моему, он голубой, но такой нежный и родной, как котенок. И я не то что им увлеклась до беспамятства, но мы с ним танцевали, парились, плавали в бассейне. Он недавно вернулся из Израиля, где учился в школе для религиозных мальчиков. И он был трогательный, застенчивый. Мы с ним сидели, разговаривали, и вдруг я нечаянно подняла глаза и увидела Мартина. Он бежал. Вообще, в сауне считается неприличным, когда мужчины возбуждены и это видно. Есть некое негласное правило, как на нудистском пляже: если возбудился, ложись на живот и не показывай. А если возбудился в бассейне, когда купаешься или плаваешь, то подумай о мировой экономике и только потом выйди. А тут я вижу Мартина с безумными глазами и огромным возбужденным членом. И он пронесся мимо нас. Я поняла, что он меня просто не видит. Что делать? Порой приходится дать мужчине полную свободу. Если человек двинулся, если он затуманен, его нельзя трогать, это бесполезно, ты станешь врагом номер один. Дай ему выплеснуться, а потом действуй. И минут через пять Мартин подбегает ко мне уже с полотенцем на поясе, хотя то, что там дыбится под полотенцем, просто невозможно скрыть. И говорит: «Аленка, ты представляешь, Ника такая классная!» И стал про нее что-то рассказывать. Конечно, у меня некое раздражение возникло, я говорю: «Мартин, Бога ради!» И отвернулась. Он убежал. Но мое-то спокойствие уже нарушено, я ощущаю дискомфорт. Ревность — не ревность, но все смотрят и все все видят, а это нехорошо. Хотя я наверняка знала, что с Никой сейчас Савельев, а Мартин просто так сбоку козликом резвится, он никогда не покусится на девушку, которая нравится его кумиру и другу. К тому же мы с ним, как никак, официальные жених и невеста. Тут вдруг опять возвращается Мартин, прерывает мой разговор с Илюшей, берет меня за плечи и говорит на ухо: мы будем заниматься любовью. И я, наивная, думаю: ну вот, настало мое время, он перевозбудился при помощи Ники, а я сейчас воспользуюсь результатом. А там куча комнат, и я думаю: только бы мне не угодить в комнату, где

Савельев с Никой занимаются. И в таком своем романтическом сексуальном возбуждении и самодовольстве, что я такая мудрая — смолчала, проигнорировала, выждала и сейчас получу за это награду, — захожу в темную комнату и жду Мартина. Три минуты, пять минут — его нет. Ах, черт, думаю, я перепутала комнаты! Может, он ждет меня в какой-то другой? Но где? И я начинаю очень интенсивно передвигаться по сауне в поисках Мартина. Моя женственность уже готова, она в состоянии начала, и я понимаю, что Мартин тоже в таком состоянии, только где он находится, непонятно. Мне эта сауна вдруг показалась тайгой какой-то. Стоят какие-то люди, каждый меня останавливает, заговаривает со мной, но у меня неотложная цель, и мне показалось, что я ищу час. Что это какой-то огромный дом, и я, как во сне, знаю, что где-то меня ждет мой любимый, а не могу его найти уже целую вечность. Настолько у меня время вытянулось. И я забегаю в душевые и вдруг вижу своего Мартина и эту Нику — они занимаются петтингом прямо под душем!

Это был публичный плевок, это была пощечина!

Они делали это при всех.

Я никогда не устраивала Мартину скандалов. И я никогда не буду мешать мужчине делать то, что он делает. Но для меня это было огромное оскорбление. И унижение самой последней степени. Потому что меня можно обзывать как угодно, сказать, что я глупая, последняя дура и прочее. Я это признаю, я скажу: «Хотя в принципе я умная, но в чем-то я все-таки, наверно, глупа». Но сказать, что я не женщина, — куда же пасть еще ниже? Ведь моя женственность — это единственное, что во мне было всегда! Что невозможно ни отнять, ни оспорить! Допустим, я некрасива, но я женщина! Допустим, я глупая, но я женщина! А тут было отобрано последнее!

И я пошла в общую комнату, где телевизор, села на диван и думаю: «Только бы не расплакаться и не наорать ни на кого». Хотя я обычно не кричу на мужчин. Но если я обижена чем-то, я делаюсь циничной и ехидной. Поэтому я приказала себе молчать. При том, что окружающие стали меня как бы жалеть. Это меня вскипятило, просто киданула вообще вверх. Черт подери, *меня* жалеют! Да это же предел, тьма-тьмущая, это мое полное фиаско! Меня жалеют! Ко мне подходит хозяин сауны и говорит: «Знаешь, Алена, твой Мартин сволочь, но я тебя в обиду не дам». Потом подходит эта змея Зарема со своей улыбкой: не бери в голову, ты у нас все равно самая лучшая! А мне все эти похвалы... — да лучше бы они сказали, что так мне, дуре, и надо! Это бы мне больше помогло, это бы меня укрепило.

Короче, некоторое время прошло, я не успокоилась. И тут появляется Мартин, садится рядом, обнимает меня за плечи и говорит эдак интимно: «Алена, сейчас мы идем заниматься любовью втроем с Никой». Я развернулась и громко, так, чтобы все слышали, говорю: «Мартин, ты идешь, куда ты хочешь, я не иду никуда!» Эта фраза была насколько четко сказана, что все вокруг смолкли. Он побледнел: «Как ты смеешь со мной так разговаривать?» Я говорю: «Мартин, если ты еще минуту будешь касаться меня своими грязными руками, ты меня больше вообще никогда в жизни не увидишь!» Все молчат, но все все видят и слышат. Я слегка разворачиваюсь к нему спиной, и его рука падает с моего плеча. Он встал и ушел. И тут я вижу сияющие глаза Заремы. Я начинаю что-то соображать, но мне уже на

541

все плевать, меня понесло, я ушла на кухню и стала пить. Хотя я пью очень редко или практически никогда. Но тогда я понимала, что что-то нужно сделать, как-то себя разрядить и выразить.

Я не знаю что потом происходило в сауне, я была на кухне. Ко мне пришла моя подруга Наташа, единственная, с которой Мартин еще не спал, и мы с ней просто поговорили от души о том, что меня снедало. Потом все вышли из сауны огромной толпой. Было очень поздно. Не было ни автобусов, ни метро, это было в три или в четыре утра. Все стали ловить такси, а мы с Наташей ушли вперед. Светало, было раннее утро. Я оборачивалась с глазами, как у раненого быка, и видела, что он идет под ручку с этой Никой. Меня от этого колотило, как ненормальную. Я не ревела, я была в ярости. Я шла и громко говорила Наташе, что я ненавижу Савельева, потому что он подкладывает своим друзьям этих чертовых аспиранток. Зачем ему это надо и чего ему не хватает? Все в таком духе. Это продолжалось всю дорогу, я была в состоянии аффекта. Впервые в жизни я лишилась своей мудрости, терпения и так ярко, при всех, сжигала себя. И тут Зарема подкладывает мне вторую свинью. Она рассказывает Савельеву, что я матерю его на весь Мичуринский проспект. А дорога-то длинная, мы шли по ней, заворачивая к трамвайному кругу и надеясь поймать первый трамвай. Мартин все шел за ручку с Никой. И тут меня догоняет Савельев. Хватает за плечи и разворачивает к себе. И я вижу, что он тоже в ярости. Он на меня: что ты несешь? как ты смеешь? Я на него: «Знаешь, Павел, пошел ты к черту! Плевала я на твою аспирантуру и на твоих аспиранток!» И толкаю его в живот. Но он сильный, он меня не отпускает.

Я его отталкиваю, я вырываюсь, мы с ним практически деремся. И он видит, что я просто в невменяемом состоянии, он говорит: успокойся. А я не могу. Тут подбегает Илюша и говорит: только не деритесь! А я уже не способна остановиться, у меня истерика, сопли и слезы. И тогда Савельев сделал то, что я когда-то сделала с маленьким «эпилетпиком», сыном хозяина сауны. Он меня прижал к себе крепко-крепко. Я еще, как маленький ребенок, колошматила его в живот кулаками, пытаясь вырваться. Но поняла, что это уже смешно. И выдохлась. А он впервые визуально увидел, что мне плохо. Никогда это раньше так явно не проявлялось. Он говорит: «Все, успокойся. Давай разберемся. На самом деле я эту Нику держал для себя. Она мне безумно нравится. И вдруг я вижу, что Мартин, как десантник, прыгает к ней в бассейн и начинает ее охаживать. Я, конечно, со своим животом не могу с ним сравниться. А Ника на него клюет. Ты понимаешь, как мне обидно? Я ее в Архангельске нашел, я ее в Москву вытащил, она для меня свет в окошке, а он таким наглым образом просто выдрал ее у меня из зубов! А ты говоришь, что я ее подкладываю!»

И вот мы стоим вдвоем и ревем. Потому что мы с ним одинаковы и оба оказались в дерьме.

Но это еще не был конец. Я пришла домой и легла спать. Я была как в тумане, руки какие-то ватные и все тело разбито, как отбивная. Это физиология, потому что после стресса человек размякает. Потом явился Мартин, стал что-то рассказывать, а я пыталась ему объяснить, как он меня обидел. Он сказал: да что ты! Да ты там лучше всех! Просто бывают такие моменты... И как-то он меня в ту ночь успокоил, и мы опять занимались любовью, но утром у меня не было ощущения, что все прошло. Казалось бы — подумаешь, Мартин в очередной раз кого-то трахнул, что ж такого? Все равно мы с ним женимся через полгода. Но он убежал на работу, а я осталась наедине со всем тем, что было вчера. И — с телефоном. Который, конечно, включился в десять утра и звонил весь день. Потому что всем нужно было выразить мне свое сочувствие и подлить масла в огонь. Какой Мартин негодяй, как это было, Ника моих подметок не стоит, Савельев меня надул, они с Заремой уже давно Мартину эту Нику подкладывают. И так далее. Но постепенно из массы деталей стала вырисовываться некоторая картина. Оказывается, они сношались в бассейне, пока я пила на кухне какой-то дурацкий пунш. Второе: Ника меня ругала за мою грубость, а он с ней шел то под ручку, то за ручку и переубеждал ее, говорил, что я хорошая. То есть он не бросил ее и не сказал: «Заткнись, такая-сякая», и не побежал за мной.

Короче, меня старательно подкачали телефонными звонками, и я сделала вторую большую ошибку — я устроила скандал. Нормальный, советский. Мартин пришел с работы. Вместо привычно роскошного ужина он увидел зареванное лицо, старый халат и изможденное состояние души на диване. Это даже не было телом. Я была готова идти далеко. Я исстрадалась за день от телефонных разговоров. Мне нужна была правда и только правда. Или какое-то гениальное решение, чтобы меня успокоить. Хотя если чайник взорвался, там уже не до того, какая была в нем заварка. А этот чайник взорвался. Мартин зашел. Тишина. А ему очень важно, чтобы все было привычно, корректно, стабильно. «Алена, что с тобой?» В ответ — нормальный советский скандал: было или не было? Он: было. Тут меня еще сильней понесло. У него белеют глаза, потому что он меня такой ни разу не видел. Такие эмоции для него новы и непосильны для его скромного американского темперамента. А меня несет. И почему? Потом я разобралась: у меня же было ощущение, что он никуда от меня не денется. Я говорю: знаешь что, либо ты сейчас едешь к Савельевым и с ними объясняешься, или я ухожу. Выбирай между мной и Савельевым. Это была моя вторая роковая ошибка. Потому что он не может выбирать вообще. По характеру своему. И он говорит: я не могу этого сделать. Я говорю: «Ах, ты не можешь? Тогда я ухожу!». Я поднялась. Это была чистейшей воды манипуляция, но я могла ее выиграть, могла! А я ее проиграла! Я поднимаюсь и начинаю собирать свои вещи. И Мартин плачет в третий раз: «Я не представляю своей жизни без тебя, прости, если можешь, я буду безупречен, я буду бережлив к твоим чувствам, только не уходи, пожалуйста!!!». И тут я делаю третью роковую ошибку. Мне нужно было уйти! Если бы в тот момент я не поддалась своим чувствам, если бы пошла на поводу у пакостности своего характера, если я бы ушла, я бы сейчас Мартина тепленького держала в руках. Это была как раз та ситуация, когда кто не рискует, тот не пьет шампанское. В тот момент его чувства ко мне были на пике, он не делся бы от меня никуда! А я, как идиотка, разревелась и мы с ним обнялись. «Куда же я уйду от тебя, любомого?» Эта ошибка была последней и решающей в моем провале. Все остальное пошло по накатанному пути. Я, правда, уже не отслеживала, как это ухудшалось. А это ухудшалось потому, что я требовала: раз я с тобой осталась, пойди и разберись с Савельевыми, скажи Зареме, что она стерва и интриганка. То есть я оставалась совковой мегерой, чванливой и капризной, и ему все меньше и меньше хотелось это терпеть. Потому что, если русские мужчины прощают скандалы, он не забывал ни одного. Он их заносил в свою память, как счета за свет или за квартиру. От первого моего взбрыка до последнего. При этом он ни разу не выговаривал мне. Никогда. Он внимательно и очень понимающе меня слушал. Что еще лишний раз подчеркивало мою гадостность, мою наглость. А я все равно никак не могла врубиться, что нельзя требовать ничего. Других я учила почти по Булгакову: никогда ничего не просите у мужчины и тем паче не требуйте, сами придут и сами все дадут! А тут я требовала. Я требовала, чтобы он разобрался с Заремой, я не могла успокоиться. Он говорил: «Дорогая, я не могу этого сделать». «Как это ты не можешь? Ах так? Выбирай!» Так продолжалось несколько месяцев, а кончилось тем, что он сказал: «Знаешь, я сегодня иду в гости к Савельевым». «В гости!» Это был щелчок по носу. А потом второй, пятый, десятый. А потом он ушел к ним в гости и ночевать не пришел.

Но мы еще как-то жили. Я полагала, что я все еще его жена, я была в этом безумно уверена. У меня не хватало ни мудрости, ни проницательности увидеть реальную суть моего бытия. Но в один прекрасный день он проснулся и сказал, что в США он поедет один, потому что он не уверен в наших дальнейших отношениях и не собирается выполнять данное мне обещание.

Что с него возьмешь? С урода не возьмешь ничего, кроме анализов.

Так бездарно закончились наши отношения, он на месяц улетел в свои США, а я осталась.

И через неделю после его отлета поняла, что беременна.

* * *

Вот мы и приближаемся к развязке и к вашей больнице, Николай Николаевич.

Понятно, что если нет мужа, то нет и ребенка. То есть нужно делать аборт. Но где его делать? На какие деньги? Насколько опасен для меня аборт после того выкидыша? И вообще второй раз залететь на одном и том же мужчине — это же просто глупость. А так бездарно, так запросто потерять любимого мужчину, жениха, мужа?.. Я жила, как в ступоре, как в тупике, и даже не жила, а просто как-то существовала. Даже мужчинами не развлекалась. И когда я была погружена в эту сумятицу, московскую грязь и свой предстоящий аборт, вернулся Мартин. Да, в понедельник. Открывается дверь, и он мне говорит: а ты что тут делаешь? Я говорю: мы же договаривались перед твоим отъездом, что я пока тут поживу. Он говорит: собирайся и уезжай. А я в ночной рубашке, я третью неделю в предабортном мандраже, у меня бессонница от дилеммы: делать аборт или, может, правда, ребенка оставить? А он говорит: ну, собирайся, собирайся! Я говорю: хочешь кофе? Он отвечает: спасибо, не нужно, я сначала в душ, а потом сам себе сварю. Думаю: ну, ни фига! Набрасываю куртку и выбегаю в магазинчик, покупаю молоко, булочки, возвращаюсь и ставлю кофе. Думаю: сейчас спокойно попьем кофе, и я пойду. Куда — еще сама не знаю, но не в этом суть. Наливаю ему кофе, он выходит из душа, ничего не говорит. А я такая милая девочка: «Ну, как ты съездил?». Кофе дымится, он говорит: холодный. И прямо в раковину вываливает этот кофе. Я сижу и думаю: «Ну, сколько я могу еще это выдержать? Две

547

минуты? Пять? Нет, дорогая, ты уж останься и посмотри! Тебе нужно умыться до конца! Наслаждайся тем, как к тебе относятся. Хоть сейчас ты поймешь, кто из вас чего стоит». И сижу, сама себя воспитываю. Он говорит: ты мне записала футбол? Да, говорю, конечно, записала, чемпионат России, «Спартак» и «Ротор», все в порядке. Он вставляет кассету. Я опять: ну, как ты съездил? И трогаю его за ногу. А он раньше очень любил, **когда я его трогала.** Думаю: интересно, а как теперь? **И слышу:** «Убери руки! И вообще я не понимаю, **что ты тут делаешь!»** Ну что ж, я встаю, потихонечку одеваюсь и ухожу. Он говорит: ты куда? Я говорю: это не важно, пока! А он мне: у тебя все в порядке? Я говорю: «Мартин, не все у меня в порядке. Но у меня просто нет сил на тебя смотреть». Ладно, говорит, созвонимся. И я ушла от него в таком состоянии, словно меня с лестницы ногой пнули. И поняла, что не буду говорить ему о беременности. Принципиально не буду. Я не знаю, как другие женщины это делают — наверно, говорят. Да и я бы сказала, если бы не такой плевок в душу. Взяла бы деньги, черт возьми. Ведь сегодня аборты несколько сотен долларов стоят, а я что зарабатываю? На колготы не хватает...

Но я поняла, что это ему вообще не интересно. И решила сама с этим делом справиться. На пару с одной девочкой сняла комнату, позвонила Наташе, у которой муж врач. Наверно, могла как-то напрячь и других друзей, но никого не хотелось видеть. А с другой стороны, ощущение одиночества, ущербности, грязи и — дикая потребность в еде, потому что беременность уже работает. И — время идет, срок подходит, когда надо что-то делать. Снова звоню Наташе, ее муж говорит: «Я кардиолог, но я отвезу тебя к своим друзьям, это лучшая в Москве клиника. У тебя деньги есть?» И я начинаю бегать по Москве занимать деньги. А все как-то жмутся и дают какие-то чудные суммы — 50 тысяч, 100 тысяч, старыми. Как нищей. Когда я жила с Мартином, мы такие деньги официантам на чай стеснялись оставлять. А тут я ездила по всему городу на метро, брала в одном конце 50 тысяч, в другом 70, а мне нужно было набрать 300 долларов. Я это делала ровно неделю и к пятнице набрала всего двести, а в субботу в 11 утра у меня операция, аборт. И я понимаю, что нужно звонить Мартину, иначе — никак! Но чувствую — не смогу.

Тут позвонила Наташа и говорит: ты вообще-то готова к этому физически? Я говорю: что ты имеешь в виду? Она говорит: потом будет очень плохо. А время уже полдвенадцатого ночи. Я говорю: Натка, ты мне не рассказывай ничего, пусть будет, как будет. Она: ты возьми какую-то пеленку или распашонку, какие-то тапочки. И стала мне говорить, что нужно взять с собой в больницу, и только тут я вдруг осознала, что на меня свалилось. Я поняла, что я не просто безумно одинока, а что я просто не знаю, что мне делать. Потому что в Москве у меня нет родителей, нет родственников, нет даже простыни. То есть у меня в Москве нет ничего! И я впала в безумную истерику, что вот я тут сижу, нет денег на аборт и негде их взять и даже какой-то пеленки у меня тоже нет, а время уже ночь, и я уже не куплю эту пеленку, сколько бы она ни стоила. И я вдруг ощутила себя эдакой школьницей накануне первого сентября — ей завтра в школу, а у нее нет ни платья, ни бантиков! И я вспомнила свое детство — у меня всегда была очень красивая форма, фартук, бантики всякие.

Но я вечно откладывала момент подготовки к первому сентября на последний день. Я думала об этом заранее, но почему-то постоянно оказывалось так, что в последнюю ночь фартук не был выглажен, воротнички не были пришиты. И вместо радости все превращалось в скандал с мамой, нужно было какие-то бигуди накручивать, портфель собирать, и я засыпала в слезах. Но когда я просыпалась, все висело накрахмаленное и отутюженное, и сразу забывалось все плохое, и было ощущение — пускай мы с мамой вчера поругались, но сегодня я буду лучше всех! Сегодня я пойду в школу с цветами, и все будет чудесно!

А тут не было мамы, не было волшебной феи и даже какой-то элементарной пеленки у меня тоже нет! И я иду в ванную комнату и думаю: ну все, сейчас что-нибудь с собой сделаю! Тут пришла моя соседка Настя, говорит: не расстраивайся, я дам тебе эти сто долларов. И пеленку мы найдем, и распашонку. Такая оказалась запасливая девушка.

Но я все равно полночи не спала, ревела и читала «Психологию ребенка». А потом мне снилось, что я просыпаю, не слышу будильника. Потому что будильника у меня нет, а мне вставать в семь и ехать к Наташе за ее мужем Костей. Поэтому где-то в седьмом часу я поднимаюсь и иду к зеркалу. Но я себя не узнала в зеркале. И поняла, что не могу ехать ни на какой аборт, это выше всех моих сил. Потом я просидела в ванной сорок минут — брила волосы. Сидела и делала свой лобок, как у подростка. Настя говорит: ты опаздываешь, тебе нужно идти. И я поехала, как заведенная, словно на автомате. Даже книжку по психологии пыталась читать — Собчак «Методы психологической диагности-

550

ки». В метро ко мне подсели двое мужчин и клеят меня. А я не реагирую, я их не вижу, а сижу и смотрю отстраненно. И один такую фразу сказал: ты что, под кайфом, что ли? Я говорю: что вы имеете в виду? А он: ты что, наркоманка? И я вдруг совершенно откровенно и тоже на ты: знаешь, говорю, я давно наркоманка, был такой опыт в моей жизни. Ну, они от меня тут же смотались. Приезжаю к Наташе на «Молодежную», а там пекут блинчики. И они безумно хорошо пахли, а мне есть нельзя. Наташка, видя, что я хочу есть, говорит: ты знаешь, они очень жирные, тебе не понравятся, не надо тебе на них смотреть! И тут я словно очнулась, глянула на себя: что же я в старом? надо было какое-то новое белье хотя бы надеть. А Наташка опять: не бери в голову, нужно, наоборот, в старом. Я говорю: Ната, я чувствую себя не готовой. А она: да брось, ты ведь не на смерть собираешься! И — как накликала... Помню: я стою у двери и чувствую, что не могу выйти. А мы уже попрощались и поцеловались, как обычно делаем. Потому что они живут с мамой, с детьми, и те, конечно, не знали, куда я еду. И вот я стою в дверях. И они стоят, улыбаются. А мне нужно идти к машине, меня там уже Костя ждет. И пауза такая натянутая, и ощущение, будто я их больше не увижу.

Но наконец я словно оторвалась, отлипла от них. Вышла на улицу, и меня поразила чистота воздуха. Они живут в Крылатском, там воздух такой безупречный, звонкий. Скажем, на юге, где-нибудь в Сухуми он густой, знойный, его хоть кусками ешь. А здесь воздух как бы дрожащий, слегка морозный, ощущение свежести и первозданности. И народу никого — время полдевятого, суббота, какой там народ может быть? Я села в машину и помню, как мы ехали. Очень медленно. А вокруг — Рублевское шоссе, эти деревья, березы. Ощущение, словно Москву помыли, и я по ней еду — такая вся противная, никому не нужная, грязная. Там зеркальце в машине, я смотрю на себя и вижу — не я, не мое лицо. Какие-то прыщи, синяки под глазами и вообще безобразие какое-то. Стала расчесывать волосы, ломается расческа, зубья запали. Я сижу и пытаюсь их починить. И думаю: что же я делаю? Мне нужно как-то приготовиться, а я эту расческу пытаюсь чинить, так только у сумасшедших бывает. Тут Костя включает радио, а там Элтон Джон: «Ты сгорела, как свеча на ветру...» Я — в слезы. А Костя по-английски не понимает, он говорит: «Что это у тебя глаза на мокром месте? Перестань!» А меня от этого еще больше забирает. Машина идет к Юго-Западу, по Воробьевым горам, там сверху вся Москва открывается и — этот Элтон Джон, «Прощание с принцессой Дианой». Ну, все, хоть в гроб ложись!

Правда, тут он меня заставил очнуться, он говорит: «Так, где у тебя деньги лежат? Где подарок?» «Какой подарок?» «Ну, врачам. Коньяк? Бренди?» И попер меня в супермаркет выбирать какое-то бренди для врача. Я отвлеклась от своей истерики, мы стали обсуждать, что купить — то или это, уложимся — не уложимся, хорошие ли там врачи... Он сказал: всех врачей я там не знаю, но хирург Олег Борисович мой друг и очень хороший врач. И вот мы приехали в вашу больницу. И я опять погрузилась в наблюдения. А Костя не выдержал, ушел во двор, потому что все называли его моим мужем. То бишь, там все женщины были с мужьями, только я была, по сути, одна. Но они этого не знают, они на него: вот, ты ее привел, а она такая бледная, где ты раньше был — все эти бабские разговоры. А у него благополучная семья, двое детей, моральные принципы, и он говорит: ради Бога, Алена, ты меня извини, но я пойду выйду.

И я опять осталась одна. Костя мне дал бутылку воды и говорит: пей, потому что для УЗИ нужен полный мочевой пузырь, и никуда не ходи. Я сижу и смотрю. И слышу, как врачи об аборте разговаривают. Одна девушка пришла на анализы, спрашивает: а где медсестра-то? Ей говорят: она на аборте. А девушка: ну вот, опять долго ждать! А ей: «Да чего долго-то? Пять минут». Она говорит: «Ну да! Пять минут! Как же!» А они:»А что такое аборт? У нас их по сто штук в день делают!» Думаю: ну вот, я одна из сотни, что ж тут особенного? Сижу и в туалет хочу ужасно. Тут появился врач, на меня ноль внимания. А у меня уже ноги дрожат, я говорю: «Доктор! Все что угодно со мной делайте, только ради Бога — либо меня на УЗИ, либо я иду в туалет!». Он повернулся ко мне и говорит: «А ты вообще одна, что ли?» Я говорю: «Одна. Меня ваш приятель сюда привез, Константин». Он говорит: «А что ты такая улыбающаяся? Ты что, артистка, что ли?» Я говорю: нет, я не артистка. Тут он меня просто берет под мышки, куда-то ведет, и я сразу успокоилась — почувствовала мужское к себе отношение. А он говорит: «Больше ни о чем не думай, кроме меня. Я твой Бог, я твой король, я твой хирург. Хорошо?» Я говорю: хорошо. И он меня привел уж не знаю куда — там такая кушетка длинная, он говорит: разувайся. Я вспоминаю, что Наташка что-то говорила про тапочки и вообще все нормальные и знающие женщины тапочки приносят с собой. А у меня никаких тапочек, конечно, нет. Он говорит: разувайся, тут чисто. И я понимаю, что уже плевать на амбиции дворянства, буду ходить, как все ходят. Я

553

разуваюсь, медсестра говорит: раздевайся. Я говорю: как? А она: тебе сколько лет, что ты такие глупые вопросы задаешь? Тут Олег Борисович ей говорит: «Маша, на нее ни слова! Что она делает, пускай делает». А там такие медсестры-бабцы, слова не спустят, она ему говорит: «А она чего, твоя любовница?» И мне: «Так, ладно, ложись!». И я сняла штанишки, я сняла все, кроме шелкового шарфика на шее, который я всегда таким бантиком завязываю. И, помню, мне стыдно так, я прикрыла лицо и глаза этим бантиком. Как ребенок закрывает глазки и говорит: меня нет. Тут медсестра говорит: «Раздвигай ноги!». А у меня нервно сжимаются коленки — не могу раздвинуть. «Ну так! — она говорит. — Или ты сейчас успокоишься, или я зову Олега Борисовича! Пускай он тебя тут сразу и осматривает!» И достает презерватив. А для меня это как некий знак или символ. Я отвернулась и думаю: делайте, что хотите! Она натягивает презерватив на какую-то УЗИшную трубу и начинает мне ее туда пихать — холодную, противную, ползущую в мое тело. Я чувствую: мне не просто больно, а хочется всеми мышцами моего несчастного влагалища вытолкнуть эту гадость. Ведь это невозможно, ведь фригидность полная будет! А медсестра говорит: так... после выкидыша не долечилась... заболевание такое-то... аборт делать нельзя. То есть ей в эту трубу все там видно. Я думаю: «Как хорошо! Аборт нельзя делать! Господи, да я сейчас все деньги потрачу на лечение и буду здоровой!». Я была готова встать прямо с этой трубой. Я про нее забыла и стала играть роль порядочной женщины, сказала: «Вы знаете, у меня однажды был выкидыш, мы с мужем так волновались!» Не знаю, с чего меня вдруг поперло на все это. А она говорит: «Так вы ребенка будете оставлять?» Я думаю: зачем я это все рассказывала? Поднимаюсь и говорю: нет, конечно. Она понимающе улыбается, ей-то это не в первый раз. Ладно, говорит, киска, можешь надевать колготки и идти.

И дальше началось, как по часам. У вас в больнице все очень четко поставлено. Поскольку я от Олега Борисовича, то сразу иду к Петру Семеновичу. Нас было двое от него — две девочки, которые по блату. Я безумно благодарна Косте за то, что попала в эту нестандартную ситуацию. Например, я забыла трусы в одном кабинете, а во втором я забыла бюстгальтер. А мне говорят: ты не надевай колготки, просто так ходи! И я ходила в одной юбке, ботинки на босу ногу, а на шее бантик. И очень прикольно выглядела. Потом началось: где живешь? Я назвала адрес Мартина — так автоматом у меня это вышло: дом такой-то, телефон такой-то. Возраст. Давай руку, сейчас мы возьмем кровь. Ты проснись, не засыпай, где ты? У меня было ощущение, что я все понимаю, но со стороны это, наверно, выглядело иначе, потому что окружающие наблюдали за мной. Так, крови нет, пальцев нет. Да что ж такое, черт подери! Помассируй ладошку! Руки холодные. Медсестра говорит: ты вообще что-нибудь ешь? Я говорю: ем. А что ж у тебя с пальцами? Снова мнет. Мне больно. Пальцы щемит. Она говорит: держи вот так руку! Кровь течет, капает с руки. Костя кричит: «Алена, как твоя фамилия?» Какие-то документы нужно заполнять. А ему: вот, твою мать, трахаться ты знаешь как, а фамилию не спросил. Он говорит: «Да не муж я ее, не муж! И не любовник! Просто друг, понимаете?». Ему говорят: «Ладно, знаем мы таких друзей, тут такие друзья каждый день сквозняком проходят! Лучше держи ее, она падает». Крик, шум, все впадают в истерику, а я прихожу в себя и говорю: что за проблема? Моя фамилия Куликова. И все замолкают. Видимо, они ожидали какой-то истеричности, обморока, я встала и пошла на мазки. А потом — это кресло. Попке холодно. Помню: лежу в какой-то рубашке, которую мне Костя нашел. Медсестра говорит: подвинься ближе. У нее в руке такая штука огромная с длинным носом, загнутым желобком. И я понимаю: если она в меня это впихнет, то на аборт уже можно не ходить. Она говорит: «Закрой глаза, раз ты такая нервная. И не кричи. А то как давала — не кричала, а как...» Но тут она посмотрела мне в глаза и замолчала. Не знаю, что она такое особенное увидела, но говорит: «Ну ладно, все, я не буду, успокойся». А я лежу, уже расслабилась, будь что будет. Она говорит: «Все, вставай, иди в операционную. Колготки можешь не надевать. Операционная через две двери».

Я выхожу. Костя говорит: где твои трусы? Я говорю: а откуда ты знаешь, что на мне нет трусиков? Он говорит: я вижу. Я говорю: «Костя, я не знаю где мои трусики». Он говорит: «Ладно, все, успокойся. Все нормально, иди». И я захожу в операционную, а она как бы из двух частей — предбанника и самой операционной. А предбанник — это комната такая и коечки. Коечка — тумбочка, коечка — тумбочка. На двух койках лежали девочки, которым только что сделали операцию, и они от наркоза отходили. Одна бредила, а другая уже все, пришла в себя и спит. И на их койках красивое постельное белье, голубое и с белыми лебедями. А на всех остальных — просто клеенка. И стульчики около каждой койки. А я была с девочкой от Олега Борисовича. Она такая черненькая, волосы темные. И поскольку я свои экзекуции проходила после нее, то она уже одета в халат, такой длинный, но без рукавов.

Я смотрю на ее руки, а по ним кровь течет и прямо ей на тапочки, на голубые помпончики. Тут ее куда-то позвали, и она ушла. А я осталась одна. И мне сразу: раздевайся, тебя позовут. А там грязные полы. Могли бы и помыть, думаю. Смотрю на потолки, а они в трещинках, и в углах паутина. И я понимаю, что нужно себя вести тише, потому что девочки спят. Но я уже завелась от своей обреченности, я не могу быть тихой, я хожу и со злостью шаркаю по полу незастегнутыми ботинками. И думаю: вот я стерва какая! Тут вижу, что та девочка, которая только что ушла, разделась не на правильном стуле. Стул, на котором ей нужно было сложить одежду, с левой стороны от кровати, а не с правой. А я человек очень аккуратный. Я беру вещи этой девчонки и просто ляпаю с моего стула на ее стул. И начинаю развешивать свою юбку, снимаю колготки, ботинки с грохотом падают на пол. Думаю: а, черт, пускай! И сняла все-таки шарфик свой наконец-то. Все развесила на стуле. Но рубашку не снимаю, потому как в чем же я останусь? Ведь за мной сейчас придут.

Но никто за мной не приходит. Ни через пять минут, ни через десять. Я села на клеенку и сижу одна, как дура, на паутину смотрю. Натянула вот так рубашку на ноги, чтобы ноги закрыть, и сижу комплексую, раскачиваюсь, как дауны раскачиваются. Думаю: что-то ж нужно делать, что ж так сидеть? Но занять себя совершенно нечем. Смотрю на этих девочек: одна в кайфе, другая спит. А я сижу и думаю: вот, смотри, тебе сейчас плохо и холодно, противно и живот болит. Вот и питайся злостью, злостью, злостью. И понимаю, что я плачу. Тут эта девочка просыпается, говорит: ты чего плачешь? Чего теперь плакать-то? А я реву и раскачиваюсь. Вдруг заходит мужчина в халате, правая рука вся йодом испачкана. Заходит и говорит таким тихим голосом, как удав: ну, здравствуйте, я ваш анестезиолог. Вкрадчиво так сказал, но каждое слово слышно — так наркоманы разговаривают, так питерский Андрей разговаривал. Я глянула на него и опустила голову. При этом я понимаю, что ему-то нужно войти со мной в контакт, но я не поддаюсь. Ты пляши и танцуй, тогда я на тебя внимание обращу. А так не буду. Он начал спрашивать про какую-то ерунду: а была ли у вас аллергия? А на что? На яйца, сало, шоколад. Значит, только на пищевые? Да, угу. А вот у вас такие красивые зубы, когда вам их ремонтировали, вам делали наркоз? А я снова: угу, конечно. А он очень внимательно слушает, потом сел на койку и говорит: стоп, а ты почему не переоделась? Я говорю: «Я вообще не знаю, зачем я сюда приехала. Я сейчас на вас смотрю, мне нравится с вами разговаривать. Но за чашкой кофе, а не так. Мне вообще холодно сидеть на этой клеенке». Он говорит: «Да, я понимаю, тут прохладно». И взял меня за руку, а руки у меня ледяные. «Ты знаешь, — говорит, — халат мы тебе найдем, не переживай». И ушел, а вернулся с халатиком, говорит: раздевайся. Я говорю: отвернитесь, пожалуйста. Он отвернулся, я сняла рубашку, надела халат и говорю: а он без пуговиц! Он говорит: черт возьми, действительно без пуговиц. Я говорю: я не могу в таком халате идти на операцию! Он говорит: почему? А потому, говорю, что у меня дома красивая ночная сорочка. Можно ли послать Костю на машине за моей ночной сорочкой? Он говорит: ты знаешь, наверно, уже не получится, некогда.

И в этот момент вводят ту девочку, которая раньше меня. И она в том же халатике без рукавов, но весь подол этого халата в крови. Просто как будто его специально в крови замачивали. И у нее странно крутится голова. Ее ведут, а она как-то падает. У меня просто — все, сердце остановилось. А анестезиолог обнимает меня за талию: ну, пошли. Думаю: ну все, детка, допрыгалась! Захожу в операционную комнату, там ничего особенного нет. Только это злосчастное и безумно унижающее кресло, застеленное окровавленным полотенцем. И кушетка, две медсестры и Олег Борисович. И он говорит: так, пеленку нужно сменить. А они: «Олег Борисович, больше нет пеленок». Он говорит: ну, как-то нужно вытереть кровь. И я понимаю, что мне предстоит ляпнуться в это окровавленное кресло. А они убирают с него кровяное полотенце, как-то вытирают и кладут два бумажных листа. Все, говорят, ложись. Я офонарела. Я уже не соображала, что происходит. Я легла и уползла в самую глубину кресла. А Олег Борисович меня за талию взял и сдвинул к краю. Я почувствовала, что ногам стало холодно. Медсестры стали мазать меня йодом и весь живот обожгло. Анестезиолог взял мою руку. Я спросила: а можно через маску, я не люблю в вену. Он говорит: это очень несложная операция, поэтому через маску — нет. Взял мою руку и гладит ее, гладит. Я сразу вспомнила питерского Андрея — у него была огромная комната с большим старинным креслом, красные шторы на окнах и большая собака. И он тоже брал мою руку и гладил всегда, уговаривал. И я туда переключилась, на ту комнату, на те красные шторы, на собаку мастифф. И не чувствовала ничего, кроме руки.

А им нужно, чтобы я разговаривала. Потому что когда у меня язык начнет заплетаться и я замолчу, то,

559

значит, пентатол заработал, я уже под наркозом, и можно делать аборт. И я помню, что они стали расспрашивать меня о Ялте, а потом больно-больно перетянули мне руку. И все — на этом заканчивается моя память об операционной. А дальше какой-то бред, меня куда-то принесли, я брыкалась на кровати, и было много рук, которые меня держали. Но я не чувствовала физической боли. Я сбрасывала подушку, я лицом тыкалась в клеенку, которая была там постелена. И, помню, Костя кричит: «Алена, это я! Ты уже два часа вот так! Перестань!» А меня тошнит, мне плохо, я руками разбрасываюсь. Оказывается, они во время аборта попали инструментом в кишечник, я от болевого шока дышать перестала, и меня к вам привезли, в реанимацию. И это вы меня к жизни вернули, какие-то лекарства мне вкалывали, массаж делали. Когда я пришла в себя, тело у меня было все в синяках, а ягодицы я просто не чувствовала от боли — столько вы в меня всего вкололи, там дырок от иголок не сосчитать. Поднимаю голову и вижу, что потолок едет, в больнице уже темно, никого нет, только уборщица моет полы и говорит: «Девушка, вы тут так всех напугали! Уж лучше бы вам спираль вставить. Я тут слыхала, что есть лекарство, которое вкалывают, и три месяца ты не беременеешь...» Я думаю: о чем она говорит? А она свое: «И что это с вами было? Вы не дышали. Олег Борисович перепугался, вызвал Николая Николаевича, вас сюда привезли, а мне ж полы мыть надо. А тут вас возят...» То есть она, видимо, с той же целью это несет, чтобы я не пропадала в беспамятство. Ну, я встала с койки и тут же упала около. И, падая, увидела, что падаю в кровь. В свою, наверно. Поднимаюсь и снова падаю. Думаю: ну все! А мне нужно в туалет. А уборщица говорит: не нужно тебе в туалет, потому что тебе нечем. Но у меня же принципы, я говорю: нет, нужно! Она говорит: ну иди, попробуй дойти. А я без одежды, только в халате без пуговиц. Дошла до туалета и упала, ударилась головой об унитаз. А дальше помню, что меня Костя поднял и говорит: «Так, больше никуда ни ходу! Если хочешь в туалет, можешь сделать прямо там, где лежишь.» Я говорю: ладно. И меня стало безумно тошнить, я стала снова терять сознание. Он заорал: «Ольга, быстрей сюда!» Пришла какая-то Ольга. И прямо в коридоре мне что-то вколола, дала пузырек нашатырный и говорит: «Только в нос не вливай, потому что слизистую сожжешь. Но нюхай, иначе ты просто не дойдешь до койки». Я стала нюхать. Костя снял с себя пиджак, завернул меня в него. А дальше я плохо помню. Надо было пройти коридор. «Ты готова? Держись». Я прошла и в реанимации снова легла. «Костя, ради Бога, только не отпускай мою руку.» Он мне руку свою отдал, и я уснула. Я засыпала, а он говорил: «Почему ты скрыла, что употребляла наркотики? Тебе анастезия противопоказана, ты могла вообще умереть, тебя Николай Николаевич еле откачал». Я хотела сказать: «А кто меня спрашивал про наркотики?» — но сил не было и слова сказать. Их и сейчас нет. Последнее, что я помню, — вас. Как вы прибежали из лаборатории и сказали Косте, что у меня какая-то бактерия «псеудомонас инувин». Которая якобы давно в моем кишечнике скрытно сидела, а во время операции пошла гулять по всему организму. У Кости руки задрожали, он говорит: все, накрылась моя карьера! Я хотела его утешить, сказать, что я выживу. Но не смогла и уснула.

Конечно, Наташка с перепугу позвонила Мартину и сказала, что я в реанимации после аборта. Думала, что он примчится ко мне, но он не приехал ни с цветами, ни без. И Савельев не приехал. И вообще никто. Только вы сражались за мою жизнь, но, похоже, и вы отступили. Или вам не дали в институте иммунологии волшебного крысиного лекарства, или...

Знаете, Николай Николаевич, когда-то, тысячу лет назад, в той моей жизни, когда мне было 24 или 25, гениальный Савельев сказал, что мое неумение выстраивать стабильные личные отношения с окружающими имеет какое-то мудреное научное название, которое в переводе на простой русский язык звучит как синдром алкогольной наследственности.

Но ведь это приговор всей России!

Нет! Я не хочу этого! Дети не отвечают за своих отцов!

Мы не виноваты в алкоголизме, коммунизме, ленинизме и сталинизме наших предков!

Мы хотим любить, жить и рожать детей, не обремененных ни нашими грехами, ни болезнями предыдущих поколений.

Господи, дай нам этот шанс! Кого нам еще просить, кроме Тебя...

...Все, Николай Николаевич, я не могу больше. Нет ни сил, ни голоса, ни пленки. На последней кассете осталась одна единственная песня Луи Армстронга — моя любимая. Я не могу ее стереть, ведь я под нее столько мужчин на постельные подвиги подвигла! Вслушайтесь в его хриплый голос, окрашенный улыбкой, вникните в каждое слово:

— When a little blue bird,
Who has never said a word,
Starts to sing: «Spring! Spring!»
When the little blue bell
In the botton of the dale
Starts to ring: «Ding! Ding!»...

Я дослушивал эту кассету в Нью-Йорке, в больничной палате «Маунт-Синай госпитал», пока врачи готовили меня к операции. Никогда прежде я так напряженно не вслушивался ни в слова песен западных исполнителей, ни тем более в шорохи пленки на моем диктофоне. Мне хотелось уловить хотя бы на фоне, в глубине звуковой дорожки слабеющий голос Алены. Но я слышал только великого Луи, он пел с неподражаемыми смешинками в голосе, и слова его песни могли, конечно, вдохновить на сексуальные подвиги даже импотента. Вот что он пел — в переводе на русский:

— Когда крохотная птичка,
Которая никогда не поет,
Вдруг начинает петь: «Весна! Весна!»,
И когда голубой колокольчик
Даже в глубине ущелья
Начинает звенеть: «Динь! Динь!»,
Это значит: природа
Просто приказывает нам
Влюбиться, о да, влюбиться!

И тогда птицы делают это!
И пчелы делают это!
И даже необразованные мошки
                    делают это!

Так давай же займемся этим!
Давай полюбимся, детка!

В Испании даже баски делают это!
Латыши и литовцы делают это!
Так давай же займемся этим!
Давай полюбимся, детка!

Все голландцы в Амстердаме
                    делают это!
Не говоря уже о финнах!
Так давай же займемся этим!
Давай полюбимся, детка!

Крестьяне в Сиаме делают это!
Аргентинцы без всякой цели
                    делают это!
Люди говорят, что в Бостоне
            даже бобы делают это!
Let's do it!
Let's fall in love!

Все романтические
                морские губки делают это!
Моллюски на морском дне делают это!
Даже ленивые медузы делают это!
Let's do it!
Let's fall in love!

Угри и электрические скаты делают это!
Золотые рыбки делают это!
Даже черви, прости меня Боже,
                    делают это!
Let's do it!
Let's fall in love!

Комары и москиты делают это!
Каждая букашка,
                    каждая тварь делает это!
Let's do it!
Let's fall in love!

И самые респектабельные леди
                    делают это,
Когда их призывают
                    на то джентльмены!
Даже математики в Европе делают это!
И даже блохи делают это!
Let's do it!
Let's fall in love!

Поверь, что шимпанзе
                    и в зоопарке делают это,
И австралийские кенгуру делают это,
И высоченные жирафы делают это,
И даже тяжеленные гиппопотамы
                    делают это!
Let's do it!
Let's fall in love!

Хриплый Армстронг затих на последнем аккорде, магнитофонная пленка еще с минуту пошипела в моем диктофоне, но голоса Алены я не услышал, и диктофон выключился.

Я понял, что там, в московской реанимации, Алена уснула. Уснула или...

Я не стал ждать своего выхода из больницы, а прямо из палаты позвонил в Москву, в кабинет Николая Николаевича.

— *Реанимация*, — *услышал я после шестого гудка.*

— *Можно Николая Николаевича?*

— *Его нет! — И в трубке затюкали гудки отбоя.*

Привычный к московской вежливости, я снова набрал код России, код Москвы и семизначный московский номер.

— *Алло! — сказали на том конце провода.*

— *Я звоню из Нью-Йорка. Пожалуйста, не бросайте трубку. Как мне найти Николая Николаевича?*

— *Я же вам русским языком сказала: его нет!*

И — бац! — опять гудки отбоя.

Но не на того напали, подумал я и, сделав еще шесть звонков и козыряя своим подарком больнице, выудил у секретарши главврача домашний телефон Николая Николаевича. Набираю номер и мысленно готовлю вежливое вступление: «Здравствуйте, Николай Николаевич. Большое спасибо за подарок. Я прослушал все десять пленок и хотел бы узнать, удалось ли вам застать эту девушку в живых. Или...»

— *Алло... — произнес на том конце провода настолько знакомый женский голос, что я онемел. — Алло! — повторила она и засмеялась: — Ну, говорите же, черт подери! Я безумно спешу...*

Это были те самые «черт подери!» и «безумно», которые я раз десять слышал на московских пленках.

И я понял, почему Николай Николаевич с такой неохотой отдавал их мне. Я понял это и положил трубку.

ЭПИЛОГ

Когда я работал над этой книгой, моя жена постоянно доставала меня вопросами: зачем ты ее пишешь? Какая у тебя сверхидея? Что ты хочешь ею сказать?

Я долго уходил от прямых ответов, поскольку сам не знал, что на это сказать. Но потом, к концу работы, это выяснилось само собой.

С помощью этой книги я, как мне кажется, познал новую Россию куда больше, чем за все свои предыдущие поездки от Москвы до Курил. И тогда я смог объяснить своей жене смысл этой работы.

— Да, новое поколение россиян отличается от моего поколения, — сказал я ей. — И даже от твоего, хотя ты моложе меня почти вдвое. Они более раскованны при обсуждении самых интимных вопросов секса, они увлечены эротикой, они экспериментируют так и эдак или, говоря по-старому, они «распущены дальше некуда». Но и стрессовых ситуаций в их жизни куда больше, чем в годы нашей юности. Однако при всех их «закидонах», при всех их экспериментах с полигамностью, открытым браком и прочее я не встретил среди них ни мужчину, ни женщину, которые «в сухом остатке» не мечтали бы о самом простом и вечном — верности, любви, нежности и стабильности отношений. Спасибо тебе, что ты разрешила мне написать эту книгу и верила мне, когда я над ней работал. Быть женой автора двух «Россий в постели» — серьезное испытание.

Эта книга была бы невозможна без активной помощи моего друга и кинодраматурга Эдуарда Дубровского.

Я также сердечно благодарю адвоката Бориса Абушахмина, генерал-майора Владимира Овчинского, полковника Юрия Торопина, подполковника Алексея Симонова, профессоров Вадима Петровского, Николая Дидковского и Алексея Литвинова, психотерапевта Виктора Самохвалова и людей без погон и ученых званий, но не менее доброжелательных — Михаила Рудяка, Андрея Чижика, Константина Щербакова, Леонида Огородникова и Алексея Краснова за помощь, которую они оказали мне при сборе материала для этой книги.

Я хочу отдельной строкой выразить признательность своим коллегам-журналистам газеты «АиФ» Наталье Желноровой, Виктору Романенко и Борису Муратову, а также редакторам «СПИД-Инфо» Андрею Манну, Петру Селинову и Илье Готзелю.

Я признателен всем, кто принял очное и заочное участие в семинарах на тему «Секс при переходе от коммунизма к капитализму».

Не могу не отметить и замечательных врачей профессора Юрия Аляева, Андрея Винарова, Леонида Раппопорта, Александра Киршенбаума, Глена Хаммера, Олега Лифшица, Юрия Гущо и экстрасенсов Александра Тетельбойма и Веру Окорокову — их совместными по обе стороны океана усилиями я из больничной палаты вернулся к письменному столу и смог дописать эту книгу.

Я признателен своему другу американскому психотерапевту доктору Эрнсту Лейбову за моральную и профессиональную поддержку, а также за те замечания, которые он сделал мне по прочтении рукописи. Если в этой книге все же остались какие-то медицинские неточности или ошибки, то это только вопреки его советам и поправкам.

И, наконец, — но не в последнюю очередь! — я от всей души благодарю всех тех непоименованных тут женщин, которые с такой откровенностью поведали мне самые интимные эпизоды своих приключений на панели, в постели и в любви.

Дорогие читатель и читательница! Если у вас есть истории, которыми вы хотите дополнить эту книгу, пишите мне по адресу:

129085 Москва, Звездный бульвар, 21.

Издательство «АСТ».

Главная редакция, Эдуарду Тополю.

ЧИТАТЕЛИ — ЭДУАРДУ ТОПОЛЮ
и
Э.Тополь — читателям
(Послесловие к русскому изданию)

«Здравствуйте, мой любимый писатель! Сейчас вы будете заливисто смеяться — «Россию в постели» я прочитала в пенсионном возрасте. Наконец-то до меня дошел смысл выражения «Вы бы знали, какая она в постели...» Я всю жизнь ломала над этим голову, а тут вдруг Ваша книга. Кстати, я не одна такая. Моя подруга (на десяток лет моложе) тоже до последнего времени была убеждена, что браки заключаются исключительно для того, чтобы сообща обсуждать прочитанную литературу. Ну а уж если нельзя обойтись без «того самого», то можно и потерпеть. «Россию» мы с ней читали по очереди, и обе, конечно, были в шоке. Жизнь показалась убогой — что-то большое, возможно, самое главное, осталось в стороне...

В этом году у вас, кажется, юбилей. Сердечно поздравляем Вас, желаем новых творческих достижений, а нам — встреч с вашими замечательными книгами. У вас все темы здорово получаются, напишите еще что-нибудь лирическое, для души...»

571

«Здравствуйте, Эдуард! Пишет преданный Вашему творчеству читатель. Первый раз я с Вами познакомился летом, когда в руки попала книга «Россия в постели». Прочитав ее, я был в восторге. Не буду писать, что меня потрясло в этой книге, так как прочитал несколько Ваших книг и могу выразить свое мнение о всех прочитанных.

В Ваших книгах меня прельщает стиль, простота слов. В некоторых местах, когда читаешь книгу, мурашки по телу идут. Я даже, читая Вашу книгу, раза два проезжал свою остановку. Дочитывая Вашу книгу, знаешь, что у меня в запасе лежат на полке еще несколько не прочитанных Ваших книг, и на душе становится теплее. На сегодняшний день у меня четырнадцать Ваших книг. Дорожу ими. В заключение хочу пожелать Вам здоровья крепкого, желания писать удивительные книги. Помните, Ваши книги дают стимул к жизни, душа раскрывается и, когда встречаешься с недобрым, то Ваши книги помогают не унывать и продолжать видеть в жизни светлое и доброе. Может быть, это звучит очень возвышенно, но это так. Я пишу то, что думаю.

Сергей. Подмосковье».

«Уважаемый Эдуард Тополь! Когда я прочитала одну из Ваших книг, возник интерес ко всему Вашему творчеству. Брала все, что попадалось, и в результате прочла все, даже Ваши сценарии к фильмам. Отчего такой интерес? Я отвечу. Мне нравится ваш стиль, то, как Вы излагаете мысль, одним словом — Ваш язык. При чтении уже одно это доставляет удовольствие. «Игра в кино» — это книга, которую я прочла, не отрываясь... Сейчас читаю «Жизнь, как роман» и мне кажется, что Вы стали близким мне человеком, с которым я все с большим удовольствием делю свой досуг. Ваши рассказы и очерки трогают до глубины души. Я даже приняла Вашу «Россию в постели», правда, с оговорками автора в предисловии. Вы правы, что эта книга лечит. Я иногда ее перечитываю, ложась в постель к мужу, чтобы поднять себе настроение...

Людмила, 51 год, Казахстан»

«Здравствуйте! Пишет Вам поклонник Вашего творчества. Еще в институте я прочитал Ваш пятитомник. Большинство произведений мне чрезвычайно понравились. С тех пор я стараюсь покупать все Ваши книги. Ни одна из прочитанных мной ранее книг так не затягивала меня в свой сюжет и не заставляла переживать все события, будто они происходят совсем рядом, как Ваши книги. Особенно удачны, на мой взгляд, те Ваши произведения, которые были написаны ранее — «Журналист для Брежнева», «Красная площадь», «Московский полет» и пр. — они цепляют за душу и уносят тебя в другой мир (а скорее, в другое время). Роман читается на одном дыхании и в конце, когда возвращаешься обратно в настоящее время, долго сидишь и вспоминаешь пережитое. К следующему роману

*можно переходить не ранее, чем на следующий день,
когда впечатления от предыдущего романа немного
сгладятся...*

Александр, 24 года, Москва»

Черт возьми! Все-таки я дожил, дожил до ваших
писем! Каждый раз, когда из России доходит до меня
такое письмо, я — признаюсь — читаю его чуть ли не
со слезами на глазах и «мурашки по телу идут», как
выразился один из моих корреспондентов. И почему-то
каждый раз уже на третьей — пятой строке такого
письма я вспоминаю Сережу Довлатова. Сразу огово-
рюсь: мы не были ни близкими друзьями, ни приятеля-
ми. Мы как бы сосуществовали в бурном мирке русско-
эмигрантской нью-йоркской колонии начала восьмиде-
сятых и даже слегка конкурировали — он при полном
безденежье и на голом энтузиазме создавал и редакти-
ровал «Нового американца», а я — первое в США русское радио и телевидение. Но энергично растрачивая
себя на эти (и многие другие) благоглупости, мы при
случайных встречах каким-то внутренним чутьем опоз-
навали друг в друге не только соперников за подписчи-
ков, но и что-то иное, *над*-ревностное. Так два судна,
встречаясь в море, приветствуют друг друга вежливы-
ми гудками, но избегают более тесного сближения. Высокий, крупный и почти всегда окруженный Вайлем,
Генисом и Меттером, Сережа поверх голов этой свиты,
ревниво игравшей своего короля, протягивал руку:
«Здравствуйте!». Да, мы были на вы, хотя в эмиграции
все переходят на ты еще до того, как узнают ваше имя.

Но именно потому наше вы было между нами знаком и символом взаимного внимания. И еще одним крохотным нюансом объяснилось его «поверх барьеров» дружелюбие — моим неучастием во всеобщей погоне за постоянной зарплатой. Обремененный семьей, Сергей не мог позволить себе моей свободы жить на доллар в день и вынужден был пробиваться в рабство поденщины на иной «Свободе» — там, в вестибюле и коридорах этой радиостанции, новоявленным журналистам-эмигрантам нужно было отсиживать часами, а то и сутками в ожидании, пока замшелые (но зато штатные со времен Второй мировой войны) короли антисоветского эфира кинут тебе возможность «на подхват» заработать полсотни баксов минутной передачей или радиокомментаторством.

Меня не было в той потной очереди, я, бессемейный, мог позволить себе роскошь жить на те двадцать долларов в неделю, которые мне платили за рассказы в «Новом русском слове».

Потом, когда обанкротилось первое русское радио в Нью-Йорке и лопнул «Новый американец», мы перестали и случайно встречаться, разошлись разными курсами — Довлатов, помимо принудительной «Свободы», обрел вторую и куда более приятную гавань в элитарном американском журнале «Ньюйоркер», а я — уже на книжные гонорары — обзавелся семьей, дочкой и возможностью жить во Флориде, Торонто, Бостоне. Мы не виделись годы, даже, кажется, десятилетие.

Но когда мне позвонили в Бостон и сказали, что в Нью-Йорке умер Довлатов, меня как контузило — у меня было остро-сквозное ощущение, что бомба разорвалась рядом со мной, в соседнем окопе. Помню, я жил с этим ощущением неделю, месяц, полгода... Потом это, конечно, зажило и растворилось в буднях — выныривая из-под крыла смерти, мы в первые минуты пронзительно и свежо ощущаем истинную ценность жизни, а потом еще быстрей впадаем в инфантильную беспечность и тратим эту бесценную жизнь хрен знает на что.

Однако всякий раз, когда на московских уличных прилавках я вижу рядом со своими книгами белый трехтомник Довлатова, и каждый раз, когда я получаю *такие* письма читателей, я даже памятью кожи вспоминаю свою контузию от известия о его смерти и думаю с горечью, с болью: «Елки-палки! А Сережа не дожил до этого!» И с робкой, обмирающей радостью спрашиваю себя: «Неужели я дожил?»

Господи, спасибо Тебе за эти письма, это Твоя рука продлевает мне жизнь строками этих милых посланий.

Конечно, иногда в них есть и критические слова, и вопросы. Та самая Людмила из Казахстана, которая пишет, что я стал близким ей человеком и она даже читает «Россию в постели» перед тем как лечь к мужу, спрашивает:

«Я иногда задумываюсь над тем, отчего в ваших романах такое уничижительное отношение к русскому человеку, к советскому строю. Особенно это резало ухо в «Завтра в Росии», в «Любожиде», да и в других вещах. Я пыталась обяснить это себе так: Э. Тополь писал эти книги для западного читателя, который не любит Россию, СССР, и чтобы угодить ему, автор сгустил краски, преувеличил. На самом деле он так не думает, он любит людей и страну, в которой прожил сорок лет, он не может к ним так

576

относиться (хотя в деталях характера, образе жизни своих героев он во многом прав, читаешь и узнаешь знакомые реплики, ситуации и т.д.). Ведь не просто за очередным материалом для своей книги он приезжает в Россию, конечно, он скучает и любит Россию, говорю я себе. Как вы думаете, права ли я?»

Должен сказать, я не первый раз слышу такой упрек. Но каждый раз спрашивающие делают одну и ту же показательную оговорку — они, как и Людмила, ставят в один ряд такие, на мой взгляд, разные понятия, как русский и советский, Россия и СССР. И тем самым подливают масло в огонь моей взыскательной любви к России и вспыльчивой ненависти к советскому строю.

Дорогая Людмила, я тоже, конечно, совок — даже в эмиграции, во Флориде, на берегу Мексиканского залива я ловил себя на том, что вместо колыбельной пою своей новорожденной дочке «Броня крепка, и танки наши быстры». Но я ненавижу совка и в себе, и в России, и так же, как я дожил до ваших замечательных писем, так страстно и остервенело я мечтаю дожить до того времени, когда русский человек перестанет быть советским, когда он сбросит с себя эту совковость, как лишай и коросту, или как я — наконец! — сбросил с себя семнадцатилетний горб по имени Незнанский.

Да, совковость прилепилась к России, как Незнанский в мои соавторы, но я повинился в этом в моем «Литературном покаянии», изданном в издательстве «Эксмо», и теперь с радостью летаю из Нью-Йорка в Москву на суд Незнанского с этим издательством, хотя именно с тех пор, как я вступил в это дело третьим лицом на стороне ответчика, истец и его адвокаты упорно в этот суд не являются.

Публичным судом я очищаюсь от разбухшего на моей (и вашей) шее жулья и о публичном суде над советским строем и совковостью, налипшей на тело русского человека, мечтаю я, дорогой мой российский читатель.

А теперь, когда мы, хотя бы мысленно, отделили СССР от России и советское от русского, поговорим о моих отношениях с Россией. Смешно и нелепо спрашивать у русского писателя, любит ли он Россию. Это как Доронина — помните? — спрашивала: «Любите ли вы театр? Нет, я спрашиваю, любите ли вы его так, как я?..» Как будто можно *нелюбовью* написать пятнадцать романов о России, как будто можно нелюбовью написать Ниночку, Светлова и Пшеничного в «Журналисте для Брежнева» и «Красной площади», Анну Ковину в «Красном газе» и «Кремлевской жене», Анну и Марию в «Московском полете», Александру в «Китайском проезде», всю «Русскую диву» от первой до последней строки и книгу, которую вы держите сейчас в руках!

Конечно, у придирчиво-подозрительного совка прохановского розлива мое самонаречение русским писателем вызовет гримасу на лице — какой ты на хрен русский писатель, когда ты самый что ни на есть чистокровный еврей и еще эмигрант к тому же! Объясняться по этому поводу считаю ниже своего достоинства, а вот пару анекдотов на этот счет могу рассказать. Двое новых русских разнеженно сидят на пляже в Майами, пьют пиво, и один спрашивает у другого: «Слушай, а тебя не мучает ностальгия?» «Чего?» — переспрашивает тот. «Ну, ностальгия!» — повторяет первый. «А чо это такое?» «Ну, тоска по родине, по России, по нашим березкам. Не мучает?» — вопрошает первый. «Да ты чо! — говорит второй. — Что я, еврей, что ли?»

Примечательно, что этот анекдот я услышал не в США, а в Москве, в «Известиях», от трехсотпроцентно русского журналиста Геннадия Бочарова. И на ту же тему вычитал у Юрия Нагибина в его предсмертном романе «Тьма в конце туннеля»:

«Русский народ никому ничего не должен. Напротив, это ему все должны за то зло, которое он мог причинить миру — и сейчас еще может, — но не причинил. А если и причинил — Чернобыль, то не по злу, а по простоте своей технической. Кто защитил Европу от Чингисхана и Батыя ценой двухсотлетнего ига, кто спас ее от Тамерлана, вовремя перенеся в Москву из Владимира чудотворную икону Божьей матери, кто Наполеона окоротил, кто своим мясом забил стволы гитлеровских орудий? Забыли? А надо бы помнить и дать отдохнуть русскому народу от всех переживаний, обеспечивая его колбасой, тушенкой, крупами, картошкой, хлебом, капустой, кефиром, минтаем, детским питанием, табаком, водкой, закуской, кедами, джинсами, спортинвентарем, лекарствами, ватой. И баснословно дешевыми подержанными автомобилями. И жвачкой.

Но никто нас не любит, кроме евреев, которые, даже оказавшись в безопасности, на земле своих предков, продолжают изнывать от неразделенной любви к России. Эта преданная, до стона, до бормотанья, не то бабья, не рабья любовь была единственным, что меня раздражало в Израиле».

Прочтите этот роман, он многого стоит, поскольку написан человеком, который первую половину своей жизни считал себя евреем и терпел побои как «жиденок», а потом вдруг выяснил, что он чистокровный и даже дворянских кровей русак. Господи, какое разочарование и какая радость!.. Но конечно, негоже прятаться за анекдоты и цитаты из классиков. Я полагаю, что в России еще нет еврея, не битого в детстве за то, что он «жид» и «распял Христа». Спасибо за это! Теми побоями нас «крестили» в евреи куда надежней и крепче, чем обращают сейчас в православие всех новорусских младенцев такие модные ныне крестины. Эти постоянные и непременно до крови, до юшки мордобои спасли и сохранили русских евреев как народ, в то время как, по мысли Нагибина, подлинно русские объединялись в народ лишь периодически — при нашествии Наполеона, Гитлера и ГКЧП...

И неверно, что я писал свои книги, сгущая антирусские краски в угоду западному читателю. Да, до развала СССР я писал их для американцев, шведов, японцев и прочих инопланетян, которые, кстати, тоже отождествляли русских с советскими, но я-то рассказывал этим марсианам о советском строе, о России с коммунистическим лицом, о зоне по имени СССР. Сгустить краски больше, чем сгустили их Ленин, Сталин и К° кровью миллионов репрессированных, расстрелянных и замордованных священников, интеллигентов и крестьян, не смогли ни Платонов, ни Булгаков, ни Солженицын — куда уж мне!

Просто я лишен хлюпающе-сюпающего восхищения перед российским навозом, блевотиной безмятежного российского пьянства, похмельным биением кулаками в грудь, дешевым разрыванием на себе последней рубахи и криками «Ты меня уважаешь?» и «Сарынь, на кичку!» Я не люблю российские сортиры со сломанными — даже в Думе! — стульчаками (я уж не говорю про отороченное дерьмом «очко» во всех остальных «скворечниках»), я не люблю российское хамство, плебейскую великодержавность и великодержавное плебейство, небритость и немытость со времен Радищева и нищенскую озлобленность против всего мира и собственных соседей.

Бейте меня, называйте жидом, русофобом, но я хотел бы видеть Россию не беднее Америки, я хотел бы видеть русских со шведской статью в спине, с французским шармом и британским лоском в манерах, с японской добросовестностью в труде, с испанским темпераментом в любви и голландской вежливостью к своим прекрасным женщинам. Я имею в этом даже шкурный, но зато легко понятный знатокам «еврейской сути» интерес — ведь при любом финансовом кризисе и просто затруднении люди начинают в первую очередь экономить на книгах, только что, в июне мой московский издатель показал мне цифры резкого падения книжного рынка в связи с последним финансовым кризисом. Зато при первых же приметах экономического подъема всегда оживает издательское дело, кинематограф. Господи, так неужели когда-нибудь это свершится? Неужели в Рязань будут летать, как в Брюссель, а в Ростов, как в Цюрих? Но ведь должно так быть, *должно*, Господи, сколько ж можно мытарить эту страну!

А до тех пор пока этого не случится, я буду писать о России то, что пишу, — с болью и яростью своей взыскательной еврейско-пасынковой любви. Совсем недавно, в мае 1998-го, на празднике газеты «Совершенно секретно» в ЦПКиО, кто-то из читателей спросил меня: «А зачем вы пишете о России, если живете в Штатах?» И в подтексте этого вопроса было: а не торгуете ли вы нашей Россией там, на Западе?

Я не силен в экспромтах и ответил что-то дежурное, общее, а уже потом, после спросил сам себя: действительно, а зачем я пишу? Для денег? О, конечно, мне нужны деньги. Но для чего? На что я их трачу? На женщин? На кабаки? На путешествия?

Спросите мою жену — даже путешествуя с ней по прекрасной Испании, я уже через неделю рвался домой, к письменному столу. Но зачем? Зачем я месяцами работаю по двенадцать часов в день без выходных, если и деньги мне нужны только для того, чтобы писать, не отвлекаясь на заботы о пропитании? Или я пишу для читателей?

Скажу вам честно, как на кресте: я пишу потому, что это самое интересное в мире занятие! Это интересней путешествий, застолий, пьянок, казино и вообще любых развлечений — даже секса! Я поднимался на Памир, я опускался на роскошное дно Красного моря, я был в Лас-Вегасе, в Японии, в Париже и в Мексике, и я любил и люблю женщин, но Боже мой, даже у ловких французов секс длится не дольше девятнадцати минут, даже у легендарного и сверхмогучего Казановы это не могло занимать больше часа. Зато писать, сочинять, погружаться в людскую душу можно часами, сутками! А писать о России можно годами, всю жизнь! И по вечерам, когда я, обессилев, отпадаю от компьютера, у меня подкашиваются ноги точно так, как от любовной усталости...

Вот это и есть мои подлинные отношения с Россией — я с ней *живу*!

«К сожалению, Ваши последние произведения, например роман «Китайский проезд», на мой взгляд, перестали производить эффекты, подобные «Московскому полету», — пишет мне 24-летний москвич Александр. — *Да, они остались динамичными, интересными, но в них не хватает чего-то такого, что было в тех, предыдущих романах. Только что прочел Вашу книгу «Игра в кино». Заглавный ее роман, конечно, интересен, но, к сожалению, полон злопамятства и обид. Однако, несмотря на некоторое разочарование, прекрасным подарком стали Ваши ранние повести, напечатанные во второй половине этой книги. Когда я их читал, я вновь испытывал знакомое чувство погружения в те события. И после прочтения каждой повести я с восторгом говорил про себя: «Вот он — тот самый Тополь!» и откладывал прочтение каждой последующей повести на другой день, чтобы впечатления от предыдущей повести уменьшились».*

Ё-моё, да ведь такими письмами можно хвастаться перед всем миром, потому что они написаны *взыскательным* чувством! Они говорят о том, что тебя не только почитывают в метро и электричках, чтобы не видеть лиц своих соседей, а с тобой *живут*, с тобой думают и чувствуют, с тобой мысленно разговаривают и спорят, и от тебя ждут не просто занимательного чтива или лихо закрученной детективной истории. «Напишите еще что-нибудь лирическое, для души», — просят из Волгоградской области. «Я с большим удовольствием прочитала бы книгу о **Вашей** жизни в России, в Италии, в Америке, в Канаде», — пишут из Казахстана.

Похоже, читатель давно разобрался, в каком я жанре работаю, и только книготорговцы упорно продолжают опускать меня на полки с развлекательной макулатурой. Но именно такие *взыскательные* письма способны удержать писателя от «проходных вещей» и работы на одном ремесле.

Пишите, не стесняйтесь, укоряйте, спорьте, требуйте от меня меня самого — я вам за это только спасибо скажу. Нет, вру, не только! Я шкурой наружу вывернусь, но напишу «для души».

Искренне ваш — а чей же еще? —

Эдуард Тополь.

Москва—Нью-Йорк,
июль 1998 года

СОДЕРЖАНИЕ

Международные бестселлеры Эдуарда Тополя:

Журналист для Брежнева

Красный газ

Любожид

Московский полет

Русская Дива

Дюжина разных

историй

Завтра в России

Игра в кино

Красная площадь

Кремлевская жена

Россия в постели

Русская семерка

Убийца на экспорт

Чужое лицо

Китайский проезд

Женское время,

  или Война полов

Почему я летаю «АЭРОФЛОТОМ»

С 1989 года, то есть с тех пор как меня стали печатать в России, я по 6–7 раз в году летаю из США в Москву. Сначала летал «FINAIR» и «Дельтой», потом – «KRASAIR», но вот уже четвертый год летаю только «Аэрофлотом».

Почему?

Во-первых, «Аэрофлот» сменил самолеты, и теперь из Москвы и Санкт-Петербурга в Нью-Йорк, Вашингтон, Майами, Чикаго, Лос-Анджелес, Сиэтл, Сан-Франциско, Монреаль, Торонто и Анкоридж беспосадочно летают комфортабельные и ультрасовременные «Боинги-777» и -767 и «Аэробус-310».

Во-вторых, за эти три года не было ни одного случая отмены рейса, задержки и опозданий – я прилетаю в Москву к началу рабочего дня, а в Нью-Йорк – в полдень, когда без всяких пробок можно проскочить из аэропорта в Манхэттен за 30–40 минут.

В-третьих, в отличие от «Дельты» в «Аэрофлоте» даже при полете эконом-классом можно приобрести билет с открытой датой обратного рейса. При непредсказуемости скорости решения ваших дел это немаловажный фактор.

В-четвертых, сервис у «Аэрофлота» теперь на уровне высших мировых стандартов – в меню и обычная, и вегетарианская, и кошерная еда, и детское питание, а свежих московских газет и журналов всегда такое количество, что даже мне этого чтива хватает на весь полет.

Ну и в пятых – цены на билеты почти на треть ниже «Дельтовских». А это *существенно*, и – весьма!

Думаю, что и на всех остальных рейсах – в Европу, Японию и так далее – «Аэрофлот» летает на уровне этих стандартов.

Короче, я летаю «Аэрофлотом».

И вам советую.

Телефоны «Аэрофлота»:
в Москве 150-38-83, в США (888) 340-64-00

Элита ходит в «ГЕРЛЕН»

Если старейшая французская парфюмерная фирма «Герлен» дала свое имя и продукцию двум московским салонам красоты, то сомневаться не приходится – они действительно *лучшие*, нет – САМЫЕ ЛУЧШИЕ!

Не верите? Спросите у самых красивых московских женщин и у самых стильных мужчин, они вам скажут просто и коротко: «Элита ходит в "Герлен"! Однозначно!» Потому что:

«Герлен» испокон века обслуживала все императорские дворы Европы!

В салонах «Герлен» вас ждут все виды первоклассных косметических услуг (массаж лица и тела, омолаживающие маски, маникюр, педикюр, эпиляция и т.п.), а также стрижка мужская и женская, окраска волос и, сверх того, атмосфера великосветского внимания и персональной заботы с бесплатным кофе капуччино и чаем.

А поскольку эти салоны находятся в двух лучших отелях Москвы – старейшем «Национале» и новенькой «Marriott-Авроре» – клиенты и клиентки «Герлен» могут пользоваться гостиничными плавательными бассейнами и саунами, не покупая дорогих членских карточек! Пришел постричься или омолодить личико – и заодно поплавал с мировыми знаменитостями, живущими в этих отелях!

Вам и этого мало?

О'кей, тогда я скажу, почему я хожу в «Герлен».

Потому что хозяйка этих салонов – великолепная и знаменитая Наташа Серуш, та самая, которая играла Людмилу в фильме «Руслан и Людмила» и снималась в «Место встречи изменить нельзя» и в других замечательных фильмах. И уж если она, пожив в Европе и в США, ведет в Москве эти два салона, то, как вы понимаете, там самый высший международный уровень обслуживания! Вот почему –

ЭЛИТА ХОДИТ В «ГЕРЛЕН»!

Адреса салонов:
Гостиница «Националь», Охотный ряд, 14/2, 7-й этаж
Гостиница «Marriott-Аврора», угол ул. Петровка и
Столешникова переулка
Московский телефон 258-71-79

Литературно-художественное издание

ТОПОЛЬ ЭДУАРД

Новая Россия в постели, на панели и в любви, или Секс при переходе от коммунизма к капитализму

*Документально-художественный роман
в трех частях и двух антрактах*

Редактор *О. М. Тучина*
Художественный редактор *О. Н. Адаскина*
Компьютерный дизайн *А. С. Сергеев*
Технический редактор *Н. Н. Хотулева*

Подписано в печать с готовых диапозитивов 02.11.99.
Формат 84×108$^1/_{32}$. Усл. печ. л. 31,08. Печать высокая
с ФПФ. Бумага типографская. Доп. тираж 10 000 экз.
Заказ 3821.

Налоговая льгота — общероссийский
классификатор продукции ОК-00-93, том 2;
953000 — книги, брошюры

ООО «Фирма «Издательство АСТ»
Лицензия ЛР № 066236 от 22.12.98.
366720, РФ, Республика Ингушетия,
г. Назрань, ул. Московская, 13а
Наши электронные адреса:
WWW.AST.RU
E-mail: AST PUB@AHA.RU

При участии ООО «Харвест». Лицензия ЛВ № 32 от
27.08.97. 220013, Минск, ул. Я. Коласа, 35—305.

Ордена Трудового Красного Знамени полиграфкомбинат
ППП им. Я. Коласа. 220005, Минск, ул. Красная, 23.